国家哲学社会科学成果文库
NATIONAL ACHIEVEMENTS LIBRARY
OF PHILOSOPHY AND SOCIAL SCIENCES

德语文学中的文化记忆与民族价值观

冯亚琳　等著

中国社会科学出版社

《国家哲学社会科学成果文库》出版说明

为充分发挥哲学社会科学研究优秀成果和优秀人才的示范带动作用，促进我国哲学社会科学繁荣发展，全国哲学社会科学规划领导小组决定自2010年始，设立《国家哲学社会科学成果文库》，每年评审一次。入选成果经过了同行专家严格评审，代表当前相关领域学术研究的前沿水平，体现我国哲学社会科学界的学术创造力，按照"统一标识、统一封面、统一版式、统一标准"的总体要求组织出版。

全国哲学社会科学规划办公室
2011年3月

目　录

绪论 ·· (1)

上编　记忆与文学

第一章　理论基础 ·· (11)
　　第一节　哈布瓦赫的"集体记忆"与瓦尔堡的"社会记忆" ········ (11)
　　第二节　皮埃尔·诺拉的"记忆场" ····························· (20)
　　第三节　阿莱达和扬·阿斯曼的"文化记忆"及"新记忆
　　　　　　研究" ·· (28)

第二章　文学与文化记忆 ·· (57)
　　第一节　文学作为"文化文本"或"集体文本" ··················· (57)
　　第二节　文学作为文化记忆的媒介 ······························ (67)
　　第三节　文学的记忆 ·· (93)
　　第四节　文学回忆与同一性构建 ································ (102)

第三章　德语文学作为德意志民族的"文化记忆场" ·············· (111)
　　第一节　"教育"与文学的经典化 ······························· (111)
　　第二节　文学体裁与"德国之路" ······························· (127)
　　第三节　文学作为知识体系 ···································· (149)

下编 个案分析

第一章 文学回忆对人的观照 ……………………………… （187）
    个案一：歌德教育思想中的限定、保留与平衡 ……………… （187）
    个案二：歌德《托夸多·塔索》中的文化记忆（丰卫平）…… （198）
    个案三：席勒《华伦斯坦》中人的历史存在状态与矛盾 …… （208）

第二章 回忆的继承与批判 …………………………………… （221）
    个案一：黑塞小说《荒原狼》中的"不朽者"（杨欣）………… （221）
    个案二：马克斯·弗里施《能干的法贝尔》中的记忆与工具理性
            批判 ……………………………………………………… （230）

第三章 第二次世界大战后文学的"回忆工作"
        ——以君特·格拉斯的小说为例 ………………………… （241）
    个案一：交际记忆与文化记忆张力场中的格拉斯小说 ……… （241）
    个案二：君特·格拉斯小说中自然作为文学回忆的符号 …… （252）
    个案三：君特·格拉斯小说中记忆的演示 …………………… （265）
    个案四：《蟹行》中祖孙三代人的记忆与媒介（张硕）……… （275）

第四章 第二代人的"回忆情结" …………………………… （286）
    个案一：《追忆我的父亲》中对记忆媒介和身体感知的反思
           （黄晓晨）………………………………………………… （286）
    个案二：蒂姆《以我的哥哥为例》中的记忆问题（刘海婷）… （294）
    个案三：施林克《朗读者》中的言说与沉默（黄晓晨）……… （305）

第五章 女性文学与犹太作家的"另类回忆" ……………… （314）
    个案一：巴赫曼小说《温蒂娜走了》中的女性视角与互文记忆 …… （315）
    个案二：耶利内克戏剧《白雪公主》和《睡美人》中的记忆形象
           重构（刘海婷）…………………………………………… （327）
    个案三：海涅小说片断《巴哈拉赫的拉比》中的仪式与集体记忆

（蔡焰琼）……………………………………………………（336）
　个案四：贝克尔小说《说谎者雅克布》中的想象作为回忆…………（344）

结语 ……………………………………………………………（356）

国内记忆研究文献一览（选） ………………………………（363）

参考文献 ………………………………………………………（373）

后记 ……………………………………………………………（393）

Contents

Introduction ·· (1)

Part I Memory and Culture

Chapter One Theoretical Basis ································ (11)
  1 Maurice Halbwachs'Collective Memory and Aby Warburg's Social Memory ·· (11)
  2 Pierre Nora's Sites of Memory ································ (20)
  3 Aleida Assmann and Jan Assmann's Cultural Memory and "Recollection Culture" ·· (28)

Chapter Two Literature and Cultural Memory ·················· (57)
  1 Literature as "Culture Text" and "Collection Text" ············ (57)
  2 Literatures as Medium of Cultural Memory ·················· (67)
  3 Memory of Literature ·· (93)
  4 Construction of Literature Memory and Identity ············ (102)

Chapter Three German Literatures as Sites of Cultural Memory of Germany ·· (111)
  1 "Education" and Canonization of Literature ················ (111)
  2 Literary Genre and "German Route" ························ (127)
  3 Literatures as Knowledge System ···························· (149)

Part Ⅱ Case Studies

Chapter One Influence of Literature Recollection on Humanity
(187)

Case Study One: Limitation, Retention and Balance in Goethe's Educational Thoughts (187)

Case Study Two: Culture Memory in Goethe's *Torquato Tasso* (198)

Case Study Three: Human's Historical Existing State and Contradiction in Schiller's *Wallenstein* (208)

Chapter Two Inheritances and Criticism of Recollection (221)

Case Study One: Immortal Literary Images in Hermann Hesse's *Steppenwolf* (221)

Case Study Two: Criticism on Rational Tool in Frisch's *Homo faber* (230)

Chapter three "Recollection Work" in Literature After World Wall Ⅱ——Taken Grass' Literature Memory as an Example (241)

Case Study One: Research on Grass' Novel in Tension Field of Communication Memory and Culture Memory (241)

Case Study Two: Nature as Symbol of Literature Memory (252)

Case Study Three: Memory Demonstration in Grass' Novel (265)

Case Study Four: Memory and Medium of Three Generations in *Im Krebsgang* (275)

Chapter Four Memory Complex of the Second Generation
(286)

Case Study One: Reflection of Memory Medium and Body Perception in Meckel's *Recall My Father* (286)

Case Study Two: Memory Problems in Timm's *Am Beispiel Meines*

       Bruders ··· (294)

  Case Study Three: Talk and Silence in Schlink's *The Reader* ··· (305)

Chapter Five Alternative Recollection of Female Literature and

      Jews Authors ·· (314)

  Case Study One: Female Perspective and Intertextual Memory in

       Bachmann's *Wintina Walk* ·························· (315)

  Case Study Two: Reconstruction of Memory Images in Jelinek's

       drama *Snow White* and *Sleeping Beauty* ······ (327)

  Case Study Three: Ceremony and Collective Identity in Heine's

       Novel Fragment *Rabbi of Bachrach* ·········· (336)

  Case Study Four: Imagination as Recollection in Becker's *Jakob*

       the Liar ··· (344)

Conclusion ·· (356)

References for Memory Studies in China (Excerpts) ·················· (363)

Main References ··· (373)

Postscript ··· (393)

绪　　论

"记忆是一个无与伦比的聚合性主题"。[①] 这一论断似乎尤其适用于20世纪以降的人类社会。在现今，无论是在西方还是东方，"记忆"都是一个名副其实的热门话题，甚至可以说，它已经成为我们这个时代的一个标志性现象[②]。正如哈特穆特·波姆等人所指出的："在我们纪年的第二个千年结束的时候，我们普遍能够发现一种强烈的回顾过去的趋势，于是有了不同形式的总结、储存、归档和回忆。"[③] 在德国，"文化记忆"研究被视为新兴的文化学的"核心概念"（Leitbegriff）[④]。在此框架之内，不仅各种研讨会和论坛如火如荼，产生并且继续产生着一系列跨学科、跨文化的研究成果，而冠以"集体记忆"或者"文化记忆"的记忆研究也更是日益发展成为一门显学。在国内，较早关注"文化记忆"问题的是史学界，但随着研究的深入发展，有关"文化记忆"理论的介绍和讨论也逐渐向其他学科延伸。在催发方兴未艾的都市文化研究热的同时，有关"传统节日"、"民俗文化"、"口述文化"、"非物质文化遗产"、"文字研究"、"仪式"等也都与"文化

[①] Astrid Erll, *Kollektives Gedächtnis und Erinnerungskulturen*, Stuttgart, Weimar: Metzler, 2005, S. 1.

[②] 这一点无疑也适用于中国。从电视节目的设计到旅游路线的推广，记忆到处都扮演着一个重要的、不可忽略的角色。

[③] Hartmut Böhme / Peter Matussek / Lothar Müller, *Orientierung Kulturwissenschaft. Was sie kann, was sie will*, Reinbek bei Hamburg: Rowohlt, 2000, S. 148.

[④] Aleida Assmann, *Gedächtnis als Leitbegriff der Kulturwissenschaften*, in: Lutz Musner / Gotthart Wunberg (Hrsg.), *Kulturwissenschaften. Forschung-Praxis-Position*, Wien: WUV, 2002, S. 27.

记忆"研究挂上了钩。① 在此框架之内，2003年10月，题为"北京：都市想象和文化记忆"国际学术研讨会召开。2006年3月23日，在德国首都柏林世界文化中心，一个题为"中国——在过去和未来之间"的中、德大型文化交流活动拉开帷幕。此次文化交流活动的主题正是"文化记忆"。中国著名作家莫言在开幕式上发言时说：没有记忆就没有文学。同年4月26日，由北京外国语大学外国文学研究所主办的"文学空间和文化记忆"学术研讨会在北京召开，与会专家在"文化记忆"理论框架下讨论了文学研究的有关问题。2009年9月，"德语文学中的'文化记忆'与民族价值观"国际研讨会在重庆四川外语学院举行，来自国内外的数十位专家们一起探讨了"文化记忆"在德语文学中的演示与民族价值观构建的关系。

尽管如此，"记忆"，尤其是"文化记忆"，并不是一个毫无争议的概念，其内涵也绝不是早已在理论上得到澄清的问题。追溯这一研究范式的发展，应当回到20世纪20年代，当时，法国社会心理学家莫里斯·哈布瓦赫（Maurice Halbwachs，1877—1945）首次将"集体记忆"（das kollektive Gedächtnis）这一概念引入了社会心理学领域，但他对"集体记忆"的研究仅限于关注其对某一具体群体的意义，而没有将其扩展到文化范畴中去。与哈布瓦赫同时代的阿拜·瓦尔堡（Aby Warburg，1866—1926）同样是在20世纪20年代将目光投向了"记忆"研究。作为艺术史学家，瓦尔堡观察到艺术形式重复和回归的现象，比如古希腊、古罗马时期湿壁画中飘动的长袍在文艺复兴时期的油画中，甚至在20世纪20年代的邮票中再次出现。瓦尔堡认为，这种艺术形式的重复与其说是后代艺术家有意识地对古代艺术的模仿，不如说是源于文化符号所具有的引发记忆的能量。瓦尔堡以此为出发点，提出了"集体图像记忆"的观点，并将之称为"社会记忆"。

哈布瓦赫和瓦尔堡的研究相互之间并无关联，两者在很长一段时间里反响也不大。除了其他因素之外，与上述两位学者的早逝不无关系。瓦尔堡后来患上了精神病，早在1926年就与世长辞，他创建的"瓦尔堡图书馆"在1933年被抢救到了伦敦，从而免遭德国法西斯的毁坏，得以幸存，现属于伦敦大学的"瓦尔堡学院"。哈布瓦赫的遭遇则更具有时代的悲剧色彩：

---

① 参见本书"国内记忆研究文献一览（选）"。

1940年，其犹太裔的岳父母惨遭德国盖世太保的杀害，哈布瓦赫也因抗议法西斯的暴行而遭逮捕，之后被解送到德国魏玛附近的布痕瓦尔德集中营，于1945年战争结束之前死在那里。

第二次世界大战之后，哈布瓦赫和瓦尔堡关于集体记忆的论述在很长时间内陷入遗忘，直到20世纪80年代才又重新得以提起和认识。在这方面起到推动作用的首先是法国历史学家皮埃尔·诺拉。他在其七卷本的鸿篇巨制《记忆的场所》（*Les lieux de mémoire*，1984—1992）中重新审视记忆与历史的相遇与区别，并提出了"记忆场"（lieux de mémoire）这一概念。自20世纪80年代末起，文化学和历史文化人类学框架下的"文化记忆"（das kulturelle Gedächtnis）研究在德国蓬勃展开，其主要代表人物是海德堡大学古埃及学教授扬·阿斯曼（Jan Assmann，1938—）和康斯坦茨大学英美文学教授阿莱达·阿斯曼（Aleida Assmann，1947—）夫妇。扬·阿斯曼在其1997年出版的著作《文化记忆——早期发达文化的文字，回忆和政治同一性》① 中发展了哈布瓦赫的观点，提出了"文化记忆"这一极具当下意义的关键词，用以概括人类社会的各种文化传承现象，并提出了一系列基本概念，诸如交际记忆与文化记忆，"冷文化"与"热文化"等等。扬·阿斯曼认为，群族的衰落，往往不在于物质方面的解体，而在于集体和文化记忆的丧失。在《文化记忆》中，他将文字作为人类文化记忆的主要载体之一，作为集体记忆的一个重要手段和环节，将其放在文化整体结构和历史传承中考察其所担负的社会文化功能，提出了文化记忆具有集体（民族）同一性构建功能，从而为从文化学角度研究包括文学在内的民族文化记忆的各种载体提供了一套较完备的理论基础。

应当说，"集体记忆研究"在20世纪80年代再度兴起并日益发展成为一门显学，这与当时欧美的社会、历史、文化背景不无关系：冷战的结束、对越战的回忆。但更为重要的是，参加或经历过第二次世界大战的人以及"大屠杀"的幸存者们日渐步入老年，他们的离世和即将离世使得回忆不仅成为必要，也成为必然。更为重要的是，记忆的媒介也由此发生了变化，昔

---

① 本书引用的版本为 Jan Assmann, *Das kulturelle Gedächtnis. Schrift, Erinnerung und politische Identität in frühen Hochkulturen*, 3. Auflage, München: C. H. Beck, 2005.

日的口头回忆由于第一代人的日益缺席逐渐转换成为文字回忆。阿斯特莉特·埃尔（Astrid Erll，1972— ）将这一现象归结为"历史转换过程"（historische Transformationsprozesse）①。她认为，尤其是冷战的结束使得东、西方记忆文化的"双元结构"被打开。随着苏联的解体，一种多元的民族和种族的记忆显现出来。与此同时，在美国、法国以及英国，去殖民化以及大量移民的迁入也使得一种多元的回忆文化的发展逐渐成为可能。从这个意义上讲，记忆现象是一个"高度政治化的、具有强烈种族内涵的现象。"②除了政治因素之外，记忆热的形成也与媒体技术的转变以及媒体的影响有关。电脑技术日新月异的发展，给储存过往的事件和图像提供了人们以往难以想象的可能性。而互联网本身则形成了一个延伸到全球的巨大的储存档案。然而，如此意义上的数字革命带来的却不仅仅是储存可能性，它也将"遗忘"的危险形象地显现在人们的眼前。因为：只要信息还在硬盘（或者软盘）上存储着，它就是还需要提取、选择、使用的"死知识"③。

引人注目的是，自20世纪80年代末持续到现今的"记忆热"现象更多地反映在文学创作和与之密切相关的影视作品中。就德国文学而言，如果说第二次世界大战结束之后到现今，以"清理过去"（Vergangenheitsaufarbeitung）为指称的文学回忆一直都是社会集体回忆中当之无愧的主线条的话，那么，自20世纪80年代末以来，这种回忆不仅没有因为亲身经历了纳粹时代的第一代人的老去而逐渐隐去，相反更有向第二代、第三代扩展的趋势。也就是说，在作为第一代人的作家君特·格拉斯在其中篇小说《蟹行》④中开辟新的视角、回顾第二次世界大战结束之际满载德国难民的古斯特洛夫号船被苏联潜艇击沉这一灾难的同时，伯恩哈特·施林克1995年发表的小说《朗读者》⑤则通过一个异乎寻常的爱情故事表现了德国战后第二代人与第三帝国这一段历史之间的纠葛；同属德国战后第二代作家的克里斯托夫·梅

---

① Astrid Erll, *Kollektives Gedächtnis und Erinnerungskulturen* a. a. O., S. 3.
② Ebenda.
③ Ebenda.
④ Günter Grass, *Im Krebsgang*, Göttingen: Steidl, 2002.
⑤ Bernd Schlink, *Der Vorleser*, Zürich: Diogenes, 1997.

克尔和乌韦·提姆和则不约而同地选择文学回忆的方式来探寻自己最亲近的人何以会成为希特勒的帮凶的历史、文化及个人原因。前者在他的小说《追忆父亲》① 中回忆了自己的父亲艾伯哈特·梅克尔（Eberhard Meckel）从不喜欢希特勒到最后却被纳粹军队同化的一生，后者则在他的《以我的哥哥为例》② 中，围绕"哥哥为何自愿加入纳粹党卫军"的问题，整理和研究了哥哥在第二次世界大战时期留下的日记和书信并以此展开对父兄的回忆，进而在回忆中追问罪责问题。除了上述主要出现在 20 世纪七、八十年代的所谓的"父亲文学"（Väterliteratur）外，90 年代，又涌现出了一批被称作"代际小说"（Generationenromane）的文学回忆作品，诸如扎菲·希诺扎克的《危险的亲戚》（Gefährliche Verwandschaft，1998），卡特琳·施密特的《贡那·雷讷菲尔森的远征》（Gunnar-Lennefelsen-Expedition，1998），莫尼卡·马龙的《帕韦尔的书信》（Pawels Briefe，1999）以及施特凡·瓦克维茨的《隐去之国》（Ein unsichtbares Land，2003），等等③。

尽管如此，文学回忆却绝对不是现、当代文学的专利，尽管它在 20 世纪德国文学中似乎更为突出，更加引人注目。实际上，就其本质而言，文学从来都和回忆关系密切。而文学的这种与回忆的特殊关系恰恰是"文化记忆"研究所关注的焦点之一。从这个层面上讲，阿莱达·阿斯曼和阿斯特莉特·埃尔的研究成果对于研究文学中的文化记忆具有更直接的启示意义。后者在她的《集体记忆与回忆文化》中提出了文学是集体回忆的媒介④的观点，认为文学和集体记忆在包括叙述性、模仿在内的多个层面上有交汇；前者则在其著作《回忆空间》⑤ 一书中论述了回忆的隐喻特性。她还以"回忆"与"同一性"，"历史观"与"民族意识"为出发点，解析了莎士比亚

---

① Christoph Meckel, *Suchbild. Über meinen Vater*. Mit einer Grafik des Autors. 1. Auflage, Düsseldorf: Claassen, 1980.

② Uwe Timm, *Am Beispiel meines Bruders*, Köln: Kiepenheuer & Witsch, 2005.

③ Vgl. Friederike Eigler, *Gedächtnis und Geschichte in Generationenromanen seit der Wende*, Berlin: Erich Schmidt, 2005.

④ Astrid Erll, *Kollektives Gedächtnis und Erinnerungskulturen* a. a. O., S. 143ff.

⑤ Aleida Assmann, *Erinnerungsräume. Formen und Wandlungen des kulturellen Gedächtnisses*, Broschierte Sonderausgabe, München: C. H. Beck, 2003.

的剧作，认为"回忆（才）是剧中原本的主角"①。在对扬·阿斯曼关于文化记忆的理论加以阐发之后，阿莱达·阿斯曼指出，文化记忆不仅具有集体同一性构建功能，而且也有"批评和反思"的功能②。

对于一个民族来说，文化记忆所具有的集体同一性构建功能和批判、反思功能至关重要，甚至可以说，它对于一个民族之存亡兴衰具有决定性意义。从文化记忆理论角度来讲，一个民族的文化记忆也就是该民族在与自然界的长期生存斗争中，特别是在与外来民族的交往过程中形成的，这种记忆逐渐深入该民族成员的潜意识，最终成为他们赖以生存的思维方式和行为模式，并通过历史传承对其后代的思维方式和生活态度产生影响。从民族文化学角度看，一个民族的存在，同样是以民族文化记忆为标志的：一个民族的文化记忆之链把民族成员紧密联系在一起，使他们意识到彼此之间的血脉相连和休戚与共。民族文化记忆之链一旦断裂，也就意味着作为一个整体的民族自我意识的丧失。由此可见，文化记忆与民族同一性是互为依存的，前者是后者的基础，后者为前者的表象。

文化记忆对于集体同一性的构建作用和反思批判功能源自于记忆的选择性特征。人们发现，即使在以虚构为特征的文学作品中，回忆也往往是有意而为之的。也就是说，在文学创作中，回忆是一种"有意识的"行为，它不仅用于自我回忆，更重要的是作用于他人的回忆。这即是回忆的意图性和目的性。

回忆的目的性决定了回忆的过程是以选择和重构为基本特性的。哈布瓦斯早就指出了集体记忆的选择性：回忆"在很大程度上是借助从当下借来的事件对过去进行构建，而且以早先业已进行的重构为基础"③。扬·阿斯曼发挥了哈布瓦斯有关回忆重构性和选择性的观点，他认为，记忆的选择性

---

① Aleida Assmann, *Erinnerungsräume. Formen und Wandlungen des kulturellen Gedächtnisses*, Broschierte Sonderausgabe, München: C. H. Beck, 2003, S. 63f.

② Vgl. Aleida Assmann, *Individuelles und kollektives Gedächtnis-Formen, Funktionen und Medien*, in: Kurt Wettengl (Hrsg.), *Das Gedächtnis der Kunst. Geschichte und Erinnerung in der Kunst der Gegenwart*, Ostfildern-Ruit: Hatje Cantz, 2000, S. 27.

③ Maurice Halbwachs, *Das Gedächtnis und seine sozialen Bedingungen*, Frankfurt a. M.: Suhrkamp, 1985, S. 55.

源自于它的现时关联性，而这种现时关联性不仅与某一个群体和集团的现实需求相一致，前者以后者为出发点，也反过来作用于后者。结合阿莱达·阿斯曼所区分的储存记忆和功能记忆的论述，可以认定，一个社会团体从它的现时需要出发，进行记忆的筛选的确不仅是必然的，也是可能的。阿莱达·阿斯曼用仓库来象征储存记忆，人们可以随时根据现实的需求从中调取所需要的记忆内容，从而达到记忆的重构。文化记忆的这种重构特征使得文化记忆与价值构建产生密切联系，也就是说，某一个团体的集体记忆与当前的关联导致其对文化记忆的不同态度，从而产生多层意义上的社会群体对价值体系的构建。

具体到德语文学，我们的假设与不同时代的社会和文化背景与文化记忆的不同关系和态度有关，这种关系可以是肯定的、建构的，但也可以是反思的、批评的、甚至是颠覆性的。纵观德语文学，我们似乎可以观察到一个基本倾向：随着社会的不断发展，文学在构建文化记忆的过程中越来越具有批判性。也就是说，假如18世纪、19世纪的德国文学中的回忆是以建构为基本特征的话，那么，20世纪的文学回忆则更着眼于批判与反思。

虽然这一假设尚需证实，但不可否认的是，对于一个民族的核心价值观的形成，文学具有不可否认的重要作用，德语文学尤其如此。甚至可以说，假如没有文学，没有文学家们所达成的共识与努力，在国家形态缺席的情况下，德意志民族就不可能在18世纪以文化为基础逐步构建出自身的民族同一性。这一艰难而充满矛盾和冲突的民族意识的构建过程本身就已经展示了鲜明的德意志民族的精神特质——比如所谓的"德国特殊道路"。但就德语文学研究而言，更值得重视和研究的则是文学的意义。可以做出这样的表述：民族同一性的构建过程与文学的发展道路有许多平行，而作为其内核和前提的民族价值观，则更是与文学有着多重的交叉与缠绕。一方面，文学促成民族价值观的形成，另一方面，它在表现、宣传这些价值的同时，也审视、反思和批判这些价值。正是由于文学的参与，一个民族的核心价值观不是、也不可能是静止的，而是流变的、发展的、充满了矛盾和冲突的。基于此，本书使用的"民族价值观"断不是一个封闭性的概念，而是开放性的、动态的，其核心不是别的，乃是20世纪德语文学中最重要的批判与反思精神。

本书共分为上、下两编。上编的第一部分涉及理论构建，主要梳理从哈布瓦赫的"集体记忆"、瓦尔堡的"社会记忆"到扬·阿斯曼的"文化记忆"的谱系关联，目的在于从理论上厘清"文化记忆"和与之相关的概念，诸如"个体记忆"、"集体记忆"、"记忆场"、"记忆形象"、"交际记忆"（一译"沟通记忆"）、"存储记忆"等，为下一步的论述构建基础理论框架；第二部分拟探讨普遍意义上的"文化记忆"与文学的关系、其交会点以及文学演示"记忆"的可能与特性；第三部分从德语文学本身就是德意志民族"文化记忆场"的观点出发，着重讨论德语文学作为"存储记忆"的数个重要方面，涉及文学作为知识体系的形成之路、德国文学"特殊道路"中"教育"的意义、文学的经典化、文学"主题"以及"素材"中蕴含的文化记忆等等；下编是典型个案分析，通过重读德语文学经典作家和文本，考究德语文学在文化记忆方面扮演的角色和所起的作用，具体研究文学回忆的"演示"特性与策略，考察"记忆媒介"，探讨"身体感知"与"文学形象"的记忆功能，追问虚构与回忆之间的关系以及回忆与同一性构建的关联。涉及的作家有18世纪魏玛古典时期的歌德和席勒以及19世纪的海因里希·海涅，但更多是对20世纪作家诸如赫尔曼·黑塞、马克斯·弗利施、英格博格·巴赫曼、君特·格拉斯、伯恩哈特·施林克、克里斯托弗·梅克尔、乌韦·蒂姆、埃尔弗里德·耶利内克和尤列克·贝克尔等作品的研究和分析。这也从一个侧面证实了，越是到现当代，文学的文化记忆的功能就越强。这一点，在后文中还将不断论及。需要说明的还有，下编中的个案是开放性的，即在对象的选择上虽有一定的通盘考虑，但并非本书力所能及的文学史意义上的对重要作家和重要作品的全面梳理，而是把聚焦点更多地放在了对文学回忆现象和功能的研究上。就像文学作品中的记忆主题极其丰富，其演示方式更是千姿百态那样，对文学记忆的研究在此也仅仅只能是一个段落。它有待于不断深入，也期待着更多的参与。

上 编

记忆与文学

第 一 章
理论基础

第一节 哈布瓦赫的"集体记忆"与瓦尔堡的"社会记忆"

一 莫里斯·哈布瓦赫的"集体记忆"

(一) 个体记忆的集体框架与集体记忆

在西方文化传统中,对于记忆的关注由来已久。早在古希腊、古罗马时期,就有了一种被称为记忆术(mnemonic)的助记方法。这种记忆术的基本原则是选出一定的位点,然后将需要记住的事物转换成为象征性的图像与这些位点联系在一起。[①] 这种被称为"房间法"的助记方法在现今的许多记忆术教科书中还占有一席之地,但与记忆文化关系不大。到了 19 世纪末、20 世纪初,西格蒙德·弗洛伊德(Siegmund Freud,1856—1939)从心理分析角度也曾研究过记忆问题,但他的研究局限于心理学范围之内。20 世纪 20 年代,有关记忆的讨论才真正活跃起来,这其中包括心理分析学家莱克(Theodor Reik,1888—1969)1920 年发表的《论集体遗忘》,阿诺尔德·茨

---

① 记忆术的创始人相传是古希腊的西蒙尼德(Simonides of Ceos,约公元前 550—前 468 年,一译赛莫尼底斯)。一次,西蒙尼德出席一个宴会,临时有人找他,他离开了宴会厅。之后,那宴会厅突然倒塌,被压死的人面目模糊,无法辨认。可是,西蒙尼德记得客人们在宴席上的座次,才得以根据座位确定死者的身份。这一次的经验也让西蒙尼德悟出了形象和位置是记忆的基本元素这一道理。

威格（Arnold Zweig，1887—1968）受弗洛伊德的启发提出的"群体激情"等。在此值得一提的还有晚些时候的瓦尔特·本雅明（Walter Binjamin，1892—1940）从批评理论出发对第一次世界大战之后真正的回忆是否还可能的质疑（1936：Der Erzähler）以及他对19世纪以胜利者为选择标准的历史传统的批判（Über den Begriff der Geschichte）。然而，第一个系统地将记忆提升到社会心理学层面进行研究和观照的西方学者当属法国社会学家莫里斯·哈布瓦赫（Maurice Halbwachs，1877—1945）。

纵观哈布瓦赫的学术发展道路，可以发现，他的父辈学者亨利·柏格森（Henri Bergson，1859—1941）从主观主义出发对记忆的研究兴趣对他产生过很大的影响，后来他转向涂尔干（Emile Durkheim，1858—1917）学派的集体意识，这使得他在很大程度上得以克服柏格森狭隘的主观主义倾向①。

莫里斯·哈布瓦赫的理论构架主要体现在他的三本书中：1925年出版的《记忆的社会框架》（Les Cadres sociaux de la mémoire），《福音书中圣地的传奇地形学》（La topographie légendaire des évangiles en terre sainte. Étude de mémoire collective）以及约在20世纪30年代成书、作者去世之后于1950年出版的《集体记忆》（La mémoire collective）。②

哈布瓦赫具有开创性的学术贡献的核心在于：其一，记忆只能在社会框架中进行；其二，集体记忆的本质是立足于当下对过去的重构。

在他的《记忆的社会框架》一书中，哈布瓦赫试图证明，即使再个人的回忆也不是一种个体行为，而是一种集体现象。他认为，人是在社会中才获得他的记忆的。之所以如此，是因为个体的回忆往往是在他人的刺激之下发生的，具体而言是因为有人提到了什么值得回忆的事情。于是，"他们的记忆帮助了我的记忆，我的记忆借助了他们的记忆"③。不仅如此，我们回

---

① 关于哈布瓦赫学术发展道路参见［法］刘易斯·科瑟《导论》，载莫里斯·哈布瓦赫《论集体记忆》，毕然、郭金华译，上海人民出版社（世纪出版集团）2002年版，第13—25页。

② 其中，《记忆的社会框架》和《福音书中圣地的传奇地形学》的中译本于2002年根据英译本译出并结集出版。见［法］莫里斯·哈布瓦赫《论集体记忆》，毕然、郭金华译，上海人民出版社（世纪出版集团）2002年版。

③ 同上书，第69页。

忆的目的也往往出于满足他人的需求（比如回答他人提出的问题）。这种情况下，回忆者会"设身处地"，会"把自己设想为与他人隶属于同样的一些群体"，从而获得形象的记忆。① 也就是说，记忆的发生不仅需要他人，它也反过来作用于他人，如此便形成了一种集体框架之内的互动。哈布瓦赫认为，"正是在这个意义上，存在着一个所谓的集体记忆和记忆的社会框架"②。

哈布瓦赫批评心理学家把自己限定在个体层面，"他们发现，记忆能以许多不同的方式在个体思想中联合起来"，却忽略了"人们可以同时是许多不同群体的成员"③。因此，他们要么用个体的多样性来解释记忆在个体思想中联合的多样性，要么将之视为天赋或习得的生理禀性。这种尝试在哈布瓦赫看来是站不住脚的。他认为，只有将记忆定位在相应的群体思想中，"才能理解发生在个体思想中的每一段记忆"④。如此一来，哈布瓦赫将记忆的神经和大脑生理学基础完全排除在了他的理论建构之外。按照他的观点，个体记忆只能是在其社会化过程中才能够得以形成，在这一前提下进行推理，一个在绝对的孤独中成长起来的个体是不可能有记忆的。⑤

哈布瓦赫在此基础上生发出他的"集体记忆"的概念。他言道："既然我们已经理解了个体在记忆方面一如在其他许多方面一样，都依赖于社会，那么，我们也就可以很自然地认为，群体自身也具有记忆能力，比如家庭以及其他任何集体群体，都是有记忆的。"⑥

那么，个体记忆与集体记忆之间又是什么关系呢？哈布瓦赫回答说：

---

① 其中，《记忆的社会框架》和《福音书中圣地的传奇地形学》的中译本于2002年根据英译本译出并结集出版。见［法］莫里斯·哈布瓦赫《论集体记忆》，毕然、郭金华译，上海人民出版社（世纪出版集团）2002年版，第69页。

② 同上。

③ 同上书，第93页。

④ 同上。

⑤ 这一点，显然是哈布瓦赫记忆理论的软肋之一，但因为这不是我们在此要关注的主要问题，因此暂且满足于作此提示。Vgl. Jan Assmann, *Das kulturelle Gedächtnis. Schrift, Erinnerung und politische Identität in frühen Hochkulturen*, München: C. H. Beck, 2005, S. 35.

⑥ ［法］莫里斯·哈布瓦赫《论集体记忆》，第95页。

"个体通过把自己置于群体的位置来进行回忆,但也可以确信,群体的记忆是通过个体记忆来实现的,并且在个体记忆之中体现自身。"[1] 如此一来,集体记忆与记忆的集体框架就没有了实质上的区别,因为"所谓的记忆的集体框架,就只不过成了同一社会中许多成员的个体记忆的结果、总和或某种组合"[2]。

从哈布瓦赫的论述中,可以发现个体记忆与集体记忆之间的互为前提的辩证关系。前者以后者为框架和关联,后者通过前者来实现自己。他以家庭为例,说:"家庭记忆就好像根植于许多不同的土壤一样,是在家庭群体各个成员的意识中生发出来的。"[3] 而这种"意识",在哈布瓦赫那里显然就是"记忆"的同义词。于是,就有了不同群体的记忆,其中包括业已提到的家庭记忆,此外还有宗教记忆和其他不同的群体乃至民族记忆。

哈布瓦赫解释说,与其他群体的记忆彼此相互渗透、且倾向一致不同,宗教记忆具有永恒性,或者起码自称是永久而不变的。这其中,仪式起着至关重要的作用。哈布瓦赫定义的"仪式是由一套姿势、言辞和以一种物质形式确立起来的崇拜对象构成的"[4]。它不仅包括礼拜仪式,也包括宗教经文,因为后者具有和"跪拜、祭献、祝祷等姿势等同的价值"[5]。哈布瓦赫总结道,虽然宗教记忆试图超离世俗社会,"但它也和每一种集体记忆一样,遵循着同样的法则:它不是在保存过去,而是借助过去留下的物质遗迹、仪式、经文和传统,并借助晚近的心理方面和社会方面的资料,也就是说现在,重构了过去。"[6]

(二)记忆的当下性与选择性

哈布瓦赫这里所说的,即是记忆的当下关联特征。也就是说,记忆的出发点总是当下,从这个意义上讲,过去并非是被以某种方式保留下来的,而是在现在的基础上被重新建构的。

---

[1] [法] 莫里斯·哈布瓦赫《论集体记忆》,第71页。
[2] 同上书,第70页。
[3] 同上书,第95页。
[4] 同上书,第157页。
[5] 同上书,第196页。
[6] 同上书,第200页。

这一论断中隐含着的一点值得注意：由于记忆总是建立在当下的社会、文化、政治条件基础之上的，所以，它与真实的关系就总是相对而言的。从某种意义上讲，当下构成记忆真实与否的标准。对于这一点，哈布瓦赫事实上已有所意识，因为他发现记忆会以某种方式"歪曲事实"[1]，到了后来，阿莱达·阿斯曼才开始一再追问"记忆究竟有多么真实"和"虚假记忆"的问题[2]。这也就是说，记忆的当下性决定了记忆具有强烈的选择性。它总是从现实需要出发并以当下的观念作为标准对过去进行重构。在《福音书中圣地的传奇地形学》中，哈布瓦赫通过对朝圣者、骑士以及其他人在圣地地形的确立和改变过程中所扮演的角色的研究和探讨，揭示出福音书中关于基督的生平、他的受难史等不断受到作为现在的时代需求的冲击，因为每一个历史时期都在有选择地构建自己的圣地地形，并由此对过去做出极具当下性的新的解读。

记忆的选择性与连续性是另一对既相互矛盾、又相辅相成的概念。过去是通过记忆重构的，可它本身却又在不断地被修正和更新中得以延续。就像哈布瓦赫所描述的新的共同体——基督教和老的共同体——犹太教之间的传承关系一样，在最初的时期，新的共同体接受并保存了老的共同体的传统，使之成为自身记忆的支撑物并将其神圣化与权威化，在之后漫长的历史岁月中，它消化吸收了老的共同体的传统，将之融入自己的记忆之流中，同时在保存意象和确定圣地的位点方面不断做出新的选择，也就是说，它在接受和保存的同时，又"改造和移位了这些传统"，"通过改变它们在时间和空间上的位置，改写了这些传统"，其结果是，基督教的根脉虽然"延伸到最古老的希伯来历史之中"，但它却已脱胎换骨，最终成为一个保留着古老记忆的新的群体，更重要的是，这个新的共同体的同一性在这种不断变迁的延续中得到了印证和强化。[3]

---

[1] [法]莫里斯·哈布瓦赫《论集体记忆》，第383页。

[2] Vgl. Aleida Assmann, *Erinnerungsräume* a. a. O., S. 265ff; Aleida Assmann, *Der lange Schatten der Vergangenheit. Erinnerungskultur und Geschichtspolitik*, München: C. H. Beck, 2006, S. 119ff. 这一点，后文中还将论及。

[3] 参见[法]·莫里斯·哈布瓦赫《论集体记忆》，第374页。

(三) 记忆与历史

哈布瓦赫在他的理论构建中将历史和集体记忆做了严格的区分，甚至可以说，他在一定意义上将这两个涉及过去的概念对立了起来。他认为，历史与记忆相反，前者注重差异和断裂，后者则寻求类同和延续性。在《论集体记忆》里，他指出，"集体记忆不能与历史相混淆"[1]。换句话说，历史不是记忆，因为他认为："历史通常始于传统中止的那一刻——始于社会记忆溶解消亡的那一刻。"[2] 只要回忆还存在，就没必要以文字的形式将其固定下来。如此一来，在哈布瓦赫那里，在历史和记忆之间，只能是二者取其一，不可能同时存在。

在哈布瓦赫看来，集体记忆与历史至少有两个方面的区别：一方面，"集体记忆是一种连续的思潮，具有非人为的连续性"[3]，而历史则不然，它把过去分成了若干个时期，就像人们把一部悲剧作品的素材分成若干幕一样。另一方面，历史具有普遍性。这也就是说，历史试图中立而客观地记录已经发生的事件，同时，它又（仅仅）是一门学问，而研究这门学问的人只能是一少部分历史学家。历史只有一个，相比之下，记忆则有"很多种"[4]，它随着群体的不同而不同，因而是特殊的，其载体是某个特定的受时空限制的群体，比如家庭、教会、民族等等。回忆与该群体当下的需要和兴趣相关，它采用选择和重构的方式，并不可避免地要进行价值评判，因此主观性是集体记忆的基本特征之一，它不可能像历史那样追求客观，不可能忠实地复制过去，因为回忆在很大程度上是借用现在的数据获得的对过去的重构，正因为如此，它的自我实现过程本身就给虚构和"扭曲"留下了很大的空间。[5]

按照哈布瓦赫的观点，历史研究和讨论过去时，其兴趣点在于过去，而

---

[1] Maurice Halbwachs, *Das kollektive Gedächtnis*, Frankfurt a. M.：Fischer, 1991. S. 66.

[2] Ebenda.

[3] Ebenda, S. 68.

[4] Ebenda, S. 71.

[5] 国内学者也注意到了记忆的"扭曲"问题，认为假如没有道德价值观的参与，记忆本身是可以生出"歧义"来的。参见孙传钊《记忆的歧义》，《中国图书评论》2009 年第 12 期。

不在于现在，集体记忆则不然，它回忆的虽然是过去，但立足点则在于当下，而回忆的目的与其说是为了发现断裂和阶段性，不如说是为了证明群体的延续性，所以，后者是群体建构自身同一性的基本途径①。

哈布瓦赫区分的不仅仅是记忆和历史，在他看来，一切有组织的、客观化的回忆都和记忆不同，这其中也包括"传统"（Tradition）。他认为传统不是记忆的形式，而是记忆的"变形"。②

哈布瓦赫的观点曾经受到一些学者的质疑③，他对记忆与历史的严格区分是否合理也值得商榷。但不容置疑的是，哈布瓦赫关于集体记忆的理论建构为20世纪90年代在德国出现的"新文化记忆研究"④ 打下了基础。他的遗产不仅体现在扬·阿斯曼的文化记忆研究中，尤其是后者关于集体记忆对于集体同一性具有构建功能的观点中，也体现在后世学者对于记忆的位点、"记忆场"等概念的发展上。值得一提的还有——正像阿斯特莉特·埃尔指出的那样——作为社会心理学家的哈布瓦赫，在自己的理论研发中却完全没有仅仅局限于社会心理学，他的理论构建体现出一种跨学科、跨国界的特色，这一点对于德国20世纪末以文化记忆研究为核心的文化学的兴起与发展产生了重要的影响。

---

① 关于哈布瓦赫对于记忆与历史的论述参见 Jan Assmann, *Das kulturelle Gedächtnis. Schrift, Erinnerung und politische Identität in frühen Hochkulturen* a. a. O., S. 35ff. Dazu auch Astrid Erll, *Kollektives Gedächtnis und Erinnerungskulturen* a. a. O., S. 17f.

② 扬·阿斯曼认为这一区分没有意义。在他的《文化记忆》一书中，他写道："群体和个体一样'居住'在自己的过去，并从中形成自我形象的因素。就如同奖杯、奖状和奖章装饰单个的运动员的屋子那样，这些东西也装饰着俱乐部的房间，没有多少意义，把一个称作为'传统'，而把另外一个则称作'记忆'"。Vgl. Jan Assmann, *Das kulturelle Gedächtnis. Schrift, Erinnerung und politische Identität in frühen Hochkulturen* a. a. O., S. 47.

③ 他的第三部这方面重要的著作《集体记忆》（Maurice Halbwachs, *Das kollektive Gedächtnis*）即可视为他针对反对意见的答复。

④ "新文化记忆研究"的概念源自阿斯特莉特·埃尔，参见［德］阿斯特莉特·埃尔《什么是文化记忆研究？》，饶佩琳译，《中外文化》第一辑，冯亚琳、张法、张旭春主编，重庆出版社2010年版，第71页，这一概念提出的目的是对20世纪80年代末以来以扬·阿斯曼和阿莱达·阿斯曼为代表的文化记忆研究和以往的尤其是哈布瓦赫和瓦尔堡的研究加以区别和专门指称。下文中用到这一概念即为此意，不再专门注释。

二 阿拜·瓦尔堡的"社会记忆"构想

与哈布瓦赫的理论思考模式不同,瓦尔堡提出的"社会记忆"(das soziale Gedächtnis)的概念建立在归纳基础之上。作为艺术史和文化史学家,瓦尔堡一直专注于西方艺术图像志学的研究,直到20世纪20年代,他才注意到艺术中象征、图像、符号与集体记忆之间的关联。在研究中,他发现,文艺复兴时期的艺术家在试图表达人的激情的时候,习惯于使用古希腊古罗马时期的象征符号。瓦尔堡称之为"激情公式"(Pathosformel)。他从这种"激情公式"中窥见图像符号所具有的传承力量,由此认为"图像符号是一种文化'能量储存'。文化建立在符号的记忆之上"[1]。由此可见,基于其研究领域的性质,瓦尔堡的集体记忆构想是一种图像记忆,而他本人则用了"社会记忆"这一概念来指称它。

从本质上讲,瓦尔堡的"社会记忆"构想与哈布瓦赫的"集体记忆"理论有着异曲同工之妙,因为它们均建立在文化及其流传都是人类活动的产物这一基本理念之上。只不过,与哈布瓦赫理论探讨的思辨特性不同,瓦尔堡观照的是文化的物质维度,这也表现在他的研究更注重细节上,正如他的一句著名的格言:"上帝栖身于细节"(Der liebe Gott steckt im Detail)。由于一直受困于某种精神疾病困扰,瓦尔堡[2]没有也未曾试图创立一个理论体系,他追问的归根结底是图像作为文化符号的记忆功能和文化传承功能。

在另外两点上,瓦尔堡的构想也有别于哈布瓦赫的"集体记忆"理论:其一,瓦尔堡的"社会记忆"固然也有某种当下关联性,但不同于哈布瓦赫的"集体记忆"的是,它不是从当下的需求出发,有意识、有选择地对过去进行重构,而是将扎根于遥远过去的图像符号视作有助于艺术表现的手段,由于它承载着厚重的历史,这种流传下来的图像符号简洁而寓意深刻,同时却由于其源自文化原始而蒙昧的底层,从而对艺术家构成某种挑战甚至

---

[1] Astrid Erll, *Kollektives Gedächtnis und Erinnerungskulturen* a. a. O., S. 19.
[2] 关于瓦尔堡的生平参见 Ernst H. Gombrich, *Aby Warburg. Eine intellektuelle Biographie*, Hamburg: Europäische Verlags-Anstalt, 1992 (orig.: *Aby Warburg. An Intellectual Biography*, London: Warburg Institute, 1970).

威胁。因为在瓦尔堡看来，在这种图像所产生的古代，主体还没有把握世界的能力，因此，经过文明熏陶的现代艺术家在使用这些图像的同时，又要能够与之保持距离。也就是说，他一方面要利用它，另一方面又要把握它，只有这样，他才能够在原始的沉迷和兴奋状态与现代的自我克制之间找到平衡，创造出符合时代精神的美来。如此意义上的"社会记忆"强调的是现代人（艺术家）面对其文化深层的记忆应采取的"调节和自我坚守"① 的态度。从这个意义上出发，瓦尔堡的以"社会记忆"命名的图像记忆是一种人类处于休眠状态的精神"财富"，它"等待着被转化为人道的占有物"（humaner Besitz）。②

其二，比较瓦尔堡的"社会记忆"与哈布瓦赫的"集体记忆"会发现，后者具有群体关联性（gruppenbezogen），也就是说，所谓的集体记忆指的是某一个受时空界限限制的群族自身的记忆，正像哈布瓦赫本人在他的《集体记忆》中描绘的那样，这种记忆对外具有排他性，对内具有延续意义上的同一性建构功能③。瓦尔堡的构想则不然，他研究的重点虽然是欧洲艺术史，却又不局限于此，而是将其延伸到了其他地区的艺术诸如霍皮族印第安人的蛇舞，其出发点不是某一个——哈布瓦赫经常使用"团体"（Gruppe）这个词来指涉的——特殊的社会群体如家庭、宗教团体或民族等，而是更为广泛意义上的人类"共同体"（Gemeinschaft）。埃尔在她的理论梳理中特意提到了瓦尔堡 1924 年到 1929 年的一个题为"记忆女神"（Mnemosyne）的展览项目，内容涉及一个囊括了欧、亚两洲的图集。埃尔认为，瓦尔堡在他的研究中之所以既能够考虑到文化回忆的群体或者民族特征，又不忘其

---

① Astrid Erll, *Kollektives Gedächtnis und Erinnerungskulturen* a. a. O., S. 20.

② Ebenda, dazu auch Michael Diers, *Mnemosyne oder das Gedächtnis der Bilder. Über Aby Wrburg*, in: Otto Gerhard Oexle (Hrsg.), *Memoria als Kultur*, Göttingen: Vandenhoeck & Ruprecht, 1995, S. 79—94 und Martin Warnke, *Der Leidschatz der Menschheit wird humaner Besitz*, in: Werner Hoffmann / Georg Syamken / Martin Warnke (Hrsg.), *Die Menschenrechte des Auges. Über Aby Warburg*, Frankfurt a. M.: Europäische Verlagsanstalt, 1980, S. 113—186.

③ 关于这种排他性和群体同一性的构建意义，在《论集体记忆》的导言中，刘易斯·科瑟用他自己初移民到美国的亲身经历作了形象的阐释。参见［法］莫里斯·哈布瓦赫《论集体记忆》，第 37—38 页。

"回忆共同体"的框架,这得益于他关注的不是更具群体关联特性的口传历史,而是跨越时空的艺术品,并将之作为记忆的媒介来看待。①

需要补充的是,"社会记忆"这一概念的内涵在20世纪80年代以来的所谓的"新记忆研究"框架中得以延伸和扩充。比如哈拉尔德·韦尔策(Harald Winzer)就曾借助彼得·伯克(Peter Burk,1937—　)的考虑,将"社会记忆"定义为"一个大我群体的全体成员的社会经验的总和"②,他同时又依据伯克的观点,将其限定为:"属于回忆社会史(Sozialgeschichte des Erinnerns)范畴的,**有口头流传实践、常规历史文献**(如回忆录、日记等)、**绘制或摄制图片、集体纪念礼仪仪式以及地理和社会空间**。"③ 这显然已经是在一种新的层面上对社会记忆的定义,它的提出既相对于扬·阿斯曼和阿莱达·阿斯曼的文化记忆和交际记忆,又被理解为后者的补充,其目的主要在于探讨历史传承的形式和实践。

如前所述,哈布瓦赫的"集体记忆"理论和瓦尔堡的建立在图像记忆基础之上的"社会记忆"在它们所产生的20世纪20年代没有引起大的反响,在之后的半个多世纪里也几近销声匿迹。一直到了20世纪80年代,它们才再次被发现并逐渐发展成为"文化记忆"的经典文献和理论基础。

第二节　皮埃尔·诺拉的"记忆场"

一 "历史与记忆之间"

20世纪80年代,法国学者皮埃尔·诺拉的一部七卷本的著作《记忆的场所》(*Les lieux de mémoire*)(1984—1992)在学界引起广泛反响。该书前面附有一篇纲领性的论文,题目是《在历史与记忆之间》。在这篇论文中,诺拉重拾当年哈布瓦赫有关历史与记忆之区别的观点,做出了"记忆与历

---

① Vgl. Astrid Erll, *Kollektives Gedächtnis und Erinnerungskulturen* a. a. O., S. 20f.

② [德]哈拉尔德·韦尔策主编:《社会记忆:历史、回忆、传承》,季斌、王立君、白锡堃译,北京大学出版社2007年版,第16页。

③ 同上,加粗依据原文。

史绝非是同义词"的论断,甚至认为,两者"在任何一个方面都是对立的"。① 诺拉解释说:"记忆是生活:它总是被有活力的团体所承载,因此不断处于发展之中",而历史则"始终是对不再存在的事物的有问题的、不完整的重构。记忆始终是一个当下现象,是一种永远在当今经历着的关联。相反,历史是过去的代表"。②

诺拉还说:

> 记忆让回忆神圣,而历史却将神圣从回忆中驱出。它要的是清醒。记忆源自于团体,反过来又促成其内在关联。这导致了——借用哈布瓦赫的话:有多少人的团体就有多少记忆;记忆天生就是能扩大和倍增的,它是集体的,多样的,然而又是个性化了的。相反,历史属于所有人同时又不属于任何人;因此它的使命就是普遍性。记忆黏附于具体的事物,依附于空间、姿态、图像和物体。历史则仅仅专注于时间上的连续,专注于事物的发展和关系。记忆是一个绝对的东西,而历史仅识别相对的东西。③

如此一来,我们似乎又回到了哈布瓦赫将记忆和历史对立起来的立场上。作为历史学家,诺拉更在乎的却是历史与记忆性质上的区别。在他那里,这两者之间的对立甚至是不可调和的,因为"在历史的深层面上,一种对自发的、消解记忆的批判在进行着。历史对记忆总是抱有疑虑,历史的真实使命就是破坏记忆,驱赶记忆"④。诺拉与哈布瓦赫的不同还在于,哈布瓦赫认为有一个普遍性的集体记忆的存在,诺拉则为我们所在的时代下诊断说:"人们之所以谈论很多有关记忆的东西,是因为记忆不再存在。"⑤

诺拉的这种将记忆和历史绝对对立起来的立场颇令人费解。正像埃尔批

---

① Pierre Nora, *Zwischen Geschichte und Gedächtnis*, Frankfurt a. M.: Fischer, 1998, S. 13.
② Ebenda.
③ Ebenda, S. 14.
④ Ebenda.
⑤ Ebenda, S. 11.

二 "记忆场"概念

诺拉"记忆场"概念的提出与他有关我们所在的时代丧失了记忆的论断密切相关。在《历史与记忆之间》中,他写道:

> 对那些沉淀着记忆或者隐藏着记忆的地方的兴趣源自于我们历史这个特殊的瞬间。我们正在经历一个过渡时刻,在这个时刻,伴随着记忆被撕裂的感觉而出现了一种与过去的断裂意识,同时这也是一个撕裂后又释放出很多记忆的时刻,以至于要提出其承载的问题。记忆场之所以存在,是因为记忆的现场已不复存在。[1]

正因为如此,诺拉思考的对象与其说是记忆,不如说是记忆的场所。在诺拉理论构架的逻辑中,这些记忆场在指向过往的同时,却也指向当下对过去记忆的缺席。

那么,什么是"记忆场"呢?诺拉这样定义道:"记忆场首先是残余物,是最外部的形式,在这种形式的包裹下,一种铭记的意识存活在历史中,历史在召唤着它,因为历史不认识它。"[2] 诺拉这里所指的,应该是所有一切能够唤起法国民族记忆意象的位点,其中包括"档案以及如蓝白红的国旗、图书馆、字典、博物馆还有诸如纪念庆典、节日、万神庙、凯旋门、拉鲁斯字典以及巴黎公社社员墙。"[3]

按照诺拉的观点,"记忆场"应当具有三个维度上的意义,即"物质的,象征性的和功能的意义"[4]。

关于"记忆场"的物质特性,诺拉写道:"被我们称之为记忆的东西,实际上是建立在所有我们回忆不起来的物质的基础之上的一个宏大的、令人眩晕的构造,是那些我们或许什么时候还应当回忆的事物无穷尽的目录。是

---

[1] Pierre Nora, *Zwischen Geschichte und Gedächtnis* a. a. O., S. 11.
[2] Ebenda, S. 19.
[3] Ebenda.
[4] Ebenda, S. 32.

莱布尼茨曾经提到过的'纸质记忆',是一个由博物馆、图书馆、储藏室、文献资料中心、数据库组成的独立自主的机构。"① 这是一个含义广泛的定义,因为所谓的物质性在此并非仅仅指的是可以看得见、摸得着的东西,比如默哀一分钟也可以视为一个时间单元的物质片段。

但在诺拉那里,物质维度却不是唯一重要的,因为,"即使一个显然是纯物质的场所如档案仓库也只是在象征的光芒环绕它的时候才能称其为一个记忆场"②,与此同时,"诸如一部教科书,一份遗嘱,一个战争老兵联谊会这样的一个纯功能性的场所也只能当它是一项仪式的对象时才能进入这一范畴"③。这也就是说,诺拉定义的"记忆场"的三种维度总是相辅相成的,缺一不可。为此,诺拉特意举了一个抽象的记忆场,即"代"这个概念为例:

> 由于建立在人口统计学的内容基础之上,因此它具有物质性;功能性依据的是假设,因为它同时作用于回忆的结晶及其传承。从定义来看它却又是象征性的,因为它是根据仅有少数人参与过的一个事件或一个经历来描述多数人的特征的。④

鉴于其作为位点的指向功能和与这一指向功能相关联的概念(或者说象征)意义,可以断言,诺拉的"记忆场"概念与古希腊古罗马时期的以位点为导向的记忆术有着某种渊源。只不过,比较之下,诺拉的"记忆场"的功能性具有普遍意义,也就是说,无论何种"记忆场",它均具有唤起法国民族记忆意象的功能。

引人注意的是诺拉定义的"记忆场"与历史之间的关联。他强调记忆与历史之间的相遇和相互交替。重要的是"起初先要有一个意志:把什么东西保存在记忆中[……]如果缺少将一些东西保存在记忆中的意图,此时

---

① Pierre Nora, *Zwischen Geschichte und Gedächtnis* a. a. O., S. 22—23.
② Ebenda, S. 32.
③ Ebenda.
④ Ebenda.

的记忆场所就成为了历史场所"①。但什么情况下才会有这样一种记忆的动因或者叫做"意志"呢？诺拉没有直接论及。但按照他所设定的逻辑，"记忆场"本身的在场指向活的记忆的不在场，那么反过来说，它同时也就指向通过它应该记住的东西。虽然像埃尔所指出的那样，诺拉的"记忆场"不能建构哈布瓦赫定义的集体记忆，因为在诺拉看来，法国在19世纪第三共和国时期，民族记忆还能够形成集体的身份，但到了20世纪，这一作用业已瓦解。正是由于当今社会处在一个过渡时期，它与活的、具体群体和民族形成身份认同的过去的联系正在瓦解，"记忆场成为了不再存在的、自然的集体记忆的人为符号"②。诺拉的这一说法显然有其难以成立的一面，单用"记忆场"的存在来抹杀当下与过去的联系也很难说服人。因为，"记忆场"的在场和它所具有的回忆功能本身就从一个方面说明了人们有着回忆过去和追寻个体及集体身份的需求，以至于可以说它本身就是当下与历史见面的场所。

所幸的是，诺拉的记忆研究实践在某种意义上修正了他的部分理论论述。他的七卷本的《记忆的场所》总共收入了130个代表某个"纪念场"的词条，并用散文形式对每一个词条作了阐释。诺拉写道："我的计划是，用一种深入进行的对'场所'——这个词所有意义上——的分析来替代一种普遍的、编年史的或者线性的研究。在这些场所中，法国民族的记忆以特别的程度得以浓缩、体现和结晶。"③

诺拉收入《记忆的场所》一书中的法国"记忆场"可谓包罗万象，它不仅会是某一个地理场所、纪念馆、档案馆、纪念碑，也可以是一件艺术品、一部文学作品、一首乐曲、一本教科书，甚至还可以是一个历史人物，某个纪念日，某一物体等等，在他的《记忆的场所》中，"任何能在集体层面与过去和民族身份联系起来的文化现象（无论物质的、社会的或精神的）"④ 都被称作为"记忆场"。

---

① Pierre Nora, *Zwischen Geschichte und Gedächtnis* a. a. O. , S. 32—33.
② ［德］阿斯特莉特·埃尔《什么是文化记忆研究？》，第72页。
③ Pierre Nora, *Zwischen Geschichte und Gedächtnis* a. a. O. , S. 7.
④ ［德］阿斯特莉特·埃尔《什么是文化记忆研究？》，第72页。

毋庸置疑，诺拉的"记忆场"概念的提出对记忆文化和记忆研究产生了很大的影响。继他七卷本的《纪念场所》之后，在西班牙、荷兰、意大利、以色列、俄罗斯先后都出版了类似的著作，2001年，由艾蒂安·弗朗索瓦（Etienne François, 1943— ）和哈根·舒尔茨（Hagen Schulze, 1943— ）主编的三卷本的《德国记忆场》在德国问世。书中包含了"帝国"、"诗人与思想家"、"人民"、"世仇"、"内心分裂"、"罪责"、"革命"、"自由"、"纪律"、"效率"、"法制"、"现代"、"教育"、"情感气质"、"信仰与信条"、"家乡"、"浪漫"、"同一性"等十八个部分，总共列出一百二十一个对于德意志民族具有典型意义的"记忆场"[1]。稍作梳理就会发现，该书延续了诺拉的《记忆的场所》中遴选"记忆场"的思路，其中有历史事件诸如时任德国总理的勃兰特1970年12月7日在华沙英雄纪念碑前的"下跪"举动，有历史人物"俾斯麦"、"罗莎·卢森堡"，有建筑物如"勃兰登堡门"、法兰克福"保尔教堂"，还有文学作品中的人物如"垃圾教授"以及主题概念如"责任"等。所有的这些"记忆场"，不仅都具有明显的象征意义，而且在它们自身的形成过程中充满了变数和矛盾，譬如勃兰特在华沙下跪在当时所引发的褒贬不一的舆论和后续影响[2]，再譬如浓缩在"歌德"这个记忆场中一代伟人被神化和被遗忘的过程[3]。应当说，"记忆场"指向的断不是僵化了的形象和概念，而是处于变迁和张力之中的"文化现象"。诺拉的《记忆的场所》和艾蒂安·弗朗索瓦等主编的《德国记忆场》表明，这些文化现象不仅是一个民族记忆的对象，更是建构集体同一性的反思的对象。

---

[1] Etienne François und Hagen Schulze (Hrsg.), *Deutsche Erinnerungsorte*, *I bis III*, München: C. H. Beck 2001.

[2] Vgl. Adam Krzemi'nski, *Der Kniefall*, in: Etienne François und Hagen Schulze (Hrsg.), *Deutsche Erinnerungsorte*, *I* a. a. O., S. 638—653.

[3] Vgl. Dieter Borchmeyer, *Goethe*, in: Etienne François und Hagen Schulze (Hrsg), *Deutsche Erinnerungsorte*, *I* a. a. O., S. 187—206.

第三节　阿莱达和扬·阿斯曼的"文化记忆"及"新记忆研究"

德国埃及学者扬·阿斯曼和英美文学教授阿莱达·阿斯曼是被称作"新记忆研究"的代表人物。他们于20世纪80年代提出的"文化记忆"在过去的二十多年里不断被深化，不仅成了文化记忆研究的核心概念，而且也几乎成为了文化记忆研究本身的代名词。正是由于他们的理论建构，文化记忆研究才在理论上逐渐走向成熟和系统化。

扬·阿斯曼和阿莱达·阿斯曼的理论思考是建立在对莫里斯·哈布瓦赫的"集体记忆"理论的接受与批判基础之上的。在梳理哈布瓦赫的中心论点时，阿斯曼主要强调了以下几点：

——记忆具有社会性。它既产生于集体又缔造了集体。其次，个人记忆是在集体记忆中形成的；人们不仅只是活在与他人的关系中，人们也是在与他人的关系中进行回忆的；个人记忆因此也是各种不同社会记忆的交叉点。

——记忆具有重建性。过去只是保存了那些"每个时代的社会在各自的相关框架下能够重建起来的东西"。因此，记忆是通过依附于一个"意义框架"这种方式被保存下来的。这个框架是虚构的。回忆意味着赋予在框架内曾经历的东西以意义；遗忘则意味着意义框架的解体，在这一过程中，某些回忆失去了相关性，因而被遗忘，与此同时，其他记忆进入新的框架，从而被回忆。

——记忆与历史：集体记忆着眼于连续性和再识别性。它的功能在于设计一个独特的轮廓，并通过自我关照以保证集体的独特性与持久性。与"被居住"的记忆相对的是"无人居住"的历史，与记忆不同，历史与集体同一性之间没有关联。[1]

---

[1] Vgl. Aleida Assmann / Jan Assmann, *Das Gestern im Heute. Medien und soziales Gedächtnis*, in: Klaus Merten, Siegfried J. Schmidt, Siegfried Weischenberg (Hrg.), *Die Wirklichkeit der Medien. Eine Einführung in die Kommunikationswissenschaft*, Opladen: Westdeutscher Verlag, 1994, S. 118.

阿斯曼对哈布瓦赫的批评则集中在以下两点：

其一，哈布瓦赫没有完全摆脱柏格森哲学思想的影响，仍然沉醉于"生活"、"真实"这样的概念之中，追问的是与"被构想的时间"和"人为的绵延"（temps concu, durée artificielle）① 相反的"被经历的时间"（temps vécu），这不仅导致概念清晰度的损失，也完全忽略了文字对于集体记忆的意义。

其二，哈布瓦赫理论思考具有局限性。作为社会心理学家，他的探索止步于记忆的集体框架，他的目的在于要证明即使是再个人的记忆也是一种社会现象，却并没有追求一种明确的文化层面上的理论建构，包括文化进化论的视角在他那里也是被排除在外的。②

此外，哈布瓦赫的理论论述无疑具有断片性质，这与他所处的时代、他本人的学术背景、尤其是他的早逝不无关系。尽管如此，没有哈布瓦赫关于"集体记忆"的开创性的研究，就很难有阿斯曼的"文化记忆"理论。换句话说，阿斯曼的"文化记忆"是对哈布瓦赫的集体记忆的发展和细化，这一点，我们在下文的论述中还将不断涉及。

一　交际记忆与文化记忆

扬·阿斯曼理论构想的核心内容是对集体记忆进行了区分。他认为，记忆实际上是以两种不同的形式得以实现的，它要么发生在人与人之间的交往、互动和沟通中，即发生在所谓的"回忆谈话"（memory talk）③ 的实践中，阿斯曼称之为"交际记忆"（Kommunikatives Gedächtnis），而另一种形式则是"文化记忆"（Kulturelles Gedächtnis）。

与哈布瓦赫的思路不同，阿斯曼的理论思考从一开始就站在了文化层面上。因此，在此有必要首先对阿斯曼所说的"文化"作以界定。应当说，

---

① 即物理时间或科学时间。

② Vgl. Jan Assmann, *Das kulturelle Gedächtnis. Schrift, Erinnerung und politische Identität in frühen Hochkulturen* a. a. O., S. 45—47.

③ "回忆谈话"一词借用于哈拉德尔·韦尔策。参见［德］哈拉尔德·韦尔策主编《社会记忆：历史、回忆、传承》，第7页。

在扬·阿斯曼的代表作《文化记忆——早期发达文化的文字，回忆和政治同一性》[①] 中，他并没有直接探讨这一问题。只是到了 1994 年他和阿莱达·阿斯曼合作的论文《昨日在今日中的重现》中，文化与记忆的关系才得到更为明确的论证。在该文的"社会记忆的基础"中，两位作者首先论述了文化的共时维度与历时维度，认为可以将文化"理解为交际、记忆和媒介三者之间具有历史性变化的关联"[②]：

> 文化能够完成两项任务。一项是协调性，即通过创造同时性使得交际成为可能。协调性要求建立一个象征性的符号体系并在技术和概念的层面上备置一个共同的生活视野，文化的参与者能在这个视野里相遇并进行交流。[③]

假如说，文化的共时性维度使得文化参与者的相互交往，进而使得"社会"成为可能的话，那么，文化的历时性维度则为文化的持续性创造了条件。因为：

> 文化的功效并不仅仅在于使人们能够利用符号，在某种程度上相互信任地交流，在较大的联盟中共处并共同行动。文化也为如下这种情况提供了条件：不是每一个个体和每一代人均需从头开始。[④]

有关文化的共时性和历时性维度的论述不仅为阿斯曼有关交际记忆和文化记忆形式的划分奠定了基础。更为重要的是，它从根本上将文化和记忆联系到了一起。两位作者认为，记忆是历时性、即实现时间的延续性的机构。他们总结了迄今为止各种不同关联的"文化即为记忆"的论述，比如在生

---

① 下文中凡涉及此书，均简称为《文化记忆》。
② Assmann, Aleida / Assmann, Jan, *Das Gestern im Heute. Medien und soziales Gedächtnis* a. a. O., S. 114.
③ Ebenda.
④ Ebenda, S. 115.

物学进化模式的框架下,文化被理解为复杂的存活机制;在柏拉图那里,记忆即是对无形的超越时间的思想的重新认识。这一理论被20世纪的心理分析学家荣格(C. G. Jung,1875—1961)接受并发展,在荣格看来,个体记忆不是一张未书写的白纸,而是一张已被涂抹上某些形象的纸。从这个意义上讲,人类的集体记忆为个体记忆的前提。苏联符号学家朱利·洛特门(Juri Lotman,1922—1993)将文化定义为群体的不可遗传的记忆,他理解的文化是一个以自我重组和再生产为目标的体系,而记忆则是文化为自身创造的"一种独特的模式"。[1] 在另一篇题为《文字与记忆》的文章中,阿斯曼夫妇甚至明确提出了"文化是一种记忆"的观点[2],他们写道:"文化是脱离日常狭隘的时间界限进入另外一种节日的思考时间的共同形式。它依存于象征性回忆、建立距离和概览的能力,简言之,它以记忆为基础。"[3] 2002年,扬·阿斯曼在他的论文《文化记忆》中再提"文化是记忆"的观点。这一次,他从"造型"的记忆术和身份稳定功能出发,借助埃里希(K. Ehlich)的"文本"概念,将文化理解成为一切"分解延伸情景"(zer-dehnte Situation)的总概念,从而将文化与文本联系在了一起。[4]

建立在共时性和历时性双重维度之上的文化与记忆的密切关联决定了记忆是在互动之中得以代代相传的。这一核心观点也体现在扬·阿斯曼对"文化记忆"的定义中,他认为"文化记忆"是"关于一个社会的全部知识的概念,在特定的互动框架之内,这些知识驾驭着人的行为和体验,并需要

---

[1] Vgl. ebenda, S. 116—117.

[2] Ebenda, S. 117.

[3] Aleida und Jan Assmann, *Nachwort. Schrift und Gedächtnis*, in: Assmann, Jan und Aleida / Christoph Hardmeier (Hrsg.), *Schrift und Gedächtnis. Beiträge zur Archäologie der literarischen Kommunikation*, München: Wilhelm Fink, 1998, S. 267.

[4] Vgl. Jan Assmann, *Das kulturelle Gedächtnis*, in: *Erwägen, Wissen, Ethik, vormals Ethik und Sozialwissenschaft (Eus), Streitforum für Erwägungskultur*, Herausgeben von Frank Benseler, Bettina Blanck, Reinhard Keil-Slawik, Werner Loh. Jg. 13/2002, Heft 2, S 239—247. 关于文化与文本的关系将在本书第二章中专门做出梳理。

人们一代一代反复了解和熟练掌握它们"①。

文化记忆的这一总括性定义将社会学的记忆与生物学的遗传彻底区分了开来，如果说，后者的"知识是本能的，也就是说，它们的记忆是储存在基因之上的"②，那么，前者的记忆则是一种不断进行的对知识的建构。

阿莱达·阿斯曼在她 2006 年面世的论著《过往悠长的阴影——记忆文化与历史政治》③中专门论述了记忆的三个维度，即神经维度、社会维度、文化维度，不仅进一步明确了个体记忆、社会记忆和文化记忆之间的关系，而且强调了文化记忆的持久性和稳定性。书中写道：

> 在文化记忆的维度中，记忆的载体范围及其时间半径和持久性明显扩展。社会记忆是一种通过共同生活、语言交流和话语而产生的个人记忆的协调④，而集体和文化记忆则建立在经验和知识的基础上。这一基础脱离了活的载体而转到物质数据载体上。通过这种方式，回忆可以越过代际界限而保持稳定。与社会记忆与支持承载它的人总是共生共逝所不同，文化符号和标志提供了更为持久的支持。社会记忆的跨度与生命节奏相连，因此总是受到生物学上的限制。与此相对，建立在诸如文本、图像、文物和仪式等外部媒介基础上的文化记忆则不受时间限制；它的时间界限非常长，甚至有潜力延续数个世纪。集体记忆通过这些把回忆固定到未来的符号支架上……，并以此与后代之间维系一种共同的回忆。文物、纪念碑、周年纪念日和仪式等通过物质符号或周期重复使代际间的回忆变得稳固，使后代不需要借助个人经验便能进入共同回忆。⑤

---

① Jan Assmann, *Kollektives Gedächtnis und kulturelle Indentität*, in: Jan Assmann und Tonio Hölscher (Hrsg.), *Kultur und Gedächtnis*, Frankfurt a. M.: Suhrkamp, 1988, S. 9.

② Assmann, Aleida / Assmann, Jan, *Das Gestern im Heute* a. a. O., S. 117.

③ Aleida Assmann, *Der lange Schatten der Vergangenheit-Erinnerungskultur und Geschichtspolitik*, München: C. H. Beck, 2006.

④ 原文字体变化，下同。

⑤ Aleida Assmann, *Der lange Schatten der Vergangenheit* a. a. O., S. 34f.

在文化记忆中，"诸如符号、物体、媒介、程序及其制度等可传输、可流传的客体为载体，替代了寿命有限的人并通过其可传递性保证了长久的效力"①，对于群体身份——用阿莱达·阿斯曼的话说是"大我群体"（Wir-Gruppen）——的构建来说，这一稳定的、不受代际替换影响的记忆的重要意义是不言而喻的。这一点，尤其适用于"作为一种官方或者政治记忆形式"②的民族记忆。

前文中提到，阿斯曼认为集体记忆有两种模式，一种是"交际记忆"，一种是"文化记忆"。我们在此转入对这两种记忆形式区别的论述。

按照阿斯曼的观点，"交际记忆"是建立在日常交往和沟通之上的。它是一种可以与同代人共享的回忆，因此总和社会的晚近历史有关，时间视野一般在三到四代，也就是说八十年到一百年之间。交际记忆的内容没有固定的意义规定，仅仅维系于它的载体，并随着当下的推进而推进。正因为贴近日常生活，交际记忆依赖于个体和群体回忆过去时相互平等的互动实践。交际记忆属于"口述历史"的范畴，其特点是"非专业性"（Unspezialisiertheit）、"角色交互性"（Rollenreziprozität）、"非固定性"（Unfestgelegtheit）和"无组织性"（Unorganisiertheit）。

"文化记忆"是阿斯曼夫妇关注的焦点。与交际记忆的短时记忆相反，文化记忆是社会的长时记忆，它远离并超越日常生活，根植于历史深处稳定的文化积淀层中，其视野不会随着时间的推移而推移；文化记忆有自己的固定点（Fixpunkte），它聚焦于过去"命运式的"事件。与此相应，它的媒介也不再具有口头性，而是具有固定性。文化记忆通过节日、庆典等礼仪仪式和文字记载、图画等象征形式进行编码或者演示，并在文化循环意义上的交往空间中得以实现。也就是说，与交际记忆的非组织性和平等性（每一位参与回忆的人都是平等的）相对，社会成员在参与文化记忆方面不具平等性。由于文化记忆的交往沟通是机构化或者制度化了的，所以只有受过专门训练的人员诸如神父、萨满、教师、艺术家或者档案人员等才能充当其载体和传播者。这种机构化和专业化的特性导致某种准入制的实行，文化记忆的

---

① Aleida Assmann, *Der lange Schatten der Vergangenheit* a. a. O., S. 33.
② Ebenda, S. 36.

载体需具有承载和传播文化记忆的能力,比如在西方要成为牧师必须学习神学,在古代中国需要参加科举考试方能成为官吏,而普通民众则往往只能通过身体的在场才能参与其中。前一种情况导致一种明显的排他性,在很多社会里,被排除在外的首先是女性,① 而后一种情况则指向文化记忆的节日化、仪式化的组织实践形式。

阿斯曼认为,节日化是文化记忆区别于交际记忆最重要的特征之一。节日和仪式提供群体集合在一起的机会,使得传播建构集体同一性的知识成为可能。文化记忆以此为人的生命创建了彻底区别于日常时间的第二时间维度。阿斯曼用"流动"来形容前者,用"固定"来指称后者。

总括起来,文化记忆具有以下特征:

1. 认同具体性(Identitätskonkretheit)或群体关联性(Gruppenbezogenheit):指的是对一个群体知识储备的保存。而群体则从中获得大我群体的同一性。这些知识既有正面的"这是我们"的(认同)意义,也具有反面的"这是我们的敌人"的(排他)意义。

2. 重构性(Rekonstruktivität):指的是文化记忆的实现方式。文化记忆虽然固着于过去稳定的回忆形象和知识储存,但其出发点却总是当下。也就是说,文化记忆存在于两种不同形式的关联中,一种是作为档案和积累起来的文本、图画、行为模式的绝对视野,另一种是由不同的当下出发、因此不断变化着的视角。

3. 成型性(Geformtheit):指的是它所依赖的不再是未成型的口头讲述,而是已成型的、可以保存的形式。这在无文字的社会里可以是仪式、舞蹈、图案、服饰等;在文字文化里,则是文字说明、纪念物和纪念仪式等具有象征意义的"造型"(Formung)。

4. 组织性(Organiertheit):指的是交往和沟通的机构化以及回忆载体的专业化。前者主要通过仪式化来实现,后者则涉及专门回忆人员的专业化

---

① 关于交际记忆和文化记忆区别的描述参 Jan Assmann, *Das kultuelle Gedächtnis. Schrift, Erinnerung und politische Identität in frühen Hochkulturen* a. a. O., S. 48ff; Assmann, Aleida / Assmann, Jan, *Das Gestern im Heute* a. a. O., S. 119ff. 另参[德]哈拉尔德·韦尔策主编《社会记忆:历史、回忆、传承》,第4—6页。

程度。

5. 约束性（Verbindlichkeit）：指的是通过与群体的自我形象建立关联所产生的价值倾向以及重要性落差，这一重要性落差赋予储存的文化知识和象征以一定的结构。

6. 观照性（Reflexivität）：文化记忆的观照性表现在三个层面上：1. 对常见的时间形式如成语、生活规则、风俗等进行观照；2. 自我观照，即对自身进行阐释、批判、审查、改变解释、监督等意义上的反思；3. 对自我形象的观照，即对群体的自身形象进行"社会制度自我话题化"意义上的观照。①

表 1-1　　　　　　　　交际记忆和文化记忆之比较②

	交际记忆	文化记忆
内容	在个体生平框架内的历史经验	神话传说，发生在绝对过去的事件
形式	是非正式的、较少成型的、自然形成的，通过互动产生；日常生活	是被缔造的，高度成型化，是礼仪形式的交际；节日庆典
媒介	存在于感官记忆中的鲜活的回忆，经验或道听途说	固定的具体化，以语句、图画、舞蹈等形式进行传统的、具有象征性的编码或演示
时间结构	80—100 年，三到四代以内不断迁移的时间视野	神话原始时代的绝对的过去
载体	非专业的，回忆集体的时代见证人	专业的传承载体

交际记忆与文化记忆之间虽然有着质量上的区别，但在阿斯曼看来，从交际记忆过渡到文化记忆却并不像哈布瓦赫所认为的那样即由"记忆"（Mémoire）进入了"历史"（histoire）。这里所涉及的，是"客观化了的文化"和"有组织的、仪式化了的交往"，它与以日常交往为特征的交际记忆之间有着"类似的、与团体和团体认同的联系"③。不仅如此，交际记忆与文化记忆之间还存在着一种辩证的关系，虽然就时间上的划分而言，八十到一百年以内的晚近历史属于交际记忆范围，但我们却不断观察到，涉及刚刚

---

① Vgl. Jan Assmann, *Kollektives Gedächtnis und kulturelle Identität. Schrift, Erinnerung und politische Identität in frühen Hochkulturen* a. a. O., S. 13—15.

② Jan Assmann, *Das kulturelle Gedächtnis* a. a. O., S. 56.

③ Jan Assmann, *Kollektives Gedächtnis und kulturelle Identität* a. a. O., S. 11.

过去的20世纪的时候，一些诸如第一次和第二次世界大战、大屠杀等重大的历史事件却具有文化记忆的质量，因为它们同样"允许社会从其中引出有约束力的关于自身的表述"[1]，同样对于构建"参与其中的个体方面认同的"[2] 集体同一性具有重要意义。这一点，在20世纪的德语文学中表现得尤为突出[3]。

二 文化记忆的口头性与文字性

扬·阿斯曼指出，不能简单地把交际记忆与文化记忆的区别等同于口头性和文字性的区别。口头性与文字性同是文化记忆的基础媒介，因为两者在"建立文化关联"方面具有同等功能。口头流传和文字流传一样，都既包含日常回忆，也包含节日回忆，即使在无文字文化中，区分日常回忆和节日回忆，也要比文字社会中要困难得多。正是在这个意义上，阿斯曼提出了所谓的口头文化的"仪式关联"和文字文化的"文本关联"的概念。意思是说，口头文化的文化记忆更依赖于对神话的温习和对仪式的重复。这一重复形成循环，这就产生了一个封闭的结构，这个封闭的结构被阿斯曼称为"内环境动态平衡"或者"结构性的记忆缺失"，这一指称表明了无文字的社会中记忆和遗忘的动态关系，因为文化记忆储存于萨满或者歌手的生物记忆中，因此随时都受到遗忘的威胁。此外，对于口头文化来说，过去就是原始模式，任何的"今天"都要追溯到这个原始模式。如此一来，就有了所谓的"绝对的过去"，它与每个当下都保持着等距离。尽管如此，不能将结构的封闭性和文化的停滞混淆起来，因为口头文化具有很强的灵活性和对不断变化着的历史环境的适应性。与此不同，文字文化的"文本关联"则建立在文字媒介的基础上，它将文化意义转向书写的媒介。如果说在口头文化中，文化记忆依赖的媒介与载体重合的话，文字的发明则不仅将媒介（记忆支撑、符号载体）与载体（回忆主体）分离了开来，而且还将其外在化了。

---

[1] Astrid Erll, *Kollektives Gedächtnis und Erinnerungskulturen* a. a. O., S. 116.
[2] Jan Assmann, *Das kulturelle Gedächtnis* a. a. O., S. 132.
[3] 下编中的个案分析《记忆的构建与选择——交际记忆与文化记忆张力场中的格拉斯小说》可以视为这一观点的有益的佐证。

一方面，它使得对记忆的保存比起口头文化时期的对个体的依赖更为可靠，同时也有利于克服记忆的纯功能性，因为在文字文化中，不再只是对现时有用的东西才被记住；另一方面，文字作为记忆的载体也在很大程度上消除了口头文化时期记忆演示的多媒体性，身体的各种演示形式包括声音、动作比如吟诵和舞蹈以及音乐的加入不再是必要条件：

> 文字首次实现了将文化记忆转移到物的载体上。这样就将演示的口头多媒体性减少至单一的线条，即语言上。难怪有些社会没有利用这个可能性，因为它们将制定传统首先看做一桩蚀本生意。就像它展现语音文字一样，准确地说，制定法典能产生两个结果，第一，从鲜活的载体向没有生命的载体转移；第二，抽象的、无声的符号代替了象征性符号参与说话的媒介（演示的道具）。物质化和抽象化这两个进程，共同构成了文化记忆领域里深刻的变革。传统从鲜活的载体和现时的演出转移到了抽象符号的中间地带，在那里，它创立了一种新的物化存在形式，那便是文本。①

从这个意义上讲，阿莱达和扬·阿斯曼关于文字和记忆并非等值的观点——因为"有无文字的文化，但没有无记忆的文化"②，亦适用于这里。尽管如此，文字的优势仍不容忽略。它虽然不能完全替代记忆，"却能够以不同程度进入'记忆文化'（P. Gaechter）的各种功能范围之内，并开发出另外的功能范围来。"③ 就时间维度而言，记忆和文字均立足于现在，却在定位和把握现实方面分别面向着相反的方向："记忆保存现有的东西，以过去丰富当下；文字记录新的东西，向未来开放当下。回忆者看的是先辈，而书写者则把目光投向后世。"④

---

① Aleida Assmann / Jan Assmann, *Das Gestern im Heute* a. a. O., S. 117.
② Aleida Assmann / Jan Assmann, *Nachwort. Schrift und Gedächtnis* a. a. O., S. 267.
③ Ebenda.
④ Ebenda, S. 268.

文字以这种方式不仅克服了口头文化中记忆的暂时性，它还跨越了口头性在时间上和空间上的限制，不仅扩大了共时性交际的范围，也使得历时性的远程交际成为可能。因此，文字的发明是文化记忆历史上具有决定性的一步："伴随着文字的出现，一种全新的展现过去的形式，即'今日里的昨天'也就随之而出现了。"①

　　阿莱达和扬·阿斯曼将文字文化的发展划分为两个阶段，即手写阶段和印刷阶段。与手写阶段相比较，15世纪中期起古腾堡印刷技术在西方的应用迅速完成了从手写文化到书本文化阶段的过渡。印刷冲破了手写的限制，使得书籍的批量化生产变得轻而易举，这使得书籍在其数量急剧增加的基础上得以普及，从而导致了真正意义上的"书本文化"的产生。"书本文化"对于西方的社会文化发展具有至关重要的意义，在这一过程中，"知识垄断和教育限制"② 加速瓦解，进而促发了西方社会的经济化和民主化的过程。

　　在这一过程中，蕴藏在文字中的潜能也被提升到了极致。阿莱达和扬·阿斯曼如是说：

　　　　蕴藏于文字中的潜力得到量与质的提升，这是印刷中通过媒介符号抽象性的持续发展被激起的。铅字活版印刷的出现提升了符号任意性及可替换性这一层面上的抽象原则。符号的物质性在印刷中被更加有效地中性化，而作为身体艺术手段延伸的书法和具有感官质量的书法文化则在书法性和鲜明色彩性的绚丽排场之中找到了它的纪念。这为机器批量加工生产过程的理性化这一新的阶段创造了条件。③

　　印刷媒介催生了新的知识形式和交际形式。新的学科"以保存和印在专业书籍里的知识为基础"④，而新的交际则需要两个相对的条件：一方面

---

① Aleida Assmann / Jan Assmann, *Das Gestern im Heute* a. a. O., S. 132.
② Ebenda, S. 136.
③ Ebenda.
④ Ebenda.

是"孤独的阅读"①,以代替以往人与人之间面对面(face to face)的交往,另一方面则是"文学的公众网络"②。阿斯曼得出的结论是:"文化记忆在这种环境下失去了固有的轮廓而变得模糊。不是保存,而是更新,不是回忆,而是发明,这逐渐成为了文化行为的新要求。"③

20世纪电子时代的开启再次引发媒介的重大改革并带来新的结构性变化,其中最重要的是,迄今体现在文字上的物质的持续性随着荧光屏和显示器的出现而消逝了,随之而来的是新一轮的易逝性和流动性:"跟曾经的口头时代一样,时间的维度再一次优先于空间维度"④,这也就是说,交往的同时性——虽然是在一个虚拟空间中——替代了书本文化阶段交往的历时性。与书本时代的书写所不同的是,电子时代的书写是非物质化的,其过程以不断的改写和转换为特征:"仿佛电脑是精神的延伸,是一种超人类的、依赖字母的记忆的延伸。仿佛想法虽然被写了下来,但它却又根本没有离开大脑,以至于人们可以继续任意对其进行干预,可以随性改变一切和改写一切。"⑤ 阿莱达和扬·阿斯曼认为:这场新的"交际革命"还在进行之中,因此尚不能对其作出全面评判,然而——

> 随着文本概念的变动和媒介的非物质化,现在已经出现了交际结构的变化。反省性的阅读和写作的个体孤独以及原作者身份不再具有塑造模式的作用了;除了以印刷文字为支撑的交际形式以外,又出现了一种新的、独立的、无声的接受行为方式(例如随身听),另一方面也出现了全球互动的机会,以及通过在一个开放的网络结构中相互连接形成的世界性的邻里关系。⑥

阿斯曼指出,口头文化需要记忆支撑,书本文化则需要交际性的语言支

---

① Aleida Assmann / Jan Assmann, *Das kultuelle Gedächtnis* a. a. O., S. 136.
② Ebenda.
③ Ebenda.
④ Ebenda, S. 138.
⑤ Ebenda.
⑥ Ebenda, S. 139.

撑。这两种形式在电子时代虽依然以某种形式并在某种程度上继续存在着，但却已丧失了其在文化上的主导地位。"信息循环的媒介和机构获得了新的中心意义。它们组织并掌控着交际社会中的知识。"① 于是，"记忆文化"受到了威胁，要么被压制，要么被遗忘。在阿斯曼看来，恰恰是在这种情况下，科学（比如历史科学）、文学还有媒体都面临着一种社会文化责任的选择，即用记忆来拯救"昨日"，拯救"连续性的意识"②。

表 1 – 2　　　　媒介技术的发展阶段和社会记忆的变化③

	口头性	文字性	印刷	电子
知识的结构	——封闭的结构 ——绝对的过去	——开放的结构 ——历史意识	——上升：知识大爆炸 ——新学科	——冲破经典文化 ——无语言的计算机思维 ——二代文盲
媒介＝编码和储存	——身体亲近及媒介的暂时性 ——多媒体性	——媒介与载体的分离 ——文本的自动存在 ——视觉的单一性	——符号抽象程度的提高 ——标准化	——声音的回归 ——脱离符号密码机械的重感化 ——文本的动态化（"过程"）
交际形式，循环	——共同参与的虚拟场景 ——有限的范围	——朗诵和读物 ——空间和时间的透明度	——孤独的阅读和公众 ——大众文化	——网络里的互动 ——全球化

表 1 – 3　　　　记忆媒介发展的各个阶段

	口头性	文字性	电子
编码	象征性的编码	字母、语言编码	非语言编码、人工语言
存储	受人类记忆的制约	通过文本语言的过滤	不受过滤，不受限制的记录可能性
循环	节日	书籍	视听媒介

三 "记忆形象"

为了描述文化记忆的过程，扬·阿斯曼提出了"记忆形象"（Erinne-

---

① Aleida Assmann / Jan Assmann, *Das kultuelle Gedächtnis* a. a. O. , S. 139.
② Ebenda.
③ Ebenda, S. 131.

rungsfiguren）这一概念。阿斯曼指出，思想是一个抽象的过程，与之不同的是，记忆却是具体的。这也就是说，记忆建立在概念与图像融合的双重基础之上。对于这种由概念与经验共同作用下产生的东西，哈布瓦赫曾用"记忆图像"（Erinnerungsbilder）来指称。阿斯曼区别道："我们理解的'记忆形象'是文化构建的、具有社会约束力的'记忆图像'，之所以选择了'形象'（Figur）来替代'图像'（Bild），是因为它不仅与图像构成，而且与叙述构成相关。"①

扬·阿斯曼从三个特征上来确定他的"记忆形象"的概念，一是与空间与时间的具体关系，二是与群体的关联，三是重构性。

关于"记忆形象"与空间和时间的关系，阿斯曼指出："记忆形象要求通过一定的空间来物质化，并在一定时间内现时化，因而在空间和时间上总是具体的，尽管并非总是地理和历史意义上的。"② 年复一年的各种节庆，无论是教会节日、市民节日还是军队节日，都体现出某一个群体共同"经历"的时间；空间记忆框架对于某个人群的意义充分体现在"家乡"这个词中。对于一个家庭而言，曾经居住过的房子与某个村庄和山谷对于农民、一个城市对于市民意味着什么并无二样。此外，"属于空间的还有环绕在'我'周围、属于'他'的物体世界"③，这一包括仪器、家具及其特殊排列秩序的物质世界是人自身的支撑与载体。记忆有空间化的倾向，不仅如此，"群体与空间结成一种象征性的本质共同体"④，如果某个群体丧失了对他们意义重大的空间，那么它就会转换成为这个群体全体民众的圣地，正像哈布瓦赫在他的《福音书中圣地的传奇地形学》所描述的那样。

"记忆形象"的群体关联特征的出发点是："集体记忆附着于其载体身上，不能随意转移。"⑤ 集体记忆的每一个参与者都有自己的所属性，都有具体的身份认同。也就是说，集体记忆的时空概念与相应团体的交往形式处

---

① Jan Assmann, *Das kulturelle Gedächtnis. Schrift, Erinnerung und politische Identität in frühen Hochkulturen* a. a. O., S. 38.

② Ebenda.

③ Ebenda, S. 39.

④ Ebenda.

⑤ Ebenda.

于一种共生关系中，它既有感情意义，更有价值意义。"记忆形象"不仅显现为对于一个群体的自身形象和目标富有意义的"家园"和"生活史"，它不仅重构群体的过去，更为重要的是，它也定义群体的本质、特性和弱点。

与群体关联特征密切相关的是"记忆形象"的重构性。这指的是，任何一个社会的过去都不会是记忆中的现成的事实，而是社会在不同关联中的一种重新建构："就是说，记忆以重构的形式进行。过去在记忆中不可能作为过去本身被保留。它不断被重新组织，其出发点即是随着向前推进的现在而一直处于变化之中的关联。即使新的东西也只能以重新建构的形式出现。"①

由于"记忆形象"凝聚了相关历史文化语境，因此它具有促使记忆形成的功能。换句话说，"记忆形象"被调动的过程就是记忆本身开始的过程。阿斯曼认为，促使记忆发生的"记忆形象"有可能源自于"神话、歌曲、舞蹈、谚语、法律、经文、图像、装饰图案、绘画和路径"，对于澳大利亚人来说甚至包括"整个风景"。② 在此基础上，萨比娜·扬姆波（Sabine Jambon）将阿斯曼的"记忆形象"的定义继续扩展到"流行语、概念、名称、口号、引文、噪音、歌曲、旋律、气味、触觉和味觉印象以及一般的身体感觉、情感状态和身体姿势"等等③

这让人联想到诺拉的"记忆场"概念④。按照诺拉的观点，同时参照哈布瓦赫的关于"记忆图像"的定义，可以认定，阿斯曼的"记忆形象"像诺拉的"记忆场"一样，凝聚了对于群体的身份构建具有关键意义的事件，它可以是某个场地、某个人物、某个事件，甚至某个图像、某本书籍等等。

---

① Jan Assmann, *Das kulturelle Gedächtnis. Schrift, Erinnerung und politische Identität in frühen Hochkulturen* a. a. O., S. 41.

② Ebenda, S. 89.

③ Sabine Jambon, *Moos, Störfall und abruptes Ende. Literarische Ikonographie der erzählenden Umweltliteratur und das Bild "Gedächtnis der Ökologiebewegung*, Diss. Düsseldorf, 1999, S. 90.

④ 阿斯曼在讲到"记忆形象"的空间关联时也的确提到诺拉的"记忆场"概念。Vgl. Jan Assmann, *Das kulturelle Gedächtnis. Schrift, Erinnerung und politische Identität in frühen Hochkulturen* a. a. O., S. 39, Fußnote 2.

它的核心在于它的象征能量，或者说它本身就是记忆的象征，它"以压缩的方式保存大量的文化信息，其中包含着群体共同的价值体系和行为准则"①，它本身的形成是记忆凝结的过程，而它所引发的则又是记忆创造性释放的过程。

四 "冷文化"与"热文化"

扬·阿斯曼在他的《文化记忆》一书中首次将不同的社会的文化记忆策略分为"热"和"冷"两种。与列维-斯特劳斯（Claude Lévi-Strauss, 1908—2009）广为流传的关于"冷社会"（kalte Gesellschaften）与"热社会"（heiße Gesellschaften）的概念不同，扬·阿斯曼的"冷文化"（kalte Kulturen）和"热文化"（heiße Kulturen）——亦称"冷回忆"（kalte Erinnerung）与"热回忆"（heiße Erinnerung）——之分并没有"原始"与"文明"、"无文字"与"有文字"、"部落"与"国家"的区别。因为斯特劳斯的概念区分虽然回避了之前的"无文字的民族没有历史意识"甚至没有历史的谬误②，但对于他来说，这一区分指称的最终不过是理想状态下一个发展过程的两极，也就是说，"冷社会"不外乎是向"热社会"发展的起点。扬·阿斯曼关于"冷文化"与"热文化"的区分则没有这样的关联，于他而言，"冷"与"热"与其说是价值判断，不如说是对两种不同文化现象和回忆模式的描写，因为阿斯曼感兴趣的不是别的，而是不同的文化对待历史的态度。

具体而言，阿斯曼观察到两种对历史持不同态度的社会：一种社会拥有文字，有很高的文明程度，并具有国家形式，尽管如此，却显现出一种"冷回忆"来。即在冷回忆占上风的文化中，"文字和统治机构能够成为冻

---

① 康澄：《象征与文化记忆》，《外国文学》2008 年第 1 期。
② 这一观点在 20 世纪六七十年代曾风行一时，Rüdiger Schott 通过研究则发现，口头流传甚至比文字流传与群体的关系更为密切，并更具有连接功能，从而得出"历史意识"（historischer Sinn）是所有民族，无论是有文字民族还是无文字民族，都具备的"人的一个基础特性，这一特性与他的文化能力密切相关。" Vgl. Jan Assmann, *Das kultuelle Gedächtnis. Schrift，Erinnerung und politische Identität in frühen Hochkulturen* a. a. O. , S. 66.

结历史的手段"。① 此时，回忆的目的仅仅在于证明社会的持续性和连续性。扬·阿斯曼认为，古埃及是"顽固抵抗历史的侵入"② 的"冷文化"的典型范例。人们观察到，在埃及，历史在某种程度上被"庸俗化"了。根据赫罗多特（Herodot）的计算，埃及民族具有一万一千三百四十年的历史，因此是世界上具有"最长记忆"的民族。阿斯曼指出，这一计算显然是荒唐的，因此不能作为讨论的依据。但问题的关键不在于此，而在于从埃及几千年"保存良好的文字记载中能得出什么?"③ 他们的帝王谱系、编年史以及其他文献答案对于埃及人究竟意味着什么? 答案是：一切均未改变。阿斯曼称这种埃及式的回忆是一种"纪念碑式的记忆"（das monumentale Gedächtnis）④：帝王谱系等历史文献"开发过去，但它们并不要求谁去研究它；在它们记录过去的同时，便将过去与想象切割开来。它们显示，没有什么值得叙述的东西发生"⑤。正因为这种古埃及式的"冷回忆"冻结了历史，阿斯曼将其称为"历史的去符号化"（Entsemiotisierung der Geschichte）⑥。

与"冷回忆"的冻结历史相反，"热回忆"社会能够把回忆变成自身发展的动力。为了进一步说明"热"与"冷"文化的区别，阿斯曼引进了"神话"（Mythos）这一概念。他以记忆为出发点，这样定义"神话"："神话是被固化并内化为起奠基作用的故事的过去，无论它是虚构还是事实。"⑦ 在另一处，他干脆把"热回忆"本身就称作"神话"："我们所称之为'神话'的，不是仅仅把过去作为编年史导向和检验的工具来衡量、而是从与过去的事件的关联中获取自身形象的元素和希望以及行动目标依据的'热'回忆。"⑧ 但无论怎样定义，"热文化"与"冷文化"的根本区别显然在于

---

① Jan Assmann, *Das kulturelle Gedächtnis. Schrift, Erinnerung und politische Identität in frühen Hochkulturen* a. a. O., S. 69.
② 这一说法源自 Lévin Strauss, vgl. ebenda, S. 68.
③ Ebenda, S. 74.
④ Ebenda, S. 69.
⑤ Ebenda, S. 74.
⑥ Ebenda, S. 75.
⑦ Ebenda, S. 76.
⑧ Ebenda, S. 78.

后者与过去总是处于相等的距离当中，回忆是循环式的。如果说，如此意义的"冷回忆"的过去是绝对的，那么，"热回忆"的过去则是相对而言的，既充满了变数，也充满了活力。与此相应，这种"热文化"的神话对于当下社会既能发挥支撑和奠定基础的（fundierend）功能，也能发挥"反现时"（kontrapräsentisch）的作用。假如把现时状况作为过去的合理发展结果，那么，此时的回忆发挥的是支撑和认同的功能，反之，如果把过去作为一种理想社会来比照现时的不足，那么回忆起的则是反现时的作用。①

阿斯曼称以色列为"热文化"的典范。为此，他列举了两个例子：第一个例子是马萨德要塞（Massade）。在以色列，马萨德废墟的历史具有奠基意义，它不仅仅是古代艺术的体现，而且是以色列军队新兵入伍时宣誓的地方，是犹太民族的圣地。它的价值在于它所代表的宗教和政治意义上的殉道精神；第二个例子是以"大屠杀"为指称的发生在第三帝国的对犹太人的迫害。引人注目的是，这一历史事实在过去的几十年里被神话化了，而作为国家的以色列无疑正是从这样的神话中汲取自身存在的养料。

总而言之，过去不会因为自身的原因而被回忆，它要么服务于社会的延续性，要么服务于社会的发展。这可以理解为扬·阿斯曼有关"热文化"与"冷文化"论述的基本出发点。

五 存储记忆与功能记忆

存储记忆与功能记忆划分的必要性与文字文化的特性相关。如果说在口头文化中，记忆往往局限于有用的和有现实意义的东西，那么，在文字文化中，信息的存储和编码则不受限制，逐渐形成了大量的信息积累，使得储存的东西越来越多于"被使用或被更新的东西"②。也就是说，由于文字给文化意义上的外部存储创造了基本的可能性和条件，无限制的信息储存成为了常态。阿莱达·阿斯曼因此建议对记忆的功能进行区分。在《记忆空间——文化记忆的形式与变迁》一书中，她首先提出了记忆"作为 ars"和

---

① 这与下文中涉及的阿莱达·阿斯曼关于功能记忆的合法证明和非法证明的提法类似。

② Aleida Assmann / Jan Assmann, *Das Gestern im Heute* a. a. O., S. 122.

"作为 vis"的概念（阿斯曼在另一处又称 ars 为"人工记忆"，称 vis 为"自然记忆"①）。在追述了欧洲记忆术的远久历史之后，阿莱达·阿斯曼指出，记忆作为"ars"以存储为目的，可以将其设想成为一种"存放"（Einlagerung）和"取出"（Rückholung）的过程。正像古代记忆术所证明的那样，这一"存储"过程并不依赖于物质，而是"人类记忆的特殊功能"。② 这一点，尤其表现在对知识诸如数学公式、诗歌、历史事件等的背诵上。与"作为 ars"的记忆的空间关联不同，"vis"的主导关联是时间，指涉的是"回忆行为"。换言之，"存储"视时间为障碍并以克服时间为目的，而"回忆行为"则发生时间当中。正是由于时间对于回忆过程的积极参与，产生了一种"存放"与"取回"的"根本性移位"③。

在阿莱达·阿斯曼看来，正像西塞罗（cicero，公元前106—前43）被认为是"记忆术"的守护者一样④，尼采是具有"同一性构建"功能的记忆范式的守护者。尼采不仅和哈布瓦赫与诺拉一样，强调回忆的建构和身份认同特性，并坚定不移地捍卫其相对于客观、中立的历史学的存在权力。阿莱达·阿斯曼借助尼采的观点，认为"记忆属于具有选择性视角的活的载体"⑤。她既不同意哈布瓦赫等将记忆与历史相对立的观点，也不认同后来出现的将记忆与历史相等同的做法⑥。以此为前提，阿斯曼将文化记忆划分为功能记忆和存储记忆两种不同的记忆形式。她称前者为"被居住"的记忆（das bewohnte Gedächtnis），称后者则为"未被居住"的记忆（das unbewohnte Gedächtnis），并对其特征进行了如下概括：

---

① Aleida Assmann, *Erinnerungsräume* a. a. O., S. 160ff. 另见参本书第二章第二节第一小节关于"隐喻"的论述。
② Ebenda, S. 29.
③ Ebenda.
④ 阿斯曼之所以这样讲，显然是因为西塞罗在他的《论雄辩家》一书中最先记载了古希腊诗人西蒙尼德斯对记忆术的发明。
⑤ Vgl. ebenda, S. 29 und S. 133.
⑥ Vgl. ebenda, S. 133.

被居住的记忆	未被居住的记忆
——有一个可以是团体、机构或者个体的载体	——脱离了特定的载体
——在过去、现在、未来之间建立起一座桥梁	——严格区分过去、现在和未来
——以选择的方式进行，回忆某些事情，忘记	——对一切感兴趣；一切都同等重；要另一些事情
——传达价值，从中可以产生出身份面貌（Identitätsprofil）和行为标准	——查找（ermitteln）真理，排除价值与标准①

按照阿莱达·阿斯曼的观点，"存储记忆"与"功能记忆"之间的最大区别建立在它们各自与当下的关系上。"存储记忆"与当下没有直接的关联，而"功能记忆"则以当下为出发点。后者最重要的特征是"团体关联、选择性、价值关联和未来导向"②。与此相反，"存储记忆"是一种记忆的记忆，它囊括的是"与现在失去具有生命活力的联系"③的东西。

阿斯曼在另一处就此进一步论说道：

> 存储记忆包含许多杂乱的因素，是一个未分类的储备。在个体的内心层面，这类记忆的因素极其不同：部分是不活跃且不具有生产力的，部分是潜在的未受关注的，部分是受制约而难以被正常地重新取回的，部分是因痛苦或丑闻而深深被埋藏的。存储记忆的因素虽然属于个体，但是个体却远不能支配它们。在集体层面，存储记忆包含了变得不可使用的、废弃的、陌生的东西以及中性的、身份象化的属于数据或资料类的知识，当然也包含了错过的可能性以及可选择的全部内容。④

---

① Vgl. ebenda, S. 133.
② Ebenda, S. 134.
③ Ebenda.
④ Aleida Assmann / Jan Assmann, *Das Gestern im Heute* a. a. O., S 122.

与此不同，被居住的功能记忆是作为一种构建与一个主体相关联的。这个主体可以是一个个体，也可以是某个集体或者机构。作为记忆的载体或者内含主体，它从现实需要出发，对过去进行有选择和有意识的支配。这是一个充满活力的过程。那些无组织的、无关联的因素进入到功能记忆后，就成了被建构的、有关联的因素。"从这种建构行为中衍生出意义，即存储记忆所缺少的质量。"①

可以这样认为：阿莱达·阿斯曼的这一描述实际上是对心理学意义上的个体记忆功能描述的延伸。正像作者与扬·阿斯曼共同指出的那样，"在心理学中，回忆也有被居住和未被居住之分"②。前者处于不断被提取和更新的中心区域，后者则隐身于昏暗无序的背景之中。前者属于"有意识的记忆"③，后者则——无论出于何种原因——在某个特定时段里拒绝接受支配。在"被居住"的记忆层面上，回忆和经验随时听从调配，并转换成一定的意义结构。个体恰恰是在这样的意义建构过程中完成自我认定和自我阐释的：这一过程显示，"个人对自己知道多少，他对自己做如何评价以及他怎样对待自己的经验"④。在此过程中，"未被居住"的记忆，即阿斯曼所说的"存储记忆"的元素虽然也属于个体，但它并不参与意义建构。也就是说，"要使记忆能够释放出一种导向性的力量（orientierende Kraft），必须获取记忆元素，也就是说：要根据重要性（对其）进行选择，建立关联，并在一种意义结构中进行阐释。"⑤ 这种"有意识的"、即调动功能记忆的回忆对于个体的身份构建具有至关重要的意义，它将现在与过去有机地联系在一起，同时又指向未来。也就是说，个体在回忆自己的故事的同时，组织并解释自己的经验及其意义赋予功能，而个体的同一性建构则正是在这样的意义转换中完成的。

阿莱达·阿斯曼由此出发，进一步借助哈布瓦赫对于回忆的意义承载元

---

① Aleida Assmann / Jan Assmann, *Das Gestern im Heute* a. a. O., S. 123.
② Ebenda, S. 121.
③ Aleida Assmann, *Erinnerungsräume* a. a. O., S. 134.
④ Ebenda.
⑤ Ebenda, S. 135.

素和意义中立元素的区别阐明了个体记忆与集体记忆之间的关系。因为在后者看来，恰恰是将回忆转换为意义这一过程是个体回忆进入集体记忆的前提条件："每一个具有素质和个性的人和每一件历史事实（Faktum）在其进入这一记忆的时候就已经转换成为一个教训、一个概念、一种象征，从而成为社会思想体系的一个组成部分。"① 正是从这一意义上，阿斯曼得出了"记忆产生意义，而意义巩固记忆"② 的结论。

表 1–4　　　　　　　　　存储记忆与功能记忆的区别③

	存储记忆	功能记忆
内容	他者，超越当下	自己，当下的基础是某个特定的过去
时间结构	时间错乱的：双重时间性，昨天与今天并行，反现时的	历时的：昨天与今天的相连接
形式	文本的不可侵犯性，文献资料的自主状态	对回忆的有选择性的（技巧性的）、透视性的利用
媒介和机构	文学、艺术、博物馆、科学	节日，集体纪念的公共仪式
载体	文化集体内的个体	集体化了的行为主体

尽管如此，"存储记忆"与"功能记忆"之间的界限并非是固定的和一成不变的。它们之间的关系不是二元对立的，相互并不构成对立面，而是一个处于记忆的"前沿"地带（Vordergrund），另一个则处于记忆的背景之中（Hintergrund）。如此理解下的记忆终于脱离了自哈布瓦赫以来将记忆与历史从根本上对立起来的怪圈，从而在活动的记忆和稳定的史实之间建立起一种辩证的关系。因为，尚未进入功能记忆范畴的东西并不等于被彻底遗忘了。一旦现时的前提条件发生改变，或者回忆的缘由有所变化，进入功能记忆的元素也会随之而发生变化。这种情况下，原来处于前沿位置的元素会渐渐隐退，而处于背景中潜在的元素则会活跃起来，进入前沿并形成新的链接。阿斯曼认为："记忆的深层结构连同其被调动的和没有被调动的元素之间的内部交往是意识结构中变化和更新可能性的条件，没有那非成形的存储作为后

---

① Mauris Halbwachs, *Das Gedächtnis und seine sozialen Bedingungen* a. a. O., S. 389f.
② Aleida Assmann, *Erinnerungsräume* a. a. O., S. 136.
③ Aleida Assmann / Jan Assmann, *Das Gestern im Heute* a. a. O., S. 123.

备，意识是会僵化的。"①

阿斯曼认为，存储记忆与功能记忆之间的这一活动机制既适用于个体记忆，也适用于文化记忆。正因为如此，即使存储记忆并不具备同一性建构作用，但它连同其不断扩大的信息、数据和文献并不是毫无用处的垃圾，而是一种普遍意义上的、抽象的"人类记忆"②。它一旦与某个主体建立关联，其中的某些信息就会进入功能记忆，从而生发出意义来。从这个层面上讲，存储记忆和功能记忆是相互依存的一个整体（即文化记忆）的两个方面："因为一个与存储记忆断开的功能记忆会堕落为幻影，而一个脱离了功能记忆的存储记忆会沦为一堆毫无意义的信息。"③

阿莱达·阿斯曼关于功能记忆和存储记忆的区分对文化记忆理论的建构具有重要意义。因为它不仅深化了文化记忆的内涵，也使得文化记忆与传统（Tradition）的区别更加明确和易于解释。正如阿斯特莉特·埃尔所指出的那样，如此一来，文化记忆就不再仅仅是"传统"这一概念的翻版④，与后者不同，包括了活动的功能记忆和稳定的存储记忆的文化记忆"不仅存在于作为档案的潜能形式中"，也存在于"现实形式"中（Modus der Aktualität）。⑤

但不可否认的是，阿莱达·阿斯曼是在功能记忆上倾注了更多的注意力。她认为，对于一个社会而言，文化意义层面上的功能记忆有三种运用可能性，即：合法证明（Legitimation）、非法证明（Delegitimation）和崇尚（Distinktion）。

1. 合法证明（Legitimation）

功能记忆的这一作用往往可以在统治阶层与记忆的"结盟"中观察到。统治阶层启动的是一种"谱系式回忆"，而"这一旨在证明统治合法性的记忆不仅有追溯既往的一面，还有预见未来的一面"⑥。因为一方面，"统治需

---

① Aleida Assmann, *Erinnerungsräume* a. a. O., S. 136.
② Ebenda, S. 137.
③ Ebenda, S. 142.
④ Astrid Erll, *Kollektives Gedächtnis und Erinnerungskulturen* a. a. O. S. 33.
⑤ Jan Assmann, *Kollektives Gedächtnis und kulturelle Identität* a. a. O., S. 13.
⑥ Aleida Assmann, *Erinnerungsräume* a. a. O., S. 138.

要出身"①，需要证明自己的正统身份；另一方面，统治者需要未来，需要通过回忆来巩固自己的地位。不言而喻，进行"合法证明"的记忆一般是官方记忆或者主流记忆。就像历史往往是由胜者所书写的那样，主流记忆也往往处于权力的掌控之下。

2. 非法证明（Delegitimation）

与进行"合法证明"的记忆相反，从事"非合法证明"的记忆往往是一种非官方的"反记忆"（Gegengedächtnis）。与"合法证明"记忆的主流特点不同，"非合法证明"的记忆的特点在于其批判性和颠覆性，其载体是被征服者或者被压迫者。阿斯曼指出，与"合法证明"一样，"非合法证明"也具有很强的"政治性"②，因为假如说前者的目的在于巩固当下的权力关系的话，那么后者则旨在推翻或动摇现存的权力关系。

3. 崇尚（Distinktion）

根据阿斯曼的定义，"崇尚"意指"一切服务于显现集体同一性的象征性表达形式"③。在宗教领域，这指的是通过共同回忆所建立的对宗教团体的认同，而这一认同在不断重复的仪式和节日中得以巩固。功能记忆的这一作用在犹太教和基督教中均能找到例证。与此同时，在法国大革命等类似的群众运动中也能发现节日及仪式对于身份认同的意义。在世俗领域，阿斯曼所举的例子是19世纪的民族运动："在民族运动的框架下，自己的历史和自己的传统，连同被重新唤醒的民间习俗，都变得值得回忆。"④ 而这一可能性的意义则在于，通过对共同的传统的发现和"发明"给"人民"这一"政治行为主体创造出一个身份来"⑤。

与此相应，文化意义层面上的存储记忆的功能主要在于可以将之视为未来的功能记忆的储备："这不仅是我们称之为'文艺复兴'的文化现象的前提条件。它也是文化知识更新的基本源泉，是文化变迁可能性的条件。"⑥

---

① Aleida Assmann, *Erinnerungsräume* a. a. O., S. 138.
② Ebenda, S. 139.
③ Ebenda.
④ Ebenda.
⑤ Ebenda.
⑥ Ebenda, S. 140.

然而需要注意的是，存储记忆却并不是像有人认为的那样，会自然而然地形成，只要人们不要去操控和干扰它。① 就这一点而言，存储记忆和功能记忆一样，也需要有相应的机构去支撑。这些机构不仅包括博物馆、图书馆、档案馆和各种纪念地，也包括大学、研究机构等。除此而外，文学艺术所能起到的存储作用也是不容忽略的。②

六　记忆的过程性

与功能记忆密切相关的是回忆所具有的过程性，这一点也体现在语言表达中。德语中与回忆有关的表达方式如 sich erinnern, sich vergegenwärtigen, die Erinnerung in Gang setzen 等都无一例外地突出了回忆所具有的过程性特征。

西格弗里特·J. 施密特（Siegfried J. Schmidt）在其论文《记忆—叙述—同一性》中，对"新记忆研究"的最新成果做了概括，其中特别提到神经心理学对于记忆的研究。这一研究表明，不能仅仅把记忆设想为"存储模式"，而应将其视为一种特殊的"感知过程"。鉴于迄今为止，人们对大脑与记忆相关的"部分功能"虽然有所认识，但并不能证明大脑中记忆发生的核心位置，因此，记忆被定义为"在复杂的认知关联中对一种持续不断的结构的激活"③。应该说，这一将感知和记忆相挂钩的尝试性定义的长处在于它充分体现了记忆的过程性特点。记忆在这里不是从一个现成的容器里拿出东西，而是"一种认知体系在特定的行为关联"中获得的不同成果。④

阿莱达·阿斯曼同样意识到记忆的过程性特点。她称记忆为"后世俗

---

① 阿斯曼指出，Orwell 在他影响广泛的小说《一九八四》中就持有这一观点。
② 关于文学与记忆的关系将在下一章中作出详细论述。
③ Siegfried J. Schmidt, *Gedächtnis-Erzählen-Identität*, in: Assmann, Aleida / Harth, Dietrich（Hrsg.）, *Mnemosyne: Formen und Funktionen der kulturellen Erinnerung*, Frankfurt a. M.: Fischer, 1991, S. 381.
④ Ebenda, S. 385.

化的范例"①,强调记忆的核心是"再现":"出于对回忆形式和活力的兴趣,人们意识到,过去并非能够直接记起,而是取决于意识行为、想象重构和媒介展现。"② 只不过,阿莱达·阿斯曼在此更关注的是回忆行为。她从"文化的述行性"出发,认为:"回忆是一个反复进行的动作,同时也是一个可塑可变的过程。谁想研究记忆,他就必须认识到记忆的再现具有可塑性和可变性。"③ 与此同时,回忆的过程性也意味着,"回忆不是每次都能实现的,它只会发生在重复出现的、一个一个按时间顺序排列的场景中。如果要保存回忆,就必须一直重复它、激活它、重新触及它。"④

上述这一对回忆过程的理解包含了两个层面,其一是回忆作为一次性行为所具有过程性,就是说,回忆本身是一种激活过程,其二则是建立在重复中的回忆行为的过程性。这种过程充满了矛盾和变数,这是因为,回忆总是在与当下建立的关联中进行的,所以它不断寻找着新的重心。在阿莱达·阿斯曼的论述中,这一点似乎不仅适用于个体回忆,比如"人们在离婚后,相关伴侣的情况就逐渐失去了它的重要性,它在彼此的记忆中会慢慢被新的关系所代替"⑤,更适用于集体回忆。阿斯曼在这里看到了文化记忆的"文本性(纪念性)和过程性(述行性)之间的张力"⑥。她以纪念碑和雕像为例,解释说,假如它们仅仅是一个特定的时代的遗产,那么在未来的一天,它们就只能"被当作一段过往历史的证明。它们的回忆价值逐渐丧失,而仅仅成为过去在物质上的体现"⑦。

---

① 阿莱达·阿斯曼借用了尤尔根·哈贝马斯(Jürgen Habermas)的"后世俗化"这一概念,尽管她更倾向使用"后现代"的说法。Vgl. Aleida Assmann, *Gedächtnis als Leitbegriff der Kulturwissenschaften* a. a. O., S. 28.
② Ebenda, S. 28.
③ Ebenda, S. 31.
④ Ebenda.
⑤ Ebenda.
⑥ Ebenda.
⑦ Ebenda.

七 "回忆文化"

以复数形式出现的概念"回忆文化"（Erinnerungskulturen）源自德国吉森大学的一个上百人的跨学科和专业的大型文化记忆研究团队（简称"吉森特殊研究领域"），成员中既有史学家、哲学家、社会学家、艺术史研究者，也有日耳曼学学者、英语语言文学研究者、法语语言文学研究者等。而"回忆文化"则提出可以视为"文化记忆"理论具体到研究实践探索的产物。按照阿斯特莉特·埃尔的梳理，它涵盖三个层面：第一个层面是记忆研究的框架条件，包括对回忆发生的社会形态和类型（如贵族社会、市民社会以及现代和后现代社会）、具有时代特征的知识秩序、受历史变迁的速度、范围和形式影响的时代意识以及社会变革解释模式危机时期的研究；第二个层面涉及特殊回忆文化的产生，同样有四个方面，一是一个社会形态中主流回忆文化与非主流回忆文化之间关系；二是不同社会群体的不同"回忆兴趣"，这些"回忆兴趣"之间可以是竞争关系，但也可以是共存并相互渗透的；三是一个社会包括回忆策略、沟通模式和记忆媒介在内的"回忆技术"；四是"回忆类型"，指的是各种不同的对过往的表现形式，例如电影、小说、绘画等等；第三个层面要照亮的是过往意义表达形式和演示模式以及具体回忆过程，首先涉及对名词"记忆"（Gedächtnis）与动名词"回忆"（Erinnerung）的区别，"文化记忆"在这里被视为一种话语形式，具有静态特征，而"回忆"则是对过往的调动以及对过往知识的重新建构，再者是对由"论说式"直到纯想象和虚构式的回忆类型的观照，处于核心位置的还有对"经验过往"和"非经验过往"的区别，前者与扬和阿莱达·阿斯曼的"交际记忆"基本重合，而后者则相当于阿斯曼夫妇提出的"文化记忆"；除此而外，"文化记忆"的对象和媒介的接受史也是第三个层面上的兴趣点之一，其回忆价值不仅受到历史，也受到社会和文化的牵制。

由此可见，集合在"回忆文化"概念下面的一系列研究内容和对象不仅将扬和阿莱达·阿斯曼提出的"文化记忆"理论具体化和动态化了，更为重要的、同时对于文学回忆研究具有借鉴意义的是，它注意到了"回忆"在不同社会形态、不同文化、不同历史时期的差异性以及回忆形式、策略以及媒介的多样性。①

小结：文化记忆与民族价值观建构

本章对自 20 世纪 20 年代以来西方理论界集体记忆领域的研究成果、思想及理论进行了梳理。对于本书讨论的问题框架来说，重要的是这一梳理明确了一点：回忆的目的性决定了回忆的过程是以选择和重构为基本特性的。回忆重构理论由莫里斯·哈布瓦赫所建立。哈布瓦赫认为回忆并不是取回总是一样的东西，而是在不同的现实条件下不断创造出一些新的东西。与此相关的是集体记忆的选择性，哈布瓦赫认为：回忆"在很大程度上是借助从当下借来的事件对过去进行构建，而且以早先业已进行的重构为基础"②。到了 20 世纪的 80 年代，德国文化记忆理论的奠基人扬·阿斯曼发挥了哈布瓦斯有关重构的观点，并将其称之为他所提出的"文化记忆"的五个特征之一，他写道：

> 文化记忆通过重构进行，即是说，它总是将它的知识与当前的现实情况联系起来。它虽然固化于不变的记忆形象和知识内容，但每一个现时都能与之建立起批判的、保持的或改变的关系。③

按照扬·阿斯曼的观点，记忆的选择性源自于它的现时关联性，而这种现时关联性与某一个群体和集团的现实利益和需求相一致，前者以后者为出发点，也反过来作用于后者。结合阿莱达·阿斯曼所区分的储存记忆和功能记忆的论述，可以认定，一个社会团体从它的现时需要出发，进行记忆的筛选的确不仅是必然的，也是可能的。阿莱达·阿斯曼用仓库来指涉储存记忆，人们可以随时根据现时的需求从中调取所需要的记忆内容，从而达到记忆的重构。文化记忆的这种重构特征使得文化记忆与价值构建产生密切联

---

① Astrid Erll, *Kollektives Gedächtnis und Erinnerungskulturen* a. a. O., S. 34ff. "吉森特殊研究领域"的研究成果参见该书的第 37—39 页。
② Maurice Halbwachs, *Das Gedächtnis und seine sozialen Bedingungen* a. a. O., S. 55.
③ Jan Assmann / Tonio Hölscher, *Kultur und Gedächtnis* a. a. O., S. 13.

系，也就是说，某一个团体的集体记忆与当前的关联导致其对文化记忆的不同态度，从而产生多层意义上的社会群体对价值体系的构建。总之：

1. 记忆具有明显的过程性特点。

2. 无论是以哈布瓦赫为代表的记忆集体研究，还是以扬·阿斯曼和阿莱达·阿斯曼为代表的文化记忆研究都强调记忆对于包括民族在内的集体身份建构的意义。这种建构是动态的，其出发点总是不断向前推进的当下，因此是一种充满了张力和变数的重构过程。

3. 集体记忆的重构性与选择性密切相关。重构从当下出发，同时又服务于当下的需求，因此其选择具有政治性。它可以服务于主流记忆，证明当下社会的合法性，也可能质疑甚至颠覆主流记忆，证明社会变革的必要性。价值选择在这一过程中不仅是必要的，也是必然的。对于一个民族来说，回忆的过程必然也是价值选择的过程。

具体到德语文学，我们所要尝试证实的假设与不同时期对文化记忆的不同关系和态度有关，根据阿莱达和扬·阿斯曼的"文化记忆"理论框架，这种关系可以是肯定的、建构性的，但也可以是反思性的、批评的，甚至是颠覆性的。但在具体论述德语文学中的文化记忆及其价值建构功能之前，我们在下一章中首先需要在现有研究成果的基础上，对文学与文化记忆的关系加以讨论。

第 二 章
文学与文化记忆

第一节 文学作为"文化文本"或"集体文本"

一 扬·阿斯曼对"文本"定义

"文本"在扬·阿斯曼和阿莱达·阿斯曼的文化记忆理论构建中占据核心地位。在本小节中,我们将首先对扬·阿斯曼的文化文本概念作一概述,然后梳理阿莱达·阿斯曼的关于文学文本与文化文本的区别;在此基础上,再转向对阿斯特莉特·埃尔的"集体文本"的讨论。

首先需要明确的是,"文化文本"概念的提出与20世纪80年代的"文化转向"的大背景有着直接的关系。在文化语义学影响的参与下,文化被理解成为符号过程的结果,文化产生的重要前提是编码(Code)与文本的持续性影响:

> 人类学区别社会的、物质的、精神性质的文化,而语义学则将这三种对象范围置于一种结构关联之中,它把社会文化定义为一种结构化了的由符号使用者(个体、机构社会)组成的量,将物质文化定义为由

文本构成的量，将精神性质的文化定义为编码的量。①

在此背景下，扬·阿斯曼在他 2002 年发表的文章《文化记忆》中尝试从形态学出发建立文化与文本之间的关联，而这种关联同时又是建立在语言与回忆之间的关联之上的。首先，阿斯曼将"文本"（Text）定义为建立在"回忆、流传和再接受"基础之上的语言表达②。他认为，形成文本的关键在于"使（语言）成型"，而这一规律也适于人类物质世界的其他符号。扬·阿斯曼借鉴语言学家康拉德·埃里希（Konrad Ehrlich）的概念③，将文本定义为"再接受信息"。之所以是"再接受"，是因为文本所传达的信息虽然依然存在，但直接对话场景中说者与听者的共存却早已消逝，从这个意义上讲，文本的接受不外乎是对元场景的重构活动，于是，"在说者和听者共同存在的一个直接场景的位置上出现了'分解延伸的情景'（zerdehnte Situation）。这个'分解延伸的情景'可以在两个到无穷尽的单个的虚拟场景中得以展演，其界限仅仅通过文本的存在和流传的过程得以确定。"④

扬·阿斯曼所谓的"分解延伸的情景"借助交往媒介理论或许更好理解。因为这里涉及的是一种典型的交往模式：交往的主体是说者/作者（即信号的发出者 Sender）和听者/读者（即信号的接收者），媒介则是交往的渠道（Kanal）；交往的过程则是编码（Kodierung）和解码（Dekodierung）的过程。如此理解下的"分解延伸"应当是交往在时空上的移位。

对这一文本概念的优势，阿斯曼作了如下说明：

---

① Roland Posner / Dagmar Schmauks, *Kultursemiotik*, in: Ansgar Nünning (Hrsg.), *Metzler Lexikon Literatur- und Kulturtheorie. Ansätze - Personen - Grundbegriffe*, Stuttgart: Metzler, 2004, S. 364.

② Jan Assmann, *Das kulturelle Gedächtnis*, in: Erwägen, Wissen, Ethik 13, 2 (2002), S. 241.

③ K. Ehlich, *Text und sprachliches Handeln. Die Entstehung von Texten aus dem Bedürfnis nach Überlieferung*, in: Aleida u. Jan Assmann / Chr. Hardmeier (Hrsg.), *Schrift und Gedächtnis* a. a. O., S. 24—43.

④ Jan Assmann, *Das kulturelle Gedächtnis* a. a. O., S. 242.

这个文本概念有两个优势。一方面是,它脱离日常用语式的、从理论上看无谓的对书写的依赖,承认口头文本这一概念。另一方面,这一概念通过与"流传"这个概念的联系重新拾起了语文学(Philologie)传统中的一个核心意义成分。并非是所有的、而只有这样的语言表达才能称其为文本,与之相关联的是说话者对于流传的需要和听者对于再次接受的需求,也就是说,这种(语言)表达以超越时空的远距离效应为目的,同时人们可以跨越距离对其进行追溯。①

以此为出发点,扬·阿斯曼将文化理解为所有"分解延伸情景"的总称,而文本则"是在分解延伸情景这一语境中的言语交际行为"②,从而细化了文化与文本之间的关系。

从扬·阿斯曼对文本的定义出发看文学和其他文本,它们之间没有根本性区别,因为它们不外乎都是"存储与流传行为"③。因此文本形式并非关键问题,重要的是要看它是否具备"特殊的规范性和业已形成的约束性。"④不仅如此,由于强调文本是一种符号体系,正像阿斯曼所言:"一切均可以成为用于对共同的东西进行编码的符号,重要的不是媒介,而是象征功能和符号体系"⑤,文本概念被扩大了。它不仅可以是文字形式的,也可能是口头的甚至是图像的。这至少告诉我们,扬·阿斯曼的研究兴趣并不在文学文本,而在于作为符号体系的文本与文化之间的关系。

---

① Jan Assmann, *Das kulturelle Gedächtnis* a. a. O. , S. 242.
② Ebenda.
③ Jan Assmann, *Kulturelle Texte im Spannungsfeld von Mündlichkeit und Schriftlichkeit*, in: Ders. , *Religion und kulturelles Gedächtnis. Zehn Studien*, München: C. H. Beck, 2000, S. 126.
④ Ebenda.
⑤ Jan Assmann, *Das kulturelle Gedächtnis. Schrift, Erinnerung und politische Identität in frühen Hochkulturen* a. a. O. , S. 139.

二　阿莱达·阿斯曼的"文化文本"

与扬·阿斯曼的研究不同，阿莱达·阿斯曼在她的《什么是文化文本?》[①] 一文中不仅涉及了文学文本，而且也涉及文学文本与文化文本的不同。她从例证开始，称《圣经》为文化文本的典范，原因是它本身"包含着对超时代的真理的要求，并与集体身份认同的保障功能相联系"[②]。阿斯曼由此提出了定义"文化文本"的两个重要因素，一是其内容的超时代性，二是它对于集体身份构建的重要性。其次，由于文化文本不断被读者所阅读、接受和阐释，它与不断向前推进的现时一直处于一种密切的关系之中，其结果是，它"有限而恒定的符号量不仅得以扩展，而且也获得与每一个新的现时的关联"[③]。

这恰恰是文化记忆的功能。因此或许我们可以直接说，"文化文本"即是文化记忆文本[④]。以此作为判断标准，正像《圣经》于基督教文化圈那样，《旧约》于犹太人、"四书五经"于中华文化圈、《古兰经》于伊斯兰文化圈均属文化记忆意义上的"文化文本"。

从这一定义出发，文化文本与文学文本之间的区别似乎显而易见，就像阿莱达·阿斯曼以《圣经》为例解释的那样：

> [Nikol] 作为文化文本的《圣经》以其形式从本质上区别于其他任何一种文学作品。它不像小说那样主要依靠故事张力的起伏吸引读者，读者也非为了娱乐或者获得情感体验才阅读它。同样，人们通常也

[①] Assmann, Aleida, *Was sind kulturelle Texte?* in: Andreas Poltermann (Hrsg.), *Literaturkanon-Medienereignis-kultureller Text. Formen interkultureller Kommunikation und Übersetzung*, Berlin: Erich Schmidt, 1995, S. 232—244.

[②] Ebenda, S. 237.

[③] Ebenda.

[④] 关于文化与记忆的关系，阿莱达·阿斯曼在别处有这样的断言："文化……作为指向体系和记忆现象组织自己。" Vgl. Aleida Assman, *Das kulturelle Gedächtnis an der Milleniumsschwelle. Krise und Zukunft der Bildung*, Konstanz: Universitätsverlag Konstanz, 2004, S. 34.

不会从救世史或宇宙学的角度来阐释小说中主人公的历险。①

阿莱达·阿斯曼一共从四个方面总结了"文学文本"与"文化文本"之间的不同：其一是"身份认同"方面的区别：文学文本的阅读对象"是作为个人和独立主体的读者"。其阅读过程是个体面对书本的一个"寂寞"的"消遣和领会的过程"；文化文本的受众则"是作为群体代表的读者"，他们的阅读"是一种超越主体的身份认同感的保障"。一方面，文化文本的读者会体会到一种"处于整体之中"的感受，另一方面，这个集体也会在文化文本的帮助下"赢得轮廓"；其二是"接受关系"方面的区别："文学文本需要一种审美距离"，读者不会把书中的虚构世界与现实生活混为一谈。文化文本则要求读者认同其内容："这些文本不仅能供人阅读，引起思考，还能为灵魂提供住所"；其三是"创新表达和经典化"：文学文本追求创新，其"创作动力就在于其本身的创新与陈旧、遗忘、排挤的互补运动之中"。文化文本则是经典化了的。它经过精挑细选，能够稳定地对抗时间的流逝；其四是"超越时间性"：文学文本处在开放的历史视野之中，其接受命运取决于偶然，取决于后世的兴趣；而文化文本则"处在封闭的传统视野之中"。在这一视野内，"它要求永世不竭、永不过时的现实意义"，具有"不可超越的跨历史性"，虽然它并不完全排除运动和变化。②

然而问题在于，存在着一批文学家，诸如但丁（Dante）、弥尔顿（Milton）和班扬（Bunyan）等，他们从一开始就"将文化文本的前提运用于自身的文学创作"，他们的作品与《圣经》相类似，"提出了文化文本接受形式的要求"③。

对于这一情况，阿斯曼指出：

> 借助于各自的文化文本，每个民族文化都创造出自己独立的传统。创造本土传统最突出的媒介体裁就是民族英雄史诗。维吉尔（Vergil）

---

① Assmann, Aleida, *Was sind kulturelle Texte?* a. a. O., S. 237.
② Vgl. ebenda, S. 241—243.
③ Ebenda, S. 237.

就是这一体裁的创始者。作为文化文本的创立者，他的姿态影响了之后的众多通俗语言作家。但丁、弥尔顿和班扬就都以自己的方式模仿了他的作品。作为作家中的翘楚，他们的作品不仅被写进供学者研究的民族文学史之中，同时也如作者所期盼的，被直接写进了民族的集体记忆之中。他们不仅仅是在一页页易逝的书页上写作，而且是把作品直接写进了文化记忆中。①

阿斯曼以莎士比亚为例，展示了其文学作品在经典化的过程中所获得的神圣化和宗教启示意义。如果说，18、19世纪的宗教世俗化为文化的经典化提供了前提的话，那么，天才崇拜则直接参与了这一文学经典化的过程。在青年歌德那里，莎士比亚的作品就被比喻为能够驱散黑暗的光明：

> 当我读完他的书的第一页的时候，我的一生就注定要被其影响了；当我读完他的第一部作品时，我觉得自己就像一个先天失明的人，有一只奇妙的手在一瞬间给予了我光明。我意识到，感觉自己的存在生机勃勃地延伸到无穷无尽。一切对于我都是新鲜的，不曾相识的，难以置信的光明直刺我的眼睛。慢慢地，我（才）学会了去看……②

在这里，引人注目不仅是歌德把莎士比亚的作品比作驱散黑暗的光明这一"启蒙性内涵"，重要的是，这一比喻还具有"宗教含义"，它使莎士比亚的作品有了"宗教启示的意味"和"不可追根问底的属性"③，文学作品就这样被神圣化了："它取代了宗教的位置，继承了诸如'道成肉身'和'圣灵天启'之类的宗教的术语和概念。"④ 如此一来，莎士比亚的文学天赋就被上升到了一个神性的高度，他的作品由此获得了启示文本的意义，它不仅本身获得不断被阅读和阐释的可能，而且充当起被效仿的榜样。这一点，

---

① Vgl. ebenda, S. 238.
② Ebenda, S. 239—240.
③ Ebenda, S. 240.
④ Ebenda, S. 241.

不仅在歌德的"天才换位"的姿态中得到展示，也在莎士比亚作品对于"狂飙与突进"作家的影响中得到证实。

莎士比亚的作品的经典文本意义却不完全在于它对于后世作家的典范性和导向性，而在于它普遍意义上的教化功能。换言之，经典文学作品之所以能够成为文化文本，首先是因为它能够替代宗教文本，确保在上帝失去权威的现代世界里，让日渐失去方向的个体能够建立起稳固的认同感。换言之，文学文本在经典化过程中转化为文化文本之后，它对于读者的意义也就随之而改变了。由于它被赋予了教育功能，它不仅是集体"所属性的证明"①，也是个体同一性构建的保障。②

阿莱达·阿斯曼关于文化文本论述的贡献在于，她把文学文本也纳入了文化记忆考察的范畴，从而为文学研究开辟了一个新的视阈。在这一视阈中，迄今为止从未得到认真关注的文学所具有的传递文化、民族或宗教的同一性纲领以及集体价值的功能有了能够更好的得到挖掘和照亮的可能性。

阿莱达·阿斯曼理论思考的前提是文学文本与文化文本接受框架的相互对立。或者用她本人的话说："两者所属的接受框架不仅相互区别，而且相互排斥"，在她看来，如果从文学文本的视角出发，文化文本的主题甚至"不能进入视线"。③ 正因为如此，这一思考具有一定的局限性：由于阿莱达·阿斯曼是从文化文本出发然后过渡到文学文本的，因此她关注的更是文学文本替代文化文本的现象，她的思考聚焦于业已经典化了的作家诸如但丁、莎士比亚、歌德等人的作品上，从而忽略了占有更大比例的非经典的和尚未经典化的文学文本、尤其是通俗文学的文化（记忆）意义。

三 阿斯特莉特·埃尔的"集体文本"

阿斯特莉特·埃尔的"集体文本"是在阿莱达·阿斯曼的"文化文本"理论基础上，从文化记忆的研究兴趣出发，专门针对文学文本进行的理论思考。她借鉴阿斯曼关于存储记忆和功能记忆的理论框架，区分并细化了经典

---

① Vgl. ebenda, S. 241.
② Vgl. ebenda, S. 238.
③ Ebenda, S. 234.

和非经典文学文本对于文化记忆的意义。

埃尔认为,被阿莱达·阿斯曼纳入"文化文本"的经典文学文本是"文化功能记忆的存储媒介"①。而文学文本之所以能够成为文化文本,首先是一个"接受"现象,或者按照阿斯曼的说法是有一个"接受框架"(Rezeptionsrahmen)②。也就是说,一个文学文本能否被称之为文化文本,关键要看读者在面对它时持有何种阅读态度。因为按照阿莱达·阿斯曼的观点,文化文本的阅读以"敬仰、反复研读和被感动"③ 为特征,它给予读者一种通过阅读成为集体的一分子的确定性。

问题在于,作为"文化文本"的文学文本当然也可以有全然不同的另外一种阅读方式,比如说,将其作为一种高度矛盾的、对民族同一性既肯定同时又质疑的描述,或者作为对价值体系的非确定意义的游戏。顺着阿莱达·阿斯曼的思路,这种阅读方式显然就离开了"文化文本"的接受框架,而进入了"文学文本"接受框架。换句话说,同一个文本既可以是文化文本,也可以是文学文本,其定位完全取决于读者的阅读态度。

如前所述,阿莱达·阿斯曼这里所说的文学文本仅指已成为民族经典的文学作品。为了把非经典文学、尤其是通俗文学也纳入文化记忆的考察范围,阿斯特莉特·埃尔提出了"集体文本"的概念。按照埃尔的定义,"集体文本"不仅包括阿莱达·阿斯曼提到的一个民族保留了数百年的、不断被重印的文学"经典文本",更包括拥有广大读者、会影响数代人的文学作品。

与阿斯曼的"文化文本"相同的是,埃尔的"集体文本"首先也是"一种继承现象",是"记忆文化阐释共同体达成的一致"④;两者之间的不同之处则在于,前者被赋予了"约束性",因而既是回忆的媒介,又是回忆的对象,而后者则在阅读过程中被视为对不同现实与过往表达方式的"建

---

① Astird Erll, *Kollektives Gedächtnis und Erinnerungskulturen* a. a. O., S. 157.
② A. Assmann, *Was sind kulturelle Texte?* a. a. O., S. 234.
③ Ebenda, S. 242.
④ Astrid Erll, *Kollektives Gedächtnis und Erinnerungskulturen* a. a. O., S. 158.

构和传达的工具"①。作为"集体文本"的文学会对记忆文化的历史图像和同一性方案产生关键性的影响,与"文化文本"的存储功能不同,"集体文本"更具有集体记忆"循环媒介"②的功能。埃尔强调,恰恰是一般意义上的通俗文学更具有集体记忆循环媒介的功能,例如19世纪的历史小说(如瓦尔特·司各特的《艾凡赫》、菲利克斯·达恩的《争夺罗马的一次战斗》和古斯塔夫·弗赖塔格的《祖先》等)③,20世纪的战争小说(如埃里希·雷马克的《西线无战事》)以及德语国家回忆第二次世界大战和大屠杀的文学作品(如君特·格拉斯的《铁皮鼓》、《蟹行》以及乌韦·提姆的《以我的哥哥为例》等)。按照埃尔的思路,这些所谓的通俗文学作品在未来的时间里或许会被经典化,从而成为阿斯曼所说的"文化文本",但也可能被逐渐遗忘。应当说,这种或被经典化或被遗忘的过程正是一个民族不断选择自身价值观的过程。

在另外一个层面上,作为集体记忆循环媒介的"集体文本"同样也有一个接受框架。一部展演过往的文学作品,只有当它被阅读并被社会上多数人视为对过往的适当的展现的时候,才能成其为"集体文本"。它与"文化文本"的不同之处在于,它本身不是文化记忆的核心对象,而仅仅是关于过往的不同阐释的媒介。正因为如此,文本本身有可能被逐渐遗忘,但它所传达的历史观和价值观却会经过沉淀,进入民族的文化记忆。换句话说,"集体文本"是民族文化记忆的传播和循环媒介,它激发、陪伴并加强社会关于历史人物、事件、现象的讨论和思考;半个世纪以来,德国舆论界关于文学作品所传达历史观和价值观的激烈争论就再清楚不过地说明了这一点。④

---

① Astrid Erll, *Kollektives Gedächtnis und Erinnerungskulturen* a. a. O., S. 158.
② Ebenda.
③ 关于"历史小说"下文中还将专门论及。
④ 应当说,德国舆论界广泛参与的围绕着君特·格拉斯的《辽阔的原野》的激烈争论以及他的小说《蟹行》引起的强烈反应就大大超出了文学讨论的范畴。前者涉及德国统一问题,后者引发的则是对二战结束时德国难民问题的反思。Vgl. Oskar Negt, *Der Fall Fondy. Ein weites Feld von GÜNTER GRASS im Spiegel der Kritik*, Göttingen: Steidl, 1996.

表2-1　　　　　　　　"文化文本"与"集体文本"的异与同①

	文化文本 （阿莱达·阿斯曼）	集体文本 （阿斯特莉特·埃尔）
对象范围	经典化文本	原则上可以是每一个文学文本（尤其是通俗文学文本）
接受形式	"有意识地获取" "约束性"	更经常的是：无意识的影响； 对集体记忆的叙述和意义视野的介绍
在记忆文化中的地位/功能	文化功能记忆的存储媒介（以及对象）	循环媒介（记忆文化中对过往展现形式、同一性方案以及历史形象的传播与商议）

从对文学作品的接受研究中可以看出，一方面，读者绝不会把文学中对过往的描述与历史记载混为一谈，但另一方面，他却毫不犹豫地赋予这些虚构的描述以"真实关联"②。正因为文学具有这一表面上看似乎颇为矛盾的作用方式，才使得一种动态的、反思性的、批判性的，甚至是颠覆性的对过往的回忆成为可能。

综合阿莱达·阿斯曼和阿斯特莉特·埃尔的观点，我们可以总结出：对于文化记忆而言，文学文本，无论是经典文学还是通俗文学，均具有其他文本无法替代的意义，它们不仅有可能是民族文化记忆的对象，还能够通过自身的媒介功能，对于集体同一性发挥构建作用。这一观点其实已经在一些新的研究成果得到了印证。假如回到上文中梳理过的阿莱达·阿斯曼提出的存储记忆与功能记忆的理论，我们可以说，在文学日渐大众化的今天，所有的文学作品从某种意义上讲都是一个群体诸如民族或宗教团体存储集体记忆的载体，一旦它与现时发生关联，并在此框架中得到接受，它就有可能进入群体意识，被激化为功能记忆。

姚斯的接受美学或许能够为我们在此提出的这一观点提供有益的理论支撑。因为至少从20世纪60年代开始，文学阅读是一种纯粹的个人行为的观点就被打上了一个大大的问号。且不说每一位读者阅读文学作品时所带来的"期待视野"本身就是文化记忆在个体身上打下的烙印，就是阅读本身也不能再将其视为一种仅仅发生在"书斋"里的完全"孤独"和"孤立"的行

---

① Astird Erll, *Kollektives Gedächtnis und Erinnerungskulturen* a. a. O., S. 160—161.

② Ebenda, S. 159.

为。个人阅读一方面是和作者的对话，这一对话在作者所言的"过去"与读者所处的"现在"之间建立起关联，另一方面，这一首先自然是个人行为的阅读也可能成为一个时代、一个群体对于某一部文学作品接受过程的一部分。

诚然，在强调文学文本与文化文本的共性的同时，我们不能将文学作品与文化文本一概等而论之，而是要充分顾及文学作品本身影响方式、特性和功能。为此，我们在下文中将转入对"文学作为文化记忆的媒介"的探究。

第二节 文学作为文化记忆的媒介

如果上文中我们主要从文本的内涵功能上探讨了文学文本与文化文本的共通之处，也就是说两种文本形式所共有的——尽管有形式上的区别——对文化记忆的承载功能，那么本节的论述主要围绕记忆与文学（文本）的关系进行。

关于"文学作为文化记忆的媒介"的命题来自阿斯特莉特·埃尔。在她的《集体记忆与回忆文化》一书中，埃尔专门讨论了这一问题，只不过，我们在这里不打算沿用埃尔的"文学作为集体记忆"的提法，而是直接将文学与文化记忆挂钩。理由有二：其一，埃尔的论述本身是在一种记忆研究的历史视野下进行的，始于20世纪80年代的文化记忆理论构架对她而言是一种（前文中业已提到的）"新文化记忆"研究，由此可见，"集体记忆"与"文化记忆"在埃尔那里往往是同义词；其二，我们关注的焦点不再是哈布瓦赫强调的记忆的集体框架，而是扬·阿斯曼所言的根植于稳定的历史积淀层中，以"词语、图画、舞蹈"等非物质遗产形式进行"畅通的、具有象征性的编码或者演示"[①]、并具有构建集体同一性的文化记忆。

一 记忆与媒介

记忆不可能没有媒介。后者是前者的载体，又是其实现的通道。正像阿

[①] Jan Assmann, *Das kulturelle Gedächtnis. Schrift, Erinnerung und politische Identität in frühen Hochkulturen* a. a. O., S. 56

斯曼夫妇所言："人们与世界所能够了解、思想和言说的一切只能依靠交流这一知识的媒介得以了解、思想和言说。"① 不仅如此，媒介还是个体记忆与集体记忆的交汇点，比如原本仅对个体有意义的书信或者日记在一定条件下也可能进入集体记忆维度。正是从这一意义上出发，在阿斯特莉特·埃尔看来，记忆研究史同时也是媒介研究史。②

记忆媒介有各种形式，阿莱达·阿斯曼在她的论述中，提到"文字"、"图像"、"身体"和"场地"四种。③ 在不排除这一划分还有细化和甄别的必要性和可能性的前提之下，鉴于文学与文字的密切关系，我们权且在下文中先将把讨论的重点置于"文字"这一记忆媒介形式，然后在论述的过程由此延伸到其他媒介形式，其中首当其冲的是"图像"。因为从某种意义上讲，作为记忆的媒介，"文字"与"图像"一直处于竞争之中。

回到埃尔说的"记忆研究史也是媒介研究史"的断言，可以说，这一观点首先适用于文字。从发展的角度，阿莱达·阿斯曼将文字史总结为四个阶段："象形文字"（Bilderschrift），"字母/拼音文字"（Alphabetschrift）、"印迹的类比文字"（Analogschrift der Spur）、"数字文字"（Digitalschrift）。她认为，这种意义上的文字发展史以抽象化程度的提高为特征。如果说，字母相对于象形文字就已经抽象化了的话，那么，作为同是一种"编码"的电脑时代的数字文字则更加抽象化。它在对自身进行了极端地缩减之后，却能对包括"图像、声音、语言和文字"等不同的媒介进行编码。④

就传统而言的文字与记忆的关系而言，阿莱达·阿斯曼证明，在文艺复兴时期的英国，对于思想家和诗人而言，文字的媒介性首先不仅体现在其对记忆支撑的作用上，而且体现在它可以是永恒的保证。这一设想建立在肉体与精神的分离之上。因为，如果说肉体会随着人的死亡而腐烂的话，精神则可在文字中找到其能够流传百世、永久性的家园。应当说，这种对文字的崇

---

① Aleida Assmann / Jan Assmann, *Schrift - Kognition - Evolution*, in: Eric A. Havelock, *Schriftlichkeit. Das griechische Alphabet als kulturelle Revolution*, Weinheim: VCH, 1990, S. 2.

② Astrid Erll, *Kollektives Gedächtnis und Erinnerungskulturen* a. a. O., S. 123.

③ s. Aleida Assmann, *Erinnerungsräume* a. a. O., S. 179—342.

④ Ebenda, S. 211.

拜建立在对图像的不信任之上，因为与文字的永恒性不同，图像（也包括雕像与建筑物）"不能够有效保护它们所表现的东西不受时间的侵蚀；'时间的风暴'会席卷它们，使之成为风化了的废墟"①。如此，物质化的图像和建筑物与肉体的命运相同，它们会在时间的摧残下有朝一日消失殆尽，而文字的能指则可能在另外任何一个时间里——即在扬·阿斯曼所说的"分散延伸情景"中——重新复活。时间由此被同时赋予了摧毁记忆和"更新"（erneuern）记忆的力量②。

文艺复兴时期的这种对文字的崇尚到了18世纪不复存在："文字脱离了精神，作为一种陌生的东西出现在后者的面前"，它不仅不能给"充满活力的感受和精神的能量"提供保障，反而成了后者的禁锢与枷锁，给其造成威胁。③ 遗忘和损失的经验促使人们寻找新的通向过往的桥梁，这一次，他们找到的不是文本，而是"印迹"（Spuren）："印记开启了一种从根本上不同于文本的通往过去的通道，因为它将一种过往的文化的非语言表达——废墟和遗迹，断片和碎片，也包括口头传统的残留物都吸纳了进来。"④阿斯曼指出，文字和印记常常被当作同义词使用，但它们之间显然存在着明显的区别。因为如果说可以将文字定义为"以视觉符号显现的对语言的编码"的话，"印迹"却不能，因为它不是"代表性符号"，而是要传达"一种印记和印象的直接性"。⑤

在阿斯曼看来，随着"印迹"概念的引入，"各种不同的'写入'（Einschreibung）超越文本，扩展到照相图片和（其他）由主体对客体的力量作用。这一步，即由文本到作为过去能指的印迹和遗迹，相当于由作为意图语言符号的文字到作为物质刻铸（Einprägung）的一步，这一刻铸虽然并不是事先有意为之的符号，却在之后被读作符号"。⑥

埃尔同样强调媒介对于"真实"（Wirklichkeit）的构建力。她引用苏比

---

① s. Aleida Assmann, *Erinnerungsräume* a. a. O., S. 190.
② Ebenda, S. 191.
③ Ebenda.
④ Ebenda, S. 209.
⑤ Ebenda.
⑥ Ebenda, S. 211.

勒·克莱默尔（Sybille Krämer）的研究成果，认为"媒介不仅简单地传达消息，而且生发出一种影响我们思维、感知、回忆和交往的方式"[1]。鉴于电脑、因特网等新媒介的迅猛发展，埃尔建议在卢曼（Niklas Luhmann，1927—1998）的"印迹"概念之上再增加上麦克卢汉提出的（Marshall McLuhan，1911—1980）"器具"（Apparat）概念，以凸显记忆媒介的双重性。即是说，媒介不仅是"记忆符号的中性的载体或者保存内容。在媒介支撑的回忆和阐释行为中同样有记忆媒介的'印迹'"[2]。这就是说，媒介在记忆的同时也被记忆着。[3] 与此同时，"记忆媒介如纪念碑、书籍、绘画以及因特网"——这些被统称为"器具"——远远超出了通过"存储"从而延伸个人记忆的任务：媒介"根据其特殊的记忆媒介功能生产集体记忆世界，没有这样的媒介，记忆共同体不可能认识这一世界"[4]。

根据这一理解，媒介在记忆行为中不再仅仅是处于第二位的载体，而是本身也能对记忆行为甚至记忆内容的选择产生影响的重要前提。媒介与集体记忆的这种密切关系被埃尔描述为"媒介为记忆文化提供可能并产生记忆文化"[5]。正是在这个意义上，媒介研究成了 20 世纪 80 年代在德国兴起的文化学框架下对集体记忆研究的重要组成部分。无论以何种理论为出发点，人类几千年来的媒介发展史——从口头文化到文字文化，从文字的使用到印刷术的产生，然后再到电脑时代——证明，媒介技术本身的发展与记忆文化的转换有着不可分割的密切关系。如果说印刷术大大促进了书本文化的发展，从而将阿莱达·阿斯曼所说的"存储记忆"的容量扩大到几近无限，那么，19 世纪初期欧洲图书馆、博物馆、档案馆等雨后春笋般的出现就绝不是偶然现象。反过来讲，没有处于上升阶段的市民阶层对教育和自我教育

---

[1] Vgl. Sybille Krämer, *Was haben Medien, der Computer und die Realität miteinander zu tun*? in: Dies. (Hrsg.), *Medien-Computer-Realität. Wirklichkeitsvorstellungen und neue Medien*, Frankfurt a. M.: Suhrkamp, 1998, S. 14.

[2] Astrid Erll, *Kollektives Gedächtnis und Erinnerungskulturen* a. a. O., S. 125.

[3] Ebenda, vgl. auch dazu S. 138.

[4] Ebenda.

[5] Ebenda, S. 126.

的追求,像有其"参与文化记忆"的要求和需求①,这些机构的蓬勃发展同样不可想象。到了 20 世纪末乃至今日,电脑和因特网的普及,也不仅对记忆的方式,同时也对记忆的内容产生了根本性的影响。在这样一种记忆与媒介的互动关系中,不能忘记的是媒介的"社会体系维度"②,也就是作为生产和使用媒介的主体的人,因为"记忆媒介的生产者和接受者也积极从事建构工作",而他们的参与总是在"特殊的文化与历史语境中"进行的。③

重新回到哈布瓦赫有关个体记忆是在集体框架下进行的观点,来观察记忆的媒介显现,就会发现记忆的媒介框架是记忆的社会框架的一部分,因为正像埃尔所说的,"个体通过媒介找到的不仅是通往具有群体特征的知识如数据和事实的通道,而且还有通向社会思维和经验潮流的通道。"④ 无需赘言,这一过程不是死板的,而是动态的,是充满矛盾和变数的。这一点,我们将在下一步论述"文学作为记忆媒介"时涉及。

媒介作为记忆媒介的编码最终关乎其机构化和功能化问题。对此,埃尔首先提出了记忆文化语境中媒介的三个功能:即存储、循环和调用功能。

所谓"存储功能",指的是媒介对集体记忆的内容进行储备,让其随时听候调配。这是集体记忆媒介最基本的功能。在阿斯曼夫妇的理论构架中,完成这一功能的是"文本"。由于存储媒介受时间维度的左右,所以存在着集体记忆编码衰落的极大危险。也就是说,随着时间的推移,文字系统有可能不再能够被解读,纪念碑的象征意义不再能够被解释,那么,从记忆文化角度讲,它们不外乎成了"僵死的物质"⑤。

"循环功能"指的是,媒介不仅给超越时间的文化交往提供可能性,也使得穿越空间的交往得以实现。而循环媒介的任务就在于,当"面对面"的交际在一个大的记忆群体中不再可能的时候,让交际能通过另外的形式得以实现。埃尔指出,承担这一功能的在"近代早期是书籍印刷,在 18、19

---

① Astrid Erll, *Kollektives Gedächtnis und Erinnerungskulturen* a. a. O., vgl. auch dazu, S. 129.

② Ebenda, S. 136.

③ Ebenda.

④ Maurice Halbwachs, *Das kollektive Gedächtnis* a. a. O., S. 50.

⑤ Astrid Erll, *Kollektives Gedächtnis und Erinnerungskulturen* a. a. O., S. 137.

世纪是杂志,全球化时代则是电视与因特网"①。值得注意的是,"循环媒介是大众媒介"②。

随着媒介形式的变化,媒介所具有的记忆功能亦发生变化。在诺拉所说的各种"纪念场"那里,媒介的功能主要是"给记忆群体提供与特定的过去建立关系的联想"③。埃尔称这一功能为"调用功能"。对于某个记忆群体来说,这一媒介之所以重要,恰恰在于它"既没有一个发送者(Sender),也没有语义上的编码",因此"在记忆文化的语境之外无法实现"。④ 照片对于某个家庭的意义即属于这一方面的典型例子。

表 2-2　　　　　　　　集体记忆媒介的功能⑤

	储存媒介	循环媒介	调用媒介(mediale cues)
功能	对集体记忆内容的存储	对集体记忆内容的传播/循环	调用记忆的动因
媒介性的形式	语义编码/交际媒介 往往同时为文化记忆的记忆媒介和被记忆的对象	语义编码/交际记忆 往往是通俗的大众媒介	无须是语义编码; 记忆媒介维度只是在记忆赋予的基础之上并借助于叙述才能产生
理论研究	阿莱达和扬·阿斯曼的"文本"	所有关于通过媒介塑造历史图像的理论研究	皮埃尔·诺拉的"记忆场"

二　文学作为记忆媒介

作为文本的文学是一种最广泛意义上的文字流传形式,其文化记忆媒介的功能不仅已经在研究者们那里得到共识,而且已经有了不少这方面的研究成果。在此值得一提的是德国一批英美文学学者的研究,其中首当其冲的要数阿斯特莉特·埃尔的《记忆小说:一战文学作为20世纪20年代英国和德

---

① Astrid Erll, *Kollektives Gedächtnis und Erinnerungskulturen* a. a. O., S. 137f.
② Ebenda, S. 138.
③ Ebenda.
④ Ebenda.
⑤ 表格引自 Astrid Erll, *Kollektives Gedächtnis und Erinnerungskulturen* a. a. O., S. 139.

国记忆文化的媒介》①、埃尔和古姆尼希以及纽宁合作的《文学，回忆，同一性：理论构建与个案分析》②，以及前文中反复提到的阿莱达·阿斯曼在她的《记忆空间》中对文学现象的讨论。

（一） 文学与记忆的交会

根据埃尔的观点，文学与记忆之间存在有三个交会点：之一是密集性（Verdichtung），之二是叙述性（Narration），之三是体裁模式（Gattungsmuster）。③

记忆的"密集性"指的是，复杂的过往事件往往附着在一些特定的概念、人物、图像甚至比喻④上。无论是哈布瓦赫、诺拉，还是扬·阿斯曼显然均认识到了这一点，于是分别用"记忆图像"、"记忆场"和"记忆形象"来指称这一现象⑤。而"密集性"恰恰也是文学的核心标志之一。正如德语词"诗歌"（Gedicht）原本的含义所表明的，文学原本就是"符号化"中意义在"在最小空间内"⑥ 的聚集，这一聚集过程不仅涉及隐喻、借喻等修辞手法，也涉及互文性。文学的产生依赖于语境，从接受美学立场上看，它也离不开读者和社会的接受。从这个意义上，可以将文学称为具有特殊象征意义的"回忆场"。

文学与回忆的第二个交会点是它们所共有的叙述性。如果说，"集体记忆世界是一个叙述的世界"⑦ 的话，那是因为回忆具有被叙述的特性。甚或可以说，回忆的基本结构就是叙述。历史事件或者过往的体验只有在被纳入叙述结构之后方能获得意义。恰恰在这一点上，回忆与文学相交会。按照结

---

① Astrid Erll, *Gedächtnisromane：Literatur über den ersten Weltkrieg als Medium englischer und deutscher Erinnerungskulturen in den 1920er Jahren*, Trier：WVT Wissenschaftlicher Verlag Trier, 2003.

② Astrid Erll / Gymnich, Marion / Nünning, Ansgar, *Literatur—Erinnerung—Identität：Theoriekonzeptionen und Fallstudien*, Trier：WVT, 2003.

③ Astrid Erll, *Kollektives Gedächtnis und Erinnerungskulturen* a. a. O., S. 144ff.

④ 关于文学的隐喻将在下文中专门作出论述。

⑤ 参见本编第一章中的有关章节。

⑥ Astrid Erll, *Kollektives Gedächtnis und Erinnerungskulturen* a. a. O., S. 144.

⑦ Ebenda, S. 145.

构主义叙述学理论，文学文本具有选择和组合、塑造叙述对象这样两个方面。埃尔认为，这一区分对于"记忆实践"亦有意义。因为无论是在集体层面还是个体层面上，记忆都只能容纳一定的内容。所以，要从"印象、数据和事实"中选择出要回忆的内容来。但要使这些内容成为有关联的整体，则需要将这些内容加以整理和归类。"通过讲故事构建出时间和因果体系来；单个的因素在整体中获得自己的位置，如此也就有了自己的意义"①。回忆只有通过叙述才能成为有意义的整体，这一点也能在叙述心理学那里找到支撑。研究证明，个人回忆只是在运用叙述结构的情况下才有可能被构建为传记文本的。

  关于"体裁模式"，埃尔认为："体裁作为对事件发生过程的常规化编码在回忆文化中处处可见。"② 这表现在几个层面上。首先，个体在自身接受教育和社会化的过程中所获得的有关文学体裁的通识性知识本身就属于文化记忆的内容。像"成长与发展小说、冒险小说、灵魂日记、朝圣之旅等体裁包含的发展模式"，往往会被"个体用来解释自己的生活道路。"③ 在集体记忆层面上，诸如"叙事谣曲、喜剧、悲剧或者讽刺剧"等文学体裁则可能是解释历史的借鉴。埃尔认为，一些常规化的文学体裁之所以会"有意或无意地被作为文化范式"来运用，大概是因为人们要借用熟悉的描述模式来构建否则难以解释的集体经验。文学体裁在不同时期承担了"重要的记忆文化任务"，就像"史诗"在"很长一段时间"所起到的"回忆文化集体的起源和特性"的作用。而"历史小说则在 19 世纪的英国和德国成为占主导地位的'记忆体裁'"。④

  埃尔这里唯一没有提及的是，文学体裁本身就是记忆文化语境的产物。在德国，可以说，没有 18 世纪末、19 世纪初市民阶层的觉醒和参与文化记忆的要求，就不会有成长与发展小说的诞生与发展。同理，第二次世界大战后，正是对战争创伤回忆的需求，成就了短小说（Kurzgeschichte）的辉煌。

---

① Astrid Erll, *Kollektives Gedächtnis und Erinnerungskulturen* a. a. O., S. 145.
② Ebenda, S. 146.
③ Ebenda.
④ Ebenda.

第二章 文学与文化记忆 75

另外还需要强调的是，文学体裁不仅是文化记忆的媒介，它也是被记忆的对象。这一点，我们将统一放到本编下一章中有关德国文学体裁的讨论中进行探讨。

文学与文化记忆之间的种种交会充分说明，"文学是记忆文化的一种独立的象征形式（恩斯特·卡西勒，Ernst Cassirer）。"[1] 尽管如此，文学与其他记忆媒介之间存在着不能抹杀的区别，因此不能概而论之。如果回到前文中梳理的"文化文本"概念，或许我们可以这样表述：文化文本包括文学文本在内，但反过来说，文学文本只是一种特殊的文化文本。

以阿斯特莉特·埃尔的观点作为讨论的基础，可以发现，构成文学与其他文化记忆文本的区别有三点：[2] 1. 虚构优势与约束（Restriktionen）：按照沃尔夫冈·伊瑟尔的观点，每一种虚构描写都建立在两种形式的"越界"上。即文学之外的现实因素在虚构媒介中被重复，在这一过程中，被重复的现时成为符号并获得别的意义；相反，幻想因素经过虚构媒介的描述得到一种形态，并以此获得它之前并不具备的某种确定性和现实性。也就是说：现实和幻想这两个文学之外的领域在虚构媒介中分别被"非现实化"（如前者），或"现实化了"（如后者）。在虚构中，通过对现实的和幻想的东西的结合，文化感知方式得到了重新建构。基于与幻想的这种特殊关系，文学具有一系列的"优势"，例如它可以有一个虚构的叙述主体，能够透视人物的内心世界，并且在描写过去的时候无须追求恢复事实，而是可以构建选择性真实等等。2. 跨话语性（Interdiskursivität）：文学作品是"多声部媒介"。它能够展示不同的言语和话语方式并能将其综合表达。作为一种跨话语形式，文学与其他专业学科话语如历史学、神学和法律相比，更能够表现记忆文化话语本身所具有的多样性。3. 多配价性（Polyvalenz）：指的是在文学媒介中，作为每一个回忆过程基础的"密集效应"（Verdichtungsleistung）[3]都能得到提升，而这一点恰恰是其他记忆媒介所不具备的功能。因此可以

---

[1] Astrid Erll, *Kollektives Gedächtnis und Erinnerungskulturen* a. a. O., S. 143.

[2] 以下凡涉及对埃尔关于文学文本域其他文化记忆文本的区别观点的梳理均见 ebenda, S. 147—148.

[3] 关于"密集"参前文。

说,"高度综合的、因此多数情况下充满矛盾的(ambige)对过去的描写是文学的特权。"

总而言之,文学作为文化记忆的媒介显示出其他记忆媒介所不具备的种种特点。对于我们的讨论范围而言,文学的这些特点具有至关重要的意义。联想到阿莱达·阿斯曼多次提出记忆的"真实性"问题以及米夏埃尔·巴斯勒(Michael Basseler)和多罗特·比尔克(Dorothee Birke)提出的"不可靠的叙述者"[①]问题,我们似乎可以说,恰恰是这种非真实性和不可靠性构成了文学文本作为文化记忆媒介的特点和优势,因为它可以通过虚构言说主流文化记忆——用阿莱达·阿斯曼的话说是"合法证明"的记忆——忽略或者排挤的因素,从而将目光投向充满矛盾和变数、从而也更有活力的记忆现象。而且,由于文学不仅能够以虚构的方式观照真实的历史事件,而且可以"创造"一个虚构的过去,因此它也不仅能够批判过去,也能够表达希望,建构乌托邦式的理想世界。

除虚构特征之外,文学的"跨话语"特征在演示记忆现象时也具有十分重要的优势。在埃尔观点的基础上,我们可以归纳出以下两点:1. 文学作品既是个体记忆的媒介,同时也是集体记忆的媒介。这表现在两个层面上,其一,文学回忆往往首先是个体回忆(自传小说,第一人称小说等)。按照哈布瓦赫的理论,个体回忆只能发生在集体框架中。我们发现,文学作品在表现个体回忆的同时,往往会将这一回忆放到一种特定的社会历史背景之中;其二,作为文化记忆媒介的文学回忆往往作用于当下的记忆文化,也就是说,它通过自己的选择方式去影响特定社会的集体记忆。2. 文学媒介具有广泛的容纳性,它可以通过言说仪式、音乐、身体等不同的记忆媒介的方式,将其他与记忆相关的媒介和形式纳入到自己的体系中去。[②]

(二)文学的影响潜能

这里要讨论的问题是:文学既是文化记忆的媒介,同时它又是文化记忆

[①] Michael Basseler / Dorothee Birke, *Mimesis des Erinnerns*, in: Astrid Erll / Ansgar Nünning (Hrsg.), *Gedächtniskozepte der Literaturwissenschaft. Theoretische Grundlegung und Anwendungsperspektiven*, Berlin und New York: Walter de Gruyter, 2005, S. 140.

[②] 在下编中的个案分析中,我们将具体展示这方面不同的范例。

的对象，那么它在文化记忆语境中究竟处在什么位置？它又怎样作用于文化记忆？它的影响潜能何在？

保尔·利科（Paul Ricœur, 1913—2005）的"模仿三段论"可以帮助我们观察和分析上述问题。保尔·利科"模仿"概念源自亚里士多德，他却将其区分为三个层面，分别为"模仿Ⅰ"，"模仿Ⅱ"和"模仿Ⅲ"。在第一个层面上，文学文本与先于它本身的文本外世界发生关联，于是有了对现实世界的模仿；在第二个层面，文本通过本身的造型形成一个虚构体；在第三个层面上，发生的则是读者对文本进行的重构。①

按照这一模式，文学在文化记忆语境中的作用方式是一个过程。这一过程由文学的"生产"（Produktion），到文学文本的形成，然后一直延伸到文学的接受阶段。用保尔·利科的概念，即从"模仿Ⅰ"过渡到"模仿Ⅱ"，最后到"模仿Ⅲ"。这一过程是动态的，同时充满了张力。而文学与文化记忆语境的触点恰恰集中于这一过程的起始阶段和文本形成（出版）后的读者接受阶段。文学作为学科的基础知识告诉我们，在"模仿"的第一个阶段，参与文学作品"生产"的因素不仅仅包括作者，而且还有作品产生的社会文化背景和历史语境，除此而外，审查与监督、接受者的期待等等都对文学作品的"生产"发生影响。将这一阶段放到记忆文化的语境中去，可以将其视为文学对集体记忆价值观作出的反应。这一反应的基本特征是选择性。也就是说，文学作品通过有意识的选择而表达它对集体记忆的某些价值的态度，这一态度可以是肯定的，也可以是否定的，批判性的，甚至是颠覆的；在"模仿"的第三个阶段，读者通过对文学作品的阅读对其进行接受，按照哈布瓦赫和阿斯曼的观点，这一接受过程同样不可能离开文化记忆框架，而个体通过文学作品的阅读产生的升华了的想法又会进入大的集体记忆语境。除了读者以外，在这一阶段发挥重要作用的还有各种形式的文学评论、作品排名、作品推广（如出版社的营销和拍成电影或电视剧）等等。由于文学作品具有超越时代的特征，社会对它的接受过程本身也会进入文化

---

① Paul Ricœur, *Zeit und Erzählung*, Bd. I, München: Fink 1988, S. 107 und 127; Vgl. dazu auch Astrid Erll, *Kollektives Gedächtnis und Erinnerungskulturen* a. a. O., S. 150.

记忆。①

总而言之，凭借保尔·利科的"模仿三段论"，能够观察到文学作为文化记忆媒介是一个由产生到接受的动态过程。文学文本在这里被理解成为一个由"文化意义体系、文学方法和接受实践"② 三者共同参与的创造物。它与文化记忆一直处于一种交往的关系中，在形成阶段（模仿Ⅰ）与"集体记忆的内容、方式、媒介和实践"、即"文本外世界"建立关联，在第二个阶段（模仿Ⅱ）通过文本构建成为"虚构体"，而在接受阶段（模仿Ⅲ）则是通过读者的加入成为"图像式（ikonisch）"记忆文化的③。

```
                        记忆文化语境

    模仿Ⅰ              模仿Ⅱ              模仿Ⅲ

                        文学文本

生产（对文化记忆的回应）              接受：（读者通过对文学作品
参与者：作者                           的阅读建立起与文化记忆的
方式：选择，重构                       关联）
对象：文化记忆包含的任何问题           文学作品反作用于文化记忆
```

图 2-1　文化记忆的模仿三段论④

值得注意的是，如此理解的"模仿"，不是简单地对现实世界的仿造，而是一种"诗意的生产"。⑤ 也就是说，文学与文化记忆的这种作用与反作

---

① 比如歌德的小说《威廉·迈斯特的学习时代》的接受史就可以视为德国文化记忆的组成部分。
② Astrid Erll, *Kollektives Gedächtnis und Erinnerungskulturen* a. a. O., S. 150.
③ Ebenda.
④ 根据埃尔的图表，此处稍作了调整。Vgl. ebenda, S. 154.
⑤ Ebenda.

用的关系终究是要按照自身的规律来实现的。这种自身规律的实现被阿斯特莉特·埃尔和其他文化记忆研究者们称为"演示"。仍以上述的"模仿"三段论为基础,在下一章节中,我们的论述将涉及"模仿Ⅱ",即文学"重构"文化记忆的方式。

三 文学回忆的"演示"

"作为对过去事件的概括或者说重构,回忆绝对属于文学文本的基本主题。"① 这一断言,应当说已经是文化记忆研究界业已达成的共识。前文中业已提到,文学不仅承载回忆,它还以一种具有自身的特点的方式承载回忆。即是说,作为一种特殊象征体系,文学在表达和观照记忆现象和记忆问题的时候,使用的是具有文学语言特征的表达方式,我们称之为"演示"(inszenieren)。下面,我们分三个方面就文学的"演示"方式与途径进行讨论。

(一) 隐喻

隐喻是文学的重要表现手法,但却不是它的专利。阿莱达·阿斯曼关于回忆的隐喻形式的论述证明,隐喻是回忆与文学的另一个交会点。在她的《记忆空间》中,阿斯曼引用了英国女作家艾略特在她的一部早期小说中关于隐喻的一段话,这段话不仅涉及一般意义上隐喻的普遍在场和不可避免,也能说明隐喻对于记忆的特殊意义:

> 令人惊讶的是,假如变换比喻,事情会发生怎样的变化。一旦我们把大脑比作一个精神的胃,那种综合性的想象,大脑是可以用犁和耙子开垦出的精神土壤,就无法使用了。也可以追随大人物们,把精神称作一张白纸或者一面镜子,这种情况下,借助于消化系统的想象就不重要了[……]这难道不值得抱怨吗:很少能在不去寻找比喻的途径下用语言来表达理解力,好让我们能说出什么东西是什么,而不用去说它是

---

① Michael Basseler / Dorothee Birke, *Mimesis des Erinnerns*, in: Erll, Astrid, Ansgar Nünning (Hrsg.), *Gedächtniskozepte der Literaturwissenschaft* a. a. O., S. 123.

别的什么。①

由此得出的讨论的前提是：回忆也是一样，它充满了隐喻。没有隐喻，回忆就无法进行。

在她的论文《论回忆的隐喻》(1991) 中，阿斯曼区分出两大类记忆隐喻形式。在后来的《记忆空间》(1999) 一书中，作者除了保留时间性隐喻外，则将文字隐喻从空间性隐喻中分离了出来。

关于"文字隐喻"，阿斯曼通过对欧洲文化发展史的梳理，列举出书籍、蜡版、羊皮纸、照片等几种来。基督教宗教意义上的"书"象征的是上帝的全知记忆，它具有整体性和绝对性。"上帝亲手用羽毛笔写在灯芯纸草上的东西掌握着生杀大权。只有记录在这本书中的东西才是真实的；那些从书中删除的东西，就好像从未存在过一样。"② 这是一种封闭性的记忆模式，"超越人类知识和回忆的不完整性和损耗性"③。这样的不完整性却恰恰在"蜡版"和"羊皮纸"的隐喻中得到体现。"蜡版"的隐喻来自柏拉图。由于在纸作为书写的工具被发明和大量运用之前，欧洲人写字是在陶片、石片乃至蜡版上进行的，这一过程具有刻入的特征。柏拉图使用"蜡版"作为记忆的象征，强调的则是"记忆（元图像，Urbild）与感知（映象，Abbild）之间的关联"。④ 而这一关联对于柏拉图而言至关重要，因为它是认识作为靠得住的记忆的前提；而认识准确与否，则又取决于"灵魂精髓"中的印迹是否清楚。这种"刻入式的书写"也为亚里士多德提供了灵感。他用"印章"作为记忆的隐喻，以此不仅说明记忆的作用方式，也凸显出其界限与亏缺。莎士比亚对于记忆的设想与亚里士多德有着间接的传承关系，在他那里，记忆力与社会地位被联系在了一起，由此出发，奴隶等下等人是

---

① George Eliot, *The Mill on the Floss*, zitiert nach Aleida Assmann, *Erinnerungsräume* a. a. O., S. 149.

② Assmann, Aleida, *Zur Metaphorik der Erinnerung*, in: Dies. / Dietrich Harth (Hrsg.), *Mnemosyne. Formen und Funktionen der kulturellen Erinnerung*, Frankfurt a. M.: Fischer, 1991, S. 13—35, hier S. 19.

③ Ebenda, S. 18.

④ Aleida Assmann, *Erinnerungsräume* a. a. O., S. 152.

不具备记忆能力的。

与文字相联系的记忆隐喻层出不断。英国浪漫主义作家托马斯·德·昆西（Thomas De Quincey, 1785—1859）创造了新的记忆隐喻——"羊皮纸"。昆西注意到"回忆的逆行能量"①。在他看来，人的记忆就像羊皮纸一样：各种思想、图像和感觉一层层"像光一样柔和地堆积在你的大脑里。每一层似乎将前面所有的都埋葬在自己的身下。然而实际上却没有让任何一层消失"②。

如果说昆西感兴趣的是业已失去的东西的可再造性，那么这种在场与不在场的现象恰恰被弗洛伊德视为一种记忆问题。昆西用"羊皮纸"所描写的情形在他看来是一个矛盾，因为"如何能够想象记忆保存与记忆消除这两种完全相反的功能的同时性？"③作为这一矛盾的解决方式，他建议使用"描图纸"："表面是一张薄的被写上并重复写上文字的蜡纸，它的下面是一张用作'刺激保护'的赛璐珞纸张，再下面是一块保存永久痕迹［……］的蜡版，在合适的光线条件下可以清楚地看到细小的条纹槽。"④

阿莱达·阿斯曼认为，昆西和弗洛伊德对记忆模式的共同之处在于他们都用"印迹"（Spur）⑤替代了文字。这一替代之所以重要，是因为这种"写入"行为延伸到新的技术，即照相。第一次世界大战之后，恩斯特·西梅尔（Ernst Simmel, 1882—1947）就使用了照相时闪光灯闪烁时带来的"恐惧"描述了战争中的创伤性记忆。而在此之前，尼采就已经否认文字及记忆内向性的传统。他认为记忆不是写入心灵而是写入身体。伤疤、疤痕和文身因此被理解为身体文字，而痛苦则是"记忆技巧最强有力的辅助工具"⑥。

"文字"及其扩展形式"印迹"被阿莱达·阿斯曼称为"基础隐喻"

---

① Aleida Assmann, *Erinnerungsräume* a. a. O., S. 154.
② Ebenda.
③ Ebenda, S. 156.
④ Ebenda.
⑤ 参见本章第二节第一小节"记忆与媒介"中有关"印迹"的相关论述。
⑥ Nietzsche 1963, S. 802, zitiert nach Aleida Assmann, *Zur Metaphorik der Erinnerung* a. a. O., S. 20.

(Basismetapher)①。它们无一不凸显了刻入的特点，因此具有固定性和不可消除性；而它们本身也经受了文化史不同时期的考验。只是到了现今的数字时代，才有了另外一种比喻将其取而代之，这便是"可塑的物质"的比喻，记忆在这里成了可以在"当前变化着的视角下不断重新得到塑造"② 的东西。

前文中多次提到在西方文化传统中源远流长的建立在记忆术基础之上的记忆与空间之间的密切关系。阿斯曼在其研究中指出，从空间作为记忆的支撑到建筑物作为记忆的象征仅有"一步之遥"③。她列举的作为"空间隐喻"的建筑物有神殿、剧院和图书馆等。其中，神殿庙与图书馆在记忆类型上有着重要的区别。神殿纪念的是"堪为榜样的人"以及他们所代表的"具有约束力的、超越时间的价值"，④ 而图书馆保存的记忆储备则是可以不断扩张的。阿斯曼称神殿相当于"经典"（Kanon），图书馆则相当于"档案"（Archiv）。

然而，无论是"经典"，还是"档案"，它们都属于"人工记忆"（das künstliche Gedächtnis），与"自然记忆"（das natürliche Gedächtnis）相比较，前者有序，后者混乱，前者理性，后者感性，前者有一定的体系，后者具有偶然性。与此平行的区分还有"学习记忆"和"经验记忆"。尤其引人注目的是，恰恰是在文学家和诗人那里，所谓的"自然记忆"和"经验记忆"的基本特征是联想，它往往被与女性和感性联系起来。在文学作品中，记忆有可能被比喻为"女裁缝"、"晾衣绳"甚至"阁楼"："年少时的经验虽然仍继续活在我的内心，但深深地隐藏在什么地方，在塞得满满的、鲜有人光临的回忆的阁楼之上。"⑤ 很显然，"阁楼"的比喻属于"存储记忆"的范畴，它形象地将处于沉睡状态的"潜在记忆"表达了出来。阿莱达·阿斯曼在此区分了"存储"（Speichern）和"回忆"（Erinnern）两个概念，她

---

① Aleida Assmann, *Erinnerungsräume* a. a. O., S. 178.
② Ebenda, S. 158.
③ Ebenda.
④ Ebenda, S. 160.
⑤ Andrzej Szczypiorski, *Notizen zum Stand der Dinge*, Zürich, 1992, S. 225, zitiert nach Aleida Assmann, *Erinnerungsräume* a. a. O., S. 161.

写道:"假如空间是系统化的、有序的,我们就是在和存储的媒介、隐喻和模式打交道,假如空间相反被描写成无序的、漫无头绪的和难以进入的,那么我们则可以认为这里说的是回忆的隐喻或者模式。"①

如此意义上的"回忆"不仅是动态的,还具有爆发力。这一点,尤其表现在"挖掘"这一关于记忆的比喻上。"挖掘"(Ausgraben)一词常用于考古学,它所具有的动态特点和过程性使得它能够对心理分析学意义上回忆的重构过程作出指涉。然而在弗洛伊德看来,考古学和心理分析具有"能指区别"②。他认为,找到毫无损坏的文物对于考古来说是例外中的例外,而"心理考古学者却找得到所有本质的东西"③。正像诗人昆西用"羊皮纸"的比喻所表达的那样,弗洛伊德也相信,所有过往的东西仅仅是被掩埋起来了,都是可以重见天日的。

在马塞尔·布鲁斯特那里,参与回忆过程的既有身体,同时也有精神。而回忆在这里则被比喻成"起锚":"(我)感觉到,有什么东西在我的内心颤抖地活动着、移动着,在尝试着站立起来,启动了深渊中的锚;我不知道这是什么,可它却慢慢地在我的内心升起[……]。"④ 虽然像阿斯曼指出的那样,回忆即是在这里也仍然未脱离哈布瓦赫所说的社会框架,但显然已经没有了弗洛伊德的乐观,当"个体成了(集体)回忆的最后载体"⑤ 的时候,它也就变成了一种孤独的个人行为和过程。

无独有偶,瓦尔特·本雅明是另外一位用"挖掘"一词来比喻回忆的思想家。只不过,他看到的是媒介在回忆过程中的积极和消极作用。他认为,记忆没有客观性,即使它被从积压层中"挖掘"出来,它也"永远不会完全脱离其环境"。⑥

---

① Andrzej Szczypiorski, *Notizen zum Stand der Dinge*, Zürich, 1992, S. 225, zitiert nach Aleida Assmann, *Erinnerungsräume* a. a. O., S. 162.

② Ebenda.

③ Ebenda.

④ Marcel Proust, *Auf der Suche nach der verlorenen Zeit*, in: Swans Welt. I, 64, hier zitiert nach Aleida Assmann, *Erinnerungsräume* a. a. O., S. 164.

⑤ Aleida Assmann, *Erinnerungsräume* a. a. O., S. 164.

⑥ Ebenda, S. 165.

"挖掘"属于记忆"空间隐喻",但它却包含了明显的时间质量。因为在"挖掘过程"中,不仅有寻找的持续性,同时也有发现的短暂性。"挖掘"所具有的这种双重特征恰好与以空间视角构建的记忆隐喻与以时间为导向的记忆隐喻的特性重合。在"空间隐喻"中,回忆的"持久性和连续性占据主要地位",在"时间隐喻"中,"遗忘、间断性,衰落和重构"则得以凸显①。从这个意义上讲,艾略特的有关"胃"的比喻同样具有"空间"和"时间"的双重性。阿斯曼指出,从拉丁语传统看,"胃"在这里更应该理解成为牛的具有反刍功能的胃。尽管如此,"胃"指向的不是存储,而是损失,因为它毕竟不是一个储存之地。也正因为如此,尼采才能够利用这个隐喻以及相关的"消化"一词(Verdauung)来说明遗忘所具有的"积极的力量"以及减轻记忆负担的必要性。

阿莱达·阿斯曼在她的论文《论记忆的隐喻》中专门讨论了时间与记忆的关系。在西方文化的背景下,时间随着原罪的出现而产生:

> 从此,人类起源时的永恒秩序被抛弃,整个世界陷入了开放与自由,同时也陷入了变动、消失和死亡的规律之中。时间作为一种事件发生的维度而存在,在这个维度内,人类业已脱离了起源的永恒,但还没有到达目的的永恒。作为历史维度和自由维度的时间是第一个永恒的胜利者,但同时也是第二个永恒,即救世史的终极目标的对手。②

从这个意义上讲,回忆是时间的对手:"如果说时间的本质是不可逆转性和永远向着新的终点前行的单调性,那么回忆的本质则是对这种时间规律的否定。"③ 诚然也可以反过来看,如果说回忆是在以"永恒的名义与时间作斗争"④ 的话,那么,时间则不断地在提醒,所谓永恒其实是不存在的。

---

① Aleida Assmann, *Zur Metaphorik der Erinnerung* a. a. O., S. 22; Vgl. dazu auch: dies., *Erinnerungsräume* a. a. O., S. 165.
② Aleida Assmann, *Zur Metaphorik der Erinnerung* a. a. O., S. 22.
③ Ebenda.
④ Ebenda, S. 23.

因此，就像回忆与遗忘属于一个事物的两个方面，"时间和遗忘、回忆和永恒同属于一个整体"①。

西方传统中的一对核心记忆隐喻"沉睡"和"苏醒"就非常形象地标示了回忆与遗忘之间的辩证关系。只不过，这里的遗忘被描写成一种状态，或者说一种回忆的潜伏状态，而回忆则被赋予了一种动力，由于它隐含了自我救赎之意，所以"苏醒"也往往被理解为"觉醒"。引人注目的是，这两个比喻不仅在犹太教、诺斯替教派的宗教语境下被使用，也往往会出现在政治宣言中。这一点，在国内20世纪的社会变革的语境中也能观察到，虽然其内涵有所转移②。

那么，两者之间的异同又何在呢？阿斯曼给出的答案是：

> 它们的相同之处在于，它们都把记忆主题置于历史的框架下，更准确地说是置于救世史的框架之下。在这样的历史框架下，"现在"是一个不可救赎的时代，需要借助回忆的帮助加以克服。它们的不同之处在于，宗教救赎史着眼于非历史的未来，而政治上的认证史则要求在历史时代中实现这种救赎。③

西方传统中常见的以时间为导向的记忆隐喻还有"水"与"火"。在这两个隐喻中，记忆与遗忘之间的关系再次得到彰显："水"与"火"均一方面指向记忆（赋予灵感的缪斯之泉、激情的火花），另一方面又指向遗忘（毁灭一切的洪水、烈火等等）。

在哲学、心理学以及文学中，回忆往往被想象成为一种通向灵魂深处的艰难之旅。堆积在那里的往事往往尘封已久，难以抵达，因此需要"挖掘"。但未经"消化"的过去也可能会突然袭来。在德语作家海纳·米勒（Heiner Müller，1929—1995）那里，过去不会像尼采所说的那样能够被排

---

① Aleida Assmann, *Zur Metaphorik der Erinnerung* a. a. O., S. 23.

② "苏醒"和"觉醒"在国内20世纪的语境中没有宗教意义上的自我救赎的含义，而是与民族复兴联系了起来。

③ Aleida Assmann, *Erinnerungsräume* a. a. O., S. 171.

除掉，而是一直作为噩梦潜伏在那里，然后会在不经意的刹那之间变成魔鬼；正像阿斯曼所指出的，米勒的噩梦来自法西斯德国这一历史的集体罪责。而同样以作为"魔鬼"现身的过去打交道的还有德语犹太作家鲁特·克吕格尔（Ruth Klüger），她的回忆本身就是用写作做"哀悼工作"（Trauerarbeit）①。在其小说《活下去》（weiter leben）②中，这一点得到形象的展示：过往是魔鬼，而回忆则是用咒语呼唤魔鬼。可见，对于经历过纳粹迫害的犹太幸存者克吕格尔而言，回忆的痛苦和必要性并存：

> 回忆是召唤鬼神的咒语，而有效的召唤是巫术［……］我有时作为笑话说——但这却是真的——我不信上帝，但我相信鬼神。要跟鬼神打交道，就得用现时作诱饵，就得递给它们能产生摩擦的东西，好将它们从沉睡中唤醒，并活动起来［……］但愿我能够跟一些和我一起思考的女性读者——甚或还有几位男性读者——共同交换咒语，就像交换烹饪用的菜谱一样，然后一起品尝历史和往事提供给我们的东西。③

让我们在此作一概括性的总结：

1. 正像阿莱达·阿斯曼强调的那样，记忆隐喻的基本类型迄今并没有根本性的改变④。这可以做以下理解：其一，就记忆本身的特点和实现方式而言，有 ars 和 vis 的区别，前者指记忆的存储功能，与记忆术有关（在阿斯曼那里又被称作"人工记忆"），后者指回忆行为（阿斯曼又称其为"自然记忆"）。比较而言，记忆术（或称"自然记忆"）的目的在于克服遗忘，未来"取回"（回忆）的内容需与现在"存入"（记忆）的内容相一致，这就导致了相关隐喻的稳定性；其二，正因为 ars（人工记忆）以克服时间的影响为目的，所以与此相关的记忆隐喻均以空间为导向。在 vis（自然记忆）

---

① Aleida Assmann, *Erinnerungsräume* a. a. O., S. 177.

② Ruth Klüger, *weiter leben. Eine Jugend*, München: Deutscher Taschenbuch Verlag, 1997.

③ Ebenda, S. 79.

④ Aleida Assmann, *Erinnerungsräume* a. a. O., S. 178.

那里则不同,"存入"内容和"取回"内容产生分裂与移位,其罪魁祸首即是人无法把握的时间。因此,与自然记忆相关联的记忆隐喻多以时间为导向。记忆的这种——我们权且把它称作——静态和动态的特征与空间和时间的关系导致了记忆隐喻有两种基本类型。而从书写而来的"文字"或者"印迹"比喻则兼有空间和时间隐喻特点,从而具有双重性。

2. 与上述思考有关,使用以空间为导向的隐喻和以时间为导向的隐喻照亮的是记忆不同层面上的问题。尤其值得关注的是"时间隐喻",恰恰因为其关注的是"损失","遗忘"、"断裂性"以及重构的艰难等记忆问题,它能够释放出比"空间记忆"更大的能量。

3. 阿莱达·阿斯曼列举的记忆隐喻范例可以说明,记忆及其所有内涵,其中不仅首先包括记忆与遗忘之间的关系,包括记忆与情感和经验的关系,也包括记忆的动态(Erinnerung)与静态(Speichern)之间关联等等,都需要用修辞手法来表达。事实上,从柏拉图、亚里士多德、黑格尔、尼采到弗洛伊德和本雅明,不同时代的哲学家和思想家都从各自不同的世界观和理论背景出发,对记忆现象及其记忆问题进行了观照,如果说他们的观照离不开隐喻的话,那么,文学作品中对记忆的描述更是充满了形态各异、个性明显的隐喻。不管怎么样,只要我们开始回忆过去,我们似乎就不可能只是"客观"地陈述事实,而是会不由自主地使用一种诗的语言。德·昆西、布鲁斯特、艾略特等作家的例子充分说明了这一点。尤其引人注目的是,文学似乎更热衷于对记忆的所包含各种矛盾的描述,其中包括对回忆痛苦过程的描述,对创伤记忆的表述以及对遗忘的探索。在阿斯曼所列举的几位德语作家如米勒和克吕格尔的例子更能够看出这一点。应该说,恰恰这一点是文学为记忆问题的语言表述(Verbalisieren)所作出的特殊贡献。

(二)回忆的"模仿"——叙述策略

如前所述,叙述性是回忆与文学之间重要的交会点之一。这一点,扬·阿斯曼也做了强调,他说:"内化了的——这恰恰意味着:被回忆的——过去在叙述中找到自己的形式。"[1] 因此可以说,叙述是回忆的外在表达形式。表现在个体记忆层面上,回忆大多是在对话或者叙述的基础上进行的。认知

---

[1] Jan Assmann, *Das kulturelle Gedächtnis* a. a. O., S. 75.

心理学认为，叙述形式并非是在后来的语言表达时才参与进来的，回忆与叙述不仅遵循同一种建立行为与行为之间逻辑关联的模式，甚至后者还会对前者造成影响。这一点，也得到叙述理论研究的证明：无论是文学叙述还是非文学叙述都有着相当固定的模式和套路。也就是说，叙述本身所具有的程式化的东西会"强行"将记忆纳入自己的轨道。回忆的这种叙述结构在集体记忆层面上表现得更加突出。因为首先来说，文化语境对"叙述什么和回忆什么"[①] 发挥着重要的影响力，其次，回忆在集体交往中的模式化和形式化叙述特征更为明显。作为生活中常见的实例，最典型的莫过于"悼词"、"生日祝词"、政府首脑的新年贺词等等。其中，前两种事由的起因虽然是个体的，但却都发生在集体范围内并面向集体。

然而这仅仅是问题的一个方面。事实上，在文学作品中，我们更多地观察到有意为之的对叙述策略的选择，比如叙述视角的选择，赋予时空描写以"记忆空间"描写的意义，通过运用（前文中业已讨论过的）隐喻和象征等修辞手法探寻记忆现象和意义等等。阿斯特莉特·埃尔用"虚构记忆叙事的生产"（Erzeugung）[②] 这一表述来指称这一特殊的文学表现形式。她认为，叙述主体的选择对文学回忆具有结构意义。比如"全知叙述主体"充当的就不仅是虚构故事中的人物。他概览时空关系，知晓故事中人物的一切，包括他们的行为方式和行为意图，不仅如此，他还具有道德和价值评判的能力。由于全知叙述者与读者之间的关系往往是一种说教者和被教化者之间的关系，因此从这个意义上讲，他担当的是文化记忆传达者的角色。相比之下，第一人称的叙述主体则更适于做交际记忆的承载者。通过叙述，个体的经历，他的生活经验及其主观价值判断被演示为"叙述知识"[③]，从而进入集体记忆的框架之中。与全知叙述文本的不同之处还在于，叙述主体与读者之间不再是说教关系，而是号召与响应的关系。[④]

---

① Dazu vgl. Astrid Erll, *Kollektives Gedächtnis und Erinnerungskulturen* a. a. O., S. 88.
② Astrid Erll, *Kollektives Gedächtnis und Erinnerungskulturen* a. a. O., S. 152.
③ Ebenda, S. 172.
④ 这一点，与沃尔夫冈·伊泽尔的审美响应理论似乎不谋而合。

米夏埃尔·巴斯勒和多罗特·比尔克在其论文《回忆的模仿》[1] 中同样探讨了文化记忆视阈中的叙述策略问题。他们认为，文学通过各种不同的叙述技巧展示具体的回忆过程。为此，他们分别从"时间的陈述，场地的语义化，叙述媒介，聚焦以及叙述的不可靠性"等方面讨论了回忆的演示问题。

关于"时间描写"的回忆演示，两位作者认为，重要的是构建一种时间"秩序"。其前提是先构建一个作为回忆的出发点的"基础叙述"[2]，在此基础上，或者按照时间顺序重构发生的事件，或者"追述"业已发生的事件。这种"追述"可以按照彼此的关系做不同的排列。典型的例子是回顾，它开始于"从前"（比如，叙述者的出生），并且一直叙述到回忆过程开始的时间点。[3] 在追述层面上对事件进行时间顺序排列，尤其适合强调人物的发展。因为人物回忆自身就构成了有意义的生活故事。而这些故事又恰恰可以说明人物目前的状态。巴斯勒和比尔克视狄更斯的《大卫·科波菲尔》为这一类回忆叙事的范例。他们认为，一旦这种时间秩序被打破，那么回忆就被赋予了另外不同的意义，例如在石黑一雄（Kazuo Ishiguro）的小说《我辈孤雏》（2000）中，生活故事不再是"一个合乎逻辑的事件和因果链，而更多是一个由回忆角色构成的拼图游戏"[4]。

在基础叙述和回忆之间建立起不同的关系也是回忆演示的重要形式。此时，"回忆性"的清晰度可以通过两种方式实现，一是通过某种"修辞"手段明确指出被描述事物的回忆性特征，从而演示整个回忆过程（"上帝赐我恩惠，让我成为那座修道院内发生的种种事件的见证人"，"为使人们更好地理解我亲身经历的那些事件，也许我得按当时的理解，即现如今的记忆，讲述在那个世纪末发生过的一切，并用后来我听到的其他故事来丰富它，假

---

[1] Michael Basseler / Dorothee Birke，*Mimesis des Erinnerns* a. a. O.，S. 123—148.
[2] Ebenda，S. 126.
[3] ［德］君特·格拉斯的《铁皮鼓》可以视为这一回忆演示的典型例子。
[4] Michael Basseler / Dorothee Birke，*Mimesis des Erinnerns* a. a. O.，S. 126.

如我的记忆还能将那些混乱的事件重新贯穿起来的话"①);二是不断指向"基础回忆"("啊,让我言归正传吧,我这个上了年岁的老僧未免东拉西扯得太多,耽误了说我的故事"),或是强调回忆者"我"专有的信息("我从未见过布局如此漂亮如此完美的修道院,即使后来我到圣加伦、克吕泥、丰特奈,以及别的修道院"②)。

从时间层面上演示"回忆性"的手段还有对时态的运用,也就是说,基础叙述和"追述"经常处于不同的时态中。在传统小说中,叙述者"我"处于现在时态层面,而被叙述者"我"则处在过去时态层面。偏离这一模式往往是希望达到不同的演示效果,比如以现在时叙述曾经给叙述者留下特别深刻印象的情景。

在文学作品中,空间描写对于回忆的演示同样具有重要性。巴斯勒和比尔克认为,虽然"空间描写对于小说中回忆模仿的意义不像时间描写那样可以系统把握"③,但空间能够充当回忆的激活器。这是因为,文学中的空间描写与世俗世界处于一种模仿关系之中。以此为出发点,两位作者主要讨论了两种建构"回忆性"空间的描写功能,一是"时间空间化"和"空间时间化",二是空间的语义化。

所谓的"时间空间化"和"空间时间化"是建立在米歇尔·巴赫金(Michael Bachtin,1895—1975)引入的"时间地理"(Chronotopos)这一概念之上的,其核心指向空间和时间的变换关系。比如在文学作品中描写某人来到某个他以前曾经去过的地方,然后回忆起了当时的情景。这时,"空间体验"就"转化成了时间体验"④,就像加斯东·巴什拉(Gaston Bachelard)用"蜂巢"所作的十分形象的说明:"在空间的无数蜂巢中储藏了浓缩的时间。空间的存在价值就在于此。[……]只有借助空间,只有在空间

---

① 值得注意的是,除了巴斯勒和比尔克指出的两种实现"回忆性"的演示方式,这里甚至还可以观察到元叙述层面上的对回忆的观照("假如我的记忆还能将那些混乱的事件重新贯穿起来的话")。这一手法在君特·格拉斯的诸多散文作品中均有运用。

② 此处的例句均出自 [意] 翁贝托·埃科《玫瑰的名字》,沈萼梅、刘锡荣译,上海译文出版社2010年版,第13、14、30、31页。

③ Michael Basseler / Dorothee Birke, *Mimesis des Erinnerns* a. a. O., S. 130.

④ Ebenda, S. 131.

的范围内,我们才能找到时间持续的漂亮的化石,并通过长时间的停留使之变得具体化。"① 此时,空间充当的是"时间的储存器",它在回忆者内心唤起的是一种熟悉感;与"时间储存器"的功能相反的是,空间在个体的回忆中更指向变化,"这种变化有两种方式:一方面,地点自身发生了变化;另一方面——这一点更具决定性——通过空间的连续性,感知空间的主体也在发展。不只是空间对于主体而言变得陌生,而且首先是主体对于空间变得陌生。"② 旅行主题往往是这种空间时间化的"经典模式"。此外,巴斯勒和比尔克还举例说明了一种宽泛意义上的"时间空间化的"的模式,"即回忆被写入回忆者的身体;典型的例子是对伤疤及其来源的描写。与通过感官感知激活回忆相似,身体成为过去和现在的交会点。"③

巴斯勒和比尔克认为,"通过空间描写来演示回忆的元素有一个共同之处,这便是他们可以充当不同时间层面之间的连接。"④ 在时间空间化和空间时间化中,空间随着时间的推移,又会成为回忆的内容。这就涉及"空间的语义化"。在此,被回忆的空间"被赋予特别的象征力"⑤。这不仅对文本结构、而且对于回忆主体产生意义。

空间比喻在回忆演示中的作用亦不可忽略,这一点在前文中业已涉及⑥。巴斯勒和比尔克列举的空间比喻有"迷宫"、"储藏室"和"蜡版",他们尤其强调了"身体"作为空间隐喻的作用。这里的空间,充当的是曾经以某种方式被写入回忆的媒介。

与阿斯特莉特·埃尔一样,巴斯勒和比尔克也认为,对于回忆演示来说,最典型的叙述场景是第一人称叙事。这里值得注意的是,叙述者/回忆者"我"与被叙述者/经历者"我"一直处于某种张力关系之中。一方面,因为所处的时间的不同,相对于被叙述者"我"——巴斯勒和比尔克称其

---

① Gaston Bachelard, *Poetik des Raumes*, übers. v. Leonhard, Kurt, Frankfurt a. M.: Fischer, 1992, S. 3.
② Michael Basseler / Dorothee Birke, *Mimesis des Erinnerns* a. a. O., S. 132.
③ Ebenda.
④ Ebenda, S. 133.
⑤ Ebenda, S. 132.
⑥ 参前文"隐喻"一节。

为"具有性格特征的角色"①，叙述者"我"更具信息、道德和心理上的优势，因此他会对后者的感知和行为方式进行相应的评论和评价，此时，"过去成为了被回忆的过去，角色明显成为了被回忆的角色，而故事则拥有了回顾性的意义。"② 另一方面，"回忆对于回忆者而言，是一种精神旅行，是再次经历发生在过去的事情"③，那么，他至少在情感上回到了过去。这就意味着，叙述者与角色有时是重合的，前者在某种意义上也变成了正在经历者。"在这种情况下，焦点从叙述者转向角色，同时也从基础叙述转向'追述'"④。这不仅有助于增强回忆性，而且使得正经历者/被回忆者"我"作为感知中心发挥作用成为可能。巴斯勒和比尔克借用"双聚焦"这一概念来描述叙述者和角色的这种视角重叠。而这一重叠不仅是人物视角上的，它还同时是时间上的，也就说，随着人物视角的重合，"也产生了现在和过去的重叠，尽管其中一个时间层面总是处于优势"⑤。

显而易见的是，叙述主体和客体在视角上的重合不可能是绝对的。恰恰相反，由于回忆动机的不同，叙述者的回忆会有"客观"、"主观"甚至"不可靠"之区别。考察文学文本，我们会发现，"不可靠的叙述"甚至是文学的一个特征，它因此会专门被标示出来。⑥ 巴斯勒和比尔克称之为"回忆模仿的一部分"。它们通过对石黑一雄和狄更斯作品的考察，得出结论认为，像其他叙述策略一样，不可靠性同样具有增强回忆性的功能。他们评论道："人类的回忆总是受到极端的主观感知和选择以及回忆者当下的行动需要的影响。存在有可靠和客观的回忆，这一想法已经成为了实证主义的遗迹，这种想法被以下认识所代替：人类最终回忆起的是他愿意或者必须回忆的东西，当然前提是这些东西具有相关性。"⑦

---

① Michael Basseler / Dorothee Birke, *Mimesis des Erinnerns* a. a. O., S. 138.
② Ebenda, S. 134.
③ Ebenda, S. 135.
④ Ebenda.
⑤ Ebenda, S. 137.
⑥ 在君特·格拉斯的小说中会经常观察到这一现象。参见本书下编个案分析五"交际记忆与文化记忆张力场中的格拉斯小说"。
⑦ Michael Basseler / Dorothee Birke, *Mimesis des Erinnerns* a. a. O., S. 141.

总而言之，虚构的文学作品能够通过不同的叙述策略来演示回忆，它可以充分发挥自己特殊的优势，连接不同的时间层面，能使时空交错，能够联系回忆者和被回忆者的主体心理感受，使之产生交替或者重叠，能够通过不同的聚焦形式确定回忆的重点，能够超越回忆和实际的过去之间的不同的现实生活界限，"允许"回忆对偏离事实，既能展现过去，也能对其作出评价和修正，从而将回忆的重构作用发挥到极限。

第三节　文学的记忆

如果说上文中我们探讨的是文学回忆的特性和功能，那么，本节讨论的则是文学的记忆问题。在此，有必要首先对这两个概念作一基本的界定。文学回忆（die literarische Erinnerung）指的是在具体的文学作品中通过叙事或其他文学表现形式对集体或者个体的过往进行再现，即以文学的方式进行回忆或观照回忆，而虚构性、象征性、不确定性等等则是这一再现的基本特征；而我们这里所说的文学的记忆（das Gedächtnis der Literatur）则指涉文学或作为整体概念或作为文学学（Literaturwissenschaft）本身的记忆。换句话说，前文中我们对隐喻、叙述策略等问题的探讨均涉及文学回忆范畴，而文学的记忆则是以文学自身为客体和记忆对象的。

文学有着它自身的记忆，这一认识可以从阿拜·瓦尔堡对"集体图像记忆"（das kollektive Bildgedächtnis）的研究中得到启发。正如前文中业已提及的，瓦尔堡在他的研究中发现，在绘画艺术中，某些基本主题和结构具有持续性，会在不同的时期重复出现。[1] 同一现象也出现在文学中，它既体现在文本内部，也体现在文本外部。前者——即作为"象征体系"的文学——的主要表现形式是互文性，而后者——指的是作为"社会体系"的文学[2]——则以体裁的发展与流变、文学史和经典化为维度。

---

[1] 参见本书上编第一章第一节中的第二小节"阿拜·瓦尔堡的"社会记忆"构想"。

[2] 文学作为"象征体系"和"社会体系"的概念源自埃尔。Vgl. Astrid Erll, *Kollektives Gedächtnis und Erinnerungskulturen* a. a. O., S. 69.

一 互文性

"互文性"概念的基础是文本。后者源自于拉丁语的"textus",意为"编织物"。从这一基本含义出发,可以将文本理解为一种意义编码结构。建立在这一理解基础之上的"互文性"研究萌发于在20世纪20年代的俄罗斯形式主义(巴赫金)对文本的互动理解,在20世纪60年代后结构主义的符号理论中(克里斯蒂娃)达到高潮。在此基础上,1990年出版的蕾娜特·拉赫曼的《记忆与文学——俄罗斯现代文学中的互文性》[1] 提出了文化符号学意义上的互文性概念,并将互文性与文化记忆联系了起来:"每一个文本本身[2]都是对在它里面留下痕迹的所有文本的记忆,以至于互文性可以被读作一种文本自己的记忆。"[3] 拉赫曼从文化符号学出发,认为艺术、文学、宗教等的社会作用不是孤立的,因此,不能将文本与其"前文本"的关联简化为文学内部因素的描写,而是应将其视为文本与记忆历史的语境之间的转换点。拉赫曼由此提出:"文本的记忆就是它的互文性"[4],从而将记忆与互文性完全等同了起来。应当说,如此理解下的叙述具有双重的回忆功能,一方面,它是对文本的再生产,与此同时,它又是某种特殊的叙述模式的重复。诚然,这种再生产不是死板的,而是富有创造力的,就像拉赫曼强调的那样:文学不是过往"前文本"的消极的存储地,而是文化意义的"发生器"。[5]

如此定义的互文性的基本出发点是将文化视为"可以回忆的经验"[6]。这一经验作为经过编码的符号进入文本,而文化则正是这些成为文本的审美

---

[1] Renate Lachmann, *Gedächtnis und Literatur. Intertextualität in der russischen Moderne.* Frankfurt a. M.: Suhrkamp, 1990.

[2] 原文为斜体。

[3] Renate Lachmann, *Intertextualität*, in: Nicolas Pethes und Jens Ruchatz (Hrsg.), *Gedächtnis und Erinnerung. Ein interdisziplinäres Lexikon*, Hamburg: Rowohlt, 2001, S. 66.

[4] Ebenda, S. 35.

[5] Ebenda.

[6] Oliver Scheiding, *Intertextualität*, in: Astrid Erll und Ansgar Nünning (Hrsg.), *Gedächtniskonzepte der Literaturwissenschaft* a. a. O., S. 65.

和符号经验的组合。拉赫曼指出:"在文本中得以编码的存储经验以及保存这一经验的编码方式建立起一个可以不断重新巡视的空间,在这一空间里,每一个新的文本都能使似乎已死去的文本重新复活。"① 拉赫曼认为,积累下来的意义不会沉睡,而是会在文本的文化记忆中生发和增长:"互文[……]通过开启意义生成的新过程,来去除'原文意义'。"② 这样理解的"互文性"是一种回忆过程,它通过转换视角、总结和审视来完成复杂的评价程序,在取消和转换旧的意义等级的同时,建立起新的意义等级来。也就是说,按照拉赫曼的思路,文学的记忆表现为在"文本内部层面上展现出的与文化前文本的关联,并作为这些前文本的现实化和转换"③。这里,具有重要意义的是对作为"在文本之间展开的记忆空间"的具体文本互文性的阐释,以及对"由互文所建立起来的具体文本内部记忆空间"的关注④。

应该说,拉赫曼提出的"互文性"概念从根本上说遵循的仍是后结构主义的"泛"文本概念⑤。按照这样的思路,每一个文学文本均必然与以往的文本,与传统的文学主题、素材、体裁和其他文学形式产生关联。有论者批评道,这一"泛文本"概念使得"互文性"的定义变得模糊不清⑥。从文化记忆角度看,它也的确似乎缺少一个功能性机制。拉赫曼建立在"互文性"基础上的文学的记忆,充其量也只相当于阿莱达·阿斯曼以存储为目的的"ars",强调的是记忆的空间关联,而她所忽略了的则是主导时间关联的"vis"。也就是说,她在强调文学作为"记忆空间"(Gedächtnisraum)

---

① Renate Lachmann, *Intertextulität als Sinnkonstitution: Andrej Belyjs Petersburg und die fremden Texte*, in: Postica 15 (1983), S. 82.

② Renate Lachmann, *Gedächtnis und Literatur* a. a. O., S. 37.

③ Astrid Erll und Ansgar Nünning, *Gedächtniskonzept der Literaturwissenschaft: Ein Überblick*, in: Astrid Erll und Ansgar Nünning (Hrsg.), *Gedächtniskonzepte der Literaturwissenschaft* a. a. O., S. 8.

④ Renate Lachmann, *Gedächtnis und Literatur. Intertextualität in der russischen Moderne*, a. a. O., S. 11.

⑤ Vgl. Oliver Scheiding, *Intertextualität* a. a. O., S. 68.

⑥ Ebenda.

的同时，却未曾充分顾及发生在时间当中的"回忆行为"（Erinnerung）。[1]尽管如此，拉赫曼在互文性与文化记忆之间建立起来的关联不仅扩展了迄今为止互文性研究的视野，也赋予了文学中的"互为文本"现象以新的意义。

二　文学体裁

在文化记忆理论背景下，文学体裁的记忆功能也进入了研究者们的视线。虽然不乏对这期间所产生的概念如"体裁记忆"（Gattungsgedächtnis）和"记忆体裁"（Gedächtnisgattung）的合理性和严谨性的质疑[2]，但研究者们达成的共识也是显而易见的。借用阿斯特莉特·埃尔的话，可以对这一共识作如下表述："（文学）体裁可以从多个方面理解为传统化了的记忆场：它对于文学记忆、个体记忆和文化记忆均扮演着一种角色——并且在这三个层面之间的联系和交换中起着一个重要的转换作用。"[3]

在文学记忆层面上，体裁研究与互文性研究的交叉不言而喻。这是因为，作为被规定的、传统化了的文学创作类型，体裁本身不断重复的现实化过程就是一种记忆过程。这一过程体现在作者和读者两个方面。对于作者而言，他在创作过程中对某一种体裁的选择不仅意味着对这一体裁基本特征的认可——无论是正面还是反面意义上的，也意味着他必须面对这一体裁中所积累（记忆）的一切文化和审美因素。以"成长与发展小说"为例，当19世纪或20世纪的某个作家选择这一文学体裁的时候，被公认为德国式"成长与发展小说"鼻祖和楷模的歌德的《威廉·迈斯特的学习时代》（*Wilhelm Meisters Lehrjahre*，1795/1796）就不可能不是——无论从何种意义上讲——他创作的参照模板以及他观照、反思和颠覆的对象。或许正是如

---

[1]　参见本书上编第一章第三节第五小节"存储记忆与功能记忆"。

[2]　Richard Humphrey, *Literarische Gattung und Gedächtnis*, in: Astrid Erll und Ansgar Nünning (Hrsg.), *Gedächtniskonzepte der Literaturwissenschaft* a. a. O., S. 74.

[3]　Astrid Erll und Ansgar Nünning, *Gedächtniskonzepte der Literaturwissenschaft: Ein Überblick*, a. a. O., S. 10.

此，才有了关于《威廉·迈斯特和他的弟弟们》的研究①。从这个意义出发，可以认同理夏德·胡姆弗莱（Richard Humphrey）的观点，即："每一种体裁和每一个体裁模式都包含了一个回忆网，这一回忆网从丰富的叙述材料中过滤出值得叙述的东西。"②

如果说题材的选择对于叙述具有规范作用的话，那么，属于集体记忆内容的、相应的体裁知识对于读者而言也同样重要，它不仅塑造其期待视野，帮助其理解体裁所承载的文化内涵，同时还在交际记忆层面上给他提供自我理解和自我观照的模式。因为，假如说阅读本身就是一种不断回忆的过程，那么，这一回忆的对象就不仅是读者已经阅读过的文本，它更包括特定的体裁模式。在另外一个层面上，文学体裁模式还会影响和塑造个体的生平（biografisch）记忆。也就是说，文学体裁不仅在文学接受时有意义，而且还在生活经验的（重新）构建和阐释中发挥作用。事实上，个体生平回忆的确往往建立在所谓的"象征转换"过程之上：

> 前叙述和未成型的经验和事件通过叙述形式和体裁模式被象征化，并得到整理和阐释，这样才能够有意义地去回忆它。体裁是我们记忆的核心组成。它塑造个体经验，并且在构建和传递交际记忆框架内的生活经验中发挥重要作用。③

对于这种"象征转换"具有典型意义的首先当属"自传"，但不止此一种。前文中提到的"成长与发展小说"、与记忆关系密切的"游记"、"传记"（包括传记小说）以及记载人的心路历程的"诗歌"和"日记"等等都对于个体的生平记忆的构建和观照具有至关重要的作用。

在文化记忆层面上，不同文学体裁的选择往往对表达不同历史观、价值

---

① Vgl. Jürgen Jacobs, *Wilhelm Meister und seine Brüder. Untersuchungen zum deutschen Bildungsroman.* München：Fink, 1989. 关于德国式的"成长与发展小说"（即"教育小说"）传统中的文化记忆将在下编中专门论及。

② Richard Humphrey, *Literarische Gattung und Gedächtnis* a. a. O., S. 77f.

③ Astrid Erll und Ansgar Nünning, *Gedächtniskonzept der Literaturwissenschaft：Ein Überblick* a. a. O., S. 12.

观和行为准则具有重要意义。埃尔和纽宁在他们的文章《文学研究的记忆方案：概论》中指出，对于追溯一个文化共同体的起源和特性，"史诗"曾经在很长的时间内具有核心建构意义；而到了 19 世纪，"历史小说"在德国和英国则成了主要的"记忆体裁"，在同一时期的法国，传递民族价值观和构建民族同一性的则是"回忆录"形式。而到了 20 世纪 20 年代，田园牧歌式的体裁模式和喜剧因素则在战争小说中起到阐释集体创伤记忆并勾画文化记忆的作用。① 胡姆弗莱在他的研究中，同样指出不同的文学体裁对于记忆所具有的特殊功能，除了埃尔等不断提到的"历史小说"外，他尤其强调了"诗歌"、"史诗"、"叙述诗"（Ballade）和"家庭编年史"等的记忆作用。胡姆弗莱认为，在各种文学体裁中，诗歌与记忆的关系最为密切，这是因为，它不仅不断地被背诵和被引用，而且它本身的结构形式包括韵律、韵脚和格律等也无一不是记忆术的介质。一般而言，诗歌的回忆者是个体，回忆半径相对较小，内容多与个体的瞬间经历与感受有关；与之不同，"史诗"中的回忆主体是一个（即使是正在形成的）民族，回忆的时间长度一直从远古时期延伸到国家的创立。相比之下，"叙述诗"与古史诗的距离最近，只不过，它所回忆的不再是一个民族的诞生，而是一个单独的事件或行为。从体裁史上看，早期的"抒情诗"是骑士文化的使者，自 18 世纪末期，则逐渐演变成为社会运动的传声筒，最典型的例子莫过于海涅的《西里西亚织工》和布莱希特的《老妇人之歌》。而"历史小说"，无论是盛行于英国的长篇"历史小说"还是德国的中篇"历史小说"，本身就是近现代回忆需求的产物，其回忆的缘由与其说在于过往，不如说是在于过往与现今之间的差异。社会变迁的经验以及对这种变迁的总结与评估是"历史小说"的核心主题。以家族的兴衰史为主题的"家族小说"是另一个典型的"记忆体裁"。与"历史小说"齐头并进、平行发展的多线条叙事不同，"家庭小说"的叙述是编年史式的，被回忆的时间往往不超过三到四代人，因此也被称作"家谱小说"（Stammbaumroman）或者"代际小说"（Generationenroman）。"家族小说"一般讲述的是一个氏族及其成员的故事和活动，或者聚焦于作为社会机构的一个家庭的衰败，如托马斯·曼的《布登勃洛克

---

① Vgl. ebenda, S. 13.

一家》（*Die Buddenbrocks*，1901）和巴金的《家》，或者在更大范围内反映出一个社会变革史以及一个阶层或民族的兴衰史，例如奥地利小说家约瑟夫·罗特（Joseph Roth，1894—1939）的《拉德茨基进行曲》（*Radetzkymarsch*，1932）。①

由此可见，文学体裁与记忆的关系不是一种简单的、普遍意义上的互文关系，它赋予一个民族实现自己文化记忆的方式以种种文本形式，而这种文本形式本身也在不断地被记忆着，观照着，甚至戏拟着和颠覆着，正像尤利亚娜·纳吉从她对虚构传记小说研究中得出的结论那样。在她的《虚构的元传记作为批判性的体裁记忆》一文中，尤利亚娜·纳吉通过对虚构传记小说的特点和与记忆关系的研究，指出虚构的"元传记"对传统的传记体裁的结构形式、惯例和背景前提的批判与反思，从而认为可以将"元传记"定义为批判性的"体裁记忆"。②

三　文学的经典化与文学史

如果说，在文学体裁与记忆的关系中，研究的侧重点在于记忆和文本形式及其内容之间的关联的话，那么，以文化记忆为出发点对文化经典化和文学史的研究则更着重于对选择性的关注。可以说，前文中一再提及的文化记忆本身所具有的选择性与经典化和文学史撰写过程中的选择性得到重合。

扬·阿斯曼在他的《通往经典之路上的五个阶段——古以色列和早期犹太教中的传统与文字文化》一文中写道：经典化是传统"文字化的一种特殊形式"③。按照阿斯曼的思路，这种特殊的文字化过程的结果便是他所说的具有"规范性"（Normativität）、"权威性"和"高度约束性"④ 的经典

---

① Vgl. Richard Humphrey, *Literarische Gattung und Gedächtnis* a. a. O., S. 85—91. 关于德国文学中文本体裁形式与文化记忆的关系，本书下一章中还将专门论及。

② Vgl. Juljana Nadj, *Die fiktionale Metabiograhpie als kritisches GattungsGedächtnis*, in: Astrid Erll / Marion Gymnich / Ansgar Nünning, *Literatur—Erinnerung—Identität: Theoriekonzeptionen und Fallstudien* a. a. O., S. 211—226.

③ Jan Assmann, *Religion und kulturelles Gedächtnis* a. a. O., S. 82.

④ Ebenda.

（文本）。由于这种被文字化了的传统，即经典文本不能简单地再次被经历，它就变成了需要通过学习才能掌握的"知识"。应当说，这一基本原则亦适用于文学经典（文本）。这也是为什么几乎每一个不同文化背景的社会、每一个历史时期都会有自己的经典作品和经典作家的缘故，这些经典作品和作家或者在文学史中得以体现，或者作为教育机构规定的（大、中、小学生的）必读书目和必须了解的知识。从文化记忆理论视角出发，可以将文学经典定义为机构化了的、不断被要求回忆的作家和作品。

正因为如此，扬·阿斯曼和阿莱达·阿斯曼尤其强调学校在经典中的重要作用，认为"学校负责维护文学经典，它的课堂教学的目的首先是掌握文字与语言"[1]。然而，文学经典作品的确定却不仅仅是教育机构的事情，也不仅仅涉及青少年的教育，它具有更为广泛的社会和文化意义。因为经典的确立不仅是社会和文化自身延续的需要，它也是一个社会自我理解、自我描述和阐释的依据。它能够"构建集体同一性，使社会和政治关系合法化，维护或者瓦解价值体系"[2]。在另外一个层面上，经典化对于文学本身也不乏重要性。正像阿西姆·霍尔特（Achim Hölter）所言，从系统理论出发，文学经典代表着"文学作为文本的统一和意义体系，是文学自我确认的基础"[3]。不仅如此，由于经典文本具有"规范性"、"权威性"和"高度约束性"之特征，它也是后世作家文学创作的基本参照物。"因为假如一种传统是抓不住的，是混乱的，没有以经典的形式成型，那谈何与之决裂？"[4] 这一点，不仅从整体上适用于追求创新的"后古典文学"，对于建立在以"互文"、"拼贴"和"变换"传统因素基础之上的后现代文学来说更是如此。

文学"经典"的确立是一整套选择机制参与的结果。或者可以做这样

---

[1] Aleida und Jan Assmann, *Kanon und Zensur*, in: Aleida und Jan Assmann (Hrsg.), *Kanon und Zensur. Archäologe der literarischen Kommunikation II*, München: Wilhelm Fink, 1987, S. 12f.

[2] Astrid Erll, *Kollektives Gedächtnis und Erinnerungskulturen* a. a. O., S. 69.

[3] Vgl. Achim Hölter, *Kanon als Text*, in: Maria Moog-Grünewald (Hrsg.), *Kanon und Theorie*, Heidelberg: Winter, 1997, S. 21 und 31.

[4] Herbert Grabes / Margit Sichert, *Literaturgeschichte, Kanon und nationale Identität*, in: Astrid Erll / Ansgar Nünning (Hrsg), *Gedächtniskozepte der Literaturwissenschaft* a. a. O., S. 305.

的描述，文学的经典化过程即是社会对文学作品的质量进行评判的过程，按照并在评判中筛选出"值得回忆的"[①]作品。这一选择过程虽然不乏某种普遍意义上的标准，比方马腾克罗特就指出了"形式"和"内容"统一的问题，他认为，经典文本的挑选注重的似乎是"形式上的完美不以价值内涵的减少和缩短为代价，而另一方面，价值内涵又不以审美独立性的损失为代价。"[②] 但不容忽略的是经典化过程中从当下出发对作家或者作品的价值判断。阿莱达·阿斯曼在她的《千年门槛上的文化记忆——教育的危机与前途》[③] 一书中，在不同的上下文关系中提到了德国文学和艺术经典化过程中两个重要的例子，其中一个例子是19世纪市民阶层主导下所确立的以"教育"（Bildung）为核心概念的民族文学艺术经典（目录），这一经典（目录）不仅是莱克拉姆（Reclam）等德国著名出版社推出经典文学作品的依据，也成了当时包括"音乐协会"、"故乡协会"、"历史协会"、"歌德学会"和"席勒学会"等各种群众团体活动的指南。第二个例子涉及战后两德文学经典的确立，在民主德国，布莱希特成了新文学经典书目中的一员，而卡夫卡则在联邦德国受到更多的推崇。[④]

以上两个例子不仅充分说明了当下性与"经典建构"的密切关联，也说明经典化过程与审查（Zensur）有着不解之缘。也就是说，在经典化过程中，总在发生着"禁止（某些）文本"[⑤]的事情。如果说，这种"禁止"最极端的例子是中国古代历史上的"焚书坑儒"的话，那么，无独有偶，另外一个影响恶劣的例子则是第三帝国时期纳粹的大规模烧书和禁书。在扬和阿莱达·阿斯曼看来，即使是一般意义的审查也总是会对"传统"造成

---

① Herbert Grabes / Margit Sichert, *Literaturgeschichte, Kanon und nationale Identität*, in: Astrid Erll / Ansgar Nünning (Hrsg), *Gedächtniskozepte der Literaturwissenschaft* a. a. O. , S. 305.

② Vgl. Gert Mattenklott, *Kanon und Neugier*, in: Frank Griesheimer und Alois Prinz (Hrsg.), *Wozu Literaturwissenschaft? Kritik und Perspektiven*, Tübingen: Francke, 1992, S. 357.

③ Assmann, Aleida, *Das Kulturelle Gedächtnis an der Milleniumsschwelle. Krise und Zukunft der Bildung*, Konstanz: Universitätsverlag Konstanz GmbH, 2004.

④ Ebenda, S. 6. 关于德语文学的经典化，我们在下章中将做出更为详尽的论述。

⑤ Aleida und Jan Assmann, *Kanon und Zensur* a. a. O. , S. 13.

"限制"（verengen）①。因此，如同一种文化或一个社会的"同一性方案（Identitätskonzept）和价值体系"总是处于流变之中一样，与"审查"相辅相成的"经典建构"（Kanonbildung）也总是随着当下的迁移而迁移，正像前文中提到的"卡夫卡"和"布莱希特"的例子所说明的那样。换句话说，无论是"经典建构"还是"审查"都会受到当下社会主流价值观的影响和左右，它直接导致等级的产生，并"自然而然"地将一部分作品排除在外。"经典建构"的这种从主流价值观出发的排他性正是它为什么在20世纪60、70年代先是在德国、后来又在美国受到强烈批评的原因。在德国，与学生运动相关联，批评者主要从文学社会学视角出发，对从第三帝国到联邦德国几乎一直得到延续的传统文学经典的合法性和合理性提出了质疑，而在美国，女性主义者和少数裔族的代表则对迄今为止占统治地位的文学经典的男权主义和"欧洲中心主义"的本质以及相应的筛选标准进行了批判，提出了"修正"文学经典书目的要求。②

从文化记忆视角来观察上述被文学研究者称为"经典辩论"的现象，可以从侧面再次证明一个民族的文学经典是该民族文化记忆的重要组成部分。用埃尔的话说，"经典在此接过了记忆体系的功能。"③ 从这个意义上讲，作为文学学（Literaturwissenschaft）核心任务的"经典确立"和与此相关的文学史的撰写，一直都在"产生和传递着文化记忆"。④

第四节　文学回忆与同一性构建

前文中不断提到文学回忆与集体同一性构建的问题。这一关联首先反映在文学经典的确立上。阿莱达·阿斯曼这样强调文学经典对于民族同一性构

---

① Aleida und Jan Assmann, *Kanon und Zensur* a. a. O., S. 11.
② 关于20世纪60、70年代发生在德国和美国的"经典辩论"参见 Herbert Grabes und Margit Sichert, *Literaturgeschichte, Kanon und nationale Identität* a. a. O., S. 298 und Lutz Danneberg / Friedrich Vollhardt (Hrsg.), *Vom Umgang mit Literatur und Literaturgeschichte. Positionen und Perspektiven nach der Theoriedebatte*, Stuttgart：Metzler 1989.
③ Astrid Erll, *Kollektives Gedächtnis und Erinnerungskulturen* a. a. O., S. 70.
④ Ebenda.

建的作用，她写道："经典是同一性的铸造器，不管人们愿意还是不愿意，也不管人们承认还是不承认。"① 这不仅是因为文学经典——对外而言——往往被视为一个民族精神产物的杰出代表，更因为它——对内而言——是民族的每一个成员汲取其集体属性的源泉。

但本节讨论的重点却不在于文学作为社会体系对于同一性构建的意义，而在于文学回忆与同一性构建之间的关系。讨论将依据现有的研究成果，分两个步骤进行，第一步先梳理记忆与同一性之间的关联，然后再探讨文学回忆、同一性与价值选择之间的关联。

一　记忆与同一性构建

在西方传统中，记忆对于同一性的构建作用以及它所隐含的对后者的分解的危险早在柏拉图和奥古斯丁那里就有所认识，但这一命题真正成为研究对象始于现代认知心理学。如果说，洛克在 17 世纪业已指出人的身份与身份的持续性完全建立在其回忆能力上的话，那么，到了 19 世纪末，弗洛伊德则试图通过他的研究证明：当下的同一性构建需求是回忆的前提和基本条件。也就是说，回忆总是自觉或不自觉地受到当前行为世界的影响和左右，从而导致对过往经验的重构与"修正"。从这个意义上讲，"回忆不是对已成为过去的现实的重现，而是一种充满活力的、对于同一性构建具有重要意义的经验现实化的形式。"② 认知心理学的代表人物乌尔利科·奈瑟尔（Ulric Neisser, 1928—　）也认为，不能把回忆设想成从某种形式的储存室里取东西，回忆取决于语境和现存的模式。对于记忆心理学作出贡献的还有恩德尔·托尔文（Endel Tulving, 1927—　）。他把记忆区分为"语义记忆"（das semantische Gedächtnis）和"情景记忆"（das episodische Gedächtnis）。"语义记忆"指的是对字词，概念，规律和公式等各种概括化知识的记忆，

---

① Aleida Assmann, *Kanonforschung als Provokation der Literaturwissenschaft*, in: Renate von Heydebrand (Hrsg.), *Kanon - Macht - Kultur. Theoretische, historische und soziale Aspekte ästhetischer Kanonbildungen*, Stuttgart: Metzler 1998, S. 59.

② Birgit Neumann, *Literatur, Erinnerung, Identität*, in: Erll, Astrid, Ansgar Nünning (Hrsg.), *Gedächtniskozepte der Literaturwissenschaft* a. a. O., S. 152.

其功能在于储存通过象征而再现的、绝对的通用知识，而"情景记忆"储存的则是个体亲身经历过的、发生在某个具体时空中的事件。如果说后者与自我的关系更为密切的话，那是因为，拥有一个持续的自我感觉从根本上建立在对过去经历过的事件的回忆之上。建立在此基础上的是自我回忆的阐释功能，因为，"记忆的作用不在于保存过去，而在于在当下语境下给予过去的经历以意义。"① 值得注意的是，这样一种选择和阐释并重、因此富有创造性的过程却不是任意的，不受限制的，它一方面必然受到个体不断获得的新的阐释模式的影响，另一方面却也不能离开基本的事实，否则回忆就有陷入妄想的危险。

如上所述，记忆心理学主要关注的是回忆的功能。问题是，回忆中不同事件的结合点和再现形式又何在呢？追问这一问题的是叙述心理学。保尔·利科等人提出了"叙述同一性"的观点②。其出发点是，叙述不仅具有实用的、互动的作用，也不仅具有美学意义，叙述对于建构同一性也具有特殊作用。这是因为，个体同一性的建立虽然并非完全是自我陈述的结果，但是，"同一性的历史维度在很大程度上建立在个人故事的叙述上"。③ 由此得出的假设是："同一性工作"不是别的，是"叙述工作"，正如利科所说的："回答'谁'这一问题意味着［……］叙述一个人的生平故事。"④

之所以如此，是因为叙述结构的特殊功能以及它与个体同一性结构在相当程度上的重合。按照叙述心理学的观点，个体同一性的建立只有在他的经历（事件）与知识因素形成一个持续并合乎逻辑的关联时才有可能。这其中有两个关键因素，一是时间因素，一是逻辑因素。而这两个因素也恰恰是叙述结构的基本因素。首先，所谓叙述，就是说通过语言的再现功能将事件排列在一个时间轴上，这也就是说，叙述能够将过去存留下来的以及完成了

---

① Vgl. ebenda, S. 154.
② Vgl. Paul Ricœur, *Zeit und Erzählung*, Band I: *Die erzählte Zeit*, München: Fink, 1991 (1985) und Jürgen Straub, *Geschichten erzählen, Geschichten bilden. Grundzüge einer narrativen Psychologie historischer Sinnbildung*, in: ders. (Hrsg.), *Erzählung, Identität und historisches Bewusstsein*, Frankfurt a. M.: Suhrkamp, 1998.
③ Birgit Neumann, *Literatur, Erinnerung, Identität* a. a. O., S. 155.
④ Paul Ricœur, *Zeit und Erzählung*, Band. III: *Die erzählte Zeit* a. a. O., S. 395.

的东西置于一个时间整体之中。其次，叙述的内在特性决定了它不仅可以"重现"过去，更重要的是它还会对过往的事件进行解释，并使得建立在此基础之上的理解现在和预设未来成为可能。从这个意义上讲，叙述能够将过去、现在和未来连接起来，从而不仅描述了而且解释了过往的经验，进而使其明晰化和合法化。叙述对于个体同一性建构的意义恰恰表现在叙述的这种时间性和逻辑性上。借助这样两种功能，叙述将自我的过往与现在以及未来联系起来，形成一种持续感。①

总而言之：

> 叙述同一性［……］是一种复杂的语言实践，是一种建立在持续性基础上的生平故事差异的合题（Synthse）。这一理解表明，"同一性"和"持续性"并不是以恒定不变的基础作为前提的，而是在某种程度上需要通过叙述行为才能得以创建的。②

诚然需要注意的是，正像自我叙述从根本上具有可变性和暂时性的质量一样，个体同一性也不是一成不变的。也就是说，"自我叙述永远不会提供个体同一性成为了什么这一问题的最终答案，而是与这样的悖论联系在一起：不断促使新的叙述生发出来。"③

让我们回到"记忆"主题：如果说，这样理解下的自我叙述——即回忆和同一性构建的过程是一种辩证的、充满活力的、动态的过程的话，那么，叙述不仅仅对个体的身份建构起作用，而是在很大程度上也具有集体身份建构的作用。众所周知，即使是所谓的"自我叙述"也绝不是没有任何对象的自言自语，而总是在直接（如口头对话）或间接（如包括自传、日记等书面表达）的交往场景下发生的。社会心理学的研究证实，个人讲述自己过去的动机往往是在谈话过程中产生的。这种情形下，他的讲述不仅必然受到谈话场景的影响，而且还尤其会受到交往对象的知识和价值视野的影

---

① 关于回忆与叙述的关系参见本章第二节第三小节"文学回忆的'演示'"。
② Birgit Neumann, *Literatur, Erinnerung, Identität* a. a. O., S. 156.
③ Ebenda, S. 157.

响。联系到哈布瓦赫关于个体记忆的社会框架的观点，可以说，交往场景下发生的个体回忆往往会发展成为或者本身就是集体共同参与的回忆。这种参与表现在两个层面上，一是谈话伙伴——无论是家庭成员，朋友还是陌生人——之间的互动，二是在互动过程中生成的观点和视角。这也是哈布瓦赫会认为回忆与交往是不可分割的原因。但更为重要的是，以互动形式展现的社会语境却不仅仅构成回忆的外部框架，而是回忆的核心结构。这一点，应该说既适用于个体回忆，也适用于集体回忆。只不过对于一个族群和民族而言，共同记忆更多地在集体所共同经历的事件、风俗和仪式维度中得以实现。也就是说，集体通过回忆共同的过去创建一个超个体的同一性。正因为如此，"记忆理论也总是集体同一性的理论"①，无论是哈布瓦赫的集体记忆理论，还是扬和阿莱达·阿斯曼的文化记忆理论，均试图通过研究集体的共同记忆来解释社会意义的构建过程。这一点，在本编第一章理论基础部分已多有涉及。②

二 文学回忆与同一性构建

如果说，叙述心理学的研究已经注意到了文学回忆与同一性构建之间有着密切联系的话，那是因为人们从这一理论视角出发发现，个体往往会借助现存的叙述模式——这首先就是文学体裁提供的叙述模式——来对自己的"故事"进行编码。不仅如此，文学作品传达的内容有时也会进入个体回忆，从而成为自己的"故事"的一部分。埃尔因此指出："文化语境影响讲述和回忆什么以及怎样进行讲述和回忆。"③ 诺依曼也说，个体记忆"似乎依照一种复杂的'蒙太奇原则'进行建构"。④ 在这一过程中，个体的回忆片段有可能被与"二手回忆内容"编织在一起。而文学作品之所以能够在个体消化自己的经验的时候发挥作用，那是因为"个体记忆具有很强的叙

---

① Birgit Neumann, *Literatur*, *Erinnerung*, *Identität* a. a. O., S. 159.
② 参见本编第一章第一节中的"记忆的当下性与选择性"和第三节中的"交际记忆与文化记忆"部分。
③ Astrid Erll, *Kollektives Gedächtnis und Erinnerungskulturen* a. a. O., S. 88.
④ Birgit Neumann, *Literatur*, *Erinnerung*, *Identität* a. a. O., S. 158.

述性，而这种叙述内容本身就已经充满了幻想因素。"①

如果说，在前文中我们已经不断论及文学与记忆的关系的话，那么，在本小节中，我们将着重探究论文学、同一性构建与价值选择三者之间的关系。为了讨论方便，在此进一步区分和明确两个概念，一是前文中使用过的文学回忆的演示（Inszennierung der literarischen Erinnerung），其二是文学回忆话语（literarischer Erinnerungsdiscurs）。所谓"文学回忆的演示"，指的是文学文本内部虚构层面上的回忆和文学文本对回忆（诚然也包括遗忘和压抑）现象的展示。假如说，"文学回忆的演示"涉及的文学作为"象征"和"符号"体系的话，那么，"文学回忆话语"则指涉文学作为"社会体系"。它指的是文学作为文化记忆的媒介之一对记忆问题和现象的观照，因而已超出文本本身。相比而言，文学回忆演示的对象更多是个体记忆，而"文学回忆话语"建立的关联则是集体记忆。由此延伸出去：前者聚焦的首先是个体同一性问题和现象，而后者则作用于集体和民族同一性的建构。或者可以进一步做这样的表述：文学回忆在虚构层面上（即文本内）对个体同一性问题和现象的观照一旦进入"文学回忆话语"（即文本外）层面，就会成为对集体同一性问题的观照和思考。这种情况下，虚构层面上的个体于是就获得了对于一个社会、一种文化、一个民族乃至一个时代具有代表性的"类型"意义，比如托马斯·曼作品中总是处于矛盾和困惑之中的"艺术家"，卡夫卡笔下挣扎于迷茫与恐惧中的"现代人"，马克斯·弗里施塑造的片面的"技术人"，彼得·比克赛尔短篇小说中的"孤独者"等等就都是"类型"和"典型"。只不过，文学回忆的演示并不仅仅以上述方式，即以典型化的方式进入集体"文学回忆话语"，它还会直接在虚构层面上将集体记忆作为演示的对象。阿斯特莉特·埃尔有关英国第一次世界大战小说的研究充分证实了这一点。② 在德语文学中，这一现象在 20 世纪文学作品中表

---

① Birgit Neumann, *Literatur, Erinnerung, Identität* a. a. O., S. 158.

② Vgl. Astrid Erll, *Gedächtnisromane* a. a. O., und ders., *Der Erste Weltkrieg in Literatur und Erinnerungskultur der Zwanziger Jahre*, in: Vera Nünning (Hrsg.), *Handbuch Kulturgeschichte der britischen Literatur. Von der Renaissance bis zur Gegenwart.* Tübingen: Francke (UTB), 2005, S. 237—250.

现得尤为明显：埃里克·玛丽亚·雷马克的《西线无战事》演绎的是整整一代人的集体记忆和自我理解，大量以第二次世界大战、大屠杀、流亡等为主题的文学作品更是通过展现民族和个人的历史为整个德意志民族的自我理解作出了贡献。①

如同文学既可以演示回忆过程，也可以观照和反思记忆问题一样，文学回忆与同一性之间的关联也既可以是演示性的，也可以是观照性和反思性的。文学基于其虚构特征之上的根本优势在于，它能让不同的、有差异的文化回忆形式之间产生互动，并把被允许回忆的和被禁止回忆的东西连接起来：

> 文学［……］能够在回忆文化中发挥*特殊*②作用，因为它有一个自己独立的开发世界的方式，它拥有想象的创造空间，它可以借助这一方式，从新的视角出发观察社会主流同一性方案和回忆方案，勘察文化选择性。文学还能够挖掘出在其他话语关联中无法表达的经验范畴，并使之成为文化意义世界的对象。通过对文化异质回忆形式或回忆和想象的东西的越界联合，虚构文本能够从纯粹的可能性中创造出新的真实来，并促使重新解释集体记忆和同一性。③

文学文本的内在特征决定了，它往往不是通过对回忆的演示来展现稳定的人格和成熟的同一性构建，而是要显现裂痕和同一性危机。研究显示，一旦叙述者在回顾过去的时候，不能将过去与现在纳入一个时间和逻辑上合理的整体的话，假如他的过去和现在之间无法建立起一个能指关联，他在与自己的过去进行对话的过程中找不到核心价值或者说与当下的核心价值观不能建立关联的话，那么，同一性裂痕就出现了。

总之可以断言，无论是在个体层面上，还是在集体层面上，文学回忆中

---

① 参见本书的下编中以第二次世界大战、大屠杀等集体记忆为文学演示对象的个案分析。
② 原文为斜体。
③ Birgit Neumann, *Literatur, Erinnerung, Identität* a. a. O., S. 170.

的同一性的构建总是与价值体系的构建同步的。文学对于这一构建的意义恰恰在于它能够对现存价值体系进行反思和观照。①

小结：文学回忆的观照功能与价值重构

在本章中，我们主要讨论了文学与文化记忆的关系。借助现有的理论思考，我们首先界定和区分了"文化文本"（阿莱达·阿斯曼）和"集体文本"（阿斯特莉特·埃尔）两个概念，具体到文学文本上，可以发现，一旦文学文本被经典化，它就获得了权威性、典范性和约束性的特征，从而具有"文化文本"的质量，此时，它既是文化记忆的媒介，又是文化记忆的对象。

文学作为民族文化记忆的对象指的是，文学通过自身体系的构建对民族文化的"远久视野"发挥作用。由于它本就是民族文化记忆的一部分，因此它的生成和变迁也反映了民族文化记忆中包含的标准性的具有约束性的"价值倾向以及重要性落差"② 的生成和变迁。用阿莱达·阿斯曼的术语，我们可以说，在这个层面上，文学具有"宏大纪念性"（Monummentalität），它与其他文化产物如建筑物、纪念碑、神话以及文化记忆的实践形式"仪式"等一样，"对传递给现世和后世的信息进行编码"③。从这个意义上，文学作为记忆的对象不仅涉及文学经典文本，还涉及文学史记载的流派、事件、体裁④、素材、主题，甚至也包括反映在文学作品中各种类型的互文性，因为它们均显示出某种"纪念"特征。

如果说，"文学的记忆"很大程度上属于存储记忆范畴的话，那么，文

---

① Vgl. ebenda S. 171.

② Vgl. Jan Assmann, *Kollektives Gedächtnis und kulturelle Identität*, in: Assmann, Jan / Hölscher, Tonio (Hrsg.), *Kultur und Gedächtnis* a. a. O., S. 13—15.

③ Aleida Assmann, *Kultur als Lebenswelt und Monument*, in: Aleida Assmann und Dietrich Harth (Hrsg.), *Kultur als Lebenswelt und Monument.* Frankfurt a. M.: Fischer, 1991, S. 14.

④ 笔者在此没有像阿斯特莉特·埃尔那样对文学体裁也进行"纪念性"和"日常经验性"的划分，比如埃尔认为，"悲剧"和"史实"属于"纪念性"范畴，而"成长与发展小说"则属于"日常生活"范围。Vgl. Astrid Erll, *Kollektives Gedächtnis und Erinnerungskulturen* a. a. O., S 171f.

学作为记忆的媒介（或者说"文学回忆"）的作用则更集中在"交际记忆"范畴。用阿斯特莉特·埃尔的划分，我们可以用"体验性"（Erfahrenhaftigkeit）来指称它的特点。在这一范畴中，文学作品（而不是文学作为知识体系）对具有交往特征的日常生活记忆和集体记忆进行演示，其基本内容包括"生活世界的细枝末节和特殊的经验"①，这其中不仅有事件和经历的"报道"，也有对人的感知方式和内心世界的描述。

  文学记忆的上述两个方面却并不互相排斥，而是在一定意义上相互补充，相互转换和渗透。一方面，随着时代和社会的变迁，文学作为知识体系也处于流变之中，因此它所指向的文化记忆的内容和价值选择不会是一成不变的；另一方面，文学作品的演示不局限于个体记忆，而是往往也将个体记忆纳入民族文化记忆的框架之中，对个中反映出的包括价值体系、人与世界之间的关系、同一性问题等进行反思和观照。或者如埃尔所言：文学"一方面能够通过经验性来丰富文化记忆的传统因素，并以此将之置（回）于当前的接触区域内［……］另一方面（往往也是同时），它也能够以典型的方式，把文学外部个体和交际记忆框架中编码的经验作为'文化远久视阈'的对象来进行展示，并以此参与把诸如代记忆这样的'活生生的'故事以文学的方式转换为文化记忆。"② 文学在这样的转换过程中显示出非凡的、千姿百态的创造性。假如说，君特·格拉斯在他的小说《比目鱼》中通过虚构的典型人物的故事演绎了人类文明史、饮食文化史、男女关系史的话③，克里斯塔·沃尔夫（Christa Wolf, 1929—2011）则在她的小说《卡珊德拉》（*Kssandra*, 1983）和《美狄亚声音》（*Medea：Stimmen*, 1996）中，通过对人物内心世界的解释，赋予了古老神话以新的活力。

  下章中，我们将探讨德语文学作为知识体系的种种文化记忆现象和记忆问题。

---

① Astrid Erll, *Kollektives Gedächtnis und Erinnerungskulturen* a. a. O., S. 169.
② Astrid Erll, *Kollektives Gedächtnis und Erinnerungskulturen* a. a. O., S. 175.
③ 具体分析见第三部分中的个案分析。

第 三 章
德语文学作为德意志民族的"文化记忆场"

"文化记忆场"这一概念综合了法国学者皮埃尔·诺拉的"记忆的场所"中包括含的"物质性,象征性和功能性"[①] 三个维度以及扬·阿斯曼在他的"记忆形象"(Erinnerungsfigur)[②] 中更加注重的群体关联性、重构性以及叙述性,既强调空间,也强调时间,同时赋予"记忆场"以某种从位点(Ort)到空间(Raum)的延伸性,以此来指涉德语文学作为发展中的、经历了两百多年构建与重构过程、具有"机构"特征的知识体系中的文化记忆现象。

第一节 "教育"与文学的经典化

一 文学与"教育"

从文化记忆视角看,有一个核心概念对于18、19世纪的德国的文化、文学乃至社会生活而言具有无法替代的重要意义,这便是"教育"(Bildung)。这一概念所包含的意义,虽然滥觞于18世纪启蒙思想的沃土中,但在古希腊的雄辩术中,在中世纪的宗教虔诚中,甚至也在近代的基督教神秘主义中已经有了萌芽,然而它真正被推向顶峰,则是在19世纪德国社会全

---

① Pierre Nora, *Zwischen Geschichte und Gedächtnis*, Frankfurt a. M.: Fischer, 1998, S. 32.
② 后文中也使用了"记忆形象"这一概念,它指称的是更为具体的、凝聚了相关历史文化语境、因此具有促使记忆形成的功能的东西。

面市民化的过程中。正因为这一概念对于德国社会历史发展具有唯一性，它往往被视为德国人的特殊发明，在一些复合概念中，它甚至具有——包括德译汉在内——一定程度的不可译性。①

要讨论德国文学的教育功能，首先需要梳理18、19世纪的社会、文化、历史背景。引人注目的是，"教育"这一概念在很长时间内，一方面与"启蒙"的关系密切，另一方面又和"文化"相互渗透。安托尼·马根（Antonie Magen）在他的"文化小说"研究中发现，18世纪末，教育、启蒙和文化三者的界限尚不十分清晰，门德尔松（Moses Mendelssohn，1729—1786）甚至视文化和启蒙为"教育"的两种不同的显现形式：

  教育、文化和启蒙是交友生活的形式，是勤奋以及人们改善其交友状况努力的影响。一个民族通过艺术和勤奋的交友状态越是能够与人的使命（Bestimmung des Menschen）相和谐，那么，这个民族的教育（水平）就越高。教育分解为文化和启蒙。②

引语显示，在门德尔松那里，"教育"显然是启蒙和文化的上位概念，如他所言："文化是教育外部的、实践性的一面，而启蒙则是教育的内部的、理论性的一面。"③ 如此，教育、文化和启蒙之间获得了一种互相依存的关系："启蒙负责个人教育，而文化则负责一个社会的教育，因为它调整个体与总体的关系。个人通过启蒙所获得的教育越是与他的市民地位和职业相一致，文化就越发达。"④

我们暂且得出以下两点结论：其一，"教育"问题是在启蒙运动的大背

---

① 中文翻译中，Bildung 多数情况下被译为"教育"，这种情况下与德语中的 Erziehung 有时形成重合或混淆。但有时也会被译为"教养"。与此相关的复合词如 Bildungsbürgertum 和 Bildungsroman 等则更难找理想的翻译，前者往往被译为"有教养的"或"受过教育的市民阶层"，而后者或被直译为"教育小说"，或译为"成长与发展小说"。

② Mendelsohn, *Über die Frage：was heißt anfklären*, zitiert nach Antonie Magen, *Der Kulturroman. Programm des bürgerlichen Selbstverständnisses*, Tübingen：Francke, 2006, S. 31.

③ Antonie Magen, *Der Kulturroman* a. a. O., S. 32.

④ Ebenda.

景下提出的，它与18世纪末德国市民阶层自我意识的觉醒以及他们对自身发展的要求与希望有关；其二，"教育"被赋予了个体和民族两个层面上的意义。可以做这样的表述：个体的教育（即启蒙）最终通向对整体、对民族的教育，从而产生文化。文化与民族和国家联系紧密。马根论述道："文化在个体与总体的互动关系中产生。与'启蒙'和'教育'相反，文化在内在的人的本质及使命与外在的人道主义政治之间建立关联。"[①] 这就是说，文化——这一点又类似于"教育"——能够沟通部分与整体、主观和客观。

然而，文化与民族乃至国家之间的关联在18世纪末、19世纪初却不仅仅是一个概念问题，而且是一个社会问题。这一点，不仅表现在无论是康德，黑格尔，还是洪堡兄弟都把"文化"概念运用到他们有关宪法的思考中，而更重要的是，在这一时期，"文化"与民族的关联直接体现在人们把民族的产生、发展及其意义直接视为思想和文化的建构。也就是说，在政治形态的国家缺席的情况下，"文化"成了国家建构因素和德国人民族认同的基础。[②]

需要补充的是法国大革命的影响。因为，除了统一的国家形态的缺席之外，对18世纪末德国社会生活造成巨大影响的非发生在1789年的法国大革命莫属。这场革命震撼了德国的统治者，但也让在启蒙思想的感召下向往精神自由和平等的德意志文化人不得不作出选择和反应。包括维兰德、歌德和席勒在内的多数德国知识分子对此采取的态度具有很大的代表性。他们拥护法国大革命提出的自由、民主和博爱，欢迎强化市民权利，却并不主张消除社会等级制度，更不认同雅各宾党人掌权后实行的暴力统治并对此表示强烈的反感。应当说，德国文化人对法国大革命的这一态度对德国这一时期于艺术的地位和功能、艺术家的自我理解都有着深远的、决定性的意义。其最直

---

① Antonie Magen, *Der Kulturroman* a. a. O., S. 33.
② 关于"文化民族"参见 Benedict Anderson, *Die Erfindung der Nation. Zur Karriere eines erfolgreichen Konzepts*, aus dem Englischen von Benedikt Burkard, Frankfurt：Campus-Verlag, 1988; Christian Geulen, *Die Metamorphose der Identität. Zur Langlebigkeit des Nationalismus*, in：Aleida Assmann / Heidrun Friese（Hrsg.）, *Identitäten, Erinnerung, Geschichte. Indentität* 3, Frankfurt a. M.：Suhrkamp, 1998, S. 346—373 und Stefan Neuhaus, *Literatur und nationale Einheit in Deutschland*, Tübingen und Basel：Francke, 2002.

接的关联便是所谓的"艺术自主性"（Autonomie der Kunst）的提出。①

将艺术视为一个独立的体系，源自于康德，但被明确提出则是在人称"歌德的弟弟"的卡尔－菲利普·莫里茨（Karl Phillip Moritz，1756—1793）那里。在其美学著作《论对美的教育的模仿》里，莫里茨指出，作为美之物的艺术作品是自身内在的完美，它不受外部物体的决定，因此没有外来的目的性。与美的概念相对应的是"有用"。一部艺术作品无须追问自己是否对社会有用，无须判断自己是否能满足某一个外部目的。它自成一体，却又能反映出包罗万象的自然关联的本质。如此前提之下，艺术在莫里茨那里被赋予了一种本体论的意义。只不过，莫里茨的美学论述最终关心的还是人的完美化——这就与对人的"教育"产生了关联。为此，他提出了"同情"（Mitleid）这个概念，这个概念虽然建立在个体的"承受苦难"（Leid, Leiden）上，却能够提升全人类。这样一来，他不仅接近了莱辛有关"同情"的美学观念，也与席勒的美学教育思想有了某种异曲同工之妙。

所有这一切，对于盛行于当时的德国的"教育"理念意味着什么呢？它意味着文学和艺术对"服务于人类的道德进步"②的关注即对人的启蒙在18世纪末期渐渐被"美学教育"所取代。

建立在这一基础之上的18世纪末以文学和艺术为途径的对人的"教育"具有以下四个特征：特征之一是人的核心地位。阿莱达·阿斯曼准确地把握到这一点，她说，启蒙"发现了人"，其中包括人的"独立，适应性和判断力"（Autonomie, Integrität und Urteilsfähigkeit）的价值标准。而这一标准又与所谓的"自然人"（der natürliche Mensch）连同其中蕴含的"自由、

---

① 范大灿先生在他的论文《文化民族还是民族文化——18世纪末德国文学登上顶峰的原因剖析》中指出了"文学自主性"的另外一个关联。他认为，由于国家处于分裂状态，作家们意外地获得了文学创作方面的自由。这使得文学摆脱政治影响，脱离了某种"功利"性。见范大灿《文化民族还是民族文化——18世纪末德国文学登上顶峰的原因剖析》，《外国文学研究》2009年第11期。不过需要指出的是，德国文学摆脱政治的影响从另外一个方面也证明了德国新兴资产阶级在政治上的软弱。

② Volker C. Dörr, *Weimarer Klassik*. Paderborn: W. Fink, 2007, S. 56.

进步和总体性"（Freiheit，Fortschritt，Universalität）的教育理想相交叉。①也就是说，教育固然也有它社会实用意义的一面，因为只有受过教育的人，才有可能提高他的社会地位，才能找到发挥自己才能同时又能赖以生存的职业，②但教育的理想首先是要（在个体层面上）成为人，（在集体层面上）塑造人③。

特征之二是抽象性。也就是说，18世纪末关于人的教育理想在很大程度上是一种抽象的理想。而滋生这一理想的土壤是"文字"，是"一种话语形式"④，参与这一话语形式的不仅有哲学，还有文学。也就是说，在哲学论说理想的人的时候，文学则用美学形式建构他。⑤ 与此相应，人的自我教

---

① Aleida Assmann, *Arbeit am nationalen Gedächtnis. Eine kurze Geschichte der deutschen Bildungsidee*, Frankfurt a. M., New York: Campus-Verlag, 1993, S. 29.

② 范大灿先生指出，18世纪德国低层行政官员、教师、律师以及各个行业的专业人士在人口中所占的比重大大高于英法等国。这些职业要求一定的专业知识和个人才能，一般都是由市民阶级出身的人担当。这部分市民从事这些工作靠的不是他们的门第，而是他们的知识和技术能力。因此，这部分市民要实现自我、证明自己的价值就得积累知识、增强本领、提高修养（范大灿：《文化民族还是民族文化——18世纪末德国文学登上顶峰的原因剖析》，《外国文学研究》2009年第11期）。这一点，也能够在阿莱达·阿斯曼关于"绩效贵族"论断中得到证实。Vgl. Aleida Assmann, *Arbeit am nationalen Gedächtnis* a. a. O., S. 16. 另参见本编第二章中关于"歌德教育思想"的个案分析。

③ 这也是为什么自启蒙运动以来在德国Bildung（教育）与Ausbildung（培训）不能随意替换使用的原因。

④ Ebenda, S. 32.

⑤ 有意思的是德语中的"教育"（Bildung）一词本身就蕴含着想象要素。按照杜登大辞典的解释，动名词Bildung隐含着两层意义，即除了（现实层面上的）"构建"、"使形成"之意，它还与"形象"和"图像"（Bild）有着不可忽略的关联。张法先生从比较文化角度出发，在对"形象"（英语Image，德语Bild）的研究中指出，西方传统中的"形象"包含三个基项，即："首先，事物的 εἴδωλον（影像）并不等于事物；第二，形象是从主体去看客观对象而在主体心中形成的意象；第三，把主客互动而生的主体客观化，形成一个人工的或曰艺术的形象世界。"（参见张法《从比较文化的角度看image（形象）》，《中外文化》第2辑（2011），冯亚琳、张法、张旭春主编，重庆出版社2011年版，第5—13页）这一陈述对我们的启发意义在于：其一，艺术在形象生成中的重要作用，其二，形象世界形成过程中主客体互动性。由此反观Bildung（教育）一词，会发现这里的确有挥之不去由形象（Bild）到想象（Das Imaginäre）的成分，而文学的教育功能恰恰可以在这里找到。

育途径是阅读。①

特征之三是推崇美学教育。最典型的例子是席勒。席勒的美学思想受到康德、尤其是其自由思想的影响。基于对艺术的独立性的认同，席勒认为，艺术与现实政治无关，与此同时，他却将在他看来现实政治没有实现的自由思想作为使命给予了艺术。与歌德的观点相似，席勒反对法国大革命爆发过程中爆发的混乱。不仅如此，他还看到了进入"现代"② 以来人的肢解和异化，认为"整体人"（der ganze Mensch）沦丧了，人的天性被"撕裂成碎片"③。想要恢复人的天性的完整性，就要依赖于美。为了寻找一种能够起到平衡和建构作用的要素，席勒使用了两个对立、甚或矛盾的概念，即"物质冲动"与"形式冲动"，这两种冲动各属于人的自然属性和理性属性，前者限定人的物质存在，后者指向道德，两者结合则形成"游戏冲动"。只有把握住"游戏冲动"，人才能称其为人（"只有当人是完全意义上的人，他才游戏；只有人游戏时，他才完全是人"④）。可见，席勒建立在"与美游戏"基础之上的理想人具有浓厚的唯心主义色彩。他所赞誉的能起到融化和连接作用的美实际上并不存在，因此也就无法寻找得到。但席勒美学论述一方面在游戏冲动中找到了精神与感知和解的可能性，另一方面他关于人的

---

① 正像范大灿先生所描述的那样，"到了 18 世纪末，读书已经不再是知识阶层的特权，而是成为了各阶层人的共同需求。维兰德 1784 年在他主编的《文学汇报》中写道：'对启蒙的渴求和对知识的喜爱，不知不觉地扩展到几乎所有等级和阶层。'德国的读书热不仅体现在读者数量上，而且也体现在阅读的态度上。著名法国作家斯泰尔夫人（Madame de Staël）在她的《论德国》（De Allemagne）中指出，在法国，书是沙龙里的谈话资料，在德国，书则是人在寂寞中的伴侣。德国人在休闲时总是爱打开书本，从中汲取知识，了解时事，提高修养，以极大的兴趣欣赏文学作品，常常沉湎于小说而不能自拔。"见范大灿《文化民族还是民族文化——18 世纪末德国文学登上顶峰的原因剖析》，《外国文学研究》2009 年第 11 期。

② 不言而喻，这里所谓的"现代"并非 19 世纪末以主体批评、语言"危机"等为表征的"现代"（Moderne），而是指世俗化过程中的一个新的时代，其主要特征之一是人宗教信仰的丧失。

③ ［德］弗里德里希·席勒：《审美教育书简》。附：《论崇高》，冯至、范大灿译，上海人民出版社 2003 年版，第 45 页。

④ 同上书，第 124 页。

分裂的论述也能给予人们、尤其是后世的人们诸多启发。

特点之四是这一时期"教育"所推崇的具有普遍意义的价值观。由于18世纪的德国人认同基础是文化而不是国家，所以文学在进行人的建构的时候持有一种前所未有的开放姿态。纵观18世纪下半叶的德国文学，无论是莱辛、赫尔德、莫利茨，还是席勒和歌德，思考的出发点多是"人"、"人类"、"人性"等具有普遍意义上的问题。文学的使命即是对普遍人性的关怀与张扬。表现在莱辛的"动物寓言"中，反偏见和追求精神自由成了教育人、塑造人的核心价值；莫利茨在他的心理研究和文学创作中关注的则是普通的人，认为人是自由的，人与人之间不应该有什么与生俱来的等级上的差别，只有"自然"的平等与"自然"的区别。而这种区别，即人的特性，是在外部条件的影响下以各自特殊的方式发展而来的。至于歌德，他更是把人的自我教育放到了中心地位，这不仅反映在他的被视为"成长与发展小说"的典范的《威廉·迈斯特的学习时代》中[1]，也体现在他的整体性思想中。

即使启蒙关于人的理想是普遍意义上的，即使阿莱达·阿斯曼认为"启蒙意味着与传统的决裂"[2]，但启蒙教育思想中的核心价值并非凭空而生，它们同样也是文化记忆建构的结果。在启蒙运动的不同阶段，德国文学的代表人物们总是会把目光投向历史的深处，挖掘可以借鉴的传统文化因素和模式。如前所述，"开放"是这一时期文化记忆建构的基本特征。这不仅表现在文学对普遍意义上的人和人性的关注上，也表现在它对外来文学和文化所采取的"学习、模仿、吸收、融化"的态度上[3]。甚至可以说，"模仿"是启蒙运动主宰的18世纪下半叶的核心概念。正在这种背景下，才会有高特舍德和莱辛关于德国戏剧究竟应该走法国古典主义戏剧的道路还是走莎士比亚化道路的争论。而以歌德和席勒为代表的古典主义文学的更是如

---

[1] 该小说中反映出的文化记忆问题参见本编第二章有关歌德教育思想的个案分析。

[2] Aleida Assmann, *Arbeit am nationalen Gedächtnis* a. a. O., S. 32.

[3] 范大灿：《德国文学史》第2卷，译林出版社2006年版，第4页。范先生在同一处还写道："18世纪的德国作家有向外国文学学习的好习惯、好传统，他们学习的对象国有英国、法国、西班牙、意大利，更有古希腊，甚至还有东方国家。"

此，他们的文学成就如果没有对欧洲文化之源古希腊、古罗马时期人文思想的挖掘，没有对古典艺术形式的借鉴就不可想象；然而，即使往往被视为——尤其是按照浪漫作家们的自我理解——一种全新开端①的浪漫文学思潮，也是在批判吸收传统文学的过程之中完成的。而这种批判与吸收反映在两个方面：一是对民族文学的发现与挖掘，二是对欧洲传统文学的整理与介绍。经过浪漫诗人们的努力，《尼伯龙根之歌》以及其他中古时期的史诗获得了与荷马史诗同等重要的地位；1803 年，蒂克出版了他搜集的、被奥·维·施莱格尔称为"源自浪漫精神"的《施瓦本时代的宫廷抒情诗》。此后，浪漫派作家对民间文学的搜集更是一发而不可收，从而不仅有了阿尔尼姆和布伦塔诺合作编纂的德国民歌集《儿童的神奇号角》（1806—1808），也有了后来脍炙人口的格林兄弟收集的《儿童与家庭童话集》（1812—1815）以及《德国传说》（1816—1818）等。

在介绍和传播欧洲传统文学方面，德国浪漫诗人同样做了大量的工作，主要表现在：1. 大量的文学翻译活动。施莱格尔、蒂克等都孜孜不倦地从事了欧洲其他国家著名作家的译介工作，其中尤为突出的是奥·维·施莱格尔，他不仅是但丁、卡尔德隆、阿里奥斯托和塔索等作家的优秀译者，他用诗体翻译的莎士比亚的十七部名剧至今仍是德国翻译文学中的瑰宝；2. 对所谓"非古典"文学形式比如十四行诗的开发，以至于到了 18 世纪末期，许多青年诗人甚至包括歌德在内都对这一韵律严格的抒情诗情有独钟，取得了令世人瞩目的文学成就；3. 对古希腊和古罗马文学的批判性继承。德国浪漫文学作家对所谓的"非古典文学"的推崇并不意味着排斥和摈弃古希腊和古罗马文学。从 18 世纪下半叶到 19 世纪初，不仅有由施多尔贝格、维廉·封·洪堡以及荷尔德林重新翻译的古典戏剧问世，而且还出版了施莱尔马赫翻译的柏拉图的著作。

总而言之，这一时期的德国文学视野宽广、博采众长，不受国界和文化的限制。它之所以能在很短的时间内得到迅猛发展，产生了歌德、席勒这样的世界级大师，还出现了一大批赫赫有名的作家如维兰德、赫尔德和一大批

---

① 近十年来产生的关于浪漫文学与现代性之间的密切关系似乎也为此提供了有力的证据。

卓有成就的浪漫文学作家群，从而在世界文学之林中获得了重要的一席地位，都得益于对传统文化及其价值的开放和接纳态度。

回到"教育"（Bildung）这个概念。它既指"完美的人性"，又指的是通向它的道路。在个体层面上，"教育不是别的，是个体对文化记忆的参与和接受"[1]。在集体层面上——再次借鉴阿莱达·阿斯曼关于教育的定义——"教育是文化记忆在实现现代化社会中的一种特殊形式"[2]。如此我们可以说，18世纪德国文学承担的"启蒙"任务以及它后来的"美学"教育理想不外乎是文化记忆的一种特殊形式。而这种形式，在19世纪则更加普遍化、机构化，甚至被绝对化了。在此背景下，人们才能理解，为什么有人会——尽管是不无保留地——把进入19世纪后主要由德国市民阶层支撑的"教育"理念称作"德国教育宗教"（die deutsche Bildungsreligion）[3]。

应当说，德国教育思想的"宗教性"或者说"宗教替代功能"源自于它的社会基础：与法国和英国相比，德国缺乏一个类似于法国的"科学院"、英国的"议院"、"股市"和大都市中产生的"相应的公众形式"，[4]但它却拥有一个法、英等国均不能与之比拟的高度发达的出版业。这就意味着，文字和印刷给德国提供了一个自我认同和建立"大我意识"（Wir-Bewusstsein）的空间，其支撑价值不是别的，是"共同的语言、文化和历史"[5]，也就是说共同的文化记忆。正是在此情况下，历史与艺术成了19世纪德国"教育"理念的两大核心内容。前者表现前所未有的"纪念碑运动"中，而后者则主要体现在"古典崇拜"和民族文学建构上。

---

[1] Aleida Assmann, *Das kulturelle Gedächtnis an der Milleniumsschwelle. Krise und Zukunft der Bildung* a. a. O. , S. 6.

[2] Aleida Assmann, *Arbeit am nationalen Gedächtnis* a. a. O. , S. 8.

[3] Vgl. ebenda, S. 40f.

[4] Ebenda, S. 44.

[5] Ebenda, S. 40. 这也从另外一个方面证实并说明了对于德国来说某些典型的现象，如精神生活与实践的脱钩，艺术与政治的脱钩，以及私密性与公众性的分离。

二 "古典崇拜"与民族文学建构

"由于分裂,文化成为民族认同的最关键的因素"[①]。但这种情况在19世纪很快就发生了变化:随着拿破仑对德国的占领,德国民族主义情绪空前高涨。像范大灿先生指出的那样,不久之前对文化民族的认同很快就变成了对民族文化的认同,前者的重点在于文化,而后者的重点则转移到了民族上。[②]

回到我们的话题:即使认同的是"文化民族",18世纪末也并非完全没有德语民族文学构建的努力。事实上,在所谓的"民族剧院"运动中[③],在施莱格尔兄弟视歌德是"德国诗的重建者"[④]、而歌德的小说艺术尤其是《维廉·迈斯特的学习时代》则是所谓现代诗的典范的赞誉中,在包括前文中提到的浪漫文学作家们对德国民歌、童话、传说等的"搜集欲"中,都有着"民族文学"梦的端倪。只不过,真正意义上的德国民族文学构建则始于19世纪,伴随着民族化的进程,德国民族文学走了一条由"古典崇拜"到机构化的文学经典化之路。可以做这样的表述:德国文学在18世纪从事的是一种文化记忆的建构活动,在进入了19世纪之后,它则开始把自己作为民族文化记忆的对象。

---

① 范大灿:《文化民族还是民族文化——18世纪末德国文学登上顶峰的原因剖析》。
② 同上。
③ 在整个启蒙运动过程中,戏剧对于德国的精神生活都具有举足轻重的意义。用戏剧对人民进行美学教育延伸为对人的全面教育(美学和道德教育)。席勒在他讲话"一个好的舞台原本能够起到什么作用?"(1784)中把剧院称作"道德教育的场所",认为它应是民族教育机构,是市民实践智慧、启蒙、宽容还有民族协调性的学校。他说:"假如我们能拥有一个民族舞台,那我们就成了一个民族";戏剧在18、19世纪之交的德国文化生活中的作用之大,不仅可以从莱辛、席勒、歌德对戏剧的情有独钟之中看出,还可以从当时戏剧上演的场数上看出。例如,仅1791年至1817年间,魏玛剧院上演了莱辛的3部作品共42场,歌德的17部作品共156场,而上演的席勒的作品则达到14部共174场。Vgl. Wolfgang Beutin u. a., *Deutsche Literaturgeschichte. Von den Anfängen bis zur Gegenwart*, 7. Auflage, Stuttgart, Weimar: J. B. Metzler, 2008, S. 235.
④ Herbert Uerlings (Hrsg.), *Theorie der Romatik*, Stuttgart: Philipp Reclam jun., 2000, S. 48.

（一）"古典文学崇拜"

首先，有必要对德国的"古典文学"概念作一个概略的界定和说明。所谓"古典主义文学"或者"古典主义时期"，是由德语词"Klassik"翻译而来的。这一概念源自拉丁语"civis classicus"，原指古罗马高级别的纳税人，自从在文学领域中被广泛运用以来，它一直有两个意义包含其中，一是指古希腊、古罗马时期的文学或以它为榜样的文学创作，二是指一个民族文学的巅峰时期，也就是说，它既有古典又有经典之意。这种兼而有之的特点，使得它在文学史上成了风格兼价值的划分标准。比如在英国，古典文学的代表非莎士比亚莫属，在西班牙，它是洛佩·德·维加、卡尔德隆和塞万提斯等作家及其的代名词，在法国，它以高乃依、莫里哀和拉辛为主要代表。在德国，它则特指歌德和席勒在魏玛的合作时期[①]。

与英、法两国和西班牙相比，德国的古典文学的定义因为其特殊的社会历史背景要复杂得多，也曲折得多。因为无论从哪个角度看，诞生在18、19世纪之交的古典主义文学很大程度上都是一个集天时、地利、人和为一身的幸运事件。就时间上划分而言，一般认为，它开始于歌德1786年的意大利之旅，结束于席勒1805年的去世（另一窄义上的一划分则特指歌德和席勒两人历时十年的魏玛合作时期，即从1794年到1805年）；就地点上而言，魏玛公国相对于当时四分五裂的德意志国的其他诸侯小国仅仅是有一个开明并喜好文艺的宫廷：老公爵夫人安娜-阿玛丽和她的儿子卡尔-奥古斯特。前者聘请了启蒙运动的代表人物之一维兰德担任她儿子的太傅，后者又邀请了歌德前往魏玛宫廷任职。如果说，狂飙突进运动的发起人赫尔德以及席勒后来也都通过其他途径先后来到了魏玛，那在很大程度上也不无偶然因素，很难说是历史的必然。考虑到同时期柏林的文化意义以及活跃在与魏玛毗邻的耶拿、被后人称为浪漫文学作家的群体，可以说，在国家政治统一缺失的情况下，魏玛仅仅在一代人的时间内，偶然充当了当时德国的一个重要的文化中心。

在德国，第一次提出古典文学这一概念的是19世纪中叶研究德国文学史的学者盖尔维努斯（Georg Gottfried Gervinus，1805—1871）。它之所以很

[①] 因此常称作"魏玛古典时期"。

快得到普遍认可和广泛传播，与当时德国上下对民族统一的祈求不无关联。从这个意义上讲，古典文学这一定义并不是一个严格的时代概念。因为在同一时期，德国至少还有两个文学、文化思潮在流行，一是接近尾声、却远远还没有丧失其影响力的启蒙运动，二是正在蓬勃兴起的浪漫文学。因此，从本质上来讲，德国的魏玛古典主义时期文学与其说是一个本质意义上的民族文学的断代概念，不如说是对一个产生于特定时期、特定地点的文学现象的指称。就连歌德本人都认为，一个民族经典作家的诞生，离不开本民族历史上的"伟大事件"，是"处于一个美好而重要的统一体内的结果"①。然而恰恰是这样一个"统一体"，在当时的德国却是无望之物。

因此可以说，德国"古典文学"的提出与德国人建立自己的民族文学的愿望不无关联，甚至在某种程度上，它本身甚至就是这一愿望的投射。而这一愿望在19世纪中叶的民族化进程中逐渐发展成为规模宏大、影响深远的"古典崇拜"（Klassikverehrung）。

"古典崇拜"一方面表现在，19世纪中叶，除了歌德和席勒外，"古典作家"的队伍被扩大到莱辛（Gotthold Ephraim Lessing，1729—1781）、赫尔德（Johann Gottfried von Herder，1744—1803）、让·保尔（Jean Paul，1763—1825），后来又延伸到维兰德（Christoph Martin Wieland，1733—1813）、克洛卜施托克（Friedrich Gottlieb Klopstock，1724—1803）以及艾兴多夫（Joseph von Eichendorff，1788—1857）等②。另一方面，以往单纯为王侯、将相特权的塑像不仅开始向诗人们开放，而且一发不可收拾，以至于后人把这一时期称作"纪念碑运动"时期。1853年，莱辛的塑像在不伦瑞克③落成，1857年，歌德和席勒的塑像在魏玛剪彩。在之后的岁月里，他们的塑像几乎遍及他们留下足迹的地方（如法兰克福的歌德塑像和马尔巴赫的席勒塑像）。此外，许多城市的街道和广场也开始用德国诗人的名字命名，以至于直至今日，诸如"歌德广场"、"席勒街"在德国比比皆是。与

---

① Literarischer Sansculottismus. WA I 40，S. 198f.
② 有一点无疑给古典文学的传播与普及增加了有利因素，这便是所有在1837年之前去世的作家的作品在1867年其版权保护期失效之后有了更加便宜的版本。
③ Braunschweig，德国下萨克森州城市。

此同时，人们开始自称是"诗与思想家的民族"①，开始谈论"德国的使命"。晚期浪漫文学诗人埃马努埃尔·盖贝尔（Emanuel Geibel，1815—1884）在他的以此命名（Deutschlands Beruf，1861）的诗歌中，这种自我膨胀发展到了极致；诗中不仅称德国是世界的"核心"，欧洲的"心脏"，还提出世界要借助"德国本质"来康复自己②。

那么，德国 19 世纪这样大规模的、在世界上其他国家也很少有能够相提并论的"古典崇拜"究竟意味着什么呢？沃尔夫冈·波伊廷（Wolfgang Beutin）总结道："这种公开的、由官方推动的古典作家崇拜有着不可忽视的意识形态功能：除了对非理性的'我们是某某人了'这种德意志情结的不断确认之外，1848 年民主革命失败之后，强调由（有选择的）古典作家所代表的民族统一精神无疑发挥着'民族'政治建构的作用。"③ 参照扬和阿莱达·阿斯曼的关于文化记忆与集体同一性建构关系的观点，会发现，19 世纪德国的"古典文学崇拜"一方面是德意志民族建立在文化记忆基础之上的无可厚非的自我同一性构建尝试，但另一方面，它却也为沙文主义和种族主义情绪和思想提供了赖以生存的土壤。因此，从历史发展的视角看，"古典文学崇拜"对于德国民族的健康发展并非完全具有正面意义。因为伴随着民族自豪感的是掩饰不了的自卑感。众所周知，由此滋生出来的颇为悖论的种族优越感和对外的仇恨到了 20 世纪给全人类以及德国人民自己酿成了多么大的灾难。

（二）文学经典构成与"经典辩论"

"经典"（Kanon）一词源于希腊语，原为"标准"（Massstab）之意。在德国，起初指人文高级中学学生必读的古希腊、古罗马时期的经典书目。而经典构成（Kanonbildung）则是一个"社会文化进程"，即是说，在一定的社会文化背景下，一个"一般由政治文化精英"组成的群体从传统书目

---

① 尽管这一称谓最初并不来自德国人，而是出自拿破仑的死敌、法国的德斯泰尔夫人（Madame de Staël）之口。

② Vgl. Wolfgang Beutin u. a., *Deutsche Literaturgeschichte* a. a. O., 232.

③ Ebenda, S. 234.

中选择出他们认为的"重要而有价值的"① 文本，并通过"经典机构"（Kanoninstanz），如中小学的培养计划和教学大纲、大学具有约束性的考试、出版业、图书馆、文学批评以及其他文化实践方式②确保这些文本能够流传到后世。由于这一文本目录对于一个民族或者一个文化圈而言是（人文）教育必要的证明，因此也被称作"教育经典"（Bildungskanon）。而所谓的价值，也并非是文本本身"内在的特性"。因为，"一部艺术作品、一部乐曲和一首诗歌（只能）对某一个确定的人、一个确定的团体，一个确定的社会和文化有价值。"③

西蒙·温科（Simone Winko）认为，文学经典文本有三项重要的功能："第一，它们为一个团体或社会的自我展现和同一性构建作出贡献［……］；第二，文学经典具有合法化功能，它们用于团体自我辩护和与他者之间的区别；第三，文学经典文本提供行为准则（Handlungsorientierung）。"④

在这一前提之下，与"经典建构"相关的至少有两点值得关注，一是"经典化动机"（Kanonisierungsmotiv），二是经典构成的选择性过程（Selektionsprozess）。由于选择总是出于民族或者群体的自我同一性构建需求，因此，"经典文本"的内容会根据当下的需求不断被"重新赋予"，如此一来，不仅经典文本的构成是动态性的，对其内容的阐释甚至也会随着时代和社会的变迁而变化，这即是所谓的"阐释经典"（Deutungskanon）。德语文学经

---

① Hermann Korte, *K wie Kanon und Kultur. Kleines Kanonglossar in 25 Stichwörter*, in: Heinz Ludwig Arnold (Hrsg.), *Text + Kritik, Sonderband. Literarische Kanonbildun*, München: edition text + kritik, 2002, S. 28.

② 有研究显示，到了如今的数字世界，公众通过网络、电视等新媒介参与"经典构建"的现象越来越引人注目。Vgl. Elisabeth Stuck, *Kanon und Literaturstudium. Theoretische, historische und empirische Untersuchungen zum akademischen Umgang mit Lektüre-Empfehlungen*, Paderborn: mentis, 2004, S. 26f.

③ Ebenda. 关于文学经典的定义另参见 *Reallexikon der deutschen Literaturwissenschaft: Neubearbeitung des Reallxikons der deutschen Literaturgeschichte*. 3., neubearbeitete Aufage, Berlin, New York: de Gruyter, 2000, S. 224ff.

④ Simon Winko, *Literarische Wertung und Kanonbildung*, in: Heinz Ludwig Arnold / Heinrich Detering (Hrsg.), *Grundzüge der Literaturwissenschaft*, München: Deutscher Taschenbuch Verlag, 4. Auflage, 2001, S. 597.

典构成过程中选择性和对同一文本的不同阐释的例子比比皆是，其中不仅涉及作家和作品，也涉及题材类型。比如说 18 世纪还在争论小说的文学地位的话，那么到了 19 世纪，小说则成了德语文学经典文本的基本构成。就作家而言，例子就更多：路德维希·乌兰德（Ludwig Uhland，1787—1862）和埃马努埃尔·盖贝尔在 19 世纪的经典地位曾经毫无疑问，但到了 20 世纪后期，他们则几乎完全被遗忘。类似情况还有二战后失去影响的古斯塔夫·弗赖塔格（Gustav Freytag，1816—1895）。甚至连亨利希·曼的作品也未逃过在经典重构中（Rekanoisierung）被逐渐遗忘的命运。曾几何时，他的《臣仆》（Der Untertan，1918）还属于德国的"教育经典"（Bildungskanon）的核心书目（Kanonkern），到了现今，阅读和关注这本小说的人却越来越少。同时，前文中曾提到的有关卡夫卡和布莱希特的例子也属于此列。

引人注目的是，文学经典建构（编码）过程与日耳曼学作为学科的历史息息相关。正像阿莱达·阿斯曼指出的那样，"作为一门历史学科"，日耳曼学的诞生和发展经历了两个关键步骤："在其第一步，它把古语文学的方法运用了到中世纪民族语言的文本上，第二步转向了德语文学史"，并在"德国经典作家的经典化中找到自己的补充"。①

以日耳曼学两百多年的历史为线索，我们可以将德语文学经典化的过程分为三个阶段：即酝酿阶段（18 世纪末至 19 世纪初）、构建阶段（19 世纪）、辩论和审视也就是说重构阶段（20 世纪至今）。具体而言，在酝酿阶段，文学经典书目的搜集和编纂工作尚属个别现象，或者是个别人的个人行为，例如 1800 年左右由约翰·约阿西姆·艾森堡（Johann Joachim Eschenburg）编纂的《欧洲文学范例集》（Beispielsammlung）②。到了 19 世纪，"历史化，审美化和民族化"③ 三者融为一体。文学经典编码成了市民阶层、尤

---

① Aleida Assmann, *Arbeit am nationalen Gedächtnis. Eine kurze Geschichte der deutschen Bildungsidee* a. a. O., S. 61.

② Vgl. Hermann Korte, *Eschenburgs Europäischer Lektürekanon. Ein Kapitel aus der Frühgeschichte moderner Kanonbildung* 1800, in: Heinz Ludwig Arnold (Hrsg.), Text + Kritik, Sonderband. *Literarische Kanonbildung*. München: edition text + kritik, 2002, S. 101—117.

③ Aleida Assmann, *Arbeit am nationalen Gedächtnis. Eine kurze Geschichte der deutschen Bildungsidee* a. a. O., S. 61.

其是"有教养的市民阶层"对民族和民族文学追求的直接体现,因而它很快就"成为了一件神圣的事情"。① 正是在这样的一个过程中,"民族成了最后和最高的价值"②,除此而外,包括家庭、工作等市民阶层具体的价值取向渐渐取代了18世纪普遍意义上的人道主义观念。③ 到了20世纪,人们观察到的则更是一种多元化的经典重构倾向。一方面,大众文化和媒介从外部继续推动着文学经典的普及和被记忆,比如通过名目繁多的电视知识竞赛或由出版商参与的各种必读书目的推出等;另一方面,在日耳曼学学科内部,经典重构则更呈现出一种动态的、充满张力和矛盾的态势。这其中不仅涉及文学经典的内容、功能,比如20世纪60、70年代关于传统文学经典合法性的辩论④、由沃尔夫冈·威尔施(Wolfgang Welsch)等人以传统文学经典的局限性为出发点的对教育的片面性的质疑⑤等,也涉及对经典构建的方式方法的批判性选择。

不言而喻,在这样一种由建构到重构的过程中,文学经典本身日益成为民族文化记忆的对象,但与此同时,它所包含的价值选择和媒介功能也日益成为反思的对象。这一点,在诸如文学经典辩论(Kanondebatte)、"经典反思"(Kanonreflexion)、"经典修正"(Kanonrevision)、"经典扩展"(Kanonerweiterung)以及"反经典"(Gegenkanon)等关键词和它们所代表的理念与姿态中略见一斑。

---

① Hermann Korte, *Eschenburgs Europäischer Lektürekanon. Ein Kapitel aus der Frühgeschichte moderner Kanonbildung* 1800 a. a. O. , S. 115.

② Aleida Assmann, *Arbeit am nationalen Gedächtnis. Eine kurze Geschichte der deutschen Bildungsidee* a. a. O. , S. 49.

③ Vgl. Jürgen Kocka, *Das lange 19. Jahrhundert, Arbeit, Nation und bürgerliche Gesellschaft*, Stuttgart: Klett-Cotta, 2001; Claudia Streit, *(Re) kostruktion von Familie im sozialen Roman des 19. Jahrhunderts*, Frankfurt am Main u. a. : Lang, 1997.

④ 参见本书上编第二章第三节中的"文学的经典化与文学史"。

⑤ Elisabeth Stuck, *Kanon und Literaturstudium* a. a. O. , S. 27.

第二节　文学体裁与"德国之路"

一　德国式成长与发展小说:"教育小说"

最能体现德国民族文学特点的体裁莫过于德国的"教育小说"。"教育小说"（Bildungsroman）[①] 这一概念来自于卡尔·莫尔根施泰因（Karl Morgenstern，1770—1852），威廉·狄尔泰（Wilhelm Dilthey，1833—1911）1870年再次使用后广为流传，如今专门用来指称德国式的成长与发展小说。

从文化记忆理论视角出发，可以把诞生于18世纪末期的"教育小说"定义为德国市民阶层在特殊的社会历史背景下从现实需求出发，以文学的方式参与文化记忆建构的产物。它的产生与发展，反映了市民阶层自我发现和自我塑造的愿望和过程，从一定意义上讲，"教育小说"是文学对市民阶层读者精神需求的一个回应。也就是说，它以市民阶层作为新兴阶层的觉醒为前提。众所周知，虽然受到诸侯割据局面的制约，德国的资本主义生产方式的发展长期落后于意大利、法国、英国等其他欧洲国家，但是到了16世纪，"随着市民阶层和城市的社会与经济地位的上升，他们很快成了自我管理的载体，成了帝国和国家法制机构的成员，也就成了现代国家观念和自由民主的摇篮。"[②]

资本主义生产方式的发展首先造就了一批从经济角度思考和行动、不断追求自身利益和自由的人，这便是资产者，或称市民阶层。这一阶层的人的最大特征是对个人、对自身行为和作用的强烈兴趣。这样一种在特定历史环境下个体的自我觉醒被黑格尔称作"人与自身的和解"，他认为，"人自己的思想，自己的知识，他的活动、权利、财产和他对自身信任的原则"自

[①] 一般译作"成长小说"。在此为了区别于宽泛意义上的发展小说（Entwicklungsroman），也为了强调"Bildung"（教育）这一概念对于德国式"成长小说"的特殊意义，笔者在此特意采用了"教育小说"的译法。

[②] Bruno Gebhard, *Handbuch der deutschen Geschichte*, Bd. I, Stuttgart: Klett-Cotta, 1954, S. 665.

宗教改革起就开始诞生了①。但由于德国社会发展的特殊性，尤其是17世纪30年战争带给刚刚崛起的市民阶层的致命打击，使得人的这种自我发现和"与自身的和解"的过程进展得十分艰难。

如果说以上所述构成"教育小说"作为一种应运而生的文学创作类型的社会条件的话，"教育小说"的产生也有其文学条件。概括而言，它的产生与欧洲文学传统上以下两条线有着密切关系：一条线是欧洲的自传文学传统。这一传统一直可以追溯到圣奥古斯丁的《忏悔录》和后来卢梭的《忏悔录》。然而，对自传文学的产生起了关键作用的是17世纪末到18世纪初盛行于德国的虔信主义。作为新教的一个派别，虔信主义反对僵化的极权教会组织，在保留路德的正统教义作为神学基础的同时，追求所谓的"心灵宗教"，即个人对上帝的亲身体验。正是这种颇具个人色彩的信仰追求，这种人与上帝的直接对话，给了个体某种建立在宗教信仰基础上的精神自由。受虔信主义影响的自传作品中最值得一提的是容·施迪林（Jung Stilling）的《传记》（Lebensgeschichte，1777）。对教育小说产生影响的还有另外一类自传小说，最典型的例子是被认为德国最重要的心理分析的自传作品——莫利茨的《安东·莱瑟尔》（Anton Reiser，1785—1786）。与卢梭在《忏悔录》中为自己辩护的姿态不同，莫利茨主要是在反思中诠释自我发展的因果关系（包括限制市民阶层个人发展的矛盾），展示出更强的内向性。影响教育小说的另一条线是传统的流浪汉小说，这不仅包括塞万提斯的《唐·吉诃德》（Don Quijote，1605），更包括德国格里美尔豪森（Hans Jakob Christoffei von Grimmelshausen）的《痴儿西木传》（Der abenteuerliche Simplicissimus Teutsch，1669）。后者以主人公的生活经历为主线，它的第一人称叙事，主人公的一段士兵生涯等等，都继承了传统流浪汉小说的特点，但小说的宗教基础，主人公的良知，他追寻一个更高的秩序，这些又使得小说有了一定的发展小说的色彩。

一般认为，维兰德的《阿伽通的故事》（Geschichte des Agathon，1766/1767）是德国的第一部"教育小说"。只不过，真正产生影响、并被认为是

---

① Zitiert nach Ralph-Rainer Wuthenow, *Das erinnerte Ich. Europäische Autobiographie und Selbstdarstellung im 18. Jahrhundert.* München: C. H. Beck, 1974, S. 9.

第一部最成功的"教育小说"当属歌德的《维廉·迈斯特的学习时代》①。由于这部作品在文学史上的特殊地位②，自它问世之日起，一直被奉为教育小说的典范。于是就有了世界文学接受史上都几乎是独一无二的现象：在"教育小说"成为德国19、20世纪主导小说类型的同时，歌德的《迈斯特》总被视为模仿的对象或者参照物，后世的"教育小说"要么受其影响，要么与之相对抗，从而产生出种种"反教育小说"（Antibildungsroman）、"教育小说变体"（Abarten des Bildungsromans）、"戏仿教育小说"（Parodie des Bildungsromans）等不同的"教育小说"变种来。

威廉·弗斯卡姆浦（Wilhelm Vosskamp）在他的研究中，从"影响史"出发，追问"教育小说"这一特殊的成长与发展小说何以能够成为19世纪的德国文学的主导体裁。他认为，这一方面是由于该体裁本身具有某种"复合性"，在主题上，它稳定不变，描写的都是"个体在与社会现实充满矛盾的斗争中的（自我）教育"，但与此同时，它又具有可变性，可以"在更加强调'社会'元素"的时候靠近"社会小说"，反之，能够"在'个体'元素更处于中心位置时"接近自传或传记小说。③ 但不管怎样，支撑这一体裁成就的更在于这一小说形式所承载的自18世纪下半叶来对德国社会具有关键意义的"教育母题"。像前文中业已论及的那样，这里的教育虽涉及的是个体——如同威廉·冯·洪堡所说的："因为每个人的内心，无论他有多好，原本都还有一个更好的自我，那才是他更

---

① 一译《维廉·麦斯特的学习时代》；以下行文中简称《迈斯特》。
② 它因此也一直被视为歌德在小说史上的特殊贡献。
③ Vgl. Wilhelm Vosskamp, *Der Bildungsroman als literarisch-soziale Institution. Begriffs- und funktionsgeschichtliche Überlegungen zum deutschen Bildungsroman am Ende des 18. und Beginn des 19. Jahrhunderts*, in: Christian Wagenknecht (Hrgs.), *Zur Terminologie der Literaturwissenschaft. Akten des IX. Germanistischen Symposions der Deutschen Forschungsgemeinschaft Würzburg 1986*, Stuttgart: Metzler. 1988, S. 340.

为原本的自我。"①——但其着眼点则在于集体，目的在于通过每一个人的自我修养和完善最终达到全人类的提升与进步。从这个意义上讲，歌德的迈斯特的故事"是我们大家的故事；在威廉·迈斯特身上我们看见的是[……]我们自己"②。这也就意味着，作为德国式成长与发展小说的典范，《威廉·迈斯特的学习时代》不仅提供了审美意义，更提供了道德标准。不仅如此，由于小说的主人公走的是一条介乎于天才与英雄之间的"中间路线"，它甚至还被赋予平息不满、缓和矛盾的社会现实意义。这是因为，在法国大革命的大背景下，德国的市民阶层似乎更愿意看到的是非暴力的自我教育之路："人类越是更多地自我教育和自我完善，它就越不需要大的革命和事物的暴力变革[……]"③

上述着眼于人与世界之间的和谐和平衡的解读方式是《威廉·迈斯特的学习时代》接受史上具有代表性的观点。它注重的是传统文化、人文环境以及内心经验对个体心灵成熟的影响，强调人的性格、意志的和谐发展，主人公在生活中接受教育的过程就是通过个性的不断成熟化和丰富化过程，从一个还没有自我意识的少年成长成为一个成熟的个体，最终融入社会，接受并完成到自己在团体和社会中的任务，成为社会的合作者和社会使命的完成者。这一观点在席勒的"确定性和美好的可确定性"④评判中奠定下了基

---

① Wilhelm von Humbold an Charlotte Diede, in: *Briefe an eine Freundin.* Zum ersten Male nach den Originalen hers. von Albert Leitzmann. Band 1. Leipzig, 1909, S. 57, hier zitiert nach Wilhelm Vosskamp, *Der Bildungsroman als literarisch-soziale Institution. Begriffe-und funktionsgeschichtliche Überlegungen zum deutschen Bildungsroman am Ende des 18. und Beginn des 19. Jahrhunderts*, in: Christian Wagenknecht (Hrsg.), *Zur Terminologie der Literaturwissenschaft*, Stuttgart: Metzler, 1986, S. 340.

② Daniel Jenisch, *Über die hervorstechendsten Eigentümlichkeiten von Meisters Lehrjahren; oder über das, wodurch dieser Roman ein Werk von Göthens Hand ist*, zitiert nach Wilhelm Vosskamp, *Der Bildungsroman als literarisch-soziale Institution* a. a. O., S. 341.

③ Ebenda, S. 29, zitiert nach Wilhelm Vosskamp, *Der Bildungsroman als literarisch-soziale Instiution* a. a. O., S. 342.

④ Vgl. Friedrich Schiller, *Über die ästheische Erziehung des Menschen in einer Reihe von Briefen* a. a. O., S. 632ff.

础，在科尔纳的"完美的平衡——自由的和谐"① 论断中得到确认，在叶尼施关于该小说"描写了一个优秀人物一生中最美好、最享受、教育意义最强的片段"② 的结论中被推向极致，而后在莫尔根施泰因对人的"内心故事"的强调中被延续。一直到20世纪，卢卡契仍然把"教育小说"所描写的自我教育过程定义为"有问题的、接受理想引导的个体与具体的社会现实的和解"③ 过程。总体而言，撇开差异不论，上述解读方式的共同之处在于，它们均将个体的自我教育过程视作规律性的过程，认为主人公要经历友谊、爱情、危机、与现实世界的矛盾等等，才能发展自身的潜在的精神才能，才能克服个人主义，澄清意识，最终达到成熟、完美，达到与自身、与上帝和社会的和谐，这即是所谓的"圆极"或"圆满实现"（亚里士多德：Entelechie）。在此过程中，人所经历的每一个发展阶段都有其独立的意义，它同时有构成高一级发展阶段的基础，是达到目标的必由之路。

与这一强调个体与世界和解的解读方式相对的是由德国浪漫文学开启的对歌德的《迈斯特》的另外一种解读方式。众所周知，以施莱格尔兄弟为代表的早期德国浪漫文学的理论家和作家们对歌德的这一小说推崇之至。④但他们对该小说的解读却走了一条全然不同的道路。弗里德里希·施莱格尔虽然也讨论个体发展与人类发展的关系，但他从《迈斯特》中瞥见的与其说是普遍意义的人类教育方案，不如说是一种不乏宗教角度的"进步的总汇诗"的基本原则：即反思与反讽。在施莱格尔看来，贯穿这部小说的，不是人与自我以及世界的和解，而是"自我创造和自我毁灭"⑤ 之双重结构。这样一来，歌德的《迈斯特》就成了浪漫诗的典范，因为它指向的是

---

① Zitiert nach Wilhelm Vosskamp, *Der Bildungsroman als literarisch-soziale Institution* a. a. O., S. 341.

② Ebenda.

③ Georg Lukács, *Die Theorie des Romans. Ein geschichtsphilosophischer Versuch über die Formen der großen Epik*, München: Deutscher Taschenbuch Verlag, 1994, S. 117.

④ 参见本章第一节第二小节中相关内容。

⑤ Friedrich Schlegel, *Athenäums-Fragment*, Nr. 51, in: Friedrich Schlegel, *Schriften und Fragmente. Ein Gesamtbild seines Geists. Aus den Werken und dem handschriftlichen Nachlaß*, zusammengestellt und eingeleitet von Ernst Behler, Stuttgart: Alfred Kräner, 1956, S. 90.

一种"总汇的、将对立结合在一起的努力"①，从而宣告了浪漫诗的以反讽和无限为主要原则的审美观②，具有开创性。

德国浪漫文学对歌德的《威廉·迈斯特的学习时代》的解读在该小说的接受史以及德国"教育小说"的题材史上均具有不可低估的意义。这不仅是因为"和谐"和"平衡"观在很大程度上忽视了歌德本人关于"迈斯特"是个"可怜虫"的说法③，而是由此开启了"另一种"与"和谐"相对立的教育小说的创作和阐释传统。弗斯卡姆浦认为，前者指向"均质化"（Homogenisierung），而后者则指向"反思性的体裁超验"（Gattungstranszendierung auf Reflexion）④；前者有体裁构建功能，而后者则具有反思和批判功能。

由此来反观"教育小说"的历史，会发现一个有趣的现象：虽然我们的确可以大致区分出两类"教育小说"来，一类是追求和谐和"均质化"的"教育小说"，比如凯勒（Gottfried Keller）的《绿衣亨利》（*Der grüne Heinrich*，1853—1855）。在这部被誉为诗意现实主义代表作的小说中，凯勒刻意表现了主人公亨利·雷在自己作为艺术家的个性尝试中，发现人与世界的精神交往日益困难，最后他通过断念，通过持续不断的自我教育和社会实践，摆脱了精神危机，甘当一名微不足道的公务员，实现了成为合格公民的目标。由此可以说，《绿衣亨利》是最接近歌德《迈斯特》的"教育小说"，虽然它多了一些现实主义（包括庸俗）的色彩，少了一些理想主义。但除此而外，大多数"教育小说"或者说在此传统中产生的小说则在不同程度上对"和谐"进行质疑和反思。而越是随着时间的推移，这种质疑和反思的力度就越大。在歌德《迈斯特》问世不久，蒂克（Johann Ludwig Tieck，1773—1853）就以自己的《弗兰茨·斯坦恩巴尔德的漫游》（*Franz Sternbalds Wanderungen*，1798）作了回应。但这本（未完成的）小说虽然也

---

① Ernst Behler, *Friedrich Schlegels Theorie der Universalpoesie*, in: *Friedrich Schlegel und die Kunsttheorie seiner Zeit*, Darmstadt: Wissenschaftliche Buchgesellschaft 1985, S. 225.

② 关于德国浪漫文学及浪漫诗概念参见冯亚琳《德国浪漫文学概念辨析》，《四川外语学院学报》2004 年第 3 期。人大复印资料 J4《外国文学研究》2004 年第 8 期全文转载。

③ Gespräch mit Kanzler von Müller am 22. I. 1821; Vgl. dazu auch das Gespräch mit demselben Partner vom 29. V. 1814.

④ Wilhelm Vosskamp, *Der Bildungsroman als literarisch-soziale Institution* a. a. O., S. 349.

以艺术家为主题,但诋毁理性,颂扬直觉,用被美化了的中世纪牧歌式的生活对抗现代生活。很显然,歌德的迈斯特最后背弃艺术,回归市民生活显然是浪漫作家蒂克所难以接受的;无独有偶,诺瓦利斯(Novalis / Georg Philipp Friedrich Freiherr von Hardenberg 1772—1801)的《海因里希·冯·奥夫特丁根》(Heinrich von Ofterdingen, 1802)也写了一部"教育小说",只不过他秉承的是浪漫文学诗化生活的旨趣,描写的是如何用诗的力量缓解世间的矛盾和冲突,而小说中神秘的"蓝花"则代表了浪漫诗歌的价值和本质。霍夫曼(E. T. A. Hoffmann, 1776—1822)在他的《公猫穆尔的生活观,另附乐队指挥约翰内斯·克赖斯勒的传记片段》(Lebensgeschichten des Katers Murr nebst fragmentarischer Biographie des Kapellmeisters Johannes Kreisler in zufälligen Makulaturblättern, 1820—1822)中,一方面描绘了一个庸俗的社会,讽刺模仿市民阶层的个体教育,揭露这种过程其实就是庸俗化过程;另一方面通过对音乐指挥克莱斯勒的生活片断的描写,展示了浪漫艺术家理想与生活对立的理念,认为市民与艺术家的世界是无法统一的;让·保尔的《巨神提坦》(Titan, 1800—1803)以王位继承人阿尔巴诺的成长、教育、爱情等经历,直到他后来继承王位为主要发展线索,暗讽歌德在《维廉·迈斯特》中倡导的美学精神教育;荷尔德林(Johann Christian Friedrich Hoelderlin)的《许佩里翁,或希腊的隐士》(第一卷1797,第二卷1799)虽然是书信体小说,但显然也处于"教育小说"传统之中。主人公许佩里翁希望通过教育来实现自己的理想,实现自然与和谐,但这一切均陷入破灭,反映了同一性危机的产生以及个体与社会的矛盾。

  从以上范例中可以看出,即使在歌德的《迈斯特》问世后不久的18世纪末和19世纪初,它所开创的德国"教育小说"传统就已经通过互文的方式得到记忆和反思。到了20世纪,"教育小说"本身所蕴含的巨大空间更是生发出形形色色的变体来。如果以托马斯·曼(Thomas Mann, 1875—1955)的《魔山》(Der Zauberberg, 1924)、赫尔曼·黑塞(Hermann Hesse, 1877—1962)的《荒原狼》(Der Steppenwolf, 1927)、君特·格拉斯的《铁皮鼓》(Die Blechtrommel, 1959)以及彼得·汉特克(Peter Handke, 1942—)的《短信长别》(Der kurze Brief zum langen Abschied, 1972)为例,我们可以获得四种虽然不能代表全部、却相当典型的20世纪"教育小说"的范例。其中，托马斯·曼的《魔山》描写了商人之子汉斯·卡斯托尔普在瑞士达伏斯高山肺病疗养院度过的七年。涉世不深、一张"白纸"般的卡斯托尔普就是在这与世隔绝的"魔山"上开始了他的"教育"旅程的，他先是与意大利作家泽特姆布里尼交往，深受其启蒙主义思想的熏陶；继而又受到耶稣会教士纳夫塔的强权暴力观点的影响。在这样两位"导师"的引导之下，卡斯托尔普"成熟"了，成熟到了玩世不恭、玩弄手段的地步。在泽特姆布里尼和纳夫塔因发生争论而决定决斗之时，卡斯托尔普不仅充当起了裁判，而且给了纳夫塔后来自己射杀自己的手枪。第一次世界大战爆发后，卡斯托尔普离开了高山，上了前线，最后消失在炮火之中。小说描写了一个病态的社会和这个社会中病态的人，而教育过程则成了制造病人的过程。同歌德对于他的"迈斯特"抱有同情一样，托马斯·曼对他笔下的同样出身市民阶层的主人公显然也不乏同情，只不过，伴随这一同情更多的是批评或者说自我批评。①

赫尔曼·黑塞的《荒原狼》中的主人公哈里·哈勒不是有教育需求的青年人，而是一个受过教育、如今却陷入了自身危机的中年作家。他饱读诗书，认同歌德、莫扎特这样的文化伟人为"不朽之人"。由此可以说，哈勒走的是一条倒转过来的"教育"之路：他不像歌德的迈斯特那样，从艺术和传统文化中汲取养料，而是从街头女郎、酒馆艺人那里学习感性生活，从而完全颠覆了歌德用《迈斯特》所创建的模式。

如果说可以把黑塞的《荒原狼》称作"反教育小说"的话，君特·格拉斯的《铁皮鼓》则对传统"教育小说"进行了滑稽模仿。《铁皮鼓》问世后，当即被许多评论者定性为德语"教育小说"的现代版本②。但需承认，《铁皮鼓》与"教育小说"及其特殊形式"艺术家小说"的互文关系首先是一种戏仿关系。《铁皮鼓》里的主人公奥斯卡没有经历传统"教育小说"里所描写的人格发展，小说中也没有展现卢卡契所说的"有问题的、

---

① Vgl. Volkmar Hansen, *Thomas Mann: Der Zauberberg*, in: *Interpretationen, Romane des 20. Jahrhunderts*. Bd. 1, Stuttgart: Reclam, 1997, S. 53—100.

② Franz Josef Görtz (Hrsg.), *Die Blechtrommel ": Attraktion und Ärgernis*, Darmstadt und Neuwied: Luchterhand, 1984, S. 57—60.

接受理想引导的个体与具体的社会现实的和解"过程①，而是相反，奥斯卡从一出生就是一个智力"发育完全"的人，他活着的唯一目的在于"有待于日后证实"；尽管叙述者暗指教育小说大发议论道："诸君会说：这个年轻人是在多么狭小的天地里受教育成长的呀！他竟然是在一家殖民地商品店、一家面包房和一家蔬菜店之间为日后像男子汉一般生活备齐了他的装备。"② 但他这里所指的，充其量不过是他的性成熟。因此，奥斯卡不是传统教育小说主人公那样的理想主义者和追寻者，他的生活意义不具客观性和代表性，他自我选择的"寂寞"和与成人世界的隔阂与传统"教育小说"中的主人公追求的回归内心世界无关。尽管《铁皮鼓》就外部形式而言具有传统教育小说的某些特征，但它的主人公只是一个特殊时代的"美学对应"，因为归根结底，20世纪已完全不同于18世纪，这个时代不允许（传统意义上的）"个人主义的存在"③。

汉特克的《短信长别》堪称形式上"体裁超验化"另一个典型的、却更为极端的范例，它在"能指"（"教育小说"）和"所指"（这一文学体裁所指向的意义）的分裂上走得更远。《短信长别》与传统教育小说的互文关系有两个明显的"标识"：一是在小说的两大部分"短信"和"长久的告别"的篇首都引用了莫利茨的传记小说《安东·莱瑟尔》④ 中的一段话作为题记，二是贯穿全书的主人公对德语经典教育小说 凯勒的《绿衣亨利》的阅读。不仅如此，汉特克还有意识地调动了传统德语"教育小说"中常见的四种"教育因素"，即漫游，体验大自然，戏剧的作用，与他人的（教育）谈话，来构建其小说的结构，与此同时，这四种"教育因素"的内涵却不复存在。汉特克本人这样界定他的这部小说："在我的书中我试图描写一种希望——即人能够逐步发展，起码在一次单独旅行的过程中。关于19

---

① Georg Lukács, *Die Theorie des Romans* a. a. O., S. 117.
② ［德］君特·格拉斯：《铁皮鼓》，胡其鼎译，漓江出版社2000年版，第335页。
③ Georg Just, *Darstellung und Appell in der Blechtrommel von Günter Grass*, Frankfurt a. M.: Athenäum, 1972, S. 75.
④ 《安东·莱瑟尔》本身虽然不是"教育小说"，但作为一部个人成长史，主题与教育小说相通，因此，被评论界称为教育小说的镜像变体。

世纪的发展小说的想象是可能的。(我的书)是发展小说的虚构。"① 这里，"虚构"是多方面的。首先，作为旅行地的美国就不是现实意义上的美国，而是作者和他笔下人物的"意识之国"，是一个幻想世界，"我"置身其间，期待着重新开始。在成为"另外一个人"的尝试与噩梦般的童年回忆交替中，主人公逐步经历并实现他的学习过程：到了某个阶段，他发现长时间来第一次"能够不费力地在近处观察人。"② 在和克莱尔的谈话中，他好像重新建立起了与他人正常交往的能力。倘或可以这样表述，莫利茨的《安东·莱瑟尔》给了汉特克的主人公以"起程"离去的缘由和出发点：作为一名寻找自我的人，一名不同世界之间的漫游者，他踏上的是永远的不归路。而《绿衣亨利》则给了他所向往的目标：即某种社会生活方式的可能性。这一可能性，在约翰福特那长满柑橘树的人间伊甸园里似乎得到了实现：曾经势不两立的夫妻双方心平气和地坐在那里，讲述自己的经历，主人公成了被叙述的对象消失在故事里，成为类型而不再是个体。与此同时，童话般的场景和气氛却在提醒读者：这里描写的是发展的可能性，是假定而不是现实。这正是这本小说与传统"教育小说"的真正关联：作者在完成叙述的同时又对他所借鉴的"前文本"进行反叛和颠覆。小说中人物"乌托邦"式的（教育）谈话告诉我们，对于20世纪的作家汉特克而言，"迈斯特式"的顺应"客观"环境以及把在道德上、知识上的成熟作为个体化目标的种种努力，已不再可信，也不复可能。以大自然为例：汉特克笔下的大自然不再具有令人流连忘返的牧歌景象，而成了某种威胁，或成了一种符号体系。《短信》中的主人公第一次踏上美国的土地时就注意到了符号、包括感知符号（图像）对于美国人的意义。自然能够成为符号体系，反之，文明符号也可以成为第二自然，它显现为规范的、有秩序的自然。克莱尔的小女儿给自己创造出的符号世界便是这样，谁若是无意挪动了某件物体，谁就破坏了她的生存空间的秩序，她会因此而哭闹不休。如此一来，人为的文明

---

① Peter Handke in einem Gespräch mit Helmuth Karasek, 1972, zitiert nach *Königs Erläuterungen und Materialien*, Bange, 1978, S. 53.

② Peter Handke, *Der kurze Brief zum langen Abschied*, Frankfurt am Main: Suhrkamp, 1974, S. 55.

符号世界便取代了传统"教育小说"中的自然景象,生活在新的社会背景下的人的发展似乎也失去了持续性。在克莱尔的朋友以及电影导演约翰·福特在他们的"教育谈话"中宣扬"我们"以及群体经验的同时,主人公"我"和妻子却在寻求和平分手的可能性。在另外一层意义上,对于美国生活方式的代言人约翰·福特来说,电影的虚构仅仅是现实的重复,但是对于欧洲人汉特克而言,在叙述中被当作虚构的真实故事才能无碍于幻想的真实。如此一来,教育小说由想象范畴返回真实的传统模式就被倒转过来了。美学感受既不源于实践,也不对其产生启示性的效果,它与实践并存,而这一实践,在汉特克那里仅仅产生出可能的体验观感形式。与此相应,"故事"和"情节"在游戏各种业已文学化了的现实经验过程中产生。真实与虚构可相互替换,因为两者都处于游戏的法则之下,这种游戏的法则又使它们相互关联。这样,"教育小说"模式所规定的文本意义便不复存在了,取而代之的是文本的开放意义。

我们暂且对上述四例分析作如下总结:20世纪"教育小说"(的变体)通过建立互文关联,对歌德《迈斯特》为代表的传统"教育小说"及其价值观批判者有之(如《魔山》),颠倒者有之(如《荒原狼》),戏仿(如《铁皮鼓》)和游戏者(如《短信长别》)亦有之。与18世纪末、19世纪初产生的一系列"教育小说"把歌德的《迈斯特》作为参照物不同,在20世纪的"教育小说"变体中,歌德的《迈斯特》及其"兄弟"均已成为不同层面上文学记忆的对象。值得关注的是,作为市民阶层个体的一种文学"乌托邦"的德国"教育小说"在主题上的双重性,即一方面是个体追求自我实现和自身完善,另一方面他又不得不对社会对他提出的要求不断作出回应,这其中的主动(学习)与被动(反应),连带这一体裁的内省特征在两百年之久的千变万化中,却在很大程度上得以保留。

二 历史小说

如果说,德国式的成长与发展小说"教育小说"自18世纪下半叶正式登上德语文学舞台后就一直占据着德语小说的核心地位的话,那么,唯一能够与之分庭抗礼的应该是"历史小说"(der historische Roman),这不仅使后者与"教育小说"相当,在德国也有两百多年的历史,也不仅因为自歌德开始，德国各个时期的文学名家大多都写过历史小说，还不仅因为历史小说发行量之大，是除"教育小说"之外其他小说种类所不能比拟的，更因为它与史诗显而易见的传承关系以及由此在德国小说史上所获得的重要地位，虽然持这一观点的人并非没有保留。① 尽管如此，不容否认的是，与前者相比，围绕着历史小说——无论是体裁概念上还是接受史上——都存在有更大的学术争议。奥斯特（Hugo Aust）甚至这样写道："从其历史一开始，历史小说诗学就在进行着一场自我辩护的战斗，针对的是这样的责难：它作为'两性同体的体裁'从根本上属于劣等美学，由于它连接着小说和历史、叙述和戏剧以及科学与吸引人的内容，（因此）仅适合于娱乐业。"②

毋庸赘言，在概念界定上，历史小说的确有它的困难之处。虽然可以去繁就简，将其定义为"以虚构的形式描写历史人物、事件、生活状况的小说类型"③。但由于虚构与历史的张力关系，由于上述"历史人物、事件和生活状况"本身并不是现成的素材，而是需要作者根据不同需求和目的进行"找寻"（finden）和"杜撰"（erfinden）的。更为重要的是，由于时代的不同，历史小说的定义会随着"历史"这一概念的含义和人们对叙述艺术功能的理解的变化而变化，如此一来，定义历史小说的确就不是一件看似容易的事情了。④

然而，我们在此不是要专注于体裁美学的讨论，而是要将目光投向历史小说与文化记忆之间的关系上，因此，我们暂且满足对历史小说的一般性定义，即"历史小说是建立在一定的历史观之上叙述历史真实人物和事件、

---

① 肯定不是叶森（Christoph Jessen）一人持这种有保留的观点。他写道："历史小说只有当它有一个深厚的人性的、神话的或者宗教的、即元历史的背景时，它才是史诗合法的继承者。"Zitiert nach Hans Vilmar Geppert, *Der andere historische Roman. Theorie und Strukturen einer diskontinuierlichen Gattung*, Tübingen: Max Niemeyer, 1976, S. 3.

② Hugo Aust, *Der historische Roman*, Stuttgart, Weimar: J. B. Metzler, 1994, S. 1.

③ Hartmut Eggert, *Der historische Roman*, in: *Reallexikon der deutschen Literaturwissenschaft* a. a. O., S. 53.

④ 关于"历史小说"定义的前提及困难参见：Hugo Aust, *Der historische Roman* a. a. O., S. 2f.

或以历史真实场景为背景的小说类型①",然后以此为基础,首先探讨和梳理德国历史小说产生和发展的前提和其中蕴含的基本关系,然后沿着德国历史小说史与接受史前行,对这一文学体裁在几个重要历史阶段的记忆功能和特征进行讨论。

与更能体现"德国"特性的"教育小说"相比,历史小说首先是一个全欧文学体裁。虽然按照奥斯特的观点,可以把席勒关于要写一部可读的"真实的历史"(eine lesbare wahre Geschichte)的表述之时视为德国历史小说的滥觞之日,但历史小说在德国的真正发端还是在英国作家瓦尔特·司各特(Walter Scott,1771—1832)的影响下开始的。倘或可以这样说,假若没有司各特的影响,就没有德国 19 世纪历史小说的蓬勃发展。因为虽然不像歌德的《威廉·迈斯特的学习时代》对于德国"教育小说"发展的决定性作用,德国历史小说至少是在它产生的最初阶段也有一个几乎是独一无二的楷模:"在距司各特近或离司各特远的张力场中去展开历史小说史的画卷不会有错,这样可以看清楚种种模仿、转用、接近、保持距离、发展、翻版、戏仿、解构、重新塑造等。"②

除了司各特的典范作用,德国 19 世纪初期的社会背景对历史小说的诞生与发展无疑也起到了推动作用。首先,法国大革命的爆发为历史叙述提供了基本价值,即"自由作为政治主体的独立,平等作为所有的人从事或参与公众行为的权力,友爱作为公众民族生活、共同行为、对周围世界的爱的统一体"③。与此相关,大革命不但强化了启蒙运动催发的人对历史的新的认识:即历史是人所创造的,而且以它本身也作为活生生的范例展示了人在历史变革中的主体作用,即所谓的:历史是人的"经历场"(Erlebnisfeld)④。对于德国人而言,拿破仑军队的侵入同时却又激发出一种保家卫国的激情,在接下来的岁月里,这种激情进而转化为对本民族历史的兴趣。

---

① *Metzler Literaturlexikon. Begriffe und Definitionen.* Herausgegeben von Günther und Irmgard Schweikle, Zweite, überarbeitete Auflage, Stuttgart: J. B. Metzler, 1990, S. 201.

② Hugo Aust, *Der historische Roman* a. a. O., 63.

③ Ebenda, S. 63.

④ Ebenda.

如果说，法国大革命是德国历史小说产生的外在因素的话，那么，处于上升时期的市民阶层对历史的理解及其思维和行为方式则是这一小说类型生发的内在因素。在"总体主义"（Universalismus）的框架中，人们相信，人的本性是不变的，它在任何时间和任何地点都相同。在此前提下，个体的、民族的、时代的、地理的或地区的特殊性就更加值得关注。这一点之所以重要，是因为历史小说所叙述的不是一般情况，而是历史上的特殊阶段、特殊人物和事件。换句话讲，历史小说展现的历史往往是大至人类，小至民族、地区或家族的"危机"史。重要的是，这些危机的解决均与现今不无关系。事实上，在19世纪众多的历史小说中，历史往往显示为父辈曾经经历过的"我们的历史"，它是与现时有着密切关联的"前故事"。也就是说，历史小说叙述的不是遥远的、与现时无关的往事，而是对于个人和家族、家乡和国家都均有意义的人和事，当年的决定和转折迄今仍在发挥着作用；或者说：正是因为有了当年的"前因"，才会有现今的"后果"。显而易见的是，如此关联中的历史叙述所激发的历史意识指向与其说是个体身份，不如说是集体身份和民族身份。

这表明，德国历史小说同样与19世纪占主导地位的"教育"思想有关。但与"教育小说"试图通过个体修养、最终达到普遍意义上的人（类）的完善的宗旨不同，历史小说更注重于集体（地区）的和民族的教育。与德国市民阶层在18、19世纪获得社会文化地位相适应，历史叙述"教育大纲"中的"学习目标"是"绩效、教育、理性、财产和家庭"等典型的市民阶层所奉行的核心价值标准[1]。正因为如此，历史小说中的主人公不再是史诗中无所不能的救世主，而是与市民阶层距离更近的"中等英雄"（mittlerer Held），而那些在历史关键时刻发挥作用的"历史人物"则往往被降级为次要角色。与后者往往是历史上曾经存在过真实人物不同，所谓的"中等英雄"往往是杜撰的人物（历史小说中历史与虚构的张力恰恰也在于此）：

  这一主人公的"中等性"表现在，他作为一般人被塑造成为反英

---

[1] Hugo Aust, *Der historische Roman* a. a. O., 63.

雄的（即18世纪意义上的"市民的"），因此与读者接近，此外他在他自身经验的范畴内并根据自己的需求调节他陷入的阵线（卢卡契），其次他作为人格化了的感知视角（伊瑟尔），向读者展示他接触的历史转换阶段。①

这样一种"中等"人物身上所体现的"中间价值体系"代表了德国19世纪市民意识的理想特征：他们可靠，自信，爱国，经济上即使不富裕却也很独立，同时具有一种"朴实无华的气质"②。

参照索通（Hermann J. Sottong）对德国历史小说的划分和德国文学史的流派划分，③ 我们暂且把以下三个阶段作为我们考察历史小说与记忆关系的基础。这里需要特别说明的是，第一，以下划分并非严格意义上的体裁史阶段，而仅仅是出于方便讨论的目的；第二，这一划分没有包括二战后两德及其德国统一之后的历史小说概况：第一个阶段（1815—1850）：这一阶段的历史小说最初还受到歌德时代小说的影响。索通称这一时期的历史小说是"成人仪式小说"（Initiationsroman）。这类历史小说包括阿尔尼姆（Ludwig Achim von Arnim, 1781—1831）的《皇冠守护者》（Die Kronenwächter, 1817），豪夫的（Wilhelm Hauff, 1802—1827）的《列希登斯泰因》（Lichtenstein, 1826）等。索通认为，在这一时期的历史小说大多包含了"成人仪式"典型的三个阶段，即"启程"、"经历"和"到达"。主人公的发展不像教育小说中那样落实在主人公的自我教育上，而是落实在他的社会化上。与拿破仑战争结束后德国复辟时期保守的政治社会氛围相符，这一时期的历史小说的特征是推崇中庸——索通称之为"处于极端之间的中庸"

---

① Hugo Aust, *Der historische Roman* a. a. O., 65f.
② Ebenda, S. 66.
③ 我们在"成人仪式历史小说"和"时代历史小说"的区别上沿用了索通的划分。之后的"诗意现实主义"时期的历史小说、"20世纪初"历史小说、"流亡时期"历史小说和"当代历史小说"则依据的是文学史的划分，并参考了奥斯特在他的《历史小说》一书中的划分。Vgl. Hermann J. Sottong, *Transformation und Reaktion. Hostorisches Erzählen von der Goethezeit zum Realismus*, München: Finke, 1992 und Hugo Aust, *Der historische Roman* a. a. O., S. 52ff.

(*Mitte zwischen Extremen*)、持续性、统一和秩序,① 而历史（比如在阿尔尼姆的《皇冠守护者》中）则是只有诗才能够窥视到的"永恒"和"世界的秘密"。② 这之后于 1830 到 19 世纪中叶出版的历史小说被索通称之为"历史时代小说"，以区别此前的"历史成人仪式小说"③，这类小说有阿莱克希斯（Willibald Alexis, 1798—1871）的《布雷多老爷的裤子》（*Die Hosen des Herrn von Bredow*, 1846）、《安定是公民的第一职责》（*Ruhe ist die erste Bügerpflicht*, 1852）等。这一时期的历史小说的笔触所至不再是个体，而是集体，表现在小说中往往会有多名主人公。它描写的不再是人物的青春期，而是成人阶段，而历史冲突往往会导致主人公的死亡。与复辟时期历史小说的平和相比，三月革命及其前夕的小说中展现出更多的新与旧之间的矛盾和冲突。正像施台恩艾克（Steinecke）所评判的那样："由'私人生活'小说向自由人士追求的'政治社会境况'小说的过渡首先在历史小说中得以实现。"④ 这一过渡最明显的标志是与当下关系更加密切的历史素材的增多，与此同时，民族史或者地区历史占有越来越重要的位置。后一点，尤其表现在阿莱克希斯的被称作"祖国小说"的《布雷多老爷的裤子》和《安定是公民的第一职责》中。前者取材于 16 世纪的柏林－勃兰登堡的历史，后者则把目光投向离"当下"距离更近的威廉三世统治时期的普鲁士历史。与《布雷多老爷的裤子》还寄托着作家实现德意志民族统一的希望不同，《安定是公民的第一职责》创作的出发点则是要寻找普鲁士兵败于拿破仑军队的原因⑤。

第二个阶段（1850—1900）：这一时期的历史小说的核心特征是它与

---

① Hermann J. Sottong, *Transformation und Reaktion. Hostorisches Erzählen von der Goethezeit zum Realismus* a. a. O. , S. 262f.

② Hugo Aust, *Der historische Roman* a. a. O. , S. 61.

③ Vgl. Hugo Aust, *Der historische Roman* a. a. O. , S. 70.

④ Hartmut Steinecke, *Romantheorie und Romankritik in Deutschland. Die Entwicklung des Gattungsverständnisses von der Scott-Rezption bis zum programmatischen Realismus*. Band 1, Stuttgart: Metzler, 1975, S. 146.

⑤ 关于阿莱克希斯的历史小说创作参：范大灿主编《德国文学史》第三卷，任卫东、刘慧儒、范大灿著，译林出版社 2007 年版，第 416—419 页。

(诗意)现实主义的关联。可以作这样的表述：现实主义美学理念在历史小说体裁那里找到了最合适的表达方式，而"由司各特激活的'现代小说'的历史力量"① 则又在现实主义审美观中找到了最佳释放途径："现实主义纲领设计者们的统一和全景信条恰恰能够运用到历史小说中，并支持其专有权"，因为对现实主义作家而言，"对于记录一个伟大的过去非常重要的是，要把它放到所有生活关系的全景中去描写"。② 历史小说在诗意现实主义时期之所以能够获得巨大成就还有另外两条重要原因：其一是在最晚于19世纪30年代就开始占领德国思想文化领域的历史主义的"苍穹下"，历史小说似乎有着比其他任何艺术形式都有更为充足的存在理由（"历史叙述以它伟大的文学形式，即历史小说，成为了图解历史主义的本行。"③）其二是在追求民族和国家统一的大背景下，将历史书写与艺术结合起来对于德国人来讲无疑是一个"诱人的"任务，因为他们的民族意识急需历史传统作为养料，而一系列政治事件（普法战争，帝国的建立等）也进一步唤起了人们对过去的兴趣。于是，到历史的原野上去为当下的问题寻找答案，或用于美化，或用于警告，不仅成了一个时代的必然现象，更成了市民阶层的精神需求。艾格特甚至认为，恰恰在典型的对虚构的英雄人物的偏爱中能瞥见"市民阶层自我表现的兴趣"④。他的研究表明，"民族国家的主题"日益将其他所有的"叙述兴趣"或完全排挤掉，或将其据为己有。⑤ 诗意现实主义时期历史小说的成就不仅在于一批著名的作家如施蒂弗特（Adabert Stifter, 1805—1868）、迈耶（Conrad Ferdinand Meyer, 1799—1840）、冯塔纳（The-

---

① Hartmut Steinecke, *Romantheorie und Romankritik in Deutschland. Die Entwicklung des Gattungsverständnisses von der Scott-Rezption bis zum programmatischen Realismus* a. a. O., S. 85.

② Ebenda, S. 86.

③ Moritz Baßler / Christoph Brecht / Dirk Niefanger / Gotthart Wunberg, *Historismus und literarische Moderne*, mit einem Beitrag von Friedrich Dethlefs, Tübingen: Max Niemeyer, 1996, S. 26.

④ Hartmut Eggert, *Studien zur Wirkungsgeschichte des deutschen historischen Romans* 1850—1875, Frankfurt a. M.: Klostermann, 1971 (Studien zur Philosophie und Literatur des neuzehnten Jahrhunderts, Band 14), S. 123.

⑤ Ebenda, S. 113.

odor Fontane，1819—1898)、拉贝（Wilhelm Raabe，1831—1910）和前文中提到过的弗赖塔格等无一例外都钟情于历史小说，也不仅在于当时还产生了一批消遣性的"历史"叙述作品，更在于这一文学体裁被赋予通过历史回忆教育民族的功能，而这一教育不仅针对市民阶层，也针对"工人大众"。[1] 重要的作品有最受读者欢迎的约瑟夫·维克多·冯·舍费尔（Joseph Victor von Scheffel，1826—1886）的《艾克哈尔德》（Ekkehard，1855）。舍费尔要求小说创作要本着具体、色彩丰富、感性、接近生活、与当下关系紧密以及美化等典型现实主义的审美原则，并视历史小说为"艺术家理解下的一段民族历史"。[2] 他的小说以历史上的"匈奴战役"为背景，描写了一位"美僧侣"在战斗中的成人过程以及他在艺术上的发展，是一部将历史事件与虚构的艺术家形象结合起来的"历史田园诗"[3]。施蒂弗特对历史小说也情有独钟，他自称他的《维迪科》（*Witiko*，1865—1867）是"用心血写成的"小说。[4] 这部小说的特点在于把历史主体化，在追问"权力"的同时，展现了充满争斗与和解、叛乱与秩序重建、分裂与统一等矛盾的德意志帝国历史。小说的主人公维迪科与其说是一个个体，不如说是一个具有魅力的"人格"，一个媒介。因为从根本上而言，小说讲的不是他个人的故事，而

---

[1] 需要指出的是，这一教育的负面效应在于其沙文主义的色彩，弗兰茨·希尔施在他的《历史与民族教育》中就曾这样写道："（要）向他们（民众青年）展示奥托（Otto）大帝的光辉时代和施陶芬盛世（die Hohenstaufen），然后也展示那没有皇帝的、可怕的时代——我称十二世纪中期到1871年元月18日为这样的可怕的时代，那时虽然名义上有皇帝，但却没有奥托大帝和施陶芬盛世的权力范围——没有比这更好的途径，教育（他们）敬仰德意志帝国和它的皇帝，几个世纪之久的德意志权力和统一之梦现在终于变成了真实……"（Franz Hirsch, *Geschichte und nationale Erziehung*, in: Der Salon 2（1882），zitiert nach Hugo Aust, *Der historische Roman* a. a. O. S. 89f.）这样的话语表明，作为现实主义时期历史小说的核心概念的"民族意识"一开始就笼罩在沙文主义的阴霾之中，它距离20世纪上半叶法西斯思想影响下的历史小说中的"血与土"应不再遥远。

[2] Hugo Aust, *Der historische Roman* a. a. O., S. 93.

[3] Hartmut Eggert, *Studien zur Wirkungsgeschichte des deutschen historischen Romans* 1850—1875 a. a. O., S. 168.

[4] Adalbert Stifter, Brief v. 18. 11. 1864, hier zitiert nach Hugo Aust, *Der historische Roman* a. a. O., S. 95.

是家族的命运，表达的是上帝、理性以及秩序的实质所在。弗赖塔格的历史小说《祖先》(Die Ahnen, 1872—80) 迄今都被视为德国历史小说的代表性作品。这在很大程度上得益于该小说本身的民族历史题材以及现实与历史的关联，加之它发表的时间恰逢1871年德国统一和帝国的建立。《祖先》中虽然也有一个处于核心地位的"主人公"，但他并不像司各特或者豪夫作品中的人物那样是为某一位统治者而战，而是为民族历史的发展而战，小说突显的个体是民族历史框架中的个体，处于中心位置的是"单个的人与民族的关系，整体对个体的影响以及个体通过他的活动对整体所作的贡献"①。弗莱塔格的小说表面上由英雄史诗开始，最后则落脚到现代国家的市民家庭生活。在诗人看来，恰恰是这样的一种生活才是市民阶层的福祉所在。这一时期另一部长篇历史小说是达恩 (Felix Dahn, 1834—1912) 创作的《争夺罗马的一次战斗》(Ein Kampf um Rom, 1876)。小说取材于六世纪东哥特族人与罗马—拜占庭人联盟的斗争，描写了东哥特帝国的衰落史。诗意现实主义时期另外一位重要作家冯塔纳对历史小说的贡献表现在两个方面：一是他对历史小说的理论思考，二是他自己创作的"历史小说"。冯塔纳被誉为"天生的"历史学家，这是因为他不仅很早就开始了对自己家乡勃兰登堡边疆地区历史的研究和实地考察②，他还是司各特、阿莱克希斯以及弗赖塔格创作的历史小说的研究者和评论家。然而他的《暴风雨前》(Vor dem Sturm, 1878) 却很多时候被视为一部"另类"历史小说③。小说的历史背景是1812年解放战争即将开始之前，但与现实关系密切，涉及"普鲁士贵族的价值和他们的任务，也涉及爱国主义的本质和局限性"④。在叙述方略上，作者采用了全景和情景相互交错、多声部表达的方式，在给人以距离感的同时又充分展示细节。相比之下，威廉·拉贝的历史小说《奥德菲尔的》

---

① Gustav Freitag, *Erinnerungen aus meinem Leben*, zitiert nach Hugo Aust, *Der historische Roman* a. a. O., S. 100.

② 关于冯塔纳对勃兰登堡边疆地区历史的调研参 Regina Wegner, *Erzählte Geschichte. Literarische Geschichtsdarstellung- ihr Verhältnis im Erscheinungsbild dreier repräsentativer Beispiele des 18., 19., und 20. Jahrhunderts*, Berlin: Weidler, 2001, S. 63ff.

③ Vgl. Hans Vilmar Geppert, *Der andere historische Roman* a. a. O., S. 98ff.

④ 范大灿主编《德国文学史》第三卷，任卫东、刘慧儒、范大灿著，第445页。

(*Odfeld*, 1888) 更具现代历史小说的特点, 小说中虽然也有历史背景下虚构的"英雄", 但拉伯小说中的英雄最终不过是无用的、游离于社会之外的人, 他们把青春无谓地贡献给了战争和幻想, 他们的行为冲动缺少目的性, 最后毫无用处。与此相应, 拉贝小说中展现的不是向前发展的线性历史, 而是原地徘徊、不断自我重复的历史断片。

第三个阶段 (20 世纪上半叶): 这一时期同时涵盖了两个历史阶段, 前一个阶段从 20 世纪初到魏玛共和国, 后一个阶段是流亡文学阶段。德布林 (Alfred Döblin, 1878—1957) 的《华伦斯坦》(*Wallenstein*, 1920) 和福伊希特万格 (Lion Feuchtwanger, 1884—1958) 的《犹太人许斯》(*Jud Süss*, 1925)① 是前一个阶段最具代表性的作品, 而流亡时期的重要历史小说有亨利希·曼的包括了上下两部、即《国王亨利四世的青年时期》(*Die Jugend des Königs Henri Quatre*, 1935) 和《国王亨利四世的城市时期》(*Die Vollendung des Königs Henri Quatre*, 1938) 的《亨利四世》(*Henri Quatre*) 以及布莱希特的《尤利乌斯·恺撒先生的事业》(*Geschäfte des Herrn Julius Caesar*, 1957)。如果说, 我们在拉贝那里已经观察到已经发生了变化的历史意识的话, 在德布林的以 17 世纪三十年战争为历史回忆对象的《华伦斯坦》中, 这一点更为突出: 用尊德布林为自己老师的君特·格拉斯的话说, 这便是"德布林视历史为荒谬的进程"。② 与此同时, 德布林强调艺术家的"叙述"功能。他称"现代小说"(其审美原则主要适用于历史小说) 的"叙述"为"建构"(bauen), 其特殊之处在于, 它不再把制造紧张度作为"叙述"的原本目的, 而是"把故事'重叠'起来, 将行为客观化, 给予无止境的历史过程以 ('蚯蚓') 形状, 并让其发挥真实作用"③。在《历史小说与我们》一文中, 德布林把一部历史小说创造性的诞生过程分解为三步: 作者首先潜入过去的历史和人物中去, 然后将"干枯的骷髅"唤醒, 然而最重要的是, 最后要实现"从一种接受过来的现实、一种延续下来的仅仅

---

① 鉴于该小说的主人公已是一种记忆形象, 我们将在下一节中讨论。
② Günter Grass, *Aufsätze zur Literatur*, Darmstadt und Neuwied: Luchterhand, 1980, S. 68.
③ Hugo Aust, *Der historische Roman* a. a. O., S. 117.

只有影子般的东西到一种真正的、富有情感的现实的转换。"① 在德布林看来，传统小说的作者们"只想赞同和美化，他们首肯（历史上的）一切"②，而"现代小说"则应起到揭示充斥着"帮凶"、"利益代表"、"幕后操纵者"的历史真面目的作用。德布林强调历史小说的"虚构性"，用他的话说："第一，历史小说是小说，第二，它不是历史"③。他主张，历史小说对历史认识的批判效应体现在它对历史的阐释上。而德布林理解的历史不是线形的进步与发展，正因为如此，《华伦斯坦》中没有"产生历史的力量中心，更不用说意义中心了"④。为了展示历史的多层面性、非持续性和荒谬性，作者在空间上运用了超近距离（近镜头）与远距离（远镜头）的双重叙述方略，辅以静态和动态并举的时间建构，从而成就了一部"另类历史小说"⑤。

  由现实出发的对历史题材的兴趣到了第三帝国时期迅速发生分化，从而在历史小说创作群体中引发了两个对立阵营的出现：属于其中一个阵营的是追随希特勒的作家，他们借古喻今，借用历史小说鼓吹"血统与土地"思想⑥，从而沦为法西斯意识形态宣传的媒介和为希特勒政权正名的工具⑦。在这里，文学形式的历史回忆显然被赋予了阿莱达·阿斯曼所说的"合法

---

① Alfred Döblin, *Aufsätze zur Literatur*, Olten und Freiburg: Walter, 1963, S. 181.

② Ebenda, S. 185.

③ Ebenda, S. 171.

④ Harro Müller, *Geschichte zwischen Kairos und Kathastrophe. Historische Romane im 20. Jahrhundert*, Frankfurt a. M.: Athenäum, 1988, S. 89.

⑤ 关于《华伦斯坦》作为"另类历史小说"参 Hans Vilmar Geppert, *Der andere historische Roman* a. a. O., S. 109—115.

⑥ 比如布隆克（Hans Friedrich Blunck）的三部曲《形成中的民族》（*Werdendes Volk*, 1934）《和祖辈传说》（Die Urvätersage, 1933）就大肆宣扬德意志精神，鼓吹沙文主义和种族主义，为法西斯的侵略扩张制造舆论。

⑦ 法西斯文学对历史小说的情有独钟有多种原因，但不能不提到的原因至少有两点：一是历史原因。德国历史上，比如中世纪和普鲁士帝国时期都曾经有过血腥的专制统治，与此建立关联会对现实起到"合法化"作用；二是历史小说本身在其不同发展阶段、尤其在其早期不乏法西斯宣传看重的"民族主义"因素。

证明"的政治功能①。与之对立的阵营是流亡到国外的"左"派或者犹太作家们。历史在这些作家的作品中不再主要是民族身份的载体，而文学形式的历史回忆也不再仅仅是民族同一性构建的媒介，而是被赋予了更多的功能，如德布林所言：

> 历史小说本来当然并不是危机现象。然而在作家们那里，有流亡也就很快有了历史小说。可以理解。因为除了缺少现实之外，（人们）希望在历史上找到类似情况，从历史的角度为自己定位，辩解，反思，有安慰自己的倾向，并且至少希望能在幻想中报复。②

由此可见，流亡作家的历史小说同样是从当下出发，而这个当下，不仅有法西斯德国的残暴，还有作家们每天必须面对的流亡生活，而历史则充当的是这一现实的一面镜子。与此相应，小说家们的兴趣主要指向历史转折点、人的生存危机和充满矛盾的过渡时期。这一时期不仅产生了大量的优秀历史小说，而且这些作品在艺术上大都取得了空前的成就，以至于有论者认为：1933年到1945年，历史小说有了新的面貌，"自那时起，有充足的理由认为，历史小说是一种脱离了历史主义、采用现代描述手段进行工作的表达方式"③。这里所说的现代描述手段指的是包括意识流、自由间接引语、内心独白等在内的文学表达手法。

亨利希·曼的《亨利四世》被认为是流亡文学产生的最优秀的历史小说之一。小说问世后，托马斯·曼、福伊希特万格、茨威格和卢卡契等人都对它做出了高度评价。④ 该小说取材于法国16世纪宗教战争的历史，通过对国王亨利四世一生的描写，展现了"在黑暗的时代人的力量的作用"⑤。

---

① 参见本编第一章第三节第五小节"存储记忆与功能记忆"有关功能记忆的"合法证明"作用。

② Alfred Döblin, *Aufsätze zur Literatur* a. a. O., S. 184.

③ Hugo Aust, *Der historische Roman* a. a. O., S. 138.

④ 参见范大灿主编《德国文学史》第四卷，韩耀成著，译林出版社2008年版，第471页。

⑤ Hugo Aust, *Der historische Roman* a. a. O., S. 141.

在小说中，亨利四世这位法国历史上"伟大"的国王被描写为崇尚人道主义精神、顺应民心、将精神与行动完美结合在一起的典范。这样一位历史人物的所作所为，显然与德国法西斯和希特勒的倒行逆施形成鲜明对照。作品回忆过去，但着眼于当下，并为未来准备力量。这显然是流亡中的亨利希·曼的一种信念，一种善与美必定战胜邪恶的信念。值得一提的是，从记忆角度看，亨利希·曼的《亨利四世》不仅以文学形式回忆了一位历史人物，他还把历史小说体裁与成长发展小说结合了起来。

总而言之，与"教育小说"中隐含的文化记忆和它本身的被记忆不同，历史小说本身做的就是"记忆工作"，因为它的出发点就是回忆对于民族——鉴于德国在18世纪和19世纪上半叶分裂成诸多诸侯国的实际情况，往往也是地区——历史具有重要意义的人物、事件和时间段，这一点暗合了扬·阿斯曼和阿莱达·阿斯曼论述的文化记忆的基本特征。除此而外，历史小说也像文化记忆一样具有明显的当下性，它的选材与主题往往不仅与小说产生时期的社会历史背景密切相关，它同时又对现实产生反作用。通过以上对三个不同阶段德国历史小说的梳理，可以看出，作为一种"记忆"性文学体裁，历史小说在德国的生成和变迁也反映了民族文化记忆中包含的标准性的、具有约束性的"价值倾向以及重要性落差"[①] 的生成和变迁，如果说19世纪的历史小说的着眼点主要在于民族历史和身份的建构，历史因此被视为一种持续发展的过程，而当下则被视为这一发展的继续的话，那么，20世纪的历史小说则更体现出一种回忆与反思并重的历史意识。就像在德布林那里，历史充满了断裂和荒谬，而在亨利希·曼那里，历史更衬托出法西斯统治的黑暗。

第三节　文学作为知识体系

在前文中我们曾经指出，文学在两个层面上与文化记忆相交，一是反映在文本内部的文学回忆，另一个层面是文学通过自身体系的构建对民族文化

[①] Vgl. Jan Assmann, *Kollektives Gedächtnis und kulturelle Identität*, in: Assmann, Jan / Hölscher, Tonio (Hrsg.), *Kultur und Gedächtnis* a. a. O., S. 13—15.

的"远久视野"发挥作用,进而成为民族文化记忆的一部分。这一点也适用于文学作为知识体系。下文中,我们首先通过举例探讨文学主题的文化记忆功能,然后分析数个已成为"记忆形象"的文学形象,以探究其"纪念性"特征。

一 主题举例

作为文学研究方法史的一个不可或缺的重要组成部分,主题研究已有两百多年的历史。[1] 尽管如此,文学主题的定义和分类都还是一个颇有争议的问题。伊丽莎白·弗伦策尔(Elisabeth Frenzel)在她的《世界文学主题词典》中把素材定义为"一段完整的乐曲",而主题则"仅仅奏响一个和弦"。[2] 这种说法与主题是"一部文学作品最小的独立意义单位或者可以流传的互文因素"[3] 的定义有重合。与受到空间、时间和人物等因素限定——无论是现实还是虚构——的素材不同,主题不直接与某一个具体的历史语境挂钩,因此它有可能与不同的时间、地点或人物结合,也有可能出现在不同的素材之中。主题与记忆的关系建立在它能够超越单个作品,"在文学传统中"不断"被重新识别"[4] 这一特征之上。这一方面意味着,每一个文学主题都有其相对独立和稳定的意义(否则它就不可能在不同的文学作品中不断地被识别),另一方面,每一个能够被"重新识别"的文学主题也都有着自己的历史。因此,无论如何定义文学主题,不能否认的是,它所承载的不仅只是其字面上的意义,而是还有凝聚在其中的不同时代的社会文化意义,正像弗伦策尔所言:素材和主题是"特定时代政治和社会生活的结果,同

---

[1] Vgl. Hans-Jakob Werlen, *Stoff-und Motivanalyse*, in: *Methodengeschichte der Germanistik*, unter redaktioneller Mitarbeit von Regina Grundmann herausgegeben von Jost Schneider, Berlin · New York: de gruyter, 2009, S. 661.

[2] Elisabeth Frenzel, *Motive der Weltliteratur. Ein Lexikon dichtungsgeschichtlicher Längsschnitte*, Stuttgart: Kräner, 1976, Vorwort, S. VI.

[3] *Reallexikon der deutschen Literaturwissenschaft* a. a. O., S. 638.

[4] Ebenda.

时也是其精神的动机"①。因此可以说：文学主题是处于流变之中的社会文化意义之结晶，对其产生影响的，不仅有时代变迁的因素，也有民族文化的因素。后面一条，虽然受到来自比较文学方面的批评，但难以否认的是，并非所有的"文学主题"都是真正的世界文学意义上的。这一点，尤其适用于下文中我们将作为例证来进行讨论的概念性主题如"职责/义务"、"安定与秩序"、"劳动"、"自我实现"和"断念"。② 讨论的基本出发点是：文学主题既是记忆的产物，又是记忆的对象，与此同时，它还代表着一定的（受时代和文化背景制约的）价值观。

（一）义务（Pflicht）

选择"义务"（在不同的语境下也可译为"责任"或"职责"）作为讨论文学主题与记忆关系的范例之一，是基于这一概念往往被视为"典型的德国式"行为③。支撑这一点的，不仅有它入选了由艾蒂安·弗朗索瓦 [H2] 和哈根·舒尔茨主编的《德国记忆场》这一事实④，也有作为文学主题，它所包含的文化记忆的维度在众多德语文学作品中得到深刻而形象的体现这一原因。⑤

"义务"观念进入德国国民意识首先是一个思想史问题。它始于路德，

---

① Elisabeth Frenzel, *Stoffe der Weltliteratur. Ein Lexikon dichtungsgeschichtlicher Längsschnitte*, Stuttgart: Kräner, 1976, Vorwort, S. VIII.

② 由于文学主题产生的多样性和复杂性，对它的分类不是一件易事。迄今为止，有过歌德从主题对事件的作用出发得出的主题分类（"前进的"、"后退的"、"延缓的"、"回顾的"、"预示的"），有核心主题（或基础主题）和辅助主题（或次级主题）的区分，有专题分类法（人物的类型、地点、情形、自然现象、物体象征）以及心理学分类法等。鉴于我们这里进行的不是严格意义上的形式美学的研究，我们暂且回避了主题分类的难题。关于主题分类参考 Hans-Jakob Werlen, *Stoff- und Motivanalyse*, in: *Methodengeschichte der Germanistik* a. a. O. S. 661ff und *Reallexikon der deutschen Literaturwissenschaft* a. a. O., S. 638ff.

③ Ute Frevert, *Pflicht*, in: Etienne François und Hagen Schulze (Hrsg.), *Deutsche Erinnerungsorte*, II. a. a. O., S. 284.

④ Vgl. ebenda, S. 269—285.

⑤ "义务"或者"责任"在德语文学作品中往往是主人公抉择的缘由和行动的准则，它又会与其他主题如"荣誉"、"秩序"等构成复合主题，这一点，我们待下文中将不断涉及。

但真正明确提出这一观念的是康德。在寻求一种普遍道德准则时，康德主张给予"义务"这一概念以绝对的优先权。他认为，人应当按照道德理念来为自己的自由意志设定界限并有责任去遵守它，如此理解的义务"不是别的什么，而是在一种普遍的、有原则的立法基础之上对意志的限制"。[1] 康德区分"美德义务"和"法律义务"，认为两者的根本不同在于后者具有强迫性，而前者无须强迫。如此一来，"义务"便超越了外在的法律规定，成为一种自我约束性的、内在的道德准则。

无论康德的"义务"观包含有多少内在的冲突与矛盾——比如它将义务与个人幸福对立起来——到了19世纪，它却不再仅仅只是一个哲学问题，而是逐渐演变成了一个现实的、市民社会蓝图构建中的基本价值问题。"无私奉献和义务"被作为一种市民美德广为宣传，而学校则成了进行"义务"思想教育的最佳场所。如果说，这一教育原本的出发点是以理想教育来对抗流行的"功利主义"和"物质主义"的话，那么，它在实践中则被简化为"我们生来就不是为了幸福，而是为了完成我们的义务"这样离康德"义务观"已相去甚远的格言。[2] 这一教育的本质显然不是要培养具有独立意志的人，因为"真正的自由"指的不是去做自己想做的事情，而是指去做"自己应该做的事情"。[3] 至少从此时开始，"义务"与"服从"（甚至是盲目服从）便纠缠在了一起。19世纪下半叶，普鲁士逐渐统一了德国的中部和北部，在俾斯麦"铁血政策"的主导和影响下，学校更是不遗余力地将义务概念用于政治事务中，进而将它变成各种具体的义务。但引人注目的是，这种义务总是针对子女对父母、下级对上级、被管辖者对当权者而言的：

> 子女对父母有义务，学生对老师有义务，学徒对师傅有义务，工人对工厂主有义务，市民对当权者有义务。"上级"要求的，"下级"必

---

[1] Immanuel Kant, *Grundlegung zur Metaphysik der Sitten* (1785), in: ders., *Schriften zur Ethik und Religionsphilosophie*, Darmstadt, 1975, S. 22ff., 51ff.

[2] Ute Frevert, *Pflicht* a. a. O., S. 275.

[3] Gottlieb Leuchtenberger, *Über die Einheit aller höheren allgemeinen Schulbildung*, in: ders., *Aus dem Leben der höheren Schulen. Schulreden*, Berlin, 1909, S. 49, hier zitiert nach Ute Frevert, *Pflicht* a. a. O., S. 275.

须去做——这就是义务所要求的。违反了义务的人必须接受严厉的惩处，此外还要备受负罪感的折磨。义务越是频繁和紧迫，就越是要管理个人的行为，要严格控制他的内心生活。"义务忠诚"，"义务意识"和"履行义务"成为了一种价值，人们根本不会再去思考它的内容，更不用说对其提出质疑了。①

这也就是说，"义务"逐渐被当时的市民社会和个人内化了，变成了一种不再承担个人责任的"义务意识"。这种内化的严重后果在第三帝国时期显露无遗。二战后，在有名的纽伦堡审判中，鲁道夫·霍斯（Rudolf Höß）的供词最具代表性：他称，在他接到纳粹头目海因里希·希姆勒（Heinrich Himmler）的命令，把奥斯维辛建成同时期最大的集中营后，他毫不犹豫地"贯彻实施了这一命令［……］"。②

霍斯的这种根深蒂固、不问青红皂白的"义务意识"与他的家庭（当然也包括社会和学校）教育有关。在这一点上，他与同时代的其他德国人并无大的区别。

霍斯这样回忆道：他的父亲"按照严格的军事原则"来教育他。每个家庭成员都有"一定的义务范围"，所有任务必须"准确仔细地"完成。他说，他的父亲"经常向我强调，我必须立刻执行父母、老师、牧师等所有成年人乃至仆人的意愿或要求，不能由于其他事务而耽误。他们说的话都是正确的。这些教育原则已经渗透到我的身体和血液之中。我还清楚地记得，作为一名狂热的天主教徒，我的父亲是帝国政府及其政策的坚定的反对者，他一直对他的朋友说，虽然他们是反对者，但还是要无条件地遵守国家的法律和法令。"③

其实，早在希特勒上台之前，就有文学作品就对于这样的视"义务"

---

① Gottlieb Leuchtenberger, *Über die Einheit aller höheren allgemeinen Schulbildung*, in: ders., *Aus dem Leben der höheren Schulen. Schulreden*, Berlin, 1909, S. 49, hier zitiert nach Ute Frevert, *Pflicht* a. a. O., S. 276.

② Ebenda, S. 279.

③ Rudolf Höß, *Kommandant in Auschwitz. Autobiographische Aufzeichnungen*, München: Deutscher Taschenbuch Verlag, 1987, S. 124, 69, 24f.

为最高道德准则、盲目服从强权体制的德意志"国粹"做了无情的揭露和鞭笞。亨利希·曼1918年正式出版的长篇小说《臣仆》就刻画了一个无条件服从并忠实于皇帝的"奴仆"形象：赫斯林，这个一家小造纸厂厂主的儿子身上奴性十足，他欺软怕硬，对上卑躬屈膝，对下则凶相毕露。"义务"到了这里，显然已经发展到了极端，早已成了"美德"的对立面。第二次世界大战之后，德国作家西格弗里德·伦茨（Siegfried Lenz, 1926）在他的小说《德语课》（*Deutschstunde*, 1968）中塑造了另外一位把"义务"内化成为了自己行动准则的国家机器的"臣仆"。故事情节是：主人公西吉·耶普森被罚写一篇关于"义务的快乐"的作文，于是他写下了他父亲严斯的故事。作为德国最北部警察哨所的一名警察，在20世纪40年代初，严斯得到"来自柏林"的命令，对画家南森进行监控，不让其作画，并查抄他的作品。虽然他与南森曾经是朋友，他还坚决执行上级的命令，履行他的"职责"。他不仅在整个纳粹统治时期想方设法地陷害南森，战后也仍然对被西吉藏起来的画穷追不舍。在西吉的眼里，他父亲不仅是一个"无懈可击的履行职责的人"[①]，他的所作所为已经超出了他对"柏林"的服从，成了一种惯性，而他本人显然也在迫害他人中享受着某种满足感和快感。"职责"或者"义务"在这里，已经彻底被内化，不再是外在的、而是已经渗透到了人的血液中的东西，它的膨胀最后导致的是人异化和人性的泯灭。因为，除了对画家的迫害，严斯还不惜把自己反战的大儿子交给纳粹党卫军，继而又把因为他而得了恐惧症的小儿子西吉作为难以管教的少年犯送进教养所。而这一切统统发生在"义务"的名义之下，就像他不断挂在嘴边的那样："有用的人必须懂得服从"，"履行我的职责"，"人不能凭自己的情绪去履行自己的职责"，"一个人必须忠诚；必须履行自己的职责，即使情况起了变化"等等。[②]

假如说伦茨在这里勾画了一个典型的德国公务员形象的话，那么这样一个形象在德国却不仅仅是一个虚构的形象。因为如此毫不犹豫地执行上级每

---

① [德]西格弗里德·伦茨《德语课》，许昌菊译，外国文学出版社1980年版，第60页。

② 同上，引文分别见第61、188、319、401页。

一项命令的人在纳粹时期还大有人在。① 按照乌特·弗莱威尔特（Ute Frevert）的报道，早在19世纪的德国，"服从命令"、"履行职责"这样的"义务意识"就已经是对官员的基本要求了：那时，"公务员代表的是普鲁士德意志纯粹的义务道德：无私，抛弃个人利益，为公众效劳"，他们遵循的价值观是"正直，义务感，无私地勤劳，集体精神，坚定的正义感和朴实的忠诚"。② 行政官员和执法官员要无条件服从上级命令，即使他们认为该命令是违法的，他们也无权反抗命令。1833年的汉诺威宪法甚至这样规定："只要上级部门的命令是'在其权利范围内宣布的'，那么'公务员就无须负任何责任'。他只用执行命令，不用承担责任，因为责任由上级承担。"③

综上所述，作为德国文化记忆的一项重要内容，所谓典型的德意志"义务"观并非是一个固定的理念，它历经两百多年的历史变迁，由一个抽象的道德思考逐渐演变成德国社会生活中人的行为准则；它在不断被回忆的过程中，被误读、被绝对化、被赋予约束力，最终成为权力的核心价值观，其内涵也在不断地发生着变化甚至异化。正如上述范例所证明的，这一过程

---

① 比如纳粹头目之一阿道夫·艾希曼，在纽伦堡审判时，他曾说，"如果被要求的话，他甚至会将自己的亲生父亲送上死亡之路。"艾希曼以此说明自己是康德忠诚的追随者，他多次强调，"一生都遵从着康德的道德准则，并且主要在康德所说的义务概念的意义上来行事的。"他列举的例子是，他在完成杀戮任务时没有任何例外和让步，"一直都没有带着'个人喜好'——感情或利益——来完成义务"。Vgl. Ute Frevert, *Pflicht* a. a. O., S. 281.

② Ebenda, S. 277. 该文中还有这样的报道：1855年出生的阿道夫·维姆特（Adolf Wermuth）如此描述他的父亲：他的父亲是汉诺威的一位高级官员，作为一位率直的公务员，即使遇到政治上的言论攻击，他还是会尽到自己的职责。"工作和义务是父亲的口号"，他将这些教给他的孩子们。"教给孩子们的诗歌：工作给生活带来乐趣，从不会给生活带来负担。只有憎恨工作的人才会有烦恼——这是我们经常背诵给他听的。哥哥和我的生日离得很近。有一次，他给我们买了铁锹和园艺工具，但并不是作为礼物或玩具，他说这是用来工作的。然后他就带着我们到了花园，指着一个地方说让我们挖。我们按他说的去做，等我们出了一些汗后就看到了原本要给我们的生日礼物。"阿道夫的父亲在他十二岁时就去世了。他后来也走上了公务员的道路，为了"将他所有的想法和能力投入到公务员的忠诚中，全身心投入到服务当中"。即使他的这个职业迫使他常年与他的妻儿分离，他也没有为此抱怨；"坚定和义务感"战胜了对妻子和孩子的思念。他的生活原则与他父亲很接近："每天都必须克服负担和厌恶的情绪，要全身心地投入到工作中去。"

③ Ebenda, S. 278.

一直持续到 20 世纪上半叶第二次世界大战结束。如果说，从那时开始，由于德国社会的变化，传统的"义务观"也悄然发生着变化的话①，那么，文学回忆的反思和批判作用——正如上文中所列举的亨利希·曼的小说《臣仆》和西格弗里德·伦茨的《德语课》——也为此做出了自己的贡献。

（二）安定与秩序（Ruhe und Ordnung）

遵守"秩序"并热爱"安定"普遍被视为德意志国民性最突出的特征之一。对此，龙应台曾从一个长期生活在德国的外国人视角作了令人捧腹的描述②。在德国，"秩序"就是"规定"，这一点不仅体现在 Ordnung 这个词（既是"秩序"又是"规定"）的词义上。事实上，它无处不在，甚至渗透到了整个社会生活和私人生活内部：比如周日休息是成文和不成文的"规定"，届时商铺要关门，私人家庭也不能大扫除或洗涤衣物，否则便会扰乱他人的"安定"；与此相应，游泳有游泳的"秩序"，排队有排队的"秩序"，医院、学校、监狱也都有各自的"秩序"。在语言表达中，一切正常，就意味着一切都符合"秩序"（Alles in Odnung）。反之，就需要把它整理到"秩序"之内（in Ordnung bringen）。

然而，"秩序"于德国人之重要，远远不止它在日常和社会生活中扮演的角色。作为记忆文化中最具德国特色的基本概念之一，"安定与秩序"以及它所包括的内涵与德国现代国家形成的复杂过程有着密切的关联：

> 直到 19 世纪中期，"安定与秩序"一直承担着记忆场的功能，而"安全"作为法律，财产和社会权力的牢不可破的保障却被分裂。一方面，这个概念承载了对"社会安全"的期望，在德国，这种社会安全通过国家和社会的共同作用演变成为一种独特的秩序（社会保障）。另

---

① 乌特·弗莱威尔特报道说，1998 年阿伦斯巴赫研究所关于幸福的问卷调查结果显示，德国西部有 18% 的被调查者认为幸福就是完成义务的话，而在德国东部持这一观点的被调查者占了 22%。而就总体而言，德国对自我的认识开始接近西欧以及美国的传统，即注重公民权利。整个社会从 60 年代开始更注重个人的行为，这首先始于青年人文化，然后渐渐地渗入到其他群体中。Vgl. ebenda, S. 283—284.

② 参见龙应台《人在欧洲》，三联书店 1994 年版。

一方面,"国家安全"作为前民主时期政府行为的纲领也得到了巩固。①

由此可见,"安定与秩序"并不单是德国国民性特征,它几乎就是一种战略性的政治纲领。19 世纪以降,建立(新的)"公共秩序"与维护(旧的)"公共秩序"更是几乎成了革命与反革命、进步与保守的分界线。假如说革命往往是打着建立新秩序的旗号的话,那么,当革命爆发的时候,统治者会高声呼吁保持"安定与秩序"。"秩序"就这样成为了社会危急时刻的争论对象。"政治上的对手们主要在争夺这种威望和要求,即比另一方能更好地重建、维持或是建立一个新的公共秩序(以及在此基础上的社会秩序)"②。

托马斯·林登贝尔格(Thomas Lindenberger)对"安定与秩序"大口号下德国两个世纪的历史进行了如下归纳:先是反拿破仑的解放战争时期(并不成功的)建立新秩序的努力,紧随其后的是恢复旧秩序的复辟时期。1848 年资产阶级革命由于德国市民阶层的软弱终以失败而告终,同时给旧政权提供了以"安定和秩序"的名义篡夺革命胜利果实的机会。在之后的很长一段时间内,维护普鲁士的"安定和秩序"成了最高政治。对"秩序"的追求也表现在 20 世纪初的革命运动中,1918 年 11 月 4 日,在基尔组建的工人委员会和士兵委员会 11 月 4 日宣告:"工人和士兵所希望的不是混乱,而是一个新的秩序,不是无政府状态,而是社会的共和国";几天之后,库尔特·艾斯纳领导的"工人,士兵和农民委员会"在慕尼黑宣布,"将会确保最严格的秩序,对于暴乱会毫不留情地进行镇压,以保护人民和财产安全。"③ 对"秩序"的热衷在希特勒统治下的法西斯德国走向极端,达到了耸人听闻的程度,其中包括"井然有序"的"集中营"和有条不紊的大屠杀等等。到了战后,"秩序政治"在很大程度上被解读为"经济秩序"的政治。而 1989 年到 1990 年的德国统一进程则以正面的形式见证了"这个最具

---

① Thomas Lindenberger, *Ruhe und Ordnung*, in: Etienne François / Hagen Schulze (Hrsg.), *Deutsche Erinnerungsorte*, II. a. a. O., S. 473.
② Ebenda, S. 475.
③ Zitiert nach Thomas Lindenberger, *Ruhe und Ordnung* a. a. O., S. 478.

德国特点的美德"：即"发动一场以自我控制为标志的革命"。①

"安定与秩序"在德国社会政治生活中的重要地位也表现在文化生活和文学作品中。这一点，一方面表现在文人作家对待"秩序"的态度上。歌德即为一例，他面对法国大革命带来的"混乱"的态度众所周知。1792 年，在反法情绪高涨的美因茨，他保护了遭到全面搜捕的"美因茨雅各宾派俱乐部成员"，并对前来拜访他的一位英国人说："比起忍受骚乱，我宁愿干一件非正义的事情，这是我的本性。"② 另一方面，文学作品中对这一具有文化记忆场质量的主题也情有独钟。克莱斯特（Heinrich von Kleist, 1777—1811）的三篇著名的中篇小说《智利地震》、《O 侯爵夫人》和《米歇尔·科尔哈斯》虽在情节和人物上相去甚远，但从根本上均事关"秩序"重建的揭示和演示：《智利地震》（Das Erdbeben in Chili, 1807）以一种"群体歇斯底里"的暴力方式"惩罚"了一对青年人对爱情的追求，重建了"上帝"的秩序；《O 侯爵夫人》（Die Marquise von O, 1808）中的男女主人公最后在财产的（伤害了侯爵夫人的 F 伯爵把自己的所有财产转到了侯爵夫人和他们的孩子名下）见证下缔结了婚姻，从而也重建了秩序；而《米夏埃尔·科尔哈斯》（Michael Kohlhaas, 1810）的故事情节本身就一直围绕着"秩序"的重建展开，最后以违法者——无论出于何种动机——各自得到自己的惩罚、社会秩序得到恢复而告终；冯塔纳的诸多长篇小说中，因个体追求幸福和爱情而引发的矛盾和冲突在很多情况下最后都以"断念"、"和解"、"谅解"等方式得以消解，并由此获得了"秩序"的维持和重建：如果说，小说《迷惘与混乱》（Irrungen und Wirrungen, 1888）的题目本身就已经预告了"秩序"的破坏的话（一位贵族青年波托爱上了一位小市民阶层出身的姑娘莱娜），那么，小说的结尾则以两位年轻人被迫牺牲自己的感情、重新接受社会规范并回归各自的生活圈子而告终；《施蒂娜》（Stine, 1890）、《燕妮·特莱贝尔太太》（Frau Jenny Treibel, 1892）等也都与《迷惘与混乱》的题材类似，涉及因门第不同而不被认可的贵族与平民之间的恋爱关系，也均讲的是市民的理性和市民社会的秩序如何战胜个人的爱情追求，而

---

① Zitiert nach Thomas Lindenberger, Ruhe und Ordnung a. a. O., S. 484.
② Ebenda, S. 475.

门当户对的婚姻在这里一再成为社会秩序的载体；在冯塔纳的一系列主题为爱情和婚姻的社会小说中，最著名的当属他的《艾菲·布里斯特》（*Effi Briest*，1894/1895），在这部小说中，秩序的重建不仅是残酷的，还似乎被赋予了某种讽刺的意义：感觉受到欺骗的丈夫在七年之后枪杀了情敌，休了自己还深爱着的妻子，尽管他深知，这样做会"毁了她，也毁了我自己"，而且"所有这一切都不过是出于捍卫一个概念的一场戏，一个人为的故事，一出演了一半的喜剧"。[①] 由此可见，在19世纪末的德国，秩序作为市民阶层的核心价值尽管已逐渐丧失了其内涵，却仍然被置于主宰个人命运和个人幸福的位置。

与秩序相关的是统治者对民众保持安定的要求，这一点在阿莱克希斯的历史小说《安静是公民的第一职责》中得到了颇具荒诞意味的展示：小说取材于19世纪初的"解放战争"，普鲁士军队在与拿破仑的法国军队在萨尔菲尔德交战中不敌后者，大败而归，大臣舒伦博格发表了告天下书，内称："国王战败，但国王陛下及其兄弟们安然无恙。我恳请大家保持镇定。安静是公民的第一职责。"[②]

如果说，我们在19世纪文学作品（尤其是中篇小说 Novelle）中往往会观察到，"秩序的重建"作为主题，不仅在意义层面上起作用，而且是推动情节发展的基本动力[③]的话，那么，在20世纪文学（这里同样主要指的是小说）中，这一文本结构意义已不复存在："秩序观"更多地展现在作者对世界的理解和人物的自我理解上。在赫尔曼·黑塞的《荒原狼》（*Der Steppenwolf*，1927）中，市民生活的"整洁"与"秩序"一方面由于其"市侩味"让身为艺术家的主人公厌恶，另一方面却又深深地吸引着他。小说的"出版者前言"中描写道，与市井生活原本格格不入的"荒原狼"哈里·哈

---

① ［德］台奥多尔·冯塔纳《艾菲·布里斯特》，韩世钟译，译文出版社1980年版，第311页。

② Willibald Alexis, *Ruhe ist die erste Bürgerpflicht*. 译文转引自范大灿主编《德国文学史》第3卷，任卫东、刘慧儒、范大灿著，第417页。

③ 这一点也符合主题研究关于"主题"对于文本具有"精神"和"形式"两方面意义的论断。参 Elisabeth Frenzel, *Stoff-*, *Motiv- und Symbolforschung*, durchgesehene und ergänzte Auflage. Stuttgart：J. B. Metzlersche Verlagsbuchhandlung, 1978, S. 13.

勒来到叙述者"我"的姑母家租房子时,脱口感叹道:"噢,这里气味不错!"有着丰富的人生阅历的姑母对此评判道:"这一点我很清楚。我们这里整齐干净,生活和善规矩,他很喜欢这种味道。你看他那神气,好像他许久以来已经不习惯于这种生活,而同时又需要这种生活。"[1] 这种市民生活的"秩序"与艺术家的生活方式之间的冲突和矛盾在托马斯·曼的《托尼奥·克勒格尔》(*Tonio Kräger*, 1903)更为明显。换句话说,主人公克吕格尔在与众不同的同时却一直在为自己的与众不同而烦恼不已。究其原因,根本还在于连他自己都认为自己的行为举止不符合市民社会的价值秩序:"我们毕竟不是住在绿色大篷车里的吉普赛人,属于正派人……"[2] 前文中论及的伦茨的《德语课》中,严格履行职责的警察严斯指责画家南森不遵守当权者规定的"公共秩序":"就你一个人。另外的人,许多其他人,都遵守一般的秩序,可你只需要你个人的秩序。"画家则针锋相对道:"这个秩序还会持续下去[……]直到你们全都完蛋。"[3] 在这里,遵守"秩序"与否成了拥护还是反对当权者的分水岭。对"秩序"的反思到了具体诗人那里,甚至延伸到了诗歌的形式。因为按照欧根·戈姆林格(Eugen Gomringer)对"具体诗"的基本定义,它本身从内容到形式都指向"纯语言结构"(nackte sprachliche Struktur),是语言符号既符合一定"秩序"又允许游戏空间的编排(Anordnung),[4] 是诗人们把内容与形式结合在一起的创作试验。在这样的试验过程中,"秩序"与"非秩序"辩证关系、秩序解构等现

---

[1] [瑞] 赫尔曼·黑塞《荒原狼》,赵登荣、倪诚恩译,译文出版社 2007 年版,第 2、5 页。

[2] 《托马斯·曼中短篇小说全集》,吴裕康等译,漓江出版社 2002 年版,第 188 页。

[3] [德] 西格弗里德·伦茨《德语课》,许昌菊译,外国文学出版社 1980 年版,第 190 页。

[4] Vgl. Eugen Gomringer, *konkrete dichtung (als einführung)*, in: Theoretische Positionen zur Konkreten Poesie. Texte und Bibliographie. Mit einer Einführung herausgegeben von Thomas Kopfermann, Tübingen: Max Niemeyer, 1974, S. 39. Vgl. dazu auch *Vom Vers zur Kostellation. Zweck und Form einer neuen Dichtung. Manifest von Eugen Gomringer*, in: Eugen Gomringer, Konkrete Poesie 1952—1992. Herausgegeben vom Museum für Konkrete Poesie Ingostadt, Katalog und Ausstellung 5. Juni-5. Juli, 1992.

代人对秩序的认识与体验往往会以一种幽默的"形态"具体展现在读者（或者观者）的眼前。这方面，除了戈姆林格（Eugen Gomringer）的《系统中无错误》（*kein fehler im system*）、《沉默》（*schweigen*）之外，最典型的例子还有提姆·乌尔里希（Timm Ulrich）的题为《秩序与非秩序》（*Ordnung-Unordnung*）的诗①：

ordnung	ordnung
ordnung	ordnung
ordnung	ordnung
ordnung	ordnung
ordnung	ordnung
ordnung	unordung
ordnung	ordnung
ordnung	ordnung
ordnung	ordnung
ordnung	ordnung
ordnung	ordnung

（三）劳动（Arbeit）

"劳动的本质和影响附着着一些矛盾的东西"②。这也表现在"劳动"作为文学主题上。在早期的文学作品中，"劳作"总是与"辛劳"联系在一起，夹杂着"被迫"和"无奈"的苦涩。到了近代，"一大批隐喻和比喻显露出一种深刻的矛盾，而与这一矛盾重叠的是把劳动阐释为人格发展中正面的、决定性因素的倾向"③。恰恰是后面一点，在启蒙运动主导的18世纪下半叶获得了更为重要的意义：劳动与人的成长和发展能力密切相关。在歌德的诸多小说、尤其是《威廉·迈斯特的学习时代》中，劳作虽然作为典型

---

① Timm Ulrich, *Ordnung-Unordnung*, in: Eugen Gomringer（Hrsg.）, *Konkrete Poesie*, Stuttgart: Reclam, 1978, S. 142.

② Horst S. und Ingrid G. Daemmrich, *Themen und Motive in der Literatur. Ein Handbuch.* Zweite, überarbeitete und erweiterte Auflage, Tübingen und Basel: Francke, 1995, S. 53.

③ Ebenda, S. 53.

的市民生活形态被与贵族作为公众人物的以"展示"（präsentieren）为基本特征的生活形态相互对立起来①，但这并不影响"劳动"的正面价值的内涵。这也就是说，勤于劳作在歌德的作品中被视为人的优秀品质：《少年维特的烦恼》（Die Leiden des jungen Werthers，1774）中的女主人公绿蒂以及《威廉·迈斯特的学习时代》中的娜塔丽亚都是勤劳而乐于助人的典范；而《赫尔曼与窦绿苔》（Hermann und Dorothea，1796）中的赫尔曼则也继承了父亲能干而务实的优点。另一个肯定"劳动"积极意义的文学作品是席勒的诗歌《大钟歌》（Das Lied von der Glocke，1780）。在这首诗中，作者则不仅形象地再现了制造大钟的劳动过程，而且对市民阶层崇尚的劳动美德发出令人感奋的赞美和歌颂，使得《大钟歌》成了一首名副其实的劳动的赞歌。在这一赞歌中，市民用劳动创造的业绩甚至丝毫不逊色于国王和贵族继承而来的地位②：

> 千万双手辛勤劳动，团结一致，互相帮忙，在火一样的活动中显出一切伟大的力量。
> 受到"自由"的神圣保卫，师傅和帮工努力发奋；人人热爱自己的岗位，反对那种轻视的人。
> 劳动乃是市民的光荣，成功就是苦干的酬报；国王因地位受到尊崇，我们的尊贵在于勤劳。③

到了19世纪，"劳动"本身所包含的矛盾性则进一步激化和分化，从而演变出各种不同倾向的劳动主题。在海涅的诗歌《西利西亚的纺织工人》（Die schlesischen Weber，1844）中，劳动者是被剥削、受压迫的对象，他们

---

① Vgl. Philippe Buschinger, Die Arbeit in Goethes Wilhelm Meister, Stuttgart: Hans-Dieter, 1986, S. 13f.

② 这首诗再一次表达了18世纪末市民阶层关于"绩效贵族"的思想。关于"从出身原则到绩效原则的社会等级"或"从老的地位贵族到绩效贵族"的转变参见下编中关于歌德教育思想的个案分析。

③ ［德］席勒：《大钟歌》，载《席勒诗选》，钱春绮译，人民文学出版社1984年版，第116页。

发出的是对这一负面时代现象愤怒的抗议声。但在弗赖塔格的小说《借方与贷方》(*Soll und Haben*, 1854)中,读者不仅读到典型的新兴市民阶层的工作伦理:"只有自由的劳动才能使人们的生活变得富有、安全和持久",而且还见证了主人公安东通过自己的辛勤劳作最终获得了自己的地位和他人的承认。[1] 诗意现实主义作家施托姆的中篇小说《玛尔塔和她的钟表》(*Marthe und ihre Uhr*, 1847)中,作为下层市民阶层的一员,女主人公的勤劳和乐于助人虽然与她淳朴的性格有关,但在这里,劳动却失去了18世纪文学作品中"完美"人格身上的那种闪光,成了艰辛而单调的日常生活的组成部分。

随着工业革命进程的加快,劳动与作为"劳动着的人"(der arbeitende Mensch)的工人之间的关系变得更为密切。对于离开了土地,到城市寻找生计的雇佣劳动者来说,随着一切的丧失,他们成了名副其实的"无产者"。劳动对于这些仅仅只剩下了劳动能力的人来说,一方面是他赖以生存的手段,另一方面也是他的权力所在,甚至是他自我认同的基本因素。它所带来的巨大的潜在危险便是马克思所说的"人的异化"。不仅如此,在作为雇佣者的资本家那里,劳动者往往会直接被等同于劳动力。如果说,在19世纪中叶日渐兴起的工人文学中,对非人的劳动条件和生活环境的揭露和控诉是主导题目的话,到了20世纪,劳动与劳动者之间的复杂关系在文学作品中则得到了更为多元的展现。

安娜·西格斯流亡时期的长篇小说《死者青春常在》(*Die Toten bleiben jung*, 1949)在两个关联中涉及劳动与人的关系和意义:一个关联是小说把德国历史上第一次世界大战结束到希特勒上台这一时期定位为"危机阶段"。对于普通工人群众来说,这一阶段的基本特征是经济危机带来的失业。为了能"结束失业的威胁",一些人到了让他们"为魔鬼工作,也在所不辞"[2] 的地步。作者借此指出希特勒之所以能够在德国登上政治舞台并攫取权力的原因之一:劳动是劳动者赖以生存的途径,希特勒对于普通工人的

---

[1] 参见范大灿主编《德国文学史》第3卷,任卫东、刘慧儒、范大灿著,第429—430页。

[2] Anna Seghers, *Briefe an Leser*, Berlin und Weimar: Aufbau-Verlag, 1970, S. 39.

诱骗性就在于他向人许诺了工作。在另外一个关联中，劳动被赋予了更多的意义，它不仅被描写成一把可以借助它逃出异化了的资本主义世界的"钥匙"，它同时还具有自我解放和实现自我价值的作用：小说女主人公玛丽的继女海伦妮不如别的姑娘漂亮，她的大鼻孔甚至常常受到邻家孩子的嘲笑，她因此很少出门。加之她脾气好，沉默寡言，人们往往忘记了她的存在。而她第一次觉得自己有用，第一次感受到作为人的价值，是在她找到了工作后。当她准备用自己挣的钱送弟弟去当学徒时，继母只是盯着她看，"好像这孩子是个突然掉到厨房里的天外来客"①。对于弟弟汉斯来说，能有机会学一门感兴趣的手艺，不仅是求生的需要，还意味着能获得"一点自身解放"。母亲玛丽也是如此。在此之前，能送儿子去当学徒是可望而不可即的事情。没有劳动的机会和权利，就如同一个囚犯被终身囚禁一样。只不过这牢房不是方的，而是一条狭窄的、迂回曲折的、两边筑着厚墙的从摇篮通往坟墓的路。玛丽强烈地感触到这异常的、她无法解释的、把人与他的愿望死死隔开的墙。这种情况下，海伦妮的行动简直就等于说："瞧，这是逃出这个可怕囚室的侧门的钥匙。"② 显然，劳动在这里已经由生存手段升华为人的生活的第一需要了。

在20世纪下半叶涉及劳动主题的文学作品中，劳动权利在很大程度上让位于劳动者的权利、劳动条件和环境对人的压迫和异化等现实问题③。这一主题在汇集在"六一社"和"产业工人文学社"中的许多作家那里得到了广泛而形态各异的表现。其中影响较大的有冯·德尔·格吕恩（Max von der Grün, 1926—2005）的小说《双重的黑夜里的男人》（*Männer in zweifacher Nacht*, 1962）、《鬼火与火焰》（*Irrlicht und Feuer*, 1963）、《坎坷人生》（*Stellenweise Glatteis*, 1973）和汉斯·君特·瓦尔拉夫的（*Hans Günter*

---

① Anna Seghers, *Die Toten bleiben jung*, Darmstadt und Neuwied: Luchterhand, 1983, S. 255f.

② Ebenda, S. 256.

③ 尽管战后德国社会不断努力淡化劳资双方身份和利益上的对立性和冲突性，其中包括工会组织的合法化等。这一倾向也反映在语言表达上，比如资本家被叫做"雇主"，即"提供工作的人"（Arbeitgeber），而工人则被称为"雇员"，即"接受工作的人"（Arbeitnehmer）。

Wallraff，1942— ）的报告文学集《我们需要你：在德国企业里当工人》（*Wir brauchen dich. Als Arbeiter in deutschen Industribetrieben*，1966）、《十三篇不受欢迎的报道》（13 *unerwünschte Repostagen*，1969）、《在上的你们，在下的我们》（*Ihr da oben，wir da unten*，1973）等。冯·德尔·格吕恩的《鬼火与火焰》讲述了工人于尔根·弗尔曼的故事，他在矿井关闭之后不得不到处寻找别的工作，其间当过清洁工和炼铁工人，最后找到了一份生产流水线上的工作。自动化的生产流水线表面给他带来部分体力劳动上的解放，但单调的生产程序很快就把在流水线上工作的人变成了机器的附属品。现代化工业生产方式对人的这种异化也是瓦尔拉夫"工业报告文学"的主题。如果说，他的《在流水线旁》（*Am Fließband*）真实记录了人在单调的流水线旁的感受以及这种工作方式对人的改变和伤害，那么其中的名句"流水线吃人然后吐出汽车来"[①] 则成了现代生产方式对人的异化的形象写照。在战后六七十年代的以工人和劳动为主题的文学作品中，引人注目的还有瓦尔拉夫的《最底层》（*Ganz unten*，1985）。之所以如此，是因为他假扮成土耳其人"阿里"到一家工厂中做工，从而用文学的方式记录下了为德国经济腾飞作出巨大贡献的外籍工人所处的更为恶劣的工作和生存环境。在以劳动为主题的德国战后文学中，值得一提的还有亨利希·伯尔的短篇小说《工作道德降低的逸事》（*Anekdote zur Sinkung der Arbeitsmoral*，1963），其中提出劳动对于人意义何在的问题：小说描写了一名德国旅客到南方某个国家旅行，在海边遇到一个在太阳下面打盹的渔夫，他对这个渔夫不趁好天气出海打鱼深感不解。因为在他看来，这样可以挣越来越多的钱，买越来越大的船，最后可以躺在太阳下面打盹。渔夫的一句反问"那我现在不是就已经在太阳下面打盹了吗？"让现代资本主义社会单纯追逐经济利益和物质生活的"工作道德"大厦顿时土崩瓦解，引人深思。

（四）荣誉（Ehre）

早在古希腊、古罗马时期，亚里士多德就已经视"荣誉"为人的最高价值之一。在欧洲早期文学作品中，"荣誉"往往是骑士、英雄人物行为的

[①] Günter Wallraff, *Am Fließband*, in: Günter Wallraff, *Industriereportagen. Als Arbeiter in deutschen Großbetrieben*, Reinbeck: Rowohlt, 1970, S. 8.

重要动机。在基督教思想的影响下，"荣誉"分化为"世俗的荣耀"和上帝的"最高荣誉"。文艺复兴时期起，文学作品中的"荣誉"主题逐渐固定为具体的三步叙述模式：第一步：某一享有地位的人因受到他人的"侮辱"和"指责"而丧失了"荣誉"或者觉得自己的"荣誉"受到了挑战，常见的指控有"怯懦"，"背叛"，"（女性）丧失贞洁"，"（夫妻双方对对方的）背弃"，"说谎和不忠"；第二步：受侮辱者的生活由于突如其来的变化陷入困境；第三步：受侮辱者采取诸如决斗之类的措施，以尝试重新恢复自己的"荣誉"。[1]

文学社会学研究表明，"荣誉"主题的内涵变化与社会结构的变化密切相关，"因为它反映历史进程中变化着的不同阶层的荣誉观。"[2] 但总体而言，"荣誉"一直具有集体的和个体的双重维度：一方面，个体可以一出生就享有他所属于的家族或者阶层的荣誉，比如出生于一个显赫的家族；另一方面，他也可以通过自己的后天努力，建功立业，从而光宗耀祖，获得"荣誉"。在前一个维度上，"荣誉"往往对于贵族和军官至关重要，在其"荣誉"受到或者被认为受到挑战的时候，他们会不惜冒生命危险与人决斗。这样的情节，在德国文学中屡见不鲜，甚至到了19世纪末，在冯塔纳的长篇小说中还多次出现（《泽西利亚》中贵族出身的退伍上校比埃尔·冯·阿尔瑙德因戈尔顿侮辱其妻，通过决斗将其杀死；另一例是前文中业已提到的《艾菲·布里斯特》：男爵因施泰滕因妻子七年前曾对他不忠向他曾经的情敌提出挑战，在决斗中杀死后者后又休了妻子）；除了贵族或军官的"荣誉"捍卫战，农民、手工业者、商人和工人也逐渐发展出有各自特点的"荣誉观"：比如自17、18世纪起，经商者的诚信，农民的正直，手工业者和工人对工作的认真、谦虚、克制、有善心等越来越多地出现在教育诗、寓言和对话小说中。随着资本主义社会的发展和市民阶层自我意识的提高，勤奋、职业道德、个人财产和职业上的成就也进入"荣誉"的内涵，与此相应，工作马虎、投机取巧、因经营不当而破产等则都属于"为人不齿"之

---

[1] Vgl. Horst S. Und Ingrid G. Daemmrich, *Themen und Motive in der Literatur* a. a. O., S. 119f.

[2] Ebenda, S. 120.

列。以弗赖塔格在他的《借方与贷方》中所塑造的两个艺术形象——官宦家庭出身的安东·沃尔法特和犹太青年菲尔特·伊茨希——为例：他们两人曾是同学，又同时开始了他们在商场的学徒生涯，但前者勤劳能干，诚实可信，遵守道德规范，正直而富有自我牺牲精神，最后不仅获得了富裕的生活，也获得了荣誉和声望；后者则相反，他贪婪而又虚荣，喜好玩弄阴谋诡计，最终落得个身败名裂。由于该小说具有显而易见——无论出于何种原因——的反犹倾向，加上作者在人物塑造上的绝对化和脸谱化，它理所当然地受到广泛的批判，但如果撇开主人公之一伊茨希的犹太人身份，有一点是可以肯定的，即小说对美与丑的评判在很大程度上代表了具有19世纪时代特征的德国市民阶层的"荣誉观"。

女性的"荣誉"在德语文学作品中同样也一直是一个重要的主题。然而仔细探究，却会发现，女性——至少是在18、19世纪——其实并没有真正属于自己的"荣誉"。换言之，她们的"荣誉"，甚至她们本人充其量也都不过是家族或他人（父亲、丈夫等）"荣誉"的附着品。如此，不难理解，为什么围绕着爱情和婚姻的女性"荣誉"会如此多地出现在市民悲剧中。在莱辛的《萨拉·萨姆逊小姐》（*Miss Sara Sampson*，1755）中，市民出身的萨拉爱上了贵族青年密勒封，她蔑视世俗观念，勇敢地追求爱情。她对密勒封说："在这个世界上，我除了爱您以外不想知道别的什么荣誉。"① 如果说，萨拉的勇敢在于她敢于背叛世俗的"荣誉观"的话，那么，密勒封的原情人玛乌德则是一个把追求荣耀、身份和地位作为人生唯一追求目标的人。在美德和声望之间，她宁可选择后者："前者一点也不比后者更有价值。我为什么这样说呢？没有好的名声，美德就是一种无聊的幻影，它既不能给人带来平静，也不能给人带来幸福。"② 假如我们在此稍稍分析一下玛乌德的"荣誉观"，就会发现，其内涵完全被收缩到了地位、财富和与之相关的声望范畴之内，它与他人对自己的看法已没有太大的关系，正因为如此，她可以肆无忌惮、不计后果地毒死萨拉，以达到独霸恋人并借其地位提

---

① Gotthold Ephraim Lessing, *Miss Sara Sampson*, in: ders., *Werke in drei Bänden*, Band 1, München und Wien: Carl Hanser, 1982, S. 308.

② Ebenda, S. 328.

高自己身价的目的。

席勒的《阴谋与爱情》（Kabale und Liebe，1784）也以文学的形式对18世纪的贵族和市民阶层的"荣誉"观进行了表现和阐释。而女性"荣誉"的依附特性在其中得到了更为直截了当的表现：贵族青年费迪南虽然已背叛和丢弃了他所属阶层的观念，他轻视权势和金钱，追求自由和爱情，但他骨子里的自我中心的思维定式却让他认为，他所爱的女人必须把他的爱作为自己的全部，如果不是，他宁可毁了她。与此同时，市民出身的路易丝看重的是宗教教规和社会道德，其中也包括人的声誉和尊严——这一点她和她的父亲一致，为了维护这一尊严和与此相关的"秩序"，她甚至不惜放弃爱情甚至生命，正像她所说的："要是只有越轨行为才能使我保得住你，那么我还是有失去你的内在力量。"① 可见，费迪南和路易丝的爱情悲剧纵然有再多的外部原因（比如宰相等人的阴谋），但市民阶层与贵族在"荣誉观"和世界观上的差异不能不说是其中重要的原因之一。

讨论德语文学中的"荣誉"主题，不能不提到的还有20世纪下半叶亨利希·伯尔的小说《丧失荣誉的卡塔琳娜·布鲁姆》（Die verlorene Ehre der Katharina Blum，1974）。小说描写了一位一直不为人注意的普通青年女性，因为结识了一个恐怖嫌疑犯并与之有过一夜之情，她不断受到小报新闻的追逐与迫害，不仅被辱骂为"恐怖分子的新娘"，而且从此不得安宁，直到她忍无可忍杀死了对她穷追不舍的《日报》记者托特格斯，从而也把自己送进了监狱。从情节上看，作者的确调动了传统"荣誉"主题的基本因素：一个人的受侮辱，之后他（她）奋起反抗，用暴力——无须赘言，这里不涉及使用暴力是否合法的问题——捍卫了自己的"荣誉"。然而，仔细追究，就会发现，伯尔小说的此"荣誉"已不再是传统意义上的彼"荣誉"。它既不是高贵的出身赋予的，也不是后天通过奋斗"挣"来的，而是人与生俱来的，因此，它似乎更接近于人的内在"尊严"，而非外在的"荣誉"。从这个意义上讲，作者给予了出于无奈进行了（过激）反抗的卡塔琳娜·布鲁姆一定的同情，因为"荣誉"可丧，但尊严难失。另外一点值得注意

---

① ［德］席勒《阴谋与爱情》，章鹏高译，载《席勒文集》第二卷，张玉书选编，人民文学出版社2005年版，第486页。

的是小说的主人公是女性,而女性——如前所述——迄今为止一直仅仅是男性荣誉的附着品。由此可以说,伯尔在自己的文学作品中,赋予了"荣誉"这一传统的文学主题一个新的维度和内涵。

(五) 断念(Entsagung)

作为文学主题,"断念"早在17世纪的法国文学中就已经出现。在德国,18世纪中叶兴起的伤感主义小说为这一文学体裁的发展提供了新的养料。其中具有代表性的是盖勒特(Christian Fürchtegott Gellert, 1715—1769)的小说《瑞典冯·G. 伯爵夫人的生平》(*Das Leben der schwedischen Gräfin von G.*, 1747)。内中描写了一段爱情故事,即:伯爵夫人的丈夫遭受陷害,被判死刑,凑巧被俄军俘虏,在西伯利亚度过了十年之久。伯爵夫人在不知情的情况下与丈夫的朋友R. 相爱并结为夫妻。不料伯爵逃回家乡。在三人陷入感情矛盾的时候,先是R. 主动提出离婚(断念),之后伯爵夫妇又挽留他和他们一起生活。小说中,"断念"不仅是一种自我克制的处世态度,更是一种对他人宽容(包括伯爵夫妇最终也原谅了曾经陷害过他们的王子S.) 和为他人着想的美德。如果说,伤感小说从重情主义出发的这一讲求宽恕的"断念"有着其积极意义的话,那么这一意义在魏玛古典文学时期不仅得到进一步提升,而且几乎成了人格塑造和升华的必由之路。歌德在他本人的自传《诗与真》中,多次用自己的亲身经历阐释了"断念"的积极意义:为了一个远大的目标,为了获得更为广阔的个人发展空间,必须学会放弃,比如他虽然内心充满了痛苦和矛盾,但还是选择了在恋人莉丽面前的逃遁。关于这种理智与感情之间的斗争,作者作了如下形象而贴切的描述:"纵然希望的女神已迈开大步急急地离开,小爱神还紧牵着她的衣裙不肯放呢。"[①] 在这里,"断念"之意义就在于,舍弃"小爱神"而紧随"希望女神"。事实上,18世纪末、19世纪初的文学作品中,"断念"主题虽然出现在不同的语境中,但经常会与爱情和婚姻主题缠绕在一起,在"爱的激情"、"社会规范"以及"责任感"构成的冲突中展开。在此尤其值得一提的是歌德晚年的两部长篇小说《亲和力》(*Die Wahlverwandtschaft*, 1809)和《威廉·迈斯特的漫游时代,或断念的人们》(*Wilhelm Meisters Wander-*

[①] [德] 歌德《诗与真》(下),刘思慕译,人民文学出版社1983年版,第786页。

jahre oder Die Entsagenden，1829）。前者表现出女性角色的"断念"：夏洛蒂的"断念"充满了自我克制和对生活的感悟，而奥狄莉的"断念"则在情感和理智的矛盾中演变成自我摧毁的火焰。与之相反，小说中的两位男主人公——爱着奥狄莉的爱德华和爱着夏洛蒂的上尉——却都没有"断念"的力量或者能力。就上尉而言，他信奉的道德至上主义根本没有给他留下任何"断念"的必要和可能，因为在他看来，男子汉的名声不能有污点；与之相反，爱德华走的是另外一个极端，他不仅是一个情感主义者，更是一个自我中心主义者。"断念"显然在他那里更没有位置。

在"断念"主题史上，歌德的《威廉·迈斯特的漫游时代》是一部占有特殊地位的作品。这不仅由于小说的副标题就叫做"断念的人们"，而更多的是由于它是老年歌德关于人、人生以及社会的认识结晶。"断念"在这里已近乎于一个哲学问题：它不再是个人发展过程中不得不作出的艰难抉择，也不单纯是感情与理智争斗中的基本原则，而是建立在人对于自身条件、自身与环境关系认识和感悟之上的大智慧。就像小说"漫游者的观感"中写的那样："当前每个青年人［……］要能平静地、恰如其分地顺应自然，既不向世界提出非分的要求，也不受世界的制约，它就会感到很惬意。"① 歌德的这一承认人的局限性的思想，应该说已经超越了他所在的时代的限制。在小说中，读者不仅能够发现，只有懂得"断念"的人，才能有所获得。但更为重要的是，"断念"能使人把自己视为一个整体的一部分，从而会以一种积极的态度寻找自己在整体中的位置，就像迈斯特自己最后选择了一个救死扶伤的职业，当了一名外科医生那样。

到了19世纪中、下叶，"断念"主题的文学作品虽然还不时出现，但它所包含的积极的内涵却逐渐被削弱，从而在一定程度上变成了意为"放弃"和"屈从"的"舍弃"，成了一种充满矛盾的无奈之举。这样的消极意义的"断念"在施蒂夫特的《暮年的爱情》（*Der Nachsommer*，1857）和《高山上的森林》（*Der Hochwald*，1844），凯勒的《格莱芬湖总督》（*Der Landvogt von Greifensee*，1878）和冯塔纳的《覆水难收》（*Unwiederbringlich*，

---

① 引文出自歌德文集第三卷《威廉·麦斯特的漫游时代》，关惠文译，人民文学出版社1999年版，第289页。在译名上，本书选择了"迈斯特"的译法。

1892）中都有所表现。这一变化，应当说与当时的时代背景不无关系：18世纪末、19世纪初，人虽然也感受到外部环境对自身的约束和限制，但他自认为尚能在某种框架中规划自己的道路并把握自身的命运。这样的一种自信在日益工业化和官僚化的19世纪不断消失，不仅人依照自己的理智筹划的事情难以实现，就连他本身也往往成了被命运摆布的客体。不难理解，在这种情况下，根植于文化记忆中的"断念"主题的内涵也会随之悄然发生变化。

二 "文学记忆形象"

这里其实涉及两个不同的概念：一是"文学形象"，二是"记忆形象"。有必要对这两个概念作一概略的界定：一般而言，"文学形象"是指文学作品中的虚构人物，但这并不妨碍某些文学的创作者，即作家或称"文学家"，也会成为文学作品中的"人物"，一如托马斯·曼的《绿蒂在魏玛》中的歌德，或者彼得·魏斯的戏剧《荷尔德林》中的荷尔德林。我们在此讨论的却不是任意一个文学虚构形象或者任意一位作家，而是已经成为文化"记忆形象"的文学创作者和"文学形象"。"记忆形象"概念源自扬·阿斯曼，对此我们本编第一章中作过详尽论述。[①] 此处需要再次强调的是"记忆形象"所具有的两个特征，其一是它的群体关联特征，其二是它的重构性。依据这样两个特征，"记忆形象"承载着一个集体（比如民族）的记忆，从而具有身份认同意义。与此同时，"记忆形象"在集体记忆的时空与交往形式中产生出共生关系，这种关系在不同社会关联不断得到重构。从这个意义上讲，"记忆形象"凝聚了相关的历史文化语境，它不仅显现为一个群体的自身形象和"家园"[②]，更为重要的是，它也定义这个群体在历史进程中逐渐形成——并不断处于变化中——的本质、特性、弱点以及价值取向。

---

① 关于"记忆形象"的概念和可能包含的类别参见本编第一章第三节中的第三小节。
② 因此诺拉为"记忆形象"选择了另外一个概念即"记忆场"。参见本编第一章第二节第二小节对诺拉"记忆场"概念的梳理和讨论。

（一）"不朽者"歌德、席勒和海涅

在黑塞的小说《荒原狼》中，歌德和莫扎特不仅作为虚构人物登场亮相，他们还获得一个代名词"不朽之人"[①]。恰恰是这个"不朽之人"的称谓，揭示了一个民族的文化伟人（作家、音乐家、哲学家等）对于一个民族的"记忆形象"意义。

前文中多次提到由艾蒂安·弗朗索瓦和 哈根·舒尔茨主编的三卷本的《德国记忆场》，书中收入的德国作家中有三位尤其引人注目，他们不是别人，正是歌德、席勒和海涅。应当说，这三位作家对于德意志民族的同一性构建的确都有着不同凡响的意义。这一方面，三位作家的文学成就和他们在世界上享有的声誉不仅是德国人普遍引以为豪的民族文化的声誉，同时也是他们文化身份认同的对象。但另一方面，三位作家在德国上下两百余年的接受史上却无一例外地经历了诸多的矛盾和争议。换言之，德意志民族与他们自己这三位具有代表性的诗人之间的关系一直处于某种张力关系之中，而其自身的民族文化身份也正是在这样的张力场不断得以重新构建和定位的。

就歌德而言，表面上看，他几乎就是德意志民族文化的代名词：这不仅表现在德国最重要的语言文化机构"歌德学院"就是以歌德的名字命名的，而且在文学史上，没有哪一个国家能像德国那样，其半个世纪的文学史可以用一个作家的名字来冠名：即所谓的"歌德时期"。在德国人的心目中，歌德是他们不容置疑的最伟大的诗人，也是至今无人超越的诗人。因此，不仅他的作品被纳入文学经典，在前文中提到的"纪念碑"运动中，歌德的塑像也一时遍布德国各地。这说明，最晚从19世纪中期开始，歌德和他的作品就开始成为德国文化记忆中不可替代的重要组成部分。然而，问题在于，当歌德被置于德国文学巅峰的时候，实际上已经被绝对化了，这是其一。然而更为重要的是，在这样的绝对化中，暗暗隐藏着的是被尼采称作"歌德和德国之间的误解"[②] 的东西。事实上，歌德本人在生前就对这一"误解"

[①] 关于黑塞小说中"不朽之人"的文化记忆意义和所代表的价值参见下编杨欣做有关《荒原狼》的个案分析。

[②] Dieter Borchmeyer, *Goethe*, in: François, Etienne / Schulze, Hagen (Hrsg.), *Deutsche Erinnerungsorte*, Bd. I a. a. O., S. 189.

有着非常清醒的认识和解释。在与艾克曼（Eckermann）的谈话（1828年10月11日）中，歌德承认："我的作品不会成为流行，去思考它去追寻它的人是错的。它不是写给大众的，而是写给个别人的，是为那些有相似的想法和追求、有共同方向的人而写的。"① 如果仔细盘点一下歌德的作品，就会发现，歌德的确有不少作品获得了广大读者的喜爱，他的早期作品《少年维特的烦恼》和《铁手骑士葛慈·冯·伯利欣根》（*Götz von Berlichingen mit der eisenen Hand*，1773）在作者还在世的时候就已引起了巨大的轰动，他的一些诗歌如《野地里的小玫瑰》（*Röslein auf der Heiden*）、《五月之歌》（*Mailied*）等在德国脍炙人口，但是这并不能掩盖一个事实，那便是：他的另外一批作品一直被湮没在人们对诗人的普遍赞誉中，其中包括被施莱格尔认为是一个时代的重大事件的《威廉·迈斯特的学习时代》，开创了现代小说之先河的《威廉·迈斯特的漫游时代》以及他穷毕生心血创作的《浮士德》（尤其是《浮士德二》），这些作品在很长时间内没有或者很少得到德国人所理解和接受。除此而外，歌德从来都不是一个狭义上的民族主义者，虽然他也曾抱怨"在德国没有一个生活构建的中心"②，但他更看重的不是政治，而是"作为大范围融合手段的文化"③。不仅如此，晚年的歌德的自我理解和自我定位更倾向于世界主义，"歌德有些话语是从外国人的角度，用令人无法忍受的尖锐言辞批判德国人引以为傲的东西"，比如说"有名的德国性情"，以及所有其他德国人非常擅长的东西如"通往混乱的秘密通道"。④ 不难理解，歌德1808年与约翰内斯·丹尼尔·法尔克（Johannes Daniel Falk）谈话中为什么会这样定位德国人与他之间的关系："他们不喜欢我！［……］我也不喜欢他们！"⑤ 从这个意义上讲，歌德的确不是也不可能是德国包括纳粹在内的极端民族主义分子的"上诉法院"，而是恰恰相

---

① Dieter Borchmeyer, *Goethe*, in: François, Etienne / Schulze, Hagen（Hrsg.）, *Deutsche Erinnerungsorte*, Bd. I a. a. O., 187f.

② Goethe, *Literarischer Scasculottismus*, in: *Werke*, Bd. 14, S. 182.

③ Aleida Assmann, *Arbeit am nationalen Gedächtnis* a. a. O., S. 34.

④ Dieter Borchmeyer, *Goethe*, in: François, Etienne / Schulze, Hagen（Hrsg.）, *Deutsche Erinnerungsorte*, Bd. I a. a. O., S. 190.

⑤ Ebenda, S. 189.

反。19世纪末，在民族主义逐步升级的背景下，尼采就曾在他的《善与恶的彼岸》中，将歌德描述为一位跨民族文化的开路先锋；无独有偶，20世纪初，面对德国法西斯的倒行逆施，托马斯·曼曾"以歌德的名义"要求世界保持清醒，认为歌德是法西斯的"最大的反对力量"。① 可见，在19世纪的国家建构过程中登上民族圣坛的歌德并没有因此而被作为神供奉起来，而是不断地充当着德国人对自身文化、历史和特性反思的投射。第二次世界大战之后，人们更是清楚地认识到，歌德不能充当德意志民族不在犯罪现场的证明，因为，"在我们与魏玛之间还有布痕瓦尔德"。②

德国民族圣坛上的另一位诗人席勒的地位虽然不及歌德③，但他也是在19世纪经典化过程中"成为德国家喻户晓的诗人"的④，而且比起歌德来，他更被视为"民族诗人"⑤。奥托·丹（Otto Dann）在他的被收入《德国记忆场》里的《席勒》一文中，把席勒在德国两百多年的接受史划分为三个阶段：第一个阶段由席勒去世到他的百年诞辰，即1859年。虽然在此之前（1839年）席勒的第一尊纪念像就已在斯图加特落成，但他的百年诞辰日则"成了民族复兴运动的大游行"⑥。第二个阶段是席勒的国家化和经典化时代。到了19世纪60年代，席勒是中小学德语课的必修内容。之后不久，马尔巴赫⑦的席勒博物馆成了"国家博物馆"。第三个阶段是"帝制国家及国家文化结束"阶段，指的是第二次世界大战之后。这一阶段的特点是"不断推进的席勒研究与国家回忆的明显停滞形成了鲜明对比"⑧。

---

① Dieter Borchmeyer, *Goethe*, in：François, Etienne / Schulze, Hagen（Hrsg.）, *Deutsche Erinnerungsorte*, Bd. I a. a. O., S. 203.

② 魏玛郊区布痕瓦尔德（Buchenwald）是臭名昭著的纳粹集中营之一。此话出自里夏德·阿尔文（Richard Alewyn）之口, zitiert nach Dieter Borchmeyer, *Goethe* a. a. O., S. 203.

③ 这从一直耸立在魏玛的歌德、席勒雕像的姿势上也可以管窥一二：与歌德自信满满地手持月桂花环不同，席勒只是触摸着花环。

④ Otto Dann, *Schiller*, in：François, Etienne und Schulze, Hagen（Hrsg.）. *Deutsche Erinnerungsorte*, Bd. II a. a. O., S. 171.

⑤ Ebenda.

⑥ Ebenda, S. 172.

⑦ Marbach, 德国巴登-符腾堡城市，席勒的出生地。

⑧ Ebenda, S. 173.

席勒之所以产生如此之大的影响，除了他个人生活的传奇色彩（出身的平凡，从符腾堡公爵的专制统治下逃跑，陪伴着他一生的疾病与贫穷等）外，最重要的原因是他思想和文学创作主题代表了时代的最强音：在他的作品中，市民阶层民主运动的"五大核心问题"以文学主题的形式得到了体现：个体与人民的自由和诸侯专制制度之间的对立，如《强盗》（*Die Räuber*，1781）、《唐·卡洛斯》（*Don Karlos*，1787）等；以人权为标志对等级社会的批判，如《阴谋与爱情》（*Kabala und Liebe*，1784）；市民国家的建立，如《威廉·退尔》（*Wilhelm Tell*，1804）；女性在市民社会中的重新定位（例如他的戏剧和众多诗歌中的女性形象）；最后是法国大革命带来的经验与新的问题，如《三十年战争史》、《审美教育书简》（*Über die ästheitsche Erziehung des Menschen in einer Reihe von Briefen*，1795）等。[①]

这也就是说，席勒之所以能够成为德国几乎包括了各个阶层的广大民众接受和崇拜的对象——正如奥托·丹报道的那样，从19世纪一直到20世纪上半叶，每一次有关席勒的纪念活动都是一次盛大的民族庆典[②]——在很大程度上是政治原因。诗人反专制的立场、他对自由的追求以及他的爱国主义情怀在为他赢得声誉的同时，也成了鼓舞革命斗志的精神力量。他的诗歌在反拿破仑的解放战争中被争相传诵，又在"三月前"起着鼓舞革命者的作用。1830年，当席勒在汉堡的出版商尤里乌斯·坎普（Julius Campe）被奥地利政府告上法庭之际，后者公开发表了一篇题为《席勒的政治遗产》的辩辞。在前言中，坎普提这样表述了自己所肩负的传承席勒精神的使命："正当我昏昏欲睡的时候，头顶光环、满脸生辉的不朽者席勒出现在我面前。他对我说：'你要以诗意和散文的态度审查我的作品，仔细记录我论述

[①] Marbach，德国巴登-符腾堡城市，席勒的出生地。S. 174.

[②] 其中关于1839年由托瓦尔森完成的席勒塑像的揭幕典礼是这样写的：参加庆典的民众不可胜数（估计有三万人），媒体的反应也很热烈。直到今天，我们还能有幸读到图宾根教授科斯特灵（Köstlin）的报道："我们一开始问是谁在庆祝这个典礼，得到的回答是'民众'，更确切地说是第三阶级，那个在19世纪争取到了自己权利的阶级。"专门从民族层面谈到这次庆典的是另外一则报道："令这一天获得真正意义的是一种意识，即所有人都知道，全德国都在共同庆祝这个节日，而那些在现场或忙碌或陶醉的人只是全民族的代表。这座纪念碑正是为了表达敬意，为了颂扬这伟大的诗人而设立的。"Ebenda, S. 180.

诸侯、国家、人民及其追求和动力的章节，并把它作为我的政治遗产出版。'"① 由此可见，德国19世纪的席勒崇拜的典型意义在于，它不仅是一种真正意义上的民族崇拜，而且把诗人和诗人所代表的神话变成了德意志民族自我教育的范例和自我表现的催化剂。

到了20世纪下半叶，这种广泛参与的"席勒崇拜"走到了尽头。无论是在分裂时的联邦德国还是民主德国，或是在1990年统一以后的德国，席勒的政治意义都不复存在。这也意味着，在经历了两百年的风风雨雨之后，席勒最终回归了他的诗人身份，而对他的回忆从此也就有了新的形式和维度。具体而言，群众运动式的对席勒的回忆已一去不复返，现今，除去他在德国中小学语文课本中仍被保留的经典作家的地位，他更多的时候是日耳曼学学者研究和讨论的对象。

与歌德和席勒在德国的境遇大相径庭的是，海涅的"德国诗人"的身份一直到了20世纪末似乎才有了定论，尽管他的诗歌在德国早已是家喻户晓，被竞相传唱。在长达近一百五十多年的历史长河中，德国人中喜爱海涅的人固然有之，但反对、甚至辱骂他的人更是大有人在。他的作品在德国长期属于禁书，而每一次围绕着是否给他建立纪念碑的动议都会演变成一场激烈的争吵。1887年由奥地利皇后伊丽莎白（昵称茜茜）发起的要在海涅故乡杜塞尔多夫为他塑像的计划便是众多类似事件中的一例：虽然该市一开始专门成立了负责塑像的委员会，但计划最终不仅被搁置，还在全国引发了长达二十年的讨论。19世纪末是建造纪念碑的时代，但海涅却被认为不值得同其他伟大的德国人"在公共场合相提并论"。更为甚之，民族主义和反犹团体辱骂海涅是卖国贼，"维也纳大学的学生"在1893年的研究报告中强调，海涅不是德国人民的榜样和指路人："作为一个犹太人他无法理解德国的本质，分享我们人民的欢乐和痛苦。他有学习的天赋，但不能因此得到我们的感激，正如我们不可能给犹太支付报酬——作为一个丧失了故乡的人，他无法得到祖国的爱。他有的不是合乎情理的愤怒和高尚的痛苦，而是傲慢

---

① *Schillers politisches Vermächtnis. Ein Seitenstück zu Börnes Briefen aus Paris*, Hamburg, 1832, S. IX, zitiert nach Otto Dann, *Schiller* a. a. O., S. 179.

和讽刺。"①

海涅在德国受到的不公正的评价和待遇的例子还很多②，但仅此一例，就可以看出德国人对待海涅的态度中所包含的与自我定义相关的痛苦和矛盾。也就是说，评价海涅，除了政治因素，德国民族的身份认同和自我评价一直是一个纠结的核心点。于是，在不经意之间，海涅——正像米夏埃尔·维尔纳（Michael Werner）在他的文章中说的那样——成为了"德国人自身形态的纪念碑"③。

除了常见的对海涅的指责，诸如风格上的"轻薄肤浅"、"矫揉造作"、"堕落"、"分裂"等，引人注目的还有德国人对待海涅犹太人出身的态度，一些人对此不断加以影射甚至攻击，而另外一些人则又指责海涅"过度同化"。④ 诚然，不容否认的是，海涅本人在他的一生中对犹太教和自己的犹太出身充满矛盾的态度也似乎为这些指责提供了口实，比如他备受质疑地接受洗礼，这一举动非但没有给他带来他所期望的工作职位，也没有让他的内心趋于平静，反而进一步激化了他的危机感。从这个意义上讲，海涅的文学创作过程也是寻找同一性的过程，而他的"德国性"就像他的"犹太性"一样，是不能也无法否认的，如诗人本人所言："我知道，我是最德国的野兽之一。我只知道，德国性于我而言如同水对于鱼儿一般，我不能脱离这一生命要素。如果我——保留水的比喻——从德意志民族的水中跳出来，我肯定会——保留鱼的比喻——变成鱼干。我对德国的爱胜过世界上所有的东西，……就像我的两本书记录了德国歌曲那样，我的胸中充满了对德国的情感。"⑤

论及海涅在德国的接受，不能不提到的还有海涅及其作品长期被政治化的倾向。这一倾向在海涅生前曾导致德国当局对海涅作品的封杀，但也导致

---

① Michael Werner, *Heinrich Heine*, in: François, Etienne / Schulze, Hagen (Hrsg.), *Deutsche Erinnerungsorte*, Bd. I a. a. O., S. 484.

② 比如令人难以置信的是，杜塞尔多夫市在争论了很多年之后，几乎到了20世纪末才最终决定用亨利希·海涅的名字命名杜塞尔多夫大学。

③ Michael Werner, *Heinrich Heine* a. a. O., S. 486.

④ Vgl. Michael Werner, *Heinrich Heine* a. a. O., S. 494.

⑤ Zitiert nach Michael Werner, *Heinrich Heine* a. a. O., S. 492.

了第二次世界大战后冷战时期东、西德对海涅出于政治目的的"为我所用":"自 1958 年起联邦德国越来越倾向于,不能把这一研究领域拱手让给民主德国",与此同时,东德人则声称:"海涅不是从今天起,也不是由于肤浅的政治动机才属于我们的。"①

无论历史给了海涅多少磨难,但终究不能抹杀他是一位"伟大的德国诗人"这一事实。如果说,德国人自己对这一点的认识远远落后于世界其他国家的人民的话,那是因为这个民族本身长期处于自我认同危机之中的缘故。从这个意义上讲,海涅的磨难也是德国人自己的磨难,德国人海涅记忆中的矛盾同时也是德国人文化记忆中的矛盾。正因为如此,托马斯·曼在他的小说《绿蒂在魏玛》第七章中关于第三帝国和德国流亡者的影射也非常适合于更早时期的流亡者海涅:"不幸的民众啊,他们不会有好结果的[……]受到这样的遭遇是完全正当的,因为他们中间最优秀的人总是在流亡中,处在他们中间,只有在流亡中,在分散中,他们才会发扬自己身上的优秀的品质,为了民族的利益,他们是社会的中坚……"②

(二) 文学形象作为"记忆形象":以"犹太人徐斯"为例

迄今为止,文学通过它特有的虚构手段,创造出数不清的栩栩如生的文学人物。其中一些或源自神话故事,或出自童话和民间传说,比如渴望拥有知识却与魔鬼结盟的"浮士德"、爱上人间凡夫的女妖"温迪娜"(Undine)、能预卜未来、却无人相信的特洛伊国王的女儿"卡桑德拉"、天真可爱的"小红帽"、纯洁美丽的"白雪公主"等都是在不断地被重新演示中成为文学的"素材",获得某种象征性并不断得以传承。他们身上承载着民族文化的特殊记忆,而这种记忆又在不同的、新的文学演示中得到不同的阐释,从而生发出新的价值意义来。

在此,我们要讨论的却不是上述概念的"文学人物"——对此我们在

---

① Zitiert nach Michael Werner, *Heinrich Heine* a. a. O., S. 499.
② [德] 托马斯·曼《绿蒂在魏玛》,侯浚吉译,译文出版社 2006 年版,第 244—245 页。

下编中专门有两篇个案分析会专门涉及①——而是将目光投向"犹太人徐斯"（Jud Süß）这一形象和它在三百多年的历史中积累和沉淀下来的特殊的德国文化记忆。

与文学中的虚构人物不同，徐斯是历史上的确存在过的真实人物，其全名叫约瑟夫·徐斯·奥本海默（Joseph Süß Oppenheimer）。徐斯17世纪末②出生在海德堡市一个富裕的商人家庭，但一直有他是犹太人血统的母亲和信奉基督教的埃贝尔哈德·冯·海德斯多夫伯爵的私生子的传言。徐斯从小接受犹太教教育，却更擅长经商。后来，他结识了符腾堡王子卡尔·亚历山大公爵，后者登上王位后，他也随即进入了宫廷的权力中心，不仅成为大公的宠臣，还担任了财政顾问。徐斯利用他在符腾堡宫廷的身份，一方面制定了重商主义的经济政策，并要求减轻穷苦人的赋税；另一方面则对宫中任人唯亲的现象进行限制。徐斯的变革举措使他在政治上成为众矢之的。而他的保护人亚历山大大公的骤然离世则让他迅速踏上了灭亡之路：他于1737年遭受逮捕，经过一年多的监禁和审讯之后，最终以诈骗罪、侮辱公爵罪、背叛罪等一系列罪名被判处绞刑。值得注意的是，作为最早尝试同化的犹太人，徐斯真正认同和回归犹太教是在监狱中，换句话说，他是到了最后时刻才以一个悔过认罪的犹太教徒的身份踏上绞刑架的。与他本人这种处于变化之中的自我理解所截然不同的是，无论是在同时代人还是在后代人的眼中，他的身上都打着明显的印迹：犹太人徐斯。

"犹太人徐斯"身上负载着德国人对于犹太人的所有偏见：贪婪、残忍、堕落、淫荡、肮脏、狡猾、善于欺骗等等。如果说这些偏见在徐斯生前和死后都有广泛流传的话，那么，值得注意的，不是别的，而是文学作品让"犹太人徐斯"这一形象深入人心的。

纳阿玛·舍菲（Na'ama Sheffi）在她的《犹太人徐斯》一文中对此做了如下总结：

---

① 参见下编笔者关于巴赫曼的《温蒂娜走了》和刘海婷关于耶利内克的戏剧《白雪公主》和《睡美人》的个案分析。

② 关于徐斯出生的准确年代说法不一，一般认为可能是1692年到1693年，另一说为1698年到1699年。

事实上：在他生前和死后不久，就已经出现了一次对他的议论大潮，其中绝大部分都是些带有插图的诽谤文字、丑闻录、宣传单页、小日历本、连环画、各种故事以及剧本等。它们中有很大一部分涉及历史事件：正如字面意思，它们介于历史真实和艺术虚构之间。所有的文字都以这种或那种方式来强调他的犹太血统，换句话说，这些文字把重点放在他的异质性上。有一些甚至带有严重的反犹主义思想，名为《农民对话》的民间剧本就是一个例子，剧本主要描述几个农民用粗鲁难懂的语言在聊天。其中有一场表达的是，他们把犹太人看作是一种明显而又固定的象征，把他们看作是所有阴险、怪异、令人恶心的东西的总和。另外两本诗化小说发表于（对徐斯）执行绞刑前不久，尽管相比而言它们的描述更加接近事实，但就像其他作品所呈现给同时代人的一样，其内容也是负面的。接着便出现了那首《被绞死的徐斯——一个犹太人的诗》（1738），诗中涉及徐斯令人怀疑的出身问题，即他是一个诸侯情妇的儿子。像他的妈妈一样，他决定在信奉基督教的地区生活，然而，他却因此成了基督教徒的掠夺者，成了犹太的兄弟，这个比喻给他打上了反基督教的烙印。另一首诗叫做《徐斯的生平及其处决》（1738），共有二十八节。这首诗主要描写了对他的审判和宗教裁判所的调查过程，但并没有描写法庭审判过程，因为在作者看来，审判的结果要比过程更为重要。①

不过，以"犹太人徐斯"为素材的文学作品中最著名也最具代表性的当属威廉·豪夫 1827 年问世的中篇小说和利翁·福伊希特万格 1925 年出版的同名长篇小说《犹太人徐斯》（*Jud Süß*）。豪夫在他的小说中，描写了一位权力和享乐欲极强的犹太人形象，尽管作者借此谴责的是当时虚伪自私的市民阶层，但他在小说中塑造的令人憎恶的犹太人形象——不管他愿意还是不愿意——让他在某种意义上成了德国 19 世纪上半叶反犹主义的代言人。与豪夫的作品相比，福伊希特万格的小说获得了更大的成功，同时也受到了

---

① Na'ama Sheffi, *Jud Süß*, in: François, Étienne / Schulze, Hagen (Hrsg.), *Deutsche Erinnerungsorte* I a. a. O. , S. 426—427.

更多的关注。作为一名犹太作家,福伊希特万格在他的书中并没有回避德国人眼中的犹太人形象:勤劳精明,却也自负奸诈。但作者展现的更多的是犹太人的生存状态以及德国人对他们嫉妒兼蔑视的态度,并以此来影射魏玛共和国时期的现实①。福伊希特万格的《犹太人徐斯》出版后成了畅销书,同时也和豪夫的小说一样被译成了希伯来语,从而使得徐斯在另一个语境中显身为犹太人的殉道者。纳粹上台后,他们一方面把福伊希特万格的作品都列为禁书并取消了作者的国籍,另一方面则利用该小说的知名度,拍摄了宣传种族主义的电影《犹太人徐斯》。在电影中,徐斯再次被刻画成一个诡计多端、狡猾奸诈且处心积虑要混入德国社会的犹太商人,从而给纳粹提供反犹太人的道德标准。1940年9月24日,该影片在柏林首映,接着又在全国放映,造成了极坏的影响。正因为如此,才有了第二次世界大战后被称为"犹太人徐斯—审判"的对影片制片人和导演的审判。② 这也说明,对于"犹太人徐斯"的关注并没有因纳粹的倒台而终结,战后为数不少的研究和文学作品继续着对这一形象的特殊记忆,人们显然希望能将这一形象从种族主义的重压下解放出来,展现出一个接近真实的人物形象。这其中值得一提的是克劳斯·波尔(Klaus Pohl)1999年出版的剧本《犹太人徐斯》。

纵观"犹太人徐斯"由真实人物演变为文学形象的几百年复杂的历史过程,可以看出"异质性"是这一记忆形象的基本特征。也就是说,无论人们怎样描写他,他都首先是一个"他者",而对他的评判也在很大程度上反映出各个不同阶段德国人本身的世界观和价值标准。从这个意义上讲,"犹太人徐斯"的不断被记忆的确也是德国人自我身份构建的需要。因为一个民族的自我定位往往离不开"他者",或作为自我观照的镜子,或作为对话的伙伴,重要的是要吸取经验教训,纠正谬误,寻找方向。从这个意义上讲,"犹太人徐斯"在德国还会继续不断地被记忆,正像纳阿玛·舍菲所说的那样:

徐斯·奥本海默已经被当成一个象征和童话,他不会从德国人的意识中消失,这是可以理解的。人们不仅从客观的学术角度对他的历史进行研究,

---

① 尤其是曾担任魏玛共和国复兴部长和外交部长的犹太人政治家拉特瑙的被暗杀。
② 关于这场审判的前因后果参见 Na'ama Sheffi, *Jud Süß* a. a. O, S. 432—436.

而且也不乏艺术虚构的改编。然而，所有这些尝试，不管是出于善意还是客观研究，在很多方面都是对这一历史事件在相应的时代背景下所进行的新的改编。即使我们永远不能得知有关徐斯·奥本海默生活的历史真实，我们仍然能够确定，大量关于他的描述会引起德国社会对徐斯作为象征的阐释——由此，也可以间接地促进德国人和犹太人之间的思想交流。①

小结：文学作为民族文化的存储记忆和功能记忆

德语文学作为德意志民族的"文化记忆场"构成本章的基本出发点。由此出发，我们首先对德语文学自身的经典化过程和与之相关的价值选择标准进行了观察与讨论。从中可以发现，所谓的大范围意义上的19世纪（das lange 19. Jahrhundert），即从18世纪末的法国大革命开始一直到20世纪初，对于德国文化记忆具有关键意义的是民族和民族文化意识的形成。与这一过程相辅相成的是德国文学的机构化，其核心是文学经典的选择与建设。如果说，德国民族文学本身的建构就是一次大规模地对自己民族文化和文学的回忆过程，那么，这其中的主导者不是别人，而是市民阶层。鉴于德国市民阶层的特性——他们一方面追求自身的权利和利益，另一方面则惧怕革命，尤其是暴力革命——德国民族文化走了一条重"教育"之路：包括对民族的教育和对个体自身的教育。甚至可以说，"民族"和"教育"是19世纪德国社会崇尚的最高价值。这一点，不仅表现在与"古典崇拜"相关的所谓"纪念碑运动"中，更体现在文学内部，比如文学创作对于体裁的选择上。德国式的"成长与发展小说"，即所谓的"教育小说"在德国取得的无与伦比的成就便可以说明这一点。在另一种"记忆性"文学体裁"历史小说"中，"教育"同样是核心观念。只不过，与前者关注的个体的修养和完善有所不同，"历史小说"追求的是以史为鉴，即通过历史回忆来教育民众、弘扬民族精神，建构民族身份。分析表明，比起"教育小说"，这一体裁形式在德国的生成和变迁更反映出民族文化记忆中包含的标准性的、具有约束性

---

① 关于这场审判的前因后果参见 Na'ama Sheffi, *Jud Süß* a. a. O, S. 437.

的"价值倾向以及重要性落差"①的生成和变迁，如果说19世纪的历史小说的着眼点主要在于民族历史和身份的建构，历史因此被视为一种持续发展的过程，而当下则被视为这一发展的继续的话，那么，20世纪的历史小说则体现出一种回忆与反思并重的历史意识。就像在德布林那里，历史充满了断裂和荒谬，而在亨利希·曼那里，历史更衬托出法西斯统治的黑暗。

    从以"教育小说"和"历史小说"为例的体裁史的梳理中，我们可以发现，文学的回忆与文学本身的被回忆始终处于一种张力关系之中。德国法西斯对历史小说的利用，或者也包括他们在文学主题、人物和形象上的歪曲与篡改告诫人们：回忆包括文学回忆均不会自动提供判别标准，因此回忆必须与反思结合起来。但无论如何，文学因为它本身的积累是民族文化的储存记忆——本章通过"主题举例"和"文学记忆形象"的论述试图展示这一点。这其中也包括不同主题在不同时期所包含的价值观念。从这一点出发，每一部文学作品对主题的选择也都是对这一主题包含意义的回忆和重新书写，比如伦茨在他的《德语课》中对"义务"主题的演示，或者安娜·西格斯在《死者青春常在》中对"劳动"主题的展演，这也说明，除了存储功能外，文学同时也能充当更具反思性和批判性的功能记忆。文学的这一特性不仅表现在对体裁、主题和文学形象的选择和反思上，更表现在文学文本内部，而这也将是我们在下编中的研究重点，即通过对具体文学作品的个案分析来分析文学对记忆的演示以及文学回忆与民族价值观构建之间的互动和辩证关系。

---

    ① Vgl. Jan Assmann, *Kollektives Gedächtnis und kulturelle Identität*, in: Assmann, Jan / Hölscher, Tonio (Hrsg.), *Kultur und Gedächtnis* a. a. O., S. 13—15.

下编

个案分析

第 一 章
文学回忆对人的观照

对人的观照是文学回忆的核心。魏玛古典主义文学时期，文学回忆则主要是在建构，在歌德那里，这一建构的基础是文化记忆意义上的传统文化，这不仅包括古希腊、古罗马文化的精髓，也包括由德国贵族阶层保留下来的教育传统。与歌德基于传统文化基础之上的对普遍意义上的完整、和谐的人的思考不同，席勒关注的是在特定历史时期中行动着的人的矛盾，他回顾历史，但立足点则在当下。

个案一：歌德教育思想中的限定、保留与平衡[①]

内容摘要：本文试图从文化记忆出发，重新解读歌德反映在其长篇小说《威廉·迈斯特的学习时代》和自传《诗与真》中的教育思想，确切地说，是解读他的教育思想中一直以来不大为人们所重视的一面，即人面对世界时应持的自我限定态度和对文化传统维护和保留态度。这种追求平衡的教育思想的核心是人与世界的关系，具有整体性特征，其目的在于，以静对动，构建一个能与现代人求变求异的企求相抗衡的支撑点，如此前提下的教育思想追求的是一种辩证的合题：它注重人的发展，却警告他不要陷入人类中心主义，它不反对社会改革，却要求人们不要摈弃自己的文化传统。

[①] 本文曾作为阶段性成果以《限定、保留与平衡——歌德教育思想的再解读》为题发表在《外国文学》2007年第4期上。

关键词：文化记忆　人与世界　偶然性　自我限定　文化传统保留

"在文化传统通过教育机构得到社会保障的时候，艺术家们能够从对传统的批判和拒绝中为他们的创作获得重要的启迪；自 20 世纪末以来，这一传统却变得异常脆弱，于是，作家们开始反其道而行之，试图以个体的和独特的方式，连接最古老的文化记忆，来寻找（创作的）动力。"① 德国在文化记忆研究领域内享有盛名的阿莱达·阿斯曼的这一段话虽然是针对艺术家们的创作动力而言的，但也可以用来解释文学研究与经典对话的必要性和现实意义。这一观点构成本文的基本出发点：即以文化记忆为前提，重新解读歌德、尤其是反映在他的长篇小说《威廉·迈斯特的学习时代》和自传《诗与真》中的教育思想，更为确切地说，是解读他的教育思想中一直以来不大为人们所重视的一面，即人面对世界和文化传统的基本态度，从而挖掘歌德教育思想的整体性特征。

一

论及歌德的教育思想，学界迄今更多地注意到的是他的人在世界中和谐发展的思想（《威廉·迈斯特》），② 他"自强不息"的观点（《浮士德》）③

---

① Aleida Assmann, *Das Kulturelle Gedächtnis an der Milleniumsschwelle. Krise und Zukunft der Bildung* a. a. O. , S. 23.

② Vgl. Ralph-Rainer Wuthenow, *Das erinnerte Ich. Europäische Autobiographie und Selbstdarstellung im 18. Jahrhundert*, München: C. H. Beck, 1974, S. 204; Dazu auch: Mi-Suk Kim, *Bildungsroman-eine Gattung der deutschen und koreanischen Literaturgeschichte*. Inaugural-Dissertation zur Erlangung des Doktorgrades der Philosophie an der Ludwig-Maximilians-Universität München, Frankfurt am Main; Berlin; New York; Wien: Lang, 2001, S. 318.

③ 参见杨武能《何止"自强不息"！——"浮士德精神"的反思》，《外国文学研究》2004 年第 1 期。

以及对个体理想人格的追求（《诗与真》）①。很显然，这些思想均属于启蒙进步理念的范畴，而歌德受启蒙思想的影响的确是不可否认的。然而，如此单一地去看待歌德不仅无法揭示他的教育思想的全貌，而且会曲解歌德的本意。在《威廉·迈斯特的学习时代》和《诗与真》中，就有两个颇让人费解的问题：一是所谓的"偶然性"问题，二是贵族在市民出身的青年人成长中的作用问题。在上述两部作品中，歌德均不断指出了人的发展过程往往具有不可避免的偶然性。在《诗与真》中，歌德把自己的魏玛之旅最终能够成行很大程度上归功于偶然，而在《威廉·迈斯特的学习时代》中，偶然性则贯穿了迈斯特成长的全部过程，以至于小说终结时，弗里德里希面对迈斯特，得出了如下的结论："我觉得你像基士的儿子扫罗，他外出寻找他父亲的驴，而得到一个王国。"② 而迈斯特自己也总结道："在这个世界上只按个人的意志去奔波，是毫无结果的。凡是我要紧握的东西，我都不得不放开手，而意想不到的报酬却自己向我冲来。"③

除了偶然性问题外，贵族在市民出身的年轻人的成长过程中所起的作用同样引人注目。《威廉·迈斯特的学习时代》中，塔楼里的青年贵族们一直暗中观察并引导着迈斯特，既让他经受困惑与逆境的磨炼，又不失时机地予以帮助和指点，最后通过颁发结业证书的形式，正式接纳迈斯特成为塔楼组织的成员，以此宣告了他的学习时代的结束。如此一来，由青年贵族组成的塔楼组织便被赋予了某种教育主管部门的功能，而它的成员则显然起到了表率作用；事实上，迈斯特本人也的确视贵族为个人教养的典范，正像他在给妹丈威纳的信中所写的那样：

> 我若是一个贵族，我们的争论也许立刻化为乌有了；但是因为我只是一个平民，我必须采取一条独特的途径，希望你能够理解我。我不知

---

① 参见拙文《追求理想人格的自我写照——歌德自传〈诗与真〉解析》，《庆祝四川外语学院建校50周年学术论文集》，西南师范大学出版社2000年版。

② 歌德文集第二卷，《威廉·麦斯特的学习时代》，冯至、姚可昆译，人民文学出版社1999年版，第578页。

③ 同上书，第564页。

道，外国的情况如何，但在德国只有贵族才有可能享受到某种——如果允许我说的话——个性的教育。①

在此，人们不能不注意到歌德与他同时代的安东·菲利浦·莫里茨之间在对待等级社会态度上的区别。后者在他的自传小说《安东·莱瑟尔》中，表达了他对现存的等级差别的难以忍受和不理解：迫于生计，他不得不给一位贵族青年授课，对方付给他工钱之后客气地请他出门，于是他仰天自问："生前究竟做了什么错事，使得他成不了这样一个一大群人围着他转、都讨他欢心的人。为什么他恰恰就得到了一个劳动者的角色，而另外一个人却是支付者？"② 与莫里茨的愤慨不同，歌德对等级制度采取了一种认可和接受的态度，不仅称他"对上层阶级的态度是满怀好意的"③，而且为《少年维特的烦恼》发表之后他本人与贵族阶层之间的关系的改善感到欣慰。就德意志当时的普遍情况而言，歌德也认为，"在德国差不多还没有一个人对这个享有特权的巨大集团既羡且妒，也没有人对他们的幸福的世俗的优越地位心怀不满。"④

阿莱达·阿斯曼在她的《千年门槛上的文化记忆——教育的危机与前途》一书中专门就这一具有时代特征的现象进行了论述，指出当时德国正在发生的一场"从出身原则到绩效原则的社会等级"或"从老的地位贵族到绩效贵族的"的转变。⑤ 这样一种转变，在《诗与真》里的确能够找到印证；在那里，歌德这样写道："中产阶级专心从事商业和学术，他们借此和

---

① 歌德文集第二卷，《威廉·麦斯特的学习时代》，冯至、姚可昆译，人民文学出版社 1999 年版，第 266 页。

② Karl Philipp Moritz, *Anton Reiser. Ein psychologischer Roman*, Köln: Könemann, 1997, S. 336.

③ 歌德文集第五卷，《诗与真》（下），刘思慕译，人民文学出版社 1999 年版，第 764 页。

④ 同上书，第 763 页。

⑤ Aleida Assmann, *Das kulturelle Gedächtnis an der Milleniumsschwelle. Krise und Zukunft der Bildung* a. a. O., S. 16.

与之有密切关系的技术，提高自己的地位，却得到与贵族相颉颃的力量"①。在此基础上，歌德还引用了冯·赫顿公爵的自白，从而从另外一个角度反映了这一社会趋势："那些出身最下层阶级"的人，经过努力"而致身显贵"②。正是在这样的关联之中，歌德强调了贵族在教育方面享有的优势，强调了他们的"精神文化"（geistige Kultur），认为：不仅时代进步带给贵族们很大的影响，而且"他们又能通过文学和哲学的研究，来培养人才，使他们能够站在一个虽然对现状不太有利而高超的立场上"③。

歌德对社会等级的认可虽然不可否认地在某种程度上反映了他思想上和政治上的局限性，但却也不是简单地用这样一句断言便可以解释得了的。就本文所关注的歌德的教育思想而言，需要讨论的问题就包含了如下两个方面：其一，既然个体的个性发展和自我塑造是"可计划的、向上延伸并有目的的"④，那么，对歌德的一再提及的个体成长过程中的偶然性应该作何解释？其二，18世纪末、19世纪初，由于德国的社会、政治、经济发展均远远落后于西欧其他国家，作为新兴的社会力量，市民阶层还处一种十分软弱的地位，尽管如此，贵族在政治、经济诸多方面已经开始失去影响；那么，是什么原因促使歌德将这一阶层视为市民出身的青年人自我教养的典范？而这一教育观又应当放在一个什么样的框架之中去理解呢？

二

歌德教育思想的核心是他的关于人与世界之关系的思想；无论是对于《威廉·迈斯特的学习时代》还是对于《诗与真》，这一思想均具有重要意义。歌德认为，人只有在世界中并通过世界去感受自我。一方面，他重视个体自身的力量；另一方面，他赋予了世界以影响并造就个人的功能，正如歌

---

① 歌德文集第五卷，《诗与真》（下），第763页。
② 同上书，第766页。
③ 同上书，第763页。
④ Petra Frerichs: *Bürgerliche Autobiographie und proletarische Selbstdarstellung: Eine vergleichende Darstellung unter besonderer Berücksichtigung persönlichkeitstheoretischer und literaturwissenschaftlich-didaktischer Fragestellung*, Frankfurt/Main: Haag und Herchen, 1982, S. 59.

德在《诗与真》中所说的："事实上,时代给予当时的人的影响是非常大的,我们真可以说,一个人只要早生十年或晚生十年,从他自己的教养和他对外界的影响看来,便变成完全另一个人了。"① 《威廉·迈斯特的学习时代》中也有类似意义的一段表述："我们所遇到的一切都会留下痕迹,一切都不知不觉地有助于我们的修养……"②

假如说,对个体追求自由和发展的重视完全符合德国18世纪末、19世纪初的精神思潮的话,那么,将现实世界视为与人互为两个对立的独立体并强调世界对于人的反作用却是歌德所独有的。这里,世界对于人及其成长的影响并不全然是正面的、具有促进意义的,而完全有可能是限定性的,甚至是妨碍性的。人所不能解释也无法左右的偶然性便属于这一范畴。如此一来,在歌德那里,奋发上进的市民阶层的人自启蒙运动以来主宰世界改造世界的绝对要求便在一定程度上被消解了,而包括大自然在内的(客观)世界的独立性则得到了维护和保留。

世界的独立性首先表现在它自身的规律性之中。对于成长中的个体而言,这一点具有双重意义:一方面,世界是他通向自我的道路,因为他"只有在认识世界的情况下"③ 才能够认识自我。但与此同时,世界却并不完全为人所控制和掌握。应当说,这样理解的世界已完全不同于狂飙突进时期的世界;那时,世界是束缚个体并限制其自由的"敌对"的社会权力,人要想获得发展,就必须与之抗争,而这一抗争完全有可能以失败而告终,正像《少年维特的烦恼》中的主人公所遭遇的那样;到了《威廉·迈斯特的学习时代》和《诗与真》中,世界却成了人不可缺少的伙伴,它是人自我修养的前提和条件,但不屈从于人的意志。这一对世界的理解与歌德对于大自然的整体观相一致:一方面,他并不反对为了人类的利益而开发大自然(正如歌德在《浮士德》中所表达的那样);另一方面,他则宣扬对大自然

---

① 歌德文集第四卷,《诗与真》(上),刘思慕译,人民文学出版社1999年版,自序,第3页。

② 歌德文集第二卷,《威廉·迈斯特德学习时代》,第397页。

③ Johann Wolfgang von Goethe, *Werke Kommentare und Register*. Hamburger Ausgabe in 14 Bänden, München: C. H. Beck, 1982, Bd. 13, S. 38.

的非暴力利用,而在歌德那里,这同时也就意味着不对人自身的思想实施暴力。①

世界是有规律的,但同时又充满了偶然,而人的极限则正是在这规律与偶然的交替作用之中凸显出来;歌德称后者为"魔力":

> 这一个魔力虽然能够凭着一切有形和无形的东西儿显现出来,并且在动物身上起着极显著的作用,但特别在人类身上起作用时,却极奇妙神秘之至,它形成一种势力,纵然不是与世界的道德秩序争相反对,也与它相交叉,所以我们可以把世界的道德秩序称为"经",而把这种神魔似的力量称为"纬"。②

歌德虽然否认这种"神魔之力"与世界的道德秩序构成一对矛盾,认为它们仅仅是相互交叉,并在交叉过程之中形成张力,但他强调,这种既不属于神、也不属于人,既不具恶魔性、又没有天使性质的东西"与偶然相似,因为它显不出有什么联系;它又与天道神意相似,因为它暗示有因果关系"③。歌德认为,这种魔力"不能通过判断力与理性来解明",他承认:"它不符合我的心性,但我却臣服于它。"④

人们感受到歌德借此所发出的警告:人不可以为所欲为。在技术和自然科学不断发展的大背景下,歌德显然是看到了某种危险,这便是:现代人在失去宗教信仰的约束之后,他有可能失去节制,走向极端。也就是说,在他宣告了神的不存在之后,他自己却有可能试图取而代之,将自己变成神。因

---

① Vgl. Claus Günzler, *Bildung und Erziehung im Denken Goethes. Philosophische Grundlagen und aktuelle Perspektiven einer Pädagogik der Selbstbeschränkung*, Köln, Wien: Böhlau, 1981, S. 26—27.

② 歌德文集第五卷,《诗与真》(下),刘思慕译,人民文学出版社 1999 年版,第 837 页。

③ 同上书,第 856 页。

④ Johann Peter Eckermann, *Gespräche mit Goethe in den letzten Jahren seines Lebens*, Berlin und Weimar: Aufbau, 1982. S. 405. 朱光潜先生将"das Dämon"译为精灵。参见《歌德谈话录(1823—1832)》,朱光潜译,人民文学出版社 1982 年版,第 235 页。

此，在歌德看来，人必须认识到他的极限，他必须学会敬畏，敬畏自然，敬畏他所不能解释和完成的事情，并随时准备"放弃每一个习以为常的财物，远离我们即使再热切不过的愿望"①。需要指出的是，歌德在《诗与真》中对他本人的生活道路的描述表明，如此意义上的"断念"并不是消极颓废，不是听天由命，而是相反，是一种自觉的、面向未来的选择。这一点也适用于人面对偶然应取的态度：既要敬畏人力所不能及的事物，却又不能放弃对自身命运的把握，正像《诗与真》中的"我"一样，虽然也顺应"命运"的安排，接受了去魏玛的邀请——且不说这正是年轻的歌德当时所期盼的——然而驾驭生命之车的人，是一个自信而依然故我的人。作者在《诗与真》结尾处引用的他的剧作《埃格蒙德》中的道白，便恰如其分地抒发了这样一种情怀：

> 孩子，孩子，不要说下去了！光明的白驹像是不可见的幽灵鞭策那辆拽着我们命运的轻车走了，时而左，时而右来闪避这儿的石头，躲开那儿的悬崖……②

正因为如此，不能将歌德一再强调的偶然性与非理性联系起来；它是歌德关于人与世界思想的有机组成部分，同样具有教育的力量：正因为人并不能够预测一切，控制一切，那么，他就应当懂得"幸福"地限制自己，在"生命的每一刹那"，寻找到与自己"相适应"的东西。③ 应当说，如此理解的教育并不完全等同于发展，因为人不仅要能够奋力向前，也要能够在必要的时候及时止步和停留，要在提出要求的同时学会放弃。经常有学者谈到歌德教育思想中的和谐，笔者认为，这里的和谐，与其说是指自我与世界之间的关系，更不如说指的是对世界关系之中促进性因素与限制性因素之间的协调。

---

① HA Bd. 6, S. 185.
② 歌德文集第五卷，《诗与真》（下），第849页。
③ 参见歌德文集第四卷《诗与真》（上），第239页。

三

属于世界关系的除了大自然还有文化。在德国，关于文化与教育的关系，提法不一，媒介说有之，基础说也有之[1]，即使在歌德本人那里，文化的内涵也在不断地变化着，正如有论者所言："歌德往往以不同的含义谈到文化。"[2] 本文无法对所有这些观点的差异作出评述，但文化的教育意义，文化与教育之间的密切关系却是人们所公认的。[3] 而笔者看来，贵族在市民青年个体成长中的榜样意义恰恰可以放在这样一种关联中去解读。因为，在歌德确定贵族为市民阶层青年自我教养的榜样的同时，他也赋予了后者以文化代表的身份。不过需要明确的是，歌德在《威廉·迈斯特的学习时代》中所展示的并非普遍意义上的、而是特定的贵族形象。它不是伯爵城堡中那些整天只顾享受、碌碌无为、虚荣的人们，这些人"只讲究排场、只注重外在形式的生活方式"[4] 与其说让迈斯特羡慕，不如说令他困惑。而真正让威廉觉得值得效仿的，应当是塔楼组织里那些追求实干的青年贵族和他们的生活方式。

追求实干并服务于他人是塔楼组织的重要原则。当威廉·迈斯特迷恋舞台，幻想通过舞台体验来与自己崇尚的英雄"融合为一个人"的时候[5]，是塔楼的成员雅诺规劝他放弃幻想，步入实际生活。与此同时，歌德表明，即

---

[1] Vgl. Georg Bollenbeck, *Bildung und Kultur. Glanz und Elend eines deutschen Deutungsmusters*, Frankfurt am Main und Leipzig: Insel 1996, S. 96 und Aleida Assmann, *Arbeit am nationalen Gedächtnis. Eine kurze Geschichte der deutschen Bildungsidee* a. a. O., S. 30f.

[2] Georg Bollenbeck, *Bildung und Kultur. Glanz und Elend eines deutschen Deutungsmusters* a. a. O., S. 131.

[3] Claus Günzler 认为，在人与世界的关系中，与歌德轮廓清晰的自然观相比较，文化的作用显然要模糊一些。Vgl. Claus Günzler: *Bildung und Erziehung im Denken Goethes* a. a. O., S. 38.

[4] Jürgen Jacobs / Markus Krause, *Der deutsche Bildungsroman. Gattungsgeschichte vom 18. bis zum 20. Jahrhundert*, München: C. H. Beck, 1989, S. 90f.

[5] 歌德文集第二卷，《威廉·迈斯特的学习时代》，第 195 页。

使贵族出身也要像迈斯特那样经历一个漫长的学习时代。按照书中阿贝的观点，"如果人们要在某个人的教育上有所成功，那就必须首先看到这个人的爱好和愿望是什么；了解清楚了，人们必须把这个被教育的人放在一个合适的环境里，他的爱好才能尽其可能地得到满足；或者在这个环境里尽其可能地随其所愿，如果发现她误入迷途了，他好能够及早地认识它的错误，如果他一旦遇到了对他合适的东西，他也就能比较热心地钻研它，而且比较勤勉地修养身心。"① 阿贝的这一观点，不仅被运用在威廉·迈斯特身上，同样也被应用在所有的塔楼组织的其他贵族出身的人身上，而他们也像迈斯特一样在达到要求之后获得了结业证。

无须赘言，人们在这里观察到的是一种相向而对的发展：在迈斯特看来，贵族注重精神的生活方式值得羡慕和追求，而塔楼组织的青年贵族们则努力实践某种有用的、实干的生活方式。卢卡契将这种相互接近的发展过程总结为"进步贵族的代表与有教养的市民阶层的代表的融合"②。在这一过程中，人道主义的价值观和传统的行为方式得到保留：仁爱，宽容，乐于助人，有见地的谈话，敏感而注重他人感受的交往方式等等。人的自我教养的目标则是要实现善与美的结合，为此，歌德不仅将迈斯特眼中的"女英雄"纳塔丽亚描述成为善与美的化身，而且在几经周折之后，让后者成了迈斯特的未婚妻；而迈斯特本人，他的本性的善良和"诚挚"上最后增添了一种"美"，如同威纳所看到的那样，他的朋友"变得更高、更强壮、更挺拔了，他的本性更有修养，他的举止更为雍容了"③。

歌德曾经对巴伐利亚内务部教育总参议尼特哈默（Niethammer）编撰一部"德意志民族之书"④的建议表现出极大的兴趣，认为应当建构某种文化中心，以便"用同一种方式，同一种思想"⑤ 教育每一个德国人；在《威

---

① 歌德文集第二卷，《威廉·迈斯特的学习时代》，第 394 页。
② Jürgen Jacobs / Markus Krause, *Der deutsche Bildungsroman* a. a. O., S. 91.
③ 歌德文集第二卷，《威廉·迈斯特的学习时代》，第 470 页。
④ Vgl. Aleida Assmann, *Arbeit am nationalen Gedächtnis. Eine kurze Geschichte der deutschen Bildungsidee* a. a. O., S. 35.
⑤ Zitiert nach Aleida Assmann, *Arbeit am nationalen Gedächtnis* a. a. O., S. 34.

廉·迈斯特的学习时代》中,歌德似乎不仅"悄无声息地取消了"① 市民与贵族之间的阶级鸿沟,更为重要的是,他在传统文化的基础之上建立起了一个贵族和市民都能够认同的、新的文化基础。也就是说,歌德以文学的方式表达了他的关于"以文化为途径的社会融合"② 的思想。从这个意义上讲,迈斯特的成长之路也是一个文化融合的过程。借助阿莱达·阿斯曼关于文化记忆的论述,可以把这一过程描述为市民出身的个体对文化记忆的吸取和参与的追求。③ 倘若说,歌德在这里赋予了传统文化价值以重要的作用,那么,他所着眼的显然不仅仅是单个的人,而是那个时代的整个德意志民族:在政治中心缺席的情况下,那么至少应当重视并共建历史和文化记忆,如同他在《诗与真》中所表达的:"以巧妙的手腕把史实文艺化,使国民对于本国的历史有新的回忆……"④

总的来说,歌德的教育思想中不仅包含了建立在启蒙进步观念上的对个性的重视,但同时也包含了一种面对世界和文化的自我限制与保留的态度。也就是说,人不能视自己为无所不能的神,不能超越自己的界限,企图成为"大地的主宰"⑤,而应当在自我教养的过程中,将"天生的与获取到的,固定的与变化的,必然的与偶然的,个体与环境"⑥——还可以补充的是——善与美、现时的与传统的结合起来,以促成一种和谐的整体的诞生。换句话说,人与世界的关系是一种辩证的关系,歌德之所以强调限定与保留,目的在于构建一种平衡,以静对动,构建一个能与现代人的求变求异相抗衡的支撑点,如此前提下的歌德的教育思想追求的是一种充满辩证思想的合题:他注重人的发展,鼓

---

① Jürgen Jacobs / Markus Krause, *Der deutsche Bildungsroman* a. a. O., S. 91.
② Aleida Assmann, *Arbeit am nationalen Gedächtnis*. a. a. O., S. 35.
③ Aleida Assmann, *Das kulturelle Gedächtnis an der Milleniumsschwelle* a. a. O., S. 6.
④ 歌德文集第五卷,《诗与真》(下),第 765 页。
⑤ Jürgen Oelkers, *Die Herausforderung der Wirklichkeit durch das Subjekt. Literarische Reflexionen in pädagogischer Absicht* a. a. O., S. 141. 俄勒克尔斯在其书中分析了歌德《诗与真》中的"普罗米修斯"主题,认为这一主题展示了人类试图把自己当作神的倾向。
⑥ Claus Günzler, *Bildung und Erziehung im Denken Goethes* a. a. O., S. 22.

励人的能动性，却警告他不要陷入人类中心主义，他主张社会改革，却要求人们不要摈弃自己的文化传统。

从政治上看，人们尽可批评歌德的教育理念是保守的、落后的，起码是不现实的，因为它将那些还要为每日三餐犯愁的人们一并排除在了视野之外。尽管如此，这一注重自然、注重传统的教育思想的重要性和现实性却是不言而喻的，因为它要求重新发现世界的独立性，从而纠正了工具理性的目的至上观。

按照阿莱达·阿斯曼的说法，"凡是在社会正在实现现代化的地方"，教育"就是现实问题"，[①] 歌德的教育思想的现实意义在于此，重新解读文学经典的意义也在于此。

个案二：歌德《托夸多·塔索》中的文化记忆（丰卫平）

内容摘要："天才与生活的失衡"——这是歌德本人对其戏剧作品《托夸多·塔索》的阐释。倘若将该剧纳入德国魏玛古典文学的视阈之中来观照，在18世纪德意志民族同一性构建的框架之内来分析文本、阐释作品，有可能使我们更加了解德国魏玛古典文学时期的核心思想及该时期德意志民族文学在构建民族同一性这一过程中的价值。此外，这也使我们进一步认识德国古典文学时期与古希腊罗马古典时期的关系，即德语文学对欧洲文化共同源头的记忆、传承及演绎。

关键词：歌德 《托夸多·塔索》 文化记忆 民族价值 和谐完美的人格

18世纪，德国在古希腊罗马文化研究领域跃升到欧洲领先地位。在此方面德国人比欧洲其他民族要晚很久，但也正因如此而更加充满了热情。对德国古典研究起决定作用的名字是温克尔曼（1717—1768），他第一个认识

---

① Aleida Assmann, *Arbeit am nationalen Gedächtnis*. a. a. O., S. 15.

到了艺术发展和普遍的文化和政治发展之间的紧密关系。他认为，希腊文化在所有方面的成就被认为是绝对典范和不可超越的。其时，人们对古希腊文化新的热情远远超越了语文学范畴。全面的古代文化研究的对象和目标在于，尽可能完整地认识所有表述中永恒的理想——希腊文化，并通过传播这种理想实现对人的全面塑造。洪堡（1767—1835）使其成为普鲁士全新教育理念的基础，教育的目标在于培养完整、和谐的人格。在文学领域，温克尔曼的思想影响了这一时期德国最伟大作家的创作，比如赫尔德（1744—1803）、莱辛（1729—1781）和歌德等，并由此而发动了新的一轮对古典文学具有美学特征的接受，尤其是荷马和索福克勒斯的作品。此时，"德国文学的基本走向是使德国文学融入以古希腊罗马为源头的欧洲主流文学之中，并在欧洲主流文学的框架内创立德意志自己的民族文学。"①

所谓"古典的"，有时代的限制，是历史性的存在，同时又具有永恒的价值。总之，古典文化是财富，其中蕴含了人类某些永恒的价值，而这些永恒价值也正是18世纪政治上尚未统一、国家形态缺失的德意志民族构建民族同一性的核心。在18世纪的德意志，许多学者就意欲利用这些永恒价值来教育相对欧洲其他民族在思想和精神上起步较晚的德国人，全面塑造他们的人格，使其完善、和谐，因为"每一充满内在活力的时代都与恒久的人类价值建立一种新的、创造性的关系"②。

在歌德那里寻找有关文本问题的启发，有可能使我们更加了解德国古典文学时期的核心思想及该时期德意志民族文学在构建民族同一性这一过程中的价值，也使我们进一步认识德国古典文学对欧洲文化共同源头的记忆、传承及演绎。18世纪的德国不具有统一的政治形态，歌德对政治上的问题保持缄默，因为他清楚地意识到，德国人要实现民族的统一，唯有完善思想，创建民族文学及民族文化。③ 德意志"民族文化"的载体理所当然是德国人，

---

① 范大灿《德国文学史》第2卷，第5页。

② Karl Reinhardt, *Die Klassische Philologie und das Klassische*, in: Werner Jaeger (Hrsg.): *Das Problem des Klassischen und die Antike*, Leipzig-Berlin, 1931, S. 349.

③ Vgl. Peter Boerner, "*Sie mögen mich nicht! Ich mag sie auch nicht!*" - *Goethe über die Deutschen*, in: Helmut Scheuer (Hrsg.), *Dichter und ihre Nation*, Frankfurt am Main: Suhrkamp, 1993, S. 144—145.

在歌德看来，主要是上流市民及部分贵族出身的有文化之人①，诚如他作品中所塑造的人物那样。歌德文学创作的主旨也在于教育德意志"民族文化"的载体，使其拥有完美和谐的人格，其教育思想"包含了建立在启蒙进步观念上的对个性的重视，同时也包含了一种面对世界和文化的自我限定与保留的态度。……目的在于构建一种平衡"②。在此，"记忆行为不是保存，而是建构"③，也即，歌德在古典时期的文学创作不是单纯地回忆古希腊文化，而是一种"认知"④，因为他通过对古希腊文学的创造性运用，来构建德意志民族的民族文学，是"在叙述中通过叙述来构建原型及叙述者的身份"⑤。

德语文学史上通常将《伊菲格妮在陶里斯》、《哀格蒙特》和《托夸多·塔索》看作是歌德在德国古典文学时期的主要戏剧代表作品，人们认为这些作品体现了歌德在这一时期的思想和艺术风格。《伊菲格妮在陶里斯》最能表现歌德对古希腊文化的崇尚，伊菲格妮这一角色体现了完美、崇高的人性和人道主义思想。《哀格蒙特》一剧中的中心人物哀格蒙特在剧中追求善、美的人性，而在政治斗争中这些善、美的人性却导致了他的毁灭，该剧既非历史剧，也非政治剧，仍然是以探讨人性为主题。⑥《托夸多·塔索》（以下简称《塔索》）讲述一个诗人的故事，歌德在该剧中着重描写了诗人的内心生活及其与周围环境的格格不入所导致的个人毁灭。总之，这三部作品都是以人及人性为主题。

在此，笔者以戏剧《塔索》为例分析歌德对古希腊文化的记忆。《塔

---

① Vgl. Peter Boerner, "*Sie mögen mich nicht! Ich mag sie auch nicht!*" - Goethe über die Deutschen, in: Helmut Scheuer (Hrsg.), *Dichter und ihre Nation*, Frankfurt am Main: Suhrkamp, 1993, S. 146.

② 冯亚琳：《限定、保留与平衡——歌德教育思想的再解读》，《外国文学》2007 年第 4 期，第 91 页。

③ Siegfried J. Schmidt, *Gedächtnis-Erzählen-Identität*, in: Aleida Assmann / Dietriech Harth (Hrsg.), *Mnemosyne. Formen und Funktionen der kulturellen Erinnerung* a. a. O., S. 378.

④ Ebenda, S. 379.

⑤ Ebenda, S. 389.

⑥ Vgl. Paul Böckmann, *Goethe · Egmont*, in: Benno von Wiese (Hrsg.), *Das deutsche Drama. Vom Barock bis zur Gegenwart (I)*, Düsseldorf: August Bagel, 1958, S. 148—149.

索》是公认的形式完美的古典戏剧，这不仅体现在作品所使用的抑扬格韵文和剧本的结构上，《塔索》一剧中独特的、为增加紧张气氛使用的希腊化的轮流对白也是阿提卡悲剧特有的艺术形式，在索福克勒斯的悲剧作品中是展示人物内心决断最具表现力的方法。在《塔索》里这一方法比在看起来更加希腊化的《伊菲格里亚》里表现得更明显。形式的东西通过作品之间的对比很容易找到类似的地方。不过，下文更主要从内容上论述歌德的《塔索》一剧与古希腊文学的接触。

人们对《塔索》一剧的阐释多种多样。一般认为，剧本反映的是天才与社会道德、习俗的矛盾冲突，或者如歌德自己所言，《塔索》展示的是"天才与生活的失衡"。此外，人们从"诗人问题"及歌德自身的经历来阐释作品，《塔索》展现的就是诗人的悲剧性存在，诗人塔索注定不能与俗世和解。笔者认为，此类阐释仍未穷尽《塔索》的内涵，仅局限于作品本身的内容和作者的经历，因而存在对作品认识的片面性。倘若将其纳入德国古典文学这一时期及德国文化史的视阈之中来观照，依托文化记忆理论，在18世纪德意志民族同一性构建的框架之内来解读作品，会使人更清楚地认识歌德古典文学时期文学作品所体现的文化记忆功能。

一

《塔索》一剧的主人公原型是16世纪的意大利诗人塔索，其他角色有费拉拉的公爵阿尔丰索、公爵妹妹公主列奥诺拉、伯爵夫人列奥诺拉和国务大臣安东尼奥。倘若我们仅仅关注剧情的发展，有可能对人物的理解过于片面。在该剧中，塔索之外的其他人物不仅仅是陪衬，他们的存在是为了凸显诗人的性格特征。

在剧情一开始，读者或观众从其他人物的对话中了解了塔索的性格以及他们对诗人的态度。在第一幕第一场里，伯爵夫人在公主面前称颂一番塔索的诗人才气后说他是一个"怪人"，"在他自己所划的魔圈里彷徨"。[1] 不

---

[1] ［德］歌德《托夸多·塔索》，钱春绮译，人民文学出版社1984年版，第377页，下文中引用时仅给出页码。

过，所有人从一开始并未排斥他，大家都关心他、爱护他，赞美塔索的诗人天赋，尽管他们都努力地使这个天才适应社会的游戏规则或者各有所图。公爵早就熟知"他不爱和人交往，专喜孤独，这是他一向所具有的老毛病。他逃避各色各样的人群，情愿独个儿自由自在地跟他自己的心灵对谈，……他连知己朋友的圈子也要躲避，……"（《塔索》，第381页）。他不仅躲避人世，而且好猜忌。他的信件被送错，或者他的仆人到别人那里去听使唤，他都会认为是"存心"、是"出卖"、是"诡计"。可是，周围的人仍然友好、耐心地劝诫塔索，使他能"入世"，大家都高兴地伸出手去"扶他"。正如公爵所言："高贵的人不能在狭隘的圈子里获得他的教养。祖国和世界必须对他起影响。他应当学会不计较毁誉褒贬。他必须具有正确的知己知彼之能。孤独再也不能取悦他，使他安睡。……青年人在战斗中磨炼，会认识自己，不久就自知成器。"（《塔索》，第383页）这是公爵的教育目标，他希望具有诗人天才的塔索能成为一个性格沉稳、随和的人。而伯爵夫人也认为："'才能'可以在寂静之处培养，人格却须在人世波涛中形成。"（《塔索》，第383—384页）当塔索向公爵献出他已完成的诗作，公爵、伯爵夫人和公主都大加赞美，公爵甚至示意公主将戴在诗人维吉尔头上的桂冠摘下来给塔索戴上，塔索犹豫着戴上花冠，"陷于狂喜"。

紧接着，剧中被认为是塔索的对立面的国务大臣安托尼奥的出场打破了这暂时的和谐。两人的对立性从安托尼奥的言词中透露出来："你几时能从你的世界之中看我的世界，就会真正地看清我。"（《塔索》，第397页）文学评论中多见关于这两者的对比阐释，在此无须赘言。大多数评论都未能从整体上来理解剧中的角色，忽略了歌德对整体人格的塑造。在第二幕第一场中，从公主和塔索的对话中，我们可以看出塔索对安托尼奥的不满、害怕、嫉妒，而公主力劝塔索不要抗拒安托尼奥，不要"求全责备"，要和他成为朋友。公主苦口婆心地告诉塔索，固守"孤独"、不结交朋友"会引诱我们通过寂寞的丛林、僻静的山谷继续彷徨；感情越来越放纵不羁，极力想把在外界不能觅得的黄金时代在他内心里重新恢复起来，这样的企图是很难得到成功的。"（《塔索》，第416页）当塔索认为"只要合意，都行"，她告诫道："只要符合规矩，都行。"（《塔索》，第417页）

塔索成天陷于诗人的沉思、内省之中，不谙世事，安托尼奥却认为：

"只要是有所裨益,能够埋头于自我内省,倒也是可喜的事。但内省不能使人认识其内里,因为,他用自己的尺度自量,有时太小,有时可惜又太大。人只有在众人之中才认清自己,实际生活教人认识自己的真面目。"(《塔索》,第 428 页)安托尼奥始终以一个长者身份认为,塔索年少浮躁,见闻不广,阅历不深,"良好的教养可以使你走上更好的正道"(《塔索》,第 434 页)。伯爵夫人劝说塔索要宽容待人,不要怀疑他人的好意。可是塔索认为所有的人都"织成宫廷罗网"加害于他。在他的臆想中,他觉得他的"全部命运"和"幸福大厦"都崩塌了。尽管公爵坚持塔索留在费拉拉有他个人的目的,但他最后仍然是极具耐心地对塔索说:"你使许多人能够加倍地享受人生的乐趣;我希望你能够认识人生的真价,这人生你还保持得十分丰富,十倍于常人。"(《塔索》,第 514—515 页)可是,塔索自己认为,他受尽了这里所有人的愚弄和欺骗,最后当他误解了公主的好言相劝而向公主表白自己的爱慕之情时,终于使自己陷入疯狂的境地。直到剧终,安托尼奥仍然不厌其烦地劝说塔索:"你总是想象你受到敌人包围,……你那躁急的性情易使你从一个极端走另一个极端。仔细想想,抑制住你的愤慨!……你如果觉得完全茫然自失,请跟别人比比!认清你自己!"(《塔索》,第 524、527、529 页)

二

塔索未能"认清自己",正如歌德笔下的其他角色,塔索对自己命运结局"负有一半责任",歌德是刻意让他的"天才"与他自身的"罪责"相联系的。① 如上文的分析表明,诗人塔索极度孤僻、离群索居,在维特身上也表现了这种极度孤独所导致的危险性。塔索的诗人气质使他错误地认识现实,沉湎在自己主观—理想化的文学创作中,并非仅仅是客观外部环境造成了他不幸的命运,而在于他个人的性情、禀性。只不过,"环境促使其隐藏

---

① Vgl. Elizabeth M. Wilkinson, *Torquato Tasso*, in: Benno von Wiese (Hrsg.), *Das deutsche Drama. Vom Barock bis zur Gegenwart* (*I*) a. a. O., S. 214.

的内心分裂暴露出来"①，他本人的极度主观性虽然使他具有非同一般的诗人才气和禀性，但也使他与周遭的世界格格不入，最终导致其命运不幸，成为"受危害之人"。如同许多对该作品的阐释所论断的那样，从某种角度来看，《塔索》一剧展示的是一个狂飙突进式的"天才"人物及他与环境的冲突，或者诗人命运。但是，正如维特科斯基（Witkowski）所认为的，塔索并不是一个典型的诗人。诗人天赋仅仅是构成其性格的众多元素之一。自负、没有活力、心不在焉、暴躁、固执、……被追踪妄想、缺乏自我认识等等并非诗人的本质。②《塔索》的主题事实上是人自身的本性——人的极度自我化欲望，在塔索身上表现为孤僻、缺乏对世界的认识，因而陷入病态的自恋和妄想之中。正如路德维希·蒂克（Ludwig Tieck）在《歌德和他的时代》中所认为的，《塔索》在展现诗人高贵人格的同时，也揭示了人的弱点，作品作为范例促使人认识人性。③ 或者如本诺·冯·维希（Benno von Wiese）所称，该剧呈现的是人的"经验的—病态的状况"。④

诚然，《塔索》的剧情很容易使人将意大利诗人塔索的生平和歌德本人在魏玛的经历相联系。不过，歌德在离开魏玛宫廷后，在意大利罗马的旅游使他重新认识了"艺术家"这一身份，这意味着他并不认同塔索。从剧本中人物之间的对话内容也可以明确看出，歌德对塔索这一戏剧形象实际上是持批评态度的。正如他自己强调的，《少年维特的烦恼》中的维特非同时代青年效仿的对象。维特反映的是歌德在狂飙突进时期的思想和心理状态，是他充分认识了自己后创作的一文学形象，他自己与之保持了明确的距离，维特自杀而死，而德语文学、世界文学的伟大作家歌德继续了他伟大的历程，他和席勒开辟了德语文学的古典时期，使德语文学跻身于世界文学之列。在德国历史上，他继续以诗人、思想家、自然科学家等身份发挥了作用。同样，《塔索》是"升级了的维特"，它反映了歌德投入社会、政治生活阶段

---

① Johann Wolfgann von Goethe, *Werke Band 5, Dramatische Dichtungen III*. Hamburger Ausgabe, München: Deutscher Taschenbuch Verlag, 1982, S. 509.

② Vgl. ebenda, S. 510.

③ Vgl. ebenda, S. 504.

④ Benno von Wiese, *Goethe：Torquato Tasso*, in：Jost Schillemeit, *Deutsche Dramen von Gryphius bis Brecht*. Frankfurt am Main und Hamburg：Fischer, 1965, S. 61.

的经历及他这一时期的思想变迁及认识。意大利之旅使歌德认识到个人与现实的关系，《塔索》一剧仍然表达的是歌德的古典艺术和生活理想，即是要求外在与内在、客观与主观的和谐统一，这种和谐并不影响个人和艺术的独立。在剧中，这种和谐是诗人塔索在他人生的关键时刻没有能力所建立的，这也造成了他个人命运悲剧的发生。

塔索的主观主义——"感伤性格的极端危险性"，这是席勒在他的《论朴素的和感伤的诗》中分析维特及塔索这两个角色所得出的结论。[1] 在《伊菲格妮》中，伊菲格妮身上体现了希腊精神"高贵的单纯，静穆的伟大"和人道主义的力量。在《塔索》中，古典理想的和谐统一体现在众多阐释中提到的塔索与安托尼奥性格的互补性，剧中人物伯爵夫人如此评判："他们是两种人，我早就看出来。大自然没有把他们二人造成一种人，所以他们互相敌视。如果他们能了解利害关系，就会团结一致，互相友好，那时，就会合成一体，能获得权势、幸福、快乐，度过一生。"（《塔索》，第450—451页）从中可以看出歌德在剧中让这两个人物形成鲜明的对比，目的在于表达自己的一种理想人格，他追求的是这两种性格的平衡，他的意图并非是褒贬其中的任何一个。政治家安托尼奥身上具有诗人塔索所缺乏的一切，他始终面对现实，极具理智、精明算计，他认可超越个人之上的法则和秩序。当然，他没有诗人的才气，缺乏激情。而塔索始终远离现实，生活在幻想之中，对塔索而言，梦幻和生存就是一体，正如剧中公主所称，他是"飘荡在美梦国中的诗人"（《塔索》，第377页）。他不认识现实或者错误地认识现实，也不知一个生活在社会中之人应当遵守的行为规则和应尽的义务和责任，所以他从一开始就逾越了"礼节"，而"礼节"在现实中就是生存的艺术，即疏远、节制和自制及承认共同的游戏规则。[2] 尽管旁人都力劝他从幻想中、从梦境中"醒悟"，可他执意妄为。最终，塔索陷入孤独和绝望，在虚假的妄想之中毁灭了自己。

---

[1] Vgl. Johann Wolfgann von Goethe, *Werke Band 5*, *Dramatische Dichtungen III*. Hamburger Ausgabe, a. a. O., S. 511.

[2] Vgl. Benno von Wiese, *Goethe*, *Torquato Tasso* a. a. O., S. 68—69.

三

在形式上,《塔索》遵循典型的古典戏剧传统,在内容上,该剧仍然体现的是古典戏剧的实质内涵——即揭示人类命运的普遍性。德国著名的古典语文学家卡尔·莱因哈特(Karl Reinhardt)参照古希腊索福克勒斯的《俄狄浦斯王》来分析《塔索》,发现了德国古典文学和古希腊罗马文学表现悲剧的方式和本质有似曾相识之处。

在索福克勒斯的《俄狄浦斯王》中,戏剧的开始和结局是对立的画面,俄狄浦斯开始是被称颂的人、所有人的拯救者,而最后自愿被放逐。《塔索》的开始和结局也如此,塔索戴上花冠,象征最高的荣誉,最后却陷入孤立无援中。在《塔索》中,剧情的发展倾向于人物内心的变化,且主观的氛围多于《俄狄浦斯王》。在歌德的《塔索》里,公爵让塔索回到自己的房间反省,此时,塔索陷入极端的妄想中,这种妄想催逼、追踪"自我",迫使他陷入自我欺骗的境地。他不能正确判断他与周围所有人的关系,不管是公爵、安托尼奥,还是公主、伯爵夫人,他都不信任,他怀疑所有的人。妄想之中的塔索认为他"看清织成宫廷罗网的全部伎俩"(《塔索》,第499页),尽管在此之前他省悟到"并没有人迫害我,一切诡计,一切秘密的罗网,都不过是在我脑子里编织成的幻想!"(《塔索》,第486页)他辱骂所有对他好的人,凌辱他认为最高尚的、最完美的东西,他在自己之上营建了表象大厦。不过,在《俄狄浦斯王》中,主观性也不能全部被忽视:妄想被追踪,假想被敌人的世界包围,也是一种表象,俄狄浦斯卷入其中,并且越来越失去了自制。如俄狄浦斯先是与克瑞昂(Kreon)、后是与特瑞西阿斯(Tereisias)抗争一样,塔索先是与安托尼奥,后是与公爵。怀疑的无根据性越是显而易见,两个人越是盲目地陷入假象中。两者的周围都营建了一座表象大厦,在《塔索》里为此使用的词"精心编织的谎言"也将俄狄浦斯的妄想恰当地表露出来。莱茵哈特从存在本身的哲学本体论角度解释索福克勒斯的《俄狄浦斯王》,他认为索福克勒斯的戏剧表现的根本不是一个人的命运,而是存在本身的遮蔽与敞开,悲剧的展开就是表象和真实存在之间的斗争。

不过，歌德绝没有想到俄狄浦斯。塔索被追踪的妄想从诗人的传记、生平中挖掘出来。塔索肯定缺乏古希腊罗马神话的象征力，缺少众神和他们的统治作为尘世间的对立面，因此也同时缺少古典意义上的永恒性和人类具有普遍意义的东西。与《俄狄浦斯王》相比，《塔索》的情节发展是内在的，《俄狄浦斯王》中神的规则在此表现为社会的、道德的规则。尽管如此，在变换中仍然产生了永恒的东西。德语戏剧中还没有哪一部戏剧象《塔索》这样接近古典时期的风格。《塔索》表现的虽然不是古典意义上的命运悲剧，而是作家精选的关系的矛盾冲突。但是，在《塔索》里，塔索误认为公主爱慕自己而拥抱公主，这非塔索的个人事件，也不仅是他不认识自己和他人的表现，而是逾越所有尺度的标志。拥抱不仅意味着触犯礼节，而且是无限制地超越了用社会准则可以确定的一切。如同索福克勒斯，歌德在此安排了"认清你自己！"安托尼奥先是受怀疑者，最后似乎又被认可，他与遭受打击的人并列站在一起，这与索福克勒斯在剧末安排克瑞昂与眼睛被戳瞎的人站在一起没什么两样。[1]

如上比较可以说明，在论及人的形象时、在表现人的命运的方式与本质上，歌德与古希腊悲剧是一致的。亚里士多德在《诗学》中将索福克勒斯的《俄狄浦斯王》看作是悲剧的典范，揭示人不可能预知自己的命运，而歌德在《塔索》中反思的是人不能认识自身所导致的悲剧。

歌德展示的塔索是一病态的形象，正如歌德狂飙突进时期的作品《少年维特的烦恼》中的维特一样，歌德并不期望他是榜样，而是被摈弃的对象，歌德希望通过这部作品告知人们，人应当追求一种人性与理性、个人与社会的一致、协调，人应当通过认识自身，完善人格，从而达到一种人与社会、人与自身的和谐。这也正是德国古典文学时期的核心理念。在此，古希腊文学是歌德进行文学创作的范本。正如巴赫金的对话理论或克里斯蒂娃互文性理论所论述的，文学回忆即是继承前文本，是对前文本的变形转换并使其符合现实情况。在文学创作中，文化回忆意味着符号的重新显现，即传统

---

[1] Vgl. Karl Reinhardt, *Die Klassische Philologie und das Klassische*, in: Werner Jaeger (Hrsg.), *Das Problem des Klassischen und die Antike* a. a. O., S. 352—360.

文本的重新运用。① 作为文化回忆，或者"社会记忆"的文学文本，"重点不在于文本的美学和技巧，而在于文本蕴含的道德价值和永恒的意义。文化文本所要求掌握的是关于同一性、出身、规则和价值的认识，是寻求真理和确定性。……文学作品要成为文化文本的最重要的前提条件是其要成为教育法则。"② 因而，歌德的《塔索》如同他在古典时期的其他文学作品一样，既重新运用了作为文化文本的古典文学作品，其作品本身也成为德意志民族文化的记忆文本。

个案三：席勒《华伦斯坦》中人的历史存在状态与矛盾③

内容摘要：席勒对三十年战争时期的历史人物华伦斯坦进行了两次"回忆"，一次是在他的《三十年战争史》中，在那里，他讲了一个传奇人物的传奇故事，一次是在戏剧《华伦斯坦》中。如果说《三十年战争史》中还洋溢着一种历史乐观主义精神的话，那么戏剧《华伦斯坦》中则充满了矛盾与双重意义。这种被主人公华伦斯坦称之为"生活的双重含义"的矛盾性却不是一般意义上的道德标准和个人性格所能解释得了的，而是现代人所面临的基本生活状态：丧失了宗教和世俗意义上的绝对信仰，人一方面获得了一定的行为自由，另一方面却极易受到实用主义思维方式的侵蚀。华伦斯坦本人正是在这种危机中、在自由梦想与权力欲望交织而成的矛盾中走向灭亡的。比较席勒历史论文和剧作中华伦斯坦这一人物形象，的确很难将其统一起来。然而，那并不

---

① Vgl. Astrid Erll, *Literatur und kulturelles Gedächtnis*: *Zur Begriffs-und Forschungsgeschichte, zum Leistungsvermögen und zur literaturwissenschaftlichen Relevanz eines neuen Paradigmas der Kulturwissenschaft*, in: Theodor Berchem/Volker Kapp / Franz Link/Kurt Müller/Ruprecht Wimmer/Alois Wolf (Hrsg.), *Literaturwissenschaftliches Jahrbuch*, Bd. 23. Berlin: Duncker & Humbolt GmbH, 2002, S. 259.

② Ebenda, S. 270—271.

③ 本文作为阶段性成果发表在冯亚琳、张法、张旭春主编的《中外文化》第3辑上，重庆出版社2012年版。

是因为华伦斯坦变了,改变了的只是回忆者当下的立足点:英年早逝的席勒只经历了资本主义迅猛发展的 19 世纪的前几年。但他的远见卓识,尤其是他启蒙理性历史观和世界观的质疑能力,使得他在刚刚踏入 19 世纪的门槛时就预感到了现代人的危机,并将其用文学形式表现了出来。

关键词: 矛盾　生活的双重含义　行动自由　道德标准　危机

席勒在他于 1791 到 1793 年间完成的学术论文《三十年战争史》中第一次提到华伦斯坦时,笔调无华,语气平实:"华伦斯坦伯爵[……],一位有功劳的军官,是波西米亚最富有的贵族。他从青年时期就开始服务于皇室,在对土耳其人、威尼斯人、波西米亚人、匈牙利人和特兰西瓦尼亚人的战斗中立下了赫赫战功。"[1] 这时,席勒显然——就像历史学家格勒·曼所说的那样[2]——完全没有预料到这个历史人物会在这之后将近十年的时间里一直让他难以释怀,直到 1799 年他的被誉为魏玛古典时期代表作的戏剧《华伦斯坦》三部曲面世。

席勒对历史的情有独钟众所周知。他具有罕见的用历史学、哲学和文学三种方式言说历史的能力。他做过耶拿大学的历史教授,在撰写《三十年战争史》期间,他几乎就是名副其实的历史学家[3]。同时,历史也是他哲学思考的对象。虽然他并没有写出能与他的《审美教育书简》相媲美的历史哲学著作,但受康德的影响,他对历史的哲学思考渗透在他任耶拿大学教授

---

[1] Friedrich Schiller, *Geschichte des Dreißigjährigen Krieges*. Mit den Illustrationen der Erstausgabe und der Vorrede von Christoph Martin Wieland von 1791. Mit einem Nachwort von Golo Mann, Zürich: Manesse, 1985, S. 171.

[2] Vgl. Golo Mann, *Schiller als Geschichtsschreiber*, in: Friedrich Schiller, *Geschichte des Dreißigjährigen Krieges* a. a. O., S. 578.

[3] 席勒甚至一度向往成为历史编纂者,他在 1790 年曾说:"我不相信我为什么就不能成为德国第一位历史编纂者。"Ebenda, S. 563.

的就职演讲和其他一些论著中①。不过相比之下，席勒的"文学历史书写"更为重要。这首先表现在他的主要剧作往往都是历史题材。稍举几例：在狂飙突进时期，他的《斐爱斯柯在热那亚的谋叛，一出共和主义的悲剧》（*Die Verschwörung des Fiesco zu Genua. Ein republikanisches Trauerspiel*，1783，简称《斐爱斯柯》）取材于 16 世纪意大利热那亚当权者陀里阿家族与斐爱斯为首的贵族之间的权力之争；《西班牙王子唐·卡洛斯，一首戏剧化的诗》（*Don Karlos, Infant von Spanien, ein dramatisches Gedicht*，1787，简称《唐·卡洛斯》）的创作与他对西班牙在菲利普二世时期历史研究有关。到了魏玛古典文学时期，他更是一发不可收拾，先后创作了《玛丽亚·斯图亚特》（*Maria Stuart*，1800）、《奥尔良姑娘》（*Die Jungfrau von Orléans*，1802）、《威廉·退尔》（*Wilhelm Tell*，1804）等历史剧，然而其中耗时最长、而成就也最大的还是《华伦斯坦》。

《华伦斯坦》取材于 17 世纪三十年战争时期，主人公华伦斯坦是弗里特兰公爵，在担任奥地利哈布斯堡王朝的军事统帅期间，屡建奇功，军队实力和影响力迅速增大。华伦斯坦的强大让诸侯们倍感不安，在 1630 年雷根斯堡会议上，他们迫使奥地利皇帝菲迪南二世解除了华伦斯坦的职务。后因为敌军压境，皇帝又不得不请他出山，并给予他自行调动军队的权力。华伦斯坦重新掌握军队后，一方面为皇帝打仗，另一方面却与敌对方萨克森和瑞典人暗中接触。华伦斯坦的作为、尤其是他在军队中至高无上的权威让菲迪南二世忧心忡忡，在一系列的明争暗斗之后，皇帝的亲信们终于收买了华伦斯坦的部下，最后将其诱骗到艾格尔暗杀。

历史上的华伦斯坦为什么最后会与敌对方谈判一直没有定论。虽然有迹象表明他后期有对战争的厌恶和对和平的向往，但背叛皇帝论还是占据上风，尤其排除不了的是他投敌背叛有着自己想当波西米亚国君的目的。对

---

① 有论者认为，席勒的历史观介乎于启蒙与历史主义之间。Vgl. Ulrich Muhlack, *Schillers Konzept der Universalgeschichte zwischen Aufklärung und Historismus*, in: Otto Dann / Norbert Oellers / Ernst Osterkamp, *Schiller als Historiker*, Stuttgart und Weimar: J. B. Metzler, 1995, S. 6. 关于康德对席勒历史哲学思想的影响参见 Rudolf Malter, *Schiller und Kant*, in: Otto Dann, Norbert Oellers / Ernst Osterkamp, *Schiller als Historiker* a. a. O., S. 281—292.

此，席勒持怀疑态度，在《三十年战争史》中，他这样写道："没有事实让我们有理由认为他的背叛是确凿的。"[1] 席勒甚至认为："是那些不怎么诚实的笔，给我们流传下来这个出类拔萃的男人的故事，公爵的背叛和他对波西米亚王冠的窥视不是建立在被严格验证了的事实上，而仅仅是建立在可能如此的猜想上。"[2]

如果说是席勒的历史研究让他注意到了华伦斯坦这样一个历史人物的话，历史留下来的上述之谜却不可能是这一人物让席勒如此感兴趣的根本原因。因为仔细探究，席勒在他的《华伦斯坦》三部曲中所关注的已经不再是启蒙思想照耀下的历史发展的因果关系，也不是一个传奇人物和他的命运，而是普遍意义上的、处于人道主义精神和理想主义追求交点上的人，是人在历史时空中的存在状态和他的矛盾。席勒显然最懂得："无法对人本身进行辩护，而是只能在具体的历史语境中进行。"[3] 也就是说，华伦斯坦作为历史人物从某种意义上讲虽然自有他吸引人之处，但他仅仅是历史学家提供的"素材"，而——正像席勒在写给歌德的信中所言——"完美的诗人则道出人类的全部"[4]。如果说，席勒在此自觉不自觉地道出了文学回忆的优势的话，那么，这一优势也得到了历史学家戈勒·曼的证实。在席勒的《三十年战争史》后序中，戈勒·曼甚至列举了数件席勒创作《华伦斯坦》时不可能知道、却在席勒的笔下出现了的史实[5]，他写道："这一切席勒当然无从知晓。然而，他知道某些欧洲的命运，他了解人，了解不断周而复始的东西，了解罪责与惩罚、高尚和卑鄙。他懂得词语的魔力，懂得即使是叙

---

[1] Friedrich Schiller, *Geschichte des Dreißigjährigen Krieges* a. a. O. , S. 570.

[2] Ebenda, S. 469.

[3] Klaus L. Berghahn, *Schiller und die Tradition*, in: Klaus L. Berghahn (Hrsg.), *Friedrich Schiller. Zur Geschichte seines Werkes.* Kronberg/Ts: Scriptor, 1975, S. 15.

[4] An Goethe, 27. März 1801, *Schillers Werke.* Nationalausgabe, herausgegeben von Karl-Heinz Hahn und Waltraud Hagen, Weimar: Hermann Böhlaus Nachf. , 1970, Bd. 31, S. 25.

[5] 在此仅举一例：席勒剧作中描写的华伦斯坦视军队为自己的财产的情节与后来才挖掘出的历史材料不谋而合。Vgl. Golo Mann, *Schiller als Geschichtsschreiber*, in: Friedrich Schiller, *Geschichte des Dreißigjährigen Krieges* a. a. O. , S. 579f.

述真正发生过的事情也是诗［……］"①

　　这就是说，诗人席勒凭着他对时代的敏感和对人的了解，在《华伦斯坦》中，首先是塑造了一个活生生、充满矛盾的人以及他所处的特殊历史环境。在结构上，这部剧由三个部分组成，即：《华伦斯坦军营》、《皮柯洛米尼父子》和《华伦斯坦之死》。这三个部分相互独立，又互为背景，形成一个立体、动态的宏大画面。剧作者在戏剧场面、情节和人物的出场和塑造上，发挥了独特的创造性，贯彻了一种由大到小，由下到上，由外及内的原则，从展示三十年战争中华伦斯坦统率的军队开始，过渡到他身边的人与事，最后将一切矛盾的焦点指向主人公及其悲剧命运，而人物的内心情感和活动也是在这一过程中逐渐得以展现。在第一部分《华伦斯坦军营》中，登场的是农民、士兵、市民、商贩等下层人和普通人，通过他们的对话，一方面展示了三十年战争中人的基本生存环境：死亡，苦难，民不聊生，罪恶横行天下。因为不仅军人在抢劫欺辱百姓，普通人为了谋生也在从事各种非法的勾当。而在另一方面，主人公华伦斯坦虽然还未出场，但他的形象已经显现出来：作为军事统帅，他"决定行军打仗、签订和平协议。他可以没收钱财充公田地，可以下令处决或者从宽处理，他可以擢升军官，任命将校"②，总之是士兵们崇拜的对象和服从的最高权威。与此同时，他给予他们"军人的自由"和晋升的机会。这意味着，在华伦斯坦的军队里，士兵只需要卖命打仗，他就不仅有可能升官发财，有机会获得各种"冒险经历"，还可以为所欲为，包括进行抢劫和掠夺。③

　　也正是在士兵们的对话中，构成《华伦斯坦》一剧冲突的核心开始暴露出来：皇帝已不信任华伦斯坦，他派了钦差大臣克威斯滕堡到军队的驻扎地皮尔森来，目的是要废黜他。而士兵争论的是，他们究竟是应该服从皇帝的旨意，还是应该听从华伦斯坦的命令。

---

　　① Vgl. Golo Mann, *Schiller als Geschichtsschreiber*, in: Friedrich Schiller, *Geschichte des Dreißigjährigen Krieges* a. a. O., S. 588.

　　② ［德］席勒《华伦斯坦》，张玉书译，载《席勒文集》第三卷，张玉书选编，人民文学出版社 2005 年版，第 408 页。以下引文均只给出剧名《华伦斯坦》和页码。

　　③ 这一点在席勒的《三十年战争史》被解释成为为何有这么多人愿意投奔华伦斯坦军队的原因。Vgl. Friedrich Schiller, *Geschichte des Dreißigjährigen Krieges* a. a. O., S. 172.

在第二部分《皮柯洛米尼父子》中，表面上看，主要情节集中在华伦斯坦军队中的高级将领们身上，但矛盾的焦点却是华伦斯坦该做何去何从的选择：如果他要结束战争，实现和平，他就得与要把战争进行到底的皇帝为敌，反之，他就必须放弃自己的计划。华伦斯坦这时显然做的是第一手准备：他让人接来了夫人和女儿，并拒绝了皇帝要求削减兵力的要求，同时暗地里派人与瑞典人谈判。但这之后，华伦斯坦却陷入了犹豫，因为他既想保留忠于皇帝的名分，又想实现自己的愿望。于是他把什么时候动手的决定权交给了占星术。也就是此时，华伦斯坦的部下则形成了两个对立的阵营：一方是接受了皇帝钦差策反的奥克塔维奥·皮柯洛米尼，另一方是华伦斯坦的亲信们伊洛和特尔茨基等。皮柯洛米尼是华伦斯坦手下中权势最重、影响力也最大的人物。钦差克威斯滕堡向他出示了皇帝的手谕，要他一旦证明华伦斯坦背叛皇帝，就废黜他，然后由他取而代之指挥军队。就在皮柯洛米尼开始在军队中争取同盟者的同时，伊洛和特尔茨基也开始在军官们中间活动，他们玩弄阴谋，诱骗众人在一份效忠信上签名，从而播下了让人怀疑华伦斯坦的种子，也为第三部分《华伦斯坦之死》奠定了基础：华伦斯坦最终陷入众叛亲离的境地，他与瑞典人谈判的秘密也因对方的谈判代表被捉而曝光，他只得逃往艾格尔。让他无论如何没有想到的是，艾格尔的军队首领已被皇帝一方收买，于是，他离死亡也就一步之遥了：英雄一世的华伦斯坦，最后被一名名不见经传的人杀死。

从上述情节上看，华伦斯坦所面临矛盾的交点首先是合法性问题：因为，他既然是皇帝的军队首领，那他有没有权力撇开皇帝而自行其是？对于这一点，不仅他的士兵们争论不休，其中一位认为"在这儿只有弗里德兰公爵有权发号施令"，而另一位则反驳道："公爵刚劲有力，天资聪颖，但［……］始终是皇帝的奴仆。"（《华伦斯坦》，第408页）而他的将领和军官们对此更是大为忌讳，当他们发现伊洛和特尔茨基哄骗他们签署的给华伦斯坦的效忠信上删去了"继续遵守对皇帝的誓言"词句时，大都立马站到了他们平时无条件服从的华伦斯坦的对立面。就皮柯洛米尼父子而言，老皮柯洛米尼出卖他的主帅固然有他的私心，但他的儿子马克斯原本却是华伦斯坦忠贞不贰的追随者。在他眼里，公爵是在欧洲实现和平建立新秩序的希望。然而即使他也无法接受华伦斯坦背叛皇帝的计划。这一消息，对于这个充满激情的年轻人而言，不啻意味着理想的破灭：于是他出城与瑞典人拼搏，最后自杀在敌军阵前。就是对于华伦斯坦本人，合法性问题显然也是一个难题，因为就像他所说的，他同样"宁愿站在皇帝的这边，而不是站在敌人的一边战斗"①。

这就是说，在华伦斯坦试图建立一种新的秩序的时候——且不论这其中夹杂的个人权力欲望——他与他同时代人的思想却都还被禁锢在旧秩序的观念之中。这一观念不仅反映在他与皇帝的君臣关系中，也反映在他对待自己的军队的态度上：军队是他的占有物，而他则是"军队的主人"（《华伦斯坦》，第490页）；按照他的观点，军队中每一个士兵和军官享受的"自由"均源自于他，是他作为恩典赐予他们的，作为回报，他们得听命于他。

"自由"是《华伦斯坦》一剧中的关键词。主人公华伦斯坦在"赐予"他人自由的同时，也为自己要求"自由"，包括行动的自由。而他的"自由"显然是建立在自己军队的实力基础之上的。但问题却在于，当人有了一定的行动自由以后，他的行动却丧失了价值标准。这一点，不仅适于他，也适于他的对立面：因为如果说他背叛了皇帝的话，那么，在他走上与敌人私下谈判的关键的一步之前，在1630年的雷根斯堡诸侯会议上决定解除他的兵权时，皇帝是否也同样背叛了他？而华伦斯坦直到最后仍然盲目信任的奥克塔维奥·皮柯洛米尼等人不是也欺骗了他么？因此："规则在何处？合理的行为在哪里？什么是好？什么是坏？哪里是真实？哪里是欺骗？"②

由此可以说，席勒在《华伦斯坦》三部曲揭示的不是一个效忠和不效忠谁的问题，而是一个现代人面临的根本问题：在宗教信仰逐渐被人对自己的信仰取代之后，一个有效的、明确的道德标准不复存在。换句话说，席勒在用文学方式进行历史回忆时，他所站的位置不是历史人物生活的17世纪初，而是诗人自己所处的18世纪末这一现实，他所关注的也不再是历史上

---

① Walter Hinderer, *Der Mensch in der Geschichte. Ein Versuch über Schiller Wallenstein*. Mit einer Bibliographie von Helmut G. Hermann. Königstein/Ts.：Athenäum, 1980, S. 73.

② Helmut Koopmann, *Friedrich Schiller*, *Wallenstein*, in：Große Werke der Literatur. Band VIII. Eine Ringvorlesung an der Universität Augsburg, hrsg. v. Hans Vilmar Geppert. Tübingen：Francke, 2003, S. 118.

的那个华伦斯坦的抉择标准,而是现代人所特有的问题:当人的道德标准沦丧之后,他唯一还拥有的就是目的了。在《华伦斯坦》一剧中,无论是以奥克塔维奥·皮柯洛米尼为代表的国王亲信,还是华伦斯坦的追随者们无一例外地都遵循这一原则。双方为了达到各自的目的毫无顾忌地制造阴谋并施展诡计,走着一条——正如马克斯指责他父亲的那样——"曲里拐弯"的道路(《华伦斯坦》,第648页),而这条路最后通向的终点就是谋杀。华伦斯坦的妻妹特尔茨基伯爵夫人是所有持实用主义目的观并"不受任何道德或形而上学准则约束的"① 人中间最为顽固和最为极端的一个,同时她还是不断怂恿华伦斯坦尽快采取行动的人。可是后者却一直犹豫不决,一再延缓行动,以至于她在华伦斯坦被暗杀之前就在梦境中预感到了这一灭顶之灾。

需要承认的是,华伦斯坦的犹豫不决不能一概而论,更何况他的这种态度本身就包含着某些不可预料性。正如他对特尔茨基所说的那样,他的不确定不仅可能是在和敌人、也完全可能是在和"自己人"玩一场游戏:

你怎么知道,我不是真的戏弄他们?
我不是戏弄你们大家?
你对我的了解就这么深?
我自己都不清楚,我曾向你敞开过心扉……(《华伦斯坦》,第471页)

即使可以把自我掩饰视为战略上的需要,但这毕竟同时也表明了华伦斯坦的孤立。在失宠于皇帝之后,他只能依靠自己。这一点华伦斯坦本人十分清楚。在第二部《皮柯洛米尼父子》中有华伦斯坦与妻女重逢这样一场戏,当公爵夫人告知她的丈夫,她在维也纳备遭冷遇,处处都能感受到别人刻意掩饰的猜疑时,华伦斯坦承认:

众多太阳已经不再光照我们,

---

① Friedrich Schiller, *Wallenstein*. Interpretation von Michael Hofmann und Thomas Edelmann, München: Oldenbourg, 1998 (Oldenburg Interpretation; Bd. 89), S. 68.

> 从此我们得用自己的火焰照亮我们自己。(《华伦斯坦》,第462页)

然而问题在于,华伦斯坦及其家人自己本身是否还具有足够的热量。所有的现象都表明,情况恰恰相反。虽然华伦斯坦乐此不疲地不但向外界展示自己的权力,而且给人一种他不仅拥有而且还在享受着他的权力的印象,如他所言:"我很乐于看看我自己的力量"(《华伦斯坦》,第472页),可是他难以把握自己内心的矛盾和摇摆不定。在到达了权力的巅峰之后,他似乎已经不可避免地成为了一个孤家寡人。因为既然他将自己视为承担特殊使命的特殊人物,那么他就不再可能真正地信任任何人。但正如命运对他的讽刺那样,他机关算尽,最后却仍旧死在了对别人过于盲目信任之上。他反复强调:他要行动,他只是在等待一个有利的星象。但这话是值得怀疑的。因为当他所期待的星象真正出现的时候,他又开始了犹豫,原因是他的瑞典谈判代表和知情人色尼被捕了,也就是说世俗世界的局势又被破坏掉了。由此人们有理由问:华伦斯坦到底有多么看重星象?或者他对星象的信仰仅仅只是一场深刻的灵魂危机的表现?每当他谈论自己本身的激情时,让人觉得这更多是一种自我安慰而非一种符合现实的言辞。在这一点上,只有公爵夫人弗里特兰看透了她的丈夫,她将之"极端"想往上爬的野心诠释为缺乏自信。[1] 她是唯一认识到在雷根斯堡的诸侯会议上对华伦斯坦的废黜不仅动摇了他对皇帝的信任,更主要的是动摇了他对世界和自己的信任的人:

> 可是雷根斯堡那个不幸的日子,
> 他从显要地位被一下打到底层,
> 从此之后,他情绪波动郁郁寡欢,
> 变得疑虑重重,抑郁阴沉,
> 再也不得安宁,不信往日的幸运,
> 也不兴高采烈,自己的力量也不相信……(《华伦斯坦》,第662页)

---

[1] Vgl. Walter Hinderer, *Der Mensch in der Geschichte. Ein Versuch über Schiller Wallenstein* a. a. O., S. 72.

然而，延缓行动、相信星象也好，玩弄"政治游戏"① 也罢，所有这些都不足以证明这是一个人的性格弱点。事实上，华伦斯坦的矛盾从根本上讲就不是性格问题，而是观念问题，是根植于他的观念之中并由于错误而进一步被放大了的问题。

华伦斯坦所犯的后果严重的错误之一是他混淆了权力的魅力和他个人的魅力。也就是说，他没有认识到给他带来敬畏和臣服的并不是他人格上的伟大，而更多的是赋予他职位与尊严的"合法权力"②。剧中一再提到的他面对军队统帅和军官的"亲切"和"宽宏大量"不是出于真诚和人道，而是从他的支配地位中作为仁慈的礼物施舍给他人的。因此，想通过一个计谋让军队统帅发誓效忠自己的尝试最后只可能是一个天真可笑的错误。正由于自以为强大有力，华伦斯坦花费了很长时间才意识到，他现在必须为了自己的生命而斗争，一如文中所言："如今非下决断不可，疑虑顿时消散，我现在是为我的脑袋，为我的性命而战。"（《华伦斯坦》，第684页）

华伦斯坦正是在种种如此的矛盾中自己也成为了一个矛盾体的：他反对皇帝，但这并非他所愿，而是为局势所迫——就像席勒所言，他的垮台"并不是因为他是个叛逆者，而是因为他垮了台才叛逆的"③；他想要推翻"年久灰败"（《华伦斯坦》，第593页）的旧势力，但他在意识上却完全受着传统价值体系的束缚。于是，在他的身上，无所顾忌与悲世悯己相互交织（比如当他得知马克斯·皮柯洛米尼阵亡的消息时，他像他的女儿哀悼恋人一样悲伤）；追逐权力与建立一个平等和平王国的梦想紧密相连；或者像他自己承认的那样，自由和财富对他具有同样的吸引力（"自由和财富，两者给我刺激"，《华伦斯坦》，第591页）。因为皇帝想将他贬黜，他对皇帝的怒气也只有通过背叛皇帝才能得以发泄；在他追求行动自由的同时，却一再陷入一个恰恰剥夺了他行动自由的莫名的网中。

---

① Vgl. Walter Hinderer, *Der Mensch in der Geschichte. Ein Versuch über Schiller Wallenstein* a. a. O., S. 72.

② Ebenda, S. 72.

③ Zitiert nach Kurt Rothmann (Hrsg.), *Erläuterungen und Dokumente. Friedrich Schiller: Wallenstein*, Stuttgart: Reclam, 1977, S. 189.

在所谓的主题独白中，华伦斯坦自问道：

> 这可能吗？我已不能为所欲为？
> 再也不能随心所欲，我已无路可退？
> 因为我有过这个念头，没有把诱惑斥退，
> 就非得把它付诸实现？（《华伦斯坦》，第 590 页）

在他认识到自己不可能再返回到从前的时候，他仍然不知道这一切究竟是如何发生的，因为：

> 在我胸中意志不是曾经自由自在？
> 我不是看见旁边有条好路，
> 使我始终能够见机撤退？
> 可是突然之间我发现给引向何处？
> 后退无路，我的所作所为
> 垒成一座墙壁高高耸立，
> 不可逾越，使我无法后退！（《华伦斯坦》，第 591 页）

正是在这段独白中，华伦斯坦抱怨"生活的双重意义"[①]。他自己很清楚：行动的人在实施行动时会失去自己的清白，所发生的事会让人作出不同的解释。[②]因为"当华伦斯坦以其阴谋诡计真正动摇了旧的秩序并想要战胜守旧势力时，那么他带着'原罪'完成的行为就很明显是一种背叛，并且充满了罪过感"[③]。尤其让华伦斯坦自己也感到不安的是由"自私和无私这两个不可分割的动机"中衍生出的双重意义[④]。即是说，他一方面梦想建立

[①] 张玉书先生把 Doppelsinn des Lebens 译为"人生的暧昧不清"，见席勒《华伦斯坦》，张玉书译，第 591 页。
[②] Vgl. Friedrich Schiller, *Wallenstein* (Oldenburg Interpretation; Bd. 89) a. a. O., S. 57.
[③] Ebenda, S. 58.
[④] Ebenda, S. 78.

一个自由王国，但另一方面又不能否认自己把这一梦想与成为波希米亚国王的野心结合在了一起。可以这么说，华伦斯坦悲剧式的毁灭正是由这种双重意义决定的。和伊罗或泰尔茨克夫妇等缺乏理想动机的实用主义者不同，华伦斯坦认识到了这种双重意义的不可消解，所以他比别人更痛苦，也更由于，他总觉得自己在被一个"看不见的敌人"（《华伦斯坦》，第593页）所威胁。他的错误在于，虽然他意识到了这一点，他依旧相信"自己作为一个历史的杰出人物可以摆脱这种历史政治进程中的矛盾"[1]。

被华伦斯坦称为"生活双重意义"的矛盾不仅存在于历史实践的范围内，它更体现了现代人的一种典型的生活状态：在废除了普遍有效的（宗教或世俗的道德）价值体系之后，人就只能依靠自身做出价值判断。其结果就很有可能是迷失方向，就像华伦斯坦所陷入的矛盾展示的那样。然而，在席勒的剧作中，迷失的并非仅仅华伦斯坦一人，那位在一开场就告诉人们什么是"被欺骗的欺骗者"（《华伦斯坦》，第362—364页）的农民以及大肆颂扬权力的特尔茨克伯爵夫人也都各自从一个侧面生动地展示了迷失方向的后果和对于人意味着什么。由此可见，华伦斯坦的矛盾并非他一个人的矛盾，而是一个特定时代的一群人的矛盾。席勒以此指出了人追求理想和实际行动之间关联的重要性，尽管他只列举了消极的例子：华伦斯坦虽然意识到了这一矛盾，但并没有能力去解决矛盾；他的对手奥克塔维奥·皮柯洛米尼认为他在为一个正义的事业服务，因此允许欺骗，到头来却要为自己的胜利付出代价，因为皇帝给"皮柯洛米尼公侯"的信曝光后，他的"好"意图自然要受到质疑。而其他角色更加不可能克服这一矛盾，因为他们对此还完全没有意识。就这一点而言，黑格尔说的"当这个剧本结束的时候，一切就都结束了，获胜的唯有虚无的、死亡的王国"[2] 是有道理的。席勒在他的文学回忆中，没有提供解决的办法，没有合题，甚或也没有席勒想要传达的意义。他提出了问题但没有给出答案。马克斯和华伦斯坦的女儿泰克拉这两个相爱的年轻人所暗示的唯一理想的存在形式无法实现。因为他们所代表的

---

[1] Vgl. *Friedrich Schiller*, *Wallenstein* (Oldenburg Interpretation；Bd. 89) a. a. O., S. 79.

[2] Georg Friedrich Wilhelm Hegel, *Über Wallenstein*, in：Fritz Heuer / Werner Keller, *Schillers Wallenstein*, Darmstadt：Wissenschaftliche Buchgesellschaft, 1977, S. 15f.

价值——信任、信仰和希望与现存世界是不可调和的。

总而言之，席勒对三十年战争时期的历史人物华伦斯坦进行了两次回忆，一次是在他的《三十年战争史》中，在那里，他讲了一个传奇人物的传奇故事①，一次是在戏剧《华伦斯坦》中。通过上述分析可以看出，存在于历史论文中的理性叙述模式到了《华伦斯坦》三部曲中业已被作者本人所超越。如果说《三十年战争史》中还洋溢着一种"历史乐观主义"②精神的话，戏剧《华伦斯坦》中则充满了矛盾。这种被主人公华伦斯坦称之为"生活的双重含义"的矛盾却不是一般意义上的道德标准和个人性格所能解释得了的，而是现代人所面临的基本生活状态：丧失了宗教和世俗意义上的绝对信仰，人一方面获得了一定的行为自由，另一方面却极易受到实用主义思维方式的侵蚀。华伦斯坦本人正是在这种危机中、在自由梦想与权力欲望交织而成的矛盾中走向灭亡的。席勒对华伦斯坦形象的文学回忆，一方面显示出他作为历史回忆者立足点的变化，另一方面也反映出他面对未来的姿态：英年早逝的席勒只经历了资本主义迅猛发展的 19 世纪的前几年。但他的远见卓识，尤其是他启蒙理性历史观和世界观的质疑能力，使得他在刚刚踏入 19 世纪的门槛时就预感到了现代人的危机，并将其用文学形式表现了出来。因此，席勒的确当之无愧地是"第一批那样的人，他们把自己理解为本身所在时代之子，并以相应的态度回顾历史，以保留其具有未来意义的东西"③。

---

① 因为不能忘记的是，席勒的《三十年战争史》虽然是席勒历史研究的成果，但它却是写给普通读者的，这一点不仅能从其副标题"女士日历"上看出，也能从席勒所使用的雅俗共赏的语言上看出。

② Theo Elm, "*Ein Ganzes der Kunst und der Wahrheit*". *Zum Verhältnis von Poesie und Historie in Schillers ? Wallenstein*", in: Hans-Jörgen Knobloch und Helmut Koopmann (Hrsg.), *Schiller heute*, Tübingen: Stauffenburg, 1996, S. 97.

③ Klaus L. Berghahn, *Schiller und die Tradition* a. a. O., S. 9.

第 二 章
回忆的继承与批判

文学回忆往往是通过调动"记忆形象"来实现的。在黑塞的《荒原狼》中,充当"记忆形象"的不是别人,而是被称为"不朽者"的歌德和莫扎特,如果说黑塞借此想要抵御美国流行文化对传统文化的冲击的话,那么,马克斯·弗里施在他的小说《能干的法贝尔》中,则借用讲述现代技术人这一"角色"的悲剧,对储存于西方文化记忆中工具理性对人的异化进行了反思与批判。

个案一:黑塞小说《荒原狼》中的"不朽者"(杨欣)

内容简介:《荒原狼》是"一个时代的写照",因为小说描写的是一个技术与金钱的时代,一个战争与贪欲的时代:人们崇尚物质,崇尚技术,追求赤裸裸的物质利益,精神道德不受重视,传统文化和人道思想遭到摧残。在这个"美国化的时代",出现了歌德和莫扎特等"不朽者"的身影。他们会在主人公陷入痛苦绝望的境地之时,给他绝望的心灵带来一丝光明的希望。歌德和莫扎特这两位历史人物在小说中所扮演的角色,可以用扬·阿斯曼和阿莱达·阿斯曼在他们的"文化记忆"理论中提出的"记忆形象"来指称。本文以此为出发点,试图探究他们作为"记忆形象"在《荒原狼》中的作用以及他们所体现的价值意义。

关键词:记忆形象 文化记忆 "不朽者" 价值意义 批判作用

在 20 世纪上半叶欧洲文学中，赫尔曼·黑塞是一位极具特色的小说家。1927 年问世的长篇小说《荒原狼》是黑塞中年时期的代表作，那个年代被一些专家学者称作"美国化的时代"。众所周知，黑塞对所谓"美国化"和随之产生的文化庸俗化现象一直怀有一种强烈的厌恶之情，甚至说对其充满了担忧和恐惧。以此为背景的《荒原狼》中，出现了两个具有象征意义的历史人物——歌德和莫扎特，他们在小说中被称作"不朽者"。本文由此出发，试图探寻的问题是：歌德和莫扎特这两位历史人物为何会以不同的方式出现在小说中？黑塞何以称他们为"不朽者"？这一称谓的含义何在？本文选择扬·阿斯曼和阿莱达·阿斯曼的"文化记忆"作为理论视角，尤以"记忆形象"这一概念为基础，以探究歌德和莫扎特这两个历史人物作为记忆形象在小说《荒原狼》中的作用以及他们所体现的价值意义。

在扬·阿斯曼和阿莱达·阿斯曼的理论构建中，文化记忆超越日常生活，植根于过去的重大事件，是"固定的具体化"，以"语句、图画、舞蹈等"形式进行"传统的、具有象征性的编码或演示"①，使某些具有集体文化意义的东西持久存在。正是这些"固定的具体化"被扬·阿斯曼称为"记忆形象"②。萨比娜·扬博（Sabine Jambon）认为，除了上述形式，"口号、概念、名字、标语、箴言、声响、歌曲、旋律、气味"③等都可能是"记忆形象"。"记忆形象"在"文化记忆"中扮演着媒介的角色。如果通过回忆对"记忆形象"进行传唤、激活，在历史长河中凝聚在其中的关联将被唤醒并得以展开，最终指向集体身份和认同。扬·阿斯曼认为，"记忆形象"不仅能够为集体认同提供参照，它还能把当前置于一个更美好的过去的对面，以此对当前社会进行反思和批判。

将《荒原狼》中以歌德和莫扎特为代表的"不朽者"放到上述理论框架中去，我们会发现，他们正是作为"记忆形象"在小说中发挥着重要的

---

① Jan Assmann, *Das kulturelle Gedächtnis. Schrift, Erinnerung und politische Identität in frühen Hochkulturen* a. a. O., S. 56.

② Jan Assmann / Tonio Hölscher (Hrsg.), *Kultur und Gedächtnis* a. a. O., S. 12.

③ Sabine Jambon, *Moos, Störfall und abruptes Ende. Literarische Ikonographie der erzählenden Umweltliteratur und das "Bild" Gedächtnis der Ökologiebewegung* a. a. O., S. 90.

作用。关于他们的重要性，黑塞本人就曾经强调："'荒原狼'的内容和目的不是时代批判和描写个人的神经功能障碍，而是莫扎特和不朽者。我想让他们更接近读者［……］"① 然而可惜的是，"不朽者"这一角色迄今并没得到深入的挖掘。因为在笔者看来，以莫扎特和歌德为代表的"不朽者"在文本中的出现，并在其中扮演着举足轻重的角色，绝非偶然，而是作者刻意为之。众所周知，歌德和莫扎特并非凡夫俗子，他们是具有象征性的古典时期的代表人物。埃里希·瓦伦丁（Erich Valentin）在其著作中就曾经指出："莫扎特这个名字已经成为了象征、标准和主导思想。"② 也就是说，单是他们的名字就已经具有象征意义，能唤起广泛的记忆。从这层意义上讲，《荒原狼》中的歌德和莫扎特正是扬·阿斯曼等的"文化记忆"理论中的"记忆形象"。

小说一开篇，"出版者"就告诉读者，这里所写的"是一个时代的写照"。这个时代即是两次世界大战之间的"黄金般的 20 年代"。那是一个技术与金钱主导的时代，是战争与贪欲统治的时代，是一个"心满意足的、市民气的、精神空虚贫乏的"③ 美国化的时代。"美国化"的生活方式与价值观席卷整个德国，人们崇尚物质，崇尚技术，追求赤裸裸的物质利益，精神道德不受重视，传统文化和人道思想遭到摧残。主人翁哈勒尔在自述中对这一时代现象进行了如下的描述："走着走着，我到了市场，这里，各种消夜娱乐活动应有尽有，三步一张招贴画，五步一块牌子，竞相招徕顾客，上面写着：女子乐队，游艺，电影院，舞会。"（《荒原狼》，第 11 页）然而，令哈勒尔不能理解的是，这些嘈杂的大众娱乐活动居然能得到如此多的人的青睐，以至于"千百万人正在为得到这些乐趣而奔走钻营"（《荒原狼》，第 8 页），所到之处，都能看见"人们成群结队地涌进各个娱乐场所的大门"（《荒原狼》，第 11 页）。可见，美国式的消遣文化在当时已经不再是边缘现

---

① Volker Michels（Hrsg.）, *Materialien zu Hermann Hesses ? Der Steppenwolf. Brief von H. Hesse an P. A. Riebe*, vom 1931 oder 1932, Frankfurt a. M.：Suhrkamp, 1972, S. 147.

② Erich Valentin, *Die goldene Spur. Mozart in der Dichtung Hermann Hesses*, München：A-1-Verlag, 1998, S. 27.

③ ［瑞］赫尔曼·黑塞《荒原狼》，赵登荣、倪诚恩译，上海译文出版社 2007 年版，第 7 页。下文引用均只给出书名和页码。

象，而是逐渐成为替代德国传统文化的主流文化。事实上，小说中被哈勒尔称为"普通人"（《荒原狼》，第11页）的生活方式已经美国化，他们听爵士乐，跳狐步舞，听留声机和收音机，看电影消遣。只有哈勒尔还对书籍这样的传统文化载体珍视有加，而其他人则都沉迷于美国式的大众传媒。看到美国式的消遣文化对德国传统文化的挑衅和破坏，哈勒尔这样的知识分子无法接受，他和像他一样的人不愿意与周围的世界同流合污，于是成了"游离于所有社会集团之外"（《荒原狼》，第55页）的"荒原狼"。换句话说，出身市民阶层的哈勒尔留恋的是传统的文化和传统的生活方式。他认为他现在所生活的世界是一个"平庸呆板的世界"（《荒原狼》，第120页），是"混乱的、陌生的、光怪陆离的游艺世界"（《荒原狼》，第138页），并称之为"所谓故乡"（《荒原狼》，第16、20页），而他的生活则是"所谓的生活"（《荒原狼》，第156页），现实世界里的现实是"所谓的现实"（《荒原狼》，第234、237页）或"虚假现实"（《荒原狼》，第228页），这个现实世界里的美国文化为"所谓文化"（第2、18页）和"文化大拍卖"（《荒原狼》，第170页）。哈勒尔大声疾呼："这个世界的目的我不能苟同，在这个世界我没有一丝快乐"（《荒原狼》，第8页）；在否定他生活的现实世界的同时，哈勒尔还强调他"来自另一个陌生的世界"（《荒原狼》，第3页），"生活在另一个世界"（《荒原狼》，第15页），他认为那个世界才是他的"故乡"（第136、159页）。只有那个"故乡"才是他心目中的理想世界，因为那是一个"高尚的、永恒的世界"（《荒原狼》，第136页）。我们倘或可以说，哈勒尔的肉体虽然出于小市民的世界里，可他的灵魂却生活在他的理想世界里。那么，这个"理想世界"是一个怎样的世界呢？谁生活在里面呢？直到小说的第158页我们才从赫尔米娜口中得到这个"永恒的世界"的一个抽象画面："这永恒就是真之国"（《荒原狼》，第158页），"这是时间与表象彼岸的国度"（《荒原狼》，第159页），是"神圣的彼岸、永恒、永恒价值的世界、神圣的本体的世界"（《荒原狼》，第160页），"属于这个国度的是莫扎特的音乐，[你]那些大诗人的诗，那些创造了奇迹、壮烈牺牲、给人类提供了伟人榜样的圣人"（《荒原狼》，第158—159页）。由此可见，哈勒尔的理想世界是具有永恒价值的彼岸，在那儿生活的是像歌德和莫扎特一样伟大的人物。海尔格·埃舍博恩·克伦比格尔（Helga Esselborn-

Krumbiegel）写道："一方面，哈勒尔对现代文明的否定在文本中描写得不那么具体；另一方面，彼岸不仅是荒原狼的精神家园，也是他对现代文明进行抨击的标准。但文本中对它的描绘也含糊其辞，取而代之的是歌德和莫扎特这两个专有名词，它们作为关键词在文本中不断出现。"①"不朽者"的代表人物歌德和莫扎特在文中成为"彼岸"、"永恒的世界"、"理想世界"的代名词。如果将"神圣的彼岸、永恒、永恒价值的世界"中的"永恒价值"与"不朽者"这一称谓联系起来，不难看出，"永恒价值"便是"不朽者"身上所体现出的永恒的价值意义。

小说中真实的小市民世界被渐浓的机械化气氛和文化的美国化趋势所笼罩，传统文化逐渐遭到破坏，这一切都使哈勒尔感到厌恶。于是他选择逃往像歌德和莫扎特这样的"不朽者"生活的世界，那个充满古典艺术的永恒价值的世界。他求救于"不朽者"，特别是莫扎特，希望能从他那里获取对付这个文化没落的现实社会的灵丹妙药。在哈勒尔看来，"人生已经变得毫无意义"，但是他相信，理想世界则"充满了想要赋予人生以新意的渴望"（《荒原狼》，第5页），在那儿他可以重新找到身份认同。埃里克·西斯科（Enikö Risko）认为：哈勒尔在真实世界中只能作为游离于群体之外的荒原狼，是因为他"不能认同这个小市民社会的规范，价值观念和道德体系"②，反之亦然，哈勒尔能在理想世界里重新找到集体认同，必然是因为他的价值观与一直被他称作"圣人"和"神"的"不朽者"所指向的价值观念是一致的。

在此背景下，歌德和莫扎特作为记忆形象以两种不同的方式出现在了小说中。如歌德，他在小说中间接或直接地在不同场景中出现了50次。之前，他作为记忆形象通过书籍和蚀刻版画这两种传统媒介，或者以刻在铁板上的名字这一形式出现在小说中。到了第85页，歌德第一次显身于哈勒尔的梦

---

① Helga Esselborn-Krumbiegel, *Hermann Hesse. Der Steppenwolf*, München: Oldenburg, 1998, S. 80.

② Enikö Risko, "... in unsrer Zeit ein hoffnungsloser Outsider". *Außenseitertum in Hermann Hesses Steppenwolf*, in: Michael Limberg (Hrsg.), *Das Chaos die Stirn bieten. Hermann Hesse. Der Steppenwolf. 12. Internationales Hermann-Hesse-Kolloquium in Calw 2004*, Stuttgart: Staatsanzeiger, 2005, S. 95.

中，并与他进行交谈。与歌德相似，莫扎特的名字要么被刻在铁板上，要么通过音乐这一媒介显现，到了第 223 页，他却以哈勒尔的朋友或导师的形象出现在魔剧院里——或者更确切地说是出现在哈勒尔的幻想世界里——在那儿，他不但与哈勒尔直接进行交谈，还教他怎样学会笑，教他如何幽默。

首先值得关注的是歌德和莫扎特这两个名字所具有的象征意义。通过哈勒尔的自述，读者得知，当哈勒尔听莫扎特的音乐或看歌德的作品时，他会"突然觉得通向天国的门打开了，［……］感到一阵极乐的疼痛［……］肯定人生的一切［……］对什么都倾心相爱。"(《荒原狼》，第 7 页) 可见，必定像哈勒尔所说，他"心中充满这些书中的精神和魔力"(《荒原狼》，第 15 页)，如此他才能在莫扎特的音乐里，在歌德的作品中找到他所追求的价值意义，找到他的身份认同。那么，哈勒尔在莫扎特和歌德身上找到了哪些价值意义呢？

莫扎特和歌德身上所附着的价值意义在小说中虽然没有被具体指出，但通过一些隐含的词句却表现了出来，例如："来自天国的呼唤"(《荒原狼》，第 14 页)，"在古老音乐的节奏中欣赏了不朽者的全部智慧，那沁人心脾、开朗、严酷的微笑的智慧"(《荒原狼》，第 57 页)，"这古老音乐的声音及其无限的尊严和圣洁"(《荒原狼》，第 136 页)，"凉爽的、星光似的光亮"(《荒原狼》，第 161 页)。"天国的呼唤"、"不朽者的全部智慧"、"圣洁"和"光亮"这些词，无不指向"不朽者"身上所附着的精神和价值。哈勒尔在一段与歌德的对话中还明确说道："您的一生宣扬的却恰好相反，您表达了信仰和乐观"(《荒原狼》，第 88 页)，除此以外，他认为莫扎特的《魔笛》也是"宣扬乐观与信仰"(《荒原狼》，第 89 页)的。这里的信仰显然指的就是 18 世纪的时代精神，用黑塞在另一处的话作解释："18 世纪是欧洲的最后一个伟大的文化时代。［……］高贵慷慨的人文主义，对人性的绝对敬畏，对高尚和人类文化的未来的信仰，这些都是那个时代的标志。"①由此可见，对哈勒尔来说，属于 18 世纪的歌德和莫扎特是德国传统精英文化的典范，在他们身上体现着德国传统精神的价值意义，所以哈勒尔这个

---

① Hermann Hesse, *Dank an Goethe. Betrachtungen, Rezensionen, Briefe*, Frankfurt a. M.: Insel, 1975, S. 81.

"了解并崇敬昔日的欧洲、昔日的真正的音乐、昔日的真正的文学的人"（《荒原狼》，第 18 页），能够在歌德和莫扎特身上找到认同，相反，他在以美国文化为主导的现实世界中却成为"流浪汉"。从另一方面来看，哈勒尔对过去的精英文化持肯定态度，对当前的消遣文化却提出疑问，他甚至把传统的精英文化当成了对抗当前"所谓文化"的工具。哈勒尔这一目的在他的自述中被明确提道："爵士乐［……］这是没落的音乐，［……］和巴赫、莫扎特以及真正的音乐相比，这种音乐简直是胡闹；但是只要一加比较，就知道这一切就是我们的艺术、我们的思想、我们的所谓文化。"（《荒原狼》，第 17—18 页）可见，哈勒尔总是把以歌德和莫扎特为代表的德国传统精英文化与美国化的消遣文化作比较，使其相形见绌。在这层意义上，歌德和莫扎特这样的"不朽者"确实成为海尔格·埃舍博恩·克伦比格尔（Helga Esselborn-Krumbiegel）口中的"哈勒尔对现代文明进行抨击的标准"[①]。作为记忆形象的他们在这里起到的作用是对现时的社会价值观进行批判。

虽然哈勒尔在古典艺术中忘却了痛苦，找到了欢乐，按照他的话说："我又能呼吸一小时了，又能生活一小时了，又能活在世上而不用忍受什么痛苦，不必担惊受怕，不必感到羞耻。"（《荒原狼》，第 15 页）可哈勒尔发现，这幸福时刻是短暂的，仅达几分钟之久，它并不能抵消或冲淡他的厄运，把全部痛苦吸收抵消，而只是"瞬息即逝的幸福之花"（《荒原狼》，第 26 页），这种逃避行为导致的结果只是"越来越稀薄的与人无关的孤独的空气"（《荒原狼》，第 28、55 页）。于是，他开始寻找长期解脱的出路。他起初想到的是自杀，他认为："尽管自杀是愚蠢的、胆怯的、卑鄙的，是不光彩的、可耻的、不得已的办法，但我还是热切希望有一条逃离这痛苦旋涡的出路，哪怕是最卑鄙的出路。"（《荒原狼》，第 56 页）然而问题在于，他对死亡又恐惧万分。正由于他"看不见别的出路"（《荒原狼》，第 74 页），他必须继续寻找另一条出路。这时，《论荒原狼》的宣传小册子向哈勒尔指出了另一种可能性——"幽默"（《荒原狼》，第 37 页），一个"虚幻而有主权的［……］第三王国"（《荒原狼》，第 37 页）。在笔者看来，这是一个介于真实世界与理想世界之间的幻想世界。小册子中写道，对于那些既

[①] Helga Esselborn-Krumbiegel, *Hermann Hesse. Der Steppenwolf* a. a. O., S. 80.

"缺乏必要的冲力向悲剧发展",又"缺乏冲破引力进入星空的力量"(《荒原狼》,第37页)的荒原狼,幽默是一条"妥协的出路"(《荒原狼》,第38页),因为在幽默中"能同时肯定圣贤和堕落的人,把社会的两极弯曲使之靠拢"(《荒原狼》,第38页),它可以把一切矛盾的东西合为一体。小说末尾出现的魔剧院可以视为这一幽默王国的化身。

转变是在《哈里·哈勒尔自传》中的第9页开始发生的。在此之前,哈勒尔一直把两个世界对立起来,就像他把自己的灵魂两分为狼和人一样。他似乎同时生活在两种文化、两个世界之中,一直受到现实世界与理想世界分裂对立的痛苦折磨,他痛苦不已,灵魂深处充满着矛盾,所想到的出路是逃避到古典艺术的世界中或自杀,可是这两个极端的方法都不能解除他的痛苦。魔剧院以及包括了莫扎特和歌德在内一系列人物的出现,带领着哈勒尔找寻另外的出路。也正是在这里,歌德和莫扎特以"真实的人物形象"[1] 出现在哈勒尔的梦幻世界。在这里,哈勒尔能够与他们面对面交谈,畅所欲言。仔细阅读文本就不难发现,歌德和莫扎特的形象在这些场景中发生了改变:歌德"一边说着,一边狡黠地像调皮鬼似的微笑着[……]他快活地、敏捷地手舞足蹈起来"(《荒原狼》,第90页);莫扎特"大笑起来。他笑得在空中翻起筋斗"(《荒原狼》,第226页),"他不梳辫子,不穿带扣鞋,穿得很时髦"(《荒原狼》,第231页)。歌德没有了大文豪应有的威严,而是变得诙谐幽默;莫扎特也变得喜欢逗乐,思想和行为都带着现代气息。笔者认为,在这些变化之中,黑塞赋予了作为记忆形象的歌德和莫扎特一些新的价值意义。主人公哈勒尔常常能听到来自"彼岸的笑声"(《荒原狼》,第237页),可却听不出是从哪里传出来的,直到他在魔剧院中用一把刀子的映象杀死赫尔米娜的映象。这时莫扎特再次出现,他只是冷冷地笑着,哈勒尔这样描绘道:"他的笑没有声音,却能摧毁一切!"(《荒原狼》,第233页)直到此时他才明白,之前听到的笑声是来自"不朽者",来自莫扎特。

---

[1] Maria Klanska,"Einmal würde ich das Lachen lernen". *Zum Mozartmotiv in Hermann Hesses Steppenwolf*, in: Lucjan Puchalski (Hrsg.), *Mozarts literarische Spuren. Werk und Leben des Komponisten im literarischen Diskurs vom späten 18. Jahrhundert bis zur Gegenwart*, Wien: Präsens, 2008, S. 197.

作为哈勒尔的导师，歌德和莫扎特一再对他说："您应该学会笑"（《荒原狼》，第188、237、238页），更确切地说，他们要他学会幽默，学会理解生活的幽默，理解"绞刑架下的幽默"（《荒原狼》，第236、237页），要他学会听"音乐后面的精神，学会取笑音乐中可笑的、毫无价值的东西"（《荒原狼》，第238页）。戈特弗里德·斯巴勒克（Gottfried Spaleck）在关于黑塞作品中的人物形象的论著中指出："赫尔德林和莫里克这两位悲剧性的艺术家，在黑塞的《纽伦堡旅行》中还依然被誉为安慰者和榜样，可在这儿却被歌德和莫扎特这两位'生活的艺术家'替代，因为他们既能人道且诗意的灵活处理事情，又不失幽默和生活技能。"[①] 也许正是因为歌德和莫扎特具有上述生活能力，所以在小说中，在哈勒尔的梦中和魔剧院里，他们教哈勒尔笑，让他学会了幽默，因为只有在幽默中才能让他与当时的社会融洽相处，不再是游离于社会之外的人。在他们看来，哈勒尔不应孜孜以求那个绝对的理想世界，而是有必要在避免沦为现实世界的奴隶的同时，承认和接受现实的存在。换句话说，人要能够在两个相互矛盾的世界之间找到平衡点。正像"出版者"已经特别指出的那样："这位受苦者的病根并不在于他的天性有什么缺陷，恰恰相反，他的病根是在于他巨大的才能与力量达不到和谐的平衡。"（《荒原狼》，第9页）这里的平衡可以理解为精神与生活、理想与现实的平衡。只有当哈勒尔找到这两者之间的平衡点，他才有可能消除痛苦与厄运。这才是"永恒的出路"。霍斯特·迪特尔·克莱德尔（Horst Dieter Kreidler）认为，以莫扎特为代表的"不朽者"是精神与生活，理想与现实的统一平衡的象征。[②] 他通过研究认定，"荒原狼"哈勒尔遇见的莫扎特最终不外乎是小说中的人物帕布罗的另一面。而这一点，哈勒尔直到小说的结尾才仿佛明白，于是他说："我总有一天会学会笑。帕布罗在等着我，莫扎特在等着我。"（《荒原狼》，第239页）

总而言之，黑塞以歌德和莫扎特所代表的价值观为叙述的出发点，为的

---

① Gottfried Spaleck, *Unterwegs nach Morgenland. Zur aktuellen Bedeutung von Hermann Hesses Menschenbild. Silser Hesse-Tage* 2000—2002, . Berlin: Tenea, 2002, S. 39.

② Kreidler, Horst Dieter, *Pablo und die Unsterblichen*, in: Michels, Volker（Hrsg.）, *Materialien zu Hermann Hesses "Der Steppenwolf"*. a. a. O., S. 385.

是要肯定隐含其中的价值意义，质疑并批判当前的肤浅而毫无意义的美国文化，从而唤醒"精神空虚的大众"，以此来达到拯救传统精英文化的目的。通过分析，笔者认为，黑塞借歌德和莫扎特这样的"不朽者"来拯救文化和自身的愿望仅仅只是一个愿望而已，甚或说只是一场乌托邦性质的游戏。这个梦想没有也显然不可能实现。就像黑塞自己所言，这部小说描写的不是毁灭而是治疗，但仅靠这部小说却远远不能达到治疗大众的作用，更不用说改良社会，拯救传统文化。就像小说中已经预言的那样，第二次世界大战之后不久便爆发了，而美国化至今依旧是现在进行时。

个案二：马克斯·弗里施《能干的法贝尔》中的记忆与工具理性批判

内容摘要：弗里施的小说《能干的法贝尔》中，记忆一方面"发生"在情节层面上，那里的核心词压抑，即主人公有意无意地对过往事件的回避，与此同时，它更是小说记忆话语层面上的主题：作者通对一个"片面的人"的塑造，展现了一种自启蒙运动以来极端化和僵化了的工具理性和实用主义思维方式。从这个意义上讲，小说与其说是讲了一个个人的悲剧，不如说是演示了现代人、即"一种角色"的悲剧。因此，"能干的法贝尔"的失败归根结底是启蒙以来技术至上理念的失败，是储存于西方文化记忆中的工具理性的失败。

关键词：回忆　压抑　工具理性　批判

瑞士作家马克斯·弗里施1957年问世的小说《能干的法贝尔》[①] 由两部分构成，题为"第一站"的上篇是主人公瓦尔特·法贝尔（应该是）1956年在短短的5个月时间内经历了一系列命运变故后：青年时代的朋友约阿西姆的自杀身亡，和女儿莎白相识、乱伦以及她的意外死亡，与他20

---

① Max Frisch, *Homo faber*, Frankfurt a. M.: Suhrkamp, 1977. 以下引用出自中译本：[瑞] 马克斯·弗里施《能干的法贝尔》，江南译，译林出版社2000年版。下文引用均只给出书名简称《法贝尔》和页码。

年前的女友汉娜的重逢等,用了17天的时间,写下了他所谓的"报道";而题为"第二站"的下篇则以日记形式,记录了主人公在此之后旅途中的所见所闻和所思,之后他因查出患上胃癌而住进雅典的一家医院,也正是在此时,他第一次直面即将到来的死亡。小说以法贝尔手术前夕的最后一篇日记结尾,内中只有一句话:"他们来了。"(《法贝尔》,第227页)

小说中,记忆"发生"在多个层面上。其一,小说的副标题叫"一篇报道"。但细读文本,读者不难发现,以第一人称写下的"报道"实际上是主人公法贝尔(貌似客观的)对自己人生经历的回忆。字里行间,懊悔和自责是不言而喻的,但懊悔与自责之余更多的却是主人公对过去有意或无意的压抑和回避;这一点,尤其表现在主要情节由法贝尔的三次旅行构成的"第一站"。其二,与主人公相信一切事物都是可以"计算"和"算计"[①]的工具理性思维模式相悖的是,这三次旅行在某种意义上均属于意外之旅。第一次旅行的始发站是纽约,法贝尔原本要从这里乘飞机前往阿拉加斯,中途因飞机涡轮机出现故障紧急迫降于墨西哥沙漠之中。这期间,法贝尔认识了来自杜塞尔多夫的赫伯特,紧接着又得知赫伯特是他青年时代朋友约阿西姆的弟弟,于是,他临时改变行程,跟着赫伯特去了危地马拉的热带雨林,寻找在烟草种植园工作的老友,最后却发现后者已自缢于自己的住所之中。第二次旅行仍是以纽约为出发地,法贝尔原本要乘飞机前往巴黎,却因为急于摆脱美国女友的"纠缠",临时改变主意决定乘船回欧洲;而能够在很短的时间内买到船票,"又是一个纯粹的偶然事件"(《法贝尔》,第68页),那是因为修理出了故障的剃须刀,他耽误了跟艾维出门的时间,从而接到了法国旅游总局要他带上护照去订票的通知。法贝尔事后这样回忆道:

> 倘若我没有拆开剃须刀的话,那么我就不会接到那个电话,也就是说,我就不会乘船去了,无论如何不会乘莎白搭的那艘船。我们,我的

[①] 德语词"berechnen"既可以译为"计算",也可以译为"算计"。笔者认为,它非常符合法贝尔的技术至上的思维方式,他认为世界上的万物都是可以"计算"的,当他将这一原则移植到自己的生活态度中之后,就变成了人可以"算计"一切,包括自己的经历与命运。

女儿和我,也就不会在这个世界上相遇。(《法贝尔》,第68页)

正是在前往欧洲的海轮上,法贝尔认识了刚刚结束了在美国留学生活的莎白。两人在到达目的地告别之后,却再一次在巴黎相遇,法贝尔临时决定开车陪同她到法国南部和意大利旅行。也就是在这次旅行中,两人的恋情升级并导致父女间的乱伦。

上述的三次"旅行"除了其"意外性"之外,还都以一种"戏剧"甚至"悲剧"的方式不断将主人公抛入他一直不愿意面对的过去。或者说,三次旅行某种意义上都是进入过往的旅行:与赫伯特的相识使得主人公不得不回忆起他早年的恋人汉娜("我有时不得不想到汉娜",《法贝尔》,第45页)。于是,从散落在"报道"中的回忆片段中,读者逐渐了解到发生在二十多年前、即1933—1935年间的"前故事"(Vorgeschichte):那时,瓦尔特·法贝尔是苏黎世联邦技术大学的助教,而他的女友汉娜·兰茨贝格则是来自慕尼黑的半犹太血统出身的艺术史专业的学生。有一天,汉娜告诉法贝尔她怀孕了,而这也恰恰是法贝尔得到巴格达一家公司提供给他一个工作职位的时候。汉娜难以接受法贝尔听到怀孕消息时的犹豫和冷漠,提出与法贝尔分手,告别时,两人约定要终止妊娠。

与汉娜分手的这一往事显然是法贝尔21年来一直没有克服的"心病"。究其原因,不仅是因为汉娜是他唯一一个与之在一起不会感到"荒唐"(《法贝尔》,第108页)的女性,也不仅是因为他们虽截然不同——"能干的法贝尔"的外号就出自汉娜之口,而法贝尔则称汉娜是"艺术仙女"——却又相互非常了解,分手让他们之间几乎错过了一生,还在于法贝尔从此难以摆脱的内疚(schlechtes Gewissen)。这一点,在法贝尔貌似轻描淡写的"报道"中显露无遗,而即使在这里,他与其说是在解释自己当时的处境,倒不如说仍然是在为自己当年没有和汉娜结婚寻找理由。他提道:"我的父母认为汉娜十分讨人喜欢的,但是担心我要是跟一个半犹太血统的女孩子结婚的话,对我的前途会带来影响"(《法贝尔》,第47页),强调"我跟我父亲截然不同,我不是一个反犹主义者"(《法贝尔》,第49页),甚至声称父母的观点和担心"叫我十分恼火","简直叫人勃然大怒"(《法贝尔》,第47页),认为自己"已准备好跟汉娜结婚。考虑到当时的政治情况，我觉得负有义务"（《法贝尔》，第47页）等等。然而，法贝尔越是解释，越是反反复复地不断表白，诸如"我不会对汉娜弃之不顾的，我不是个胆小鬼，且不说我们真正相爱"（《法贝尔》，第47页），"我是准备好结婚的"（《法贝尔》，第48页），"我已拿定主意跟汉娜结婚"（《法贝尔》，第48页），他的"我们两个也过于年轻"（《法贝尔》，第48页）和"我只不过跟年纪多半不到三十岁的男人一样，做父亲过于年轻，过于不成熟"（《法贝尔》，第49页）之类的辩解也就显得愈加苍白无力。因为，虽然不能说法贝尔和反犹思想有何瓜葛，但他当年表现出的自私却是难以否认的：工作和前程对他来说显然更为重要，在孩子的问题还没有解决的时候，他关心的是在巴格达的工作，谈论的是他要去的埃舍尔—维斯公司、"完全有可能实现的一个工程师的专业抱负"以及"会在巴格达挣多少钱"等等。（《法贝尔》，第50页）

可见，法贝尔对往事一直难以释怀的原因虽然是多方面的，但与他恰恰在汉娜的亲人正在遭受纳粹迫害（她的在慕尼黑任教授的父亲被"保护性看管"了起来并在之后不久被迫害至死）、而她本人也无法返回德国的情况下、他自己却为了前程而远走他乡不无关联。或者说，法贝尔与汉娜的分手不是单纯意义上的一对恋人的分道扬镳，而是被打上了历史印记的记忆。借用阿莱达·阿斯曼在论述"创伤"时对"施害者记忆"与"被迫害者记忆"的区分，[1] 或许可以说，法贝尔的"心病"正是他创伤记忆的表现，尽管他并不是真正意义上的"施害者"，他的症结在于他的"双重道德标准"（Doppelmoral）。口头上，他极力表白自己不仅不是排犹主义者，而且还是排犹主义的坚决反对者，但在行动上，他却瞻前顾后，首先考虑的是自己的事业和前程。按照阿斯曼的观点，"创伤记忆"的最大特征之一是"压抑"和"隐瞒"[2]。这一点也充分体现在"报道"中，主人公对自己的这一经历一直采取压抑的态度。关于汉娜的回忆是断断续续地出现在"报道"中的，读者几乎只有在看完了全书之后，才能明了当年事情的真相，才能对法贝尔

---

[1] Vgl. Aleida Assmann, *Der lange Schatten der Vergangenheit. Erinnerungskultur und Geschichtspolitik* a. a. O., S. 93ff.

[2] Vgl. ebenda, S. 100f.

"我只能讲述我知道的事情"(《法贝尔》,第60页)有一个基本的判断;另外,"报道"中偶然流露出来的只言片语却暴露出法贝尔对往事的回避和压抑是难以成功的。正像弗里施本人所说的,"报道"所使用的语言目的在于掩饰,但实际上却起到了"告发"(denunzieren)① 的作用。比如,在小说中,法贝尔会犹犹豫豫、却又让人摸不着头脑地突然向赫伯特打听汉娜后来的境况;他会梦到汉娜,当他梦见的不是汉娜时他会专门提及;他还会在不经意中将自己与汉娜联系起来"我不是艺术史家……"(《法贝尔》,第43页)等等。

如此对过往的压抑导致了主人公对许多明显的"预兆"和"凶兆"要么视而不见,要么下意识的回避。为了回避似曾相识的赫伯特——因为"我不明白,为什么他把我弄迷糊了,不管怎么说,我熟悉他这张面孔"(《法贝尔》,第3页)——他甚至在飞机中途降落在休斯敦时企图不再登上飞机。遇到莎白时,他也曾经想到过汉娜,但却无论如何也不愿意承认她与自己有何瓜葛。

法贝尔对付自己难以克服的"心病"的办法是遗忘。与此相应,"报道"中经常出现的词是"不知道"、"忘记"、"无法想象"等词语。遗忘几乎就是他面对过去的法宝,只要他不愿意,他就不去想。这其中包括他学生时代与自己老师妻子之间的性关系:"我本已忘怀跟最早一个女人的往事,也就是说,要是我不愿意想起这件事的话,我就根本不会想到它。"(《法贝尔》,第117页)。法贝尔理所当然地忘记了那个女人("我就像口渴时在一个什么地方喝过水一样,忘却了这件事"),同时他却又承认:"当然我忘却了这件事,心里觉得有点不好受。"(《法贝尔》,第107页)由此及彼,可以推论,法贝尔对汉娜的遗忘以及对往事的压抑也让他"不好受"。在跟赫伯特在一起的日子里,当他极不情愿地被迫想起汉娜和与之相关的往事的时候,他的身体也作出了相应的反应:他要么"感到有点儿冷"(《法贝尔》,第21页),要么"感到胃发胀"(《法贝尔》,第33页),或者"觉得胃不舒服"(《法贝尔》,第43页)。他醉心于下棋,却会一下子像当年听到汉娜

---

① Walter Schmitz, *Max Frisch*, *Homa faber. Materialien*, *Kommentar. Literatur-Kommentare 5*, München: Hanser, 1977, S. 17.

怀孕的消息时那样，忘了走棋。因此，从某种意义上讲，导致法贝尔最后走向死亡的胃病是身体对他压抑往事的一种反应。

与压抑本身所具有的矛盾性同步，"报道"的内容、方式以及主人公的行为方式也充满了矛盾。在回忆与汉娜分手的情况时，他在强调自己"是准备结婚的"同时，又说："我本来是不能跟汉娜结婚的"，因为"撇开其他的一切不谈，就经济情况来说，当时是根本谈不上结婚的"（《法贝尔》，第32页）。在无法自圆其说的情况下，于是他干脆把一切责任都推给汉娜本人："归根到底，当时是汉娜自己不想结婚"，甚至孩子也是她"语气坚定"（《法贝尔》，第32页）不想要的。

"报道"的矛盾性还表现在时间和地点都非常准确，比如飞机迫降在墨西哥沙漠中的时间是"十一点零五分"（《法贝尔》，第18页），法贝尔和其他旅客在"塔毛利帕斯沙漠中"滞留时间是"四个白天和三个晚上，总共八十五小时"（《法贝尔》，第20页），然而一旦涉及人与事却往往会含糊不清。引人注目的是，法贝尔尤其不具备判断人的情感的能力，他无法理解，为什么汉娜无法原谅他说"你的孩子"，而不是说"我们的孩子"（《法贝尔》，第50页）；也不知道汉娜后来为什么会跟约阿西姆结婚。与艾维分手时，对方在"抽抽噎噎地啼哭"，于是他才想到"她也许是爱我"（《法贝尔》，第62页）。与莎白的感情更是如此，一方面，他从一开始就在注意她，在自认为没有理由的时候妒忌她身边的"乒乓男孩"；另一方面，却认为，"我没有爱上她，恰恰相反，我们一攀谈，她就比任何别的少女都使我感到陌生"（《法贝尔》，第78页）。在这种情况下，"不知道"和"不明白"就成了他叙述和解释所发生的一切的基本模式。比如他"闹不清，自己到底为什么要躲藏起来"（《法贝尔》，第8页），"不明白，自己为什么没有打听汉娜是不是还活着……"（《法贝尔》，第27页），"我不明白，为什么没有这样做"，"我不知道那一天是怎样度过去的"（《法贝尔》，第34页），"我不明白，我们究竟要什么"（《法贝尔》，第37页）。

这种解释模式一直延伸到他对与莎白之间的乱伦关系的回忆：

> 我到底有什么过失呢？在等待领取就餐席位卡时，一个摆动着马尾式长发的少女出现在我面前，我碰到了她。她引起我的注意。我跟她攀

谈过，像跟同船的人相互攀谈过一样；我没有追逐过这个姑娘，我没有欺骗过这个姑娘。相反，我跟她谈话时比平时还要坦率，譬如说谈到我的单身生活。我求过一次婚，没有倾倒迷恋，我们立时清楚了，这是胡闹，并且握手告别。我干吗在巴黎的那会儿去找她！我们一起去看过歌剧，之后我们还吃了冰激凌，随即我就开车送她回到她住的圣杰尔玛尼的低级旅馆，没有多留她一会儿时间。我向她提出过跟我驱车游览旅行，因为我有了威廉斯的雪铁龙轿车……（《法贝尔》，第135页）

法贝尔对往事的压抑往往会转换成对情感的压抑。当他得知赫伯特是他青年时期的朋友约阿西姆的弟弟之后，虽然他一直在想着他，却几次口是心非提到"倘使约阿西姆还记得我的话"（《法贝尔》，第32页），"约阿西姆是不是还认得我"（《法贝尔》，第35页）。表现在"报道"所使用的语言上，他会在难堪或涉及情感的时候突然由第一人称"我"转为不定代词"人（们）"。然而，这种压抑显然是难以成功的，因此，工作上"被认为是十分认真"、"简直是一板一眼"的法贝尔突然干脆改变了出差计划，"绕道危地马拉去办一件私事，专程去看看阔别已久的我的青年时代的老朋友"（《法贝尔》，第32页），而他一直试图忘记的汉娜也以另外一种近乎于"报应"的方式重新出现在他的生命之中，并最终见证了他的死亡。

《能干的法贝尔》中的记忆不仅在上述的情节层面上得到演示，它还是小说记忆话语层面上的主题。作者马克斯·弗里施本人就曾经在多种场合对他所塑造的这一小说人物进行了如下"评判"：

> 这个（男）人在生活中与自己擦肩而过，因为他追逐一种普遍认可的形象，即"技术"形象。从根本上讲，"能干的法贝尔"就是这个人，他不是技术人员，而是一个受到阻碍的人，他给自己画了一幅像，而这幅像阻碍他回归自我。①

"不要给自己和他人画像"，是马克斯·弗里施通过自己的文学创作不

---

① Walter Schmitz, *Max Frisch*, *Homa faber. Materialien*, *Kommentare* a. a. O., S.16.

断传达给读者的信息，因为正像他在短篇《安多拉犹太人》和剧作《安多拉》中所描写的那样，"画像"产生甚至能置人于死地的偏见，而这种"偏见"既可能针对他人，也可能针对自己。在上述引语中，弗里施使用了两个词来指称"图像"，即"Bildnis"（图像）和"Image"（形象），所指涉的均为被固定了的、僵化了的个体对自身角色的定位。也正是在这个意义上，弗里施认为，瓦尔特·法贝尔是在"扮演一种角色"[①]。

那么，法贝尔究竟扮演的是什么"角色"呢？他追逐的是什么样的"普遍认可的"形象呢？借助扬·阿斯曼和阿莱达·阿斯曼的文化记忆理论，我们发现，法贝尔给自己画的像即是自启蒙运动以来逐渐走向极端和僵化的工具理性思维方式。换句话说，法贝尔把业已储存于文化记忆中的工具理性思维方式的基本价值内化了，从而将自己变成了作者弗里施所说的"角色"。这种内化了"技术人"的角色在很大程度上决定了他对世界、对生活以及对人的生命的态度。作为联合国教科文组织援建发展中国家的水利工程师，法贝尔把人与世界对立起来，前者是后者的统治者，后者则是要经过改造为前者服务的。他非常极端地写道："我们生活在技术时代，人是大自然的主人，人是工程师，不同意这种看法的人，就不应该走并非大自然所建造的桥梁。"（《法贝尔》，第115页）在法贝尔的眼里，与现代文明世界相对的是热带丛林之类没有经过开发的不毛之地，那里没有法贝尔所喜爱的"筑路工程，桥梁建筑，新型的菲亚特轿车、罗马的新车站"的光鲜明亮，而是黏黏糊糊，到处肮脏不堪，并"按照大自然的安排，自生自灭"（《法贝尔》，第115页）。法贝尔甚至把这一目的理性观延伸到关于人工流产的讨论中，毫无顾忌地认为，"地球上人口的过度增长具有威胁性"，而"进步的结果是：我们可以自己来调整这件事情"（《法贝尔》，第114页）。恰恰是在这里，当代人借助技术的力量登上了上帝的宝座，并取而代之，行使神的权力。于是，法贝尔宣称："可爱的上帝！他散布流行病，我们已从他的手里剥夺了流行病。接下来我们也必须从他手里夺取大量繁殖。"（《法贝尔》，第114页）在他看来，孩子仅仅"是我们想要的或不想要的东西"（《法贝尔》，第115页），而种族的延续不能靠"过度繁殖"、而是用"另

[①] Walter Schmitz, *Max Frisch, Homa faber. Materialien, Kommentare* a. a. O., S. 17.

外的手段"来确保（《法贝尔》，第114页）。如果说，这里高声向大自然、向上帝宣战的人显然还是一个过分自信甚至狂妄的人，那么，这个人很快就发现，他所推崇的运算法则并不能解决一切问题。于是，就产生了前文中业已提及的主人公会经常感受到的"不明白"和"不清楚"。

关键的问题还在于，法贝尔工具理性思维方式也左右着他感知和认识世界的方式。在法贝尔的"报道"中，读者会发现，他对世界的感知和把握纯粹依赖"计算"和"指称"。在他看来，月亮"是一个可以计算的质块，它围绕着我们这颗行星运转，是万有引力的关系"（《法贝尔》，第21页），而"山脉就是山脉，即或它沐浴在某种光线中，可能它看上去像别的什么东西，然而它仍是东马德雷山脉〔……〕一架飞机在我看来就是一架飞机，我绝不会把它看作是一只已经绝种的飞禽"（《法贝尔》，第22页）。与此相应，大凡无法运算和指称的东西诸如感情、经历、死亡、想象甚至艺术等，由于难以把握，因此均属被忽略或排斥之列。

法贝尔对死亡的排斥几乎决定了他生活的基本态度。这不仅表现在人的"衰老"对于他而言完全是负面意义上的，因此是不能接受的，更表现在他对与死亡密切相关的疾病征兆的排斥与忽视。当感觉到胃疼的时候，他马上会解释道"我烟抽得太多了！"（《法贝尔》，第43页）在机场盥洗室的镜子里，当他看到自己脸色像蜡一样白，甚至"更确切地说，灰里带黄，脸皮里的血管紫紫的，那看得像具尸体"的时候，他会说："我猜想这是霓虹灯灯光的影响。"（《法贝尔》，第6页）在巴黎，他再一次跟死亡打了一个照面：他见到了他一向视为典范的 O 教授，可后者几乎没有认出他来，因为"他的脸不再是一张脸，而是蒙着一张皮的头颅，甚至还贴着肌肉"（《法贝尔》，第111页）。即使此时，他也没有将自己与死亡联系到一起。与此相关，凡是自然属性的东西均会引起法贝尔的厌恶和恶心，很能说明问题的是，他讨厌流汗，"因为这让人感到自己像是病人一般"（《法贝尔》，第38页），并且会"发出鱼腥一般的臭味"（《法贝尔》，第33页）；他患强迫症似的不停地刮胡子，觉得"不刮胡子可受不了"（《法贝尔》，第5页），而且"如果不刮胡子，我将变得有点像一株植物"（《法贝尔》，第25页）；但凡见到肮脏和不养眼的东西，他马上会将其与人或者动物的身体联系起来："舌头状"的干燥陆地，"腰子"模样的太阳；而他最不能忍受的，则还是坎佩切处处可见的动物尸体以及飞禽争食时血淋淋的场面：

> 秃鹫成排地蹲在所有电线上面，等到有一条狗饿毙沟壑，一条驴子倒毙在地，一匹马被杀掉，它们便一齐扑动翅膀飞下来［……］一些秃鹫在将一块腐烂的内脏撕来扯去的时候，我们的车正好开到那里，一群深紫色的飞禽聒噪着啄食血淋淋的肠子，即或一部汽车开来，也驱散不了它们；它们并不飞开，只是跳跃着快步把腐烂的兽尸拖到别的什么地方去，这一切都发生在集市的中心。(《法贝尔》，第34页)

作为"技术人员"，法贝尔不相信大自然，也不相信巧合与命运。他"习惯于使用概率公式来进行计算"，并且声称："为把难以令人相信的事情看作是经历过的事实，我不需要任何神秘学的帮助。我有数学就够了"(《法贝尔》，第19页)。然而，如果说他还可以用"概率"来解释"超级星座飞机"的发动机发生故障的话——虽然这本身就已经暴露了技术并不是万能的——那么，在莎白是否是自己女儿的问题上，他的计算不外乎就是一种自欺欺人：

> 我不住地默默计算（我相信自己在讲话时比平时更能心算），一直到算出我想要的结果：她只能是约阿西姆的孩子！我不知道，我是怎么计算的；我把日期安排到能计算出符合我的想法的结果，就是这样的一种计算。(《法贝尔》，第144—145页)

有论者把法贝尔称作"片面的人"[①]。从以上的分析中的确可以看出，他的片面性不仅表现在他排斥自然（"我不喜爱风景，更不消说是一片沙漠了"，《法贝尔》，第21页）、讨厌艺术（他不爱看小说，对各种博物馆毫无兴趣），无法理解"不知道车轮，却建造了金字塔，把庙宇建造在原始森林里"的玛雅人（《法贝尔》，第44页），完全无法欣赏土著人"令人不寒而

---

① Klaus Müller-Salget, *Max Frisch: Homo faber. Ein Bericht*, in: *Interpretatioen. Romane des 20. Jahrhunderts*, Band 2, Stuttgart: Reclam, 1993, S. 114.

栗的音乐",觉得那"简直是在发羊痫风"(《法贝尔》,第 46 页),而是更表现在他世界观上和感知世界的方式上。在他的身上,启蒙运动以来极端化和僵化了的工具理性和实用主义思维方式得到了最大限度的体现。从这个意义上讲,作者与其说是讲了一个个人的悲剧,不如说是演示了现代人、即"一种角色"的悲剧。因此,"能干的法贝尔"的失败归根结底是启蒙以来技术至上理念的失败,是储存于西方文化记忆中的工具理性的失败。

第 三 章
第二次世界大战后文学的"回忆工作"

——以君特·格拉斯的小说为例

德国文学创作的主要动力源于回忆,这一点,在第二次世界大战之后的德国更为明显。甚或可以说,文学本身在很大程度上做的就是以"清理过去"为指称的"回忆工作"(Erinnerungsarbeit)。参与这一"回忆工作"的,不仅有德国文学史上的一个阶段,即所谓的"废墟文学",更有出生于20世纪上半叶的整整一代作家:海因里希·伯尔、马丁·瓦尔泽、克里斯塔·沃尔夫、伊尔瑟·艾兴格尔以及君特·格拉斯等,但其中以格拉斯最为典型。纵观格拉斯自其小说《铁皮鼓》开始的半个多世纪的文学创作,回忆贯穿始终,且虚构层面上的个体回忆总是指向文本外现实层面上的集体记忆。本章收入四篇关于君特·格拉斯小说中文学回忆主题的个案分析,试图从不同视角探究格拉斯文学回忆的多维度性。

个案一:交际记忆与文化记忆张力场中的格拉斯小说[①]

内容摘要:德国作家君特·格拉斯的小说无一例外都与记忆有关。以《铁皮鼓》和《比目鱼》为例:前者通过演示以个体生平为主线的

[①] 本文曾以《记忆的构建与选择——交际记忆与文化记忆张力场中的格拉斯小说》为题发表在《外国文学》2008年第1期上。人大复印资料《外国文学研究》2008年第5期全文转载。此处只作了格式上的改动。

交际记忆达到构建民族文化记忆的目的，而后者调动的则是文化记忆，然后将之具体和形象化。引人注目的是：记忆在格拉斯那里不仅是主题，而且是叙述的缘由，在文学叙述的过程中，记忆是在选择过程中得以构建的。笔者认为，正是记忆的这种选择性特征使得以文学为媒介的记忆构建值得研究和探寻。

关键词： 交际记忆　文化记忆　构建　选择　叙述

德国作家君特·格拉斯的小说均无一例外地与记忆有关。这一点，也充分体现在格拉斯作为小说家的审美格言"抵挡时间的流逝"中，[①] 而他独特的、视人类历史为循环的观点则进一步强化了昨日与今天之间的关系。格拉斯说："一切都没有过去，什么都会重新来过"，他为此甚至自造了一个奇特的词："过（去）—现（在）—未（来）"（Ver-gegen-kunft）。于是，在小说《比目鱼》中，人们读到："我——这在任何时候都是我"[②]，说的是一个能够沿着时间阶梯随意上下几千年的第一人称叙述者；在《母鼠》中，也有"好像旧事重提就能创造未来似的"[③] 之类的词句。在格拉斯看来，小说家的任务原本就是要将过去、现在和未来联系起来，构成一个虚构的全景图。如果说，如此意义上的虚构几乎就是文学回忆的同义词，那么，令人感兴趣的是，格拉斯的这种虚构是怎样实现的？它如何能够产生如此丰富多彩的记忆形式？其特征又是如何？下文中，笔者试图借助德国学者扬·阿斯曼和阿莱达·阿斯曼关于文化记忆的研究成果来讨论这些问题。

在阿莱达·阿斯曼和扬·阿斯曼的理论构建中，集体记忆由两个基础部分即交际记忆和文化记忆组成。按照阿斯曼的定义，交际记忆与文化记忆有着明显的区别和界限，前者产生于日常融合，以同一时代人的历史经验为基

[①] Vgl. u. a. Günter Grass, *Die Vernichtung der Menschheit hat begonnen. Rede zur Verleihung des Internationalen Antonio-Feltrinelli-Preises für erzählende Prosa in Rom*, in: Günter Grass, *Werkausgabe in zehn Bänden. Bd. IX*, Darmstadt: Neuwied, 1987, S. 832.

[②] ［德］君特·格拉斯:《比目鱼》，冯亚琳、丰卫平译，漓江出版社2003年版，第1页。后文引语仅给出书名和页码。

[③] ［德］君特·格拉斯:《母鼠》，魏育青译，上海译文出版社2005年版，第37页。后文引语仅给出书名和页码。

础，它与现今紧紧缠绕在一起，跨越了一个有限的、八十年到一百年的历史纬度；而后者的内涵则在于"绝对的"历史的深处，具有更为稳定的客观性，是一种"仪式化了的、即在节日的文化时间维度中被唤起的回忆"①。正因为如此，交际记忆的范围是充满了变数的活动区域，它的"内容是变化着的，没有固定的意义归属。每一个人都具有同样的能力，来回忆共同的历史并对之作出解释"②。与此相反，文化记忆根植于稳定的历史积淀层中，是"固定的具体化"，以"句语、图画、舞蹈等"等形式进行"传统的、具有象征性的编码或者演示"③。与此相应，交际记忆表现的主要是口头历史，它局限于个体生平框架内具有交际特性的历史经验，而文化记忆的对象则是"一个遥远的过去神话化的、被阐释为集体基础的事件"④。

将格拉斯的文学回忆放到上述理论框架中去，我们发现，它几乎总是在交际记忆与文化记忆的交替与张力场中展开。以《铁皮鼓》和《比目鱼》为例，前者演示的是建立在个体回忆基础上的交际记忆，而后者的基础则是人类作为一个整体的文化记忆；与此同时，两部小说却都没有停留在演示层面，《铁皮鼓》叙事主线由虚构的、一位名叫奥斯卡·马策拉特的人的自传构成，它建立起来的关联却是希特勒统治时期的德国历史和历史事件，也就是说，它演示的虽然是个体记忆，指向的却是民族的集体记忆；与此不同，《比目鱼》借助所谓的童话原则，确切地说是借助童话原则充满虚幻和想象的"超个人"的回忆，将日常琐事和历史事件融合在一起，构建起一个自新石器时代以来人类历史发展的全景图。由此可以说，文学回忆在格拉斯那里既被赋予了反思的功能，有着明确的目的性，同时，它又作用于叙事本身，充分利用个体记忆和集体记忆、交际记忆与文化记忆之间的张力关系，生发出各式不同的文学回忆模式来。

---

① Astrid Erll, *Kollektives Gedächtnis und Erinnerungskulturen* a. a. O. , S. 28.

② Ebenda.

③ Jan Assmann, *Das kultuelle Gedächtnis. Schrift, Erinnerung und politische Identität in frühen Hochkulturen* a. a. O. , S. 56.

④ Astrid Erll, *Kollektives Gedächtnis und Erinnerungskulturen* a. a. O. , S. 28. 交际记忆与文化记忆的对比参见 Jan Assmann, *Das kultuelle Gedächtnis* a. a. O. , S. 56。

一

应当说，回忆在格拉斯的第一部、也是最有成就的小说《铁皮鼓》中的核心作用几乎从一开始就为研究者们所认识，尽管这一主题迄今并没有得到深入的挖掘。诺伊豪斯曾经撰文论述过该小说的两个不同的、交织前行的时间层面，即当前叙述层面和回忆层面，如此情况下，叙述者"我"时而是回忆者，是主体，时而又是被回忆者，是客体。表现在叙述特征上，就有了第一人称和第三人称之间的不断转换，以至于同一个句子里也会有"我"与"他"同时出现的情况："我附近虽有铜片上的绿锈，但不是玻璃；尽管如此，奥斯卡叫喊了。"（《铁皮鼓》，第76页）与回忆有关的研究还涉及《铁皮鼓》中的击鼓回忆，[1] 以及文本结构框架下的对回忆的研究。[2] 由此可以毫不夸张地说，无论是从文本内部看，还是从文本外部看，这部小说本身就是回忆的产物。

就文本内部而言，小说是一个虚构的自传：主人公奥斯卡·马策拉特在他所逗留的疗养院里记录下了他自己的和家庭的故事。他从他的祖母与外祖父野合怀上他的母亲开始讲起，一直叙述到他自己年满三十岁，即将要离开疗养院、重新步入由黑厨娘统治的险恶的社会这一时刻。为了记录下他的故事，奥斯卡花了整整两年时间，这一过程是一个艰难的回忆过程。为了提醒读者注意这一点，叙述者不断地重复道："我的鼓告诉我"，或者"我回忆起"。

奥斯卡的回忆具有一个显著的特征：他总是不断地受到有意识的或是无意识的遗忘的干扰，之所以这样说，是因为恰恰在"强调能够记起来细节的能力的时候"[3]，另外一种可能性不期而至，那便是一种主观的、并非源

---

[1] Sabine Moser, *Günter Grass. Romane und Erzählungen*, Berlin: Erich Schmidt, 2000, S. 30.

[2] S. Dieter Arker, *Nichts ist vorbei, alles kommt wieder. Untersuchungen zu Günter Grass*, "*Blechtrommel*", Heidelberg: Carl Winter, 1989.

[3] Ebenda, S. 121.

于记忆空白的选择。尽管奥斯卡不断求助于他的铁皮鼓，他依然承认："我不喜欢回忆这些外出募捐的星期天。"(《铁皮鼓》，第163页)他甚至有意识地试图忘掉一些什么："然而我有时仍不免要这样试试，那也是为了努力忘掉这些不光彩的插曲，为了在这页稿纸上不给它们地位，或者给予尽可能小的地位。"(《铁皮鼓》，第163页)如此情形下产生的回忆是一种有选择的回忆，充满主观性和矛盾性。在回忆无关紧要的事情的时候，奥斯卡往往沉湎于细节，比如他"敲了一上午的鼓"，为的是要想起他出生时父母卧室的灯泡究竟是四十瓦的还是六十瓦的（《铁皮鼓》，第27页）。但在其他显然更为重要的事情那里，叙述者或者假设出各种可能性，或者顾此而言彼，让读者平生出许多疑虑来。而构成整个个人回忆时间框架的重要历史事件如斯大林格勒战役等往往只是顺便被提及，甚至仅仅是在叙述的过程中稍加暗示。

总而言之，《铁皮鼓》中的回忆时而吹毛求疵，毫无必要地追求准确，时而却毫无道理地留下明显的漏洞。借用沃尔福冈·伊瑟尔的概念，可以称这些漏洞为"不确定性"[1]。假如说，这种不确定性产生于意义空白点，那么，在《铁皮鼓》中，它则因为加上了叙述者的不可靠性显得更为强烈。叙述者奥斯卡的话虚虚实实，真伪难辨，他不仅不断地更正自己，还试图迷惑读者或者误导读者，让后者在几经"折磨"之后最终放弃寻找正确答案，比如说到底是不是应该由奥斯卡对他的母亲、两位父亲以及那位"伟大的梦游女"(《铁皮鼓》，第251页)罗斯维塔的死亡负责任，尽管他在他的师傅贝布拉面前痛哭流涕地供认了他所谓的罪行，而后者竟也非常"出色"地扮演了他的法官："是我，贝布拉师傅。这是我干的，那也是我干的，这次死亡是我造成的，那次死亡我也不是无罪。宽恕我吧。"(《铁皮鼓》，第436页)

假如说，在叙事层面上，奥斯卡的供词是游戏式的，是他"给自己的声音带上一种甜蜜的腔调"、并"用手捂住脸"(《铁皮鼓》，第436页)假装出来的，那么，就主题而言，《铁皮鼓》最终说的还是罪与罚，用格拉斯

---

[1] Wolfgang Iser, *Die Appellstruktur der Texte*, Konstanzer Universitätsreden. Konstanz, 1970, S. 13.

本人的话讲："事关他（主人公）的真正的罪过和他的假造的罪责。"① 换句话说，奥斯卡自传中的罪过是可以以游戏的形式进行虚拟的，因此可以是不以为然的，然而，德国法西斯犯下的罪过却是历史事实，必须认真对待。这些罪过中也包括了普通老百姓、尤其是格拉斯浓墨重彩、着重刻画的小市民阶层的罪过。属于后者的不仅有奥斯卡的父亲马策拉特、他的继母玛丽亚等，而且也包括了为艺术而替希特勒站到了台上的奥斯卡的师傅贝布拉以及他本人。从这个意义上讲，《铁皮鼓》不厌其烦地讲罪责并非是空穴来风，毫无道理，而是通过表面上的避重就轻，达到激活历史并调动读者的目的。事实上，当一些平凡的小人物们像奥斯卡的父亲那样随大流而加入了希特勒的国社党的时候，或者像玛丽娅那样准备把"畸形人"奥斯卡交给纳粹当局处置的时候，他们已然犯下罪过；而奥斯卡本人也同他的师傅一样，出于对艺术的唯美主义的追求，把自己的击鼓艺术奉献给了希特勒的前线部队。由此看，奥斯卡的一生在时间上与纳粹统治时期及第二次世界大战的重合并非偶然。文本层面上主人公的个体记忆显然有指涉文本之外的集体记忆的作用，小说要达到的，是通过讲述个体的生平进入读者的意识，进而启发后者进行思考与反思。而对于德国读者，他首先反思的抑或是他自己、他的家人或朋友，但更会是整个德意志民族的历史。

假如说，以上是格拉斯文学回忆的目的所在的话，那么，人们在这里观察到的是两种记忆的交汇与缠绕，一种是个体传记式的回忆，一种是集体记忆。这两种记忆形式的相互融会不仅仅涉及文本。因为，论及建立在人生经验之上的个人传记式的回忆，不能忘记的是作者格拉斯本人的人生经历。恰恰是在备受良知折磨的对待罪责的态度上，在闪闪烁烁地对罪责的供认上，人们隐隐瞥见了作者本人的身影。2006 年，格拉斯的新作《剥洋葱》问世之前，他第一次用明白无误的语言承认他十七岁时曾加入了纳粹的武装党卫军。这一事件在德国舆论界引起一片哗然，为格拉斯辩护者有之，对其谴责者更是不乏其人。不过人们忽略了一点：其实早在 50 年代的《铁皮鼓》中，作者就已经在拷问奥斯卡罪责的同时在拷问自己和整个德意志民族的罪

---

① Günter Grass, *Der Autor als fragwürdiger Zeuge*, München: Deutscher Taschenbuchverlag, 1997, S. 108.

责了，也就是说，格拉斯早在他的第一部小说中就已经在试图通过回忆来反思历史问题了，只不过要真正说清楚，他花了整整半个世纪的时间。

贯穿文本内外两个层面的回忆还有另外一个实例：这便是第一次世界大战之后设立在但泽的波兰邮局保卫战。一方面，这一属于德意志民族和波兰人民共同的集体记忆的历史事件在侏儒奥斯卡的特殊视角中被去英雄化了，甚至被漫画化了：小说中，邮局的保卫者们面对敌人并非表现得英勇善战，而是相反，他们惊恐慌乱，甚至让人觉得——比如在战斗间隙打扑克时——可笑而可悲。另一方面，作者则用这样的文学回忆，给当年参加邮局保卫战的人们——其中也包括格拉斯的一位表舅——树立起了一座记忆之碑。① 由此可见，《铁皮鼓》中的记忆是一种双重记忆，它既是小说人物奥斯卡的，同时也是作者格拉斯的。按照阿莱达·阿斯曼和扬·阿斯曼的理论构架，这一记忆连同构成它历史框架的"第三帝国"和第二次世界大战均属于交际记忆范畴，但同时却因其本身的历史意义具有文化记忆的质量，因为它在时间上虽然属于"日常世界的近距离视野"，但由于是"转换了的故事，允许社会从其中引出有约束力的关于自身的表述"②，对于构建"参与其中的个体方面认同的"③ 集体同一性具有重要意义。

在这一范围中考察格拉斯的文学回忆，会发现一些有趣的现象：作者借助某种方法把作为文学形象的历史变成了叙事，也就是说，历史事件被作为叙述者的亲身经历或体验过的故事讲述出来。这种叙事最重要的特征就是有一个非常个性化的叙述声音和一个非常独特的叙事视角，具体到《铁皮鼓》，那便是研究者们津津乐道的蛙视角。在这样的回忆中，读者从一开始就被视为积极的参与者，他对文本的接受是在对其人生经历的观照中完成的。而文学作品也正是在这样的读者接受行为中，逐步实现由个体记忆向集体记忆的转化过程的。

---

① S. Günter Grass' Rede bei der Nobelpreisverleihung. nobelprize. org/literature/laureates/1999/lecture-g. html.
② Astrid Erll, *Kollektives Gedächtnis und Erinnerungskulturen* a. a. O. , S. 116.
③ Jan Assmann, *Das kultuelle Gedächtnis* a. a. O. , S. 132.

二

　　假如就此转向对《比目鱼》的考察，几乎可以认为，格拉斯把同一种方法和原则在这里又使用了一遍，即通过讲述虚构的人物自传体故事来构建对过去的回忆：第一人称叙述者"我"用了九个月的时间，给他怀孕的妻子讲述自己与"九个还是更多个厨娘"的故事（《比目鱼》，第9页）。和《铁皮鼓》一样，《比目鱼》中也有一个"现时的第一人称叙述人与过去的经历者的重合"[①]。只不过，在后者中，格拉斯构建的是"那些'伟大'的历史事件背后的人类历史的全景"[②]。也就是说，它不像《铁皮鼓》那样，是通过演示以个体生平为主线的交际记忆以达到建构民族文化记忆的目的，而是在叙述中直接调动文化记忆，然后将之具体化和形象化。为了完成历史跨度如此之大的回忆，格拉斯运用了童话的叙述方式来消解日常理性逻辑，让第一人称叙述人在四千多年的人类历史长廊中自由来往，穿梭于过去、现在和未来之间。

　　可见，童话形式对于构建《比目鱼》式跨越式回忆起到了关键的作用。不过，使用这种叙述形式对于格拉斯却不是第一次。他本人就曾经说过："我从一开始就使用了'从前'这样的童话形式……"格拉斯所说的"童话形式"，首先指的是所有童话赖以存在的"奇妙原则"。正是这种特殊的叙述方式使得一种"超个人"的回忆成为可能。"长生不老"的第一人称叙述人在不同的历史时期扮演着不同的角色：渔夫、牧羊人、主教、诗人、画家或者工人，而那"九个或者十一个"厨娘也在现今对为男人的事业出谋划策几千年的比目鱼的审判中找到了各自的对应：公诉人、辩护人、法官、陪审法官等。然而，童话对于《比目鱼》的意义并不仅仅在于奇特的人物对称和包括了现在、过去、未来在内的所谓的第四时间维度，而更是在于回忆的目的性。

　　1981年，在一次作家大会上，格拉斯作了以"文学与神话"为题的讲

[①] Volker Neuhaus, *Günter Grass*, Stuttgart und Weimar: Metzler, 1992, S. 133.
[②] Ebenda.

话，他称：童话和神话能传达一种认识，这种认识是工具理性所无法得到的。由于能够流传，童话具有集体记忆的功能："人用童话为自身打造出一个继续生活的空间。"① 格拉斯强调："文学创作若是没有童话风格的塑造力量是不可想象的。这种力量使得观察另外一种、也就是说拓宽人的生存的真实成为可能。因为我是这样理解童话和神话的：作为我们现实的组成部分，更确切地说：作为我们现实的双重基础。"② 用童话构建记忆凭借的是想象力，就《比目鱼》而言，这一点甚至深入叙事层面并贯穿于整个故事情节：原始时代，淡青色的尖萝卜曾是男人们的"梦想之根、希望之母"，它的叶子能满足"埃德克们"的每一个愿望，带他们"进入那无边无际、英勇无比、永垂不朽和引人入胜的白日梦"（《比目鱼》，第91页）。

写作作为文学记忆在《比目鱼》中意味着寻求"另外一种真理"，正如叙述者在"第六个月"这一章节所说的。这一真理基于这样的认识：迄今为止的有文字记录的历史是男性统治者和胜利者写下的历史，是"谎言"：

先是僧侣，后是城市作家，
今天的文字记录者，保持谎言畅通无阻。（《比目鱼》，第245页）

格拉斯在他的文学回忆过程中所要唤醒的，是历史记载中被忽略了的、因此还需要书写的部分，即迄今不为人所知的"妇女参与历史的部分"，她们曾经"作为厨娘、作为家庭妇女在食品结构革命中，比如在用土豆取代小米过程中起到了重要作用。传说这是普鲁士的老弗里茨完成的。我抓住了这个传说，然后写出了我的反传说"③。

---

① Zitiert nach Sabine Moser, *Günter Grass. Romane und Erzählungen*, Berlin: Erich Schmidt, 2000, S. 116.

② Günter Grass, *Literatur und Mythos*. Rede auf dem Schriftstellertreffen in Lathi (Finnland), "zitiert nach Walter Filz, *Dann leben sie noch heute? Zur Rolle des Märchens in?* Butt "und" "Rättin", in: Heinz Ludwig Arnold (Hrsg.), Günter Grass. Text + Kritik. H. 1. 7., revidierte Auflage, 1997, S. 96.

③ Heinz Ludwig Arnold, *Gespräch mit Günter Grass*, in: *Text und Kritik. Zeitschrift für Literatur*, herausgegeben von Heinz Ludwig Arnold, Heft 1/1a. Fünfte Auflage 17, S. 31.

《比目鱼》讲述的"反传说"是一部大型的、虚构的回忆录，目的是填补以官方历史形式出现的主流记忆中的空白。这一历史忽略了或者是隐瞒了妇女对于人类历史、文化和进步的贡献。格拉斯的"反传说"声称：不是一个名叫普罗米修斯的男人从天上偷来了火，而是一个有着三个乳房的叫奥阿的女人，她的后任维加鼓动不安分的哥特人踏上了民族大迁徙的旅途；而维加的后任迈斯特维纳则用一把铁勺打死了从布拉格来的主教，从而创造了历史。不过，人类历史并不仅仅是由英雄事件和进步组成的，它还应当包括一直没有人重视的营养史。长工厨娘阿曼达·沃伊克因为饥饿失去了三个女儿，却正是她把土豆引进了普鲁士，从而战胜了饥饿；假如没有懂得如何把厨艺用于政治的胖修女玛加蕾特·鲁施，今天的欧洲人就不会在烹饪时用胡椒；没有世世代代乐于发明新菜肴的厨娘们，也就不会有作者在小说中记录下来的九十九个菜谱。

格拉斯的"反传说"还形象地向读者演示了男人失败与垮台的历史。始于石器时代的男人摆脱妇女统治的努力在后来的数千年里，日益朝着线性理性指导下的进步狂和占领欲发展。在为权利与理想浴血奋战了几千年之后，如今他们破产了，伤痕累累，"在历史面前变得哑口无言"（《比目鱼》，第106页）。

如果说世界历史对于男性是失败的历史的话，那么，它对于女性则是一部苦难史。换句话说：人类的文明史进程是与男人对妇女的压迫同步进行的：她们像拒绝接受基督教同化的麦斯特维娜那样被杀害，像多罗特娅那样被作为男人事业的祭品，或者像柔弱的阿格娜斯那样在男性统治需要替罪羊的时候被作为妖女判处以火刑。

就这样，我们在《比目鱼》中观察到一种充满想象的、具有代代相传的口头叙述特征的回忆。妇女们在各自的劳动过程中讲述传说与自己的经历，把属于女性的记忆流传下去：阿曼达在削土豆皮的时候讲述，修女厨娘玛加蕾特在拔鹅毛的时候讲述，而麦斯特维纳则在杵橡子的时候讲述：

> 捣研时，拊鹅毛时——麦斯特维娜知道奥阿的故事：奥阿怎样从天上取的火种，奥阿怎样发明捕鳗用的笼子，奥阿怎样被她的孩子们吞食，从而变成了神。（《比目鱼》，第352页）

格拉斯在传统的童话审美原则之上建立起了他本人的审美观，他言道："不是列举的数字，而是讲述的故事得以延续，口头的东西才会流传下去。"（《比目鱼》，第354页）文字记载是死的，不可能再继续发展，只有口头的东西才是动态的，因此充满了活力并具有发展的可能。正因为这样，比目鱼的故事也应当不断在别样的讲述方式中流传下去，这也是格拉斯《比目鱼》小说创作的因由。因为只有在不停地变换中、在相互补充中才能逐步"接近真实"（《比目鱼》，第356页）：童话"只是暂告一段落，或者在结束后又重新开始。这是真的，每一次讲述都不相同"（《比目鱼》，第645页）。如此产生的回忆，不是僵化的、被简化为由日期和事件组成的历史文献，而是一种扩展了的、多层面的、具有活力的历史记忆。

如此一来，我们在《比目鱼》中观察到另外一种文学记忆。作者虽然以某种方式动用了作为文化记忆"形象"的《渔夫和他的妻子》这一流传甚广的童话故事，但是，他却并不是要启动并激活这个童话的记忆储存功能。而是相反，作者以这则童话所代表的价值观为叙述的出发点，为的却是要批判并最终摈弃了隐含其中的价值系统，并在不断地、另外的、也就是说提供选择可能的讲述过程中构建新的价值关联。同时，《渔夫和他的妻子》所代表的童话形式对于作者也具有重要的意义。因为它提供给作者一种全新的叙述方式。这种叙述方式不仅能够诠释历史，更能够重新构建历史记忆，"干预现实的回忆竞争并争取回忆的统治地位"[1]。作者在通过语言叙述虚构历史和人生经历的时候，所使用的框架不是别的，而正是与空间和时间密切关联的具有重要文化记忆意义的历史和神话事件。在《比目鱼》中，从对于火的发现和利用开始，到基督教的传播、中世纪的"女巫"火刑、法国大革命、土豆进入欧洲、一直到20世纪下半叶的妇女解放运动，在这样的回忆中，一种不同于主流记忆文化的"反回忆"得以构建和展开，这期间，选择性被作为"另外一种真理"提供给读者。而虚构的个人生活经历则是叙述的缘起。不仅如此：这些生活经历在不断地被重新叙述过程中，相互补充并相互纠正，从而比在几千年的文化编码过程中已经被固定下来的表现形式如神话和童话等更加接近多层面的、充满矛盾的历史现实。

---

[1] Astrid Erll, *Kollektives Gedächtnis und Erinnerungskulturen* a. a. O., S. 178.

正如上述论述所展示的，记忆在格拉斯的小说中不仅是主题，而且是叙述的缘由，同时又是叙事本身。从主题上来看，它在《铁皮鼓》和《比目鱼》中均是在个体记忆与集体及文化记忆的张力场中进行的。只不过，前者通过演示以个体生平为主线的交际记忆达到建构民族文化记忆的目的，而后者调动的则是文化记忆，然后将之具体化和形象化。也就是说，在《铁皮鼓》中交际记忆处于前沿，而《比目鱼》则将文化记忆作为基本框架，尽管内容是虚构的，是在叙述过程中产生的。而这一点，恰恰证实了文学在集体记忆中的特殊作用。对《铁皮鼓》和《比目鱼》的考察还证明，构建集体记忆的文学叙述的重要特征是它的选择性，这种选择性在《铁皮鼓》中表现为叙述策略，而《比目鱼》中则是叙述原则。

君特·格拉斯说："总是关乎于历史和对历史的反思。"[1] 可以说，作者对历史回顾和针对历史的反思的目的在于构建一种批判性的记忆意识，如《铁皮鼓》中对遗忘的抵抗，又如《比目鱼》中对主流文化记忆的观照、审视、甚至颠覆。

个案二：君特·格拉斯小说中自然作为文学回忆的符号[2]

内容摘要：在君特·格拉斯的小说中，对自然风光的描写不再像传统文学作品中常见的那样用来烘托气氛，也不再是用来暗喻主人公的内心情绪，而是被功能化、工具化了。在这样一种方案的主导下，自然是被言说和观照的对象，它变成了符号，充当起文学回忆的起因与关联。如此意义上的对自然的描写，与其说是审美意义上的，不如说是道德观照层面上的，它是哀歌，哀悼个体与民族业已丧失或有可能丧失的生活空间和精神家园，更是警示，直指人在特定历史条件下所犯下的罪责。

---

[1] Günter Grass / Harro Zimmermann, *Vom Abenteuer der Aufklärung*, *Werkstatt Gespräche*, Göttingen: Steidl, 1999, S. 83.

[2] 本文曾作为阶段性成果以"自然作为文学回忆的符号——论君特·格拉斯小说中功能化的自然描写"为题载于《外国文学评论》2009年第3期。

关键词： 自然　文化记忆　精神家园　罪责

记忆业已成为我们这个时代的标志，正如哈特穆特·波姆等人所指出的："在我们纪年的第二个千年结束的时候，我们普遍能够确定一种强烈的回顾过去的趋势，于是有了不同形式的总结、储存、归档和回忆。"[1] 这或许也是自20世纪80年代以来德国学术界、尤其是文化学界为何越来越多地关注记忆话语的重要原因之一。这方面标识性的研究成果是扬·阿斯曼与阿莱达·阿斯曼在法国学者哈布瓦赫有关集体记忆的论述上所提出的"文化记忆"的理论，这一理论的核心是：文化记忆根植于稳定的历史积淀层中，以"词语、图画、舞蹈等"形式进行"传统的、具有象征性的编码或者演示"[2]。由于这一传统能够将"昨天"与"今日"连接起来，因此它对于某一群体来说具有支撑自身文化特征意识的作用，从而产生同一性意义上的文化延续。需要强调的是，记忆和回忆往往展现为建构和反思的过程，而在这其中起着某种发酵剂和黏合剂作用的则是想象，因为："回忆什么意味着要在想象力和幻想力的帮助下积极地去幻想。"[3]

记忆与想象的这种密切关系以及它的反思功能赋予了文学以得天独厚的回忆功能，这一点，尤其典型地表现在德国作家君特·格拉斯的作品中。甚至可以说，君特·格拉斯文学创作的主旨便是回忆。格氏著名的格言"针对流逝的时间而写作"[4] 蕴涵的便是这样一个前提，即：人类历史处于一个永不间断的循环过程中，现今与过去紧密相关，而未来则又是过去与现今的必然产物；这一历史观，被格拉斯浓缩在了他的"第四时间"概念"现

---

[1] Hartmut Böhme, Peter Matussek, Lothar Müller, *Orientierung Kulturwissenschaft. Was sie kann, was sie will*, Reinbek bei Hamburg: Rowohlt, 2000, S. 148.

[2] Jan Assmann, *Das kultuelle Gedächtnis. Schrift, Erinnerung und politische Identität in frühen Hochkulturen* a. a. O., S. 56.

[3] Hartmut Böhme u. a, *Orientierung Kulturwissenschaft. Was sie kann, was sie will*, a. a. O., S. 149.

[4] Günter Grass, *Die Vernichtung der Menschheit hat begonnen. Rede zur Verleihung des Internationalen Antonio-Feltrinelli-Preises für erzählende Prosa in Rom*, in: Günter Grass, *Werkausgabe in zehn Bänden*. Bd. IX, Darmstadt, Neuwied: Luchterhand, 1987, S. 832.

(今)—过(去)—未(来)"(Ver-gegen-kunft)之中。

格拉斯的文学回忆表现在多个层面上,而本文所要讨论的则仅限于他小说作品中的自然描写。不过,在正式进入论题之前,首先需要界定的是:这里所说的自然纯指文学作品中大到对山脉河流、森林草原等自然景观的勾画,小到对房前屋后、花园田野的描写,这种勾画和描写能够赋予某一个地理环境、尤其是与人产生关联的场所某种纯属自己的特征。也就是说,"自然"在本文中仅指自在已然的空间和场所,它不是整体意义上的自然,更不指向"每一个事物都具有的本质意义上的自然"①。

应当说,恰恰是这样一种一般理解的对自然场景的描写,在君特·格拉斯的小说中并不多见,尽管有论者在引证了《狗年月》中"维斯瓦河在慢慢地流淌,堤坝在慢慢地变细,四季在慢慢地交替,云彩在慢慢地飘动"②这样的词句之后,曾经得出结论说:在格拉斯的"风景描写与叙述技巧"之间存在着某种"自然而然的联系"③。我们这里则拟提出另外一个新的观点,即:在格拉斯小说中并不太多见的自然场景中更具代表性的是另外一种自然描写,它不再像传统文学作品中常见的那样是用来烘托叙事氛围的,也很少用来暗喻主人公的内心情绪,而是被言说、被观照的对象。

在小说《比目鱼》中,那条神奇的、长生不老的鱼就曾经给过新石器时代的男人们这样一个有关自然的训导:"……在外面的世界里,未来已经有了它的目标。大自然不乐意继续接受女人的忍耐,而要被男人征服。修筑渠道,排干沼泽的水。划分土地,耕种并占有它。"④几千年过后,到了20世纪,比目鱼不得不承认,按照它的原则和建议行事的男人们终于走到了穷途末路。而男人的失败,首先表现在他们对大自然的破坏和掠夺上。同样是比目鱼说给男人听的话,如今却更多的是训斥而不是建议:"我把大自然托

---

① Gernot Böhnfe, *Natur*, in: Christoph Wulf (Hrsg.), *Vom Menschen*, Weinheim und Basel: Beltz, 1997, S. 92.

② [德] 君特·格拉斯:《狗年月》,刁承俊译,漓江出版社1999年版,第40页。后文中引语仅给出书名和页码。

③ Hanspeter Brode, *Günter Grass*, München: Beck, 1979, S. 54.

④ [德] 君特·格拉斯:《比目鱼》,冯亚琳、丰卫平译,漓江出版社2003年版,第37页。后文中引语仅给出书名和页码。

付给你们，然而你们却耗尽它，污染它，使其面目全非并毁了它……"（《比目鱼》，第538页）类似的末日征兆在格拉斯的另一部小说《母鼠》中也有体现：

> 垃圾席卷大地，平原因而不断向远处伸展，海滩上遍布、山谷里也填满了垃圾。人工合成的材料漂在团团泡沫上，还装着番茄酱的锡软管永不腐烂。丢弃的鞋子既不是用皮革也不是用稻草做的，它们随着沙子移动，最后汇集在肮脏的浅坑里，在那儿等待它们的是帆船运动员的手套和滑稽的浴场玩具。①

显然，这里的大自然全然没有了愉悦身心、启迪心智的魅力，茫茫大地，处处丑陋苍凉，与德国传统小说相比较，它既丧失了歌德《威廉·迈斯特》小说中的情韵，也没有了浪漫小说中奇异的光彩，更看不到19世纪诗意现实小说中的秀美。不仅如此，小说对自然风光描写的目的也发生了转变：无论是在《比目鱼》中，还是在《母鼠》中，对自然的描写均与对工具理性以及人类进步妄想的批判联系在了一起，因为在作者看来，正是人主宰自然、改造自然的追求最终毁灭了后者。如此意义上的对自然的描写，与其说是审美意义上的，不如说是道德观照层面上的。需要指出的是，这种道德观照在格拉斯那里，几乎就是文学回忆的同义词，正如上面列举的例子所展示的，不管是《比目鱼》中对男性进步狂想的批判，还是《母鼠》中对人类中心主义的谴责，均是历史意义上的，且以一种批判性的回忆工作为前提。

在下文中，笔者选择以扬·阿斯曼和阿莱达·阿斯曼的"文化记忆"理论为框架，论述过程尤其会涉及阿莱达·阿斯曼的《记忆空间——文化记忆的形式与流变》（以下简称《记忆空间》）一书，拟对格拉斯小说反映出的这种另类的自然描写方案进行探究和分析，其中分别涉及两个典型的案例，一是《母鼠》中作为回忆起因的森林之死，二是《但泽三部曲》中作

---

① ［德］君特·格拉斯：《母鼠》，魏育青译，上海译文出版社2005年版，第8页。后文中引语仅给出书名和页码。

为回忆关联的对自然的描述。

一 "森林之死"——《母鼠》中的回忆起因

首先需要说明的是，"森林之死"是《母鼠》中五个平行发展、相互之间仅有松散联系的主要叙述线条之一，[1] 然而也是除了"核爆炸毁灭人类"之外另一个最引人注目的主题。之所以如此，原因有二：其一，小说产生的背景是20世纪80年代，当时在德国兴起的环保运动把森林死亡问题一下子推到了公众舆论的前沿。人们一方面第一次真正认识到，大规模的环境污染会造成毁灭性的灾难，另一方面也意识到环境问题不是一个孤立的、而是全球性的问题。从这个意义上讲，"森林之死"这一主题进入《母鼠》并非偶然。因为作为一位不断强调时代责任的作家，格拉斯对包括森林死亡在内的环境问题的关注几乎是理所当然的。1982年11月25日，在接受罗马国际安东尼奥·费特利内里小说奖的答谢词中，他就表明了他对环境问题的极度关切：

> 我们的现在让未来变得不确定，它在各方面都把未来排除在外并且生产出——因为我们首先学会了生产——近日内的增长：贫穷、饥饿、正在忍饥挨饿的人、被污染的空气和水域；这里是被酸雨、那里则是被乱砍滥伐破坏掉的森林，还有能让人类不止毁灭一次的自动扩张的军火库。[2]

由此可见，《母鼠》中的"森林之死"主题并非是作家的突发奇想，而是整个环境讨论的一个组成部分。尽管如此，"森林"问题却也是一个特殊

---

[1] Vgl. Volker Neuhaus: *Günter Grass.* 2., überarbeitete und erweiterete Auflage, Stuttgart, Weimar: Metzler, 1992, S. 162 - 180.

[2] Günter Grass, *Die Vernichtung der Menschheit hat begonnen. Rede zur Verleihung des Internationalen Antonio-Feltrinelli-Preises für erzählende Prosa in Rom* a. a. O., S. 830.

的德国问题。① 德国学者于尔根·巴克霍夫就曾在他自己关于《母鼠》中森林死亡问题的研究中指出过：20世纪80年代早期没有哪一个环保运动的主题能像森林问题那样在德国公众中引起如此之大的反响，能够如此强烈地触动德国人的神经，他写道："为濒临死亡的森林而担忧，似乎是德国人特有的震惊方式。"②

应当说，德国人与森林的特殊关系几乎是一个颇引人注目、同时又众所周知的事实。但它在《母鼠》中的表达，诸如"……没有树林我们就倒霉了"（《母鼠》，第43页）等，指的却显然不仅仅是森林在"寒来暑往"过程中能够带给人们的"各种色彩"（《母鼠》，第43页），而是更重要的、涉及本民族文化记忆的东西。相比而言，前者建立的关联是水平的、横向的，而后者的关联则是历史的、纵向的；前者涉及作为物质层面的人的生存空间，后者则涉及作为文化层面的人的精神家园。

《母鼠》中关于森林之死的描写，首先展现了森林作为语言的发祥地的重要性：失掉森林，会带来语言的贫瘠化，因为如果没有了森林，那么"也不再会有誓言被刻在树皮上。不再有沉重的积雪从冷杉树上落下。不再有布谷鸟教我们数数"（《母鼠》，第118页），告别森林也就意味着与一切源自于森林和"与森林有关的词语告别"（《母鼠》，第118页）。

这样一来，《母鼠》中对于呈现病态的森林的描写，诸如"林子里针叶发黄了，不是回光返照枝叶疯长，就是树干稀疏树心腐烂，枯枝倒在地上，光秃秃的死树干上树皮剥落"（《母鼠》，第45页）等，就绝不仅仅只是对现状的某种展现，而是在构建与过往的对比。由此而引发的德国人对自己曾经引以为豪的茂密的森林的哀悼，很大程度源于某种担忧甚至恐惧：人们害怕会失去生存空间，但更担心会因此而失去一个民族共同居住的历史和自我认同。

---

① 这一讨论也包括当时的民主德国，尽管重点不同，但对森林和森林之死的讨论却同样激烈，参见 Jambon, *Moos, Störfall und abruptes Ende. Literarische Ikonographie der erzählenden Umweltliteratur und das "Bild" Gedächtnis der Ökobewegung*, Diss. Düsseldorf, 1999, S. 29–72。

② Jürgen Barkhoff, *In Grimms Wäldern wächst der Widerstand. Kulturelles Gedächtnis und Waldsterben in Günter Grass' Die Rättin*, in: Jürgen Barkhoff / G. Carr, R. Paulin (Hrsg.), *Das schwierige neunzehnte Jahrhundert*, Tübingen: Niemeyer, 2000, S. 157。

如此意义上的森林死亡所代表的环境破坏既是物质的，更是精神的，因为它毁掉的不仅是人的生存空间，而且还有德国历史进程中一切与森林共同成长起来的文化，这其中首先涉及了被格拉斯称之为第三种可能性的童话。可以这样说，童话是诞生在森林里的，没有森林，也就不会有格林兄弟搜集与加工的《儿童与家庭童话集》，尤其是其中家喻户晓的《睡美人》、《白雪公主》、《汉塞尔和格蕾特尔》、《青蛙王子》和《小红帽》等童话故事。于尔根·巴克霍夫这样评价格林兄弟的《儿童与家庭童话集》："没有哪一本19世纪的书能像格林兄弟的《儿童与家庭童话集》那样至今还在文化记忆方面占有一席之地。"① 巴克霍夫的这一观点十分适用于一直视童话为扩展真实的叙述形式的君特·格拉斯，在《比目鱼》中，作者就充分利用了童话的文化记忆功能，将《渔夫和他的妻子》这一童话编织进了人类文明史的整个发展进程中。在《母鼠》中，他则唤醒了格林童话中的诸多人物，还让他们的创造者雅克布·格林和威廉·格林复活，使之成了保护森林、反对破坏森林的环保人士。

小说这样讲述道：联邦总理的一双儿女化身为童话人物汉塞尔和格蕾特尔，为了揭穿媒体的谎言，让真相大白于天下，他们剪断了用来制造假象的布景的绳索，于是，虚假的牧歌风光消失了，取而代之的是："废弃的汽车堆积如山，路上的汽车首尾相衔，工厂的烟囱吞云吐雾，水泥搅拌机贪得无厌。砍树木，平土地，浇水泥，忙得不亦乐乎。天上下着臭名远扬的酸雨。"（《母鼠》，第49页）

汉塞尔和格蕾特尔随后跑进了濒临死亡的森林。就在他们奔跑的时候，濒死的森林又复活了："起先还是犹犹豫豫，接着似乎决心已定，然后便轰轰烈烈地绿将起来，绿得越来越浓烈，越来越稠厚，就像连环画里那样，最后一座绿得密不透风的童话森林赫然眼前了。"（《母鼠》，第120页）正是以这样一种童话的方式，两个小孩来到了家喻户晓的"松脆小屋"，与聚集在那里的其他童话人物会合，他们联合起来，借助"睡美人"的纺锤使联

---

① Jürgen Barkhoff, *In Grimms Wäldern wächst der Widerstand. Kulturelles Gedächtnis und Waldsterben in Günter Grass' Die Rättin*, in: Jürgen Barkhoff / G. Carr, R. Paulin（Hrsg.）, *Das schwierige neunzehnte Jahrhundert*, Tübingen: Niemeyer, 2000, S. 155.

邦总理及其政府代表团陷入沉睡，并随即推翻了波恩政府。起初，童话人物的革命似乎进展得很顺利，他们要求，为了重新拥有"清爽的空气！干净的水源！无病的果子！""今后童话应当参政"（《母鼠》，第349页）。在这种情况下，格林兄弟"上台执政"，接管了政府，大自然顿时换了一副模样：

> 烟囱口桥墩上在发芽，在蔓延，草木繁荣。高速公路的路面绽开了，蔓生植物冒出头来，转眼便是一大片。流水线、发动机、自动扶梯、升降机井道、自动售货机、商店收款处、到处郁郁葱葱。核电站冷却塔上爬满了青苔地衣，随时准备出动的坦克和超音速战机也是绿茸茸的。海藻给驱逐舰和导弹巡洋舰上染上一层绿色，连最高处的雷达天线也不例外……（《母鼠》，第346页）

这显然是一种前所未有的、甚至令人震惊的"自然描写"：小说作者借用童话的"奇妙原则"，不仅彻底推倒了一切人类文明和工业革命带来的产物，而且对人对自然的统治地位予以了坚决的否定，从而让自然获得了自身发展的力量。在格拉斯笔下，这种力量是颠覆性的，是违背和反抗人的意志的，它催发的奇花异草不仅能"挤碎水泥，冲破大墙，压弯钢管，甚至还能吞食索引卡片，用吸盘删除数据资料"，它"势不可当地占了上风"，从而让"银行里长满了青苔和地衣。镶木地板变成了蘑菇培养基"（《母鼠》，第346—347页）。

遗憾的是，《母鼠》中的这种大自然革命最终还是以失败而告终了。其原因并非是由于有亲吻癖的王子泄露了总理代表团的所在地，也不是因为执政的格林兄弟太过宽容和优柔寡断，更不是童话人物的魔法战胜不了敌人的"清障龙"，而是作为作者的格拉斯有意放弃了传统童话特有的"希望原则"，正像他一直以来就认为的："我不想制造一个虚假的希望，因为虚假的希望以另外一种完全不同的方式使一切瘫痪。"①

可见,随着"森林之死"的主题化,格拉斯将自然描写功能化和工具化了,通过自然描写,他表达的或者是一种警示,或者是一种新的可能性。对于作者而言,重要的不再是对大自然本身的描写,而是要将它变成符号,让其充当回忆的起因,促使人们进入历史的空间,不仅意识到德国森林连同它的"各种情调"(《母鼠》,第43页),而是它作为人的精神家园的意义。

二 但泽—卡舒贝——《但泽三部曲》中的回忆关联

在格拉斯的《但泽三部曲》中,对自然风貌的描写具有"一个重要得多、浓烈得多的作用"②。这一点,完全不同于其他作品,包括他的《局部麻醉》,按照格拉斯自己的说法,自然风景在这部小说中就仅仅扮演了"一个减少了分量的角色"③。

需要说明的是,这里所说的风景,并不是任意一地的风景,而是特指格拉斯的故乡——今属波兰的但泽—卡舒贝地区的风景。

《铁皮鼓》中有这样一段浓墨重彩的描述,在那里,第一人称叙述人的外祖母正坐在一块土豆田里的火堆旁歇息:

> 她坐在卡舒贝地区的心脏,离比绍不远,更靠近拉姆考与菲尔埃克之间的砖窑,面对着迪尔绍与卡特豪斯中间通往布伦陶的公路,背朝着戈尔德克鲁格的黑森林。她坐着,用一根烧焦了的榛木棍的一端,把土豆捅到热灰下面去。(《铁皮鼓》,第5页)

尽管这只是一个虚构的场景,但外祖母所处的土豆地却使人印象深刻,究其原因,是它有一个准确的地理位置。这个地理位置对于作者显然非常重

---

① Günter Grass, *Mir träumte, ich müsste Abschied nehmen. Gespräch mit Beate Pinkelneil*, in: Günter Grass, *Werkausgabe in zehn Bänden*, hrsg. v. V. Neuhaus, Bd. 10. Darmstadt und Neuwied: Luchterhand, 1987, S. 343.
② Heinz Ludwig Arnold, *Gespräch mit Günter Grass* a. a. O., S. 11.
③ Ebenda, S. 11.

要，因为后来他在不同的小说中多次提到过这一块不复存在的土豆田。比如在《比目鱼》中，第一人称叙述人"我"接受了北德电视台的委托，前往但泽—卡舒贝地区，考察那里对传统建筑的保护情况："我上午从柏林的舍内菲尔德机场出发，乘坐一架民主德国航空公司的螺旋桨飞机前往但泽，降落在新建的机场上。那里，就在三年前，我姨婆的卡舒贝土豆田还有着不错的收成。"（《比目鱼》，第132页）《母鼠》中也又一次提到这一块已不复存在的土豆田：因为要建一个新的飞机场，如今已经年过六十的奥斯卡·马策拉特的外祖母"年轻时起就种啊翻啊的马铃薯地像其他传奇一样，消失在水泥底下了"（《母鼠》，第207页）。

但泽—卡舒贝的风景在《但泽三部曲》以及《比目鱼》和《母鼠》的特殊地位，证实了德国文化记忆专家阿莱达·阿斯曼的一个观点，即"固定的和长时间的与家族史的关联"赋予某些区域以"特殊的记忆力量"①。以此来反观格拉斯的《但泽三部曲》，我们可以发现，格拉斯恰恰是利用了他的父辈们曾经生息繁衍过的但泽—卡舒贝地区所具有的这一记忆力量，在想象力的参与之下，创造性地发挥其叙述功能，同时又以此为自己朝思暮想的故乡但泽、为但泽所在的波罗的海东岸和维斯瓦河口、为他孩提时期的游乐场所以及学生时代的郊游地建造了一座座特色鲜明的文学纪念碑。

对但泽及其周围地区的文学回忆却有着一个重要的前提：作为家乡，它对于作者而言不复存在。也正因为如此，文学便被赋予了一个保留它、记忆它的使命：

> 我曾尝试为自己保留一小块出于政治和历史原因永远失去了的家乡。因为当但泽消失的时候，写三本关于消失了的但泽的书［……］，和写三卷关于雷根斯堡的小说——假如要举另外一个历史古城为例的话——完全不是一码事儿。②

---

① Aleida Assmann, *Erinnerungsräume. Formen und Wandlungen des kulturellen Gedächtnisses* a. a. O., S. 301.

② Heinz Ludwig Arnold, *Gespräch mit Günter Grass* a. a. O., S. 11.

格拉斯在回应他人有关《局部麻醉》中的风景描写很苍白，远远不如《但泽三部曲》中的生动的批评①时，承认说，这与他本人与"这一风景"的关系不无关联。如此很容易理解，为什么当格拉斯听到，他的《铁皮鼓》和《狗年月》的第三篇，"一旦故事发生在德国西部时，就失去了写发生在维斯瓦河口的故事那些章节的震撼力"②时，他要用一句感叹来应答："是啊，它（指德国西部——笔者）也没有失去啊。"③

尽管如此，格拉斯对但泽城和但泽地区的文学回忆绝不是单纯的乡愁。这一回忆归根结底也对他人、尤其是对于那些与作者处于相同境地的人均产生意义，因为："在但泽—朗福尔发生的以及但泽—朗福尔本身的命运，同样也有可能发生在布雷斯劳，发生在布雷斯劳的郊区，也可能发生在科尼斯堡或者什切青。"④

由此可见，《但泽三部曲》中对自然风景的描写不仅具有个体记忆的价值，而是具有集体记忆甚或文化记忆的价值。

但泽和它所在的维斯瓦河口风景的典型意义在于它与历史的关联，这在格拉斯那里同时也就意味着它与罪责主题的不可分割。人们观察到，大自然诸如森林、但泽湾、维斯瓦河的入海口、堤坝，甚至也包括孩子们的游乐场，统统都成了诱惑、暴力甚至死亡的发生地。如果说，在《铁皮鼓》和《猫与鼠》中就出现了各种斗殴的场景，那么，在《狗年月》中，对有一半犹太血统的阿姆泽尔以及被人怀疑是吉卜赛人后代的燕妮的迫害，则在小说一开篇就有所预示："咬牙人"马恩特把他和阿姆泽尔歃血为盟时后者送给他的小刀扔进了维斯瓦河里。与此同时，人们可以观察到暴力的不断升级：最初在下水道里，当马恩特因阿姆泽尔将手伸向一个骷髅而第一次殴打了他的朋友时，显然还是青春期的冲动与对犹太人的偏见在作祟；然而越是到了后来，马恩特对阿姆泽尔的攻击就越具有纳粹反犹太主义的色彩。这种政治上对他者的仇恨，致使后者和燕妮几乎是在同一时间被变成了雪人：燕妮在

---

① Heinz Ludwig Arnold, *Gespräch mit Günter Grass* a. a. O., S. 11.
② Ebenda, S. 12.
③ Ebenda.
④ Ebenda, S. 11.

山后的树林子里被以图拉为首的孩子们埋进了雪里,而阿姆泽尔则在自家的花园里遭到一群包括马恩特在内的纳粹党卫军成员的袭击。

大自然正是在这样的历史背景下成了暴力场的:当燕妮和阿姆泽尔分别在不同的地方遭受毒打和迫害的时候,是乌鸦们充当了见证者。它们先是看见燕妮在森林里如何在图拉们的推搡之下变成了雪球,然后又在阿姆泽尔家的园子里发现他被人一拳又一拳地打倒在地。于是,它们"在天上飞来飞去,嘎嘎直叫","掠过埃尔布斯上空,落到把森林同阿姆泽尔的园子隔离开来的山毛榉林中"(《狗年月》,第257页)。

大自然不仅是暴力发生的地方,还是暴力滋生的见证,小说一开篇,读者就读到:

> 瓦尔特·马恩特这个九岁的孩子叉开两腿站着,在三月份露出紫红色的膝盖,叉开十指,眯缝着双眼,让他头发剪得很短的头上的所有伤疤——这些伤疤是由于摔跤、斗殴和铁丝网划出裂口落下的——发肿,具有鲜明的特色。(《狗年月》,第6页)

阿莱达·阿斯曼在她的《记忆空间》一书中,尤其强调了空间和地方对于记忆的重要性,她写道:"即使地方内部并不存在内在的记忆,但它们对于记忆空间的构建却具有重要的意义。"[①]

如果从这个意义上去看格拉斯文学作品中的但泽及其周围地区,它们并非是现实存在的地方,而是隐身于历史深处的空间,是需要重新构建的。在《狗年月》的开篇,如今自称为布劳克塞尔的阿姆泽尔便试图用这样的方式呼唤那个令他魂牵梦绕的地方:他在自己的书桌上,用火柴、香烟烟蒂、烟草屑和烟灰等"把他的办公桌桌面变成一个直观的维斯瓦河三角洲:烟草屑和粉末状的烟灰表示河流及其三个入海口;用过的火柴就是堤坝,拦着维斯瓦河"(《狗年月》,第2页)。

引语显示,景色描写成了回忆的载体,它甚至被化作符号。而回忆的特殊之处恰恰在于:它在开始之前,总是要首先借助想象的力量,使自己与具

[①] Aleida Assmann, *Erinnerungsräume* a. a. O., S. 299.

体的位置和空间建立起关联来，正因为如此，才有了阿姆泽尔类似于施展魔法时的咒语："维斯瓦河是一条河面很宽的河流，在记忆中是一条越来越宽的、尽管有不少沙滩却仍然能够航行的河流……"（《狗年月》，第3页）他如此自言自语道，一边在"桌面上把一截橡皮擦当作渡船，让它在火柴堤坝之间往返行驶"（《狗年月》，第3页），之后才将他回忆的目光投向那个他要讲述的人物——"九岁的瓦尔特·马恩特"——身上（《狗年月》，第3页）。

阿莱达·阿斯曼在她的《记忆空间》中，论证了记忆、空间以及想象之间的密切联系。她介绍说，歌德为了寻找一个能够消除"人与世界、主题与个体、意义与存在之间痛苦的分离"的范畴，使用了"象征"（Symbol）这一概念。歌德称，"具有象征意义的是'幸福的物体'，它们能够在观察者内心引发某种感情，也就是说具有普通印象的功能"①。为了证明这种物体的象征力，歌德列举了两个例子，然而恰恰是这样两个例子颇令人回味：因为歌德举的例子并不是他一开始所说的物体，而是两个地方，即"我所居住的地方"以及"我祖父的房屋、院落和花园的空间"②。

阿斯曼从中得出这样的结论：歌德所赋予这两个地方的象征力量，"似乎与记忆有关。两处地方对于观察者来说都体现了一种记忆，作为个体他分享这一记忆，然而它却远远超越了（对于）他本人（的意义）"③。

假如我们尝试着将阿斯曼的这一论断转引到君特·格拉斯的文学回忆上去，便可以发现，格拉斯小说中自然描写作为记忆的符号，同样具有象征意义，它所指向的是由一个个活生生的个人组成的德意志民族在位于卡舒贝地区的但泽和别的地方所犯下的罪责。由于格拉斯的文学回忆"总是关乎于历史和对历史的反思"④，他小说中的自然描写的象征力量也只能到历史的纵深之处去寻找，只有在那里，自然才能和生活在其中的人一起灵动起来，

---

① Aleida Assmann, *Erinnerungsräume* a. a. O., S. 299.
② Ebenda.
③ Ebenda.
④ Günter Grass / Harro Zimmermann, *Vom Abenteuer der Aufklärung. Werkstattgespräche* a. a. O., S. 83.

鲜活起来。这也就是说，自然描写在格拉斯小说中的意义并非在于它本身，而在于它作为文学回忆的关联对于记忆的作用。这一点，似乎也可以解释格拉斯小说为什么一旦涉及当代德国现实便很少有自然场景描写的现象。

通过上述分析，我们试图表明，格拉斯小说中的自然描写是一种被功能化和工具化了的自然描写。在这样一种方案的主导下，自然描写失去了原本的韵味，它作为一种符号，充当起文学回忆的起因或者关联，进而促使人们进入历史空间，通过回忆进行反思。如此意义上的自然描写，是哀歌，哀悼的是个体和民族业已丧失或有可能丧失的生活空间和精神家园，更是警示，直指人在特定历史条件下所犯下的罪责。

个案三：君特·格拉斯小说中记忆的演示[①]

内容摘要：在格拉斯的小说中，回忆不仅通过某种叙述策略和模式得到演示，得到演示的还有人物、尤其是叙述者，此外，文学创作还成了作者本人的自我演示过程；身体性是这一演示的突出特点，作者在其小说中对食物、烹饪及进食过程的再现、对身体的描写以及对人的基本生存需要的表现，不仅演示了整个人类文明史，用文学手法将历史回忆形象化了，而且建构起一种可以在回忆的过程中对过往事件进行反思和质疑的话语。

关键词：记忆　演示　叙述　表演　身体性

我们所处的时代业已成为仪式化的时代，而"述行"（das Performative）也日渐渗透到我们的日常生活中。包括电视在内的媒体不断对各种名目繁多的"Show"推波助澜，而战争、地震甚至是社会、政治、文化活动也在直播的过程中日益成为作秀和表演。在这种情况下，当你不经意地听到有人说："天气热得太快了，都来不及秀春装"的时候，会禁不住哑然失笑。

于是就有了所谓的"述行转向"（performative turn）。与20世纪70年代

[①] 本文曾作为阶段性成果以"君特·格拉斯小说中记忆的演示"为题发表在《外国文学》2011年第2期上。

的"语言学转向"(linguistic turn)的"文化作为文本"的阐释模式不同,"述行转向"出发点是"文化作为述行",而它研究的聚焦点更多地放在了"建造、生产、制作的活动上",放在了"行为、交流过程、变化以及造成现存结构的消解并形成新的结构的活力"上。[1] 如此一来"文化过程的物质性和媒介性"[2] 就更多地进入了人们的视线,而"源于戏剧的一些概念诸如演示、表演、化装(舞会)、闹剧"[3] 等等也都成了述行研究模式中的重要概念。

从词义上讲,述行的基本含义是演出(aufführen)和执行/实行(ausführen)。前者凸显的是其表演的特征(Theatralität),以给他人(观众)观看为前提,后者则表明其过程性和实践性。应当说,正是由于处于一种表演与实践的张力场之中,使得述行具有"模糊现实与演示(Inszenierung)之间界限"[4] 的功能。只不过,即使在实践的过程中追求某种直接性和真实性,但这终究也是要服务于展示的,也就是说,相对于直接与真实,述行向他人表露、亦即表演的特征更甚。尤其值得关注的是,表演会建立起一种当下性,这一点,与瑟尔(W. Seel)从现象学出发对演示(Inszenierung)的定义相同,他说,每一种演示都是"一种让当下的公开显现"[5]。

除了表演特性之外,述行的另一个特性在于它的身体性。换句话说,表演只能是在身体的参与下进行的。正因为如此,"述行转向"(performative turn)最重要的收获之一便是对身体的发现。这一方面表现在理论层面上对

---

[1] Erika Fischer-Lichte und Gertrud Lehnert, *Einleitung*, in: Erika Fischer-Lichte / Gertrud Lehnert (Hrsg.), *Inszenierung des Erinnerns*, Paragrana Band 9, Berlin: Akedemie Verlag, 2000, S. 9f.

[2] Ebenda.

[3] Ebenda.

[4] Ansgar Nünning (Hrsg.), *Grundbegriffe der Kulturtheorie und Kunlturwissenschaften*. Stuttgart und Weimar: J. B. Metzler, 2005, S. 173.

[5] Ebenda, S. 78.

"文学领域中身体性论证的追问和对身体活动及其对文学文本的意义的探寻"①，另一方面则是包括文学在内的艺术创作前所未有的对身体的热衷。

述行的这种以身体为媒介的演示特征与当下的密切关联使得它和回忆有着天然的联系。（让我们回到上文提到的述行作为演示是"让当下公开显现"的说法,）当下是与过去相对的，那么，回忆是什么呢？回忆是将过去作为当下显现出来，这一层意思在德语词"vergegenwärtigen"（回忆，即"让……成为当下"）中得到充分体现。而这种让过去作为当下显现出来的过程是创造性的，是建立在选择的基础之上的。②

从上述考虑出发，本文拟针对君特·格拉斯小说中文学回忆的演示和身体性进行一些探讨。

格拉斯审美诉求是回忆，这一观点笔者在其他很多地方都有所论及，因此不再赘言。这里需要强调的是文学回忆的过程性和创造性，按照艾丽卡·费舍尔—里希特（Erika Fischer-Lichte）等人的观点，记忆在这里不是对"业已终结、因此成了静态的过去的归档和储存，而是被理解成述行过程（perfomativer Prozess），对其对象进行建构、演示、再演示，期间不断进行更改，并在此过程中不断形成回忆的新的模式和媒介"③。如此理解下的回忆是动态的，创造性的，它能"建构，也能摧毁同一性，将'真实'与'谎言'弄得混乱不堪，以至于我们必须反复重新追问'真实'、'谎言'、'同一性'或者'代表'（Repräsentation）的意义"④。

下文中的讨论将围绕格拉斯的小说是以何种艺术形式实现这种"述行过程"意义上的文学回忆展开的。

---

① Gerhard Neumann, *Begriff und Funktion des Rituals im Feld der Literaturwissenschaft*, in: Gerhard Neumann / Sigrid Weigel（Hrsg.）, *Lesbarkeit der Kultur. Literaturwissenschaften zwischen Kulturtechnik und Ethnographie*, München: Fink, 2000, S. 19.

② 关于记忆的当下性和选择性在本书上编第一章中已有论述。Vgl. dazu auch Maurice Halbwachs, *Das Gedächtnis und seine sozialen Bedingungen* a. a. O., S. 55 und Jan Assmann / Tonio Hölscher, *Kultur und Gedächtnis* a. a. O., S. 13.

③ Erika Fischer-Lichte und Gertrud Lehnert, *Einlitung*, in: Erika Fischer-Lichte und Gertrud Lehnert（Hrsg.）, *Inszenierung des Erinnerns* a. a. O., S. 14.

④ Ebenda, S. 15.

一 文学回忆的演示

阿斯特丽特·埃尔在她的《集体记忆与记忆文化》一书中专门论述了文学回忆的特性。她指出，回忆在文学中尤其是小说中不仅具有主题上、而且具有结构上的重要意义。实现文学回忆的重要艺术手法之一是有一个"起支配作用的叙述者'我'和经历者'我'"[1]。仔细考察一下格拉斯的小说，会发现埃尔的论断仅在一定程度上适于格拉斯。先以他的第一部小说《铁皮鼓》为例：小说有两个不同的、交织前行的时间层面，即当前层面和回忆层面，与此相应，的确有一个叙述者"我"和经历者"我"。前者是回忆者，是主体，后者是被回忆者，是客体。表现在叙述特征上，于是就有了第一人称和第三人称之间的不断转换，甚至在同一个句子里也会有"我"与"他"同时出现的情况。

作为一部虚构的自传，小说将叙述的权利赋予了主人公奥斯卡·马策拉特，让他用了两年的时间，一点一滴地记录下他和自己家庭的故事。然而，仔细看去，叙述的主动权，或者用埃尔的话说——叙述的支配权却并不完全掌握在叙述者手中，因为他回忆什么，叙述什么，很大程度上并不取决于他本人，而是取决于他手中的铁皮鼓。正如小说中所说的：

> 如果没有我这面鼓〔……〕如果我得不到疗养院管理处的同意，让这面鼓每天同我聊上三到四个小时，那么，我便会成为一个连有据可考的外祖父母都没有的可怜人。（《铁皮鼓》，第12—13页）

可以观察到，叙述主体在这里产生了某种移位，随之而来的是叙事的不确定性的加强，因为"不管怎么说"，是"我的鼓告诉我"的。如果说，一开篇叙述者就通过"本人系疗养与护理院的居住者"的"供词"（《铁皮鼓》，第1页）给自己所说的话已经打上了一个大大的折扣的话，那么，击鼓回忆则为其免去了为所说的话需要承担的责任，并为下一步的"谎言"打下基础。

---

[1] Astrid Erll, *Kollektives Gedächtnis und Erinnerungskulturen* a. a. O., S. 71.

假如说，《铁皮鼓》中这样一种叙述策略赋予了叙事一个独特的视角，在奥斯卡虚虚实实、似真似假、游戏式的讲述过程中，历史的矛盾性和复杂性显露无遗，那么在《狗年月》中，得到演示的则是三种不同的叙述立场以及由此而形成的三种不同的回忆方式。作为互为补充的叙述人，布劳克塞尔、利贝瑙和马特恩的叙述视角和回忆能力由两个因素所决定，其一是他们各自在情节层面上所扮演的角色：如今自称为布劳克塞尔的阿姆泽尔是犹太人，他受到极端反犹主义者马特恩的迫害，是受害者，而比阿姆泽尔和马特恩小十岁的利贝瑙则是一个典型的随大流的人，正像他自己形容自己的那样："懒洋洋地尾随其后。"（《狗年月》，第293页）第二个决定性因素是叙述层面上对历史事件的透视性观照的程度。显而易见，作为叙述者，布劳克塞尔是三位叙述者中最为清醒的一位。如果说在"第一个早班"中，格拉斯通过时态的转换，让他的叙述人使用过去时将维斯瓦河入海口"召唤"到他的办公桌桌面上，然后又用现在时把那位不断把牙齿咬得格格响的九岁男孩儿马特恩"呼唤"到堤坝上，那么，他要达到的目的不仅仅是要将回忆形象化，而是跳出单纯的历史纪录，对过往的事件和经历进行思考和观照。利贝瑙则不然，他不具备跳出叙述层面对历史事件进行反思的能力，因此他虽然按照合同给他的表妹图拉写情书，并把这些"情书"提供给他的委托人布劳克塞尔，但他并不明白"此人"是要他扮演见证人和报道人的角色。

与受害人和证人相对应的是以打手和迫害人形象出现的最后一个叙述人瓦尔特·马特恩。他虽然出于经济上的考虑也接受了布劳克塞尔的写作委托，但他意识不到他在纳粹时期曾经犯下的罪行。回忆于他而言是一种强求，这也表现在他的叙述用的是现在时，因为历史对于他是不存在的。如此一来，《狗年月》中的叙事就成了一种复调式的叙事，而它所演示的回忆也相应地成了一种复调式的回忆。

在格拉斯的后期作品《辽阔的原野》[①] 和《蟹行》中，我们还观察到另外一种充满张力的演示模式。《辽阔的原野》和《蟹行》均为第一人称叙

[①] 一译《说来话长》。为行文方便，笔者以下采用的是刁承俊先生的翻译《辽阔的原野》。

事，准确地说，前者的叙述者是复数的"我们"，后者才是单数的"我"。假如《铁皮鼓》中令人怀疑的是叙述者的可信度，《辽阔的原野》和《蟹行》中的叙述者则干脆让人质疑他们的叙述能力。

《辽阔的原野》有一个叙述集体，即柏林冯塔纳档案馆的馆员们，小说这样开篇道："我们档案馆的人都叫他冯提。"[1] 这样一句简单的开场白对于小说却具有结构性作用，因为作者以这种形式不仅找到了一个不同寻常、却刻意为之的叙述视角，即一个东部德国人的视角，而且由此获得了一个充满落差的叙述模式。作为一个人数不详的叙述集体，小说中的叙述者具有如下几个特征：其一，这个叙述集体缺乏个性，档案馆馆员这个职业成了他们唯一的标志；其二，他们不是置身于叙述事件之外的叙述者，但在整个过程中却始终是被动的旁观者。综合以上两点，可以发现，《辽阔的原野》中的叙述者与其说是独立的并具有个体特征的人，不如说是一种"叙述声音"[2]。这个叙述集体唯一感兴趣的是主人公冯提的言行和行踪。换句话说，冯提不仅是他们叙述的对象，更是他们叙述的起因。之所以如此，是因为他们有一个共同的研究对象冯塔纳。只不过，与冯提生动的、通过活生生的效仿让那位"不朽之人"复活不同，叙述者们与自己的研究对象之间是一种死板的、建立在文字描述之上的关系，难怪乎他们要不无自卑感地称自己为"勤奋的注脚奴隶"（《辽阔的原野》，第5页）。双方的这种落差使得叙述者在很大程度上依赖于被叙述人。正因为如此，在小说的结尾冯提失踪之后，他们的想象也就消失了，冯塔纳看不见，摸不着了，仅剩下了死板的文字：

> ……更确切地说，我们肯定是跌进了无底的深渊，因为不朽之人把我们同冯提一道抛弃了。所有的文件都有如一纸空文。无法给想象插上翅膀。只剩下脚注和不毛之地是毕竟的。人们扑个空的空白，充其量是次要的噪声。这就好像我们失去了所有的知觉。冯提这位善神没有了。（《辽阔的原野》，第716页）

---

[1] ［德］君特·格拉斯：《辽阔的原野》，刁承俊译，上海译文出版社2005年版，第3页。下文引语均仅给出书名和页码。

[2] Sabine Moser, *Günter Grass. Romane und Erzählungen*, a. a. O., S. 166.

在另一部小说《蟹行》中，我们再次发现第一人称叙述者的局限性。小说中，叙述者一再怀疑甚至否定自己的能力，称自己是"擅长抄近道、写短文、水平一般的记者"①。作为这样一位名不见经传的记者，他一直拒绝母亲图拉要他把"威廉·古斯特洛夫号"海难写下来的要求，这大概不单纯是因为对回忆往事心存疑虑，而是他的确有叙述方面的困难：虽然他"从毛头小伙子的时候起"，"就和文字打交道"，但当他决定要"诉诸文字"时，"还是感到困难重重"（《蟹行》，第1页）。在这种情况下，出现了一个起初让人无法辨认的老头，这个老头被叙述者称作"某人"、"老家伙"、"我的老师"甚至"雇主"或者"老板"。正是这样一个起初让人无法辨认的人不仅督促"我"把自己的故事写出来，而且还不断地与叙述者讨论叙述技巧问题。如此一来，"有缺陷"的叙述者身边就有了一个视野宽广的"叙述主管当局"（Erzählinstanz），一个近乎于全知叙述者的人。他虽然并未直接参与叙事，但他的在场和"穷追不舍"（《蟹行》，第43页）将叙述者从狭隘的个人视角中解放了出来，使叙事在两人的对话过程中获得更强的爆发力。读者很快发现，这个起初无法辨认的人不是别人，而是作为作者的格拉斯本人。读者从叙述者的讲述中听出作者充满自嘲的幽默："我从前的老师显然是写不出东西来了，否则他也不会雇我来当枪手"（《蟹行》，第21—22页），获悉图拉是他多年前的作品中的人物，并且得知，类似于蟹行的叙述方法遵照的正是这个"老头"的要求。应当说，恰恰是这样一种类似螃蟹行走式的叙述方式使得全景式地再现过往成为可能，并有利于克服作为记者的"我"所擅长的"报道"方式。

如此一来，回忆不仅通过某种叙述策略和模式得到了演示，得到演示的还有作者本人，也就是说，文学创作的过程也就成了作者本人自我演示（sich inszenieren）的过程。这一点，我们还可以在格拉斯的其他小说中，尤其是《比目鱼》中叙述者和作者本人经常性地重合中找到例证。

回忆作为演示不仅表现在叙述层面上，更表现在人物、尤其是叙述者本人的表演姿态上。在《铁皮鼓》中，小侏儒奥斯卡就仿佛一直在一个他自

---

① ［德］君特·格拉斯：《蟹行》，蔡鸿君译，上海译文出版社2005年版，第51页。下文引语均仅给出书名和页码。

己搭起来的舞台上表演。他会在他的师傅贝布拉面前痛哭流涕,供认自己所谓的罪行,而后者竟也非常地"出色"扮演了他的法官。他装模作样,"给自己的声音带上一种甜蜜的腔调"、并"用手捂住脸"(《铁皮鼓》,第251页)。这样做,是因为他一直都强烈地意识到观众的存在:孩提时,他"唱碎了市剧院门廊的窗玻璃,寻找并第一次找到了同舞台艺术的关系"(《铁皮鼓》,第111页);他记住了师傅贝布拉的劝告,有朝一日,终于站在了舞台上,因为后者这样对他讲:"像我们这样的人,在观众中是没有容身之地的。像我们这样的人必须登台,必须上场……"(《铁皮鼓》,第118页)即使到了疗养与护理院里,他也知道,护理员布鲁诺"每时每刻"都透过门上的窥视孔在"监视着"(《铁皮鼓》,第1页)他。因此,他的举动很大程度上是表演给他人看的。

如果说,作为叙述者奥斯卡的表演目的在于试图迷惑读者甚至误导读者,让后者看不透"蓝眼睛"的他,在几经"折磨"之后最终放弃寻找正确答案的话,那么,《狗年月》中被叙述者直呼为"那个演员"的马特恩则是地地道道被意识形态牵着走的傀儡。他的表演是另外一层意义上的,他代表的是历史特定环境下的一类人,因此,与其说他是在演示(inszenieren),不如说他是在展示(präsentieren)。由于他缺乏反思的能力,他的讲述就成了一种被讲述,回忆也就成了被回忆。他没有能力摆脱他的精神束缚,也没有直面历史和直面自我的勇气和能力,像以往任何时候一样,他只生活在现时,而正因为不愿意回忆,他始终无法与世界和解,也无法与自己和解,他选择并保留了盲目的愤怒和仇恨。因此,当他在战后第二次"瞄准目标"把儿时的朋友阿姆泽尔重新送给他的那把象征友谊的小折刀扔进河里时,他咬紧牙关喊出的依旧是那个骂人的字眼:"犹太鬼!"(《狗年月》,第671页)。

通过上述范围的考察,我们发现:君特·格拉斯在他的小说中,总是借助某种叙述策略将作为文学形象的历史回忆转化成为叙事,而叙述往往是一种自我叙述(Selbsterzählung),这不仅表现在结构上,也表现在视角上,还表现在包括作者本人在内的人物的自我演示上。在这样一个"述行过程"中,回忆不仅被纳入某种富有创意的叙述原则,而且更重要的是,它由此获得了一种批判和反思的功能。

二 回忆演示的身体性特征

克里斯托弗·伍尔夫在论述仪式的特征时指出:"仪式的作用主要建立在它的述行特性上。这一点在很多方面显现出来,而其中最重要的是演示与演出。仪式的演示通过身体完成,对于其社会效应而言,仪式的身体和物质特性是根本性的。"① 在此我们暂且不论文学与仪式之间的关系,② 而只将注意力集中到演示的基本前提之一,即身体的参与上,并以此为出发点,考察格拉斯小说中回忆演示的身体性特征。

这种身体性首先表现在食品、烹饪和进食上。我们知道,格拉斯的小说《比目鱼》甚至被称作一本"讲故事的烹饪书"。反映在叙事层面上:奥阿取火煮食,阿曼达引入土豆,世世代代的厨娘们发明了无尽的制作菜肴的方法,也正因为如此,才有了小说记录下来的九十九种烹调法。

"饮食"与"烹饪"是格拉斯小说中常见的主题。早在《铁皮鼓》中,就有一个热衷于做饭的马策拉特。不过,到了《比目鱼》中,"烹饪"获得了更为重要的意义,一方面,它是妇女几千年来为人类的文明和发展作出的真正贡献,从这个意义上讲,它符合格拉斯对于人类历史进步的理解,即"烹饪"具有对抗以征服和占有为特征的技术进步的功能;另外一方面,描写烹调和进食的过程给格拉斯提供了停留在具体"物体"上的理想途径,使得他要写"摸得着、闻得见、品得到味道"③ 的东西的诉求成为可能。

在《比目鱼》中,进食不是个体行为,它是名副其实的社会活动,它的方式往往代表了当时的社会权利关系。在母系社会时,"女人们是单独吃的,吃的是特别的东西"(《比目鱼》,第 74 页);胖格蕾特送别她即将上法

---

① Christoph Wulf / Jörg Zirfas, *Anthropologie und Ritual*, in: Christoph Wulf / Jörg Zirfas (Hrsg.), *Paragrana. Internationale Zeitschrift für Historische Antropologie. Rituelle Welten*. Band 12, Berlin: Akademie Verlag, 2003, S. 22.

② 格哈特·诺依曼在他的《文学研究领域中仪式的概念与作用》一文对此进行了论述,见 Gerhard Neumann: *Begriff und Funktion des Rituals im Feld der Kulturwissenschaft*, in: Gerhard Neumann / Sigrid Weigel (Hsrg.), *Lesbarkeit der Kultur. Literaturwissenschaften zwischen Kulturtechnik und Ethnographie* a. a. O., S. 19 – 52.

③ Sabine Moser, *Günter Grass. Romane und Erzählungen*, a. a. O., S. 14.

场的父亲的"最后的晚宴"很特别,她把后者和刽子手们请在一起吃她用杂碎做的拿手好菜;当女性法庭结束了对比目鱼的审判之后,几乎是理所当然地举行了一场叙述者作为唯一男性参加的"比目鱼宴"。这场"示威性的、将来值得纪念的、按照一定仪式的、隆重的大型比目鱼宴会"(《比目鱼》,第621页)之所以引人注目,甚至让人触目惊心,是因为它以一种赤裸裸和几近残暴的方式宣告了以比目鱼为代表的男性好战原则时代的终结。然而,恰恰是这样一场宴会却给人留下许多思考:新的时代何去何从?人类应该从回忆中学到什么?就饮食而言,答案似乎是清楚的,即:"变革要慢慢地、一步一步地、有意识的放慢步伐",而不能大跃进,因为它"通向大锅饭"(《比目鱼》,第396页)。

食物是人的基本需求,与此密切相关的是人的生老病死。在此过程中,格拉斯甚至不惜冒越界的危险,比如在《铁皮鼓》、《猫与鼠》和《比目鱼》中,都有细致甚至露骨的性行为的描写,还有对与进食相对的人的排泄和排泄物的描写。

身体的在场是这一描写的基本特征。引人注目的是,格拉斯笔触似乎更偏重于不寻常的甚或畸形的人的身体:《铁皮鼓》的主人公是一个长不高、后来又长成驼背的侏儒;《猫与鼠》讲的是一个长着一个巨大喉结的人的故事;《狗年月》里,胖乎乎的燕妮在被变成雪人之后突然变得身轻如燕,而与她同时遭到袭击的阿姆泽尔则被打掉了满口的牙齿。这一切,不仅显示了身体的被书写过程和它的可伤害性,它更被赋予了象征意义。《狗年月》中对图拉的描写便是如此:她脸上长着一双"挨得很紧的眼睛",还有"两个过于肥大、在多数情况下结成干硬表皮的鼻孔"(《狗年月》,第168页)。在弟弟康拉德游泳被淹死后,图拉发泄她悲痛的方式是搬进狗舍,与狗同住。在狗舍的七天中,图拉不仅开始用四肢爬,而且在狗舍中排泄,像狗一样进食。从下面的描述中可以看出,人与兽之间的区别消失殆尽:

> 图拉爬过狗舍的门槛之后,还是四肢着地,拖着瘦长的身子笨拙地抖动了一下,把锯末抖掉,再慢慢腾腾地、摇摇晃晃地冲着由狗链条的长短决定其大小的半圆爬去,快到胶合板仓库门前的地方,遇到壕沟和土堤,便扭动臀部,减低速度,再抖一次锯末[……]然后对着院子

打哈欠。(《狗年月》，第 174—175 页)

象征意义也表现在关于烹饪与进食的描写中，正像《比目鱼》一开篇伊瑟贝尔说的那样："顺便提一句，咱们得赶快买一台洗碗机啦。"(《比目鱼》，第 3 页)谁来做饭与谁来洗碗，厨房似乎成了两性展示自己解放意识的阵地，烹饪成了一种政治性很强的活动，它不仅是统治与反抗的手段，也是从事政治谋划、实现政治理想的途径：在新石器时代，女人的哺乳是母性统治的象征，也是男性自我意识尚未形成的标志；在之后的父权社会里，不同时代的厨娘们则更多地用烹饪来对抗男性的压迫：迈斯特维纳在喂饱了从布拉格来的主教后，一铁勺打死了他；胖格蕾特则对自己的敌人实施催肥计谋，直到他一命呜呼为止；与此相比，索菲试图用毒蘑菇毒死侵略者的办法则显得更为直接。

总而言之，君特·格拉斯在其小说中对食物、烹饪及进食的过程的再现、对人的身体的描写以及对人的基本生存需要的表现，不仅演示了整个人类文明史，用文学手法将历史回忆形象化了，而且建构起一种可以在回忆的过程中对过往事件进行反思和质疑的话语，正如克里斯托弗·伍尔夫与约尔克·齐尔法斯所言：借助演示，"身体成了文化记忆，准则与价值，模式与策略得以合并。通过对身体的述行构建，构建了它与世界、他者和自身的关系"[1]。

个案四：《蟹行》中祖孙三代人的记忆与媒介（张硕）

内容摘要：君特·格拉斯的作品中多涉及回忆主题，其中 2002 年发表的《蟹行》就是一篇以回忆为主线的中篇小说。本文从回忆和记忆媒介的关系出发，对小说中的人物图拉、保罗、康拉德祖孙三代人的记忆及媒介展开分析，试图揭示创伤记忆与种族偏见之间的关联。

---

[1] Christoph Wulf / Jörg Zirfas, *Anthropologie und Ritual. Eine Einleitung*, in: *Paragrana. Internationale Zeitschrift für Historische Anthropologie. Rituelle Welten*, Bd. 12, Berlin: Akademie Verlag, 2003, S. 28.

关键词： 回忆　记忆媒介　世代　创伤记忆

回忆是君特·格拉斯的很多作品中涉及的重要主题之一，其中于2002年发表的小说《蟹行》便是一篇具有代表性的作品。这本书出版两个月内就售出了二十五万册，荣登当年的德国文学图书畅销榜榜首。《明镜》周刊发表了题为"德国的泰坦尼克号——格拉斯的新作：被遗忘的难民船的悲剧"的文章，称赞格拉斯的这部作品"引人入胜"、"极其出色"。该书同样受到了与格拉斯一直关系微妙的文学评论家赖希·拉尼茨基的极力赞赏，他声称在阅读的时候多次"热泪盈眶"，甚至称赞《蟹行》不仅是格拉斯迄今为止最优秀的作品，而且是德语文学近年来最好的作品之一。

这部小说引起极大反响与其中涉及的主题有着重要联系。小说的情节由两条主线构成：一条主线是三个历史人物——纳粹党头威廉·古斯特洛夫、犹太青年大卫·法兰克福特和俄国潜艇艇长亚历山大·马琳涅斯科——相互交错影响的命运，另一条主线是现实主线，讲述了图拉、保罗、康拉德祖孙三代人的家庭悲剧。图拉是格拉斯过往作品中多次提到的一个人物，她在《猫与鼠》、《狗年月》和《母鼠》中均有出场。在《蟹行》这部作品中，身怀六甲的图拉在第二次世界大战结束时为了逃难登上了威廉·古斯特洛夫号难民船，客轮被俄国潜艇击中，之后她幸运地登上了救生艇并在当夜产下了儿子保罗。五十多年之后，保罗在母亲的不断催促之下终于开始搜集材料准备撰写一部关于海难的书。就在他在网上查找资料的时候，无意发现了一个新纳粹分子的网页，并且惊讶地获知其站长居然是自己的儿子康拉德。他追踪化名"威廉"的儿子和一个化名"大卫"的少年的聊天记录，二人对威廉·古斯特洛夫号海难这段历史各执一词，争论不休，并且最终导致了相互仇恨。康拉德把"大卫"诱骗到纳粹党头威廉·古斯特洛夫的出生地并且连开四枪，用当年犹太青年杀死古斯特洛夫的方法杀死了"大卫"。击毙"大卫"后康拉德投案自首，被判处七年徒刑。随着案件的不断明朗，读者发现，这一切悲剧的诱因居然是康拉德的祖母图拉的讲述和一台笔记本电脑。这样两条故事主线相互交织在一起，在第一人称叙述者保罗的讲述中逐渐展开。

小说题为"蟹行"，暗指叙述者"按照螃蟹走路的姿势"进行叙述的方式。与此相应，小说中的情节进行时而向前，时而倒退，时而平行发展。这种叙述方式新颖独特、引人入胜，因此文学评论界时常将研究焦点集中于文本的叙述方式，从而忽略了一个重要的因素：祖孙三代人的回忆。小说里虚构的现实生活里的三代人，可以说是当代社会德国的一代人缩影，他们所采取的回忆方式也代表了那一代人在面对历史时的心理状态。随着20世纪80年代扬·阿斯曼和阿莱达·阿斯曼对哈尔普瓦赫的集体记忆理论的传承和发展，对回忆和记忆的研究逐渐成为文学、文化学、社会学等诸多人文学科的重要研究方向之一。德国作为第二次世界大战的发起者和失败者对战争的回忆总是困难重重。但是自从20世纪90年代以来，对战争的回忆，尤其是将德国民众本身同样视为受害者的观点开始在文学中占有一席之地。克劳斯·纽曼将1995年称为"记忆文化门槛之年"①。他仔细研究了当年的报纸杂志，并且得到结论：与1985年相比，纪念活动开始更多地倾向于纪念类似于大轰炸、逃亡和驱逐这样的主题。《蟹行》正是产生于这样的背景之下，它引起了人们对一段被排挤和遗忘的记忆的关注，并指出了其中可能隐含的危险和错误。因而笔者认为，分析书中三代人的记忆不但可以更加深入地理解作品本身，同时还具有重要的现实意义。

一 图拉的回忆：口述与创伤记忆

创伤记忆（Trauma）一词最早出现在19世纪末的欧洲医学界，表示某种心理层面的创伤，直到1980年这一词汇才被作为专业术语纳入医学辞典。创伤记忆的形成往往与危及生命的可怕经历有关。如果这种创伤记忆不能得到及时的缓解和治疗，则有可能长时间地影响当事者的人格和心态，并引发新的心理危机。《蟹行》中的祖母图拉在威廉·古斯特洛夫号上的经历就显然可以归入创伤记忆。格拉斯之前的作品《母鼠》中曾经提到，图拉也许是上了"威廉·古斯特洛夫号"，并且一起沉入了大海。在《蟹行》中，格拉斯延续了这条线索，通过图拉这个人物展现了这次海难的过程。十七岁的图拉身怀六甲，独自登上古斯特洛夫号逃难，船被击中之后她侥幸上了救生艇，并在德军的鱼雷艇"雄狮号"上产下了儿子保罗。这一段濒临死亡的

---

① Klaus Naumann, *Der Krieg als Text*, Hamburg: Hamburger Edition, 1998, S. 51.

经历给少女图拉的心理留下了巨大的阴影,她的头发在那一次经历之后全部变成了白色:"谁要是准备多听几句,就会知道,在科尔贝格,当幸存的母子离开'雄狮号'鱼雷艇之后,她的头发就变成了雪白雪白的。"① 心理医学认为,创伤记忆会在身体层面有所表现,而迅速衰老和一蹶不振就是典型的表现。尽管事后经过了五十年的漫长岁月,可是图拉依然会不断回到那段梦魇:"什么东西都滑了下来。那情形,忘都忘不掉。一直就没有停过。俺梦见的只是,到了末了,水面上发出了唯一的一声呼喊。这些夹在冰块之间的孩子们……"(《蟹行》,第 45 页)图拉总是不断自我强迫似地回忆起在出事当天的情景:两脚朝天冻死在海里的孩子们。侥幸逃生之后图拉带着幼小的儿子几经曲折逃往什未林,途中多次险些丧命。

创伤记忆有两个特点,一是当事者在事后会有一段时间的潜伏期,期间他将无法与任何人谈论和讲述这段经历;二是这段沉默期会最终结束,当事者会试图解决创伤记忆所带来的心灵伤害。图拉的创伤记忆是否经历过潜伏期我们从文中不得而知,而据保罗的描述可以推断,图拉的确试图化解这段经历带来的伤害:那就是通过不断地讲述。她不断地讲述这段历史,不但向保罗描述他出生时可怕的情景,而且与一切对此感兴趣和不感兴趣的人谈论这件事:"她总是不依不饶,固执己见。"(《蟹行》,第 29 页)甚至连最理解她的好友燕妮也认为:"图拉总是这样。她说的都是其他人不喜欢听的,而且多少有些夸张……"(《蟹行》,第 30 页)讲述是一种重要的回忆方式,而语言也同样是回忆的重要载体和媒介,通过与他人的言语交流,一段回忆不仅能够在更广的范围内得以传播,还能得到巩固。哈普瓦赫认为:"言语性记忆的基础并不是身体,而是社会层面的交流。"②因此与他人的交流就成为一段记忆延续的基础。如果一段回忆我们能够有机会给他人多次讲述,我们也就更容易、更彻底地记住这段经历。

但是这种回忆方式存在巨大的缺陷:回忆会被语言重塑。阿莱达·阿斯曼在她的《过往悠长的阴影——记忆文化与历史政治》一书中曾说道:"我

---

① [德]君特·格拉斯:《蟹行》,蔡鸿君译,上海译文出版社 2005 年版,第 43 页。后文中引用仅给出书名和页码。

② Vgl. Aleida Assmann, *Der lange Schatten der Vergangenheit* a. a. O., S. 25.

们对一段经历讲述得越多，我们就越容易回忆起我们之前所讲述的内容，而不是事实本身。"① 在这种重复的讲述中当事者往往会失去理智的判断力和分析力，执著于自己的讲述，从而使自己的语言陷入僵化和死板，同时自己也将沉浸在被夸大了的痛苦中不能自拔。图拉的情况正是如此，她的创伤记忆并没有因为她不断地试图倾诉而得到缓解，反而招致了周围人——特别是保罗——的反感，并最终导致母子关系的冷漠和破裂。保罗曾在文中多次怀疑图拉记忆的真实性，他痛恨母亲不断地给他施加压力，逼迫他写下这段历史。与母亲交流的不畅造成了保罗的人格缺陷并导致了其婚姻生活的不幸，但与之相比，孙子康拉德则是这段家庭悲剧中最大的受害者。正是因为图拉重复讲述，使得保罗和康拉德继承了图拉自己没能解决的创伤记忆。只是，这种创伤在这父子两代人身上得到了完全不同的体现。

二 保罗的回忆：沉默与压抑

保罗是小说中的叙述者，但是却是一个无能的叙述者。他的职业是一名记者，因而他坚持声称自己的叙述是一篇"报道"。他无力进行完整的回忆和叙述，需要一名被其称为"某人"的老人催促和帮助他进行回忆和讲述，而这个"某人"显然就是本书的作者格拉斯本人。格拉斯选择了一个违抗自己意愿、甚至跟自己争吵的叙述者，保罗则称格拉斯为"老家伙"、"我的老师"、"雇主"，这种争吵贯穿始终，为小说构建了一种张力，并在叙述方式与回忆方式之间建立起了关联。

如果说图拉的回忆是自我强迫似的，那么保罗的回忆则是被迫的。也就是说，保罗之所以动笔写这篇"报道"，而非出于情愿，而是一方面不堪忍受图拉日复一日地强迫，另一方面也无法回避"老人"的催促。但是也正是因为这一特点，保罗的叙述颇为中立，特别是对三位历史人物的叙述基本没有掺杂个人喜好，这与他的"记者"身份极其吻合。图拉之所以强迫保罗写作，一方面因为她本身不识字，无法将这段记忆记录下来；另一方面随着年龄的增加，她担心自己所执著的记忆会随着自己的离世而消失。根据阿莱达·阿斯曼和扬·阿斯曼的理论，图拉的记忆属于"交际记忆"的范畴：

---

① Vgl. Aleida Assmann, *Der lange Schatten der Vergangenheit* a. a. O., S. 128.

主要流传于口头，并且时间不超过三到四代人。而交际记忆的缺陷就是会随着当事者的逝去而淡漠并最终消失，正因为如此，一段个人记忆只有通过特定媒介的传承才能升华为一段可以流传的文化记忆。或许正是如此，图拉逼迫自己的儿子记录下她和她这一代人的经历，与此同时，保罗的"雇主"也反复强调"表达东普鲁士难民的苦难，是他这一代人的任务"（《蟹行》，第80页）。由此看，保罗是一个分裂的叙述者：一方面他是家庭悲剧的参与者和受害者，另一方面他又被逼迫，必须报道这段悲剧，因此他始终觉得"付诸语言有困难"。正是在这种情况下，那位被称为"雇主"的老头教他用"蟹行"的方式叙述：时而向前，时而倒退，时而相交，时而平行。

　　除了叙述的考虑，保罗这个人物的设定也颇有深意：他出生于1945年，毕业于柏林工业大学，经历了1968年学生运动，在柏林墙修筑起来之前就逃到了西柏林，几十年的记者生涯一帆风顺，但个人生活则屡遭不幸，他不仅与妻子离异，也极少关心未成年的儿子。严格来说，一方面，保罗并没有有关战争和海难经历的"回忆"，他只是继承了那段记忆，因而他没有像图拉一样刻骨铭心、不可排解的痛苦。另一方面，基于他的经历和身份，他不可能像图拉一样把自己和德国人视为受害者。而是相反，作为1968年学生运动的一员，他属于反思的一代人，这代人追问战争的起因和父辈的责任，而西德几十年对德国受害者苦难记忆的排挤使得这一代人在潜意识里也排斥这段德国人的创伤记忆，这段记忆也因为德国是战争的发动者这一不争事实陷入了尴尬。长久以来，人们关注的焦点一直针对"大屠杀"，记忆的重点也是"大屠杀"。人们用各种方式纪念大屠杀的受害者：建造纪念碑、举行纪念仪式、拍电影、写书、举办图片展览……而德国人在其中扮演的角色始终是"罪人"。在这一主流记忆大行其道的时候，德国人自己的苦难记忆也就自然而然被排挤到了一边。当事者的记忆和发言权都被边缘化了：图拉试图表达和叙述却不得其道；保罗则始终保持沉默。他的沉默近似于一种"罪人的沉默"：他羞于启齿，带有一种负罪感。这正是主流记忆"教育"的结果。

　　然而这种沉默和排挤却并非是一种正常和健康的状态。任何有关痛苦的记忆都不应被排挤和压抑，受害者不仅有权利、同样有责任进行回忆。关于这一部分笔者将在本文最后一部分详细讲述。总之，图拉的意图因为保罗固执地沉默没能实现,她继而转向了孙子康拉德,使这个无辜的孩子陷入歧途,并最终走上了犯罪的道路。

三 康拉德的回忆:互联网与种族主义

图拉的强迫灌输没有在儿子保罗身上起到她所期盼的作用,却引起了孙子康拉德的巨大兴趣。他自愿成为祖母的"小见证人",用祖母送的笔记本电脑搞起了"历史研究",他不仅创办了网站,四处宣扬祖母的经历,还歌颂纳粹分子古斯特洛夫的事迹。康拉德生于1984年,这一代人成长于一个信息爆炸的时代,互联网的推广使得这一代人的信息来源和传播与网络结下了不解之缘。应该说,网络作为一种信息载体有其无可比拟的优势:它能将文字、图像和声音融为一体,同时其信息更新速度快,使用范围广,来自全世界的用户可以即时聊天交流。可以说,它同时将记录、传播和交流等传统媒介的功能集于一身。与此同时,它的缺点却也不容忽视,因为参与范围广、更新便捷并且没有良好的监控,每个人都可以带着自己的个人好恶参与其中,如此一来,这一媒介所承载的信息不可能做到完全真实可信以及客观科学,其结果是网络上往往会充斥着各种谎言、脏话、偏见。

苏比勒·克莱默尔(Sybille Krämer)曾在她的《媒介作为现象和机构》一书中写道:"媒介所传递的不仅仅是信息,同时也传递了思想、感知、记忆以及交流。"[①] 相同的信息会因为所承载的媒介的不同而大相径庭。如果说图拉和保罗分别是把口述和写作当作回忆的媒介,那么康拉德则是带着强烈的个人感情参与到了互联网的世界,并将网络变成了一种重塑回忆的媒介。在现实生活中,康拉德是一个内敛而敏感的孩子,他"戴着眼镜,据他母亲讲,他在学校各方面发展都很好,被认为很有天才,也非常敏感"(《蟹行,第33页》)。父母婚姻的不幸使他缺少父亲的关心,在与祖母相遇之后他第一次尝到了被宠爱的感觉。他不仅享受祖母的关爱,还得到了祖母赠送的笔记本电脑,因而在感情上很快就高度认同了图拉。倾听了祖母的悲惨经历之后,他开始进入互联网施展自己的才能,这个媒介给了他无限的可

---

① Sybille Krämer, *Das Medium als Spur und Apparat*, Frankfurt a. M. : Suhrkamp, 1998, S. 37.

能：除了做"历史研究"之外，他还可以不受限制地发表各种言论，包括宣扬新纳粹思想。应当说，正是这种不受限制的自由感让康拉德一步步走向了极端。作为小说的作者，格拉斯本人并不使用计算机，在被问到他为什么要把网络搬进《蟹行》中时，他表达了这样的担心："我的担心仅仅是，计算机是否会成为进行交流的唯一工具。年轻人把计算机当成是必不可少的东西，可是恰恰在年轻人中间，被称之为交流的东西，正在转向因特网，转向一个虚拟的世界。"① 可见，在这部小说中，格拉斯对"因特网"作为进行回忆的媒介持一种谨慎的批判态度。借助网络进行的回忆最终会因为强烈的个人感情而失去其真实性以及客观性，演变成一种个人想象、偏执和相互争吵。

　　康拉德在法庭上辩解为什么要杀害"大卫"的时候说："我开枪行刺，就因为我是德国人。"（《蟹行》，第158页）这与当年犹太青年大卫刺杀古斯特洛夫时的说辞如出一辙："我开枪行刺，就因为我是犹太人。"康拉德开枪的直接诱因是"大卫"朝古斯特洛夫纪念碑的基座上吐了三口唾沫。但他在内心深处崇敬和仰慕这名纳粹分子，将其神圣化，并最终因此而形成了极端种族主义思想。在法庭辩护上，康拉德的辩护律师曾提醒说："古斯特洛夫的婚姻没有孩子。这对于寻找父亲的康拉德·波克里弗克提供了一个必须在虚拟世界填满的空白。新的科学技术，特别是因特网，毕竟可以让人逃离青少年的孤独。"（《蟹行》，第164页）这种说法不啻给了保罗当头一击，因此他不得不承认："我本来也应该更多地关心我的儿子。"（《蟹行》，第154页）由于父爱的缺失，少年康拉德急需一个可以代替父亲支撑起其世界观的偶像式人物，而正在这个时候，他在祖母的讲述中找到了古斯特洛夫这个被纳粹宣扬并神话了的历史人物。本应由父辈所承担的任务——确立榜样、阐释历史、辨清善恶——都因为保罗的不在场而由互联网所取代了。因此，我们可以看到，这是一场家庭悲剧，是三代人的悲剧，而这段悲剧由一段记忆所导致：一家三代人分别用自己的方式和媒介进行回忆，试图排解这

---

① 2002年3月25日至27日《蟹行》的中文译者蔡鸿君采访了格拉斯本人，并将采访原文附于中文版书前。本文所引用的部分内容便出自这篇采访。《格拉斯谈〈蟹行〉》，载君特·格拉斯《蟹行》，蔡鸿君译，第11页。

一段梦魇，却最终都因为各种原因失败了。

四 结语：受害者回忆的权利与责任

2002年3月25日，《蟹行》一书的中文译者蔡鸿君在君特·格拉斯的办公室采访了作者本人。在采访中格拉斯说道，让后来的人了解德国的过去是我们这一代人的任务。"这本书的主题，至少是其中的一部分，并不是我选择的，而是历史赋予我们这一代人的，就像一件随身携带的行李……对我来说，就是尽力用文学作为工具，去进行教育。"[1]《蟹行》所表现的主题，长期以来在德国一直没能引起人们足够的重视，对德国的年青一代人来说，对东部难民驱逐和逃亡的记忆几乎是一片空白。德国在纳粹主义思想的驱逐下发动了第二次世界大战，给欧洲人民带来了难以想象的灾难。然而这个发动战争的德国人也同样是战争的牺牲品：上百万德国军人死于异国他乡，一千多万东部居民在寒冷的冬天逃往西部，但泽地区成为大国交易的筹码，两德分裂长达四十多年。但是作为战争的发动者，德国所扮演的始终是罪犯的角色，德国民众在战争中所遭受的苦难极少出现在文学作品之中。

但是这种公开舆论中的集体沉默绝非一种正常的状态。20世纪末，在德国受害者经历了痛苦的五十多年之后，这段记忆被用一种没有预料到的力量敲开了。战争的当事者和受害者已经都是古稀之年，其中有很多人已经故去，这段历史眼看着就要随着一代人的逝去而消失，而后代仍然充满疑问。就在这样的背景之下，德国社会经历了一场感情强烈的记忆回流。媒体用图片、报道、书、电影、采访、纪录片等形式展示了这段记忆，人们饱含情感地参与其中，这场讨论包括东部被驱逐的难民，对德国城市的大轰炸以及在战争结束阶段对德国妇女的强奸问题。这是一场迟到的回忆。对此，格拉斯2000年在维尔纽斯演讲中表达了这样的感叹："我们是如此之晚、如此之犹豫地回忆我们在战争中所遭遇的痛苦。"[2]

然而，把"痛苦"与"罪人"联系起来显然是一件困难的事情。一位

---

[1] 《格拉斯谈〈蟹行〉》，载君特·格拉斯《蟹行》，第1页。
[2] 格拉斯曾于2000年在维尔纽斯做了题为 Ich erinnere mich（我回忆）的演讲。此处引文出自演讲稿整理稿。

在考文垂经历了德国轰炸的读者在读完了一部关于德国难民的作品之后说："我对作品感到震惊,并且觉得受到了羞辱。"人们不能忽略,德国受害者这一话题仍然处在强烈的仇恨的包围之下。因为大家担心如果德国受害者得到了社会承认,那么大屠杀受害者们的经历就会被排挤到一边。把德国民众作为受害者来描写是一件十分冒险的事情,德国民众作为受害者这个角度在战后的十几年一直不被犹太人、波兰人和其他受害民族所承认。但是回忆是每一个民族所具有的自然本性与权利,病态的沉默和压抑一定会导致恶果。正如格拉斯书中虚构的三代人,便是因为无法进行正常的回忆而自食恶果。在病态的沉默和对回忆的排挤之下,图拉和保罗两代人的创伤记忆并没有得到缓解,而是最终成为一个极具威胁性的拳头在第三代人身上体现了出来。因而,给予德国受害者一个进行回忆的权利和空间就显得至关重要。正是基于"我们这一代人的任务"的责任感,格拉斯创作了小说《蟹行》,从而把一段一直受到排挤的个人记忆又重新纳入德国人的集体记忆之中。

重提这一话题是一件冒险的事情,无异于在"左"倾和右倾之间的悬崖上走钢丝,稍有不慎则会遭到批判或引发不良后果。格拉斯的这部作品的创新之处就在于,他没有在作品中掺杂任何政治成分,而是完全以文学的方式表现创伤记忆,使之在经历了一段沉默时期之后终于有机会被提升到意识层面进行思考。书中较为巧妙的设计便是被杀害的少年"大卫"的身份。康拉德因为认为"大卫"是犹太人而开枪杀害了他,而结局证明"大卫"却是一个不折不扣的德国人。这一设计极具讽刺性:无知的仇恨最终导致了自相残杀。书中安排两位少年的父母在法庭上对峙,但他们并没有相互仇恨,而是更多地进行了自我反思和自责:忽视对子女的教育是导致悲剧的最终原因。显然,反思历史,正视回忆是格拉斯想通过这部作品达到的教育目的。

德国民众对战争的记忆框架主要建立在对犹太以及其他民族死难者的纪念之上,各种各样的纪念碑和纪念活动都将立足点基于德国是罪人这一事实之上,从而忽略了德国民众本身也是受害者。但是对自我苦难的记忆并没有随着压抑而消失,而是如书中所展示的,成为一种在家庭成员内部流动的暗流。这是一种病态的回忆方式。德国民众需要回忆,不仅回忆自己给别国人民带来的苦难,同样需要回忆自己所遭受的苦难。这样他们将在两个方面都有所认同，既作为受害者，又作为犯罪者。这样就能让德国人不仅仅是作为耻辱的"犯罪民族"被动参与回忆，而是自己能主动参与到对受害者的回忆之中。也只有如此，道德的坐标系才能得到完善，也只有通过公开地诉诸语言，创伤记忆才能最终得以平复。

　　德国统一之后，有右翼思潮泛滥的倾向，尤其是在20世纪90年代中期，发生了青年右翼分子袭击外国人的恶性事件。执政党为了避免事态扩大，提出了禁止极右党派"德国民族党"（NPD）的提案。对此，格拉斯却提出了不同的看法：从法律上禁止新纳粹势力，并不能阻止极右思潮，而是应该加强教育，他认为甚至可以公开出版加有注释的希特勒的《我的奋斗》，让年轻人了解历史、思考问题，从而选择正确的人生道路。格拉斯一向坚持"由于教育而造成的损害，只能通过教育才能消除"的观点，[①]认为把苦难的记忆从家庭记忆的狭小圈子里解放出来是对下一代人负责，历史不会停滞不前，新纳粹分子与光头党不同，他们可能出现在高级文理中学甚至在大学里。因而对德国民众而言，对战争和苦难进行回忆不仅仅是一种权利，同样是一种责任。这需要整个德国社会，甚至整个国际社会的努力。这也是格拉斯写《蟹行》这本书的用意之一，正如他所说："抵制新纳粹主义，必须持之以恒，我也努力用我的方式，即小说家的方式。"[②]

[①] 引自蔡鸿君对格拉斯的采访，参见君特·格拉斯《蟹行》。
[②] 同上。

第 四 章
第二代人的"回忆情结"

所谓"第二代人"（die zweite Generation），指的是在第二次世界大战中期或后期出生的一代德国人。他们不像"第一代人"如伯尔或格拉斯那样当过兵，或以其他这样或那样的方式亲自经历过战争，见证过纳粹的暴行，因此，他们与战争和纳粹德国的关系与其说是直接的，不如说是间接的。尽管如此，"回忆"却也是德国第二代人摆脱不了的"情节"，与第一代人在回忆中追问罪责不同，第二代人的回忆在于通过重构和反思父兄之辈的过去，最终追问"我是谁"以及"我们是谁"。

个案一：《追忆我的父亲》中对记忆媒介和身体感知的反思（黄晓晨）

内容摘要：本文以梅克尔的小说《追忆我的父亲》为例，分析了文字作为记忆的媒介是如何参与建构了个体记忆及集体记忆。对于小说中的第一人称叙事者来说，文字既是父辈记忆的储存器，也是其获得并阐释父辈记忆所依赖的重要媒介；小说中第一人称叙事者的父亲是作家，同时也是亲身参与了第二次世界大战的军人，对他来说，文字（尤其是文学作品）不仅是他自身认同的手段，也是他将自己与民族记忆、集体的主体同一性联系在一起的重要纽带。在代际转换中，文字作为记忆的媒介发挥着不可替代的作用，但以文字为媒介的社会交流，因其并不要求身体的在场，也造成了两代人之间并未对集体罪责问题进行直接、平等的沟通。

关键词： 梅克尔　父亲文学　记忆的媒介　文字

在第二次世界大战结束之初，背负着历史罪责的德国战后社会曾一度将犹太大屠杀等与纳粹政权联系紧密的历史事件视作禁忌话题，以沃尔夫冈·科彭（Wolfgang Koeppen）为代表的作家虽曾尝试过提醒人们去回忆历史，但这些作家及其作品几乎无一例外地遭到冷遇，直到君特·格拉斯以《铁皮鼓》（1959）打破沉默，以挑衅性的姿态要求人们反思历史。

进入到 20 世纪 60 年代，借助于大众媒体的力量，纳粹政权的罪行被更为详尽地披露在公众面前，德国公众再也无法对此话题继续保持沉默。60 年代同时是个政治气氛浓厚的时代：德国的年青一代一方面和其他西方国家的年轻人一样，不满于沉闷、保守的社会气氛；另一方面，这些大学生从年龄上来看，是战后成长起来的第一批成年人，他们虽然没有亲历过战争，但却从父辈那里"继承"了罪责，而令他们感到不满的是，父辈从来没有坦诚地对他们讲述过自己在那段历史中都做了什么、应该负有怎样的责任。在对父辈的反抗中，受到拷问的表面上是父辈们的经历和罪责，实际上却是年青一代在考虑如何进行自我定义的问题。在学生运动衰落之后，文学创作中的政治色彩渐弱，从 60 年代末开始，文学中出现了"新内向性（Neue Innerlichkeit）"和"新主体性（Neue Subjektivität）"趋势，作家们回归日常生活和内心世界，以自传体和日记体作品将一些私人体验以文学形式带入公众视野。但在此时的"私人体验"中，充溢着的是被启蒙后的自我对自身生活和自己所扮演角色以及造就这种现状的社会文化环境的反思和警觉。[1]

这种趋势延续到 20 世纪 70 年代，文学领域出现了大批回忆父亲和母亲的叙事作品，这些作品的作者大多出生在 30 年代至 50 年代，他们以带有自传性质的小说形式，对父母在纳粹统治时期的所作所为以及他们在战后对这段经历的态度进行了回忆。小说的情节大致都是这样的：叙事者先是经历了

---

[1] 对消费社会和文化工业的警觉也是这种趋势的形成原因之一。Vgl. Wolfgang Rath, *Romane und Erzählungen der siebziger bis neunziger Jahre*, in: Horst A. Glaser（Hrsg.）, *Deutsche Literatur zwischen 1945 und 1995*. Bern / Stuttgart / Wien: Utb, 1997, S. 309.

没有父亲的童年，之后战争结束，陌生人般的父亲突然归来，承担起了教育者的任务，使得叙事者度过了沉闷压抑而充满恐惧的童年。成年之后的叙事者在回忆中寻找着自己的主体同一性，有人成功、有人失败，但无论如何，父亲都是一个挥之不去的形象。这种被称为"父亲文学（Väterliteratur）"的作品或其变种直到今天仍时有出版，如蒂姆（Uwe Timm）的长篇小说《以我哥哥为例》（*Am Beispiel meines Bruders*，2003）和波拉克（Martin Pollack）的长篇小说《掩体中的死者。关于我父亲的报告》（*Der Tote im Bunker. Bericht über meinen Vater*，2004）。

梅克尔的长篇小说《追忆我的父亲》[①] 是"父亲文学"中的一部，发表于1980年。在这部作品中，叙事者回忆了自己的父亲艾伯哈特·梅克尔（Eberhard Meckel）这位小有名气的作家的一生。父亲并不喜欢希特勒，但却被纳粹军队同化；从战俘营归来的父亲时时要求得到家人特别的关照，唯恐失去自己的权威地位，而"我"在这样的家庭环境中度过了压抑的童年，并在父亲去世多年后，通过父亲遗留下来的笔记、票根和其他物品，开始试图发掘父亲不为人知的那些秘密，重构他的履历。在这些努力中，"我"也始终通过探究父亲性格形成的原因来解释父亲的行为方式以及父亲对自己的教育方式，并以此对自己进行着心理治疗。在回忆的过程中，文字承担了记忆的媒介作用，它和口头语言、身体等其他记忆的媒介共同储存和传播着记忆。

埃尔认为，对于个人记忆和集体记忆来说，媒介都是必不可少的。从个人层面来看，个人生活在社会当中，代际之间的谈话、大众媒体的作用都参与到了个人的记忆中去；而集体记忆如果没有媒介作其支撑则根本就无从谈起——关于共同的过去的集体记忆，要通过一定形式的媒介被抽象化并得到储存、流通和回忆。[②]

在《追忆我的父亲》这部小说中，"文字"首先起到了存储记忆和使之在代际之间得以传递的功能。如果没有父亲遗留下的文字，作为叙事者的儿

[①] Christoph Meckel, *Suchbild. Über meinen Vater*. Mit einer Grafik des Autors. 1. Auflage. Düsseldorf: Claassen, 1980. 后文中引语仅给出中文书名缩写《追忆》和原文的页码。

[②] Vgl. Astrid Erll, *Kollektives Gedächtnis und Erinnerungskulturen* a. a. O., S. 123.

子对父亲本人和父亲所代表的那代人的真实经历就无从知晓。叙事者通过父亲在世时的口头叙述所认识的父亲，是个即使在战争年代也保持了"正直"的人，虽然他也参加了战争，但只是以军人的身份履行了自己的义务，对那些残忍的屠杀和肮脏的政治事件并无责任。而"我"在日常生活中所经历的父亲，似乎也印证了这一自我描述：父亲对自然和语言本身的美丽充满了感情，即使是战时也不乐意谈论政治。如叙事者所说，父亲本来并无什么叙述价值：

> 我本来并没有要做些与我父亲相关的事情的打算。对我来说，描写他是没有必要的。他作为私人事件，已经结束了。我记录了关于他的回忆，但没有要据此写什么的打算。也许我都不会再次想起他。在他去世九年后，他却又归来并显示出他的轮廓。自我读了他战争年代的日记，我就无法让这件事情就这么过去；他不再是个私人事件。我发现了一个人的记录，这个人我根本不认识。（《追忆》，第64页）

在读了这些日记之后，叙事者发现自己所认识的父亲并不是"真实"的父亲，或者说，不是完整的父亲，因为儿子突然发现父亲的过去并非那么的清白。以回忆的方式认识一个人、并以文字的方式记录一个人，在叙事者看来，是一个矛盾的过程："遣词造句意味着亡者的再次死亡。毁灭他和创造他是同一个过程。"（《追忆》，第80页）这个矛盾的过程和文字本身的特质有关。口头叙述首先意味着讲述者和倾听者必须同时在场，在这一过程中，两者之间的交流和互动使得他们共同参与到叙述中来，他们都必须是"鲜活"的，否则讲述这一行为就无法继续下去；但对于文字叙述来说，叙事者并不以倾听者的在场为条件，或者说，恰恰是倾听者的缺席才使得文字取代口头语言成为媒介变得可能，这也就意味着，以文字为媒介的叙事者，相比较于口头叙事中的叙事者，拥有着一种垄断性的地位。

但对于《追忆我的父亲》中的叙事者来说，这种垄断地位，既是对父亲的一种胜利，也是他即使在父亲死后，仍然必须孤独地与父亲抗争的证明。小说作者克里斯托夫·梅克尔曾谈到，父亲的战时日记给他带来的震惊，让他再也无法确定他所经历的事情中，什么是真的，什么是假的，于是，"我是谁？我从哪里来？"这样一些问题被重新提及。在儿童和少年时代，他曾有个坚定的信念，那就是其他孩子的父母曾经是纳粹分子，但自己的父母不是，而此时，一切都显得那么不可靠。① 由此可见，所谓的追忆父亲，重构他的一生，其出发点和最终目的其实在于回忆父亲一手造成的、和叙事者本人有关的那段过去，而对这段过去的回顾，最终指向的还是叙事者本身的主体同一性。如有研究者指出的那样，出生于1935年到1945年的这代人，他们的身份是尴尬的，首先，他们因为年龄原因，并没有在战时屠杀过犹太人或犯下其他罪恶；但同时，他们也确实亲历了那段历史，更重要的是，他们的父辈是有罪的。这一代人通常被称作"第二代人"（die zweite Generation）。② 德国战后的"第二代人"因为出身背负了历史罪责，这种由或然性（出生）带来的压力可以从梅克尔的《追忆我的父亲》和格拉斯的《铁皮鼓》两部小说对待"父亲"的两种态度对比中窥见一斑。在《铁皮鼓》中：

> 奥斯卡承认他蓄意杀死了马策拉特，因为那个人根据一切或然性不仅是他假想的父亲，而且是他现实的父亲，因为奥斯卡厌恶一辈子得拖着一个父亲四处奔波。（《铁皮鼓》，第351页）

而《追忆我的父亲》中的叙事者对父亲的态度则是：

> 我多希望，我认识的他是个坦承的人，无论如何都稍微坦诚些、更放松些。我多希望，我能朝着对他有利的方向虚构出点什么来，我如此希望为了他而撒谎、骗人。我不愿让他的弱点跟着他，不愿他被削弱直

---

① Zitiert nach Claudia Mauelshagen, *Der Schatten des Vaters. Deutschsprachige Väterliteratur der siebziger und achtziger Jahre*. Frankfurt am Main: Peter Lang, 1995, S. 36.

② Vgl. Cornelia Blasberg, *Geschichte als Palimpsest. Schreiben und Lesen über die "Kinder der Täter"*, in: Deutsche Vierteljahresschrift für Literaturwissenschaft und Geisteswissenschaft. 2002, Heft 3. Stuttgart / Weimar: Metzler, 2002, S. 484.

到死和失去一切。我不愿批评他。我以怀疑的态度追寻着他的本质，从里头抽出点什么来，把它们写下来。(《追忆》，第138—139页）

奥斯卡干脆有力地解决掉了"父亲"这个问题，但《追忆我的父亲》中的叙事者却显得犹豫而无助。产生这两种态度的根本原因在于：奥斯卡作为亲历历史的"第一代人"，可以以自己的选择和实际行动摆脱"罪人"的身份，即使他所属的集体背负了罪责，但他本人毕竟曾反抗过，从某种程度上说是"清白"的；而《追忆我的父亲》中的"我"却未拥有这种幸运，他无法选择自己的出身，他作为个体完全被动地来到一个有罪的家庭和民族中，作为他们的后代，他只能一方面厌弃父亲的作为，另一方面却下意识地想"挽救"他们和自己。奥斯卡以自己的生平和实际行动来对抗集体罪责，而"我"只能以文字为媒介来重构父辈的"行动"，在对文字的阐释中试图对抗集体罪责，找到自己的身份定位。

在父亲的生平和作为作家的职业生涯中，"文字"作为记忆的媒介也起到了重要作用。但在"我"看来，文字对父亲来说，首先是一种谋生和得到安慰的手段。父亲并不认同纳粹政府，但是却"为那些被国家戴上桂冠的作家们写书评"（《追忆》，第42页）。在战后，写作更是成了父亲养家糊口、维系自己在家庭内部的权威地位的唯一手段，在儿子看来，父亲在战后的工作对他来说已经是一种重担，"我看到的是和自己的工作毫无距离的劳作者（Arbeiter），并惊讶于这位辛勤的劳作者如此消耗他的力量［……]对他来说生活除了辛勤劳作之外别无其他"（《追忆》，第119页）。叙事者在这里使用了"劳作者"而不是"作家"来称呼自己的父亲，从而剥夺了父亲和文字之间的共生关系，而对于战后一无所有的父亲来说，可以写作原本是他唯一可以用来界定自己身份的途径，是他最后的救命稻草。

父亲对作家这一身份的执著可以追溯到他在战俘营中的时代。父亲在战争中受伤，并作为战俘被带到位于非洲的阿尔及利亚的一处战俘营。这个战俘营深处荒漠，几乎与世隔绝，而且在那里，"臭虫、时光流逝、百无聊赖让人感到难以忍受。……而更让人难以忍受的，是在战俘营中没有秘密可言。包裹、信息、每个人的情况都被所有人知晓。情书在不留情面的讯问中失去了魅力"(《追忆》,第92页)。在这种情况下,所有的人都失去了个体性,他们只有一个身份,那就是"战俘"。而阅读将父亲带入了不同的时空,以文字为载体的文本,等待的是每个读者的阐释,在阅读中,读者获得了一种个体化的、隐秘的交流方式,这与战俘营中整齐划一、一切都处于监视之下的交往模式完全不同。同时,父亲还坚持写作。战俘营是一个和耻辱联系在一起的地方,作为战俘的父亲,部分丧失了和他人交往的权利。而"文字"的存在,巧妙地取代了这种面对面的交往,并将其推迟甚至永久化,由此,父亲再次获得了其社会属性,这也是为什么创作小说这一活动可以阻止他自杀的原因所在。

阅读对父亲来说不光是个人行为,还是一种将父亲所属的集体团结在一起的行为。在战俘营中,父亲组织德国战俘们一起阅读德国古典作家们的作品,父亲挑选这样的作品并不是随意为之,而是因为它们是德国文化传统中的"经典文本",它们"和规范、价值认同和普遍有限性联系在一起"[1]。对于战俘营中的德国人来说,这些文本已经超出了文字本身作为符号系统的意义,也超越了文字在社会交流层面的意义,而更像是一种对文字的再次编码,其目的是引发这些战俘们的回忆,在回忆中,这些文本所包含和传达的集体共同认可的价值体系重新得到回顾,于是,这些战俘们在当下所拥有的匿名的"战俘"身份被克服,而另一重身份——"德国人"则重新苏醒。文字在集体记忆(尤其是文化记忆)方面的重要作用,在这种集体成员在空间上脱离集体、几乎忘记自己的集体归属的时刻,显得尤为有效。

除了父亲,小说中还提到了很多从战前到战后初期活跃于德国文坛的作家。小说的题目叫做《追忆我的父亲》,这里的"父亲",除了生理意义上的父亲之外,还指涉了叙事者作为作家,其专业上的"父亲"们——那些和父亲同时代的作家。这些作家中很大一部分曾经为纳粹政权服务过,有人甚至作为军人死在了战场上。叙事者对这些人的评价是"在军队里取得成就和回到优美的诗句中——这是这代人幽灵般的矛盾表现"(《追忆》,第

---

[1] Jan Assmann, *Das kulturelle Gedächtnis. Schrift, Erinnerung und politische Identität in frühen Hochkulturen* a. a. O., 2000.

39 页)。父亲就是这样的一个人:他是个优秀的军人,在入伍之后,很快适应军队生活,并在与盟军的战斗中英勇不屈,直到受伤昏迷;但与此同时,他又是一个温文尔雅的作家,他热爱自然、对美的语言有着极高追求。表面看来,父亲表现出了两种无法互相协调的极端,但实际上,这两种极端是高度和谐统一的,因为它们都是在父亲的"爱国"情绪下被催生和实践的。叙事者在观察父亲写于 20 世纪 20 年代的诗时,就发现里面的民族主义情绪十分明显,而父亲本人一直视自己为"德国精神的继承者"(《追忆》,第 43 页),他虽然不认同希特勒本人,但对于 30 年代的文学口号"继承,古典,民族和作为民族精神空间的写作"这些概念却十分认同。有学者认为,德国有教养的市民阶层虽然并不是狂热的法西斯分子,但他们所相信的"德国精神"却和纳粹思想暗合,[1] 就如《追忆我的父亲》中的父亲,他相信有一种"永恒的、永远适用的、超越一切时间界限的"(《追忆》,第 29 页)东西。实际上,父亲对所谓的"继承"和"德国精神"从来都没有进行过反思,对于集体来说,父亲这样的成员无疑是最受欢迎和最安全的。而父亲这样的人,从来都是被动和全盘接受集体加诸他们的价值观,因此集体对他们的改造也总是特别迅速和有效。叙事者在父亲的日记中发现,在纳粹军营中待久了的父亲,"那个追求美学的人,追求高尚语言的人,越来越多地使用士兵们粗鄙不堪的语言"(《追忆》,第 73 页)。而归根结底,父亲对军队生活的适应,是因为父亲坚守着他所认同的"德国精神":对权威的服从、对义务的履行以及对祖国的热爱等信条,在这样的条件下,对父亲来说,作为"德国人"这个集体成员的身份是高于一切的,为了集体付出,对他来说变成了一种不言而喻的义务。鲍曼曾精辟分析了集体如何用"荣誉"作为诱饵,使得个体可以自愿为集体福利做出任何违背个人良知的事情,在父亲战时的一则日记中我们看到,集体不但可以使其成员放弃良知,甚至可以使其为此感到骄傲:

> 我们可能是愚蠢的,然而士兵本来就要是愚蠢的,这是必须要付出的代价。但我们因此而获得了一种荣耀,这种荣耀谁也夺不走。

---

[1] Claudia Mauelshagen, *Der Schatten des Vaters* a. a. O., S. 587.

(24.1.44)(《追忆》,第 63 页)

《追忆我的父亲》中那个同时进行着叙述、研究、阐释和清算的叙事者,他所追求的是一种由文字所支撑的互动性和连续性。文字作为个人记忆的载体,在人脑之外提供了一种存储和流传的媒介手段,使得个体可以和超越当下时空的人物、事件进行具有个体性和主观性的交流,并以此参与塑造了个体的主体同一性。在这样的交流过程中,个体和他的前辈之间建立了一种时间和精神上的连续性,这帮助个体在集体中寻找属于自己的位置。作为记忆媒介的"文字",保存了先辈们的记忆,并被赋予规范和约束个体的任务,但文字的可阐释性又赋予了个体更多的自主性,在与集体记忆所进行的对话、沟通或者对抗时,个体不断调整着对自己所属集体的认识,并在这个过程中不断构建着自身的主体同一性。

个案二:蒂姆《以我的哥哥为例》中的记忆问题(刘海婷)

内容摘要:本文通过对乌韦·蒂姆《以我的哥哥为例》中记忆片断的梳理和分析,重点探讨了叙述者对哥哥和父亲的记忆以及梦境与记忆的关联。围绕"哥哥为何自愿加入纳粹武装党卫军"的问题,叙述者整理和研究了哥哥在第二次世界大战时期留下的日记和书信并以此展开对整个家族,尤其是父亲的回忆。在回忆的过程中,叙述者将个人记忆与历史材料及对特定社会群体的观察紧密地编织在一起,在回忆中质问和反思并试图以此为例揭示德国社会对战争及罪责问题的态度。

关键词:记忆 战争 哥哥 父亲 反思

20 世纪上半叶的人类历史无疑是被战争阴影笼罩的历史,两次世界大战的相继爆发让全世界无数家庭支离破碎,幸存的家庭成员也因此在创伤和痛苦之中度过余生。德国作家乌韦·蒂姆的家庭便是其中一例。2003 年,乌韦·蒂姆发表了带有强烈自传性质的作品《以我的哥哥为例》,[1] 在搜集整理家族历史材料的基础上围绕对哥哥卡尔的记忆和对哥哥生平经历的疑问展开了对整个家族的回忆。1940 年出生于汉堡的乌韦·蒂姆本人并没有太多关于第二次世界大战的直接体验,在他的成长过程中,其父母提到他那几乎未曾谋面就战死前线的哥哥卡尔时也不愿或无力涉及更多的战争问题,尤其父亲在卡尔自愿加入纳粹武装党卫军这一事实面前选择了沉默,然而不断被父母追忆的哥哥却成为一直伴随乌韦·蒂姆的"不在场的在场者"[2]。父辈对战争的缄默态度使卡尔卷入纳粹战争罪行一事几乎成为家庭内的禁忌话题,无法对原因进行追问。因此,乌韦·蒂姆只能等到家族其他成员(父亲、母亲和姐姐)全部过世之后,才有机会尝试探询哥哥为何自愿加入纳粹武装党卫军这一困扰他多年的问题,才可能"自由地书写关于哥哥的一切,这种自由意味着可以无所顾忌地、不必顾虑任何人感受地提出所有问题"[3]。在此背景之下,作者以追问为出发点梳理了战争时期其兄卡尔的日记和书信,并对其中涉及的战争和罪责问题进行了反思。同时,正如书名

---

[1] 德国文学评论界关于《以我的哥哥为例》(*Am Beispiel meines Bruders*)归属何种文体的争论存在不同的看法。Ursula März 称其为"自传体小说",Gudrun Norbisrath 甚至将其归为"报道体小说"。Vgl. Ursula März, *Gespenstervertreibung*, in: Die Zeit. 18. 9. 2003. und Gudrun Norbisrath, *Nachdenken nicht nur über den Bruder-Ein berührendes Buch von U. Timm*, in: WAZ. 20. 9. 2003. 而 Matteo Gall 则认为,所有在乌韦·蒂姆其他作品中零散出现过的"自传性元素只在《以我的哥哥为例》中才得以集中沉淀"。他在比较了《咖喱香肠的诞生》(*Die Entdeckung der Currywurst*)和《以我的哥哥为例》两部作品后,将后者定位为"一本自传"。Vgl. Matteo Galli, *Vom Denkmal zum Mahnmal: Kommunikatives Gedächtnis bei Uwe Timm*, in: Frank Finlay / Ingo Cornils (Hrsg.), "(Un-) erfüllte Wirklichkeit", *Neue Studien zu Uwe Timms Werk*, Würzburg: Königshausen & Neumann, 2006, S. 166. 笔者认为,《以我的哥哥为例》既缺乏连贯的情节也很少涉及自己的生平经历,因此认为它仅仅是一部"具有强烈自传性质的作品"。

[2] Clemens Kammler, *Uwe Timm Am Beispiel meines Bruders*, in: Klaus Michael Bogdal / Clemens Kammler (Hrsg.), *Oldenbourg Interpretation Band 107*, Oldenbourg: Schulbuchverlag, 2006, S. 9.

[3] Uwe Timm, *Am Beispiel meines Bruders*, Köln: Kiepenheuer & Witsch, 2005, S. 12. 下文引用时将只给出书名简写《哥哥》及原文页码。

"以我的哥哥为例",作者不仅回顾和反思了自身家族在战争时期的境遇和战后对战争罪责问题的态度,更试图以此为例展现和反思战时及战后德国的社会环境和社会群体普遍持有的价值观念。作者的"哥哥"或许只是某种"价值观念"的牺牲品,但他的个人选择却让他成为实际上的犯罪者。以"哥哥"这一个体为例一定程度上可以反映出一个社会群体在特定历史时期的状况,因此,《以我的哥哥为例》被文学评论家们认为"展现了战争时期德国的痛苦及与之相关的重新统一后的正常化"[1]。

从结构上来看,"回忆"贯穿全文始终,却并不完全依照时间顺序进行,作者似乎有意向读者展现他跳跃的、多层面和多维度的回忆过程,并且在回忆的同时自然地融入了从当下视角出发的思考和评论。作者本人对亡兄卡尔的模糊记忆与其父母对卡尔的回忆讲述紧密交织、作者本人儿时经历的战争场面与哥哥卡尔的战地日记和家书互为补充,其中还穿插了作者的梦境、反思性评述及史料参考。如乌苏拉·梅尔茨所言,《以我的哥哥为例》由"片断式的叙述、反思、引用和对历史的观察组合而成"[2],正是这种蒙太奇的叙述方式和对历史文献的引用,才使作者有可能在回忆自身经历的同时又与之保持一定距离。由此可见,"回忆"是《以我的哥哥为例》的重要主题,它虽然以文学的形式呈现,却已"跨越了文学和文学批评的界限,进入了记忆话语的范畴"[3]。

以此为背景,下文将着重探讨《以我的哥哥为例》中的记忆问题。虽然文中涉及叙述者对父母、哥哥和姐姐以及童年的记忆,但本文的分析范畴只限定在对哥哥和父亲的记忆,因为叙述者的回忆围绕哥哥展开,而与对哥哥的记忆紧密相关的是对父亲的记忆。因此笔者试图从对哥哥的记忆、对父亲的记忆、记忆与梦境这三个方面对文本中分散的记忆片断作一个详尽的梳理和分析,以期较为完整地展现作者的回忆过程并揭示作者如何在回忆中反

---

[1] Rhys Williams, *Eine ganz normale Kindheit: Uwe Timms Am Beispiel meines Bruders* (2003), in: Frank Finlay und Ingo Cornils (Hrsg.), "(Un-) erfüllte Wirklichkeit", *Neue Studien zu Uwe Timms Werk*, Würzburg: Königshausen & Neumann, 2006, S. 173.

[2] Ursula März, *Gespenstervertreibung* a. a. O., 18. 9. 2003.

[3] Clemens Kammler, *Uwe Timm Am Beispiel meines Bruders*, in: Klaus Michael Bogdal / Clemens Kammler (Hrsg.), *Oldenbourg Interpretation Band* 107 a. a. O., S. 9.

思、在反思中回忆。

一　对"哥哥"的记忆

如叙述者所述,他本人与年长十六岁的哥哥几乎未曾谋面,从他记事开始,哥哥就已经是家庭生活的缺席者,他只是通过父母的不断提起才成为"不在场的在场者"的。那么,叙述者如何回忆几乎可称作陌生人的哥哥?哥哥的形象又是如何通过叙述者的反思性考察被重新构建?根据笔者对文本的研究,可以对叙述者关于哥哥的回忆和他对哥哥形象的反思性构建从三个层面进行考察。首先是保留在叙述者脑海中唯一却模糊的对哥哥的直接记忆,即当时年仅三岁的叙述者被从战场返乡的哥哥高高举起的场景,回忆也由此展开。第二个层面为通过父母,尤其是母亲对哥哥卡尔的回忆讲述和叙述者本人对父母受创情感的敏锐观察获得的关于哥哥的间接印象。第三个层面则来自叙述者对哥哥的战地日记和战争时期往来家书的研究和反思。

全书开篇便是叙述者回忆自己被刚从前线告假归来的哥哥高高举起的场景:"被举起来——大笑、欢呼、无拘无束的快乐——这就是回忆第一次在我心中留下印记的经历和画面时的感受,对我来说,我的记忆从这里开始。"(《哥哥》,第9页)回忆这一场景让叙述者认识到自己最初的自我意识萌发——开始有记忆——正是从与哥哥的身体接触开始的。然而,在这最初的记忆画面里并没有对哥哥的描摹刻画,回忆的中心却是叙述者被举起时内心的快乐感受。"被举起来"意味着叙述者是自上而下地观察把他举起来的"哥哥",这一视角保证了叙述者在观察的同时又能与被观察的对象保持一定的距离。全文第一个回忆场景采用俯视的观察角度和回忆与自我剖析同时进行的方式,预示着叙述者在整个回忆过程中能够冷静地将自己从回忆中抽离出来,对家族历史、尤其对哥哥可能在战争中犯下的罪行进行较为客观的反思和评价。

紧随叙述者唯一记忆画面的是"不断被母亲提起的、他(卡尔)自愿参加纳粹武装党卫军的故事"(《哥哥》,第13页)。然而,除了相对完整连贯地向叙述者讲述"哥哥"自愿参军的经过之外,母亲在提起已故长子卡尔时几乎每次都只有几句简短的评价:他"胆子比较小"(《哥哥》,第16页),是"一个听话的孩子……很安静"(《哥哥》,第29页),"很喜欢制毛皮的工作"(《哥哥》,第42页)等等。尽管如此,相比叙述者本人的模糊记忆,母亲那经常出现的、片断式的回忆和讲述则更加具体,叙述者更多地通过母亲的回忆和讲述获知哥哥的经历、性格和参军前的工作愿望等,因此母亲的记忆对完整地构建"哥哥"形象起着非常重要的作用。叙述者不仅回顾和记录了母亲的记忆,也重点观察和反思了父母对卡尔自愿加入纳粹武装党卫军的态度,试图从侧面探求哥哥自愿参加纳粹武装党卫军的原因。母亲虽然反对卡尔参军,却无力阻止,事后回忆起卡尔自愿报名的经过时,她给出了一个似乎可以解释卡尔参军的理由:"都是因为理想。他不想退缩,不想落后于人。"(《哥哥》,第21页)然而,哥哥的理想从何而来?这个在母亲眼里乖巧听话甚至有些胆小的孩子为什么有勇气参加纳粹的敢死队?虽然母亲将一切原因都归结为"理想",但显然她也并不了解所谓的"理想"究竟是什么,更不知道这种"理想"又是如何被卡尔内化从而成为其参军的动力。换言之,母亲根本不了解卡尔的内心世界,例如她不明白卡尔为什么老是莫名其妙地消失,她认为"那是他的秘密,这个孩子身上唯一古怪的地方"(《哥哥》,第16页)。直到卡尔参军后,母亲才找到他在家里的秘密藏身处。既然无法从母亲那里找到问题的症结,"那么父亲呢"(《哥哥》,第22页)?带着这一疑问,叙述者将回忆的视角转向自己的父亲并用大量篇幅追溯了父亲的生平经历,1899年11月出生的父亲曾在第一次世界大战中自愿入伍成为野战炮兵。由此可见,哥哥志愿参军似乎更多受到父亲的影响,父亲对卡尔的行为也引以为傲。正如威廉姆斯所言,卡尔"完全将父亲的价值观内化为自己的价值观,这种价值观既源自父亲的志愿军生涯,也是一个社会群体的产物"[1]。父亲有意将卡尔培养成为一个"勇敢"的男人,"勇敢"对父亲而言意味着能够克服自身的恐惧心理,因此他让生性胆小的卡尔从高处跳入游泳池,通过一次次的勇气测试将自己的价值观传达给卡尔——勇敢、坚持。(《哥哥》,第51页)根据叙述者的考察,他的哥哥,"一个勇敢的年轻人"(《哥哥》,第59页)克服了天生的胆怯,

---

[1] Rhys Williams, *Eine ganz normale Kindheit*:*Uwe Timms Am Beispiel meines Bruders* (2003), in: Frank Finlay und Ingo Cornils (Hrsg.), "(Un-)erfüllte Wirklichkeit", *Neue Studien zu Uwe Timms Werk* a. a. O. , S. 179.

以自愿加入纳粹武装党卫军的行动实践了父亲对"勇敢"和"责任"的执著信念,父亲的价值观体现在军队每一声操练口令中:"坚持"、"立正"、"挺胸"、"收紧下巴"。(《哥哥》,第134、135、139页)在叙述者看来,哥哥的理想源自父亲,他"只是默默地执行了父亲希望与社会保持一致的期望"(《哥哥》,第13页)。通过回忆和反思父母关于卡尔的记忆让叙述者脑海中原本模糊的"哥哥"形象逐渐清晰:哥哥,那个正直、从不撒谎的青年,那个不哭泣、勇敢顺从的好男儿,"他是榜样"(《哥哥》,第21页)。

叙述者清楚地知道,哥哥是父母眼中的堪称"榜样"的儿子,然而"哥哥如何评价自己?他的感受是什么?他曾意识到哪怕丝毫的罪行和错误吗?"(《哥哥》,第91页)为了进一步接近哥哥的内心世界,叙述者认真地整理和研究了哥哥的战地日记以及他与父母往来的信件,试图从中窥探哥哥的思想,然而结果却令人失望:"日记中根本没有提到任何梦想、愿望和秘密。"(《哥哥》,第30页)在梳理这些遗留日记和信件时,叙述者没有顾及兄弟情分,反而更像站在局外人的立场对其内容作了冷静地分析和批评。试举一例:哥哥在写给父母的信中表达了对家乡(汉堡)因遭受盟军轰炸损毁严重的沉痛心情(《哥哥》,第40页),而在另一封信中却用冷漠的语气简短地记录了他所属的部队在苏联摧毁民居的行为:"我们拆了苏联老百姓的烟囱用来铺路。"(《哥哥》,第92页)叙述者对哥哥的这种"双重道德标准"进行了强烈的批判:"很难理解(他)面对灾难时的同情心为何消失了,为何区别对待在家乡发生的人道灾难和在苏联发生的人道灾难。在苏联杀害平民正常得甚至不值一提,而对汉堡的轰炸则是谋杀。"(《哥哥》,第93页)在叙述者看来,哥哥对待因战争造成的破坏和杀戮时显然有两套道德标准:自己的利益遭受损害时强烈控诉敌人的残暴,而当自己对他人施暴时不仅丝毫没有意识到自己的罪行和错误,反而把暴行当作平常事件,只是执行一项普通的任务而已。同样,哥哥日记中的某些段落也反映出他对待苏联战俘的冷漠态度:"我枪下的猎物"(《哥哥》,第19页),"他根本不值一提"(《哥哥》,第36页)等等。令叙述者惊讶的是,哥哥能够如此淡然地记录下苏联战场上发生的残酷事件,他认为这些都是"战争生涯中再平常不过的事情"(《哥哥》,第92页),因此他也不可能在日记或书信里对战争中的暴行做出叙述者所期望的反思。卡尔对生命的漠视和面对俘虏死亡时的"平常心态"一方面是"父亲和军队双重教育的结果"①，童年的勇气训练和军队的严格操练传达给了卡尔战胜恐惧的勇气和服从命令的意志，所以当他面对战俘死亡时不会害怕不安，执行杀人任务时也不会犹豫挣扎。另一方面，叙述者还引用了纳粹武装党卫军首领海因里希·希姆勒②的讲话和纳粹反犹宣传的文献材料（《哥哥》，第94页），试图结合当时的社会背景进一步挖掘养成这种冷漠心态的原因。希姆勒的讲话充满了对少数人种的仇视："这是一场世界观和种族的战争［……］我们的敌人是不纯正的民族，他们的名字不值一提"，他还煽动军队"可以毫无顾虑、毫不留情地消灭他们"（《哥哥》，第36页）。纳粹的种族主义宣传中也随处可见诸如"劣等人"、"寄生虫"、"虱子"等歧视和仇恨犹太民族等少数民族的字眼，③ 消灭他们被看做"一项卫生政策"（《哥哥》，第94页）。由此可以推测，哥哥对他人生命的漠视很大程度上是因为受到了纳粹宣传的影响。

尽管叙述者仔细研究了哥哥的日记和书信，但却没有从中获得明确的答案：关于参军的原因哥哥只字未提，他也甚少记录下自己的想法和感受。最终，叙述者也并不能确定哥哥是否曾有过对战争的反思和抵制，因为虽然其日记和书信内容中流露出对生命的漠视和面对战争暴力时理所当然的态度，但令叙述者感到一丝宽慰的是，他的哥哥至少"没有在日记中鼓吹党卫军政治课上灌输给他们的纳粹思想"（《哥哥》，第95页）。更为重要的是，某一天哥哥突然决定停止写日记："我将以此结束我的日记，因为我觉得记录这些不时发生的悲惨事件毫无意义。"（《哥哥》，第159页）日记的突然中断让叙述者看到了希望，因为"它可能意味着拒绝、停止服务，宣布从此不再服从……"（《哥哥》，第152页）全书以哥哥的最后一篇日记结束，虽

---

① Rhys Williams, *Eine ganz normale Kindheit*：*Uwe Timms Am Beispiel meines Bruders* (2003), in：Frank Finlay und Ingo Cornils (Hrsg.), "(Un-) erfüllte Wirklichkeit", *Neue Studien zu Uwe Timms Werk* a. a. O., S. 179.

② 作为纳粹武装党卫军首领的海因里希·希姆勒在第二次世界大战期间对屠杀犹太人、辛提人（Sinti）和罗姆人（Roma）负有主要责任，其犯下的战争罪行罄竹难书。参见 http：//de. wikipedia. org/wiki/Heinrich_ Himmler。

③ 更多关于纳粹时期的种族政策参见 http：//www. projekt-j. ch/Judenverfolgung_ Judenvernichtung. htm 和 http：//de. wikipedia. org/wiki/NS-Propaganda。

然哥哥停止日记后的想法我们永远不得而知，但叙述者通过多个层面的回忆和反思已经逐渐构建出清晰的哥哥的形象，对于叙述者的很多疑问，已故的哥哥虽然无法回答，但叙述者已经对这些问题有了自己的答案。

二 对父亲的记忆

如前所述，哥哥的生平经历很大程度上受到了父亲的影响，"写哥哥也就是写他——我的父亲"（《哥哥》，第21页），因此叙述者用大量篇幅回忆父亲也就不足为怪了。与回忆哥哥必须借助父母的讲述、照片和文献资料不同，父亲的言谈举止早已深深地留在叙述者的记忆中，即使在父亲去世多年以后他也能清晰地回忆起关于父亲的往事。值得注意的是，对父亲的回忆并不是简单地、按时间顺序地重现过去，而是在回忆的过程中不断转换视角，从历史中抽离出来站在当下的立场去反思和批评父亲过去的言行和态度。因此，对父亲的回忆时常被"今天看来，几乎难以想象……"（《哥哥》，第78页），"站在今天的角度几乎难以理解……"（《哥哥》，第99页）等诸如此类的评论打断。叙述者将回忆的视角更多地倾向父亲，一方面是为了更进一步揭示父亲对哥哥的影响，另一方面则试图通过分析和批判父亲对德国战败的态度揭示父亲所代表的一代人的价值观念。从父亲教育卡尔的方式来看，他将自己的信念和希望都寄托在长子身上，卡尔被父亲培养成家族的骄傲和榜样，但也因此被父亲的理想毁灭。其实父亲"才是家族中真正的军国主义者，他不能适应和平年代的生活"[1]。第一次世界大战战败后，出于对军旅生涯的怀念父亲又加入了"自由军团"[2]，第二次世界大战后，特别是20世纪50年代中期开始，父亲的制皮毛生意一落千丈，只能靠模仿其他商人才能维持，但他似乎并不特别在意生意的好坏，反而经常和一些老兵聚集在一起讨论德国战败的原因，虽然战争让他失去了心爱的长子，虽然他的

---

[1] Klaus Siblewski, *Die schwierigste aller Fragen：Warum ausgerechnet zur Waffen-SS? Uwe Timm erzählt vom Tod und fürchterlichen Nachleben seines Bruders*, Frankfurter Rundschau 17.9.2003.

[2] 自由军团指第一次世界大战后，德国军队退出战场后组成之准军事组织。它是魏玛时代半军事组织之一。很多德国战场老手有感与文官政府脱节，故此加入军团以寻找安稳生活。Vgl. http：//zh.wikipedia.org/wiki/

痛苦在叙述者看来比"母亲更为强烈"(《哥哥》,第78页),但与自己的妻子不同的是,他没有将自己的悲痛和愤怒指向战争的发动者。据叙述者观察,"他(父亲)的愤怒并不是针对战争的罪魁祸首,而是那些作出错误军事决策的人,那些逃避和背叛的人,因为对他而言,勇气、义务和传统都是不可动摇的"(《哥哥》,第78页)。以叙述者今天的立场来看,他很难理解在纳粹战争罪行已经昭然天下之后父亲和他那一代的老兵们还执著地讨论着战争胜利的可能性。至此,叙述反思的或是希望引起读者反思的已经不是他个人家族的问题,而是父亲那一代人对待战争与罪责的态度及他们固执抱有的价值观念:勇气、义务、传统和服从。

正如玛格丽特·米特舍利希(Margarete Mitscherlich)所言:"青年一代和自己的父母之间总是存在隔阂,两代人的关系在历史上从来都不是毫无间隙的。"[1] 在叙述者的记忆里,父亲的形象也充满了矛盾:一个是儿时记忆里疼爱孩子、经常给他讲历史故事的慈父;另一个则是要求严格、"任何事情都必须按规则执行"(《哥哥》,第24页)的权威的父亲。随着年龄的增长,父亲制定的规则越来越多地遭到了叙述者的抵制,他开始批判地看待父亲的言行,父子之间的矛盾也日益激化。尤其当叙述者回忆战后岁月中的父亲时,对抗和批判的情绪达到了顶峰,但是,他的批判并不仅仅针对父亲一人,而是指向父亲那一代人——"犯罪的一代人"(《哥哥》,第102页)。叙述者犀利地指出,随着盟军势力占领了德国,父辈的权威也被瓦解了:记忆中大人们的身影渐渐缩小,看起来很可笑。虽然当时尚且年幼的叙述者无法了解其中的原因,但他却已经敏锐地察觉到了"父亲们的溃败"(《哥哥》,第69页)。多年以后,当他重新回顾记忆中的这段历史时得出了新的结论:"这不仅仅是父亲个人的失败,随之而来的是集体价值体系的崩塌。"(《哥哥》,第108页)父亲对美军在占领区推行民主化再教育所表现出的愤怒和抵制恰恰暴露了父亲那一代人战败后的无助和绝望,因为他们"在政治上、军事上和精神上的权力统统被剥夺了"(《哥哥》,第70页)。父亲凄凉的晚年生活一定程度上也可被看做对失去权力的一代人的写照:"父亲的

---

[1] Margarete Mitscherlich, *Erinnerungsarbeit. Zur Psychoanalyse der Unfähigkeit zu trauern*, Frankfurt a. M.: S. Fischer, 1987, S. 46

目光越过改建的外墙望向外面，等待着客人的到来。"(《哥哥》，第109页)50年代后期，父亲店里的生意每况愈下，等待也变得越来越漫长，因此父亲常常逃到咖啡馆或酒馆里打发时间。在叙述者眼中，父亲"想要逃避的不仅仅是越发漫长的等客时间，他更想逃离的是对另一种生活的等待，那样的生活充满了刺激和冒险，随时都有意想不到的事情发生，他在那种生活里才能感到满足和幸福，而那样的生活却变得越发渺茫、遥远和灰暗"（《哥哥》，第110页)。结合文中对父亲参军经历的回忆，此处提到的另一种生活自然地让人联想到父亲口中部队的有趣生活（《哥哥》，第22页等）和纳粹宣传的战争冒险。(《哥哥》，第100页等）父亲的等待永远不可能实现，因为随着纳粹第三帝国的覆灭，父亲所代表的一代人也必然会逐渐退出历史的舞台。

三 记忆与梦境

叙述者在整理和记叙对家族的记忆时，还穿插了对自己梦境的描写，梦里的场景与叙述者的记忆相互交织、密不可分。从某种程度而言，梦境可说是叙述者在意识深处再现过往经历的另一种方式，因为"构成梦境的一切材料都来源于做梦人的经历，并以某种方式在梦境中被回忆和再现"[1]。叙述者详尽地描绘自己的梦境具有两个层面的意义：一方面，从叙述结构上看，梦境隐含了分散在文中各处的记忆片断，梦境中的一些细节也影射和暗示了叙述者的经历；另一方面，那些充满紧张和压迫感的梦境揭示了叙述者在面对回忆时的复杂情绪，尤其在面对自己的哥哥参加纳粹武装党卫军的问题时纠结矛盾的心理。

叙述者回忆自己整理哥哥信件日记等材料之初曾做过这样的梦：有人试图闯进来。门外立着一个黑暗的身影，肮脏又模糊。我想把门关上，可那个无脸的身影拼命地想要挤进来。我用尽全力抵住门，将无脸人往外推，虽然他没有脸，但是我心里很清楚——他就是我的哥哥。终于，我成功地将他推了出去，锁上门，却惊恐地发现手里握着一件粗糙的、被撕烂的夹克衫。（《哥哥》，第12页）梦境里叙述者与无脸人的抗争影射了现实中他在面对

---

[1] Sigmund Freud, *Die Traumdeutung*, Frankfurt a. M.: Fischer, 2009, S. 27.

哥哥遗物时的矛盾心理："每当我认真阅读哥哥的日记或是信件时，都只能看一会儿便匆匆结束。"(《哥哥》，第11页)一方面，他既希望通过研究遗留文件接近哥哥的内心，但另一方面又害怕从中看到自己不愿接受的事实。因此，在面对哥哥的遗留文字时，叙述者既渴望又排斥。事实上，无论叙述者如何努力不让自己受到哥哥遗留材料的影响，他还是陷入了困境，正如梦境中他虽然成功地将象征哥哥的无脸人抵挡在门外，手中握着的夹克衫却暗示了他不可能彻底摆脱哥哥的阴影，哥哥留给他的诸多疑问也将一直伴随着他。

根据弗洛伊德《梦的解析》，所有的梦境都反映了人在意识清醒时的经历和记忆。① 当我们把文中分散的梦境放在一起进行对比，则会发现梦境与梦境之间也存在一定的关联，一些相似的元素反复出现，而这些元素又可追溯到叙述者的童年记忆。例如，无脸的哥哥形象经常出现在梦境中，除了上文提到的梦之外，另一个梦中的哥哥"脸是黑暗的，穿着西装——或是制服？"(《哥哥》，第141页)梦中的哥哥总是以无脸的形象出现显然因为叙述者本身对哥哥的记忆就是模糊的，他唯一能够回忆起的是哥哥把他高高举起的场景，然而在这个场景中也没有对哥哥外表的描述，哥哥留给叙述者的记忆只有一个模糊的影像和代表其军人身份的制服。另外两个梦境中则重复出现了通道和奔跑："我沿着通道奔跑，突然到达了出口……"(《哥哥》，第141页)"我在防空洞的通道里奔跑……穿制服的消防员与我擦身而过［……］一扇扇门被铁锹撬开……"(《哥哥》，第148页)防空洞、通道、消防员及奔跑等梦境中的场景让人联想到前文提到的汉堡遭遇空袭时叙述者和家人逃难及在防空洞中躲避的情景，儿时的记忆在梦中被唤醒和重现。战后，当他有机会再次踏入防空洞通道阶梯的那一刻，"时光仿佛倒回了童年，记忆中那些潮湿的、令人窒息的、迷宫般的景象又浮现在脑海中"(《哥哥》，第41页)。由此可见，叙述者的梦境、记忆与现实紧密交织，如果说由现实景象勾起的记忆引发了叙述者的反思，那么在梦境中被再现的记忆则更多地揭示了他被压抑的情感。

---

① Sigmund Freud, *Die Traumdeutung*, Frankfurt a. M.: Fischer, 2009, S. 28.

四 结语

通过上文的梳理和分析，我们可以看到叙述者在回忆中不断地进行着自我反思，正如叙述者自己所言，"用书写去靠近他们，就是尝试释放封存的记忆，重新寻找到自我"（《哥哥》，第21页）。由此可见，叙述者回忆的更深一层意义是，借由对哥哥和父亲的质问回归对自我的观照并由此引发读者的反思，以"哥哥"和家族历史为例，通过个人的记忆唤起群体的记忆。

个案三：施林克《朗读者》中的言说与沉默（黄晓晨）

内容摘要：本文以《朗读者》中米夏和汉娜之间关系的不同发展阶段为线索，分三部分论述了"沉默"在社会交流和回忆文化中的意义：从两人结识之初到结束恋爱关系这一阶段，"沉默"在两人交流中具有一种多义性，并反映了交流双方不对等的权力关系；在米夏旁听汉娜接受法庭审判这一阶段，"沉默"意味着压抑对过去的回忆、放弃对过去的重构；在汉娜入狱之后，米夏对汉娜的"沉默"中更是包含了丰富的符号性，这其中既有米夏作为个体对自身回忆的压抑，也有其作为主流社会的一员对集体记忆施展影响的意愿。"沉默"这一现象贯穿了米夏和汉娜交往的始终，同时暴露了米夏作为生于第二次世界大战后的"第二代人"对父辈情感的复杂性、在面对集体罪责时的无力感，以及由此导致的自身主体同一性的不确定性。

关键词：施林克 《朗读者》 沉默 集体罪责 主体同一性

长篇小说《朗读者》[①]中的叙事者米夏·伯格在十五岁时，认识了三十六岁的电车售票员汉娜并发展出了一段恋情，这段恋情持续了大约半年，两人在一起的模式是：朗读、沐浴和发生性关系，直到有一天汉娜突然消失并使米夏陷入痛苦之中无法自拔。七年之后，米夏作为法律系大学生旁听对集

---

① ［德］本哈德·施林克：《朗读者》，钱定平译，译林出版社2006年版。后文引用仅给出书名与页码。

中营女看守们的审判，意外地在被告席上看到了汉娜，并突然明白汉娜是个文盲的事实。汉娜最终被法庭判处终身监禁，米夏定期将自己朗读的一些文学作品的磁带寄给汉娜，在这些磁带的帮助下，汉娜在狱中自学了读写。大约二十年后，汉娜在被释放前的凌晨自缢身亡，给米夏留下了六千马克，请他交给当年集中营中的幸存者。米夏最终将这笔钱以汉娜的名义捐给了犹太人扫盲联盟。

小说作者施林克在就此书接受采访时，认为"过去"距今时间越短，越要求人们对其做出道德判断，这是"第二代人"的悲剧；但如果同罪犯保持一致（Solidarität），那这本身也就是一种犯罪。[1] 从施林克的这段话中，我们看到了第二代人的复杂心态：他们必须谴责纳粹罪行，必须承担由纳粹父辈带来的心理压力和历史任务，但同时，相对于父辈，他们又占领了一个道德制高点，"道德判断"同时意味着"道德审判"，而对于施林克小说中的主人公米夏来说，这种感觉更为复杂：在"父亲文学"里，叙事者们因为无可选择的血缘关系拥有了一位纳粹父亲，而米夏则是通过可做选择的爱情关系拥有了一位纳粹情人；"父亲文学"里的叙事者只能以单纯的"评判者"的姿态进入历史中，而米夏因这种可选择性而兼具了评判者和参与者双重身份。但米夏的这一身份，除了促使他从追问"你们做过什么"发展到追问"你们为什么要这么做"之外，并没有对其反思过去提供更多帮助，因为米夏的回忆和回忆中充满了各种形式的沉默、压抑和遗忘的努力，从而阻止了他彻底地反思自己和集体的过去。

德国社会学家贝勒鲍姆（Alfred Bellebaum）这样描述"言说"与"沉默"之间的关系："人无法不交流，人也无法什么都不做。例如当人不说话时，他并不是由此就什么都没做，而是，他在沉默。"[2]

"沉默"与"言说"，都是人类交流中的正常行为。同时，它们之间也并不是对立而是共生关系："言说"中必然也必须有沉默，若没有以短暂的

---

[1] Vgl. Gunhild Kübler, *Interview mit Bernhard Schlink. "Als Deutscher im Ausland wird man gestellt"*, in: Die Weltwoche Nr. 4, vom 27.01.2000.

[2] Alfred Bellebaum: *Schweigen und Verschweigen. Bedeutungen und Erscheinungsvielfalt einer Kommunikationsform*, Opladen: Westdeutscher Verlag, 1992, S. 9.

停顿等形式出现的沉默，对话双方就无法分辨出语词、句子之间的界限，语言本身也会变得不可理解。"沉默"作为一种个体行为，表现十分多样：不出声、什么都不愿说、不予回答、保持安静、不再继续说话等。而"沉默"作为一种社会交往中的行为，含义也十分广泛：考试、默哀、参加宗教活动时的沉默，是一种对规范的遵守；睡觉和思考时的沉默，是一种自然而然的身体行为；对公众禁忌话题的沉默，表现了权力对社会和个体的操控等。有些沉默是情势所需，而有些沉默则是被迫或者会对交流造成负面影响的；有些沉默在意义上是需要阐释的，而有些沉默在意义上是单一明确的。总之，沉默不是言说/交流的对立面，沉默也不是人类交流中的缺陷，沉默本身充满了符号性，始终在"涵盖一切"和"什么都没有"这两个区间中徘徊，有些沉默甚至可以和语言一样以言行事。不同类型的沉默，可以起到不同的作用：建立联系或者产生阻隔、疗治创伤或者造成伤害、坦承相待或是掩饰压抑、积极应对或是消极应付等。[1] 因此，对于阐释者来说，"沉默"并不意味着意义的空洞和交流的无效，而是更大的阐释空间。

"沉默"这一行为及其后果在米夏和汉娜的交往中始终存在。在两人的恋情开始之初，米夏和汉娜之间发生过如下对话：

> "你叫什么名字？"我问她，那已经是第六天或第七天了。她在我身上睡熟过后，刚刚醒来。一直到那天，我在同她讲话时总称呼"您"。
>
> 她跳了起来。"你讲什么？"
>
> "我说，你叫什么名儿？"
>
> "为什么你要晓得呢？"她用一种不大信任的眼光看我。
>
> "你和我已经……我晓得你姓什么，可不知道你的名字。我想要知

---

[1] Vgl. Wolfgang Heinemann, *Das Schweigen als linguistisches Phänomen*, in: Hartmut Eggert / Janusz Golec (Hrsg.), "wortlos der Sprache mächtig", *Schweigen und Sprechen in der Literatur und sprachlicher Kommunikation*, Stuttgart: Metzler, 1999. S. 301. Vgl. dazu auch Stefan Krammer, "redet nicht von Schweigen…", *Zu einer Semiotik des Schweigens im dramatischen Werk Thomas Bernhards*, Würzburg: Königshausen & Neumann, 2003, S. 13.

道你的名字。有什么不妥……"

她莞尔一笑，说："哪里呀！小家伙。没有什么不妥当。我叫汉娜。"（《朗读者》，第33—34页）

如果说米夏忘记询问汉娜的名字，是因为这个情窦初开的少年被情欲冲昏了头脑，那汉娜不交代自己的真实姓名则是一种刻意隐瞒。姓名作为个体在这个世界上的"代号"，和"你"这个称谓的意义是不同的：只有可以进行直接交流的两个主体，才有可能以"你"相称，"你"这个称谓意味着一种身体的在场性和更紧密的社会关系。而"名字"则可以完成身体不在场时的指称活动。对于此时的汉娜来说，她和米夏的关联仅限于一种纯粹的肉体关系，她非常清楚自己随时可能离开米夏，她也无意在离开之后继续和米夏保持联系，因此，告知米夏自己的名字就显得完全没有必要。同时，"名字"和个体对自己主体同一性的认同有着密不可分的关系，一个不愿告诉他人自己姓名的人，或者使用假名和他人交往之人，实际上是在回避对自己身份的认同。汉娜对米夏提出的问题反应过激，是因为她从事过的工作包括西门子职工到集中营看守、电车售票员和其他，但因为她不愿承认自己是文盲的事实，因此她也从来没有对自己的职业生涯和整个人生做出规划，她的人生充满断裂，每段经历都是在重新开始和不知何时结束中进行，因此，一个完整、稳定的主体同一性对汉娜来说几乎不可能，或者说那会是一种负担。

汉娜和米夏之间的交流自始至终都含有一种沉默的意味。小说分为三部分，在第一部分（1959年2—8月）中，两人之间关系亲密，但这种亲密仅仅是一种身体上的亲密，两人之间很少进行语言上的交流。米夏回忆自己病愈后第一次到汉娜家登门道谢的情景时，完全想不起来自己是如何跟汉娜打的招呼，"在厨房里我们究竟讲了些什么话，我同样也回忆不起来了"（《朗读者》，第11页）。汉娜对米夏的吸引力也完全来自她身体的姿态、举止，米夏对汉娜的渴望和精神上的交流无关，是一种纯粹的对汉娜身体的好奇和欲望。在两人的关系中，"语言"确实也曾发挥过作用，米夏应汉娜的要求，每次都会例行公事般地给她朗读一段文学作品，这几乎成为一种仪式。但"朗读"他人的文字并不等于二人之间以语言本身为媒介发生了交流，米夏的朗读是因为汉娜要求他这样做：

> 她很顶真。我要先给她朗读半小时《爱米丽亚·迦洛蒂》，她才给我洗淋浴，然后带我上床。（《朗读者》，第42页）

而汉娜无法将文学作品视为虚构的东西，总是完全将自己的感情投入其中，并没有对其进行反思和就此与他人进行讨论的愿望。在两人关系继续发展之后，米夏也试图真正地使用语言和汉娜进行交流，但这样做的后果是：

> 要谈论我们之间的争吵的话，只会引发新的争吵。有过那么一两次，我给她写了很长的信，她对此却毫无反应。（《朗读者》，第49页）

文字和口头语言的重要区别之一是，口头语言是和具体情境相联系的，是不稳定和易逝的，而文字具有记录功能，可以在事件发生之后，对这一事件进行归纳和立意，并以此使得一种回溯性的反思活动成为可能。汉娜不会读写，因此也并不熟悉文字的这些功能，对她来说，事情过去了就是过去了，谈论之前的争吵，就只是谈论"争吵"本身，这自然只会引发新的争吵；而对于米夏来说，谈论之前的争吵，其重点在于"谈论"这个动作的意义，因为米夏希望通过回顾和反思找到争吵的原因、意义以及避免争吵的方法。但这种交流方式显然以汉娜一方对其的拒绝而陷入僵局，并迫使米夏在这之后对这一话题保持了沉默。

汉娜对于米夏来说，始终是个既亲近又陌生的人，米夏对汉娜的过去一无所知，甚至也不知道汉娜当下的生活到底是怎样的：

> 我从来不知道，汉娜在既不去上班，也不同我幽会的时候，到底在干些什么。每当问起她，她就把我给顶回来［……］如果我乘机提个问题，她就会躲闪支吾，但不是断然拒绝……（《朗读者》，第75页）

汉娜对自己生平和生活细节的隐瞒，可以看做是她和米夏交流中刻意保持的沉默。沉默的出现要求阐释，对沉默进行阐释的尝试，会让沉默之人重新被纳入交流的框架之中，阐释者承担了一种疗治者的角色，阐释这种行为回溯性地将交流中的双方和之前发生的交流联结在一起，也就使得交流具有了一种继续进行自我生产的可能，由此，已经中断的交流可以继续进行下去。① 若干年后，已人到中年的米夏曾经质问过自己："那么，如果我真的继续搜索下去呢？继续搜索我遗失的字条呢？继续搜索她狂怒的原因呢？继续搜索我无助的根源呢？"（《朗读者》，第55页）但实际上，正处于青春期的米夏和已近中年的汉娜之间不管在人生阅历还是其他方面，实力相差过于悬殊，米夏既缺乏打破沉默、进行阐释的勇气，也缺乏相应的能力去改变他和汉娜的交往模式。

　　情侣之间的关系通常情况下是一种经由选择而结盟的关系，但汉娜和米夏在面对外界时，无法坦然承认两人之间的关系。两人郊游途中，当别人以为汉娜是米夏的母亲时，两人谁都没有立即否认。米夏在邻城的剧院里旁若无人地揽着汉娜的腰，不在乎别人的眼光，但他同时又非常清楚"如果是在我家乡城市的剧院，我就会在乎了"（《朗读者》，第70页）。米夏诡异的行踪引起了同班同学的好奇，但他从来没有跟他们提到汉娜，并在面对苏菲直白的追问之后，他说："也许，在下一次我会讲给你听的。"（《朗读者》，第74页）这样的掩饰让米夏感到自己是在背叛汉娜。而汉娜在离开之前到游泳池来时，米夏没有立刻跳出水来奔向她的做法，使得米夏在汉娜离开之后长久地陷入了负罪感中。因为对两人关系保持的"沉默"，暴露了米夏在享受身体上的愉悦的同时，无法面对他人对两人关系的看法，这种不伦之恋给米夏带来了迟疑和羞耻，沉默本质上的确是一种背叛和逃避。

　　在小说第二部分（1966年开春到6月底），作为大学生的米夏看到了审判席上的汉娜。他一场不落地旁听了整个审判过程，并在这一过程中突然领悟到，汉娜其实是个文盲，她去当集中营看守，是因为西门子给她提供的升职机会有可能让她暴露这一缺陷，而她离开米夏也是出于同样的原因。这一发现给米夏带来了沉重的压力，研究哲学的父亲认为米夏虽然没有替他人做

---

① Vgl. Niklas Luhmann / Peter Fuchs, *Reden und Schweigen*, Frankfurt am Main: Suhrkamp, 1989, S. 18f.

决定的权利，却有责任和汉娜本人谈谈。但米夏再次保持了沉默，他以"去找汉娜，我做不来"（《朗读者》，第151页）为由，转而去找了审判长，并在和审判长冠冕堂皇的谈话中，丧失了说出实情的勇气。汉娜给少年米夏留下了一段痛苦的记忆，使得米夏在之后的成长中变得既敏感又故作狂妄，现在，当一个清理记忆、重新寻回自我的机会摆在青年米夏面前时，他最终却选择了逃避。卢曼将交流视为对世界进行"划分（einteilen）"的过程，而非"传达（mitteilen）"的过程：

> 如每个行动、生活中完成的每个步骤和每次思考一样，交流意味着一个分界线。交流说了它所说的，不说它没说的。它进行区分。当其他交流继续进行，就会据此形成系统间的界限，从而使分界线更加稳固。①

米夏选择了沉默，而不是积极主动地澄清事实、面对自己的过往，也就选择了将真相框在黑暗中，并继续将自己框在过去中。正如他的前妻所说，他的所有选择，都是因为要"逃避"，但问题在于，他越是极力逃避那段过去，过去就越是挥之不去，正因为如此，他在每个和他发生过恋爱关系的女人身上寻找汉娜的"味儿"，并认为她们都不合要求。最终，这种不诚实和怯懦的态度使他几乎放弃了对当下和未来的经营，而将"过去"视为自己的精神家园。

在第三部分（1966年6月底到1984年夏）中，汉娜被送进监狱，米夏则开始为她录制磁带。监狱这个机构对于被关押其中的犯人和他们高墙之外的亲友来说，本身就意味着由对身体的控制而产生的交流障碍，但米夏和汉娜的问题并不仅限于此。米夏将自己与汉娜之间的交流定义为一种"时而喋喋不休，时而沉默寡言的交流"。但这种"交流"实际上是不完整的交流：米夏始终只是在朗读他人的文字，或者自己写就的文字，而这些文字并不是以汉娜本人为唯一接受者的。同时，米夏也"没有再把自己的什么话

---

① Vgl. Niklas Luhmann / Peter Fuchs, *Reden und Schweigen*, Frankfurt am Main: Suhrkamp, 1989, S. 7.

插进去；我既没有问起汉娜的近况，也没有谈起自己的景况。我只朗读书名、作者名和书的内容。等到内容读完，我会稍微等待一会儿，再合上书，按下录音机的停止键"（《朗读者》，第177页）。汉娜在学会读写之后，曾经反复要求米夏给她写信告知自己的情况，但米夏从未回应这一要求。米夏的不予回应，首先是拒绝和汉娜进行交流的意思。其次，米夏也始终小心翼翼地既保持两人之间的关系，又只允许它停留在远离自己现实生活的那种状态。此时的"朗读"行为，其意义已经发生了变化：汉娜相对于少年时代的米夏，是处于强势的一方，朗读是汉娜要求米夏完成的任务，是米夏为了讨好汉娜而进行的演出；狱中的汉娜相对于成年的米夏，是处于弱势的一方，米夏只肯"朗读"，而不肯"谈话"的态度，表达了对汉娜的不宽恕和要跟她保持距离的态度，同时，米夏不肯写信的做法，也表达了他始终不肯承认汉娜通过自学，已经受到启蒙、不再如以前那么蒙昧的态度。米夏的行为同时也代表了社会对汉娜的态度：作为纳粹集中营的看守，汉娜代表了集体的耻辱和过去犯下的罪责，因此属于遭到主流社会所不乐意见到的那类集体成员。米夏这些行为中所包含的沉默的意味显然在汉娜那里得到了正确的阐释，汉娜在出狱当天自缢身亡、且未给米夏留下关于她本人的只言片语的举动，是汉娜留给米夏最后的礼物：不希望将米夏带进过去遗留的问题中。这是汉娜对两人之间的沉默、对社会在反思历史上的拒绝和压抑做出的终极回应。

　　学习在交流中如何沉默和在何时沉默，似乎是一件比学习如何说话更困难的事情，因为交流本身所传达的信息包含了两个层面：内容和人际关系。内容传达了客观"数据"，传达了"是什么"这个层面的信息；而人际关系层面传达了如何看到这些数据的信息，它是一种"信息之上的信息"（Meta-Information）。沉默可以传达充满期待、心怀敬畏、纠结、冷漠、抗拒、思索、羞愧、鄙夷、尴尬等内心活动，[①] 这些内心活动都意味着对心灵的冲击，这样的冲击又往往不是语言所能描述和传达的，但文学本身是关于表达的艺术，这就使以语言的形式打破沉默成为一个充满张力的场域。而对于《朗读者》这部小说的主人公米夏来说，他虽然号称自己用长达十年的

---

① Vgl. Bellebaum Alfred Bellebaum, *Schweigen und Verschweigen* a. a. O., S. 9, S. 17.

时间来酝酿如何讲述这个故事，却并未最终实现打破沉默、面对过去、认识自己的目的，这种无力感和由此产生的种种问题，是这部小说的重要主题之一。实际上，面对个体和集体过去时的无力感是整个第二代人共同面对的问题，正如米夏自己在反思68学生运动的时候所说的那样，人怎么能一边感到有罪和羞耻，一边又以和父母划清界限的方式来夸耀自己的无罪。这种审判父辈的行为，更像是一种策略，它们掩饰了这一代人对父母爱恨交织的复杂情感，也泄露了他们无法因确立自身的主体同一性而产生的迷茫、不安和愤怒。

第 五 章
女性文学与犹太作家的"另类回忆"

　　首先需要明确的是，德国犹太人的记忆是德意志民族文化记忆的重要组成部分，因此，讨论德意志民族的文化记忆不能不同时讨论德国犹太人的记忆。然而之所以把德国犹太作家和女性文学的回忆均定位为"另类"，则是基于两者在很长时间内所共同拥有的"他者"身份：数千年来，女性在文学作品中充当的角色一直为男性所规定。她们要么是贤妻良母，是美丽的化身，是男性梦想中的情人，要么是祸水，是死亡和诱惑的象征。至少在第二次世界大战之前，德语文学中的犹太人形象往往也是负面的。前文中提到的"犹太人徐斯"便是一个典型的例子。本章收入的四例个案中有两例从文化记忆理论入手，分析了两位奥地利女性作家巴赫曼和耶利内克建立在互文记忆基础上的对传统女性形象的颠覆与批判；其余两例则探究的是犹太传统中仪式与集体同一性（海涅残篇《巴哈拉赫的拉比》）以及历史重压下记忆与生存之间的关系（贝克尔小说《说谎者雅克布》）。分析表明，由于特殊的历史原因，祖祖辈辈生活在德国的犹太人的记忆，一方面总是与德意志民族的记忆交织在一起；另一方面，他们的记忆却也总打着犹太民族的烙印。斯特凡·布莱塞用"记忆差异"（Erinnerungsdifferenz）和"记忆竞争"（Erinnerungskonkurrenz）来指称这一现象。[①] 至于巴赫曼和耶利内克从女性视角出发的文学回忆，则更是对主流记忆连同其价值观的反叛与挑战。

---

　　① Stephan Braese, *Die andere Erinnerung. Jüdische Autoren in westdeutschen Nachkriegsliteratur*, Berlin / Wien：Philo, 2001, S. 563.

个案一：巴赫曼小说《温蒂娜走了》中的女性视角与互文记忆[①]

内容摘要：作为文学形象，水妖"温蒂娜"同时也是一个"记忆形象"。奥地利女作家巴赫曼的短篇小说《温蒂娜走了》的创作即是以此为前提的。与包括德国浪漫文学作家富凯的小说《温蒂娜》在内的一切前文本不同，巴赫曼赋予了自己的作为"他者"的温蒂娜一个"非同寻常"的女性视角和声音。在"他者"的视角下，人类社会中的各种弊端暴露无遗，人们往日习以为常的事情和现象变得怪异和值得审视。而温蒂娜的声音则是控诉的声音，只不过，她的控诉并不单纯针对背叛爱情的、被称作"汉斯"的男人，而是对迄今为止人类社会的主流意识、常规观念以及隐含在"温蒂娜"这个文学记忆形象中的价值标准的质疑与颠覆。

关键词：温蒂娜　记忆形象　控诉　质疑与批判

在对待他者的态度上，人类在其几千年的历史中，似乎一直处于一种自我矛盾的状态：一方面，他竭力维护自己的领地，排斥另类，严防他者的侵扰；另一方面，它却对不同于自身的他者抱有莫大的好奇心甚至向往。也许正是因为如此，文学才不断从神话和传说中吸取养料，创造出了形形色色奇妙无比的他者形象，这其中包括在欧洲文学中常见的美丽诱人的水精灵：荷马史诗中诱杀海员的塞壬，安徒生童话《海的女儿》中善良温顺的小美人鱼，海涅诗歌中在莱茵河畔用歌声诱惑过往船员的金发女妖罗蕾莱，爱上人间男子最后却不得不凄然返回水世界的梅露西娜和温蒂娜（亦译温蒂妮、娥丁、昂丁等）。不过事情也会翻转过来：这些文学形象一旦深入人心，她们往往会从最初的文本中脱离出来，成为独立的文化"记忆形象"[②]，或存

[①] 本文曾发表在《国外文学》2012年第4期上。
[②] "记忆形象"（Erinnerungsfigur）概念源自扬·阿斯曼。本书在上编第一章第三节中对这一概念作了系统论述。

在于一个人们的想象中和语言中，或成为后世不断产生的新的文学文本的素材或主题。

上面提到的水精灵"温蒂娜"就是这样一个"记忆形象"。"温蒂娜"这个名字可以追溯到帕拉塞尔斯（Paracelsus，约 1493—1541 年）[①] 1566 年（一说 1581 年）作者去世之后面世的《水精、风精、土精、火精即其他精灵百科全书》（*Liber de Nymphis, Sylphis, Pygmaeis et Salamandris et de Caeteris Spiritibus*）。[②] 但真正赋予她文学生命的当属德国浪漫文学作家弗里德里希·德·拉·富凯。在他的被视为浪漫文学最优美的中篇小说之一的《温蒂娜》（*Undine*，1811—1814 年）中，富凯讲述了一个凄美的爱情故事：年轻英俊的骑士霍尔特布兰特偶然闯进了一片居住着自然神灵的森林，来到一个偏僻的半岛上，在一对渔夫夫妇家见到了他们的养女——碧眼金发、美丽动人的温蒂娜，对她一见钟情。由于暴雨成灾，洪水泛滥，温蒂娜和霍尔特布兰特外出时被困在一个孤岛上。但正是在这远离人类社会的孤岛上，两人度过了一段无忧无虑的幸福时光。而原本是水精灵的温蒂娜也因为爱情获得了灵魂，变成了一个善解人意、温柔体贴的妻子。然而，这样的田园诗般的生活没有长久。温蒂娜随霍尔特布兰特返回其城堡后，面对的不仅是世俗世界的一切约束和限制，还遭到骑士以前的心上人贝塔尔达的嫉妒和陷害。终于有一天，在多瑙河的游船上，当骑士莫名向温蒂娜发火时，她一跃跳进了水里。骑士后来决定娶贝塔尔达为妻，但就在两人的婚礼上，温蒂娜再次现身，给了骑士以致命一吻，自己随后变成了一泓清泉，永远环绕在恋人的坟

[①] Philippus Aureolus Paracelsus Theophrastus Bombastus von Hohenheim，一译帕拉赛尔苏斯，约 1493—1541 年。

[②] 关于"温蒂娜"形象的素材与主题研究史参见 Helga Trüpel-Rüdel, *Undine-eine motivgeschichtliche Untersuchung*, Diss. Bremen 1987; Mona El Nawab, *Ingeborg Bachmanns Undine geht. Ein stoff-und motivgeschichtlicher Vergleich mit Friedrich de la Motte Fouqués Undine und Jean Gisaudoux' Ondine*, Würzburg: Königshausen & Neumann, 1993 und Ruth Fassbind-Eigenheer, *Undine oder die nasse Grenze zwischen mir und mir. Ursprung und literarische Bearbeitung eines Wasserfrauenmythos. Von Paracelsus über Friedrich de la Motte Fouqué zu Ingeborg Bachmann*, Stuttgarter Arbeiten zur Germanistik, herausgegeben von Ulrich Müller, Franz Hundsnurscher und Cornelius Sommer, Stuttgart: Hans-Dieter Heinz, 1994.

丘旁。

富凯的"温蒂娜"是以"浪漫文学爱情的化身"载入德国文学史、同时也进入德国人的文化记忆的。这一形象如此深入人心，以至于之后出现的这一文学素材的其他艺术再现均或多或少都受到过富凯文本的影响，这其中包括法国作家让·吉洛杜（Jean Giraudouxi，1882—1944年）1939年上演的戏剧《昂蒂娜》（Ondine），① 也包括被认为是"德语战后文学核心文本"②的、由奥地利女作家巴赫曼创作的短篇小说《温蒂娜走了》（1961）。

富凯的《温蒂娜》与巴赫曼的《温蒂娜走了》两者之间的互文关联主要在于前者给后者提供了叙述的前提，也就是说，没有对前者或至少是对温蒂娜素材的基本了解——用接受美学的概念即"前知识"和相应的期待视野，要理解和阐释后者几乎是不可能的。因为水精灵温蒂娜素材的核心因素，即她与一个人间男子的异类爱情以及她在遭受背叛后不得不重新返回水世界，构成巴赫曼温蒂娜文本的前提。换句话说，巴赫曼的文本没有以另外一种方式叙述"温蒂娜来了然后又走了"的故事，而是将"温蒂娜走了"作为叙述的起点。按照热奈特（Gérard Genette，1930年— ）互文性理论，富凯的《温蒂娜》构成巴赫曼的"温蒂娜"文本的"潜文本"（Hypotext，亦称"前文本"Prätext），而后者则为"显文本"（Hypertext，亦称"后文本"Folgetext）。③ 在这一基础上比照两篇文本，首先映入眼帘不是两者之间

---

① Ruth Fassbind-Eigenheer 研究的表明，安徒生（Hans Christian Andersen）的《海的女儿》也受到过富凯的《温蒂娜》的影响，他同时还指出这一形象所包含的"通俗"因素。可以推测，恰恰是温蒂娜的通俗性对其的传播起到了一定的作用。Vgl.：Ruth Fassbind-Eigenheer, *Undine oder die nasse Grenze zwischen mir und mir* a. a. O.，S. 117ff und S. 50. 值得一提的还有 E. T. A. 霍夫曼在富凯小说基础上创作的歌剧。到了19世纪、20世纪之交，"温蒂娜"这一形象则几乎成了德国"新浪漫主义"的象征。Vgl. Ute Schmidt-Berger, *Undine. Ein Märchen der Berliner Romantik*, in：Friedrich de la Motte Fouqué, *Undine. Ein Märchen der Berliner Romantik. Musik von E. T. A. Hoffmann. Bilder von Karl Friedrich Schinkel*, Frankfurt, 1992, S. 123 – 161, S. 155.

② Bernd Witte, *Ingeborg Bachmann：Undine geht*, in：*Interpretationen. Erzählungen des 20. Jahrhunderts*. Band 2, Stuttgart：Philipp Reclam jun.，1996, S. 93.

③ Vgl. Ulrich Broich / Manfred Pfister：*Intertextualität. Formen, Funktionen, anglistische Fallstudien*, Tübingen：Max Niemeyer, 1985, S. 158ff.

的相同之处，而它们的差异。甚至可以说，巴赫曼的"温蒂娜"文本在各个方面都是对它的"潜文本"的彻底颠覆。

首先，富凯文中的那个饱含同情、却不乏诧异口吻的全知叙述者没有了，取而代之的是一个"叙述声音"，它直接来自温蒂娜本人。而且，整篇小说就不是一个讲述给第三者听的叙述文本，而是直面"对方"并直呼其名的独白，它是温蒂娜的告别宣言，是她对"你们人类！你们这些怪物！"①的控诉，是温蒂娜在离开人世之前对背叛者的清算。只不过值得注意的是，这个清算不仅仅是针对她曾经爱过的那个叫做"汉斯"的男人的，而是针对整个人类的，确切讲是针对男性主宰的人类社会的。这就是说，温蒂娜的一声呼叫，不仅锁定了她要控诉的对象，也明白无误地表明了她自己的"另类身份"，从而使得她的话有了一个名副其实的"非同寻常"的视角。正是在这样一个"他者"的视角下，人类社会中的各种弊端暴露无遗，人们往日习以为常的事情和现象变得怪异和值得审视。

从这个意义上讲，温蒂娜的控诉不单纯是对背叛爱情的被称作"汉斯"的男性的控诉，也不是——正像贝尔特·威特所言——"一个在爱情上受到伤害的女人的悲情爆发"②，更不应该是像一些人认为的那样，是作者意欲借温蒂娜之口发泄她对男人的仇恨与愤怒，③而是在一种特殊的女性视角下、用女性的语言对迄今为止人类社会的主流意识、常规观念以及隐含在"温蒂娜"这个文学记忆形象中的价值标准的质疑与颠覆。

受到温蒂娜质疑的首先是男性主导的人类社会的"日常性"。在她蔑视的语气中，男人为自己设计的生活道路，他所追求的金钱与成就，他的行为方式、婚姻、生儿育女以及所有与这种"日常性"相关联的计划和实用主义不仅顿时丧失了意义，而且变得可笑和可悲：

---

① Ingeborg Bachmann, *Undine geht. Erzählungen*, Leipzig: Philipp Reclam jun., 1976, S. 109. 下文中的引用均仅给出小说中文题目简写《温蒂娜》和原文页码。

② Bernd Witte, *Ingeborg Bachmann: Undine geht* a. a. O., S. 100.

③ 在一些关于巴赫曼生平和其他文章中，往往会出现"对男人的仇恨"（Männerhass）这一词。

我不得不嘲笑你们并对你们感到惊讶，汉斯，汉斯，笑你们这些个小大学生们，唯唯诺诺的工人们。你们娶来女人跟你们一起工作，于是你们俩都工作，一个人在一个系，看谁更聪明，一个人在一个工厂往前奔。你们努力着，攒钱，为未来而奋斗。（《温蒂娜》，第111页）

在男人的生活中，女人扮演的永远是被动的配角。或者更确切地说，她们被男人变成了自己的附属品，成为他们的情人和妻子，"心甘情愿地"当他们"一天的女人，几个星期的女人，一辈子的女人"（《温蒂娜》，第111页）。温蒂娜不理解男人面对女人时候的态度，他们时而嫉妒，时而又表现出不屑和"不计较"。他们一会儿是"暴君"，一会儿又会到"女人那里去寻找保护"（《温蒂娜》，第111页）："让我倍感吃惊的是，你们给你们的女人金钱，让她们去购物，买衣服，夏天去旅游；你们邀请她们吃饭（请她们，然后付钱，理所当然）。你们购买并让人购买你们自己！"（《温蒂娜》，第111页）。婚姻成了"一种经济共生"①，成了商品交换。在这样一种各取所需的男女关系中，女人还可以通过生孩子充当男人未来的保障。然而至于要不要孩子，那又得看男人怎么想。他会对"听话的"女人连同其腹中的孩子"温和"，但他若是想"要不受干扰，并把青春省下来留给老年"，他又会"禁止女人要孩子"（《温蒂娜》，第112页）。

显而易见，温蒂娜的谴责指向的不仅是背叛了她的男人，它同时也指向被男人变成了客体的女人。这样的角色，温蒂娜不愿接受，因此她高声宣告："你们这些骗子和受骗者！别想也跟我来这一套，这一套在我这儿没门儿！"（《温蒂娜》，第112页）

假如说巴赫曼的小说中展示出的，是一个要把握自己命运的温蒂娜，一个桀骜不驯的反叛者，一个蔑视男性评判标准的女人，那么，曾几何时，在富凯的《温蒂娜》小说中，恰恰是来自异类的水元素精灵更具有"女性的品德"。

以下引用的是法斯柄德—艾根赫尔对富凯小说中三位男女主人公性格结

---

① Christa Gürtler, *Schreiben die Frauen anders? Untersuchungen zu Ingeborg Bachmann und Barbara Frischmuth*, Stuttgart: Hans-Dieter Neinz 1983, S. 363.

构比照表:①

性格	温蒂娜	贝塔尔达	霍尔特布兰特
美丽	+	+	+
温柔	+	+/−	
接近自然	+	−	+/−
天使般温和	+	−	
妩媚,亲切	+	−	+
优美	+	+	
忠诚	+	+/−	+/−
顺从	+	−	
诚实	+	+/−	+
幼稚,信赖他人	+	−	
善良	+	−	+
谦恭	+	+/− (根据需要)	
高傲	−	+	
自豪	−	+	+
见人行事	−	+	
专横	−	+	−
虚荣	−	+	
注重外表	−	+	
聪明	−	+	

---

① Ruth Fassbind-Eigenheer, *Undine oder die nasse Grenze zwischen mir und mir* a. a. O., S. 55f.

自私自利	−	+	−
重物质	−	+	

如果说表中显示的富凯笔下温蒂娜的美德完全符合男性传统的理想女性形象的话，那么，这也包括了她必须是美丽、温柔、顺从、谦恭的，但却不一定非得是聪明的。不仅如此，富凯文中作为"元素精灵"（Elementarwesen）的温蒂娜是没有灵魂的，她的灵魂只能从爱她的男人那里获得。与此不同，在巴赫曼的《温蒂娜走了》中，不仅女性角色发生了转移——温柔顺从的不再是温蒂娜，而是男人在世俗世界里的女人，就像汉斯自己所说的，"我的妻子，对，她是一个美妙的人。是的，她需要我，离开我她不知道怎样生活"（《温蒂娜》，第111页），而且男女之间的角色也发生了变化：没有灵魂的不再是温蒂娜，而是那个叫做"汉斯"的男人："我曾经一直以为，你们有更多的质量，骑士，偶像，离一个灵魂不遥远。"（《温蒂娜》，第111页）这个离"一个灵魂"实际上尚且遥远的男人的所作所为是温蒂娜所不能理解的。并非是她不懂他的"政治、报纸、银行、交易所、贸易如此等等"："我很明白那高贵的政治，你们的思想，你们的精神，看法。我很明白，而且还更多。但正因为如此我不能理解。"（《温蒂娜》，第113页）可见温蒂娜所不能理解的其实是她所不能接受的：实用主义的思维方式，工具理性规定下的生活，男人的煞有介事，以及他们所作所为的意义等。

可见，巴赫曼笔下的温蒂娜高声控诉的不仅是男人对爱情的背叛，因为事实上，在"汉斯"追随温蒂娜的呼唤的时候，他已经背叛过一次了。只不过，这两次背叛背后隐藏着一个男人们连同整个人类社会都难解的双重矛盾，其一是徘徊于对他者的向往和惧怕之中的矛盾，在这个层面上，温蒂娜一方面因为她的美丽成为男人女性理想的投射，反过来，作为异类，她又会被赋予不可捉摸和难以把握的特性，从而像她的属性水一样，[①] 一旦泛滥，

---

① Inge Stephan 在其论著中将水与女性特征联系了起来。Vgl. Inge Stephan, *Weiblichkeit, Wasser und Tod, Undinen, Melusinen und Wasserfrauen bei Eichendorf und Fouqué*, in: Hartmut Böhme: *Kulturgeschichte des Wassers*, Frankfurt a. M.: Suhrkamp, 1988, S. 246.

便会成为人类文明的威胁者甚至破坏者,正是因为如此,她才既是"期望形象"又是"恐惧的化身"①。对此,温蒂娜看得十分清楚,因此她谴责道:

> 叛徒们!当没有什么还能够帮你们的时候,那就只有辱骂了。然后你们就忽然明白了你们曾经怀疑过我的是什么:水,雾霭和一切无法固定的东西。然后我就突然变成了一种你们幸亏及时识破了的危险,我遭到诅咒,你们在瞬间对一切后悔莫及。(《温蒂娜》,第114页)

与此相关的第二个矛盾在于男人在"日常生活"中被禁锢了的欲望在寻找爆发机会的同时又在不断地(事先)惧怕着或(事后)后悔着这种爆发。因为这个男人在深夜里、在计划与秩序的间隙中,也会有停止"思索有用的、可用的东西"(《温蒂娜》,第112页)的时候,他也会向往冒险,向往经历另一种生活方式带来的刺激:"你们很喜欢在头脑中玩味崩溃、逃亡、耻辱,玩味能把你们从现存的一切中解救出来的寂寞。"(《温蒂娜》,第112页)

而这个时候,也恰恰就是温蒂娜出现的时候:

> 假如我来了,假如一丝微风宣告了我的到来,你们就会一跃而起,知道那一时刻临近了:耻辱,驱逐,毁灭,难以名状的东西。呼唤终结,终结。你们这些怪物!我爱你们,因为你们知道,这一呼唤意味着什么。是你们让呼唤你们自己的,因为你们从来都没有认同过自己。(《温蒂娜》,第112页)

与温蒂娜生活在流动的水域不同,② 男人生活在坚实的陆地之上。然

---

① Vgl. Inge Stephan, *Weiblichkeit, Wasser und Tod, Undinen, Melusinen und Wasserfrauen bei Eichendorf und Fouqué*, in: Hartmut Böhme: *Kulturgeschichte des Wassers*, Frankfurt a. M.: Suhrkamp, 1988, S. 247.

② Vgl. Ebenda, S. 3. Dazu auch: Ruth Fassbind-Eigenheer, *Undine oder die nasse Grenze zwischen mir und mir* a. a. O., S. 154ff.

而，一旦他听从了温蒂娜的呼唤，随她而去，那么，他就经历了一次名副其实的"越界"（Grenzüberschreitung）：来到一个既不属于水域，又不属于陆地的中间地带。巴赫曼在自己的文本中，给予了这个爱情"乌托邦"[①] 一个名称，它叫"林中空地"：

> 每当我从林中空地走过，树枝向两旁分开，当枝条拍打掉我胳膊上的水，树叶舔干了我头发上的水珠，我会碰到一个叫汉斯的人。（《温蒂娜》，第109页）

与那个叫汉斯的男人因为试图摆脱日常生活的禁锢而越界的行为相似，离开水域的温蒂娜同样经历的是一次越界。只不过与富凯的水妖故事不同的是，巴赫曼的温蒂娜虽然随着爱人到过"多瑙河地带"和"黑森林"漫游，也曾在"林荫大道上的法国梧桐下"（《温蒂娜》，第113页）信步，但她却没有跟随汉斯进入人类世界，从而把自己也嫁给人类社会的一切规范和秩序，包括男女有别的秩序，而是保留了"来去自由"的独立性：

> 假如你们那样站在那里，失去了一切，永远失去了一切，出于认识失去一切，此时我的时间就到了。我可以走进来，用目光提出要求：思想，存在，说出来！（《温蒂娜》，第112页）

从这个意义上讲，温蒂娜和汉斯在"林间空地"上的相遇是两个主体之间的相遇。在此时，在因爱情绽放而心醉神迷的这一刻，汉斯才获得说真话的能力：

> 你说着话，亲爱的，用放缓了的声调，说的是全然真实的话，解脱出来，脱开了中间的一切，翻出你悲伤的思想，那悲伤而伟大的思想，就像所有的男人拥有的那样，是一种并非注定有何用途的东西。（《温

[①] Ruth Fassbind-Eigenheer, *Undine oder die nasse Grenze zwischen mir und mir* a. a. O., S. 140. Dazu auch: Bernd Witte, *Ingeborg Bachmann: Undine geht* a. a. O., S. 110.

蒂娜》，第113页）

这也就是说，只有在这样一种"特殊状态"下，男性的工具理性原则才失去效应：女人不再是用来做什么的，而男人们此时也不再为自己设定目标，因为"你们也不知道你们自己能做什么"，于是，"我们爱着对方，我们源自同一种精神"（《温蒂娜》，第113页）。

如果说，温蒂娜与汉斯在"林间空地"上的相遇是发生在一个禁锢与自由、固定与流动之间的中间地带的话，那么，爱情瞬间呈现出的则是"去界限"（Entgrenzung）的特征。在温蒂娜的咒语"走吧，死亡！停下来，时间！"中——

> 河水涌上了河岸，河流抬起了身子，睡莲千姿百态地开放，又被淹没，大海是一声巨大的叹息声。它拍打着海岸，拍打着，奔跑着，翻滚着，以至于它的上唇流淌着白色的泡沫。（《温蒂娜》，第114页）

巴赫曼笔下的这一浪漫与暴力、美丽与丑陋、生与死兼而有之的奇特的画面首先展示的是空间界限的消失，而它后面隐含的却更是时间的"去界限"。因为"走吧，死亡！停下来，时间！"召唤的与其说是爱情的瞬间，不如说是一个绝对的当下和无限的时间，从而使死亡与永恒在此获得了统一。

海德格尔的存在主义对巴赫曼产生过影响在学界是一个不争的事实。[①]伯恩特·威特（Bernd Witte）就曾经指出，《温蒂娜走了》中对于男性世界"日常性"的批判与海德格尔在他的《存在与时间》中以"烦恼"为题的关于存在衰败于日常生活的分析有着密切的关联，[②] 因为温蒂娜指责男人时，用的恰恰就是同一句话："我生来就不是要分担你们的烦恼的。这种烦

---

① 巴赫曼1950年结束了自己在维也纳大学的学业，获得博士学位，博士论文的题目是"马丁·海德格尔的存在主义批判接受"。Vgl. Peter Beicken, *Ingeborg Bachmann*, München: Beck, 1992, S. 53.

② Bernd Witte, *Ingeborg Bachmann: Undine geht* a. a. O., S. 96.

恼肯定不!"(《温蒂娜》,第114页)与男性社会这种受限制的、秩序化也庸俗化的日常生活(连同家庭、工作或者说职业)形成强烈对比的,是爱情瞬间的"明亮和疯狂"(《温蒂娜》,第113页)。也只有在这一刻,那个叫汉斯的男人才能认识到死亡意味着什么:它不是像日常生活只能"吝啬而小气地"(《温蒂娜》,第113页)教给他的,而是温蒂娜"用一个眼神"就明白无误地告诉他的:"那里面有死亡;还有:那上面有时间。"(《温蒂娜》,第113页)也就是在这样的死亡与时间合而为一的时刻,人的一生——过去、现在与将来或者说从童年、少年、中年一直到老年——的计划性被消除了。而恰恰是这种计划性,是温蒂娜所坚决拒绝并予以抵制的:"别想让我也这样!这在我这儿不成。"(《温蒂娜》,第112页)温蒂娜说,在她的世界里,"没有要求,没有小心谨慎,没有目的,没有未来,不知道怎样在另一个人的生活中获得位置",因为:

> 我不曾需要过生活费,不曾要过保证和保险,只需要空气,自然的空气,海岸上的空气,边界上的空气,为的是能够重新呼吸,找到新的词句,新的接吻和永不间歇的爱情表白:愿意,愿意。(《温蒂娜》,第110页)

由此可见,温蒂娜的生命是爱的生命,逻辑在这里没有位置也找不到位置。这种爱的生命的矛盾性和无序性与男性追求的理性与秩序格格不入。只要这一点不改变,"汉斯"的"背叛"就是不可避免和必然的。因为在短暂的爱之沉迷之后,他会仍然选择稳定和安全,因此会重新逃回坚实的陆地和秩序化的生活中去。为了达到返回的目的,他甚至会在"在教堂的长凳上"忏悔,面对他们的"妻子、孩子和公众"(《温蒂娜》,第114页)忏悔曾经的爱,也会处于保护自己的私心,不惜把爱人送上祭坛:"你们安全了。你们迅速建起了祭坛,把我作为祭品献上。"(《温蒂娜》,第115页)

从这个意义上看,温蒂娜的"走"也是必然的:在爱情被背叛之后,她注定要返回水中,这一点,在富凯和其他的"温蒂娜"前文本中已经作了规定。只不过,巴赫曼在这种必然——"我这就走"(《温蒂娜》,第115页),"我不会再来了"(《温蒂娜》,第109页)——之上却又加上了另外一种必然，那便是她不能停止的呼唤以及她不断与"另外一个汉斯"的相遇与相爱：

> 我曾经认识一个男人，他叫汉斯，他与其他所有的人完全不同。我还认识另外一个，他也和别的所有的人不一样。然后又认识一个，他也完全不同于别人，名字叫汉斯。我爱他。在林中空地上我遇上他，我们就这么走了，漫无方向……（《温蒂娜》，第113页）

如果说线形的思维模式和逻辑在这里被彻底消解了的话，取而代之的显然是一种反理性主义的、充满张力的循环。这一点也表现在巴赫曼小说的语言特征和文本结构上。可以说，在语言上，巴赫曼的"温蒂娜"讲着一种同样是"非同寻常"的话：感性，充满诗意和想象，句子简短，富有音乐性，同时又不乏断裂和矛盾。换言之，水妖"温蒂娜"的独白具有水的灵动感，它时而像"贝壳之音"，时而像"风之号声"，时而又像"幽灵般地音乐"（《温蒂娜》，第111页）。在结构上，小说题为"温蒂娜走了"，但却以"来吧，哪怕一次，来吧！"结尾。这样，巴赫曼的叙述不仅颠倒了富凯文本中的水妖先是来到人世然后又离开了这一顺序，而且撤销了富凯叙述模式中暗含的一次性，将之变成了周而复始的重复：因为即使温蒂娜返回了水中，"那个名字还在，还在水下继续繁衍，因为我不能停止呼唤它：汉斯，汉斯……"（《温蒂娜》，第109页）。

在巴赫曼的《温蒂娜走了》中，除了逻辑性和文本的线形叙述模式，被消解的还有富凯《温蒂娜》文本中的那著名的"死亡之吻"：在温蒂娜的亲吻中，骑士霍尔特布兰特最后死在了爱人的怀抱中。巴赫曼的温蒂娜则不仅识破并看透了隐藏在这一情节之中的男人的怯弱，即他们想爱的梦想和对被爱的恐惧，而且她还毫不留情地打消了他们追求这一"浪漫之死"的念头：

> 别忘了是你们把我呼唤到这个世界上的；是你们梦到我的，那个另类，那个他者，她与你们同属一个精神，却不是同一个形象，那个陌生者，她在你们的婚礼上唱起控诉之歌，湿着双脚到来。你们害怕在她的

亲吻下死去，就像你们希望在她的亲吻下死去却永远都不会再那样死去了一样：没有秩序，心醉神迷，以最高的理性。(《温蒂娜》，第115页)

那么在这样的一种消解过程中，巴赫曼的温蒂娜获得的又是什么呢？她由此获得的是她作为文学记忆形象所从来没有过的"话语"权利和能力，获得的是由客体到主体的转换。她用"水"与"歌声"来对抗男性世界的"工作"与"社会秩序"[1]，以绝对的和无条件的爱来对抗男性的自私与物质至上的观念，以另外一种生存方式对抗男性的理性主义。总之，巴赫曼的温蒂娜不仅是遵循自己意志的行动者，她还是一个观照者和批判者，而她的观照和批判绝不仅限于男性及其家庭和社会秩序，而是包括了富凯的小说《温蒂娜》在内的一切前文本中隐含的男性价值观和他们对女性的评判标准，并进而在这些过程中颠覆了这一传统文学形象本身："温蒂娜走了"，她告别了男性世界，与此同时，小说《温蒂娜走了》则告别了之前所有的温蒂娜故事。

巴赫曼在她的"法兰克福文学讲座"第四讲中曾说：一些文学形象的名字具有一种"光环"，它"具有如此闪光的力量，以至于它似乎会独立出来；这个名字本身就足以在世界上存在"[2]。这便是文学形象的文化记忆功能，而巴赫曼的《温蒂娜走了》则是从女性视角出发，对"温蒂娜"这一传统文学形象进行的激活、反思和再创造。

个案二：耶利内克戏剧《白雪公主》和《睡美人》中的记忆形象重构（刘海婷）

内容摘要：奥地利当代女作家耶利内克在其所谓的公主剧本《死

---

[1] Bernd Witte, *Ingeborg Bachmann: Undine geht* a. a. O., S. 101.
[2] Ingeborg Bachmann, *Frankfurter Vorlesungen: Probleme zeitgenössischer Dichtung*, in: Bachmann: *Werke*. 4. Band, herausgegeben von Christine Koschel, Inge von Weidenbaum und Clemens Münster, 2. Auflage, München und Zürich: R. Piper & Co, 1993, S. 238.

亡与少女》中刻意塑造了让读者既熟悉又陌生的白雪公主与睡美人的形象。耶利内克在其剧本中对格林童话原著中的公主形象和故事情节进行了颠覆性的重构，目的是质疑、批判和瓦解凝结在童话公主身上的传统价值观念。本文试图从文化学的角度入手，运用文化记忆的理论以及记忆形象的概念来探讨耶利内克戏剧中的文化记忆问题。

关键词： 记忆形象　白雪公主　睡美人　重构　批判

自从埃尔弗里德·耶利内克2004年获得诺贝尔文学奖以来，她本人及其作品不仅在德语国家引起了广泛关注，也激发了包括中国在内的非德语国家的文学研究者和读者的兴趣。然而，我国国内文学研究者关注和研究的重心大多放在她获得诺贝尔文学奖的小说《钢琴教师》或讽刺批判色情文学的作品《情欲》上。相比之下"她的戏剧作品在研究领域就退居其次了"[1]。文学研究者对耶利内克戏剧作品的批评态度总是分为两个极端：一方面某些研究者指责其戏剧作品空洞无物并缺乏积极的幻想；另一方面一些研究者却认为她的戏剧作品摒弃了絮絮叨叨的道德说教。[2]尽管研究者对耶利内克戏剧作品的态度分歧如此之大，但不得不承认其戏剧作品"以超凡的语言揭露了世俗社会的荒谬及其令人屈服的力量"[3]。

戏剧在耶利内克的作品中占有独特的重要地位，如格哈德·施塔德麦耶所说，她的戏剧作品是"专为导演而写的理想剧本，少了导演的恣意发挥她的剧本就无法搬上舞台。因此耶利内克是这个时代所有戏剧家中最适合剧院的"[4]。在此背景下，笔者将研究的重心放在了耶利内克的戏剧作品上。但必须指出的是，虽然耶利内克的剧本也引起了不少研究者的关注和争论，但他们研究的重点大多基于对戏剧美学的探讨或者对其意识形态的批判以及对女性神秘主义的探寻。就笔者所知，目前国内外对耶利内克剧本的研究尚

---

[1] Maja Silylle Pflüger, *Vom Dialog zur Dialogizität: Die Theaterästhetik von Elfriede Jelinek*, Tübingen und Basel: A. Francke, 1996.

[2] Vgl. ebenda.

[3] 参见瑞典文学院授予耶利内克诺贝尔文学奖的授奖说明。Vgl. http://www.literaturhaus.at

[4] Fachdienst Germanistik Nr. 11/November 2004, S. 2.

未从文化学的视角入手。因此本文将耶利内克的戏剧集《死亡与少女》中的前两部戏剧《白雪公主》和《睡美人》作为研究对象，试图将白雪公主和睡美人这两个家喻户晓的格林童话人物看做"记忆形象"，由此展开对作品中的文化记忆与批判的研究。

题为"白雪公主"和"睡美人"的两部戏剧作品虽然沿用了格林童话中两个著名的公主角色，情节对白却是颠覆性的，童话中单纯善良的公主在耶利内克的笔下变得尖锐、张扬，敢于宣扬自我主张与质疑批判传统权威。在重塑童话角色的过程中耶利内克将童话角色符号化，在她的剧本中"白雪公主"和"睡美人"只具有"象征层面"[1]的意义，在她们身上体现了传统观念对女性的程式化定义：美丽、善良、天真、顺从。由于这两个角色具有典型的象征意义和明确的价值指向性，我们可以把她们看做是一种"记忆形象"[2]。在耶利内克看来，这些体现在童话人物上的对女性的传统观念已经成了"陈词滥调"，因此她通过对作为"记忆形象"的这两个童话角色的传唤和重塑，批判和消解了凝结在这两个角色形象上的传统价值观和规范。而本文将研究耶利内克如何重塑白雪公主和睡美人的角色，以达到她质疑和批判传统价值观的目的。

一 "格林童话"作为文化事件与童话角色作为"记忆形象"

1812年由格林兄弟在收集口头流传的德国民间传说基础上整理加工而成的《儿童与家庭童话集》（《格林童话》）是德国文化史上"最重要的里程碑之一"[3]。这本童话集是德国传统文化的代表。格林兄弟在该书的出版前言中指出，这本集子中的童话"是远古至有文字之前口头流传下来的，

---

[1] Pia Janke (Hrsg.), *Werkverzeichnis Elfriede Jelinek*, Wien: Edition Praesens, 2004, S. 124.

[2] Jan Assmann, *Das kulturelle Gedächtnis. Schrift, Erinnerung und politische Identität in frühen Hochkulturen*, München: Beck 1992, S. 29.

[3] Herta Klepl beurteilt die Stelle von Grimmschen Märchen so in dem Nachwort, in: Brüder Grimm, *Kinder-und Hausmärchen*, München: Artemis & Winkler, 1996, S. 826.

地道的、生动的、原始的民间作品"①。虽然格林兄弟希望通过这本童话集展示德国传统文化,但是他们对童话的收集整理和研究却不仅仅局限于德国范围内,在此过程中他们还将目光延伸到德国周边的国家,将多个国家的文化和传统融入其中。可以说,格林童话就像一面镜子,它捕捉打上不同文化烙印的童话传统,以一种新的形式对他们进行加工整理,凝聚成一束再反射出去。由此,一种新的传统自格林童话中诞生并将其影响力扩展到世界范围。从这个意义上来讲,格林童话不仅仅是德意志民族的宝贵文化遗产,它的问世和传播也是一个重要的世界文化事件。

格林兄弟当时已经意识到收集和整理民间传说和口头童话的必要性和紧迫性:"正是时候以某种形式将这些童话保存下来,因为保有这些童话记忆的人将越来越少。"② 格林兄弟将收集到的被认为已经失传的远古传说元素融入他们的童话中,通过文字加工而成了现在家喻户晓的《儿童与家庭童话集》。格林兄弟将民间传说以文字的形式固定下来,使他们不至于因为口头流传的随意性和松散性而被渐渐遗忘。因此,我们可以把格林兄弟对民间童话的收集和整理看做是对民族传统文化和民族记忆的保存。格林童话的研究者一致认为,最初通过口头形式代代相传的民间传说不但没有道德教育的功能,反而充斥着暴力、黑暗和色情等情节,格林兄弟在加工整理这些民间传说时有意识地去除掉了这些负面元素并赋予了童话特定的价值观念与道德规范,语言也有意识地变得简单甚至遵循一定的套路,因为他的读者群体首先是孩子,因此格林童话富有道德层面的教育意义。由于格林童话中的道德与价值观不仅能够激发某一特定社会群体(德意志民族)的集体身份认同,而且得到了世界范围的普遍承认与接受,因此格林童话对文化记忆具有重要作用。

如果要确定格林童话所树立的"价值观念"和"道德规范",必须首先从童话角色的性格入手。正如马科斯·绿偍(Max Lüthi)在他的研究中指出的那样,童话角色不是真实人物的写照,而是代表了某个特定类群,在他

---

① Bernhard Lauer, *Jahrbuch der Brüder Grimm-Gesellschaft* XI-XII, 2001—2002, http://www.grimms.de/

② Vorrede der Brüder Grimm in: Brüder Grimm: *Kinder-und Hausmärchen*. a. a. O. , S. 29.

们身上体现了这个群体共有的性格特征。不同群体的性格特征是界限分明的，因为"童话角色被清楚地划分为好的和坏的，美丽的与丑陋的，伟大的与卑劣的，伟岸的与渺小的"[①]。由于童话角色通常被赋予对立的性格特征：主人公都是正直、善良、勇敢的，而在主人公的对立面往往是与其性格截然相反的反面人物，因此童话角色的命运和结局也往往走向两个极端：善良的主人公总是能获得幸福，而阻挠主人公获得幸福的邪恶的角色最后总是受到惩罚。格林童话通过赋予固定角色某种类型特征并使其遭受不同的结局来传达一种为普通民众所接受的简单的价值观念和道德范式，即惩恶扬善，因此童话中特定的角色类型皆具有道德层面上的象征意义。由于格林童话的通俗性和在世界范围内的广泛传播，使其中的一些经典故事和人物家喻户晓，而当这些具有象征意义的角色被转移到另一个叙事空间（文本或舞台），他们便刺激受众（读者或观众）进行回忆和联想，童话中的故事情节、角色的性格特征及人物最后的命运都在受众的回忆过程中被一一传唤、激活和展开。回忆和联想的对象不仅仅是角色本身及发生在角色身上的故事，而更多的是角色身处的文化语境。这里的文化语境尤其指的是角色所代表的在历史中形成的并被广泛接受的传统价值观念和规范，因此我们可以将特定的角色类型看做"记忆形象"。

下面我将分析"白雪公主"和"睡美人"作为"记忆信号"所代表的价值观念和规范以及耶利内克对这一固定角色类型的颠覆、重塑及对其所代表的价值观念和规范的质疑和批判。

二 耶利内克对格林童话的重构与批判

格林童话中的"白雪公主"和"睡美人"首先是"美"的代表。这里的美不单指外表的美貌，还意味着内心的美。在两位公主身上体现了内在美与外在美的和谐统一。其次，"白雪公主"和"睡美人"还代表了"善"与"真"。与格林童话中穷苦的少女主要通过勤劳工作获得"善"的认可不同，由于她们的公主身份她们不会也不必去劳作，因此她们的"善"主要

[①] Max Lüthi, *Märchen*. Stuttgart 1962, S. 28, zitiert nach Wilhelm Solms, *Die Moral von Grimms Märchen*, Darmstadt: Wissenschaftliche Buchgesellschaft, 1999, S. 5.

体现在她们性格上的天真和顺从。她们的"真"指的是她们的真实自然，不矫揉造作，例如"白雪公主"的天生丽质与其继母后天修饰的美相比就是一种自然纯真之美。"白雪公主"和"睡美人"是格林童话中公主角色类型的代表，从她们身上传递了"真"、"善"、"美"作为一个整体和谐统一这一格林童话的核心价值观。同时，她们的性格特征：美丽、天真、顺从也"逐渐被普遍接受"①，成为传统价值观下女性形象的典范。

在耶利内克的戏剧中，作者则有意打破了格林童话中"真"、"善"、"美"的和谐统一。耶利内克通过将白雪公主和睡美人"丑化"，重塑了童话角色并颠覆了传统视角下的女性形象。这里的"丑化"包含两个层面：一方面通过包含多重意义与不确定性的语言来消解格林童话中公主所代表的"真"、"善"、"美"的统一；另一方面通过让高贵的公主口中冒出粗鄙的字眼，甚至露骨地描写公主的性事来颠覆大众印象中纯洁的公主形象达到丑化的目的。

与格林童话中的"真"、"善"、"美"作为一个整体代表了某种固定和确切的价值观念相比，耶利内克的戏剧《白雪公主》中的"真"——需要指出的是，"真"在戏剧中表现为白雪公主一直在寻找的"真理"（或"真实"）——和"美"只是两个抽象的概念和符号，其形式和内涵不再是固定的，而是不确定的。这种不确定性首先表现在"真理"的外在形式是变化多样的。它有时是扮演死神的猎人，有时"以无助者的形象出现，有时酷似掘墓人"②，它有时甚至"自我复制成七个小矮人"（《白雪公主》，第12页）。彼时还在白雪公主面前称自己代表了"最后的真理"（《白雪公主》，第12页）的猎人此时却宣布自己是"谎言巨人"，公主寻找的真理被他嘲弄为"侏儒真理"（《白雪公主》，第16页）。不仅如此，猎人还危言耸听地宣布除他之外森林中还存在着"其他的真理"（《白雪公主》，第16页）。公主要寻找的真理扑朔迷离，寻找真理的道路也变得困难重重。除此之外，"真理"的内涵在耶利内克笔下也变得非常不确定。白雪公主寻找"真理"，

---

① Wilhelm Solms, *Die Moral von Grimms Märchen* a. a. O., S. 91.
② Elfriede Jelinek, *Schneewittchen*, in: *Der Tod und das Mädchen I-V. Prinzessinnendramen*, Berlin: Bvt, 2004, S. 16. 下文引语仅给出中文剧名《白雪公主》和原文页码。

最后却找到了死亡。公主以为她遇到的猎人就是她要找的"真理",可惜死神代表的"死亡真理""无论如何不属于她寻找的真理"(《白雪公主》,第12页)。剧终时,小矮人登场,抬走公主的尸体,叹道"只可惜美人找错了地方"(《白雪公主》,第16页)。原来公主寻找的"真理"只有在小矮人那里才能找到,因此她失败了,结局是她被死神开枪打死。死亡只是耶利内克试图展现的"真理"的一种外在表达,白雪公主期望并且寻求的"真理"究竟是什么,虽然文中没有具体说明,但我们可以推测也许她追寻的是与"死亡"相对的"生存"。至此,可以很自然地联想到格林童话中的猎人原本是受皇后之命要置公主于死地,而公主最后在小矮人那里获得庇护而生存下来。耶利内克巧妙地颠覆了童话中的人物命运联系。但是除此之外还有"其他的真理",除了化身为猎人的死神代表的"死亡真理"和公主寻求未果的"生存真理"之外,还有什么"其他的真理"吗?我们不得而知,也许所谓"其他的真理"只是故弄玄虚,是耶利内克运用语言文字所施的障眼法。因此我们只能说,"真理"的外形和内涵在耶利内克的剧本中都有着多种可能性。

　　耶利内克笔下的公主虽然依然美貌,但她却仅仅拥有美丽的外表,她寻找不到她的"真理",因此也无法成为"美丽"与"真理"结合的化身。在戏剧《白雪公主》中"美丽"与"真理"非但不是统一的,甚至是对立的。"真理"不再像童话故事中那样总是站在"美丽"的一边,童话中的"真理"与"美丽"是天然的同盟,拥有美丽外表的公主自然代表着童话故事中的真理,因此也自然会获得幸福。与此相反,戏剧中的"真理"却总是绕着圈子避开"美丽"的公主,不愿与打扮入时但"衣着完全不适合森林生活"的公主"同流合污"(《白雪公主》,第12页)。耶利内克将"真理"比作"挂满帽子的衣架"(《白雪公主》,第12页),而"美丽"不愿戴上那样的帽子,以免"自己成为自己的敌人"(《白雪公主》,第12页)。"真理"与"美丽"的关系在耶利内克的笔下是分裂的、敌对的,谁也不愿意搭理对方,因此已经拥有"美丽"的公主在寻找"真理"的道路上注定会失败,她的死亡结局也正说明了这一点。

　　耶利内克通过解构童话中被赋予固定价值内涵的"真"("真理"),甚至将"真"与"美"置于水火不容的对立面来塑造了一个全新的白雪公主形象，她笔下的公主不再是"真"、"善"、"美"和谐统一的化身。耶利内克质疑了童话中美丽的公主必然受到命运的眷顾，掌握"真理"、获得幸福的套路式情节，颠覆了人们对这一类公主角色的固有认识，从而达到质疑与批判传统价值观念与规范的目的。

如果说戏剧《白雪公主》通过消解公主所代表的"真"、"善"、"美"和谐统一从一定程度上批判了传统价值观下对女性的程式性塑造，那么戏剧《睡美人》则更为强烈地质疑和批判了格林童话中传统价值观对女性"美德"的定义及褒奖：天真、被动、顺从是女人必须具备的美德，只有具备了这些美德的女人才会获得幸福。这种质疑与批判突出表现在剧中所呈现的男女关系上。与格林童话中公主与王子只能是被拯救的对象和拯救者的关系不同，耶利内克笔下的公主不再甘于只是扮演无声的弱者，在百年沉睡的诅咒中无助且被动地等待王子将她从沉睡中唤醒，睡美人要发出自己的声音，虽然她还无法改变沉睡的命运，因为剧中的"她醒不了也动弹不得"①，但也要在睡梦中呼喊出自己的思想。耶利内克给了睡美人一颗哲学家的头脑，她清楚命运的安排，对自己的生存状态进行了充分的思考："……所以生命是我的逻辑界限。但我的生存方式也许只有等待，等待被亲吻的那一天。等待是旨在成为他人的一种存在？是存在暂停时？不，还不如说是在它延长时！某位王子，往前走，还有一个门！"（《睡美人》，第27页）虽然在体力上处于弱势，睡美人在思想上却非常强势，她不会天真地因为王子将她唤醒而对王子充满感激和信任，然后像童话中的公主那样与王子幸福快乐地生活下去。王子吻醒她的瞬间她已经开始怀疑王子的身份和动机，继而发出一连串的疑问："我以前从未见过您。我怎么知道您原来是谁？您说您是王子。好吧，您也许就是王子，……您只是叫王子还是您就是王子？……但您究竟是谁？您想统治哪个国家？我打赌是我的国家。"（《睡美人》，第28页）睡美人不会单纯地认为王子的身份等同于王子本身，她对面前的这个来解救她的男人充满了戒备和怀疑，王子前来吻醒她的目的是为了她的国家？她"就是因此被刺或者别的什么东西扎了一下"（《睡美人》，第28页）而陷入

---

① Elfriede Jelinek, *Dornröschen*, in: *Der Tod und das Mädchen I-V. Prinzessinnendramen*, Berlin: Bvt Berliner Taschenbuch, 2004, S. 27. 以下引文仅给出中文剧名和原文页码。

沉睡。此处的王子扮演的不再是拯救者，反而成了为达到自己的目的蓄意谋害睡美人的凶手。至此可以明显地看出，传统价值观下男女关系总是遵循男性拯救和保护女性的逻辑被耶利内克无情地修正和批判为：女性是整个男权社会的牺牲品和受害者。耶利内克曾在一次访谈中说道："我非常尖锐地展现了女性是这个社会的受害者。"① 所以我们不难理解为什么在她的剧本中会如此极端地展示出女性和男性之间受害者与迫害者的关系，其目的是批判整个男权社会对女性的摧残。

除了重构和颠覆童话中的男女关系，戏剧中的睡美人还被重塑成一个与男性处于平等对话地位，思想独立、不屑于男性权威并大肆嘲讽和批判傲慢王子的女性形象。剧中的王子自认为自己是睡美人的"创造者"，因为只有他才能唤醒公主。他就是"权力"（《睡美人》，第31页），就是"上帝"，因为他"唤醒了死亡"（《睡美人》，第31页），谁和他作对，谁就得失去自我。他理所当然地认为是他"创造出了公主"（《睡美人》，第32页），因此公主是他的私人财产。对于王子的傲慢言论睡美人不屑一顾，她甚至不顾公主高贵的身段用粗话讽刺王子："人们说上帝在，王子在，您真的相信两者是一回事？一个王子毕竟可以被他母亲，被王后废黜，因为他睡了恶女人……"（《睡美人》，第34页）睡美人根本不愿屈从于王子的权威而成为王子的附庸，她相信自己的力量甚至能凌驾于王子之上，因此大胆宣告："谁能废黜上帝？谁知道呢，也许是我，就因为我至少还有一段时间也永存来着？睡美人是那个战胜了上帝的人！"（《睡美人》，第32页）

三　结语

童话中的高贵、美丽、温顺的公主形象在耶利内克的戏剧中被彻底颠覆，随之被质疑、批判和瓦解的是这种角色类型所代表的固有传统价值观念。耶利内克对格林童话的颠覆与重塑的过程是一个回忆与重构的过程，在这个过程中童话角色作为记忆信号被传唤、激活及展开。这里的回忆具有双重意义，一方面是作者进行着的回忆与重构，另一方面作者将处于相同文化

---

① Riki Winer, *Gespräch mit Elfriede Jelinek*, in：Kurt Bartsch / Günther A. Höfler（Hrsg.）：*Elfriede Jelinek*. Graz：Droschl, 1991, S. 13.

背景中的受众（读者或观众）的文化记忆作为前提，激活了受众的联想和思考，迫使受众将记忆中的童话角色与新的文本中的角色进行对比，通过反思其对角色的固有认识来进行受众自己的怀疑与批判。

个案三：海涅小说片断《巴哈拉赫的拉比》中的仪式与集体记忆（蔡焰琼）

内容摘要：仪式作为文化的基本因素和社会形貌的展示方式，引起了越来越多的关注。扬·阿斯曼就认为，仪式作为储存、传播文化记忆的一种媒介，对集体同一性的构建起到了非常重要的作用。而克里斯托夫·武尔夫从仪式参与者的表演即其身体演示的角度观察仪式。海因里希·海涅1840出版的残篇《巴哈拉赫的拉比》一直被视为研究海涅与犹太教关系的重要材料。小说的主人公总是处于一定的仪式中，但参与仪式的方式和态度却存在很大的不同。因此在本文中，笔者以"仪式"作为文本研究的出发点，试图通过对小说三个章节仪式演示的分析，展示"仪式"对于文本在内容以及结构上的重大意义。

关键词：仪式　集体记忆　身体演示　集体认同感

海因里希·海涅1840年出版的小说残篇《巴哈拉赫的拉比》（*Der Rabbi von Bachrach*）（以下简称《拉比》）与其诗歌和游记相比，备受冷落。到目前为止，有关《拉比》的评论文章仅有寥寥数篇，国内的研究则更少，并且多从海涅与犹太教的关系切入讨论。读者普遍认为，由于文中缺乏统一的叙事风格以及断断续续地拖延了十六年的创作时间破坏了作品的整体性。例如，基希尔（Hartmut Kircher）认为，"海涅没有能力在一个较大的小说框架之下维持一个固定的叙述模式"[①]。赫恩（Gerhard Höhn）甚至认为它

[①] Hartmut Kircher, *Heinrich Heine: Der Rabbi von Bacherach* (1840), in: Lützeler Paul Michael (Hrsg.), *Romane und Erzählungen zwischen Romantik und Realismus. Neue Interpretationen*, Stuttgart: Reclam, 1983, S. 307.

是"一位无能的叙述者的失败作品"①。与此同时,还有一些海涅研究学者认为,这一特殊的写作过程以及小说叙述风格的变化也正好印证了海涅对其犹太教认同感上的变化,即从"亲犹太教"(Judentumsnähe)到"疏远犹太教"(Judentumsferne)的一个过程。通过重读《拉比》,特别是仔细揣摩其内在的结构和主题,笔者认为,仪式对于整个文本具有重要的意义。仔细分析,我们可以发现,小说的主人公总是处于一定的仪式中,但参与仪式的方式和态度却存在很大的不同。尽管温德富尔(Manfred Windfuhr)也曾指出,仪式是贯穿整个文本的重要因素。②但是这一主题迄今为止并没有得到深入的挖掘。因此在本文中,笔者以"仪式"作为文本研究的出发点,试图通过对小说三个章节仪式演示的分析,展示"仪式"与记忆对于文本在内容以及结构上的重大意义。

小说以中世纪的犹太城市巴哈拉赫为背景,作为犹太人的聚居区,巴哈拉赫见证了犹太人的屈辱和苦难。而故事就发生在巴哈拉赫的犹太拉比亚伯拉罕的家里,在这里犹太人正在庆祝他们的传统节日逾越节。这一节日对于犹太人的集体记忆之所以具有重要意义,是因为《圣经·旧约》中的出《埃及记》的故事,它是纪念犹太人祖先在摩西的领导下成功逃离埃及以及建立以色列民族的节日。正当仪式达到高潮的时候,突然闯进两个陌生人,他们请求加入这个集体,共同庆祝节日。亚伯拉罕在答应他们的请求后,发现这两个陌生人实际上是伪装成犹太人的基督教徒,他们带着一具孩童的尸体,企图污蔑犹太人是杀害孩童的凶手,用他的血液再进行祭祀。在遭受迫害的威胁下,亚伯拉罕带着自己的妻子萨拉偷偷连夜逃往法兰克福。第二天到达法兰克福后,拉比和萨拉穿过热闹的集市,来到犹太人隔离区,同当地的犹太人一起参加了祈祷仪式。仪式结束后,亚伯拉罕和萨拉来到犹太隔离区的大街,遇到了亚伯拉罕在西班牙学习时认识的好友以撒。虽然以撒拥有

---

① Gerhard Höhn, *Heine-Handbuch. Zeit. Person. Werk*, Stuttgart / Weimar: J. B. Metzler, 2004, S. 440.

② Margaret A. Rose, *Über die strukturelle Einheit von Heinrich Heines Fragment "Der Rabbi von Bacherach"*, in: Heinrich-Heine-Institut (Hrsg.), *Heine Jahrbuch* 1976, Düsseldorf: Hoffman und Campe, 1976, S. 38.

纯正的犹太血统，但他抛弃了自己的民族信仰，改宗加入了基督教。他来犹太隔离区的目的仅仅只是为了享受犹太的美食。小说到此戛然而止。整个故事发生的时间不超过二十四小时，地点却一直在发生变化。值得注意的是，在这篇文章中作者花了大量的笔墨描写仪式。海涅为何要在这篇反映犹太民族苦难的文章中描写节日仪式？对仪式的描写对于理解犹太人的集体记忆和文化认同感又有什么样的作用呢？

依据扬·阿斯曼的文化记忆理论，文化记忆的对象是"一个遥远的过去神话化的、被阐释为集体基础的事件"[1]。节日仪式就是文化记忆的重要的传承和演示的方式。一方面，仪式通过象征性地重复这一"事件"，并唤起隐藏于其背后的集体同一性；另一方面，仪式为集体成员提供了参与文化记忆，感受集体同一性的机会。因此仪式作为储存、传播文化记忆的一种媒介，对集体同一性的构建起到非常重要的作用。[2] 克里斯托夫·武尔夫（Christoph Wulf）从仪式参与者的表演即其身体演示的角度考察仪式的作用和意义。[3] 他认为，集体在仪式的演示过程中控制了参与者的身体，并以此将文化记忆刻在他们的身体中，从而保证了他们对集体的主体同一性的接受和认同。对待仪式的不同态度，不同的参与方式也能在一定程度上说明集体成员对集体认同的态度以及归属感的问题。[4] 因此，我们可以说，对于集体的成员而言，演示以及参与仪式对其民族身份的认同起着举足轻重的作用。

肯定了仪式对与集体的主体同一性，集体认同感作用之后，下面我们将要讨论的是，在海涅的文本中，集体成员是怎样通过仪式展现自己与集体的关系，即集体认同感的。《巴哈拉赫的拉比》中的三个章节在语言层次、内容及写作方法上都有很大的差别。小说中的人物对待仪式的态度也截然

---

[1] Jan Assmann, *Das kulturelle Gedächtnis. Schrift, Erinnerung und politische Identität in frühen Hochkulturen* a. a. O., S. 56.

[2] Vgl. ebenda, S. 56 – 57.

[3] Vgl. Christoph Wulf, *Zur Genese des Sozialen. Mimesis. Performativität. Ritual*, Bielefeld: transcript, 2005, S. 92.

[4] Vgl. Christoph Wulf / Jörg Zirfas, *Performative Welten. Einführung in die historischen, systematischen und methodischen Dimensionen des Rituals*, in: dies. (Hrsg.), *Die Kultur des Rituals. Inszenierungen. Praktiken. Symbole*, München: Wilhelm Fink, 2004, S. 7.

不同。

第一章，拉比在自己家中的大厅里，同他的亲戚、信徒、其他宾客们一起举行逾越节的家宴。大家围桌而坐，分享具有象征意义的食物，诵读哈加达。整个仪式的过程都充满了神圣的色彩，气氛既虔诚又愉悦："客厅里的一切都异乎寻常的洁净。""餐桌上铺着绣着彩绣的丝质台布，金色的流苏垂落到地面。""……高脚杯都闪烁着令人怡然的微光。""银质的安息日灯把极富节日情调的光华倾斜在老老少少一张张虔诚而愉悦的面孔上。"[1] 这些描写勾画出一幅虔诚，和谐的画面。如果我们仔细观察，就会发现，仪式的舞台，还有仪式参与者的动作行为也都体现了虔诚、和谐的特点。在这里，仪式演示的"舞台"是拉比的家，与一些制度化的机构相比，比如教堂、犹太会堂，家带有更多的和谐以及亲密的色彩，并且也只有最亲密和熟悉的人才会聚集于此。例如，在这一章参与仪式的包括拉比和"亲属，兄弟姐妹和他们的家庭成员，以及他自己与他妻子共有的长一辈的旁系血亲，众多的远房亲戚"（《拉比》，第75页）。毫无疑问，他们之间构成的是一个联系紧密的团体。因此，我们可以说，"舞台"和参与者已经奠定了这一章中仪式的家庭式特点以及个体之间紧密的联系。

如同在仪式的舞台上所表现出来的，这些集体成员也是积极并虔诚地参加到仪式活动中来。在仪式的过程中，大家共同分享"无酵"面包和食物。这些食物使人回忆起犹太祖先在逃离埃及时的苦难。而面包又象征着生活，共同分享面包和食物意味着，个体的生活建立在一个集体性的基础之上。正如诺瓦利斯（Novalis）所说的，"共同分享食物是集体融合的一种象征性行为"[2]。因此，所有的逾越节的参与者不仅在历史的层面上与自己的祖先紧密相连，还在社会的层面上又融合为一个统一的整体。而共同分享食物这一行为是在一张圆桌旁进行的，"家长同所有亲属与同伴围桌而坐"（《拉比》，

---

[1] Heinrich Heine, *Der Rabbi von Bacherach*, in: Windfuhr, Manfred (Hrsg.), *Historisch-kritische Gesamtausgabe der Werke Band* 5, Düsseldorf: Hoffmann und Campe, 1994, S. 76. 下文中引用时仅给出中文书名简写《拉比》和原文中的页码。

[2] Ewald Wasmuth, *Novalis*, *Werke*, *Briefe*, *Dokumente*, 2. Band, Heidelberg, 1957, S. 322.

第75页)。这种座位安排已经体现了这个集体的同一性以及凝聚力。因为，大家围坐的桌子是一个集体的象征。武尔夫认为，如果一个人坐到一张桌子旁边，就意味着这张桌子的其他人也愿意将他视为这个团体的一员。圆桌不仅有利于集体成员间的交流与融合，更创造了集体成员身体上的一种"共存"。而这个集体不仅仅通过空间上的限制，还通过时间上的限制——即坐下和离开桌子——得以被强调。①

在这一集体中，拉比亚伯拉罕和妻子萨拉的位置十分重要。他们俩坐在比其他座位高出一些的靠背椅的紫色天鹅绒垫子上，座位的安排已经显示了他们在仪式中以及在整个犹太区的主导地位。拉比是一个传统的、对教规信条都战战兢兢严加恪守的形象，他作为家族之首，带领大家朗读哈加达，对于其中所包含的文化意义进行了诠释。而萨拉呢，她痛苦的表情来自对整个犹太民族的命运的担忧。这两个人不仅与整个集体的关系密切，还处于整个集体的中心。而其他人在仪式中只扮演配角。这表现在除了拉比和他的妻子以外，其他的犹太人在第一章中都是匿名的，叙述者甚至用概括性的"男女老少"来指称他们："在他读到某些规定的文句时，男女老少组成的合唱队开始和入或齐声回答。"(《拉比》，第76页）与此相应，他们穿着统一的服装，"男人们身穿黑色的大衣，头戴黑色的扁平的礼帽。妇女们穿着伦巴第料子，闪耀着异彩的衣服"(《拉比》，第76页)，并在仪式中坚持整齐划一的动作。这导致了他们的主体性和个体性都不再存在。他们依赖、从属于这个集体，他们的责任只是维护这个集体的统一与和谐。在仪式中，他们被定义为"合唱队"，他们动作就是齐声回答或重复拉比的话。通过这种模仿和统一的动作，个体感觉被隐藏起来，表现出来的是一个联系紧密的集体。而拉比在这个"合唱队"中则起到了指挥家的作用，通过"合唱队"这个类比，我们也可以了解拉比与其他犹太人的关系。

总的来说，第一章的仪式氛围是虔诚和神圣的。仪式的"舞台"，"演员"都证明了仪式的家庭式的特点。严格按照传统形式的，小范围举行的家庭仪式有利于促进个人的集体归属感。通过仪式参与者的统一和重复的动

---

① Vgl. Erving Goffmann, *Das Individuum im öffentlichen Austausch. Mikrostudien zur öffentlichen Ordnung*, Frankfurt am Main：Suhrkamp, 1974, S. 59.

作，一个和谐的集体和同一体被建立起来。包括拉比在内的犹太成员都十分认同自己与犹太民族的关系，并通过这个仪式加强了自己作为犹太人的归属感和认同感。

如同在小说的第一章一样，仪式在第二部分同样起到了非常重要的作用，但是仪式的环境却发生了改变。在法兰克福的犹太隔离区中，亚伯拉罕和萨拉参加了祈祷仪式。在祈祷处的院子里，他同妻子分了开来。走进会堂下层的男子祈祷所，而美人萨拉则上了一道楼梯，到妇女祈祷的厅堂里去。值得注意的是，在这一章中，仪式的地点不再是家里，而是犹太会堂。参与者也不再是熟悉的亲戚和朋友，而是完全陌生的教友。与家相比，犹太会堂拥有更大的空间以及制度化、机构化的特点。在这个"舞台"上，参与者身体之间的距离扩大了，而参与者之间的联系，也就理所当然的不再如同拉比的家中所体现出的那么紧密。另一方面，参与一个机构性的仪式相比参与一个家庭仪式而言，带有更多强迫性的色彩。更重要的是，犹太会堂被一分为二，分为男子和女子祈祷所。这种空间上的区分和隔离就已经伤害了集体的同一性以及集体成员的"我们是一个整体"的意识。不仅是仪式的舞台，参与仪式的"演员"也体现了个体与集体之间关系的疏远。与第一章相比，在这里的仪式参与者具有更多的个性与独特性。很多成员都有姓名，例如"小丑耶克尔"，"长鼻子施特恩"和"施纳佩—艾勒"。为了表现自己的与众不同，他们穿着独特并且怪异的服装。更重要的是，他们各自被赋予了不同的性格特点，比如长鼻子施特恩的胆小，小丑耶克尔的幽默。这一系列突出参与者个体性和主体性的描写凸显了个体对集体认同感的削弱。因此，单单从仪式的"舞台"和"演员"转变，我们就感觉到，在这一章中，个体与集体的关系不再像在第一章中所表现出的那么紧密，集体成员之间的联系开始瓦解，个体对集体的距离也开始扩大。如果我们进一步分析仪式参与者的态度与动作，也会发现这样的趋势。

与第一章的写作手法不同，作者在这里用诙谐幽默的手法描写仪式的氛围，并且描写的视角也由拉比转换到了萨拉，通过身处妇女祈祷厅堂的萨拉的眼睛来观察在男子祈祷会所里举行的仪式。这种视角的转变让读者明显感觉到一种距离感。因为在第一章，读者都是跟随叙述者的视角，身处仪式之中。而在这里则是跟随叙述者观察的视角观察仪式的进行。这种视角上的变化也可以被看做是对仪式和对集体的距离化。

在祈祷过程中，下层男子祈祷会所的仪式氛围虔诚且严肃。精美的饰物，领唱者发自"温暖的胸膛"颂歌以及"全体教友像合唱似的重复最后一行"（《拉比》，第109页）让萨拉觉得与教友变得非常亲近。但是作为这一章的主人公萨拉并没有直接参与仪式，而是通过一种从上往下的，距离化角度来观察仪式的进行。与此形成的，是萨拉直接参与的妇女祈祷厅堂的仪式，那里弥漫着一种世俗和肤浅的气氛。首先，这里的座位已经体现了个体与集体距离化的趋势。与第一章的桌子不同，这里的三排坐椅已经清楚地强调出人与人之间的距离。如果说通过桌子可以形成一个完整的、与其他的集体相隔离的世界，第二章的坐椅在带来更大的空间距离的同时，也带来了集体瓦解的可能性。而集体成员参与仪式的方式更是证明了这一点。由于犹太会堂分为两部分，妇女祈祷厅的教徒们无法直接参与仪式，而是只能透过绿色细木条之间的空隙来"观看"仪式。如此一来，她们不仅空间上被划分出来，也被从集体中隔离出来。更重要的是，在萨拉所参与的妇女祈祷厅堂，犹太女教徒对待仪式的虔诚度与第一章相比大大降低。尽管她们身在仪式的现场，但是并不能完全理解祈祷书的内容和仪式的真正含义。萨拉注意到施纳佩—艾勒"把好些词都照自己的猜想瞎读一气，有时候好几行完全给跳了过去"（《拉比》，第101页）。不仅施纳佩—艾勒这样，其他妇女的行为也是如此。"人们聊天，背后议论，嬉笑，就像随处可见的那样。"（《拉比》，第103页）在上文中，我们提到过，根据扬·阿斯曼的观点，仪式对于保存文化记忆和唤起犹太民族的同一性具有重要的意义。因此，这样的参与仪式的方式只能说明，她们并不重视甚至是根本不理解本民族的文化记忆，其集体意识和认同感也就可见一斑。而集体成员之间的关系也远比第一章中疏远，体现出来的不再是一个整体。她们不像第一章的仪式参与者一样，穿着相同的衣服，而是为了自己的虚荣和别人的羡慕，争妍斗艳，她们强调的是自己的与众不同，而不是对于集体的从属和认同。这种强调个性和与众不同所带来的就是集体成员的差异和分歧。这种分歧也体现在她们的对话中，人们或相互嘲笑或挑衅挖苦，"年轻的妇女取笑年长的妇女，后者又抱怨前者年纪小，太轻佻"（《拉比》，第103页）。她们关注的不再是对于建立一个统一的犹太集体有重要意义的仪式，而是集体成员之间的矛盾和分歧。这一点在洪德辛·赖斯这个人物那里得到了最充分的体现。正如底层男子祈祷会所的领唱人一样，洪德辛·赖斯几乎就是上层的主讲人。但是领唱者的颂歌是将成员与集体紧密地联系起来，而这位主讲人"无聊而未谙事故，到处探听谁遭殃谁倒霉，嘴上不离耸人听闻的事情"（《拉比》，第103页）。她的"宣讲"不仅转移了妇女们对仪式的注意力，还引起成员之间的不满和矛盾，最终只能加速集体的瓦解。

可见，在第二章中人们可以明显地感受到集体成员之间关系的距离化。在这一章中，犹太人不再像第一章中关注自己的历史和文化。犹太文化越来越受到其他文化的侵蚀和影响。通过视角的转换所带来的距离感以及犹太成员对待仪式的态度可以看出个人与集体的关系的远离以及成员对集体的认同感的下降。

到了小说的第三章，这种距离得到更进一步的扩大。在这一章，出现了一个新的角色以撒，这个具有纯正犹太血统的西班牙骑士，却已经转向基督教，他对于犹太教的认同仅仅只剩下了对其食物的喜爱。这一章的故事情节发生在犹太隔离区的大街上。如果说，在犹太会堂内，仪式参与者和教友之间的关系是通过时间和空间上的限制表现出来的。而在大街上，所有的限制和联系就都消失殆尽。随着空间范围的扩大和延伸，人与人之间的距离也被扩大和延伸了，而个体之间的联系也就被淡化了。更重要的是，人们已经离开了仪式的地点，不再身处仪式之中。至于人物以撒，他虽然来自以色列最佳的世系，但是他并不看重自己犹太人的身份，反而自称为"异教徒"（Heide）。当亚伯拉罕指出他的犹太身份时，他表现的是一种同痛苦扭斗的讥诮表情。另外，从以撒的言论中也感觉得到他对犹太教的讽刺和批判："我喜欢你们的菜肴远胜过你们的信仰［……］我从来无法真正地消化你们本身。"（《拉比》，第111页）他并不能真正地理解犹太教，吸引他来到犹太隔离去区的食物不再是逾越节中唤醒犹太民族的文化记忆的、具有象征意义的食物，而是可以纯粹享受的美食。在第一章中，通过仪式化的餐宴，参与者获得了自己的集体认同感和集体同一性，然而在以撒这里，食物已经失去了这个意义。在这一章，个人已经不再身处仪式之中，而是远离仪式的地点，没有任何的仪式可言。这一章的主角以撒不仅是通过改宗脱离了犹太教，更是由于追求享受生活而从内心否定了犹太教。可以说，个人与集体的距离也达到了顶峰,个人对集体已毫无认同感可言。

总而言之,在海涅的小说残篇《巴哈拉赫的拉比》中,仪式作为犹太民族的文化记忆的重要承载物,在文章中构建了衡量个人对集体认同性的一个标准,从处于仪式之中还是之外以及对仪式的态度都能判断出个人对集体的态度。通过前面的分析,我们可以发现三种不同的关于集体与个人关系的类型,即:第一章中个人对集体虔诚的态度;第二章中个人与集体关系的疏远以及第三章中个人对集体的拒绝和讽刺。如果做一个纵向的比较我们就可以发现:随着情节的发展,仪式的场景和空间也在不断发生着变化,并且这与仪式参与者的态度和动作行为都有紧密的联系。从拉比的家到制度化的犹太会堂最后到犹太隔离区的大街,不仅是个体与仪式"舞台"之间的距离在逐步扩大,仪式参与者之间的距离也在不断扩大。而集体成员的参与方式以及身体演示行为都体现了这一趋势。第一章神圣的、虔诚的仪式参与方式,第二章妇女祈祷厅内肆无忌惮的聊天,第三章以撒对自己犹太身份的否认,形象地展示了个人与集体、犹太人与犹太教之间出现的不断的距离化和陌生化的过程。

个案四:贝克尔小说《说谎者雅克布》中的想象作为回忆[①]

内容摘要:《说谎者雅克布》是德国作家贝克尔用文学回忆为自己和其他大屠杀幸存者建构记忆和同一性的尝试。这一尝试将死者从匿名的数字中解放了出来,让他们重新成为曾经生活在这个世界上的有尊严的人。以虚构为基本手段的文学回忆在填补记忆空白的同时能够不断地指出断裂和不确定性的所在。这一叙述方略,对于像贝克尔这样处于"失忆"状态的犹太幸存者而言,不单纯是文学问题,更是生存问题。

关键词: 虚构 记忆 断裂 生存

---

① 本文作为阶段性成果曾以《贝克尔小说〈说谎者雅可布〉中的另类回忆》发表在《外国语文》2012 年第 3 期上。

犹太作家尤列克·贝克尔的小说《说谎者雅克布》1969年由民主德国的"建设出版社"出版,一年之后在联邦德国与读者见面,很快引起了广泛关注,不仅先后两次被拍成电影,还被译为十多种语言。与此同时,文学评论界对贝克尔的小说也是好评不断,不仅有《说谎者雅克布》属于"世界文学"[①]的评价,就连一向以苛刻而著名的波兰裔德国文学评论家马塞尔·莱西—拉尼斯基(Marcel Reich-Ranicki)也对小说倍加称赞,称其为"备具魅力、优雅和幽默的"作品。[②]

小说的素材来源于作者的父亲,讲的是纳粹时期波兰境内罗兹(Lodz)市犹太人居住区里发生的事情:尽管纳粹严令禁止收听收音机,但还是有一个人在犹太人中传播他秘密收听到的消息。事情败露后,盖世太保枪杀了这个犹太人。贝克尔的故事在此基础上做了改动:小说的主人公名叫雅克布·海姆。一天晚上他违背禁令,八点钟之后在街上走动,纳粹哨兵发现后命令他到哨所去"领一个相应的惩罚"[③]。在那里,海姆意外听到收音机正在播送一条让他兴奋不已的消息:苏联红军已经打到了离罗兹不远的地方。这条消息他原本只能自己保留,因为还没有谁能活着从纳粹哨所里出来,作为例外,他有可能被人怀疑成德国人的密探。然而到了第二天,当他发现他年轻的朋友米沙准备冒着生命危险去偷土豆时,忍不住告诉了他这条消息,并谎称自己有一个收音机。米沙因此保住了性命,但雅克布却从此不得不不断编造消息,一开始为情形所迫,后来则因为他的"谎言"已经成了居住区里的犹太人活下去的精神支柱:从那时开始,年轻人开始谈恋爱,中年人开始清理过去的债务,老年人也在为战后做起了打算——因为明天将是新的一天。

贝克尔的父亲对小说的内容和叙述方法大为不满,作为经历过第三帝国的犹太居住区和集中营的幸存者,他不同意小说中关于犹太人及其境况的描

[①] Volker Hage, *Dei Wahrheit über Jakob Heym*, in: Irene Heidelberger-Leonard (Hrsg.), *Jurek Becker*, Frankfurt a. M.: Suhrkamp, 1992, S. 128.

[②] Marcel Reich-Ranicki, *Roman vom Getto*, in: Irene Heidelberger-Leonard (Hrsg.), *Jurek Becker* a. a. O., S. 133.

[③] Jurek Becker, *Jakob der Lügner*, Frankfurt a. M.: Suhrkamp, 1997, S. 11. 下文中引用仅给出中文书名的简写《雅克布》和原文页码。

写。他对儿子说："你写的犹太人居住区的情形可以哄骗那些愚蠢的德国人，但别想骗我，因为我曾经在那里待过。"①

贝克尔的父亲对小说非常感性的反应之所以引人注目，是因为它不仅代表了纳粹大屠杀幸存下来的犹太人对回忆这一段历史的敏感，②而且也表明即使是文学，回忆什么和以什么样的方式去回忆对于犹太人而言显然不仅仅只是一个叙述方法问题，而是一个自我理解和自我定位的问题。而恰恰在如何回忆和以什么样的语言表述回忆这一问题上，评论界对《说谎者雅克布》的看法不尽相同。在同为犹太人、也和贝克尔父子一样是来自波兰的莱西—拉尼斯基看来，贝克尔给自己的小说选择一种"无忧无虑"的、不那么沉重的"聊天式的语气"③是允许的。但也有人认为，这样的叙述方式会带来"危险"，使得读者"不那么认真对待贝克尔所展示的人物形象"，而且更为重要的是，人不能"像换衣服那样"来更换自己的（生活）故事。④

由此提出的问题是：贝克尔的小说《说谎者雅克布》究竟是以什么方式进行文学回忆的？其理由、合理性或者说矛盾性何在？

首先，可以肯定的是，小说对于作者本人具有非同一般的意义：作为大屠杀的幸存者，贝克尔一生都在寻找和追问自己究竟是谁：他不知道自己确切的出生年月日，那是因为父亲面对他有可能被送进集中营的危险，把他比实际年龄说大了两三岁，希望他因此能够和大一些的孩子一起去劳动。遗憾的是他并没有逃脱厄运，他先是和父母一起生活在由纳粹在罗兹强行设置的犹太人居住区里，然后又于1939年被关进集中营。战后，贝克尔"曾经多

---

① "Das Vorstellbare gefällt mir immer besser als das Bekannte", *Gespräch mit Marianna Bernbaum*, in: Irene Heidelberger-Leonard (Hrsg.), *Jurek Becker* a. a. O., S. 104.

② Olaf Kutzmutz: *Jurek Becker: Jakob der Lügner*, in: *Interpretationen. Romane des 20. Jahrhunderts*, Band 3, Stuttgart: Reclam 2003, S. 26.

③ Marcel Reich-Ranicki, *Roman vom Getto* a. a. O., 134.

④ Sigrid Lüdke-Haertel / W. Martin Lüdke, *Jurek Becker*, in: *Kritisches Lexikon zur deutschsprachigen Gegenwartsliteratur*, herausgegeben von Heinz Ludwig Arnold, Bd. 1. München: edition text + kritik, 1978, S. 3.

得数不清的"① 一大家子人仅剩下了三名幸存者：他的父亲，一位姑妈和他本人。出于这样的原因，他无法接受任何要遗忘过去的说法和做法，并会对此作出极为强烈的反应，正像他给马丁·瓦尔泽尔的公开信中所写的："对不起，我的一家有将近二十个人被毒气毒死，或被打死，或被饿死。这一切对于我都还在起作用。"② 然而问题在于，贝克尔所说的这个过去他本人已经无从记忆，由于当时年纪过幼，他与父母在纳粹时期所经历过的一切灾难对于他而言早已被遗忘，仅仅成了概念。因此，从某种意义上讲，贝克尔是一个失忆者：他既没有关于母亲的回忆（"我母亲对我来说是一个概念"③），也没有关于童年的记忆，甚至战后才与他重逢的父亲起初对他而言也是一个陌生人。

对自己的这一段历史，贝克尔写过这么一段话：

> 当我两岁的时候，我进入这个居住区，五岁时离开它，方向是集中营。我什么都回忆不起来。这都是人们告诉我的，我的证件中也是这么写的，于是我的童年就成了这样的。④

这便是贝克尔面临的矛盾：想要回忆却不能够回忆。恰恰是这一矛盾，构成了贝克尔文学创作的起点和动力。确切地说，如此前提下的文学创作就像贝克尔形象的比喻，是迫不及待地要打开那个他从孩提时期开始就背负着的"箱子"，看看里面到底装着什么。⑤ 从这一前提出发看贝克尔的第一部长篇小说《说谎者雅克布》，可以认定，这里涉及的是一种特殊的"回忆工

---

① Jurek Becker, *Mein Judentum*, in: Irene Heidelberger-Leonard (Hrsg.), *Jurek Becker* a. a. O., S. 15.

② Jurek Becker, *Gedächnis verloren-Verstand verloren. Antwort an Martin Walser*, in: Irene Heidelberger-Leonard (Hrsg.), *Jurek Becker*, Frankfurt a. M.: Suhrkamp, 1992, S. 57.

③ "Das Vorstellbare gefällt mir immer besser als das Bekannte", *Gespräch mit Marianna Bernbaum* a. a. O., S. 89.

④ Jurek Becker, *Die unsichtbare Stadt*, in: Irene Heidelberger-Leonard (Hrsg.), *Jurek Becker* a. a. O., S. 25.

⑤ Ebenda.

作"（Erinnerungsarbeit）；它的特点在于，不是要将往事重新展现在眼前，而是要通过虚构和想象建构一个可能有过的过往。这一点，虽然不能说是犹太作家的特权，但起码是一个常常可以在犹太作家群体中观察到的情形。鲁特·克吕格尔在她的自传小说《继续活下去》中就曾准确地指称了犹太人作为受害者的回忆困难，她说：对于自己而言，回忆是"召唤"，而"有效的召唤无非是妖术"①。

其次，考察贝克尔在《说谎者雅克布》中的回忆方式还应注意的是，这一文学"回忆工作"诚然有作者的个体动机，但还必须将其放到第二次世界大战以来关于大屠杀讨论的整体背景中去看。而贝克尔的文学回忆和一切回忆一样都具有当下性，它"总是与现在的一个语境有关"②。贝克尔这样定位他本人文学回忆出发点：

> 我想提出的问题是，这种回忆有没有用？从中能获得什么？对"我们好知道曾经发生了什么"这样的答案我不会满意。这对我来说还不够。我觉得，跟过去，跟可怕的过去打交道最大、本质上原本的收效应该是预防这一过去重演的危险。③

如果说引语提出的问题展示了作家尤列克·贝克尔从当下立场上出发去回忆过去这一文学创作的基本原则的话，那么，这一原则不仅是审美性质的，更是实践性质的。这一点，在文本外层面适于贝克尔本人，在文本内层面也适于那位 1946 年出生、现今 46 岁的第一人称叙述者。他不顾德国战后普遍存在的回避或逃避第二次世界大战话题的社会氛围和政治倾向，决心把他一直装在心中的雅克布·海姆的故事"讲出来"，为死者树起一座纪念碑。作为"奥斯维辛集中营"的幸存者，他知道，自己叙述的基础不是别

---

① Ruth Klüger, *weiter leben*, München: Deutscher Taschenbuch Verlag, 1997, S. 79.
② Jan Assmann und Tonio Hölscher, *Kultur und Gedächtnis*, Frankfurt am Main: Peter Lang, 1988, S. 13.
③ Jurek Becker, *Zur Zukunft des Erinnerns*, in: Manuel Köppen (Hrsg.), *Kunst und Literatur nach Auschwitz*, Berlin: Schmidt, 1993, S. 208.

的，而是一种"非可能性"。

那么，这样一种"不可能的"回忆该怎样以文学的形式得以实现，或者说得以"演示"呢？① 考虑到前文中提到的贝克尔父亲对《说谎者雅克布》叙述方式不满这一因素，不能把小说所讲述的关于雅克布·海姆的故事仅仅当做一个令人难以置信的、虚构的故事。而作者在小说创作开始之前所进行的认真而仔细的史料准备工作，也从另一个方面证实了作者本人对叙述提出的"以虚构拯救真实"的要求。②

阿斯特莉特·埃尔在她的对记忆的文学演示研究中，曾以马塞尔·布鲁斯特的《追忆似水年华》为例，指出叙述文本的回忆往往是"通过特殊的文学手段、尤其是一个起主导作用的经历的和回忆的'我'得到演示的"③。在这种情况下，作为被叙述的对象，经历者"我"所贡献的是他的"前叙述经验"，而叙述者"我"则在叙述中对这些经验进行规整，并以追溯的方式赋予其意义和关联，这便是所谓的回忆。因此，埃尔认为，文学完全可以被称为"个体记忆的展示方式"④。比较贝克尔的小说《说谎者雅克布》会发现，后者的不同在于，它尽管也是第一人称叙述，但叙述者叙述的却不是他本人的故事。事实上，他甚至不属于主人公雅克布身边那个小圈子的人。他既没有在后者的故事中扮演某个角色，也不是其经历的见证人。确切而言，雅克布的故事是叙述者在被押送前往集中营的火车上听来的，部分内容来自雅克布本人，部分源自雅克布的朋友米沙。

叙述者因此告诉读者，他"道听途说"的这一故事中有"很大的漏洞"（《雅克布》，第44页）。正因为如此，他在事情过去了多年之后，开始了他的调查。他曾经利用休假"回到我们的居住区"，在那里"仔细看了一切，衡量，考察或者就是看看"（《雅克布》，第208页）；为了搞清楚犹太心脏病专家契尔施鲍姆最后的下落，他还找到了当年和一个叫"迈尔"的人一起把契尔施鲍姆从家里抓走的党卫军军官，以询问情况。出于故事真实性的

---

① Vgl. Astrid Erll, *Kollektives Gedächtnis und Erinnerungskulturen* a. a. O., S. 71ff.
② Vgl. Olaf Kutzmutz, *Jurek Becker: Jakob der Lügner* a. a. O., S. 26.
③ Astrid Erll, *Kollektives Gedächtnis und Erinnerungskulturen* a. a. O., S. 71.
④ Ebenda, S. 71f.

需要，叙述人甚至在小说一开篇就保证道：

> 我的最重要的消息提供人是雅克布。我从他那里听到的大部分事情都能在这里重新找到。这一点我可以保证。但是我说的是"大部分"，不是全部。我非常谨慎地说"大部分"，而这一次并不是由于我记忆力不好的原因。（《雅克布》，第44页）

上述引语不仅对于叙述方略，也对于叙述意图具有说明意义。与叙述者的自我理解有关，他并不是仅仅要把他所听到的故事转述给读者，而是要叙述一个"新的故事"，正像他在"元叙述层面上"评论的那样："他（雅克布——笔者）曾对我说，而我是对你们说，这是一个巨大的区别。"（《雅克布》，第44页）这意味着，作为文学回忆，对过往事件或人物故事的讲述不仅有当下性的规定和视角的限定，更有虚构的自由。那么，它既是回忆，同时却也是充满想象力的重构。

这一新的、由叙述者重构的故事要讲的不是恐惧，而是勇气。叙述者如是说：

> 他（雅克布——笔者）试图向我解释，这一切是怎样一步一步发生的，说他没有了别的选择。可是我想要讲述的，却是他是一位英雄。他每三句话中必有一句是说他的恐惧的，而我要说的则是他的勇气。（《雅克布》，第44页）

这里所说的"英雄"显然不是传统意义上一位完成某种壮举的英雄，而是一个在绝境中仍然保留了一颗善良之心和爱心的普通人，是一个在自己都不知道能如何自救的时候设法给他人以希望的人。如果说雅克布·海姆有什么壮举的话，那么，他的壮举就在于他用编造的消息防止了更多的人因为看不到希望而自杀。（《雅克布》，第195页）

于是，小说起名叫"说谎者雅克布"，而"说谎"也的确是小说的核心主题。仔细看去，这一主题在不同层面上得以体现：自从雅克布有一台收音机的消息在犹太人居住区中悄悄传开之后，"编造新的战况"就成了主人公的全部生活内容，它左右着他的行为方式，同时又在他的周围聚集起一批探听和传播消息的人。正是在这种情况下，是否继续"编造谎言"和"编造什么样的谎言"成了小说情节发展的动力。然而，这仅仅是一个层面，在另外一个层面上，叙述者其实也在"编造"着什么，因为他所知道的和他自己亲身经历的原本并不足以让他能够进行"真正的"回忆。他所做的，不过是"说几句关于可疑的回忆的话，几句关于人生短暂的话"（《雅克布》，第24页）。

这便是小说《说谎者雅克布》中文学回忆的基本框架条件，在此条件下，贝克尔采用了自己独特的叙述策略来演示这一回忆。下面我们探讨的是这一叙述策略的三个核心的因素：叙述视角的选择、业已提到的"幽默"和"聊天的语气"以及想象对于回忆的建构功能。

就叙述视角而言，首先引人注目的是叙述者经常使用第一人称复数形式的"我们"来代替单数的"我"，比如："我们现在来聊一聊"（《雅克布》，第24页）。"我们"在这里显然不仅包括读者，也在很大程度上包括了被叙述的人物。与此同时，由于叙述者讲述的不是自己的经历，所以他选择采用的是被叙述人的内视角。如此一来，表明"集体属性"的第一人称"我们"一方面获得了一个异乎寻常的叙述维度，另一方面也增加了历史事实和小说虚构世界之间的紧张度。由此而产生的另外一个叙述张力在于死亡危险的确定性和控制区中的按部就班的"日常"生活：这里的人们生活在拥挤的空间中，没有活动自由，少衣缺食，却依然吃喝拉撒睡，依然"生活着"。他们是一群有着不同性格特征甚至缺点的普通人。由于叙述者从一开始就规定了自己的集体属性和受害人身份，并不断重申："我曾经在场"（《雅克布》，第44页），于是他就获得了某种可以讲述生活在纳粹控制的犹太居民区中的这些男男女女的特点和弱点的权利：有人吝啬，有人胆小怕事；有人沉默寡言，有人又喜欢饶舌。在这种情况下，叙述者声称的要讲一个英雄故事的意图就有了某种相对性。事实上，在这样一个群体中，主人公雅克布·海姆最突出的特点就是不引人注目。作为一个普通人，和别人一样，他也有着自己的担心、顾虑，但更重要的是他有做人的尊严和同情心，比如他不顾危险，悄悄把父母双亡的小姑娘丽娜藏在自己家的小阁楼上。

小说中常常有一些幽默的场景和可笑的情节。用莱西—拉尼斯基的话说：贝克尔用"明亮、轻松的对照效应，用可笑与滑稽"来处理"一个如此阴暗的主题"①。在人们经常提到的厕所情节中，滑稽几乎升级成为怪诞：雅克布为了获得编造新消息的素材，冒着生命危险到德国人的厕所中去把撕碎的报纸拼在一起看，不巧碰到一个内急的德国人，从而引发了后者一连串怪异的举动。

小说的这一特点引发了不少讨论和争论，因为在贝克尔之前，还没有谁敢于用这样的表述方式来对待大屠杀这一主题。下面两位研究者的观点具有一定的代表性。库茨姆茨（Olaf Kutzmutz）认为："在贝克尔的叙述者那里，笑、幽默和讽刺从来都不是取笑，而是面对如此之多的死亡和被抹黑的未来的一种绝望的悲喜剧变调。"② 而维瑟（Lothar Wiese）则认为："大规模屠杀当然不可能是可笑的，可笑的是伴随情形，是作案者，但有时也包括受害者，尤其当他们出现在其平庸的日常生活中的时候。"③ 这里要补充说明的是，这一叙述姿态似乎也与受害者对纳粹时期现实的感知方式有关。弗里德兰德就说过，这一现实具有威胁和荒诞两个特点，它是"一个掩藏在让人更为压抑的正常性后面的地地道道的荒诞世界"④。除此而外，作者本人的叙述姿态背后可以瞥见的是作为受害者群体的犹太人的生存策略。因为只有为自己的苦难找到表述方式的人，才有可能战胜苦难并继续活下去。贝克尔本人曾从另外一个角度表达了这一观点。在法兰克福大学文学讲座中，作者把经历过的苦难作为讲"笑话"的资本，他说："没有一次痛苦（的经历），你连讲一个关于你痛苦的笑话都不可能。"⑤ 由此可见，《说谎者雅克布》中的笑是受害者含着泪水的笑，是饱含苦涩的笑，但在作者贝克尔那里，它还是文学回忆的前提。

---

① Marcel Reich-Ranicki, *Roman vom Getto* a. a. O., S. 134.
② Olaf Kutzmutz, *Jurek Becker: Jakob der Lügner*, in: *Interpretationrn. Romane des 20. Jahrhunderts*, Band 3, Stuttgart: Reclam, 2003, S. 31–32.
③ Lothar Wiese, *Jurek Becker. Jakob der Lügner*, München: Oldenbourg, 1998, S. 54.
④ Saul Friedländer, *Das Dritte Reich und die Juden. Die Jahre der Verfolgung 1933–1939*, München: Beck, 1998, S. 16.
⑤ Volker Hage, *Die Wahrheit über Jakob Heym. Über Meinungen, Lügen und das schwierige Geschäft des Erzählens*, in: Irene Heidelberger-Leonard (Hrsg.), *Jurek Becker* a. a. O., S. 126.

借用弗里德兰德的概念，我们可以对"一般回忆"（common memory）和"深层回忆"（deep memory）作一区别："一般回忆具有的倾向是，建立关联、说服力并尽可能形成一种和解的姿态"；与此不同，"深层回忆"却总是难以言说和难以表达的。不言而喻，这两种形式的回忆之间的巨大鸿沟会导致人的同一性建构归于失败。因为每一次"建立具有关联性的自我的"尝试都会因为"被压抑的深层回忆的不断出现"而受到干扰和破坏。[①] 弗里德兰德所说的"深层记忆"显然是其他学者使用的另外一个概念，即"创伤记忆"。面对"创伤记忆"对人的自我建构的破坏性，阿莱达·阿斯曼在她自己的研究中尤其强调了语言的重要性。在她看来，语言对于人的创伤记忆完全可能起到两种截然不同、甚至是相反的作用："有魔力的、审美的、心理治疗的词句能发挥效应，具有生命意义，因为它能驱赶恐惧，但那些苍白的、普遍化和庸俗化的词句本身就是恐惧的空壳。"[②]

从这个意义上讲，贝克尔在小说中采用"聊天的语气"的目的就在于，把那些无法表达和难以言传的东西从受害者的"深层记忆"中挖掘出来，赋予其一种特殊的言说方式。与此相反，一种强求的逻辑关联和完整性不仅不可能，还会产生干扰，甚至成为包裹"恐惧"的"空壳"。可以把《说谎者雅克布》中的断裂和空白放在这一关联中去理解。在小说中，叙述者不断用以下方式指出断裂和不确定性的存在："我对自己说，曾经差不多是这样或者那样。然后我就开始叙述，并做出一副就是这么一回事的样子。"（《雅克布》，第 44 页）他甚至不乏黑色幽默地为自己的叙述方式辩解道："就是这样。那些原本可以作证的人没办法找到了，这不是我的错。"（《雅克布》，第 44 页）

为了应对这种不确定的回忆，作者一方面调动想象力来填补空白："我们有我们的一点经验，知道故事一般会怎样发展；我们有一些想象力，所以

[①] Zitiert nach James E. Young, *Zwischen Geschichte und Erinnerung. Über die Wiedereinführung der Stimme der Erinnerung in die historische Erzählung*, in: Harald Welzer (Hrsg.), *Das soziale Gedächtnis: Geschichte, Erinnerung, Tradierung*, Hamburg: Hamburger Edition, 2001, S. 45.

[②] Aleida Assmann, *Erinnerungsräume. Formen und Wandlungen des kulturellen Gedächtnisses* a. a. O., S. 260.

我们知道发生了什么。"(《雅克布》,第34页),另一方面,他又不失时机地让叙述者自己在叙述过程中"暴露"空白点所在:

> 然后法兰福特就单独跟他的妻子在一起了,没有证人。我只知道事情是怎样结束的,只知道事情的结果,期间发生了什么我一点都不知道,可是我只能做这样或类似于这样的想象。(《雅克布》,第55页)

在描写两名纳粹党卫军军官迈尔和普鲁斯在契尔施鲍姆家的客厅里等待后者,为的是要把他带到患有心脏病的盖世太保头目那里去的时候,叙述者同样试图用想象力来过渡这一段时间,于是,他不断向读者提供着各种可能性:"比如说,迈尔点燃了一支烟……","或者是普鲁斯在桌子上敲打了几下之后站了起来……","或者迈尔忽然跳将起来……"(《雅克布》,第199页)。

用想象来填补空白,让死者复活,让消失了的时间和空间重新返回,这似乎是作者唯一的可能性。因为只有这样,在没有受到任何警告的情况下被德国哨兵射杀了的赫尔舍尔·施塔姆,莫名其妙消失得无影无踪的聋哑人法晋戈尔德等就不再是匿名的数字,而是曾经生活在这个世界上的活生生的人。尽管断裂不会因此而消解,这是历史现实与艺术想象之间的断裂,是曾经发生过的史实和可能发生过的文学叙事之间的断裂。贝克尔的文学回忆最终指向的不是弥补这些断裂,而是相反。为了使得回忆中的空白点更加显眼,作者甚至为主人公雅克布设计了两个不同的结局:一个"真实的"和一个"虚构的"结局。在所谓的"真实的"结局中,雅克布和其他犹太人一起被运往集中营。在拥挤的火车皮里,他向包括叙述者在内的人们讲述了他的"收音机的故事";而在"虚构的"结局中,雅克布在试图逃出犹太人居住区时被德国人枪杀,而几乎就在同时,苏联红军攻占了这个城市。人们对此大为不解,大家相互询问着,明明知道最新消息的雅克布为何等不到解放?

阿莱达·阿斯曼在其研究中不断提出记忆的真实性问题。[①] 她认为,明

---

① Vgl. Aleida Assmann, *Der lange Schatten der Vergangenheit. Erinnerungskultur und Geschichtspolitik.* a. a. O., S. 119ff.; Aleida Assmann, Erinnerungsräume. Formen und Wandlung des kulturellen Gedächtnisses a. a. O, S. 265ff.

确区别"亲身经历的记忆"和从其他途径"获得的记忆"在某些情况下并非易事。[①] 可是对于没有记忆的犹太作家贝克尔来说，用想象和虚构来获得——关于童年的、母亲的、甚至战后"才认识"的父亲的——记忆却是他唯一的可能性。对于作者本人，这种回忆方式不仅具有文学创作意义，更具有生存意义。他说：正是由于他曾经生活过的罗兹对他而言已经变成了一个"看不见的城市"，所以"我写了关于犹太人居住区的故事，仿佛我是一个专家。也许我是想，只要我坚持不懈地写作，记忆就会到来。也许什么时候我会开始把自己的某些想象视为记忆"[②]。

从这个意义上讲，《说谎者雅克布》是作家贝克尔用文学回忆为自己和大屠杀的其他幸存者建构记忆和同一性的尝试。这一尝试表明，以虚构（或称"谎言"）为基本手段的文学回忆的功能在于，它在填补记忆空白的同时能够不断地指出空白和不确定性的所在，在幻想过去的同时又不断揭露这一幻想的非真实性，就像在雅克布讲给孤儿丽娜的童话中云彩终究不是棉花那样。

总而言之，《说谎者雅克布》演示的记忆是典型的受害者的记忆。但由于雅克布的故事"不是他的故事，而是一个故事"（《雅克布》，第44页），由于个体回忆发生在集体回忆的维度之中，叙述具有普遍意义。毫无疑问的是，这一属于受害人的集体记忆还需要补充和观照。或许正因为如此，小说中的施害者和受害者群体之间有一条明显的界限。当作为受害者的犹太人在叙述者的讲述中重新获得生命的时候，施害者们却没有任何性格特点，他们的形象苍白无力，与其说是一个一个的人，不如说是类型，甚或是纳粹暴徒这个冰冷冷的概念。我们可以把小说的这种人物描写方式视为一种要求：就像君特·格拉斯《狗年月》中的受害人阿姆泽尔要求他的施害者也记录下自己的回忆一样，贝克尔以自己的叙述方式也要求施害方进行回忆。因为只有当所有的当事人有能力并愿意回忆过去的时候，一个真正的、属于整个德意志民族的集体记忆才能够产生。

[①] Aleida Assmann, *Der lange Schatten der Vergangenheit. Erinnerungskultur und Geschichtspolitik*. a. a. O., S. 133.

[②] Jurek Becker, *Das Getto in Lódź*, in: Irene Heidelberger-Leonard (Hrsg.), *Jurek Becker* a. a. O., S. 29.

结　　语

　　文学与文化记忆的关系重重叠叠，发生在多个层面上：文学可以是文化记忆的媒介，但同时也可能是文化记忆的对象；它必定受到文化记忆当下性的影响，但也会反过来对一个民族的文化记忆和价值观的构建产生作用。

　　在梳理和论证了20世纪20年代以来西方语境中产生的集体记忆和文化记忆理论的基础之上，我们把德语文学定位为德意志民族的文化记忆场，进而对反映在其中的文学与文化记忆的关系、文学存储记忆和功能记忆的双重功效、文学作为记忆媒介的演示方式进行了探究，考察了文学本身的记忆（文学作为记忆的对象）和文学回忆（文学作为回忆的媒介）与民族价值观之间的关联。如果说作为知识体系，德语文学自18世纪下半叶起，经过两百多年的建构和发展，它本身就成为德意志民族文化记忆巨大的储存场的话，那么，积累和凝聚在文学史、文学经典、文学素材、主题以及体裁中的核心概念诸如"家庭"、"义务"、"秩序"、"荣誉"、"劳动"等则获得了自18世纪以来以市民阶层世界观为主导的民族价值观的质量。然而更为重要的是，这些价值观念并非一成不变，恰恰相反，它们的形成与发展不仅充满了矛盾和变数，其重点和内涵也在不断地发生着变化。这一点，与蕴藏在文学中的文化记忆对于民族同一性所具有建构和修正意义不无关联。纵观德意志民族两百多年来的"特殊道路"——这一"特殊道路"首先与德国历史上旷日持久的国家分裂与民族国家的长期缺席不无关联——文学不仅是德国市民阶层、首先是"有教养的市民阶层"寻找自我和定义自我的地方，但往往也是女性、犹太人和其他弱势群体诸如工人尤其是客籍工人寻求和表达诉求的地方。正因为如此，我们可以说，德语文学关注的也往往是德国社会乃至民族所关注的。

　　概括而言，18世纪的德语文学在建构自己本身的同时主要聚焦于人和人的"教育",到了19世纪,与民族文学的发展同步的是文学经典的选择和构建,除了"教育"依然重要外,"民族"成了这一过程的另一个最高指导价值。如果说,我们在本书上编第三章中对德国式成长与发展小说即"教育小说"以及"历史小说"梳理能够充分说明这一点的话,那么,令人关注的是,德国式的教育之路却没有成为一条通往民主的道路。它初始时的非政治性、艺术性和个体内向性特征中所蕴涵的自由和文化意义以及对生活的专注和凝神最终却走向了反面,以至于使得托马斯·曼得出这样的结论:"德国人深入骨髓的非政治的、反极端和反革命的本质与他们建立的教育思想的统治地位相关。"[1] 而阿莱达·阿斯曼则更是认为,在德国,"通过教育而实现的内在的个人主义的修养"通向了"君主政体与专制"[2]。至于19世纪德国文学推崇的"民族"概念连同其内涵,更是与沙文主义和种族偏见脱不了干系。甚至可以说,德国法西斯对"血统与土地"的鼓吹从根本上讲并非他们的独创和新创,而是有着深刻的社会历史渊源的。

与18世纪、19世纪以构建为主的特征不同,20世纪的德语文学的主要功能在于反思和批判,这其中也包括德语文学对自身和包含在自身内部的价值观念的反思与批判,"经典辩论"和经典书目的重新审视和选择即是这一自我反省的具体表现,而风起云涌的文学思潮也可以视为文学本身发生在自我记忆过程中的对过去主流价值体系的反应与反思。

当然不能从中得出这样的误解:反映在文学中的德意志民族文化记忆在18世纪、19世纪走的是一条日益僵化的道路。事实上,德语文学自它的萌芽和滥觞之日起,它就一直走着一条错综复杂的发展之路,在传承与创新、记忆与选择、模仿与审视的张力场之中,它不断前行。只不过到了20世纪,它才真正呈现出更多的批判色彩:这主要表现在作家往往利用某些承载着文化记忆的"记忆信号",在进行各具特色的文本演示的基础上,调动读者审视传统的价值观念和话语标准,最终达到或批判、或讥讽、或颠覆的目的。

文学的这一与民族价值观的有机关联与其说是在文学作为知识和机构中

---

[1] Aleida Assamann, *Arbeit am nationalem Gedächtnis. Eine kurze Geschichte der deutschen Bildungsidee* a. a. O., S. 105.

[2] Ebenda, S. 106.

已能观察得到，不如说它更多地体现在文学回忆的层面上。在这里，文学不再是记忆的对象，而是文化记忆的媒介。换句话说，与以机构化、系统化、经典化为基础的文学的记忆有所不同，以虚构为特征的文学作品所演示的回忆形式更加丰富，更具活力，从而也更具有选择性特征。参照阿斯特莉特·埃尔从叙述理论出发的对文学回忆的分类，① 结合本书下编中的个案分析，可以总结出以下几种文学回忆演示和反观的类型：

一是"经验性回忆"，此时文学文本演示的是属于交际记忆范畴内的晚近的（按照阿斯曼的定义，即八十到一百年、三到四代不断迁移的时间视野之内）个体记忆或集体记忆，日常性、感性经验和真实性是这一回忆的突出特征。此类型多见于自传文学，但也包括以虚构特征为主导的自传体小说、家族小说等中。本书个案分析涉及的歌德的《诗与真》，君特·格拉斯的小说《铁皮鼓》、《狗年月》和《蟹行》，梅克尔的《追忆我的父亲》，蒂姆《以我的哥哥为例》以及贝克尔小说《说谎者雅克布》等均属此列，但也部分包括歌德的《威廉·迈斯特的学习时代》、施林克《朗读者》、黑塞的《荒原狼》以及弗里施《能干的法贝尔》等。

二是"纪念性回忆"，此时文学文本所演示的是发生绝对的过去、属于远久时代视野的民族文化记忆。此类型主要涉及神话、传说和群体特有的仪式。值得注意的是，纪念性回忆在 18 世纪以来的德语文学中却不是单一的，而是——这也是作为文化记忆的媒介的文学长于其他记忆媒介的地方——往往与（虚构）人物经验性回忆交叉融合在一起。这一点，我们不仅能在歌德的戏剧《托夸多·塔索》中观察得到，更能在海涅的小说残片《巴哈拉赫的拉比》中所反映出的仪式与集体认同之间的关系中感悟到。只不过更为典型的当数格拉斯的《比目鱼》，小说演示了德意志民族乃至人类社会自新石器时期到 20 世纪 50 年代末的发展历程、文化史、男女关系史以及饮食文化史；由于作者运用了童话的叙述方式来消解日常理性逻辑，附加上第一人称叙述的经验性和日常性，使得回忆不仅更加具体和形象，而且还在另一个层面上丰富并修正了主流文化记忆的内涵，比如女性在历史进程中的作用

---

① 埃尔的分类有经验性、纪念性、历史化、对抗和反思五种。参见 Astrid Erll：*Kollektives Gedächtnis und Erinnerungskulturen. Eine Einführung* a. a. O., S. 167 – 191.

和功劳等。对主流文化记忆内涵的修正在弗里施的《能干的法贝尔》中也有体现，小说虽然讲述的也是一个（类型的）人的经历与经验，但由于这些经历与经验被放在了神话（俄狄浦斯等）的关联中，使其获得了文化记忆的广泛意义。

三是文学中的"历史性回忆"[1]。属于此类的文学作品不仅有前文中不断提到的历史小说，也有展示史实、历史人物的剧作，比如个案分析中涉及的席勒的《华伦斯坦》。尤其值得一提的还有以第一次世界大战和第二次世界大战连同纳粹德国为背景的小说，如亨利希·伯尔和君特·格拉斯的一系列作品。梅克尔的《追忆我的父亲》、蒂姆《以我的哥哥为例》以及贝克尔小说《说谎者雅克布》亦可算入此列。如果说在《华伦斯坦》中，历史人物"华伦斯坦"的悲剧命运是"史实"的话，那么，这里，作者通过对其他人物的塑造和人物命运的虚构（比如对马克斯·皮柯洛米尼和华伦斯坦女儿的恋情等），尤其是通过对人物内心世界的描述（华伦斯坦抱怨"生活的双重意义"的内心独白）等一系列艺术表现手法强化这一回忆的当下关联和价值选择。第二次世界大战后的诸多以回忆为导线的作品又有所不同，格拉斯、梅克尔、蒂姆和贝克尔的文学回忆均有或多或少的自传因素，文本演示的也是各具特色的与自我同一性相关的个体回忆。然而，由于第二次世界大战和纳粹德国历史的既成性，它提供了一个固定的集体记忆框架，如此一来，在文学虚构中，任何个体记忆都必然发生在这一框架之内，但同时又不断从当下出发对集体记忆框架本身连同民族同一性进行观照和审视。

四是"对抗性回忆"，或言"文学回忆竞争"（Literarische Erinnerungskonkurrenz）：[2]"文学不仅描述过去——作为交际记忆、文化记忆或者科学

---

[1] 笔者在此没有采用埃尔的"历史化"（historisierend）的提法（参见 Astrid Erll, *Kollektives Gedächtnis und Erinnerungskulturen. Eine Einführung* a. a. O., S. 177）。埃尔以此指的是"文化知识体系的组成部分"（Bestandteil des kulturellen Wissenssystems），她注重的是文学与历史学的关联，笔者则更希望突出历史题材的文学性和虚构性，强调建立在虚构基础上的对历史事件或人物的反思与审视以及这一反思和审视的当下性。

[2] Astrid Erll, *Kollektives Gedächtnis und Erinnerungskulturen. Eine Einführung* a. a. O., S. 178.

史的对象，文学也积极主动地干预现实回忆并争夺回忆的主导地位。"[1] 意思是说，文学文本能够充分发挥自己与文本外集体记忆主流建立关联的潜能，在演示不同的回忆可能性的同时，勾画出针对主流集体记忆的"反记忆"（Gegenerinnerung）来。这种对抗性"反记忆"的影响潜力要么产生于社会边缘群体的"另类"回忆，要么产生于有别于主流价值体系的选择性回忆。这是因为，文学回忆所演示的回忆由于建立在特定的叙述策略之上更具有多样性和流变性，同时也能够把文学记忆媒介所内含的当下性和视角转换功能发挥到极致。本书个案分析中涉及不同的由文学媒介演示的对抗性回忆，假如说，格拉斯在他的一系列小说中以抵抗遗忘为目的的对罪责的追问也是一种对抗性社会主流集体记忆的"反记忆"的话——用格拉斯的话说，他写的是"反传说"[2]，那么，犹太作家和女性作家从各自的立场和视角出发所演示的另类回忆的复杂性以及与身份构建的关联则更加引人注目：海涅在他的小说残片《巴哈拉赫的拉比》中通过对仪式的展示所演示的犹太人的集体记忆显然也包含作者对自己民族同一性的思考；贝克尔小说《说谎者雅克布》中的文学回忆则不仅关系到犹太民族的集体记忆，它对于作者本人的身份构建和身份认同也至关重要，甚至可以说，回忆对于作者具有生存意义；相比之下，两位女性作家巴赫曼和耶利内克的文学"回忆"则展现出更加极端和毫不妥协的反（男性）主流记忆及其价值观的姿态。巴赫曼的"温蒂娜"在她的控诉中不仅质疑了男权社会中的日常性和人生规划的意义，她也和耶利内克一样，通过对新的女性形象的塑造彻底颠覆了传统女性形象所内含的审美标准与人生的价值。

　　五是"记忆反思"。按照埃尔的定义，记忆反思是指"对回忆文化的观察"[3]。这也就是说，文学文本不仅能够演示不同的回忆形式，它还能够运

---

[1] Astrid Erll, *Kollektives Gedächtnis und Erinnerungskulturen. Eine Einführung* a. a. O. , S. 178.

[2] Heinz Ludwig Arnold, *Gespräch mit Günter Grass*, in: Text und Kritik. Zeitschrift für Literatur, herausgegeben von Heinz Ludwig Arnold, 1/1a, *Günter Grass*, Fünfte Auflage, München: edition text + kritik GmbH, 1978, S. 31.

[3] Astrid Erll: *Kollektives Gedächtnis und Erinnerungskulturen. Eine Einführung* a. a. O. , S. 184.

用各种叙述策略将记忆的作用方式与问题展示出来。比如在君特·格拉斯的小说《铁皮鼓》和《蟹行》中，作者分别塑造了两个不同的第一人称叙述者，一个是"护理与疗养院的居住者"奥斯卡，一个是原本只会报道却不会叙述的记者，他们的共同点则在于他们作为第一叙述人的不可靠。正是这种有意而为之的对叙述不可靠性的揭露与"暴露"，使得一种陌生化和具有间离效应的回忆成为可能。在奥斯卡虚虚实实、真真假假的关于罪责的叙述中，读者开始思考什么是真正的罪责，谁是德国历史的真正罪人；类似的有意展示回忆虚构性和空白点的叙述方式还能够在贝克尔的《说谎者雅克布》的元叙述中观察得到；而在巴赫曼的《温蒂娜走了》和耶利内克的戏剧《白雪公主》和《睡美人》中，对文化记忆的反思则是通过互文性来实现的。

总而言之，分析和研究表明，文学回忆不仅能够演示个体和集体记忆，也能展示文化记忆问题，传达与记忆互为因果的社会文化形式的价值与标准。具体到德语文学中的文化记忆和民族价值观，我们可以说，文学的功能不仅在于建构，更在于反思与观照。这一点，在20世纪的德语文学中似乎更加引人注目。这不仅是因为——像罗兰·巴特尔曾经所说的那样——现代文学更多地行走于真实与幻想、消灭旧的与创造新的东西之间，[①] 而且由于社会与历史的原因成就了20世纪的德语文学从内容到形式的回忆特质。如果说，18世纪、19世纪建构了以"教育"和"民族"以及一系列以市民价值观念为主导的德意志民族的价值体系的话，那么，我们观察到，这些观念连同德国的历史在20世纪以来的德语文学中则不断地受到质疑、反思和批判。与此相关联：假如说18世纪、19世纪德语文学所滋养的"教育"思想和"民族"价值没有通向社会的民主，而是——如前文中所言——通向了"专制"、尤其是法西斯"专制"的话，那么，不能不看到20世纪文学对这些价值的反思性回忆为德国市民社会的进步所作出的贡献。

国内学者燕海鸣曾在《中国图书评论》上撰文指出，第二次世界大战期间日本人在南京制造的"大屠杀"之所以没有成为与德国法西斯对犹太

---

① Vgl. Roland Barthes, *Am Nullpunkt der Literatur*, aus dem Französischen von Helmut Scheffel, Frankfurt a. M.: Suhrkamp 1982, S. 101.

人的"大屠杀"(Holocaost)同等重量级的全球性事件,是因为后者经历了一次文化记忆的"再造过程"。她引用美国学者扬(James Young)的观点,认为我们中国人缺乏这样的视野和认识,"没有一个宏观的文化关怀,只是将南京大屠杀当作自己民族的低层面的集体记忆"[①]。从对德语文学中的文化记忆与民族价值观的分析中,我们不仅可以看出文学在多个层面上参与了德意志民族的文化记忆的再造过程,或许还能领悟到别的值得深思的东西。

---

① 燕海鸣:《集体记忆与文化记忆》,《中国图书评论》2009年第3期。

国内记忆研究文献一览(选)

艾克拜尔·米吉提:《文学描述与文化记忆——读王蒙新疆题材作品有感》,《伊犁师范学院学报(社会科学版)》2010年第1期,第34—36页。

白子仙:《集体记忆理论经验研究的七个维度:1989—2009》,《经济研究导刊》2010年第6期,第200—201页。

白杨:《政治创伤中的"文化记忆"——台湾现代诗人笔下"中国形象"的历史建构》,《安徽大学学报(哲学社会科学版)》2010年第3期,第59—65页。

布丽姐·鲁普艾森赖希:《文化与记忆——回忆与对称》,姚介厚译,《第欧根尼》2001年第1期,第1—16页。

蔡志诚:《历史记忆·诗性救赎·文化认同——评李渔小说〈夜琴〉》,《名作欣赏(海天片羽)》2006年第6期,第50—63页。

常朝阳:《传统节日体育再现"文化记忆"活态存在及其价值走向——以欧洲文化记忆理论为视角》,《天津体育学院学报》2011年第3期,第211—214页。

陈恩黎:《都市文化的早期图像记忆:1935年的三毛漫画——兼谈中国现代儿童文学未完成的探索》,《中国现代文学研究丛刊》2010年第1期,第162—169页。

陈富瑞、邹建军:《论新移民小说中的文化记忆》,《华文文学》2009年第3期,第47—53页。

陈林侠、宁成凤:《当下台湾电影的成长故事、"同志"文化与殖民记忆》,《台湾研究集刊》2010年第4期,第87—94页。

陈灵强:《全球化语境下民族文化记忆的本土化反弹——对20世纪80年代"寻根文学"发生的现代性反思》,《晋阳学刊》2006年第6期,第

109—112 页。

陈灵强：《选择与吸纳："寻根文学"对民族文化记忆的唤醒》，《台州学院学报》2008 年第 1 期，第 36—40 页。

陈圣燕：《傩神的文化诠释与历史的选择记忆——江西南丰县傩神太子的考察》，《南昌大学学报（人文社会科学版）》2008 年第 4 期，第 111—114 页。

陈世莉：《民族文化的集体记忆——浅谈广东省瑶族服饰工艺文化的保护意义》，《清远职业技术学院学报》2011 年第 2 期，第 42—49 页。

陈阳：《日常经验和集体记忆之下的接受快感——试论国产电视剧的文化亲和力》，《绵阳师范学院学报》2010 年第 7 期，第 1—5 页。

陈映婕、张虎生：《村落记忆与空间表征——对山西上安村的文化地理学考察》，《山西师大学报（社会科学版）》2009 年第 1 期，第 48—53 页。

程光炜：《特殊时代的文化记忆》，《特别推荐》2002 年第 2 期，第 25—26 页。

程凯：《文学史研究的中介层次——评"都市想像与文化记忆丛书"》，《中国现代文学研究丛刊（核心期刊）》2009 年第 3 期，第 184—189 页。

成尚荣：《文化记忆·文化行动·文化自觉》，《江苏教育研究》2011 年第 27 期，第 42—43 页。

邓渝平：《〈伤势〉与记忆文化》，《语文学刊》2008 年第 9 期，第 59—61 页。

邓虹：《追忆、反思和拯救——从历史记忆与文化的视角阅读小说〈天长夜短〉》，《名作欣赏》2011 年第 29 期，第 70—81 页。

杜建政：《记忆错觉研究综述》，《心理科学》2000 年第 1 期，第 96—99 页。

杜晓新：《记忆研究的新领域：一元记忆研究》，《心理科学》1991 年第 8 期。

范大灿：《文化民族还是民族文化——18 世纪末德国文学登上顶峰的原因剖析》，《同济大学学报（社会科学版）》2009 年第 4 期，第 1—5 页。

高丙中：《民间的仪式与国家的在场》，《北京大学学报（哲学社会科学版）》2001 年第 1 期，第 42—50 页。

高海涛：《时间与记忆：批评的颠覆——文化批评随笔之九》，《艺术广角》2011年第3期，第80—89页。

龚奎林：《古典意境的诉求和文化记忆的追寻——对沈骑组诗〈天生丽质〉的解读》，《西安财经学院学报》2009年第3期，第102—105页。

贵志浩：《记忆遮蔽下的文化反思——〈朝花夕拾〉的互文性解读》，《鲁迅研究月刊》2011年第4期，第21—27页。

郭红辉：《香港文学中的历史记忆与跨文化经验》，《西南交通大学学报（社会科学版）》2006年第1期，第45—48页。

郭景萍：《社会记忆：一种社会再生产的情感力量》，《学习与实践》2006年第10期，第109—112页。

郭淑萍：《跨文化交流中的文化感知与文化记忆》，《河南社会科学》2002年第4期，第101—102页。

何会云：《伊斯兰在张家口城市发展中的文化记忆》，《飞天》2011年第16期，第67—68页。

何思玉、王颖玉：《历史叙述中的现代文化记忆——郭沫若历史剧中的现代话语和历史话语》，《四川戏剧》2002年第6期，第36—39页。

胡志军、张万里：《自传体记忆的本土文化心理学取向研究路径》，《重庆科技学院学报（社会科学版）》2010年第5期，第141—143页。

华智亚：《族谱、民俗生活与村民的记忆——对安徽T村的考察》，《安徽师范大学学报（人文社会科学版）》2006年第3期，第348—352页。

黄晓晨：《文化记忆》，《国外理论动态》2006年第6期，第61—62页。

黄振平：《博物馆：城市记忆、标志及通向未来文化的桥梁——以江苏南通市为例》，《江南论坛》2005年第6期，第54—56页。

金载京：《王夫之对"默识"的阐释与文化记忆相关性小考》，《衡阳师范学院学报》2010年第2期，第10—13页。

康澄：《象征与文化记忆》，《外国文学》2008年第1期，第54—127页。

康中慧：《民间信仰与社会记忆——对桂西壮族岑氏土官崇拜的文化解释》，《民族文学研究》2006年第4期，第71—76页。

匡达晒：《历史记忆、国家意识与族群互动——〈灌溪匡氏宗谱〉的社会文化人类学研读》，《台海民族研究》2009年第2期，第39—43页。

李北方:《文化的记忆与失忆》,《南风窗》2006 年第 14 期,第 38—39 页。

李达梁:《符号、集体记忆与民族认同》,《读书》2001 年第 5 期,第 104—107 页。

李凡、朱竑、黄维:《从地理学视角看城市历史文化景观集体记忆的研究》,《人文地理》2010 年第 4 期,第 60—66 页。

李菲:《文化记忆与身体表述——嘉绒锅庄"右旋"模式的人类学阐释》,《民族艺术研究(舞蹈)》2011 年第 1 期,第 75—87 页。

李辅敏:《祖先记忆,家园象征与族群历史》,《贵州民族研究》2009 年第 5 期,第 43—47 页。

李佩菊:《集体记忆与国家话语——对中俄跨国寻亲大型公益节目〈等着我〉的文化分析》,《中国电视》2011 年第 5 期,第 35—38 页。

李秋香:《集体记忆的选择性与历史文化认同的建构——以秦汉圣贤信仰为个案》,《湖北经济学院学报(文化学研究)》2010 年第 5 期,第 118—121 页。

李世武:《宽和之美与文化记忆》,《德宏师范高等专科学校学报》2010 年第 1 期,第 30—35 页。

李兴军:《集体记忆研究文献综述》,《上海教育科研》2009 年第 4 期,第 8—10、21 页。

李巍:《移民社会的文化记忆——朝阳社或文化的象征意义阐释》,《西北民族研究》2009 年第 1 期,第 167—170 页。

李莹:《甘肃省博物馆的文化记忆功能与价值》,《学术论坛(科技资讯)》2009 年第 15 期,第 221 页。

李银兵、甘代军:《文化的记忆、复兴与反思》,《楚雄师范学院学报》2009 年第 2 期,第 37—42 页。

梁音:《社会记忆的文化资本化——以洛带客家社会记忆资源的旅游开发为例》,《成都大学学报(社科版)》2008 年第 4 期,第 91—94 页。

林青松:《纸上"非遗",文化记忆》,《浙江画报》2010 年第 9 期,第 18—19 页。

刘贺娟:《胡同和弄堂——女性的都市文化记忆》,《辽宁大学学报(哲学社会科学版)》2009年7月第4期，第32—37页。

刘士林：《消费时代的文化记忆》，《文艺争鸣》2011年第1期，第44—47页。

刘世文：《歌舞仪式、民族记忆和文化话语权——兼论〈云南映象〉的民族文化意义》，《社会科学家》2011年第7期，第143—146页。

刘亚秋：《从集体记忆到个体记忆对社会记忆研究的一个反思》，《社会》2010年第5期，第217—242页。

刘艳：《从文化乡愁到家园记忆的历史书写——以於梨华和严歌苓为例》，《西南民族大学学报（人文社会科学版）》2010年第1期，第237—242页。

刘宇：《记忆再现与历史关注下的文化回归——论施叔青、里昂的台湾书写》，《学术交流》2007年第7期，第158—161页。

鲁雪莉：《双重文化记忆下的奇异花魅——论徐讦小说的文化选择》，《海南师范大学学报（社会科学版）》2008年第4期，第24—28页。

骆冬青：《文化记忆与存在感受》，《文艺争鸣》2001年第1期，第47—49页。

罗厚立：《历史记忆中抹去的五四新文化研究》，《读书》1999年第5期，第37—45页。

马成俊：《基于历史记忆的文化生产与族群建构》，《青海民族研究》2008年第1期，第1—5页。

马华、李庆召：《传统中国政治文化记忆》，《求索》2011年第2期，第90—92页。

麻三山：《历史记忆、文化展示与民族认同——湘西苗族鼓舞象征意义与功能分析》，《长沙民政职业技术学院学报》2008年第4期，第52—55页。

孟繁华：《总体性的幽灵与被"复兴"的传统——当下小说创作中的文化记忆与中国经验》，《当代文坛（名家论坛）》2008年第6期，第4—9页。

米列娜：《文化记忆的建构——早期文学史的编纂与胡适的〈白话文学史〉》，董炎译，《当代作家评论》2009年第4期，第175—181页。

闵定庆:《文体记忆与文化记忆的协奏——梁修〈花埭百花诗〉用典艺术初探》,《佛山科学技术学院学报(社会科学版)》2009年第1期,第8—14页。

聂茂:《人民记忆的符号传播与精神寄寓的文化表达——再论"新写实"》,《湖南社会科学(文教·历史)》2006年第1期,第140—141页。

宁文忠:《民俗事象中的历史记忆——甘肃洮州端午节娱神文化的非民俗意义》,《民俗研究》2011年第2期,第147—154页。

牛冬雪:《西方歌剧在中国传播的文化记忆——〈歌剧长河——从达芙妮到图兰朵〉读后》,《大众文艺》2011年第10期,第107页。

彭涛:《主旋律电影再塑集体记忆的方式》,《江汉论坛》2011年第10期,第129—133页。

戚荣金:《苏轼黄州书迹的文化记忆》,《理论观察》2011年第4期,第58—60页。

启之:《"思痛着"与"思痛文学"——当代文化的另类记忆》,《粤海风》2011年第3期,第23—28页。

卿素兰、王洪礼:《国内外奇象记忆研究发展概况》,《心理科学》2000年第2期,第238—239页。

邵培仁:《地方的体温:媒介地理要素的社会建构与文化记忆》,《徐州师范大学学报(哲学社会科学版)》2010年第5期,第143—148页。

邵鹏:《媒介记忆论:媒介作为人类文明记忆过程的研究》(http://blog.sina.com.cn/s/blog_ 4e7ec5880100sbmn.html)。

时统宇:《打捞濒临沉没的文化记忆》,《青年记者》2011年第22期,第84页。

舒开智:《传统节日、集体记忆与文化认同》,《天府新论》2008年第2期,第124—127页。

宋伟杰:《身份认同的"混杂"与文化记忆缺失症——管窥金庸的小说世界》,《天津社会科学》1998年第2期,第83—87页。

孙传钊:《记忆的歧义》,《中国图书评论》2009年第12期,第59—65页。

孙书敏：《草原文学：民族文化的记忆书写》，《实践（思想理论版）》2010年第10期，第50—51页。

舒开智：《传统节日、集体记忆与文化认同》，《天府新论》2008年第2期，第124—127页。

覃兆：《档案文化建设是一项"社会健脑工程"——记忆·档案·文化研究的关系视角》，《求索》2011年第2期，第22—25页。

唐少杰：《从文化记忆到记忆文化》，《河北学刊》2007年第2期，第41—46页。

陶东风：《记忆是一种文化建构——哈布瓦赫〈论集体记忆〉》，《中国图书评论》2010年第9期，第69—74页。

唐佳：《尔苏藏族和"还山鸡节"——基于文化记忆理论的阐释》，《北方民族大学学报（哲学社会科学版）》2010年第3期，第64—67页。

万宇：《诗的记忆与延续——评刘士林"中国诗性文化"系列》，《中国图书评论》2006年第12期，第86—87页。

王炳钧等（黄晓晨整理）：《空间、现代性与文化记忆》，《外国文学》2006年第4期，第76—87页。

王兵：《昨夜的一场春梦：80年代的文化记忆碎片》，《艺术评论》2005年第1期，第11—14页。

王海玲、莫琪：《浅析莫里斯·哈布瓦赫的集体记忆》，《重庆科技学院学报（社会科学版）》2008年第12期，第37—38页。

王红、王丽萍：《大众文化记忆：口述档案》，《黑龙江档案（业务研究）》2009年第2期，第39页。

王金胜：《故乡记忆与儒禅文化精神——废名创作文化精神论》，《湖北经济学院学报》2003年第6期，第109—112页。

王丽丽、周立波：《一个人与城市的文化记忆——"海派清口"文化现象研究》，《世纪桥》2011年第7期，第29—30页。

王明珂：《历史事实、历史记忆与历史心性》，《历史研究（理论与方法）》2001年第5期，第136—191页。

王霄冰：《文字、仪式与文化记忆》，《江西社会科学》2007年第2期，第237—244页。

王霄冰：《文化记忆与文化传承》，中国民俗学网（http://www.chinesefolklore.org.cn/web/index.php? NewsID=7648），第 227—236 页。

王小平：《历史记忆与文化身份：论严歌苓的"穗子"书写》，《华文文学》2006 年第 2 期，第 50—54 页。

王先明、李尹蒂：《义和团的历史记忆与文化认同——"后义和团"的文本类型比较研究》，《人文杂志》2011 年第 4 期，第 127—139 页。

乌丙安：《文化记忆与文化反思——抢救端午节远文化形态》，《西北民族研究》2005 年第 3 期，第 77—80 页。

吴瑛：《论传媒对民族文化记忆的唤起》，《上海交通大学学报（哲学社会科学版）》2010 年第 1 期，第 74—81 页。

向玲、戴伟华：《唐代广州之"通海夷道"与文化记忆》，《中国名城》2011 年第 8 期，第 31—35 页。

徐碧波：《记忆研究的过去：哲学与科学的探索及其启示——关于记忆研究的思考（一）》，《湖北大学学报（哲学社会科学版）》1996 年第 3 期，第 84—88 页。

薛亚利：《庆典：集体记忆和社会认同》，《中国农业大学学报（社会科学版）》2010 年第 2 期，第 63—71 页。

薛真真：《档案与社会记忆构建》，《档案管理》2006 年第 2 期，第 34—37 页。

燕海鸣：《集体记忆与文化记忆》，《中国图书评论》2009 年第 3 期，第 10—14 页。

颜敏：《文化记忆的历史：〈白鹿原〉》，《江西师范大学学报（哲学社会科学版）》1997 年第 3 期，第 49—54 页。

杨红升、黄希庭：《群体参照记忆效应的跨文化比较研究》，《心理科学》2009 年第 6 期，第 1287—1290 页。

杨琴：《激流中的文化记忆与精神守望——史态类新闻勃兴现象透视》，《当代文坛》2007 年第 5 期，第 164—166 页。

叶茂林：《中国记忆研究回顾》，《心理科学》2000 年第 3 期，第 332—335 页。

叶维廉：《在记忆离散的文化空间里歌唱——论痖弦记忆塑像的艺术》，

《诗探索》1994年第1期,第71—95页。

叶展:《从集体记忆的角度解读〈六月庆典〉中的父子关系》,《安徽文学》2011年第9期,第21—22页。

雨彤:《网络叙事:电子媒介时代的文化记忆》,《青年作家(中外文艺版)》2010年第7期,第57—62页。

赵静蓉:《想象的文化记忆——论怀旧的审美心理》,《山西师范大学学报(社会科学版)》2005年第2期,第54—57页。

张兵娟:《历史记忆与历史叙事——兼对〈大宅门〉的女性主义文化批评》,《中州学刊(现当代文学研究)》2007年第6期,第216—220页。

张德明:《多元文化杂交时代的民族文化记忆问题》,《外国文学评论》2001年第3期,第11—16页。

张普安:《影像叙事:民族传统文化的生态记忆》,《湖北民族学院学报(哲学社会科学版)》2010年第5期,第118—121页。

张良丛:《文化记忆、习性与审美》,《马克思主义美学研究》2009年第2期,第42—50页。

张桥:《作为史料的"社会记忆"的研究——〈社会记忆:历史、回忆、传承〉》,《中国图书评论》2009年第9期,第110—112页。

张旭:《文化记忆》,《国外理论动态》2006年第6期,第61—62页。

张宇婷:《浅谈文化记忆》,《大众文艺》2011年第4期,第83页。

张镇、张建新:《自我、文化与记忆:自传体记忆的跨文化研究》,《心理科学进展》2008年第16期,第306—314页。

郑宇:《集体记忆的构建与演化——箐口村哈尼族"集体失忆"的阐释》,《思想战线》2008年第3期,第20—24页。

钟宗宪:《求索文化记忆中的神话拼图》,《民间文化论坛》2005年第2期,第7—8页。

周景雷:《政治伤痕的文化记忆——近年长篇小说创作考察之一》,《当代作家评论》2007年第5期,第111—116页。

祝新燕、万书辉:《一次还原地方性文化记忆的成功尝试——兼评夏明宇先生的"渝西谚语研究"》,《重庆文理学院学报(社会科学版)》2011年第3期,第48—50、112页。

参考文献

一 德语文献

1. Primärliteratur

Bachmann, Ingeborg: *Undine geht. Erzählungen.* Leipzig: Philipp Reclam jun. 1976.

Bachmann, Ingeborg: *Werke.* 4. Band, herausgegeben von Christine Koschel, Inge von Weidenbaum und Clemens Münster. 2. Auflage, München und Zürich: R. Piper & Co, 1993.

Becker, Jurek: *Jakob der Lügner.* Frankfurt a. M.: Suhrkamp 1976.

Frisch, Max: *Homo faber. Ein Bericht.* Frankfurt a. M.: Suhrkamp 1977.

Goethe, Johann Wolfgang von: *Werke. Kommentare und Register.* Hamburger Ausgabe in 14 Bänden. München: C. H. Beck 1982.

Goethe, Johann Wolfgann von: *Werke. Dramatische Dichtungen* Ⅲ. Hamburger Ausgabe, *Band 5.* München: Deutscher Taschenbuch Verlag 1982.

Grass, Günter: *Werkausgabe in zehn Bänden.* Bd. Ⅸ, Darmstadt: Neuwied 1987.

Grass, Günter: *Der Butt*, München: dtv 1993.

Grass, Günter: *Im Krebsgang*, Göttingen: Steidl 2002.

Handke, Peter: *Der kurze Brief zum langen Abschied.* Frankfurt am Main: Suhrkamp 1974.

Heine, Heinrich: *Der Rabbi von Bacherach.* In: Windfuhr, Manfred (Hrsg.): Historisch-kritische Gesamtausgabe der Werke Band 5. Düsseldorf: Hoffmann und Campe 1994.

Jelinek, Elfriede: *Der Tod und das Mädchen Ⅰ-Ⅴ. Prinzessinnendramen.* Berlin: Bvt 2004.

Klüger, Ruth: *weiter leben. Eine Jugend.* München: Deutscher Taschenbuch Verlag 1997.

Lessing, Gotthold Ephraim: *Miss Sara Sampson.* In: ders.: Werke in drei Bänden, Band 1, München und Wien: Carl Hanser 1982.

Meckel, Christoph: *Suchbild. Über meinen Vater.* Mit einer Grafik des Autors. 1. Auflage. Düsseldorf: Claassen 1980.

Mitscherlich, Margarete: *Erinnerungsarbeit. Zur Psychoanalyse der Unfähigkeit zu trauern.* Frankfurt a. M. : S. Fischer 1987.

Moritz, Karl Philipp: *Anton Reiser. Ein psychologischer Roman.* Köln: Könemann 1997.

Schiller, Friedrich: *Geschichte des Dreißigjährigen Krieges.* Mit den Illustrationen der Erstausgabe und der Vorrede von Christoph Martin Wieland von 1791. Mit einem Nachwort von Golo Mann. Zürich: Manesse 1985.

Schiller, Friedrich: *Wallenstein. Ein dramatisches Gedicht.* Tübingen 1800, hrsg. v. Joseph Kiermeier-Debre. München: Deutscher Taschenbuch Verlag 2004.

Schlink, Bernd: *Der Vorleser.* Zürich: Diogenes 1997.

Seghers, Anna: *Die Toten bleiben jung.* Darmstadt und Neuwied: Luchterhand 1983.

Timm, Uwe: *Am Beispiel meines Bruders.* Köln: Kiepenheuer & Witsch 2005.

Wallraff, Günter: *Indusitriereportagen. Als Arbeiter in deutschen Großbetrieben.* Reinbeck: Rowohlt 1970.

2. Sekundärliteratur

Adorno, Theodor W. : *Gesammelte Schriften: Kulturkritik und Gesellschaft. Prismen. Ohne Leitbild. Eingriffe. Stichworte.* 2 Bände. Frankfurt a. M. : Suhrkamp 2003.

Allkemper, Alo (Hrsg): *Das Gedaächtnis in der Literatur Konstitutionsformen des Vergangenen in der Literatur des 20. Jahrhunderts.* Zeitschrift für deutsche Philologie, Bd. 125, Sonderh. Berlin: Erich Schmidt 2006.

Altenburg, Detlef/Ehrlich, Lothar/John, Jürgen: *Im Herzen Europas: Nationale Identitäten und Erinnerungskulturen.* Köln, Weimar, Wien: Böhlau 2008.

Anderson, Benedict: *Die Erfindung der Nation. Zur Karriere eines erfolgreichen Konzepts.* Aus dem Englischen von Benedikt Burkard, Frankfurt: Campus-Verlag 1988.

Arendt, Hannah: *Elemente und Ursprünge totaler Herrschaft. Antisemitismus, Imperialismus, totale Herrschaft.* München und Zürich: Piper 2008.

Arendt, Hannah: *Über das Böse. Eine Vorlesung zu Fragen der Ethik.* München und Zürich: Piper 2007.

Arker, Dieter: *Nichts ist vorbei, alles kommt wieder. Untersuchungen zu Günter Grass,* "Blechtrommel". Heidelberg: Carl Winter 1989.

Arnold, Heinz Ludwig: *Gespräch mit Günter Grass.* In: Text und Kritik. Zeitschrift für Literatur, herausgegeben von Heinz Ludwig Arnold, 1/1a, Günter Grass. Fünfte Auflage, München: edition text + kritik GmbH 1978.

Arnold, Heinz Ludwig (Hrsg.): *Günter Grass.* Text + Kritik. H. 1. 7. , revidierte

Auflage 1997.

Arnold, Heinz Ludwig (Hrsg.): *Literatur und Holocaust. Text und Kritik. Zeitschrift für Literatur*. Heft 144. München 1999.

Arnold, Heinz Ludwig (Hrsg.): *Text + Kritik, Sonderband. Literarische Kanonbildung*. München: edition text + kritik 2002.

Arnold, Heinz Ludwig und Detering, Heinrich (Hrsg.): *Grundzüge der Literaturwissenschaft*. München: Deutscher Taschenbuch Verlag. 4. Auflage 2001.

Assmann, Aleida: *Arbeit am nationalen Gedächtnis. Eine kurze Geschichte der deutschen Bildungsidee*. Frankfurt a. M., New York: Campus 1993.

Assmann, Aleida: *Was sind kulturelle Texte?* In: Andreas Poltermann (Hrsg.): *Literaturkanon - Medienereignis - kultureller Text. Formen interkultureller Kommunikation und Übersetzung*. Berlin: Erich Schmidt 1995, S. 232 – 244.

Assmann, Aleida: *Erinnerung als Erregung. Wendepunkte der deutschen Erinnerungsgeschichte*. In: Wolf Lepenies (Hrsg.): Wissenschaftskolleg Jahrbuch 1998/99.

Assmann, Aleida: *Zeit und Tradition. Kulturelle Strategie der Dauer*. Köln, Weimar, Wien: Böhlau 1999.

Assmann, Aleida/Frevert, Ute: *Geschichtsvergessenheit-Geschichtsversessenheit. Vom Umgang mit deutschen Vergangenheiten nach 1945*. Stuttgart: Deutsche Verlags-Anstalt 1999.

Assmann, Aleida: *Das kulturelle Gedächtnis an der Milleniumsschwelle. Krise und Zukunft der Bildung*. Konstanz: Universitätsverlag Konstanz GmbH 2004.

Assmann, Aleida: *Der lange Schatten der Vergangenheit. Erinnerungskultur und Geschichtspolitik*. München: C. H. Beck 2006.

Assmann, Aleida: *Erinnerungsräume. Formen und Wandlungen des kulturellen Gedächtnisses*. Dritte Auflage, München: C. H. Beck 2006.

Assmann, Aleida: *Einführung in die Kulturwissenschaft. Grundbegriffe, Themen, Fragestellungen*. Berlin: Erich 2006.

Assmann, Aleida: *GenerationsIdentitäten und Vorurteilsstrukturen in der neuen deutschen Erinnerungsliteratur*. Wien: Picus 2006.

Assmann, Aleida/Assmann, Jan (Hrsg.): *Kanon und Zensur. Beträge zur Archäologie der literarischen Kommunikation* II. München: Fink 1987.

Assmann, Aleida/Harth, Dietrich (Hrsg.): *Mnemosyne: Formen und Funktionen der kulturellen Erinnerung*. Frankfurt a. M.: Fischer 1991.

Assmann, Aleida/Harth, Dietrich (Hrsg.): *Kultur als Lebenswelt und Monument*. Frankfurt

a. M.: Fischer 1991.

Assmann, Aleida/Assmann, Jan: *Das Gestern im Heute. Medien und soziales Gedächtnis*. In: Klaus Merten, Siegfried J. Schmidt, Siegfried Weischenberg (Hrsg.): *Die Wirklichkeit der Medien. Eine Einführung in die Kommunikationswissenschaft*. Opladen: Westdeutscher Verlag 1994, S. 114—140.

Assmann, Aleida/Friese, Heidrun (Hrsg.): *Identitäten, Erinnerung, Geschichte*. Indentität 3, Frankfurt a. M.: Suhrkamp 1998.

Assmann, Aleida/Weinberg, Manfred/Windsich, Martin (Hrsg.): *Medien des Gedächtnisses*. Stuttgart und Weimar: Metzler. (Sonderheft der DVjS) 1998.

Assmann, Jan und Aleida / Hardmeier, Christoph (Hrsg.): *Schrift und Gedächtnis*. Beiträge zur Archäologie der literarischen Komminikation. München: Wilhelm Fink 1998.

Assmann, Aleida / Friese, Heidrun: *Identitäten*. Frankfurt a. M.: Suhrkamp 1999.

Assmann, Aleida / Schulin, Ernst / Korff, Gottfried: *Speicher des Gedächtnisses, Tl. 1, Absage an und Wiederherstellung von Vergangenheit, Kompensation von Geschichtsverlust: Tl 1*. Wien: Passagen 2000.

Assmann, Jan und Assmann, Aleida (Hrsg.): *Verwandlungen. Archäologie der literarischen Kommunikation* IX. München: Wilhelm Fink. 2002.

Assmann, Aleida / Bahr, Petra / Huber, Wolfgang / Schlink, Bernhard: *Protestantismus und Kultur, Band 2. Protestantismus und Dichtung*. Gütersloh: Gütersloher Verlagshaus 2008.

Assmann, Jan: *Religion und kulturelles Gedächtnis. Zehn Studien*. München: Beck 2000.

Assmann, Jan: *Das kulturelle Gedächtnis*. In: Erwägen, Wissen, Ethik 13, 2 (2002), S. 239—247.

Assmann, Jan: *Das kulturelle Gedächtnis. Schrift, Erinnerung und politische Identität in frühen Hochkulturen*. 3. Auflage. München: C. H. Beck 2005.

Assmann, Jan / Hölscher, Tonio (Hrsg.): *Kultur und Gedächtnis*. Frankfurt a. M.: Suhrkamp 1988.

Aust, Hugo: *Der historische Roman*. Stuttgart, Weimar: J. B. Metzler 1994.

Bachelard, Gaston: *Poetik des Raumes*. Übers. v. Leonhard, Kurt. Frankfurt a. M.: Fischer 1992.

Barkhoff, Jürgen / Carr, G. / Paulin, R. (Hrsg.): *Das schwierige neunzehnte Jahrhundert* Tübingen: Niemeyer 2000.

Barthes, Roland: *Am Nullpunkt der Literatur*. Aus dem Französischen von Helmut Scheffel. Frankfurt a. M.: Suhrkamp 1982.

Bartsch, Kurt / Höfler, Günther A. (Hrsg.): *Elfriede Jelinek*. Graz: Droschl 1991.

Baßler, Moritz / Brecht, Christoph / Niefanger, Dirk / Wunberg, Gotthart: *Historismus und literarische Moderne*, mit einem Beitrag von Friedrich Dethlefs. Tübingen: Max Niemeyer 1996.

Becker, Sabina: *Bürgerlicher Realismus: Literatur und Kultur im bürgerlichen Zeitalter 1848—1900*. Uni-Taschenbücher M 2003.

Beicken, Peter: *Ingeborg Bachmann*. Beck'sche Reihe: Autorenbücher. München: Beck 1992.

Bekas, Bozena/Jablkowska, Joanna/Michalak, Joanna/Bozena, Bekas: *Erinnerung, Gedächtnis, Geschichtsbewältigung: Österreichische Literatur der neunziger Jahre. Ein literarischer Workshop*. Leibfried: Kindle Edition 2002.

Bellebaum, Alfred: *Schweigen und Verschweigen. Bedeutungen und Erscheinungsvielfalt einer Kommunikationsform*. Opladen: Westdeutscher Verlag 1992.

Benhabib, Seyla: *Hannah Arendt. Die melancholische Denkerin der Moderne*. Hamburg: Rotbuch 1998.

Benz, Wolfgang: *Der Holocaust*. München: C. H. Beck 2002.

Berghahn, Klaus L. (Hrsg.): *Friedrich Schiller. Zur Geschichte seines Werkes*. Kronberg Ts: Scriptor 1975.

Beutin, Wolfgang, Klaus Ehlert, Wolfgang Emmerich, Christine Kanz, Bernd Lutz, Volker Meid, Michael Opitz, Carola Opitz-Wiemers, Ralf Schnell, Peter Stein und Inge Stephan: *Deutsche Literaturgeschichte. Von den Anfängen bis zur Gegenwart*. 7. Auflage. Stuttgart, Weimar: J. B. Metzler 2008.

Binczek, Natalie: *Kontakt: Der Tastsinn in Texten der Aufklärung*. Tübingen: Niemeyer 2007.

Blasberg, Cornelia: *Geschichte als Palimpsest. Schreiben und Lesen über die "Kinder der Täter"*. In: Deutsche Vierteljahresschrift für Literaturwissenschaft und Geisteswissenschaft. 2002, Heft 3. Stuttgart, Weimar: Metzler 2002.

Blumesberger, Susanne / Seibert, Ernst: *Kinderliteratur als kulturelles Gedächtnis*. Wien: Praesens 2008.

Böhme, Hartmut: *Kulturgeschichte des Wassers*. Frankfurt a. M.: Suhrkamp 1988.

Böhme, Hartmut / Matussek, Peter / Müller Lothar: *Orientierung Kulturwissenschaft. Was sie kann, was sie will*. Reinbek bei Hamburg: Rowohlt 2000.

Bogdal, Klaus Michael / Kammler, Clemens (Hrsg.): *Oldenbourg Interpretation Band 107*. Oldenbourg: Schulbuchverlag 2006.

Bollenbeck, Georg: *Bildung und Kultur. Glanz und Elend eines deutschen Deutungsmusters*.

Frankfurt am Main und Leipzig: Insel 1996.

Braese, Stephan: *Die andere Erinnerung. Jüdische Autoren in der westdeutschen Nachkriegsliteratur*. Berlin/Wien: Philo 2001.

Briegleb, Klaus: *Missachtung und Tabu. Eine Streitschrift zur Frage: Wie antisemitisch war die Gruppe 47?* Berlin/Wien: Philo 2003.

Brode, Hanspeter: *Günter Grass*. München: Beck 1979.

Broich, Ulrich / Pfister, Manfred: *Intertextualität. Formen, Funktionen, anglistische Fallstudien*. Tübingen: Max Niemeyer 1985.

Bruyn, Günter de: *Deutsche Zustände: Über Erinnerungen und Tatsachen, Heimat und Literatur*. Frankfurt: Fischer 2005.

Buschinger, Philippe: *Die Arbeit in Goethes Wilhelm Meister*. Stuttgart: Hans-Dieter Heinz 1986.

Butzer, Günter: *Fehlende Traue. Verfahren epischen Erinnerns in der deutschsprchigen Gegenwarttsliertatur*. München: Fin 1998.

Cambi, Fabrizio (Hrsg.): *Gedächtnis und Identität: Die deutsche Literatur nach der Vereinigung*. Würzburg: Königshausen & Neumann 2008.

Csáky, Moritz / Stachel, Peter (Hrsg.): *Speicher des Gedächtnissses: Bibliotheken, Museen, Archive*. Wien: Passagen 2000.

Dann, Otto / Oellers, Norbert / Osterkamp, Ernst: *Schiller als Historiker*. Stuttgart und Weimar: J. B. Metzler 1995.

Daemmrich, Horst S. / Ingrid G.: *Themen und Motive in der Literatur*. Ein Handbuch. Zweite, überarbeitete und erweiterte Auflage. Tübingen und Basel: Francke 1995.

Danneberg, Lutz / Vollhardt, Friedrich (Hrsg.): *Vom Umgang mit Literatur und Literaturgeschichte. Positionen und Perspektiven nach der Theoriedebatte*. Stuttgart: Metzler 1989.

Daprile, Iwan-Michelangelo und Siebers, Winfried: *Das 18. Jahrhundert: Zeitalter der Aufklärung*. Berlin: Akademie Verlag 2008.

Dickson, Sheila / Pape, Walter: *Romantische Identitätskonstruktionen: Nation, Geschichte und (Auto-)Biographie*. Tübingen: Niemeyer 2003.

Dieckmann, Christoph: *Rückwärts immer. Deutsches Erinnern*. Berlin: Ch. Links 2005.

Döblin, Alfred: *Aufsätze zur Literatur*. Olten und Freiburg: Walter 1963.

Dörr, Volker: *Weimarer Klassik*. Paderborn: Fink 2007.

Düsing, Wolfgang: *Erinnerung und Identität. Untersuchungen zu einem Erzählproblem bei Musil, Döblin und Doderer*. Müchen: Fink. 1982.

Eckermann, Johann Peter: *Gespräche mit Goethe in den letzten Jahren seines Lebens.* Berlin und Weimar: Aufbau 1982.

Eggert, Hartmut: *Studien zur Wirkungsgeschichte des deutschen historischen Romans 1850—1875.* Frankfurt am Main: Klostermann 1971 (Studien zur Philosophie und Literatur des neuzehnten Jahrhunderts, Band 14).

Eggert, Hartmut / Profitlich, Ulrich / Scherpe, Klaus R. (Hrsg.): *Geschichte als Literatur. Formen und Grenzen der Repräsentation von Vergangenheit.* Stuttgart: Metzler 1990.

Eggert, Hartmut / Golec, Janusz (Hrsg.): *"wortlos der Sprache mächtig". Schweigen und Sprechen in der Literatur und sprachlicher Kommunikation.* Stuttgart: Metzler 1999.

Eigler, Friederike: *Gedächtnis und Geschichte in Generationenromanen seit der Wende.* Berlin: Schmidt (Erich) 2005.

Erll, Astrid: *Gedächtnisromane: Literatur über den ersten Weltkrieg als Medium englischer und deutscher Erinnerungskulturen in den 1920er Jahren.* Trier: WVT 2003.

Erll, Astrid: *Kollektives Gedächtnis und Erinnerungskulturen. Eine Einführung.* Stuttgart, Weimar: Metzler 2005.

Erll, Astrid und Nünning, Ansgar (Hrsg): *Gedächtniskozepte der Literaturwissenschaft. Theoretische Grundlegung und Anwendungspersperktiven.* Berlin und New York: Walter de Gruyter 2005.

Erll Astrid / Gymnich, Marion / Nünning, Ansgar: *Literatur - Erinnerung - Identität: Theoriekonzeptionen und Fallstudien.* Trier: WVT 2003.

Erll, Astrid und Nünning, Ansgar: *Medien des kollektiven Gedächtnisses. Historizität - Konstruktivität - Kulturspezifität.* Berlin: Gruyter 2004.

Erll, Astrid: *Literatur und kulturelles Gedächtnis: Zur Begriffs-und Forschungsgeschichte, zum Leistungsvermögen und zur literaturwissenschaftlichen Relevanz eines neuen Paradigmas der Kulturwissenschaft.* In: Literaturwissenschaftliches Jahrbuch 43, S. 249 – 276.

Erll, Astrid: *Der Erste Weltkrieg in Literatur und Erinnerungskultur der Zwanziger Jahre.* In: Vera Nünning (Hrsg.): *Handbuch Kulturgeschichte der britischen Literatur. Von der Renaissance bis zur Gegenwart.* Tübingen: Francke (UTB) 2005, S. 237 – 250.

Esselborn-Krumbiegel, Helga: *Hermann Hesse. Der Steppenwolf.* München: Oldenburg 1998.

Ethik und Ästhetik. Werke und Werte in der Literatur vom 18. bis zum 20. Jahrhundert. Festschrift für Wolfgang Wittkowski zum 70. Geburtstag 1995. Frankfurt am Main; New York: P. Lang.

Fassbind-Eigenheer, Ruth: *Undine oder die nasse Grenze zwischen mir und mir. Ursprung und literarische Bearbeitung eines Wasserfrauenmythos. Von Paracelsus über Friedrich de la Motte Fouqué zu Ingeborg Bachmann.* Stuttgarter Arbeiten zur Germanistik, herausgegeben von Ulrich Müller, Franz

Hundsnurscher und Cornelius Sommer. Stuttgart: Hans-Dieter Heinz 1994.

Fauser, Markus: *Gotthold Ephraim Lessing*. Darmstadt: Wissenschaftliche Buchgesellschaft 2008.

Felsch, Claudia und Pietruschke, Simona: *Kommunikatives und kulturelles Gedächtnis*. München: GRIN 2007.

Finlay, Frank / Ingo Cornils (Hrsg.): " *(Un-) erfüllte Wirklichkeit*" Neue Studien zu Uwe Timms Werk. Würzburg: Königshausen & Neumann 2006.

Fischer-Lichte, Erika / Lehnert, Gertrud (Hrsg.): *Inszenierung des Erinnerns*. Paragrana Band 9. Berlin: Akedemie Verlag 2000.

Florack, Ruth: *Bekannte fremde*: Zu Herkunft und Funktion nationaler Stereotype in der Literatur. Tübingen: Niemeyer 2007.

François, Etienne / Schulze, Hagen (Hrsg.): *Deutsche Erinnerungsorte*. Bd. I. München: Beck, 2001.

François, Etienne und Schulze, Hagen (Hrsg.). *Deutsche Erinnerungsorte*. Bd. II. München: Beck, 2001.

François, Etienne und Schulze, Hagen (Hrsg.). *Deutsche Erinnerungsorte*. Bd. III. München: Beck, 2001.

Frenzel, Elisabeth: *Motive der Weltliteratur*. Ein Lexikon dichtungsgeschichtlicher Längsschnitte. Stuttgart: Kräner 1976.

Frenzel, Elisabeth: *Stoffe der Weltliteratur*. Ein Lexikon dichtungsgeschichtlicher Längsschnitte. Stuttgart: Kräner 1976.

Frenzel, Elisabeth: *Stoff-, Motiv - und Symbolforschung*, durchgesehene und ergänzte Auflage. Stuttgart: J. B. Metzlersche Verlagsbuchhandlung 1978.

Frerichs, Petra, *Bürgerliche Autobiographie und proletarische Selbstdarstellung*: Eine vergleichende Darstellung unter besonderer Berücksichtigung persönlichkeitstheoretischer und literaturwissenschaftlich-didaktischer Fragestellung. Frankfurt/Main: Haag und Herchen 1982.

Freud, Sigmund: *Die Traumdeutung*. Frankfurt a. M.: Fischer 2009.

Fricke, Harald, gemeinsam mit Georg Braungart u. a. (Hrsg.): *Reallexikon der deutschen Literaturwissenschaft*, Band II, H-O, 3. neubearbeitete Auflage. Berlin, New York: de Gruyter 2000.

Friedländer, Saul: *Das Dritte Reich und die Juden. Die Jahre der Verfolgung 1933—1939*, München: Beck1998.

Fromm, Waldemar: *An den Grenzen der Sprache*: Über das Sagbare und das Unsagbare in Literatur und Ästhetik der Aufklärung, der Romantik und der Moderne. Freiburg: Rombach 2006.

Galle, Roland / Pfeiffer, Helmut: *Aufklärung*. München: Fink 2007.

Gansel, Carsten (Hrsg): *Rhetorik der Erinnerung: Literatur und Gedaächtnis in den "geschlossenen Gesellschaften" des Real-Sozialismus*. Goöttingen, Niedersachs: V&R unipress 2009.

Garber, Klaus: *Nation - Literatur - Politische Mentalität. Beiträge zur Erinnerungskultur in Deutschland*. Paderborn: Fink 2004.

Geppert, Hans Vilmar: *"Der andere" historische Roman. Rheorie und Strukturen einer diskontinuierlichen Gattung*. Tübingen: Max Niemeyer 1976.

Glasenapp, Gabriele von / Wilkending, Gisela: *Geschichte und Geschichten: Die Kinder-und Jugendliteratur und das kulturelle und politische Gdächtnis*. Frankfurt a. M. : Peter Lang 2005.

Glaser, Horst A. (Hrsg.): *Deutsche Literatur zwischen 1945 und 1995*. Bern / Stuttgart / Wien: Utb 1997.

Goerlitz, Uta: *Literarische Konstruktion (vor-) nationaler Identitat seit dem Annolied: Analysen und Interpretationen zur deutschen Literatur des Mittelalters (11. —16. Jahrhundert)*. Berlin: Walter de Gruyter 2007.

Görtz, Franz Josef (Hrsg.): *"Die Blechtrommel": Attraktion und Ärgernis*. Darmstadt und Neuwied: Luchterhand 1984.

Goffmann, Erving: *Das Individuum im öffentlichen Austausch. Mikrostudien zur öffentlichen Ordnung*. Frankfurt am Main: Suhrkamp 1974.

Gombrich, Ernst H. : *Aby Warburg. Eine intellektuelle Biographie*. Hamburg: Europäische Verlags-Anstalt 1992 (orig. : Aby Warburg. An Intellectual Biography. London: Warburg Institute 1970).

Gomringer, Eugen (Hrsg.): *Konkrete Poesie*. Stuttgart: Reclam 1978.

Grass, Günter: *Der Autor als fragwürdiger Zeuge*. München: Deutscher Taschenbuchverlag 1997.

Grass, Günter / Zimmermann, Harro: *Vom Abenteuer der Aufklärung. Werkstattgespräche*. Göttingen: Steidel 1999.

Griesheimer, Frank und Prinz, Alois (Hrsg.): *Wozu Literaturwissenschaft? Kritik und Perspektiven*. Tübingen: Francke 1992.

Grimm, Brüder: *Kinder - und Hausmärchen*. München: Artemis & Winkler 1996.

Günzler, Claus, *Bildung und Erziehung im Denken Goethes. Philosophische Grundlagen und aktuelle Perspektiven einer Pädagogik der Selbstbeschränkung* Köln, Wien: Böhlau 1981.

Gürtle, Christa: *Schreiben die Frauen anders? Untersuchungen zu Ingeborg Bachmann und Barbara Frischmuth*. Stuttgarter Arbeiten zur Germanistik, herausgegeben von Ulrich Müller, Franz Hundsnurscher und Cornelius Sommer. Stuttgart: Hans-Dieter Heinz 1983.

Hafner, Helmut: *Erzählte Aufklärung einer inszenierten Moderne: Das lebensbegleitendeLernen als politisches Narrativ.* München/Ravensburg: GRIN 2008.

Hahn, Hans-Werner / Dieter, Hein: *Bürgerliche Werte um 1800. Entwurf - Vermittlung - Rezeption.* Wien, Köln, Weimar: Böhlau 2005.

Halbwachs, Maurice: *Das Gedächtnis und seine sozialen Bedingungen.* Frankfurt a. M. : Suhrkamp 1985.

Halbwachs, Maurice: *Das kollektive Gedächtnis.* Frankfurt a. M. : Fischer 1991.

Harth, Dietrich: *Das Gedächtnis der Kulturwissenschaften.* Dresden, München: Dresden Univ. Press 1998.

Haufler, Daniel / Stefan Reinicke (Hrsg.): *Die Macht der Erinnerung. Der 8. Mai 1945 und Wir.* TAZ-Journal 2005, 1. Berlin 2005.

Havelock, Eric A. : *Schriftlichkeit. Das griechische Alphabet als kulturelle Revolution.* Weinheim: VCH 1990.

Haverkamp, Anselm/Lachmann, Renate (Hrsg.): *Memoria. Vergessen und Erinnern.* München: Wilhelm Fink 1993.

Heidelberger-Leonard, Irene (Hrsg.): *Jurek Becker.* Frankfurt a. M. : Suhrkamp 1992.

Heinemann, Wolfgang: *Das Schweigen als linguistisches Phänomen.* In: Hartmut Eggert / Janusz Golec (Hrsg.): "wortlos der Sprache mächtig". Schweigen und Sprechen in der Literatur und sprachlicher Kommunikation. Stuttgart: Metzler 1999.

Heinrich-Heine-Institut (Hrsg.): *Heine Jahrbuch* 1976. Düsseldorf: Hoffman und Campe 1976.

Helbig, Jörg (Hrsg.): *Erzählen und Erzähltheorie im 20. Jahrhundert.* Festschrift für Wilhelm Füger. Heidelberg: Winter 2001.

Hesse, Hermann: *Dank an Goethe. Betrachtungen, Rezensionen, Briefe.* Frankfurt a. M. : Insel 1975.

Heuer, Fritz / Keller, Werner: *Schillers Wallenstein,* Darmstadt: Wissenschaftliche Buchgesellschaft 1977.

Heukenkamp, Ursula: *Deutsche Erinnerung. Berliner Beiträge zur Prosa der Nachkriegsjahre* (1945—1960). Berlin: Erich Schmidt 1999.

Heydebrand, Renate von (Hrsg.): *Kanon - Macht - Kultur. Theoretische, historische und soziale Aspekte ästhetischer Kanonbildung.* Stuttgart: Metzler 1998.

Hinderer, Walter: *Der Mensch in der Geschichte. Ein Versuch über Schiller Wallenstein.* Mit einer Bibliographie von Helmut G. Hermann. Königstein/Ts. : Athenäum 1980.

Höhn, Gerhard: *Heine-Handbuch. Zeit. Person. Werk.* Stuttgart / Weimar: J. B. Metzler 2004.

Höß, Rudolf: *Kommandant in Auschwitz. Autobiographische Aufzeichnungen.* München: Deutscher Taschenbuch Verlag 1987.

Hoffmann, Werner / Syamken, Georg / Warnke, Martin (Hrsg.): *Die Menschenrechte des Auges. Über Aby Warburg.* Frankfurt a. M.: Europäische Verlagsanstalt 1980.

Hu, Wei: *Auf der Suche nach der verlorenen Welt: Die kulturelle und die poetische Konstruktion autobiographischer Texte im Exil. Am Beispiel von Stefan Zweig, Heinrich Mann und Alfred Döblin.* Frankfurt a. M.: Peter Lang 2006.

Interpretationen. Romane des 20. Jahrhunderts. Band 1, Stuttgart: Reclam 1997.

Interpretationen. Romane des 20. Jahrhunderts. Band 2, Stuttgart: Reclam 1993.

Interpretationen. Erzählungen des 20. Jahrhunderts. Band 2, Stuttgart: Philipp Reclam jun. 1996.

Interpretationen. Romane des 20. Jahrhunderts, Band 3, Stuttgart: Reclam 2003.

Iser, Wolfgang: *Die Appellstruktur der Texte.* Konstanzer Universitätsreden. Konstanz 1970.

Jacobs, Jürgen / Krause, Markus: *Der deutsche Bildungsroman. Gattungsgeschichte vom 18. bis zum 20. Jahrhundert.* München: C. H. Beck 1989.

Jacobs, Jürgen: *Wilhelm Meister und seine Brüder. Untersuchungen zum deutschen Bildungsroman.* München: Fink 1989.

Jaeger, Werner (Hrsg.): *Das Problem des Klassischen und die Antike.* Leipzig-Berlin 1931.

Jambon, Sabine: *Moos, Störfall und abruptes Ende. Literarische Ikonographie der erzählenden Umweltliteratur und das "Bild" gedächtnis der Ökologiebewegung.* Diss. Düsseldorf 1999.

Janke, Pia (Hrsg.): *Werkverzeichnis Elfriede Jelinek.* Wien: Edition Praesens 2004.

Kammler, Clemens: *Uwe Timm Am Beispiel meines Bruders.* In: Klaus Michael Bogdal / Clemens Kammler (Hg.): *Oldenbourg Interpretation Band 107.* Oldenbourg: Schulbuchverlag 2006.

Kim, Mi-Suk: *Bildungsroman-eine Gattung der deutschen und koreanischen Literaturgeschichte.* Inaugural-Dissertation zur Erlangung des Doktorgrades der Philosophie an der Ludwig-Maximilians-Universität München. Frankfurt am Main: Peter Lang 2001.

Knobloch, Hans-Jörgen / Koopmann. Helmut (Hrsg.): *Schiller heute.* Tübingen: Stauffenburg 1996, S. 83—97.

Koch, Manfred: *Mnemotechnik des Schönen. Studien zur poetishcen Erinnerung in Romantik und Symbolismus.* Tübingen: Niemeyer 1988.

Koopmann, Helmut: *Friedrich Schiller: Wallenstein.* In: Große Werke der Literatur. Band VI-II. Eine Ringvorlesung an der Universität Augsburg, hrsg. v. Hans Vilmar Geppert. Tübingen:

Francke 2003.

Köppen, Manuel (Hrsg.): *Kunst und Literatur nach Auschwitz*. Berlin: Schmidt 1993.

Krämer, Sybille: *Das Medium als Spur und Apparat*. Frankfurt a. M.: Suhrkamp. 1998.

Krämer, Sybille: *Was haben Medien, der Computer und die Realität miteinander zu tun?* In: Dies. (Hrsg.): *Medien-Computer-Realität. Wirklichkeitsvorstellungen und neue Medien*. Frankfurt a. M.: Suhrkamp 1998.

Krammer, Stefan: *"redet nicht von Schweigen..." Zu einer Semiotik des Schweigens im dramatischen Werk Thomas Bernhards*. Würzburg: Königshausen & Neumann 2003.

Kübler, Gunhild: *Interview mit Bernhard Schlink*. "Als Deutscher im Ausland wird man gestellt." In: Die Weltwoche Nr. 4, vom 27. 01. 2000. Zürich: 2000.

Kim, Mi-Suk: *Bildungsroman-eine Gattung der deutschen und koreanischen Literaturgeschichte*. Inaugural-Dissertation zur Erlangung des Doktorgrades der Philosophie an der Ludwig-Maximilians-Universität München. Frankfurt am Main; Berlin; New York; Wien: Lang 2001.

Knobloch, Hans-Jörgen / Helmut Koopmann (Hrsg.): *Schiller heute*. Tübingen: Stauffenburg 1996.

Kocka, Jürgen: *Das lange 19. Jahrhundert, Arbeit, Nation und bürgerliche Gesellschaft*. Stuttgart: Klett-Cotta 2002.

König, Helmut: *Die Zukunft der Vergangenheit. Der Nationalsozialismus im politischen Bewusstsein der Bundesrepublik*. Frankfurt a. M.: Fischer Taschenbuch 2003.

Lachmann, Renate: *Intertextulität als Sinnkonstitution: Andrej Belyjs Petersburg und die "fremden" Texte*. In: Postica 15 (1983).

Lachmann, Renate: *Gedächtnis und Literatur. Intertextualität in der russischen Moderne*. Frankfurt a. M.: Suhrkamp 1990.

Lepenies Wolf (Hrsg.): *Wissenschaftskolleg Jahrbuch 1998/99*.

Lermen, Birgit / Ossowski, Miroslav: *Europa im Wandel. Literatur, Werte und Europäische Identität*. Konrad-Adenauer-Stiftung e. V. 2004.

LeGoff, Jacques: *Gedächtnis und Geschichte*. Aus dem französischen von Elisabeth Hartfelder. Berlin: Ullstein 1999.

Linke, Gabriele: *Populärliteratur als kulturelles Gedächtnis. Eine vergleichende Studie zu zeitgenössischen britischen und amerikanischen popular romances der Verlags gruppe Harlequin & Boon*. Heidelberg: Winter 2003.

Limberg, Michael (Hrsg.): *Das Chaos die Stirn bieten. Hermann Hesse. Der Steppenwolf*. 12. Internationales Hermann-Hesse-Kolloquium in Calw 2004. Stuttgart: Staatsanzeiger 2005.

Linke, Gabriele: *Populärliteratur als kulturelles Gedächtnis*. Heidelberg: Universitätsverlag Winter 2003.

Lüdke-Haertel, Sigrid / Lüdke, W. Martin: *Jurek Becker*. In: Kritisches Lexikon zur deutschsprachigen Gegenwartsliteratur, herausgegeben von Heinz Ludwig Arnold, Bd. 1. München: edition text + kritik 1978.

Lützeler, Paul Michael (Hrsg.): *Romane und Erzählungen zwischen Romantik und Realismus. Neue Interpretationen*. Stuttgart: Reclam 1983.

Luhmann, Niklas / Peter Fuchs: *Reden und Schweigen*. Frankfurt am Main: Suhrkamp 1989.

Lukács, Georg, *Die Theorie des Romans. Ein geschichtsphilosophischer Versuch über die Formen der Großen Epik*. München: Deutscher Taschenbuch Verlag 1994.

Magen, Antonie: *Der Kulturroman. Programm des bürgerlichen Selbstverständnisses*. Tübingen und Basel: A. Francke 2006.

Markowitsch, Hans-Joachim: *Dem Gedächtnis auf der Spur. Vom Erinnern und Vergessen*. Darmstadt: Primus 2002.

Martinez, Matias: *Dialogzität, Intertextualität, Gedächtnis*. In: Heinz Ludwig Arnold, Heinrich Detering (Hrsg.): *Grundzüge der Literaturwissenschaft*. München: dtv. 1996. 430—445.

Mattern, Jens/Oesterle, Günter: *Abgrund der Erinnerung: Kulturelle Identität zwischen Gedächtnis und Gegen-Gedächtnis*. Vorwerk 2007.

Mauelshagen, Claudia: *Der Schatten des Vaters. Deutschsprachige Väterliteratur der siebziger und achtziger Jahre*. Frankfurt am Main: Peter Lang 1995.

Mauser, Wolfram: *Billigkeit: Literatur und Sozialethik in der deutschen Aufklärung. Ein Essay*. Würzburg: Königshausen & Neumann 2007.

Mennemeier, Franz Norbert / Wiedemann, Konrad (Hrsg.): *Deutsche Literatur in der Weltliteratur / Kulturnation statt politischer Nation?* Bd. 9. Tübingen: Niemeyer Max 1986.

Merten, Klaus / Schmidt, Siegfried J. / Weischenberg, Siegfried (Hrsg.): *Die Wirklichkeit der Medien. Eine Einführung in die Kommunikationswissenschaft*. Opladen: Westdeutscher Verlag 1994.

Metzler Literaturlexikon. Begriffe und Definitionen. Herausgegeben von Günther und Irmgard Schweikle. Zweite, überarbeitete Auflage. Stuttgart: J. B. Metzler 1990.

Michael, Lützeler Paul (Hrsg.): *Romane und Erzählungen zwischen Romantik und Realismus. Neue Interpretationen*. Stuttgart: Reclam 1983.

Michels, Volker (Hrsg.): *Materialien zu Hermann Hesses "Der Steppenwolf". Brief von H. Hesse an P. A. Riebe*, vom 1931 oder 1932. Frankfurt a. M.: Suhrkamp 1972.

Middeke, Martin (Hrsg.): *Zeit und Roman. Zeiterfahrung im historischen Wandel und ästhetischer Paradigmenwechsel vom sechszehnten Jahrhundert bis zur Postmoderne*. Würzburg: Königshausen & Neumann 2002.

Mitscherlich, Alexander / Mitscherlich, Margarete: *Die Unfähigkeit zu trauern. Grundlagen kollektiven Verhaltens*. 18. Auflage. München und Zürich: R. Piper & Co. 1977.

Mitscherlich, Margarete: *Erinnerungsarbeit. Zur Psychoanalyse der Unfähigkeit zu trauern*. Frankfurt a. M.: S. Fischer 1987.

Moog-Grünewald, Maria (Hrsg.): *Kanon und Theorie*. Heidelberg: Winter 1997.

Moser, Sabine: *Günter Grass. Romane und Erzählungen*. Berlin: Erich Schmidt 2000.

Musner, Lutz / Wunberg, Gotthart (Hrsg): *Kulturwissenschaften. Forschung - Praxis - Position*. Wien: WUV 2002.

Naumann, Klaus: *Der Krieg als Text*. Hamburg: Hamburger Edition 1998.

Nawab, Mona El: *Ingeborg Bachmanns Undine geht. Ein stoff - und motivgeschichtlicher Vergleich mit Friedrich de la Motte Fouqués Undine und Jean Gisaudoux' Ondine*, Würzburg: Königshausen & Neumann 1993.

Negt, Oskar: *Der Fall Fondy. Ein weites Feld " von GÜNTER GRASS im Spiegel der Kritik*. Göttingen: Steidl 1996.

Neuhaus, Stefan: *Revision des literarischen Kanons*. Göttingen: Vandenhoeck & Rupprecht 2002.

Neuhaus, Stefan: *Literatur und nationale Einheit in Deutschland*. Tübingen und Basel: Francke 2002.

Neuhaus Volker: *Günter Grass*. Stuttgart und Weimar: Metzler 1992.

Neumann, Gerhard / Weigel, Sigrid (Hrsg.): *Lesbarkeit der Kultur. Literaturwissenschaften zwischen Kulturtechnik und Ethnographie*. München: Fink 2000.

Niethammer, Lutz: *Konjunkturen und Konkurrenzen kollektiver Identität. Ideologie, Infrastruktur und Gedächtnis in der Zeitgeschichte*. In: Prokla. Zeitschrift für kritsche Sozialwissenschaft 24, 3: 1994.

Nora, Pierre: *Zwischen Geschichte und Gedächtnis*. Frankfurt am Main: Fischer 1998.

Norbisrath, Gudrun: *Nachdenken nicht nur über den Bruder - Ein berührendes Buch von U. Timm*. In: WAZ. 20. 9. 2003.

Nünning, Ansgar / Sommer, Roy (Hrsg.): *Kulturwissenschaftliche Literaturwissenschaft. Disziplinäre Ansätze - Theoretische Positionen - Transdisziplinäre Perspektiven*. Tübingen: Narr 2004.

Nünning, Ansgar (Hrsg.): *Metzler Lexikon Literatur - und Kulturtheorie. Ansätze - Personen - Grundbegriffe*. Stuttgart: Metzler 2004.

Nünning, Ansgar (Hrsg.): *Grundbegriffe der Kulturtheorie und Kunlturwissenschaften*. Stuttgart und Weimar: J. B. Metzler 2005.

Vera Nünning (Hrsg.): *Handbuch Kulturgeschichte der britischen Literatur. Von der Renaissance bis zur Gegenwart*. Tübingen: Francke (UTB) 2005.

Öhlschläger, Claudia / Wiens, Birgit (Hg.): *Körper - Gedächtnis - Schrift. Der Körper als Medium kultureller Erinnerung*. Berlin: Erich Schmidt 1997.

Oexle, Otto Gerhard (Hrsg.): *Memoria als Kultur*. Göttingen: Vandenhoeck & Ruprecht 1995.

Pethes, Nicolas / Ruthatz, Jens (Hrsg.): *Gedächtnis und Erinnerung. Ein interdisziplinäres Lexikon*. Reinbek bei Hamburg: Rewohlt 2001.

Pflüger, Maja Silylle: *Vom Dialog zur Dialogizität: Die Theaterästhetik von Elfriede Jelinek*. Tübingen und Basel: A. Francke 1996.

Platt, Kristin / Dabag, Mihran (Hrsg.): *Generation und Gedächtnis. Erinnerungen und kollektive Identitäten*. Opladen: Leske und Budrich 1995.

Pohlmeyer, Markus: *Lessing, "Nathan" und die Toleranz: philosophisch - theologische Utopie in literarischer Gestalt!?:... Und weitere Essays, Fragmente und / oder Aufsätze. Aus der Schule, für die Schule - und schon ein wenig jenseits davon*. Berlin, Hamburg, Münster: LIT Verlag 2007.

Poltermann, Andreas: *Literaturkanon - Medienereignis - Kultureller Text. Formen interkultureller Kommunikation und Übersetzung*. Berlin: Erich Schmidt 1995.

Puchalski, Lucjan (Hrsg.): *Mozarts literarische Spuren. Werk und Leben des Komponisten im literarischen Diskurs vom späten 18. Jahrhundert bis zur Gegenwart*. Wien: Präsens 2008.

Reallexikon der deutschen Literaturwissenschaft, gemeinsam mit Georg Braungart u. a. herausgegeben von Harald Fricke, Band II, H - O, Berlin, New York: de Gruyter, 3. neubearbeitete Auflage 2000.

Reichel, Peter: *Vergangenheitsbewältigung in Deutschland. Die Auseinandersetzung mit der NS - Diktatur von 1945 bis heute*. München: C. H. Beck 2001.

Reichel, Peter: *Erfundene Erinnerung. Weltkrieg und Judenmord in Film und Theater*. Frankfurt a. M.: Fischer Taschenbuch 2007.

Reichel, Peter: *Politik mit der Erinnerung. Gedächtnisorte im Streit um die nationalsozialistische Vergangenheit*. München/Wien: Carl Hanser 1995.

Reich - Ranicki, Marcel (Hrsg.): *Verteidigung der Zukunft. Deutsche Geschichten 1960—1980*. München: Deutscher Taschenbuch 1975.

Ricœur, Paul: *Zeit und Erzählung. Band I: Zeit und historische Erzählung*. München: Fink

1988 (1983).

Ricœur, Paul: *Zeit und Erzählung. Band III: Die erzählte Zeit*. München: Fink 1991 (1985).

Rist, Katharina: *Gedächtnisräume als literarische Phänomen in den Kurzgeschichten von Elizabeth Bowen*. Würzburg: Königshausen & Neumann 1999.

Robert, Weninger: *Gewalt und kulturelles Gedächtnis*. Tübingen: Stauffenburg 2005.

Rose, Margaret A.: *Über die strukturelle Einheit von Heinrich Heines Fragment "Der Rabbi von Bacherach"*. In: Heinrich - Heine - Institut (Hrsg.): Heine Jahrbuch 1976. Düsseldorf: Hoffman und Campe 1976.

Rothmann, Kurt (Hrsg.), *Erläuterungen und Dokumente. Friedrich Schiller: Wallenstein*. Stuttgart: Reclam 1977.

Sabrow, Konrad H./Jarausch, Martin: *Verletztes Gedächtnis: Erinnerungskultur und Zeitgeschichte im Konflikt*. Berlin: Campus Fachbuch 2002.

Sauerland, Karol (Hrsg.): *Gedächtnis und Erinnerung in der Literatur*. Warschau: Wydawinictwo Naukowe PWN 1996.

Schacter, Daniel L.: *Wir sind Erinnerung, Gedächtnis und Persönlichkeit*. Reinbek: Rowohlt 2001.

Scheuer, Helmut: *Dichter und ihre Nation (Materialien)*. Frankfurt a. M.: Suhrkamp 1996.

Schillemeit, Jost: *Deutsche Dramen von Gryphius bis Brecht*. Frankfurt am Main und Hamburg: Fischer 1965.

Schiller, Friedrich: *Wallenstein*. Interpretation von Michael Hofmann und Thomas Edelmann. München: Oldenbourg 1998 (Oldenburg Interpretation; Bd. 89).

Schiller, Friedrich: *Über die ästhetische Erziehung des Menschen in einer Reihe von Briefen. 20. Brief*. In: Friedrich Schiller: Sämtliche Werke. Bd. 5: Erzählungen/Theoretische Schriften. München: Hanser 1962.

Schlant, Ernestine: *Die Sprache des Schweigens. Die deutsche Literatur und der Holocaust*. Aus dem Englischen von Holger Fliessbach. München: C. H. Beck 2001.

Schmidt, Siegfried J. (Hrsg.): *Gedächtnis. Probleme und Perspektiven der interdisziplinären Gedächtnisforschung*. Frankfurt a. M.: Suhrkamp 1991.

Schmitz, Walter: *Max Frisch, Homa faber. Materialien, Kommentar*. Literatur - Kommentare 5. München: Hanser 1977.

Schulze, Holger / Wulf, Christoph (Hrsg.): *Paragrana. Internationale Zeitschrift für historische Anthropologie. Inszenierungen des Erinnerns*. Band 9, 2007, Heft 2. Berlin: Akademie 2000.

Schulze, Holger / Wulf, Christoph (Hrsg.): *Paragrana. Internationale Zeitschrift für historische Anthropologie. Klanganthropologie. Performativität - Imagination - Narration.* Band 16, 2007, Heft 2. Berlin: Akademie 2007.

Seghers, Anna: *Briefe an Leser.* Berlin und Weimar: Aufbau - Verlag 1970.

Solms, Wilhelm: *Die Moral von Grimms Märchen.* Darmstadt: Wissenschaftliche Buchgesellschaft 1999.

Sottong, Hermann J.: *Transformation und Reaktion. Hostorisches Erzählen von der Goethezeit zum Realismus.* München: Fink 1992.

Spaleck, Gottfried: *Unterwegs nach Morgenland. Zur aktuellen Bedeutung von Hermann Hesses Menschenbild.* Silser Hesse - Tage 2000—2002. Berlin: Tenea 2002.

Staples, Susanne: *Zwischen Etymologie und Wortgeschichte: zur Wortgeschichte des Wortes "Aufklärung".* München, Ravensburg: GRIN 2008.

Steinbach, Nike - Marie: *"... ein garstiger, breiter Graben..." Gotthold Ephraim Lessing in der Konfrontation "Vernunft versus Religion und Glaube".* München/Ravensburg: GRIN 2007.

Steinecke, Hartmut: *Romantheorie und Romankritik in Deutschland. Die Entwicklung des Gattungsverständnisses von der Scott - Rezption bis zum programmatischen Realismus.* Band 1, Stuttgart: Metzler 1975.

Stephan, Braese: *Die andere Erinnerung. Jüdische Autoren in der westdeutschen Nachkriegsliteratur.* Berlin: PHILO 2001.

Stephan, Karsten: *Erinnerungen an den Zweiten Weltkrieg: Zum Zusammenhang von kollektiver Identität und kollektiver Erinnerung.* Baden - Baden: Nomos 2006.

Straub, Jürgen: *Erzählung, Identität und historisches Bewusstsein. Die psychologische Konstruktion von Zeit und Geschichte.* Erinnerung, Geschichte, Identität I. Frankfurt a. M.: Suhrkamp 1998.

Streit, Claudia: *(Re)kostruktion von Familie im sozialen Roman des 19. Jahrhunderts.* Frankfurt am Main u. a.: Lang 1997.

Stuck, Elisabeth: *Kanon und Literaturstudium. Theoretische, historische und empirische Untersuchungen zum akademischen Umgang mit Lektüre - Empfehlungen.* Paderborn: mentis 2004.

Theoretische Positionen zur Konkreten Poesie. Texte und Bibliographie. Mit einer Einführung herausgegeben von Thomas Kopfermann. Tübingen: Max Niemeyer 1974.

Töpfer, Birk: *Vergangenheit und Identität: Anfänge und Gegenwart kollektiver Erinnerung in Deutschland.* München, Ravensburg: GRIN 2001.

Trüpel - Rüdel, Helga: *Undine - eine motivgeschichtliche Untersuchung,* Diss. Bremen 1987.

Uerlings, Herbert (Hrsg.): *Theorie der Romatik.* Stuttgart: Philipp Reclam jun., 2000.

Valentin, Erich: *Die goldene Spur Mozart in der Dichtung Hermann Hesses*. München: A - 1 - Verlag 1998.

Viette, Silvio und Kemper, Dirk: *ästhetische Moderne in Europa. Grundzüge und Problemzusammenhänge seit der Romantik*. München: Wilhelm Fink 1998.

Vivo, Alessandro De: *Die Erziehung bei G. E. Lessing und J. G. Herder*. München, Ravensburg: GRIN 2007.

Wagenknecht, Christian (Hrsg.): *Zur Terminologie der Literaturwissenschaft*. Stuttgart: Metzler 1986.

Wallraff, Günter: *Indusitriereportagen. Als Arbeiter in deutschen Großbetrieben*. Reinbeck: Rowohlt 1970.

Wegner, Regina: *Erzählte Geschichte. Literaische Geschichtsdarstellung - ihr Verhältnis im Erscheinungsbild dreier repräsentativer Beispiele des 18., 19., und 20. Jahrhunderts*. Berlin: Weidler 2001.

Weinberg, Manfred: *Das unendliche Thema: Erinnerung und Gedächtnis in der Literatur/Theorie*. Tübingen: Francke 2006.

Welzer, Harald (Hrsg.): *Das soziale Gedächtnis. Geschichte, Erinnerung, Tradierung*. Hamburg: Hamburger Edition 2001.

Weninger, Robert (Hrsg.): *Gewalt und kulturelles Gedächtnis. Repräsentationsformen von Gewalt in Literatur und Film seit 1945*. Tübingen: Stauffenburg 2005.

Wettengl, Kurt (Hrsg.): *Das Gedächtnis der Kunst. Geschichte und Erinnerung in der Kunst der Gegenwart*. Ostfildern - Ruit: Hatje Cantz 2000.

Welzer, Harald: *Das kommunikative Gedächtnis: Eine Theorie der Erinnerung*. München: Beck 2008.

Wiese, Benno von (Hrsg.): *Das deutsche Drama. Vom Barock bis zur Gegenwart (I)*. Düsseldorf: August Bagel 1958.

Wiese, Lothar: *Jurek Becker. Jakob der Lügner*. München: Oldenbourg 1998.

Winde, Arne De / Gilleir, Anke: *Literatur im Krebsgang: Totenbeschwörung und Memoria in der deutschsprachigen Literatur nach 1989 (Amsterdamer Beiträge zur neueren Germanistik 64)*. Amsterdam: Rodopi 2007.

Wulf, Christoph (Hrsg): *Vom Menschen*. Handbuch Historische Anthropologie. Weinheim und Basel: Beltz 1997.

Wulf, Christoph / Zirfas, Jörg (Hrsg.): *Paragrana. Internationale Zeitschrift für Historische Antropologie. Rituelle Welten*. Band 12, Berlin: Akademie Verlag 2003.

Wulf, Christoph / Zirfas, Jörg (Hrsg.)：*Die Kultur des Rituals. Inszenierungen. Praktiken. Symbole.* München：*Wilhelm Fink* 2004.

Wulf, Christoph：*Zur Genese des Sozialen. Mimesis. Performativität. Ritual.* Bielefeld：transcript 2005.

Wunberg, Gotthart：*Deutsche Texte.* Tübingen：Max Niemeyer 1974.

Wuthenow, Ralph‐Rainer：*Das erinnerte Ich. Europäische Autobiographie und Selbstdarstellung im 18. Jahrhundert.* München：C. H. Beck 1974.

Zifonun, Darius：*Gedenken und Identität. Der deutsche Erinnerungsdiskurs.* Frabkfurt a. M., New Zork：Campus 2004.

二　中文书目

1. 基础文献

［德］歌德：《托夸多·塔索》，钱春绮译，人民文学出版社1984年版。

《歌德文集》第二卷，《威廉·麦斯特德学习时代》，冯至、姚可昆译，人民文学出版社1999年版。

《歌德文集》第三卷，《威廉·麦斯特的漫游时代》，关惠文译，人民文学出版社1999年版。

《歌德文集》第四卷，《诗与真》上，刘思慕译，人民文学出版社1999年版。

《歌德文集》第五卷，《诗与真》下，刘思慕译，人民文学出版社1999年版。

［德］马克斯·弗里施：《能干的法贝尔》，江南译，译林出版社2000年版。

［德］君特·格拉斯：《狗年月》，刁承俊译，漓江出版社1999年版。

［德］君特·格拉斯：《比目鱼》，冯亚林、丰卫平译，漓江出版社2003年版。

［德］君特·格拉斯：《母鼠》，魏育青译，上海译文出版社2005年版。

［德］君特·格拉斯：《铁皮鼓》，胡其鼎译，上海译文出版社2006年版。

［德］君特·格拉斯：《蟹行》，蔡鸿君译，上海译文出版社2002年版。

［德］赫尔曼·黑塞：《荒原狼》，赵登荣、倪诚恩译，上海译文出版社2007年版。

［德］托马斯·曼：《中短篇小说全集》，吴裕康等译，漓江出版社2002年版。

［德］托马斯·曼：《绿蒂在魏玛》，侯浚吉译，上海译文出版社2006年版。

［德］席勒：《大钟歌》，见《席勒诗选》，钱春绮译，人民文学出版社1984年版。

［德］席勒：《席勒文集》，第二卷，张玉书选编，人民文学出版社2005年版。

［德］席勒：《席勒文集》，第三卷，张玉书选编，人民文学出版社2005年版。

［德］本哈德·施林克：《朗读者》，钱定平译，译林出版社2006年版。

2. 参考文献

［法］莫尔斯·哈布瓦赫：《论集体记忆》，毕然、郭金华译，上海人民出版社（世纪出版集团）2002年版。

范大灿：《文化民族还是民族文化——18世纪末德国文学登上顶峰的原因剖析》，《外国文学研究》2009年第11期。

范大灿：《德国文学史》第2卷，译林出版社2006年版。

冯亚琳、张法、张旭春（主编）：《中外文化》第一卷，重庆出版社2010年版。

韩耀成：《德国文学史》第4卷，范大灿主编，译林出版社2008年版。

康澄：《象征与文化记忆》，《外国文学》2008年第1期。

李昌珂：《德国文学史》第5卷，范大灿主编，译林出版社2008年版。

龙应台：《人在欧洲》，三联书店1994年版。

［德］约恩·吕森：《历史思考的新途径》，綦甲福、来炯译，上海人民出版社（世纪出版集团）2005年版。

任卫东、刘慧儒、范大灿：《德国文学史》第3卷，范大灿主编，译林出版社2007年版。

孙传钊：《记忆的歧义》，《中国图书评论》（http：//www.cnki）。

［德］哈拉尔德·韦尔策（主编）：《社会记忆：历史、回忆、传承》，季斌、王立君、白锡堃译，北京大学出版社2007年版。

后　　记

　　本书是国家社会科学基金项目"德语文学中的文化记忆与民族价值观"（项目批准号：07BWW020）的终期成果，2011年12月申请结题，2012年9月入选《国家哲学社会科学成果文库》。四川外语学院德语系的莫光华教授、丰卫平教授和廖峻副教授参与了项目的申报工作。在成书过程中，又有其他青年学者加入进来。具体而言，本书的上编由我撰写，下编十六篇个案分析中有八篇出自我之手，北京外国语大学文学研究所的黄晓晨博士贡献了两篇个案研究，其余六篇分别由四川外语学院的刘海婷（两篇）、丰卫平、蔡焰琼、杨欣和张硕（各一篇）完成，其中，蔡焰琼关于海涅小说残片《巴哈拉赫的拉比》、刘海婷关于耶利内克戏剧《白雪公主》和《睡美人》、杨欣关于黑塞《荒原狼》、张硕关于格拉斯《蟹行》的分析均在我指导的硕士论文基础之上提炼而成。统稿由我完成。涉及上述著者的个案均在目录中用括号做了注明。另外，我的学生韩嫣整理了"国内记忆研究文献一览（选）"。书稿完成后，承蒙四川外语学院《外国语文》编辑部主任路小明老师做了文字上的通校。从这个意义上讲，本书是名副其实的集体成果，我固然是本项目的主持人和主要撰述人，但各位同事和学生的参与与协助也功不可没。

　　本项目的阶段性成果中，除了收入本书的数篇已见刊的论文外，需提及的还有冯亚琳的论文《文学回忆与价值观的构建：以歌德和格拉斯对待文化记忆的不同态度为例》（载《中外文化》第一期，重庆出版社，2010）。此外，本人与德国文化记忆研究领域著名专家阿斯特莉特·埃尔（Astrid Erll）共同主编的《文化记忆理论读本》也应算作本项目的"副产品"。四川外语学院2008级德语语言文学专业的全体硕士研究生们、四川外语学院的余传玲、雷蕾、蔡焰琼以及重庆第二师范学院的杨欣均参与了翻译和校对工作，该书已由北京大学出版社于 2012 年初出版。笔者主编的另一本编译《德国文化记忆场》也已在四川外语学院陈瑾、曾棋明、余传玲、蔡焰琼等老师和硕士研究生的参与下进入了校改阶段。特别需要提到的还有，2009 年 9 月，"德语文学中的文化记忆与民族价值观的形成"国际研讨会在四川外语学院召开，参加会议的有数十位中外学者，其中包括上海复旦大学的魏育青教授，北京外国语大学的王炳钧教授，浙江大学的范捷平教授，上海外国语大学的谢建文教授、杨劲博士，北京大学的胡蔚博士，四川外语学院的丰卫平教授、莫光华教授、刘海婷、蔡焰琼和杨欣，德国法兰克福大学的阿斯特莉特·埃尔教授，柏林自由大学的菲戈尔（Hans Feger）博士、朔尔（Kerstin Schoor）教授和博士生刘永强，开姆尼茨工大大学的米夏埃尔·奥斯特海姆博士（Michael Ostheimer），韩国女子大学的李埈瑞教授等围绕文学回忆主题进行了专题发言和热烈的讨论。所有这些，都积极有效地推进了本项目的完成。

在此谨向所有为本项目作出贡献的同人和朋友表示诚挚的谢意。

衷心感谢北京外国语大学的王炳钧教授，该项目在萌芽阶段受到过他颇多启示。尤其要感谢本项目结题评审专家和《国家哲学社会科学成果文库》评审专家提出的非常中肯而细致的意见。但由于时间和精力方面的原因，有些不足在修改中可能并未完全得到弥补，比如下篇中个别部分与上篇的有机结合问题，还有一些重要作家如荷尔德林、里尔克、瓦尔泽、沃尔夫等没有纳入个案考察和研究范围的问题，这些均只能在以后的研究中加以注意并补足。此外需要提到的是，四川外语学院的廖巧云教授、郭东方老师在本人申请《国家哲学社会科学文库》阶段提供了诸多协助，在此也表示由衷的感谢。

借此机会，要专门感谢我的老师们，他们中有的曾是我的启蒙老师，有的则是我后来学术研究上的领路人和榜样。一路走来，没有他们多年来的关心和鼓励，就没有自己专业上的成长与进步。衷心感谢四川外语学院德语系、中外文化比较研究中心和外国语文研究中心各位同人的支持和帮助。感谢朝夕相处的中心办公室的李玲老师和高珊珊，感谢四川外语学院科研处和研究生部提供的各种帮助。

感谢丈夫和我永生难忘和敬重的、我们曾经的中学校长王谋盛老师。

在此，我怀着感激和忐忑的心情将本书展现给读者。感激的是朋友、同事及学生们的鼎力合作，忐忑的是由于本人学力有限，疏漏和错误在所难免。

像往常一样，每当完成一件工作，回首过去，更觉亲情和友情于我之重要。每每此时，便觉得自己是一个颇有福气的人：原本不才，却一直享受着父母、丈夫、女儿女婿及所有亲人和朋友们无微不至的关爱和支持。人生在世，能够做自己想做且自以为有意义的事情，何求有之？

冯亚琳

2012年11月于重庆歌乐山麓

图书在版编目(CIP)数据

德语文学中的文化记忆与民族价值观/冯亚琳等著.—北京：中国社会科学出版社，2013.3
（国家哲学社会科学成果文库）
ISBN 978-7-5161-2147-4

Ⅰ.①德… Ⅱ.①冯… Ⅲ.①德语—文学研究—世界 Ⅳ.①I106

中国版本图书馆 CIP 数据核字（2013）第 039700 号

出 版 人	赵剑英
责任编辑	任　明
责任校对	王兰馨
封面设计	肖　辉　郭蕾蕾
责任印制	戴　宽

出　　版	中国社会科学出版社
社　　址	北京鼓楼西大街甲 158 号（邮编 100720）
网　　址	http://www.csspw.cn
	中文域名：中国社科网　010-64070619
发 行 部	010-84083685
门 市 部	010-84029450
经　　销	新华书店及其他书店

印刷装订	环球印刷（北京）有限公司
版　　次	2013 年 3 月第 1 版
印　　次	2013 年 3 月第 1 次印刷
开　　本	710×1000　1/16
印　　张	25.5
字　　数	418 千字
定　　价	66.00 元

凡购买中国社会科学出版社图书，如有质量问题请与本社联系调换
电话：010-64009791
版权所有　侵权必究